Zu diesem Buch

«Sie ist die tapferste Frau, die man sich vorstellen kann. Aber das wird sie nicht gern hören... Bisher hatte Luce d'Eramo ihr unglaublich erregendes Leben einer Rüstungs-Fremdarbeiterin in Nazideutschland, mit Gefängnis- und KZ-Aufenthalten, dem furchtbaren Unfall bei Rettungsarbeiten für Verschüttete und der Heimkehr als Gelähmte, dem Kampf um Rehabilitierung und endlich der Durchsetzung als Autorin nur in episodischen, mit Fiktion vermischten Fragmenten verarbeitet ... Für uns sind die Fakten, die da beschrieben werden, trotz vieler KZ-Bücher neu. Das Leben im Untergrund des Dritten Reiches, das die junge Italienerin nach ihrer Flucht aus dem Lager teilte, ist bisher nicht beschrieben worden. Drei Millionen Menschen, die offiziell nicht existieren durften, schlugen sich auf abenteuerliche Weise im Geheimen durch; die Auflösungserscheinungen der letzten Kriegsmonate werden hier von unten anschaulich ... Immer wieder wird man von den persönlichen Schicksalsschlägen der Autorin gefangengenommen und lernt indessen wieder andere zeitgeschichtliche Milieus und Hintergründe kennen. Die Odyssee der Schmerzen und Demütigungen, des Überlebenswillens am Rand des Todes bis in immer neue Existenzversuche wird aus dem Abstand der vollendeten Reife erzählt, und trotz der Übersetzung ist die sprachliche Gestaltung spürbar ... Luce d'Eramo ist eine Schriftstellerin von Rang ... Um dieser großartigen Rechenschaft willen erst ist sie einzigartig» (Hedwig Rohde, «Der Tagesspiegel»).

«Diese Frau, diese Autorin, hat ein bedeutendes, aber sehr unbequemes Buch geschrieben ... Aber ‹Der Umweg›, ‹Roman› genannt, erweist sich letztlich als eine so einzigartige Dokumentation, daß Leser unserer Zeit (Leser über unsere Zeit) es sich zur Pflichtlektüre werden machen müssen» (Ruth Henry, «Norddeutscher Rundfunk»).

Luce d'Eramo, geboren 1925 in Reims als Tochter italienischer Eltern, wuchs in Frankreich auf. Ihr Vater war am Ende ein hoher Beamter in Mussolinis letzter Regierung. 1944 ging sie als überzeugte Faschistin nach Deutschland, um in der Rüstungsindustrie zu arbeiten. Wegen ihres Engagements für eine menschenwürdige Behandlung der Zwangsarbeiter wurde sie verhaftet und erlebte eine furchtbare Odyssee durch die Straflager der Nazi-Herrschaft. Nach dem Krieg studierte sie in Italien Philosophie und Literatur, promovierte mit einer Arbeit über Kant und veröffentlichte literaturwissenschaftliche Arbeiten, u. a. über Ignazio Silone und Alberto Moravia. Das Jahr 1980 verbrachte sie mit einem Stipendium des DAAD in Berlin, wo sie ihren zweiten Roman beendete; «Gruppe Zero» erschien 1982 im Rowohlt Verlag, ein aktionsreicher Roman über die gegenwärtige italienische Terroristenszene.

Luce d'Eramo

DER UMWEG

Roman

Deutsch
von Sarah Michel

rororo

Rowohlt

Die italienische Originalausgabe erschien 1979
unter dem Titel «Deviazione»
bei Arnoldo Mondadori, Mailand
Umschlagentwurf von Werner Rebhuhn

Veröffentlicht im Rowohlt Taschenbuch Verlag GmbH,
Reinbek bei Hamburg, März 1984

Gesamtherstellung Clausen & Bosse, Leck

Printed in Germany
1280-ISBN 3 499 15316 5

INHALT

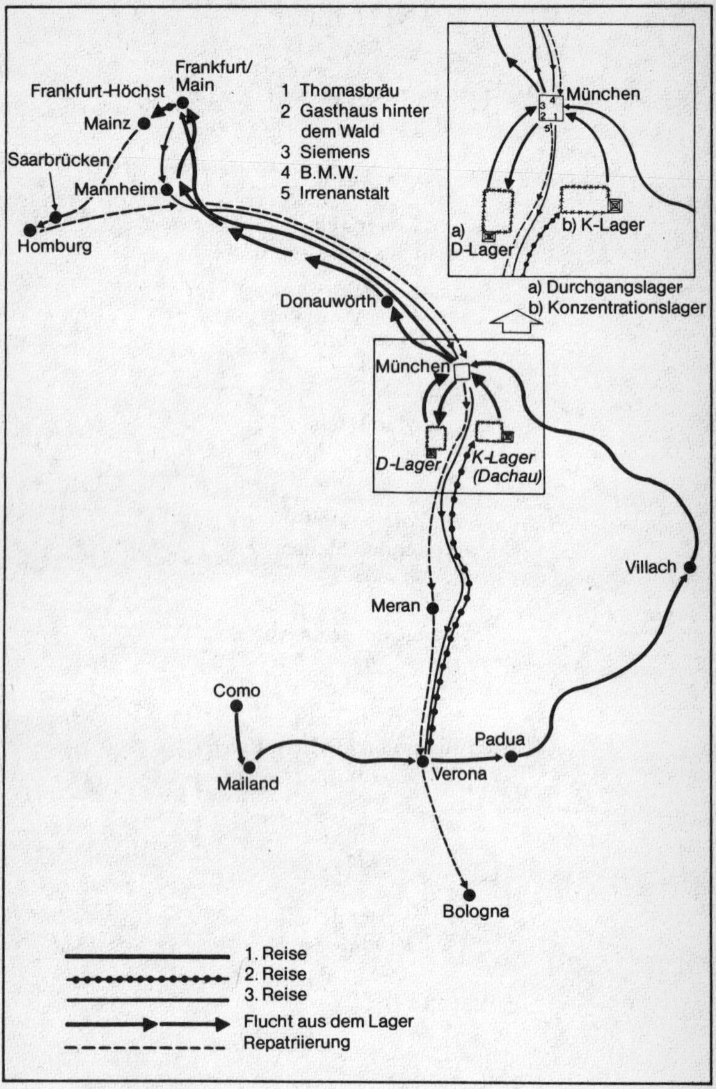
Frankfurt/
Main
Frankfurt-Höchst
Mainz
Saarbrücken
Mannheim
Homburg
1 Thomasbräu
2 Gasthaus hinter
dem Wald
3 Siemens
4 B.M.W.
5 Irrenanstalt
München
a)
D-Lager
b) K-Lager
a) Durchgangslager
b) Konzentrationslager
Donauwörth
München
D-Lager
K-Lager
(Dachau)
Villach
Meran
Como
Padua
Mailand
Verona
Bologna
1. Reise
2. Reise
3. Reise
Flucht aus dem Lager
Repatriierung

Erster Teil

FLUCHT AUS DEN LAGERN

THOMASBRÄU

Es ist ganz einfach gewesen zu fliehen.

Im Lager Dachau gehörte ich zum Reinigungstrupp für die Münchner Kanalisation. Auf Lieferwagen in Trupps zu je zwanzig Personen mit Stöcken und Schrubbern wurden wir jeden Morgen in die Stadt gefahren.

Kloakenputzen ist eine vielseitigere Arbeit, als es auf den ersten Blick den Anschein hat; es gibt verschiedene Abstufungen.

Manchmal muß man einen Kanaldeckel auf den Bürgersteig heben und nach unten steigen in die Grube, die von einem dicken Rohr gekreuzt wird, aus dem senkrecht ein kurzer geschlossener Hals ragt. Den Deckel nimmt man ab, steckt dann den Stock hinein und bewegt ihn, damit sich die Kotmassen auflockern. Man muß so lange rütteln und stochern, bis sie wieder rutschen.

Ein andermal putzten wir die Klos und Abwässeranlagen der Fabriken und öffentlichen Gebäude. Oder sie fuhren uns zum großen Abwasserkanal, wo wir mit langen Stangen durch kleine Öffnungen den ins Stocken geratenen Kot weiterstießen und ätzende Säuren und Wasser nachschütteten. Und die ganze stinkende Verwesung schoß davon wie ein Höllenstrom. Danach klemmten wir die Bürsten auf die Stöcke und schrubbten die Kanalwände.

Am schlimmsten aber war es, wenn sie uns auf die Dörfer brachten, zum Senkgrubenleeren: dort gibt es keine Kanalisation. Wenn die Gruben voll sind, muß man sie mit Eimern leerschöpfen und am Ende selber nach unten steigen. Erst dafür gaben sie uns eine Maske und Gummistiefel, und wir standen in der Scheiße, bis alles fertig war.

Viele wurden krank davon, und einige starben an Vergiftungen.

Es gab auch gute Tage, an denen die Exkremente nicht die Rohre verstopften, die öffentlichen Latrinen richtig funktionierten und der «Canale Grande» ohne Stau dahinfloß; an solchen Tagen wurden wir in den Stand der «Mistbreiter» erhoben.

Wir wurden auf die Höfe geschickt. Hinter den Ställen luden wir mit Forken, die sie uns dort aushändigten, den Mist auf Karren. Dann gingen wir zu Fuß hinter den Karren her bis zu den weit entfernten Feldern. Dort blieben die Karren alle zehn Meter stehen, die Bauern warfen einen Haufen Mist nach unten, und wir mußten ihn dann verteilen.

Ich stieß die Forke tief in den Misthaufen, spannte die Muskeln an, stemmte die Forke hoch, riß mit einem heftigen Ruck eine gewaltige Ladung Mist heraus. Während ich ihn ringsum ausbreitete, gaben meine Muskeln nach, die Forke begann zu wackeln und kippte um. Also stieß ich sie wieder in den Haufen, versuchte aber diesmal, sie langsam und mit kontinuierlicher Anstrengung herauszuziehen, und wenn ich mich gerade freuen wollte, daß sie so ungehindert herauskam, sah ich die langen Zinken nackt mit nur ein paar tropfenden Mistfäden daran auftauchen.

Ideal zum Fliehen waren unvorhergesehene Bombenangriffe während der Arbeit, wenn es keinen Alarm gegeben hatte und der feindliche Fliegerangriff so unerwartet kam, daß er die Bewacher überraschte, die uns nur mit Mühe zusammenhalten konnten.

So habe ich es auch gemacht.

Ich habe mich lange vorher und vor allem sehr vorsichtig umgehört, denn die Nazis hatten es geschafft, uns alle gegeneinander mißtrauisch zu machen. Gefangene haben nicht viel übrig für andere, die aus dem Lager fliehen wollen, denn nach jeder Flucht wird die Bewachung verschärft, und die Zurückgebliebenen müssen zusätzliche Strafen und Züchtigungen auf sich nehmen; außerdem lassen die Entflohenen auch nichts mehr von sich hören, weil sie fürchten, von Gefangenen denunziert zu werden, die den Folterungen oder Belohnungsversprechen nicht zu widerstehen vermögen.

Unter solchem Druck hatte ich jedoch in Erfahrung gebracht, daß es etwa fünfzehn Kilometer entfernt in der Stadt München ganz in der Nähe des Arbeitsamtes ein sogenanntes Durchgangslager gab, wo sich Flüchtlinge versteckten, bis sie eine sichere Bleibe gefunden hatten. Dieses Lager nannten wir gewöhnlich «Thomasbräu», nach der unmittelbar nebenan liegenden Brauerei. Ich habe mir den Namen dieses Stützpunktes eingeprägt, als ob es sich um einen einflußreichen Freund handelte, der mit Vornamen Thomas und mit Nachnamen Bräu hieß.

In Dachau haben sie mir gesagt:

«Du kannst dem Himmel auf Knien danken, daß sie dich nicht schon längst in eins von ihren Bordellen gesteckt haben. Neunzehn Jahre und ein Weib, was erwartest du eigentlich . . . vielleicht die Freiheit im Dritten Reich?»

Eines Nachmittags aber, an dem sie uns nach München transportiert hatten, als wir gerade in der Innenstadt die Gossen bearbeiteten, gab es Alarm. Unmittelbar darauf folgten dumpfe Einschläge. Die Leute auf der Straße flüchteten, ich drücke mich flach in einen Hauseingang, dann ein Satz in den nächsten, durchquere ein Gäßchen, presse mich im Bombenhagel in eine Mauernische, und nach allen Seiten Ausschau haltend werfe ich meine Gummikleider weg. Niemand folgt mir. Immer noch im Laufschritt erreiche ich den Bahnhof, wo ich mich am meisten vor Spitzeln geschützt fühle, denn ausgerechnet dorthin flüchtet niemand vor einem Bombenangriff.

Im wirbelnden Schneetreiben gehe ich auf die toten Gleise zu, zwischen denen sich die Abfälle türmen und aus dem Schnee herausragen, als wollten sie ihre Daseinsberechtigung bezeugen; sie ziehen mich an wie traurige vertraute Freunde. Ich trete zwischen verbogene, aus dem Boden gerissene Schienen und setze mich hinter einer Hütte auf eine verrostete Stange, die schief aus dem Schutt hervorsteht.

Die Bomben fallen wie verrückt und bersten wie Sturzwellen einer stürmischen See. Ich habe keine Angst, denn jeder Einschlag ist mein Komplice. Als ich die Flieger in Richtung des anderen Endes der Stadt abdrehen sehe, stehe ich auf und mache mich auf die Suche nach einem Luftschutzraum, um mich zu verstecken und unter die Leute zu mischen.

Ich gehe durch menschenleere Straßen im flimmernden Schnee und stoße schließlich auf den Eingang zu einer Unterführung, die aussieht wie ein in Bau befindlicher Untergrundbahnhof. Ich gehe die Treppe hinunter und bin in einem langen, breiten Stollen voller armer Teufel, es ist also ein Bunker für Ausländer. Begierig verschlinge ich sie mit den Blicken, als sähe ich der Freiheit wieder ins Antlitz: Mund und Kinnladen haben sie nach unten gezogen, und sie tragen eine leicht herausfordernde Maske zur Schau. Keiner beachtet mich.

Nach der Entwarnung frage ich einen etwas offener und herzlicher wirkenden Italiener nach dem Weg zum Arbeitsamt.

«Um diese Uhrzeit?» Er sieht auf die Uhr.

«Wieviel Uhr ist es denn?»

«Es ist acht. Das Arbeitsamt hat zu.»

«Das macht nichts. Wo ist es?»

Der Italiener hebt einen zusammengeknüllten gelben Papierfetzen vom Boden auf, streicht ihn an der Mauer mit den Händen glatt und zeichnet mir mit einem Bleistift im trüben Licht einer herunterhängenden Glühbirne den Weg auf.

Andere Italiener umringen mich.

«Bist du Italienerin?»

«Ja.»

«Von wo?»

«Aus Rom.»

«Aufgegriffen?»

«Ja.»

«Schon lange her?»

«Ja.»

«Nichts Neues also.»

Mehr wollen sie nicht wissen. Sie ergehen sich in Erklärungen, wie ich den Weg am besten finde.

Einer sagt:

«Am Sendicatorplatz kannst du fragen.» Erst später habe ich entdeckt, daß er in Wirklichkeit Sendlingertorplatz heißt, ein Name, den kein Ausländer je richtig hat aussprechen können.

Ein anderer zuckt mit den Achseln:

«Hast du nicht kapiert, daß sie nicht fragen kann?»

«Ah!»

Sie beobachten mich ohne Neugier. Wer weiß, ob sie mir helfen können? Ich wage mich vor:

«Wo seid ihr?»

«Bei Siemens. Heute haben wir Ausgang.»

«Schön beschissen», bemerkt ein anderer und spuckt auf den Boden, «da sind wir hier eingelocht.»

«Wenn du etwas brauchst, komm uns ruhig besuchen.»

«Wir sind im ersten Lager, Baracke achtzehn.»

«Aber sei vorsichtig.»

Sie verabschieden sich. Sie gehen.

Ich weiß nicht, was ich jetzt tun soll, und verstecke mich in einer Ecke. Die Leute gehen nach draußen, keine deutsche Wache zu sehen weit und breit. Die schwachen Glühbirnen gehen aus. Ich warte in der unsicheren Stille.

Ich schrecke plötzlich hoch, ich war eingeschlafen, ohne es zu wollen, und jetzt habe ich Angst, daß ich zu spät dran bin. Ich gehe nach draußen, es ist tiefe Nacht und schneit noch immer, vereinzelte Straßenlaternen mit abgedunkelten Glasscheiben werfen ein geheimnisvolles Licht über die harten Häuserzeilen, über die Straßen, die der Schnee noch geradliniger erscheinen läßt.

Ich folge den Hinweisen auf dem gelben Zettel, von niemandem aufgehalten, bewege mich durch die vom Weiß eingeebneten Straßen, in einer halluzinatorischen Einsamkeit, liebkost nur vom Schnee, der mich zum Narren hält. Hier müßte das Arbeitsamt doch sein, aber ich kann kein Lager erkennen, ich sehe weder Baracken noch Zäune, kein Polizist dreht seine Runden. Nur gleichförmige Häuser mit weißen Dächern, die auf den grauen Fassaden sitzen wie feindselige Visiere, versperren mir auf Schritt und Tritt den Weg und weisen mich zurück.

Ich bin erschöpft von Kälte, Müdigkeit und Hunger. Ein verstohlener Schatten huscht an mir vorüber, sieht mich, bleibt stehen, beobachtet mich. Es ist ein schmächtiger blonder Junge, angespannt, mit Augen wie zwei Kerben. Sieht aus wie ein Ausländer. Ich hoffe, daß er etwas sagt, aber er schweigt. Vielleicht wartet er darauf, daß ich zuerst spreche. Ich hebe langsam die Hand und deute einen Gruß an. Er wiederholt meine Geste. Ich möchte ihn rufen, aber ich habe Angst vor dem Klang meiner Stimme in dieser sanften Stille. Ich hebe die Hand noch einmal, um ihn herbeizuwinken.

Er kommt näher, seine rechte Hand steckt in der Tasche.

«Was willst du?» fragt er mich auf französisch und mustert mich von Kopf bis Fuß. Seine Stimme ist gelassen wie der Schnee und unterbricht nichts.

«Bist du Franzose?» frage ich in seiner Sprache.

«Ja. Und du?»

«Ich bin Italienerin, aber geboren und aufgewachsen in Frankreich.»

«Was willst du?»

Ich fühle plötzlich großes Vertrauen:

«Thomasbräu», antworte ich.

Ein rasches, gleichzeitig zärtliches und verächtliches Lächeln huscht über sein hageres, bewegungsloses Gesicht.

«Kommt mit mir mit.»

Er geht schnell und lautlos durch den unberührten Schnee, und ich kann nur mühsam Schritt halten.

An einer Ecke wendet er sich um:

«Beeil dich.»

«Ja.» Ich nicke eifrig und gehe rascher. Ich habe das Gefühl, nur meine Schritte machen fürchterlichen Krach, seine dagegen sind stumm.

Wir gelangen an eine Mauer. Der Franzose lehnt sich mit dem Bauch daran.

«Steig auf mich und spring rüber.»

Ich versuche, an ihm hochzuklettern, bleibe aber plump rittlings auf seinem Rücken hängen, höher schaffe ich es nicht.

Der Franzose seufzt.

«Komm wieder runter», sagt er schroff.

Ich rutsche nach unten. Dann nimmt er mich in die Arme, ich kann mich gerade noch über seine Kraft wundern (das ist die Freiheit, denke ich voller Freude):

«Halt dich an der Brüstung fest, gib acht auf die Glasscherben.»

Ich befolge seine Anweisung und verletze mich an einer Hand.

«Stell deine Füße auf meine Schultern. Und jetzt spring rüber.»

Ein dumpfer Aufprall, und ich lande mit dem Hintern auf der Erde, jenseits der Mauer. Mit einem eleganten Satz folgt mir der Franzose, zerrt mich hoch und führt mich an der Hand weiter. Wir befinden uns in einem großen Hof, dem die massigen Umrisse von Lastwagen, die der Schnee zugedeckt hat, räumliche Fülle geben. Auf dem Boden zeichnen die glänzendweißen Reifenspuren Rhomben und Arabesken in den Schnee.

Der Franzose bleibt stehen:

«Sieht schön aus», sagte er dann mit einem Blick auf die Spuren: «Als wollten sie etwas sagen.» Er sieht mich an und lächelt wieder wie vorher.

«Wie heißt du?»

«Lucie.»

«Ich Louis.»

Ohne Eile geht er weiter und zündet sich eine Zigarette an. Ich habe Angst, jemand könnte hinter einem Lastwagen hervorkommen, aber ich wage nicht, es zu sagen.

«Ist es weit?» frage ich, während wir langsam über den Hof gehen, als machten wir einen Spaziergang.

«Dort.» Er deutet auf eine kleine Tür, die ich nicht bemerkt hatte, in der gegenüberliegenden Mauer, die gar keine Mauer ist, sondern eine fensterlose Hauswand.

Ich erstarre.

«Louis!»

«Ja?»

«Ich wollte zum *Lager* Thomasbräu.»

«Das habe ich verstanden.»

Wir kommen vor der kleinen Tür an. Er stößt sie mit der Hüfte auf. Er tritt ein, trampelt kräftig mit den Füßen, um sich den Schnee abzuschütteln, zieht mich nach drinnen und stößt die Tür mit dem Fuß zu. Er dreht den Lichtschalter an.

Wir stehen in einem schmierigen Hausflur voller Auswurf und Dreck. An einer Wand läuft ein Rohr lang, das hinter einem Knick in den Raum führt und in einen Wasserhahn mündet, aufrecht wie eine Schlange im Leeren, aus dem prasselnd Wasser in einen Eimer sprudelt und auf den Boden spritzt, wo es eilig auf die Tür zurinnt.

Louis packt den Eimer, schüttet das Wasser in eine Ecke und stülpt ihn um.

«Setz dich», sagt er dann.

Er selber hockt sich vor mich.

«Gefällt es dir nicht?» fragt er mit ironischer Naivität.

«Doch, sehr.»

«Woher kommst du?»

«Aus Dachau.»

Ein anerkennender Pfiff, dann konzentriert er sich und sagt:

«Also, das Thomasbräu ist offiziell ein Durchgangslager des Arbeitsamtes, wo Ausländer untergebracht werden, die auf neue Arbeit oder die Abschiebung in die Heimat warten, sie müssen alle hier auf einen Konvoi warten, dem sie sich anschließen können, denn, falls du es nicht wissen solltest: keiner von uns, nicht einmal die Freiarbeiter haben das Recht, auf eigene Faust zu reisen.»

«Ist das nicht gefährlich?»

«Gefährlich?» grinst er kurz. «Überhaupt nicht: hier sind wir in Sicherheit. Wer ist besser informiert als wir über die Kontrollen, über die Gerüchte über Flüchtlinge, über Verdächtigungen?»

«Gibt es keine Spione hier?»

«Ach was, Spione! Hier im Lager halten sich auch Leute auf, die tatsächlich auf Entscheidungen des Arbeitsamtes warten, das sind sogar ziemlich viele und ständig andere Leute; wer untergebracht worden ist, geht weg, neue Leute kommen. Immer neue Gesichter! Wie sollen die Deutschen die alle auseinanderhalten? Die meisten Neuen haben keine Papiere, die sind auf der Straße verhaftet worden, irgendwelche aus Versehen deportierte arme Schweine oder Freiwillige aus Verzweiflung. Wenn einer von uns mal aus Versehen mit in den Appell gerät, braucht er sich nur bei irgendeinem Namen entschieden zu melden, dann wird er kurz angesehen, und damit hat sich's.»

«Und die Neuen halten den Mund?»

«Was wissen die denn? Wir binden es ihnen natürlich nicht auf die Nase!»

«Aber beim Appell?»

«Halten sie auch den Mund! Die zittern doch vor Angst. Sei unbesorgt, die machen wirklich keinen Ärger: die verkriechen sich den ganzen Tag und kommen nie ins Thomasbräu.»

«In die Brauerei?»

«Ja.»

«Und die Deutschen?»

«Welche?»

«Die vom Arbeitsamt.»

«Wer bekommt die schon zu Gesicht! Wir gehen spätabends hin, wenn die zu Hause ihren Speck essen, oder tagsüber während der Bürozeit, wenn sie über ihrem Papierkram schwitzen.»

«Und der Wirt ist kein Spitzel?»

«Laß mal deine Spitzel! Keiner bezahlt ihn besser als wir. Er hätte nichts davon.»

«Und das Geld, woher habt ihr das?»

Louis steht verärgert auf, sieht mich von oben herab an, als wollte er sagen: «Bist du bald fertig mit deiner schlauen Tour?»

«Geh jetzt schlafen, los.»

Ich stehe auch auf.

«Wo?»

«Da.» Er blickt auf eine schiefe kleine Tür hinten im Flur.

Ich wage nicht, mich zu bewegen. Ich habe Angst, allein zu bleiben. Um etwas zu sagen, frage ich ihn:

«Warum hast du ständig die Hand in der Tasche?»

Louis zieht den Revolver heraus.

Ich stolpere über den Eimer.

«Wo kommst du bloß her?» grinst er.

Er ist schmächtig, fast zierlich, aber immer auf dem Sprung, leicht katzenhaft in Gesten und Verhalten. Er trägt einen Arbeitsanzug, hält den Rücken aufrecht und den Kopf erhoben über dem sehnigen, kräftigen Hals. Seine Gesichtszüge sind leicht spitz wie die eines Marders, die Augen sind klein, ständig in Bewegung und verändern sich, in diesem Augenblick sind sie tiefdunkel, sein Mund ist ein fast lippenloser Spalt, die Haare sind blond wie Holz von Kastanien, widerspenstig am Hinterkopf, sein Gesichtsausdruck ist steinhart.

Er steckt den Revolver in die Tasche zurück und zieht die Hand wieder heraus. Er wirkt versöhnlicher:

«Die Macht der Gewohnheit.».

«Verstehe», sage ich (wie hat er sich die Waffe wohl beschafft?). «Entschuldige», füge ich hinzu.

Er sieht mich prüfend an. «Du bist mir eine», fängt er an und schweigt dann. Ohne den Blick von mir zu wenden, ohne das Gesicht zu bewegen, spuckt er die Kippe wie ein Geschoß aus dem Mundwinkel. «Dich haben sie wohl dazu erzogen, dir die Hände nicht schmutzig zu machen, wie?» Er lacht in einer kurzen Grimasse. Ich gebe ein angedeutetes Lachen zurück. Wir sehen uns lange in die Augen. «Du hast es gut!» seufzt er. Er wendet sich brüsk um und dreht den Wasserhahn zu: «Kann einem auf die Nerven gehen, das Wasser, nicht?» Wieder beobachtet er mich und sagt dann: «Gehen wir.» Er schiebt mich vor sich her auf das ausgehängte Türchen zu und öffnet es langsam.

Vor mir liegt eine Höhle im Halbdunkel, in dem sich die höckerigen Umrisse von Strohsäcken auf zweistöckigen Betten abzeichnen, dumpfer Schweißgeruch von Menschen, die in einem geschlossenen Raum zusammengepfercht sind, schlägt mir entgegen.

Ich erkenne meine Dachauer Welt wieder. All diese furchtbaren Anstrengungen, um wieder an derselben Stelle zu landen. Ich bleibe an der Tür stehen.

«Hast du Angst?» flüstert Louis.

«Ja.»

Er tritt ein und verschwindet zwischen den Betten.

Ich horche auf die schweren, heiseren Atemzüge der Schlafenden, die sich im Dunkeln wirr verstricken. Kurz darauf taucht er wieder auf, nimmt mich bei der Hand und führt mich durch die engen Gänge in eine Ecke, in der zwei Strohlager frei sind.

«Leg dich da hin«, murmelt er. Er geht weg. Jemand stöhnt und bewegt sich mit unheimlichem Knirschen.

Das Licht im Hausflur geht aus, Louis taucht wieder auf und legt sich auf das Strohlager neben mir.

Er zündet sich eine Zigarette an, und im kurzen Aufflammen des Streichholzes fällt mir das obere Stockwerk des Bettes ins Auge, dieser ewige Baldachin der Lager, so anmaßend und grotesk in seiner Schäbigkeit. Louis zieht eine Decke unter seinem Strohsack hervor und wirft sie mir zu.

«Deck dich zu.»

«Und du?»

«Ich friere nicht.»

«Schläfst du hier?»

«Ja.»

Nach einer Weile hält er mir eine Tafel Schokolade hin.

«Iß.»

Ich fasse sie an, weil ich sie für einen Scherz halte.

«Danke.»

Ich wickle sie langsam aus dem dünnen Silberpapier, das mein Tastsinn schon vergessen hatte, deshalb kostet er dieses zerbrechliche Gefühl lange aus.

Unterdessen schälen sich aus der schweren Luft unterscheidbare Geräusche, ersticktes Lachen, Beschwerden, Verlagerungen von Körpern, die wie das Wogen von Massen klingen. Die Holzgestelle scheinen sich auszutoben, als hätten sie ein eigenes ungeniertes Nachtleben.

«Louis.»

«Lucie.»

«Ist das hier ein Bordell von *denen*?»

«Hier ficken alle.» Pause.

«Die Männer können hier frei hereinkommen?»

Louis dreht sich auf die Seite: «Erwartest du vielleicht, die Herren Nazis machen sich die Mühe, Männer und Frauen in getrennten Asylen unterzubringen?»

«In Dachau . . .» fange ich an.

«Da ist es so und hier ist es anders», sagt er kurz angebunden. «Wie's gerade kommt, meine Liebe. Da ist es so, weil man sie getrennt leichter überwachen kann und weil die Abstinenz zur Kasteiung gehört. Hier ist es anders, weil ein provisorisches Lager so zu organisieren viel zu aufwendig wäre, und außerdem ist es gut, wenn die Ausländer gleich bei ihrer Ankunft in Deutschland merken, daß sie Schweine sind.» Pause. «Verstehst du? Minderwertige Rassen.»

«Ja.»

«Treibt ihr es da nicht miteinander?» fragt er mit gespielter Naivität.

«In Dachau?»

«Sprich doch den Namen nicht aus, Idiotin.»

«Ein paar Frauen machen das wohl, aber die Männer müssen sich heimlich hereinschleichen und riskieren den Kopf.»

«Was habe ich dir gesagt?» lacht er. «Und du?»

«Ich nicht.»

«Schade», antwortet Louis nach einer Weile und dreht mir den Rücken zu.

Aus dem Zwischenraum, der mich von der nächsten Doppelpritsche trennt, nähert sich eine dicke Hand. Sie tastet die Decken ab. Dann folgt ein Arm, ein haariges Gesicht zeichnet sich ab.

Mir schnürt sich die Kehle zu. Ich strecke den Arm nach Louis aus. Er fährt schlagartig hoch.

«Was ist los?» Er zündet ein Streichholz an und schlägt heftig auf die Finger, die schon meine Brust erreicht haben.

Die Hand zieht sich zurück wie ein mechanisches Getriebe.

«Laß sie in Ruhe, das ist mein Mädchen», zischt Louis.

Das haarige Gesicht verschwindet grunzend. Louis tauscht den Platz mit mir und legt sich auf meinen Strohsack. Ich starre ins Leere. Auf dem oberen Strohlager des Bettes vor mir erkenne ich im Halbdunkel immer deutlicher ein Gewirr von Körpern, aus dem verschlungene Arme und Beine hervorragen, die wie unzählige blinde Fühler von riesigen Schnecken ausgestreckt und eingezogen werden. Ich mache die Augen zu, der ranzige Geruch aus der Decke zieht mir in die Nase.

«Könnt ihr euch mal einig werden!» ruft eine erregte Stimme.

«Fallt mir nicht auf den Kopf!» schreit eine andere keuchend. Und als wäre das Signal zu einem bisher hinterhältig unterdrückten Wortschwall ertönt, überschlagen sich jetzt Sticheleien, Anspielungen, Spottverse. Einzelne verschlafene Stimmen flehen kraftlos um Ruhe.

Stimmt, abhauen ist ein Mittel, das nur äußerlich etwas bewirkt, das Wesentliche bleibt unverändert.

Louis schläft noch nicht, steckt sich eine Zigarette an.

«Wein doch nicht», flüstert er und beugt sich über mich: «Das sind arme Strolche.»

Jetzt, wo ich mich ertappt fühle, lasse ich meinen Tränen freien Lauf.

Beim Aufwachen fühle ich mich wie zerquetscht: alle Leute sind auf den Beinen, stehen eingeknickt neben den Betten, die Köpfe gebeugt unter den Balken der oberen Strohlager, und schnattern; andere lassen die Beine von oben herunterbaumeln, wieder andere drängen sich mit dem Rücken an das Holz. Blutarme, verlogene Gesichter, tiefe Augenhöhlen, morsche, armselige Holzpfosten, tiefsitzender Dreck.

Und doch, wenn ich diese stumpfen, unruhigen Wesen beobachte, habe ich das Gefühl, ich gehöre selber seit unerdenklichen Zeiten zu diesem Elend, das mich umgibt wie Sumpfluft, eine verlassene Jonquille.

Louis' Strohlager ist leer. Ein Paket mit meinem Namen liegt darauf. Ich nehme es und packe es aus: ich finde ein dickes Stück Brot und zwei Würstchen darin. Niemand will etwas von mir wissen. Ich verstecke das Bündel in meinem Arbeitsanzug und gehe in den Flur, mich waschen. Ich tauche die Arme in den Eimer und reibe mir das Gesicht mit dem eiskalten Wasser ab.

In Windeseile verbreitet sich die Nachricht:

«Polizei.»

Das Lager leert sich. Ich gehe nach draußen: links von der kleinen Tür im Hof ist ein Tor, durch das jetzt alle betont lässig hinausgehen, ehe sie sich auf der Straße zerstreuen. Es regnet. Der Schnee hat sich in eine schlaffe graue Masse aufgelöst.

Ich gehe bis zu einem verwahrlosten, freundlichen Friedhof, betrete ihn, es gibt weder Kreuze noch Zypressen hier. Er sieht eher aus wie der alte Park eines verwunschenen Schlosses, in dem alle versteinert sind. Ich schlendere herum und spreche beiläufige Gebete, wie damals als Kind, als ich mir einen Spaß daraus machte, am Fenster zu stehen und die Vorübergehenden zu beobachten und unter ihnen je nach Laune jemanden anzusprechen, für den ich im Geist das Angelusgebet aufsagte.

Ich esse mein Brot und die Würstchen, koste jeden Bissen aus und vertrödle den ganzen Tag, bis ich bei einer raschen Drehung bemerke, wie die Schatten überall länger werden und das Licht immer dünner und matter durch das Blattwerk fällt. Ich laufe hinaus, stoße gegen ein rotes Haus, das verlassen am Gehsteig steht, und kehre zurück ins Lager.

Ich strecke mich im finstersten Winkel auf meinem Lager aus. Der Schatten wird dichter. Louis läßt sich nicht blicken. Ich habe Angst, daß er vielleicht nicht zurückkommt. Dann müßte ich Bekanntschaft mit anderen schließen. Aber seit Dachau habe ich mir etwas zum Prinzip gemacht: unbemerkt zu bleiben und vollkommen in der Masse aufzugehen.

Ich will nicht sterben.

Endlich taucht Louis auf. Ich setze mich auf meiner Strohmatratze hoch. Er grüßt mich, indem er seinen Kopf nach hinten wirft.

«Komm.»

Ich folge ihm glücklich.

Er dreht sich um und zwinkert mir zu: «Wir gehen uns das Thomasbräu ansehen.»

In diesem vom gestreuten Rot des Sonnenuntergangs verdünnten Nebel kommt es mir vor – so zufrieden, wie ich plötzlich bin –, als ob mir die Häuser mit ihren ungleichmäßig erleuchteten Fenstern zublinzeln, wie benommene, glänzende Gesichter von Abenteurern in einer verräucherten, überfüllten Kneipe.

Es ist, als ob alle Dinge aus einer schiefen Trägheit erwachten. Auch Louis ist anders als gestern.

Wir betreten das Thomasbräu. Ein Saal mit soliden Tischen und Bänken, holzgetäfelt bis zur halben Höhe, ehrwürdige Hirschgeweihe in allen möglichen Größen und Enden oben an den Wänden, Bierkrüge. Viel lautes Volk, Ausländer.

Rechts ist noch ein Saal mit kleinen, gemütlichen Tischen, weißen Tischdecken und kleinen Blumenvasen darauf, lautlose Gäste, eine gepflegte Kapelle. Es ist der Saal für die Deutschen. Louis zeigt mir einen Platz in dem holzgetäfelten Saal neben einem Paar, dem er ein kurzes Zeichen mit dem rechten Zeigefinger gibt, und setzt sich neben mich.

«Hier, Lucie, diese Genossen werden auf dich aufpassen; ich bin nur selten im Lager, deshalb vertraue ich dich ihnen an. Sie wissen schon, wer du bist.»

Die Frau ist jung. Sie hat einen Marmorteint, blaue Augen, die gleichzeitig sanft und kalt sind, und gestutzte borstige Haare. Sie ist hochschwanger. Hautfarbe und Haare des Mannes sind sehr dunkel. Auch die Augen sind dunkel, er ist älter und hat tiefe Falten wie die süditalienischen Bauern. Er erklärt mir sofort in verstümmeltem Emigrantenfranzösisch, daß «die Dame» Polin ist, er dagegen Sizilianer.

«Ich bin auch Italienerin», sage ich lachend.

«Ah», antwortet er schlicht. «Gut.» Dann erzählt er mir die Geschichte seiner Gefährtin. «Ihr Mann, ein polnischer Patriot, ist von den Nazis erschossen worden, und sie ist nach Deutschland deportiert und ins Lager gesteckt worden bis zur Niederkunft. Danach soll sie auch erschossen werden.» Er gestikuliert beim Sprechen, aber sein Tonfall ist so gemessen, daß seine Hände manchmal in der Luft innehalten. «Ich habe sie lieb, ich will ihr Kind adoptieren, aus dem werden sie keinen Nazi machen.» Sein Gesicht verzerrt sich. Dann entkrampfen sich seine Kinnladen: «Ich will sie heiraten», sagt er mit einer leichten Verneigung vor der Geliebten. «Sie ist so intelligent», fährt er lächelnd fort. «Sie lernt schon ein bißchen Italienisch. Ich arbeite bei einem deutschen Zivilisten und suche irgendeinen Ausweg. Ich habe keine zwei Monate Zeit.» Bei diesen Worten blitzen seine Augen wahnsinnig entschlossen. Die Frau sieht ihn mit geduldiger Zärtlichkeit an. Der Sizilianer fährt fort:

«Louis hat mir gesagt, daß ich auch auf dich aufpassen soll. Bleib also immer bei Dunja, dann wird dir keiner was tun.»

Die Frau lächelt mich an.

Louis sieht auf die Uhr.

«Ich lasse euch jetzt allein. Ich muß weg.»

«Geh ruhig», antwortet der Sizilianer auf französisch und klopft ihm irgendwie achtungsvoll auf die Schulter.

Louis winkt allen zu und geht, ohne sich noch einmal umzusehen.

Im Lager lege ich mich neben Dunja.

Die Tage vergehen ohne besondere Vorkommnisse.

Louis taucht gelegentlich auf und lädt mich ins Kino ein. Er redet wenig. Manchmal ertappe ich ihn dabei, wie er mich verstohlen mustert, aber sowie er merkt, daß es mir auffällt, sieht er mich den ganzen Abend nicht mehr an.

Der Sizilianer gibt mir zu essen.

«Danke. Aber wie kann ich das wiedergutmachen?»

«Keine Sorge. Das kommt alles von Louis. Ich bin nur der Überbringer.»

«Aber wie soll ich mich dann bei Louis revanchieren?»

«Mach dir keine Gedanken. Wenn er dich um nichts gebeten hat, dann will er auch nichts von dir.»

Die kleine Tür des Lagers führt auf den Hof einer Eisfabrik, in der französische Kriegsgefangene arbeiten, die in den oberen Stockwerken unseres Gebäudes untergebracht sind. Ich bin nie zu ihrem Lager hinaufgegangen, aber ich habe gehört, daß sie viel mehr Platz haben als wir und viel mehr Vergünstigungen. Es handelt sich um französische Soldaten, die sich geweigert haben, Zivilarbeiter zu werden. Ich stelle fest, daß es ihnen doppelt gut geht, denn sie gelten bei allen fast als Widerstandshelden. Sie arbeiten nur zwei Schritte von ihrer Unterkunft entfernt, und sie bekommen Geld dafür, außerdem erhalten sie regelmäßig Pakete vom Roten Kreuz, haben eine schmucke Uniform, die ebenfalls laufend vom Roten Kreuz erneuert wird. Von den Deutschen werden sie mit einer gewissen Unterwürfigkeit behandelt, weil sie ihnen gelegentlich Bröckchen von fast vergessenen Kostbarkeiten wie Kaffee oder Schokolade aus ihren Paketen zukommen lassen, und schließlich haben sie jede Menge Frauen, sowohl deutsche, die angelockt werden von den Süßigkeiten, dem stattlichen militärischen Aufzug und der schicken französischen Atmosphäre, als auch Frauen aus unserem Lager, von denen sie angehimmelt werden wie Märchenprinzen, auf die sie aber nur in Notfällen und mit ziemlicher Herablassung zurückgreifen. Ich habe nicht den Eindruck, daß sie politisch sind, im Gegensatz zu anderen, die ich vorher kennengelernt habe. Sie lassen sich nur selten im Erdgeschoß blicken und verachten die versprengten Kriminellen mehr als die Neuankömmlinge. Überhaupt kreuzen sie nur unten auf, um sich unter den letzteren ein leckeres und fügsames Mädchen auszusuchen.

Das Erdgeschoß seinerseits zahlt ihnen die Geringschätzung im Übermaß heim und nennt sie allesamt: die Legalen von oben.

Wir sind die Illegalen.

Jedenfalls machen sie keinen Ärger und empfinden es als Ehrensache, von nichts zu wissen, wenn die Deutschen sie über einen von uns verhören. Und schließlich, wenn sie in ihrer Fabrik Nachtschicht haben, kümmern sie sich nicht im geringsten um unser Treiben in ihrem Hof.

Die andere Seite unseres seltsamen Lagers führt auf den Hof des Arbeitsamtes; er ist ziemlich dreckig und eingerahmt von niedrigen Gebäuden mit stumpfen, verstaubten Fensterscheiben.

Hin und wieder stelle ich mich mit den Neuankömmlingen in die

Schlange beim Arbeitsamt, um mir auch eine Kelle Suppe und zwei Scheiben Brot zu holen, die Tagesration, die das Arbeitsamt an die von ihm betreuten Leute verteilt.

Aber ich habe noch andere Quellen.

Ins Thomasbräu gehe ich mit einer ganzen Clique. Unsere Leute haben mir die Aufgabe übertragen, ihre Zigaretten auf dem Schwarzmarkt an die Deutschen in ihrem gepflegten Speisesaal zu verkaufen, da, wo es gewaschene Tischtücher, adrette Zierdeckchen und Blumenvasen gibt. Ich bekomme dafür Prozente. Ich verlasse mich auf meinen Blick und kann sofort die engstirnigen Deutschen, die über den wüsten Lärm in unserem Saal entsetzt sind, unterscheiden von den vorsichtigen, ernsten und von den verständnisvollen, vor allem Jugendliche und Soldaten, die das Treiben in unserem Saal belustigt beobachten.

Häufig tausche ich Zigaretten gegen Lebensmittelmarken. So essen und singen wir bis in die späte Nacht. Manchmal setze ich mich in eine Ecke und ermahne mich:

«Hier werde ich es nicht machen wie im KZ. Hier werde ich durchhalten. Ich werde durchhalten bis zum Schluß. Ich werde nichts Unbesonnenes tun. Ich werde immer eine von ihnen sein, genauso wie sie, weiter nichts.»

Aber gewöhnlich haben wir kein Geld und geben den Thomasbräu-Kellnerinnen Pfänder, die wir dann nie wieder einlösen. Gestohlene Gegenstände.

Eine kleine bucklige Kellnerin ist da, eine alte Jungfer, die immer ganz mitleidig mit uns allen tut und seufzt und jammert, aber in Wirklichkeit ist sie eine gerissene Halsabschneiderin, die vorstehende Augen wie eine Fliege hat.

Die meiste Zeit halten wir uns jedenfalls im Lager auf und verbringen die langen Stunden des Tages damit, Läuse zu zerquetschen.

Wir ziehen uns aus und suchen im schwindsüchtigen Licht, das durch die Fensterscheiben fällt, graues Hinterhoflicht, lauter Frauen in einer Ecke, unsere Kleider nach den widerlichen Insekten ab, rollen sie zwischen den Fingern zu Kugeln, wie es Kinder mit Nasendreck machen, und zerquetschen sie. Ich habe einen großen glatten Stein für diesen Zweck. Manche sind sehr fett, grau mit hellen Streifen und wanken beim Gehen, weil sie einen so dicken Bauch haben. Andere sind dunkel gefleckt oder dunkelbraun, das sind die Häßlichsten, die Lebhaftesten, die spritzen wie Würmer. Da, in diesem Spinnennetz aus Licht, diesem schlammfarbenen Schatten des Raumes schimmern diese an Kleider und Decken geklammerten Vierfüßler wie Bronze.

Im übrigen bin ich auch in Dachau schon immer höchst geschickt gewesen; nachts werde ich wach durch einen wohlbekannten Juckreiz, taste ganz ruhig und packe dann schlagartig das Insekt. Ich werfe es zu Boden, ohne mir die Mühe zu machen, es zu zerquetschen.

Ich habe auch entdeckt, daß Körperläuse warm halten.

Louis hatte recht. Es ist wirklich nicht gefährlich, ein paar Meter vom Arbeitsamt entfernt zu leben. Man könnte fast denken, die Illegalität ist die uneheliche Tochter des Arbeitsamtes, und ich wundere mich jetzt manchmal selbst darüber, daß ich darin anfangs einen Widerspruch gesehen habe.

Wie in Ländern mit einer geschlossenen, äußerst sittenstrengen Gemeinschaft Inzest und Ehebruch mit tausend Tentakeln vor sich hin blühen, geschützt von absolutem Stillschweigen, unangetastet, solange der Schein gewahrt bleibt, genährt also gerade von der Erbarmungslosigkeit der Sitten, so sind wir ureigenstes Produkt der nazistischen Maschinerie, die die wahnwitzigste Kontrolle und Disziplin hervorbringt, und deshalb ist es einfach logisch und richtig, daß auch wir unter ihren Fittichen geschützt sind.

Gestärkt durch diese Entdeckung, bewege ich mich unbekümmert auf dem Gelände des Arbeitsamtes und lächle über meine früheren Ängste.

Ich habe sogar mehrmals das Gebäude selbst betreten, um zu horchen, was über den einen oder anderen beunruhigten Flüchtling geredet wird.

Es ist ein großes gelbes Haus, von dessen Wänden der Putz bröckelt, mit unzähligen kleinen Büros zu beiden Seiten der unendlich langen Gänge und großen Fenstern, durch die weißes, teilnahmsloses Licht fällt; hinter den Schreibtischen bleiche, schlaffe Angestellte, davor lange Schlangen von Arbeitern, unterwürfig aus Gewohnheit und ein bißchen enttäuscht angesichts der blutleeren

Unpersönlichkeit des Gesetzes. Sie sind vor allem bereit zu ertragen, müde vom stundenlangen Schlangestehen vor den schmalen Schaltern, wo es ihnen absichtlich schwierig und beschwerlich gemacht wird, die Dokumente vorzulegen oder abzuholen, die den Weg zur sozialen Sicherheit ebnen.

Es kommt vor, daß irgendein Deutscher, begleitet von zwei SS-Leuten, plötzlich im Lager auftaucht, zum Abendappell oder irgendwann sonst, und, nachdem er die Wachen an den Ausgängen postiert hat, die Papiere aller Anwesenden kontrolliert.

Gelegentlich hat eine solche Razzia etwas gebracht. Aber gemessen an der Intensität, mit der wir illegal leben, besteht hier eine viel geringere Wahrscheinlichkeit verhaftet zu werden als anderswo, und sie ist es nicht wert, ernsthaft bedacht zu werden.

Ich erfahre, daß Louis dringend von der Polizei gesucht wird.

Aber im allgemeinen verlaufen die Durchsuchungen harmlos. Ein paar Deutsche dringen rasch ein und haben nichts Eiligeres zu tun, als diesen finsteren, heimtückischen Ort wieder zu verlassen.

Wenn ich mich nicht schnell genug unter einem Bett verstecken kann, hänge ich mich hinter sie oder gehe vor ihnen her, wiederhole die verwirrenden Namen der Ausländer, die sie nicht verstehen, spreche jede Silbe deutlich, bringe sie wieder zur Tür, und regelmäßig vergessen sie dann, meine Papiere auch zu verlangen.

Louis ist Epileptiker. Wenn er Anfälle hat, wird er unberechenbar und unerwartet wild. Sein Mund verkrampft sich, und die aufgerissenen Augen erstarren. Er schlägt und tritt in Schüben, er hat das Gesicht eines Wahnsinnigen, aber bei ihm wirkt selbst diese Raserei wie vorbedacht. Ich sitze bei ihm in den langen bewußtlosen Pausen, die den Anfällen folgen, und ich bin die einzige, denn er hat keine Freunde außer dem Sizilianer, der oft nicht da ist. Ich lege ihm feuchte Tücher auf die Stirn, während er mich, ohne mich wirklich zu sehen, erregt und sanft anblickt.

Der Sendlingertorplatz ist Treffpunkt der Ausländer: ein großer, unregelmäßiger Platz, eingerahmt von Läden, in der Mitte eine kümmerliche Grünanlage. Es gibt dort sogar Bänke für «Polen» und «Ostarbeiter», womit die Russen gemeint sind, und Kneipen für Ausländer einschließlich der Russen, wie auch unzählige Schilder mitteilen. Eine Seite des Platzes ist abgesperrt mit einem Holzzaun von der Sorte, mit der man auf ländlichen Märkten das Vieh einpfercht. Ich schlendere gern da herum. Es ist der Markt der Ausländer, wo sie offiziell das Recht haben, Kleidung, Tabak und Eßsachen zu tauschen.

Ausländer aller Nationalitäten, vor allem Slawen, stürzen sich auf scheußliche rote Kleider, grüne Kniestrümpfe, braune Taschentücher, saures Kommißbrot, schimmligen Tabak, der sehr teuer ist. Befühlen, zucken die Achseln.

Es ist wie in einem Stummfilm, denn alle gestikulieren erregt, und keiner der Käufer redet. Man hört nur ein dumpfes Surren wie von einer Kamera.

Manchmal kann man einen Kampf erleben, der lautlos beginnt und dann ausartet in gegenseitige Drohungen der Gegner und Anfeuerungen seitens der Zuschauer, die sticheln und grinsen.

Während ich dort herumstreune, begegnet mir Louis. Er sieht mich nicht an, kennt mich nicht. Er stellt sich neben mich mit ausdruckslosem Gesicht. Ich will ihn ansprechen, aber er zieht einem hageren Mann eine Rolle mit deutschen Geldscheinen aus der Tasche. Er hat einen gedankenverlorenen, leicht abgespannten Gesichtsausdruck.

Ich gehe noch einmal absichtlich an ihm vorbei und bleibe vor ihm stehen.

«Louis», sage ich. Das Geld ist schon verschwunden. Er hebt die Augen ohne Zeichen von Überraschung, sieht mich durchdringend an und verschwindet. Ich suche ihn in der Menge, kann ihn aber nirgends mehr finden.

Ich kaufe mir ein Paar Plüschpantinen mit Holzsohlen, für die ich sechzehn Mark bezahle – die Ausbeute meiner letzten Spekulationen im Thomasbräu –, und mir bleibt gerade noch genug für eine Unterhose, die mich mehr freut als alles andere, weil mich die harten Köperhosen auf der Haut scheuern. Außerdem ist der Arbeitsanzug, den ich mir beschafft habe, zerschlissen, und obwohl ich ihn stundenlang wieder zusammenflicke, schimmert durch irgendeinen Fetzen das nackte Fleisch. Und im November ist es kalt. Trotzdem ist die Kälte, auch wenn es mich dauernd fröstelt, meine geringste Sorge.

Ich bin so zufrieden mit meinen Einkäufen, daß ich nicht gleich ins Lager zurückkehre, um etwas zu essen aufzutreiben – es wird Abend –, sondern in den Schuppen der Werkstatt nebenan gehe. Ich bin so zufrieden, daß ich auf den Lastwagen herumklettere, ins Fahrerhäuschen steige, auf die Sitze springe und von einem Auto in das andere steige.

Ich habe mich kaum mit einem Plumps in einem schönen Fahrzeug in den weichen federnden Sitz fallen lassen und aus Spaß ein bißchen auf Dame gemacht, da erstarre ich. Hier versteckt sich ein Mann. Es ist Louis. Genau gesagt, er hält sich nicht versteckt, sondern liegt gemütlich halb ausgestreckt auf dem Sitz, raucht und hält eine zusammengefaltete Zeitung in der Hand. Er zündet ein Streichholz an, ohne die Haltung zu verändern, und lächelt mich an. In diesem Moment habe ich den Diebstahl ganz vergessen, erzähle ihm euphorisch von meinen Einkäufen, zeige ihm die Pantinen, und er zündet immer neue Streichhölzer an, um sie zu begutachten.

Er sieht mich wortlos an. Er hat jetzt nicht mehr diese ironische Haltung wie am ersten Abend. Er ist immer sehr scheu mir gegenüber oder schroff oder zaghaft, als hätte er Angst, etwas falsch zu machen. Dann faßt er Mut und redet «Argot».

Er streckt mir Lebensmittelmarken und Geld fürs Abendessen entgegen. Während ich beides annehme, erinnere ich mich unglücklicherweise an seinen Diebstahl am Sendlingertorplatz.

«Ist das Geld von einem Ausländer?» frage ich.

«Na gut», sagt er dann. «Ich werde nicht wieder unsere Leute bestehlen.» Er sieht mich an, als wollte er mich bitten, seine Gabe anzunehmen. Plötzlich schäme ich mich meines harten Gesichtsausdrucks: Wie komme ich dazu, ihm Vorschriften zu machen!

«Danke!» Ich lächle ihn beschämt an. «Danke, Louis.»

Und so sitzt er in der Dämmerung neben mir, so dicht, daß ich ihn fast berühren könnte, blickt vor sich hin und erzählt, daß er aus einer Fischerfamilie in der Normandie stammt und sein Vater auf See gestorben ist, als er noch ein Kind war. Mit acht Jahren ist er schon Schiffsjunge geworden, und seither ist er immer zur See gefahren, auf dem Frachter eines Marseillers, der illegale Geschäfte machte. Das Schiff legte an den unglaublichsten Stränden an.

Einmal mußten sie wegen des Hafenzollamts sehr lange in einem Hafen in Französisch-Kongo bleiben, und er bekam Malaria. Als das Schiff wieder in der Heimat anlegte, setzten sie ihn an Land, ohne Nahrung, ohne alles.

«Ich habe schon was verdient, aber alles wieder ausgegeben. Meine Mutter war inzwischen an der Schwindsucht gestorben. So bin ich nach Paris gefahren und habe mir eine andere Arbeit gesucht. Viel kam nicht in Frage, denn ich kann kaum lesen und fast überhaupt nicht schreiben. Ich habe nichts gelernt. Ich bin jetzt sechsundzwanzig.»

Wie er das so erzählt, störrisch, wirkt er wie eine ungezähmte, getretene Seele. Ich möchte ihm die Hand drücken, aber ich wage es nicht und rühre mich nicht. Wir schweigen.

«Geh jetzt essen», sagt er schließlich. «Es ist schon spät.»

«Gehen wir», sage ich.

«Ich habe noch etwas zu erledigen.»

«Kannst du niemals freimachen?»

«Wenn ich arbeite, kenne ich niemanden mehr.»

Ich ergreife seine Hand, eine rauhe, rissige Hand voller Schwielen. Louis überläßt sie mir, erwidert aber den Druck meiner Hand nicht.

«Geh jetzt», sagt er.

Ich steige aus und gehe erschüttert und von den seltsamsten Gefühlen bewegt ins Lager zurück. Ich weiß jetzt, daß mich das zerlumpte Volk aus dem Thomasbräu stärker anzieht als irgend jemand in meinem bürgerlichen Leben vorher. Der Gedanke, daß ich mich in so kurzer Zeit so verändert habe, macht mir angst, und ich fühle, daß mein ganzes Leben nie mehr so rein und sicher sein wird wie jetzt. Ganz bürgerlich, das weiß ich, schäme ich mich für ihn, aber allein das zu denken versetzt mir einen Stich, und mein Herz klopft heftig.

Ich gehe aus dem Schuppen. Die Stadt mit ihren flackernden Lichtern hebt sich vor dem Himmel ab, an dem Wolken wie Kohlestücke an ihren Rändern einen letzten flammenden Widerschein verbreiten. Ich werde plötzlich ganz matt, all die Fröhlichkeit, die ich eben noch empfand, fällt von mir ab wie ein langsam zu Boden gleitendes Gewand.

Ich gehe in die Brauerei und lasse mich neben die Genossen auf eine Bank fallen.

Drei deutsche Soldaten kommen in unseren Saal und setzen sich an unseren Tisch. Sie kommen von der Front, das sieht man ihnen an, und vielleicht wissen sie nichts über uns, oder sie scheren sich nicht um uns. Sie bestellen Brot und Bier und kauen bedächtig.

Wir beschließen, Lebensmittelmarken für drei Mahlzeiten zu sammeln, und legen sie vor die Männer auf den Tisch. Wortlos nehmen sie sie an. Sie wissen nicht, wieviel sie uns kosten. Wir widmen uns wieder unserem Essen, bestellen sogar einen Nachtisch für sie und bieten ihnen Zigaretten an.

Sie sind müde, heruntergekommen, haben viel zu früh ergraute Haare, sie unterhalten sich nicht einmal untereinander. Am Schluß danken sie uns verlegen. Ich fange einen flammenden Blick zwischen winzigen Fältchen hervor auf, einen Blick des Grolls auf diese freigebigen und unvoreingenommenen Ausländer, die ihnen im eignen Land den Hunger stillen. Es ist der Blick des armen Verwandten.

Da flüstere ich einem von ihnen ins Ohr, daß wir selber Hungerleider sind und keinen Platz zum Schlafen haben, sondern wie Vieh in einem verlausten Stall zusammengepfercht hausen.

Verschreckt sieht mich der Soldat an, dann berät er sich halblaut mit den anderen. Schließlich berichtet er stockend, daß ihre Häuser zerstört sind, daß sie ihre Familien nicht finden konnten und daß ihr ganzer Urlaub mit vergeblicher Sucherei dahingegangen ist. Seine Stimme zittert, sie wissen auch nicht, wo sie die Nacht verbringen sollen. Das Soldatenheim am Bahnhof ist überfüllt, und um diese Uhrzeit sind alle Ämter geschlossen. Die sechs fragend auf mich gerichteten Augen, die drei vom uferlosen Kampf gezeichneten Gesichter, die an eine anonyme Disziplin gewöhnten Kiefer, ihre schwieligen und mechanischen Hände machen mir ein merkwürdiges Schuldgefühl.

Als sie fertig sind, stehen wir auch vom Tisch auf und nehmen sie mit in unser Lager. Wir geben ihnen unsere besten Strohlager, zwei geflohene französische Partisaninnen schlagen und bürsten für sie die Decken aus.

Am nächsten Tag ziehen sie in wenig stattlicher Haltung ab in ihre amorphe Legalität. Dunja begleitet sie ein Stück. In den Augen der Ausländer, die sich mürrisch Zigaretten anzünden, steht ihre desorientierte Würde.

Während wir uns noch anziehen, kommt eine kleine Französin herein.

«Draußen scheint die Sonne wie im Sommer. Heute machen wir einen schönen Ausflug. Es ist Sonntag, da wird niemand Ausweise kontrollieren.»

Alle gehen nach draußen, um den Himmel zu begutachten. Die Sache wird beschlossen: nach aufgeregten Vorbereitungen trommelt uns der Sizilianer im Vorraum mit dem Wasserhahn zusammen. Wir sind ein Dutzend Leute, jeder hat sich ein Stück Brot besorgt. Und dann gehen wir aus.

Müßiggängerisch durchqueren wir die Stadt, folgen den ungestümen Windungen der Isar, in deren Wasser sich der Himmel mit den kleinen, leicht aufgetupften Wolken spiegelt.

Die Passanten sind freundlich. Wir streifen herum, schlurfen mit den Füßen übers Pflaster, gehen wie ziellos auf das ausgetrocknete Bett eines Nebenflusses zu.

Die Sonne steigt am Himmel hoch, während wir der Stadt den Rücken kehren und die letzten Häuser wie weiße Flämmchen zwischen dem Grün leuchten sehen.

Wir gehen am Ufer des Nebenflusses entlang, der durch ausgedehnte ebene Felder führt, vorbei an reinlichen Häuschen zwischen regelmäßigen, geraden Baumreihen.

Wir klettern über den Damm, rutschen die Böschung hinunter bis zu den Kieselsteinen, die aussehen wie hausgebackenes Brot auf dem hellen Tisch des ausgetrockneten Flusses. Rinnsale fließen in der Mitte. Mit ausgebreiteten Armen balancieren wir von einem Stein zum anderen und erreichen lachend das andere Ufer, das tiefer liegt, wie eine Insel, wo wir uns in der Herbstsonne ausstrecken, Vagabunden ohne Dach und ohne Sorgen.

Wir kneten einen Ball aus Erde, wickeln ihn in einen Lappen und beginnen zu spielen. Zwei oder drei ältere Leute machen eine Partie Boccia mit glatten Steinen, die Kinder Ringkämpfe. Dann strecken wir uns wieder aus und rauchen. Ich blase meine kleine weiße Wolke auf ein breites Blatt an einem Ast, der Rauch breitet sich darauf aus wie auf einem Tablett und löst sich auf.

«Im Sommer machen wir immer Ausflüge», erzählt eine Stimme, als wäre es die Wahrheit. «Das sind immer herrliche Nachmittage, unbeschreiblich.»

Louis taucht auf. Er hat auf einem Baumstamm gesessen und steht jetzt vor mir. Er hält zwei Rosenknospen in der Hand, legt sie neben meine Füße.

Er setzt sich nicht weit von mir auf den Boden und legt seine Arme um die Knie. Durch halbgeschlossene Lider und die klare Luft, die durch ihre eigenen Vibrationen Licht auszusenden scheint, beobachte ich ihn. Er folgt mit den Augen den Bewegungen der Bocciaspieler.

Ich setze mich auf. Ich nehme die Knospen in die Hand. Gewächshausblumen. Die eine hat die Farbe von Babyhaut und ganz zarte purpurrote Äderungen, das Innere leuchtet in einem edlen, kräftigen Gelb. Die andere Knospe hat violette, innen zart orangefarbene Blütenblätter, die in blaßrosa Spitzen auslaufen.

Ein Gefühl von Weichheit, absoluter Vollkommenheit, Auflösung ergreift mich. Die Stengel sind überlang, blattlos, mit leuchtendroten Dornen.

Auf dem Heimweg bin ich heiter und glücklich, die beiden Knospen stecken im Knopfloch meiner Arbeitsjacke und schlagen mir bei jedem Schritt gegen die Brust. Ich habe die Hände in den Taschen und singe im Laufen einen Kinderreim, der ebenso belanglos, launisch und zufällig ist wie mein Zustand. Ich pendle von einem zum anderen, laufe vor, warte dann an einen Baum gelehnt auf die Gruppe, und wieder fühle ich mich wie in einer Familie, als ob ich meine Genossen seit eh und je kenne.

Louis geht sehr weit hinten mit den sorgenvollen Männern und sieht zu Boden.

Die anderen italienischen Jungen stimmen an: «Dort oben auf den Bergen zwischen Wäldern und goldnen Tälern . . .»

Ich warte auf Louis:

«Ich danke dir», sage ich und nehme seinen Schritt auf. Er bleibt stehen. Die anderen gehen weiter, wir bleiben zurück. Er zieht ein Etui aus der Tasche.

«Da, nimm», sagt er. Ich nehme das Etui, öffne es und sehe eine wunderschöne goldene Schweizer Armbanduhr.

«Nein», wehre ich erschreckt ab (sie werden ihn verhaften, sie werden mich verhaften).

«Willst du sie nicht wegen des Geldes?»

«Ach was, Geld!»

«Also warum nicht? Hast du Angst, du bist mir sonst zuviel schuldig? Keine Angst. Für mich spielt das keine Rolle.»

«Es ist nicht deshalb, Louis.»

«Wärst du nicht gern gut angezogen, gut genährt und elegant, mit einem Wort: reich?»

«Ich?»

«Wenn ein Mann dir ein Vermögen bieten würde, würdest du den heiraten?»

«Wenn ich einen Mann liebhabe, heirate ich den auch, wenn er ein armer Schlucker ist», entgegne ich lebhaft, und als ich Louis ansehe, merke ich, daß er feuerrot geworden ist. Er lacht kurz auf, als wollte er gleich losprusten.

«Es ist erbärmlich, immer alles zu entbehren, sich zu erniedrigen», sagt er sarkastisch.

«Ist das so wichtig?» frage ich ihn lächelnd, aber ich sehe, daß er verbittert ist. «Wir wollen uns doch nicht umbringen lassen, Louis. Sie dürfen dich nicht kriegen. Wir können uns unter falschem Namen eine Arbeit suchen, bis der Krieg aus ist.»

«Für dich ist es der Krieg, für mich aber nicht. Deshalb ist es dir auch scheißegal.»

«Das stimmt nicht!» schreie ich.

«Ich weiß, ich weiß sehr wohl», sagt er zähneknirschend. Dann reißt er mir das Etui aus der Hand, holt die Uhr heraus, wirft das Etui in den Fluß und legt mir die Uhr zart um das Handgelenk. Ich will ihm danken, aber er richtet so seinen Blick auf mich, daß mir die Worte steckenbleiben. Schweigend kehren wir ins Lager zurück. Louis winkt mir zu: «Ich gehe.»

«Gib mir wenigstens die Hand», sage ich.

Sein Gesicht leuchtet kindlich strahlend auf, wird dann aber sofort belustigt und ironisch. Er drückt mir fest die Hand und sieht mich fast ernst dabei an.

Ich gehe zurück ins Lager, bin glücklich, habe keine Lust zu essen, will mich nur in eine Ecke verkriechen und meine süßen

Gefühle auskosten. Aber der Raum ist überfüllt und laut; ich gehe in den Vorraum, mein Blick fällt auf die Aborttür. Ich trete ein, weil ich nicht weiß, wohin ich gehen soll, und rutsche sofort in Kot auf dem Boden aus, ich halte mich an den Wänden fest, die mit Exkrementen verschmutzt sind und mit obszönen Inschriften.

Warum habe ich hier nie saubergemacht? Wo ich mich doch auf dieses Handwerk verstehe. Das Klo ist verstopft, kein Zweifel.

Die Sirenen heulen, und gleich darauf fallen die Bomben. Wir sind daran gewöhnt. Nur die vom Arbeitsamt betreuten Leute hauen ab, die anderen legen sich hin und warten ab. Und während unsere Behausung bei jeder Bombe zusammenzubrechen droht, mache ich mich ans Werk. Ich habe diese Arbeit so oft ohne Sinn, nur aus Sklaverei getan. Warum sollte ich sie jetzt nicht für uns tun?

Ich hole einen Eimer Wasser und einen groben Besen aus der Ecke und fange an, Wände und Boden zu schrubben, ich weiß nicht wie lange, aufgewühlt und erregt von einer Freude, einer Lebenslust und einer Sehnsucht nach diesen Leuten ohne Halt. Ich fühle mich wie eine Hausmutter, deren Kinder im Zimmer nebenan schlafen und die keine Zeit zu verlieren hat.

Zum Schluß bewundere ich meine Arbeit und betrachte diesen Abort, als wäre er ein Kunstwerk: wie freundlich die feuchten Wände und der graue Fußboden aussehen, wie ordentlich dieses von vier glänzendweißen Kacheln umgebene Loch im Boden. Ich räume Besen und Eimer in die Ecke, wasche mich gründlich, schließe den Wasserhahn und klettere auf ein Strohlager. Seit einiger Zeit liege ich lieber oben, weil ich mich dort freier fühle und alles von oben beherrsche. In der Finsternis des verdunkelten Raumes fange ich an herumzuhüpfen und Purzelbäume zu schlagen, bis ich mit dem ganzen Strohsack und dem Brett durchbreche und auf das untere Bett falle, was den unten liegenden Mann zu wüsten Beschimpfungen reizt. Ich flüchte mich auf ein anderes Strohlager, wo ich sofort einschlafe und von Kot träume, der aber gepflügte Erde war, saftige, fruchtbare Erde auf Feldern, in die ich beim Gehen einsank.

Ich wache auf von einer ungewöhnlichen, spannungsvollen Stille.

Kein Laut ist zu hören, nur das unheilvolle Brummen von Motoren, das aus allen Ecken hervorzubrechen scheint, aus der Tiefe der Erde, aus dem Himmel, aus der eignen Person.

«Diese Nacht können wir was erleben», murmelt eine Stimme.
«Das war nur eine Kostprobe.»
«Gehen wir in den Luftschutzraum.»

Leise, als ob das kleinste Geräusch eine Bombenexplosion auslösen könnte, klettern die Gestalten von ihren Bettgestellen herunter und ziehen sich hastig an. Auch ich gerate in Panik und stehe auf. Lautlos treten wir ins Freie, zünden nicht einmal ein Streichholz an, halten uns an den Händen. Die Luft draußen dröhnt noch stärker von dem Brummen, das uns bald den Atem verschlägt. Wir schleichen uns in einen kleinen Luftschutzraum in der Nähe, den wir sonst nie aufsuchen. Wenn wir uns wirklich in Gefahr fühlen, laufen wir immer zu einer Unterführung etwa hundert Meter weiter.

Nach einer Weile fängt einer an zu reden.

Ich sehe weder Dunja noch den Sizilianer.

Ich erfahre, daß Dunja, während ich schlief, vorzeitig die Wehen bekommen und der Sizilianer sie im Bombenhagel fortgebracht habe. Er sei wie von Sinnen gewesen und habe immer nur gestammelt, daß die Deutschen sie nicht kriegen würden. Es war unmöglich, ihn zurückzuhalten. Keiner weiß, wohin sie gegangen sind.

«Sie wollen das Kind, damit sie einen Nazi draus machen können, aber ich gebe es ihnen nicht, und wenn ich dafür sterben muß.»

Er hatte mit der Faust auf einen Neapolitaner eingeschlagen, der ihn zurückhalten wollte, und ihn zu Boden gestreckt.

«Dich erschießen sie ja nicht», hatte er immer wieder gesagt, «aber sie, sie, und ich habe nichts dagegen getan, ich habe es nicht geschafft.»

Ein paar Franzosen fangen an, über Politik zu reden. Einer von ihnen erzählt, wie er, bevor er nach Deutschland deportiert wurde, einen «ziemlichen Haufen» von *chleux** um die Ecke gebracht hatte, ohne je entdeckt zu werden. Er ist als Freiarbeiter gekommen, um Sabotageakte durchzuführen. Er arbeitet draußen und kommt manchmal abends zu uns, um sich mit seinem Mädchen zu treffen.

«Wir müssen den Haß gegen die Nazis schüren. Es ist egal, wenn Zivilisten darunter zu leiden haben, es ist egal, wenn wir dabei sterben, überhaupt wer dabei stirbt, und wenn alle dabei sterben.

* Diesen Namen gaben die Franzosen den Deutschen im Zweiten Weltkrieg als Ersatz für *boches*, der schon zu bekannt war und aus dem Ersten Weltkrieg stammte.

Was zählt, ist, daß die Nazis nie geduldet werden dürfen, und selbst wenn sie sich aus einem absurden Zufall in Frankreich anständig verhalten sollten, dann müssen wir dafür sorgen, daß sie böse und verhaßt werden.»

«Bei uns ist einer vom englischen Geheimdienst», sagt ein junger Mann nach einer Pause.

«Ich weiß.»

«Der sahnt jetzt doppelt ab: wegen der Flugzeuge und mit den Geschäften.»

«Das größte Geschäft macht er in den Nächten der Apokalypse.»

Dann weisen sie mit dem Kopf in meine Richtung.

«Die da ist seine Freundin.»

«Ah.» Ich meine, so etwas wie Ehrfurcht in dieser Bemerkung wahrzunehmen. In das Staunen hinein ertönen die Entwarnungssirenen. Wir gehen wieder an die Luft, stellen Vermutungen darüber an, in welche Richtung die Bomber weitergeflogen sein mögen. Mit angespannten Nerven gehen wir zurück, jemand bleibt stehen, bedeutet den anderen zu schweigen und horcht. Die Luft scheint noch widerzuhallen von einem dumpfen Brummen, das ungreifbar hin und her zieht.

Vielleicht aus Angst vor dem Alarm fürchte ich etwas Schlimmes, das nicht wiedergutzumachen ist, weil ich es nicht kenne und nicht vereiteln kann.

Ich will arbeiten. Er will nicht mit mir mitkommen? Dann gehe ich eben allein, weit weg. Ich werde mich als Freiarbeiterin melden, meine Papiere habe ich bei einem Bombenangriff verloren, die Polizei wird mich nicht schnappen, und ich werde neu anfangen als eine unter vielen, ohne zu leben, zu fühlen und zu lieben, ich werde ohne alle Intimität das Ende abwarten.

Ich kauere mich auf einem Strohlager zusammen, aber ich kann nicht mehr schlafen. Ich muß an Dunja denken. Wenn sie stirbt, bin ich wirklich allein. Die ganze Heiterkeit, die ich für meine eigne gehalten hatte, kam von ihr.

Louis hat niemanden. Niemanden in seinem Dorf und niemanden anderswo auf der Welt, ich weiß nicht einmal seinen Nachnamen oder den Namen seines Dorfes in der Normandie. Wenn er stirbt, wird niemand erfahren, daß er gelebt hat.

Zwei Tränen rollen mir über die Wangen, ihre nassen Spuren spannen mir die Haut.

Im Morgengrauen, immer noch im Bann einer unkontrollierbaren Erregung, stehe ich auf und gehe hinaus in den Fabrikhof, wo die Lastwagen stehen. Ich suche «unser» Auto. Es ist leer. Im Wageninnern liegt ein Tannenzweig auf dem Boden. Ich nehme ihn und lege ihn auf den Sitz. Die Zapfen sehen aus wie kleine Boote, die in den grünen Wellen dahinschwimmen. Es wird ihm gefallen.

Ich gehe wieder ins Lager. Ich lege mich hin. Immer dieselbe Bewegung: die Beine anziehen, dann eines nach dem anderen ausstrecken und dabei die Arme im Nacken verschränken. Die Stunden laufen leer davon.

Dann verbreitet sich die Nachricht: Dunja ist bei der Entbindung gestorben.

Ich habe Arbeit gefunden, allerdings nur vorübergehend, aber es ist immerhin ein Anfang. In Gasthäusern brauchen sie manchmal zusätzliches Küchenpersonal, und für kurze Anstellungen nehmen sie lieber Ausländerinnen, die keine Papiere haben, damit sie keine Versicherungen und Zusatzsteuern bezahlen müssen.

Die Gastwirtschaft, die mich eingestellt hat, liegt hinter dem Wald mit der Flak. Ich muß Gemüse putzen und Geschirr spülen. Zu essen gibt es natürlich kein Fleisch, aber ich kann am Feierabend die übriggebliebenen verkochten Nudeln, die gebratenen süßen Grießknödel, gekochten Kartoffeln und die Reste von den Tellern der Gäste mitnehmen. Mein Dienst geht von morgens um zehn bis ein Uhr nachts, drei Stunden Pause am Nachmittag.

Nach dem Mittagessen gehe ich mit anderen Küchenmädchen im Wald spazieren. Es ist ein unterschiedlich dichter Mischwald, an einigen Stellen wachsen ganz dicht Eichen und Buchen, an anderen stehen nur einzelne Tannen und Kastanien.

Kaum kommt die Sonne hervor, hört man das Gezwitscher von unsichtbaren Vögeln. Manchmal läuft einem auch ein Eichhörnchen über den Weg, es klettert dann an einem Baumstamm hoch und hängt sich mit dem Schwanz an einen Ast.

Ich liebe diesen Wald und bin gern dort, pflücke irgendwelche

Gräser, betrachte jeden Baum einzeln. Einmal rollt eine Kastanie auf den Boden, die Stacheln brechen ab, die Schale platzt, die Frucht fällt heraus, rund und wohlgeformt, glatt und fest.

Auch ich war gepanzert in die Welt getreten, werde ich es am Ende schaffen, aus der Hülle von Vorurteilen zu treten, in der ich mich versteckt habe?

Dicke, entrindete Baumstämme liegen auf dem Waldboden. Die anderen Mädchen und ich klettern darauf herum. Wir wetten, wer am schnellsten darauf langlaufen kann, ohne die Balance zu verlieren, oder wir benutzen einen als Wippe, oder wir spielen Fangen gegen die Kälte, und einmal habe ich, als ich mich in einem Gebüsch verstecken wollte, ein Liebespaar aufgestört.

Einmal, ich saß allein auf einem Baumstamm, die anderen waren wegen der Kälte nicht mitgekommen, habe ich einen Waldhüter mit einem verschrumpelten grauen Gesicht, braunen Lippen und Augen, einer kleinen, mißgestalteten Figur mit viel zu breiten Schultern herumspionieren sehen. Er sah aus wie eine Spinne.

Er hat die Hecke auseinandergerissen und «Hoch da!» geschrien.

Ich sah flüchtig zwei junge Leute, die sich liebten. Sie setzten sich sofort auf. Man konnte sehen, daß sie sich gern hatten; es waren Ausländer. Der Waldhüter geriet in Wut, fing an zu trampeln und zu kreischen, er würde den jungen Mann ins Gefängnis bringen und das Mädchen so lange in seiner Hütte hier im Wald festhalten, bis überprüft sei, ob ihre Papiere als Dirne in Ordnung wären. Das Mädchen wurde beängstigend gelb im Gesicht. Der junge Mann hat sich flehend über die Spinne gebeugt. Inzwischen hat der Waldhüter die Pistole gezogen. Der junge Mann blieb ganz ruhig: ehrerbietig hat er ihre Arbeitsgenehmigungen gezeigt. Dann hat er offenbar erklärt, daß er das Mädchen liebe und heiraten wolle, er habe sie verführt und trage allein die Verantwortung, sie müsse freigelassen werden, sie habe es nicht gewerbsmäßig gemacht.

«Wo können wir denn zusammen sein», hat er heftig gefragt, «in meiner Baracke vor all den Männern oder in ihrer vor all den Frauen?» Und mit diesen Worten hat er dem Waldhüter mit der Faust auf den Mund geschlagen, so daß dieser starr zu Boden fiel. Er hat das Mädchen bei der Hand gepackt und ist mit ihr ins Dickicht verschwunden.

Der Waldhüter blutete, aber ich habe es nicht über mich gebracht, ihm zu helfen. Ich bin ganz langsam von meinem Holzstamm heruntergeklettert und in das Gasthaus zurückgekehrt.

Danach habe ich nächtelang von dem am Boden liegenden Waldhüter geträumt, von dem feinen Blutrinnsal, das ihm aus dem Mund lief, und viele Gnomen, die ihm und der Kellnerin aus dem Thomasbräu ähnlich sahen, drängten sich um mich herum mit scheußlichen Fratzen. Ich habe auch gehört, daß sich in dem Wald ein Italiener herumtreibt, der sich immer, wenn Frauen vorbeikommen, die Hose aufmacht, und eine Tschechin aus dem Gasthaus ist eines Tages zu ihm hingelaufen.

Nachts um eins durch diesen Wald zu gehen, um von der Arbeit ins Lager zurückzukommen, macht mir einen derartigen Schrecken, daß ich dann die ganze Nacht wach und starr vor Wahnvorstellungen auf meinem Strohsack liege. Ich kann auch den Weg um den Wald herum nehmen, aber er ist dreimal so lang, und da komme ich mir dauernd ungedeckt vor, auf der einen Seite eine Wand von Bäumen, auf der anderen nur freies Feld; da komme ich mir vor, als ginge ich am Rand eines Abgrunds und könnte jeden Augenblick abstürzen.

Um durch den Wald hindurchzugehen, muß ich mich nur entschlossen und ohne Zögern darauf einlassen. Danach weiß ich nicht mehr, was los ist. Ich bewege mich vorwärts wie in einem Alptraum, bin wie besessen bei jedem Knacken von Zweigen unter meinen Füßen, wage nicht einmal zu atmen, die Schläge meines Herzens stechen, ich gehe streng geradeaus, und wenn ich nur einen Zentimeter zur Seite abweiche, dann ist es, als stürzte ich ins Nichts. Bis ich endlich, getroffen von einem frischen Luftzug, vor mir die Umrisse der letzten, wie selbstvergessen dastehenden Bäume erkenne. Dann komme ich wieder zu mir, wache auf und atme tief durch. Die frische Luft trägt mich wie die Arme einer Mutter, und ich genieße jeden meiner Schritte, das dumpfe Klopfen meiner Holzpantinen auf der mit faulem Laub bedeckten Erde.

Heute jedoch habe ich, vielleicht weil ich entlassen worden bin und es das letzte Mal ist, noch größere Angst als gewöhnlich und wage mich nicht durch den Wald. Ich gehe lieber drum herum nach Hause. Ich glaube, ich höre Schritte neben mir, gleichzeitig mit meinen ginge jemand, parallel zu mir, am Waldsaum entlang. Ich wage nicht, den Kopf zu drehen, gehe langsamer, dann schneller, alles ist simultan. Die Gnome vervielfachen sich.

Ich sehe hin. Louis' Schattenriß gleitet die Bäume entlang neben mir her. Ich will ihn anrufen und auf ihn zulaufen, aber dann halte ich inne: wenn er es wäre, würde er mich ansprechen, ein Zeichen mit der Hand machen. Wer kann das sein? Der Schrecken wächst, ich fange an zu laufen. Einen Augenblick lang drehe ich mich um, die Gestalt ist verschwunden.

Zurück zu Hause, im Lager, wo alles ruhig ist, kommt es mir so vor, als ob mein Entsetzen eine Halluzination war. Ich möchte mit jemandem reden, berichten, mich befreien, aber ich spüre, daß nur solange ich zu schweigen weiß und die anderen mich weder Angst haben noch leiden sehen, meine illegale Existenz gesichert ist.

Am nächsten Morgen kann ich nicht mehr schweigen, und nachdem ich mich zu einer Gruppe gestellt habe, in der über Krankheiten gesprochen wird, bringe ich die Rede auf die Fallsucht.

Sofort nennen sie Louis.

«Der kann ja nicht gesund werden», sagt eine Frau, Prostituierte von Beruf. «Der führt ein Leben wie ein Zwangsarbeiter. Der schläft nie, jedenfalls noch weniger als ich», lacht sie und wirft den Kopf in den Nacken. «Er ist dauernd überall gleichzeitig.» Während sie so redet, kommt mir die unvermittelte Art, mit der Louis immer auftaucht, wie Hexenwerk vor und lähmt mich.

«Der führt ein mörderisches Leben», fährt sie fort.

«Er interessiert dich, nicht wahr? Wer weiß, wo er jetzt ist.»

«Keine Ahnung, seit unserem Ausflug habe ich ihn nicht mehr gesehen.»

«Ich auch nicht.»

«Der Sizilianer ist auch nicht mehr gekommen», sage ich.

«Sieht ziemlich schlecht aus für dich, wie?» sagt die Frau augenzwinkernd.

Ich lege mich auf das Strohlager und stehe den ganzen Tag nicht mehr auf. Ein Trupp Deutscher kommt. Ich rühre mich trotzdem nicht aus dem Bett. Sie sehen sich den Raum an, messen die Wände ab, reden darüber, wie alles gereinigt werden müßte. Das Lager des Arbeitsamtes soll geräumt und geschlossen, die Kolonnen woandershin verlegt werden. Hier sollen Lagerräume für eine Sanitätsstelle eingerichtet werden. Ich höre zu, als ginge mich das alles nichts an. Nach langem Hin und Her ziehen sie wieder ab. Stumpf und gedankenleer sehe ich zu, wie sich die Schatten des Abends schwer über den Raum senken.

«Lucie.» Ich fahre hoch. Es ist der Sizilianer.

«Pietro.»

Sein Gesicht ist aschfahl. «Komm mit.»

Ich folge ihm hinaus in den Hof. Es regnet, es ist Nacht, aber es scheint, als ob er nichts sähe und fühlte und keine Eile hätte. Unter der Dachrinne setzt er sich auf den Boden, ich setze mich neben ihn. Langsam, als würde er sich jetzt erinnern, erzählt er von Louis – in der Vergangenheit:

«Louis war ein Einbrecher ohnegleichen, der nicht einmal vor Mord zurückschreckte. Er haßte die Nazis fanatisch. Er war spezialisiert auf Juweliere und Lager. Er war der geborene Verbrecher. Aber in letzter Zeit hatte er doch übertrieben. Es schien, als wäre ihm alles egal. Bis sie schließlich ein unverhältnismäßig hohes Kopfgeld auf ihn ausgesetzt hatten. Ich bin selbst losgegangen, um mir das Plakat mit seinem Foto anzusehen. Auf allen Polizeiwachen hing es. Ich habe ihn gewarnt. Vor ein paar Tagen hat er mir dieses Päckchen für dich gegeben. Gestern abend hat er es dann noch einmal aufgemacht, um noch etwas dazuzulegen. Er hatte mir schon gesagt, daß ich es dir geben sollte, wenn sie ihn umgebracht hätten. Er hat genau gewußt, daß sie ihm an den Kragen wollten. Schon deshalb ist er vor nichts mehr zurückgeschreckt. Heute nacht haben sie ihn geschnappt, er hat geschossen, sie haben ihn getroffen, dann hat er zwei von ihnen erledigt, und sie haben ihn kaltgemacht. ‹Gib ihr das Geld hier›, hat er gesagt, ‹es ist lächerlich, aber es hilft vielleicht, damit sie bis zum Kriegsende durchhält.› Weißt du, daß er sich fast geschämt hat vor dir? Eines Abends, als wir im Thomasbräu Karten spielten und du hereingekommen bist, es war ganz am Anfang . . . wie lange ist das her? Zwei Monate, erst zwei Monate. Jetzt hätte das Kind geboren werden sollen, jetzt habe ich Geld, ich habe auch gestohlen, ich bin mit Louis mitgegangen. Hätte sie doch gewartet, ich brauchte den Schmuck nur zu tauschen und zu bezahlen, aber ich konnte ihn nicht loswerden, auch Louis haben sie beladen mit Diamanten gefunden, was sollte ich denn damit anfangen? Wir konnten sie nicht absetzen, deshalb ist das Geld hier nicht so viel. Er wollte dir Geld geben, damit du keine Scherereien mit Schmuck hast. Aber sie ist tot, es war das Herz, sie hat ein krankes Herz gehabt, ich habe das nicht gewußt, sie hat es mir erst ganz zuletzt gesagt. Aber man hätte sie retten können, wenn sie nur noch ein bißchen gewartet hätte mit der Entbindung.» Der Sizilianer schlägt sich die Hände vor das Gesicht. Der Regen rinnt an uns herunter. Er faßt sich, schluckt und zwingt sich, ruhig zu reden. «Ach so, ja, du bist hereingekommen und hast uns nicht gesehen, und er hat mich auf dich aufmerksam gemacht und gesagt: ‹Die schlägt sich gar nicht schlecht durch, die Kleine da.› Er wirkte immer geizig wie einer aus Genua. Er trank, aß und rauchte immer allein. Bevor du gekommen bist. Dann haben wir Freundschaft geschlossen. Wenn sie doch jetzt das Kind kriegen würde, jetzt habe auch ich Geld in der Tasche und Diamanten wie Louis und Perlen, eine Perlenkette zur Feier der Geburt . . .» Wieder hält sich der Sizilianer die Hände vor das Gesicht. Dann hebt er den Kopf. «Er war ein Freund. Anfangs hatte ich eine schlechte Meinung von ihm», sagte er lächelnd, «weil er die Frauen nie bezahlte. Er spielte wie ein Verdammter. Aber er hat gar nicht nur wegen des Geldes gestohlen. Es war eine Passion von ihm, nachts in eine Wohnung oder ein Geschäft einzusteigen, das richtig zu planen, alles vorherzusehen, zu gewinnen. Ich habe ein paarmal mit ihm gearbeitet, er war hervorragend. Außerdem war er gerecht: er teilte alles zu gleichen Teilen. Und er hat auch nicht wahllos zusammengerafft: er hat ausgewählt. Aber er hat lieber allein gearbeitet. Für ihn hatten alle andern nicht genug Mumm.»

Der Sizilianer schweigt. Er zündet sich unter der Jacke eine Zigarette an. Weinend erzähle ich von der Erscheinung im Wald.

«Hättest du ihn angerufen, wäre er vielleicht nicht gestorben», sagt er.

«Er war es nicht», ich kralle mich an seinem Ärmel fest. «Bitte, bitte, er war es nicht.»

Rom, 1953

ASYL IN DACHAU

Das Durchgangslager Dachau ist vom Konzentrationslager durch einen langen Streifen Brachland getrennt.

Beide Lager sind äußerlich in allem ähnlich, mit Ausnahme einer Besonderheit: der Zaun, der das Konzentrationslager umgibt, steht unter Starkstrom.

Die Ebene ringsum ist unbewohnt, sogar der Himmel wirkt hier wie ein Vorhang, der sich gleich herabsenken und den Horizont verschlucken wird. Man hat dadurch das Gefühl, sich in einer abgelegenen und unwegsamen Gegend zu befinden. Man merkt überhaupt nicht, daß nur wenige Kilometer entfernt eine Großstadt liegt.

Solange ich im Konzentrationslager war, habe ich nicht einmal gewußt, daß ein paar Meter weiter noch ein anderes Lager war. Das habe ich erst jetzt erfahren.

Als ich floh, hatte ich gehofft, die ganze Gegend hinter mir lassen und mich auch von meinen Erinnerungen entfernen zu können; statt dessen finde ich mich aufs neue im Bannkreis des organisierten Todes wieder, in diesem Durchgangslager, ausgerechnet in Dachau, wenige Meter von dem Konzentrationslager entfernt, aus dem ich so voller Hoffnungen geflohen war.

Die Baracken sind hier wie unsere, aus Holz, niedrig und langgestreckt.

Ich krieche unter dem Zaun durch und betrete das Lager.

Gruppen von Ausländern, vor allem Franzosen und Italiener, scheint mir, schlendern zwischen den Baracken herum und unterhalten sich. Ich bleibe am Zaun stehen, als dächte ich gerade nach oder suchte etwas. Dann gehe ich ohne Hast auf die Ausländer zu und mische mich unter sie, höre ihnen lässig zu, als wäre ich eine von ihnen. Ich habe das Gefühl, ich werde beobachtet, belauert, obwohl ich, wenn ich um mich sehe, nur auf zufällige und zerstreute Blicke treffe. Jemand aus einer anderen Gruppe kommt dazu. Alle tragen

Zivil, und die meisten sind sauber und verhältnismäßig gut gekleidet. Man sieht ihnen sofort an, daß sie gerade erst nach Deutschland gekommen sind. Aber die bereiten mir kein Unbehagen, sondern die demonstrative Gleichgültigkeit derjenigen, die verwahrloster und deren Gesichter abgezehrt und hart sind. Ganz offensichtlich sind sie schon eine Zeitlang in Deutschland und wissen zwangsläufig etwas über das Konzentrationslager. Vielleicht ahnen sie, daß ich eine Entflohene bin, und vielleicht werden sie mich gleich aus Angst vor Bestrafung durch die Deutschen denunzieren. Wie konnte ich bloß auf die Idee verfallen, mich ausgerechnet hier einzuschleichen? Das hat bestimmt noch niemand gemacht, und wenn es noch niemand gemacht hat, gibt es dafür Gründe.

Ich versuche, so unbefangen wie möglich auszusehen, und trete in eine Baracke, vor der ein paar Kinder auf dem Boden sitzen, typisch russische Kinder. Niemand sieht mich an. Auch innen sind die Baracken wie unsere, vollgestellt mit Doppelbetten in zwei Etagen – bei uns waren es allerdings drei – mit Strohmatratzen und groben Decken, in der Mitte ein Ofen.

Frauen und Kinder liegen zu fünft oder sechst auf einem Strohlager, während die Männer schweigend auf dem Boden liegen oder kauern. Auch hier haben die meisten den Kopf kahlgeschoren. Ich versuche, mit aufgerichtetem Oberkörper und schwerem, schleppendem Gang wie ein slawisches Mädchen zu gehen.

Ich setze mich hinter dem Ofen auf den Boden.

Ich binde ein Tuch um den Kopf, unter dem Kinn gekreuzt und im Nacken gebunden, nach russischer Art.

«Na, komm, gib's auf, wenn du sowjetisch bist, bin ich Chinese», sagt ein Italiener schulterklopfend, während er sich vor dem beschlagenen grauen Fenster neben mich hinter den Ofen gleiten läßt. Es ist ein junger Mann mit geschorenem Schädel, einer Baskenmütze im Nacken, unregelmäßigen Haaren auf den hohlen Wangen, schwarzen, abgebrochenen Zähnen im roten, fleischigen Mund und Fältchen um die intelligent und offen blickenden Augen.

«Ich verstehe nicht», sage ich auf russisch, «*nieponimaio*.»

«Gib's auf! Hast du etwa Angst vor mir?» Er beugt sich an mein Ohr, sein Atem stinkt nach einem Gemisch aus Alkohol und Tabak: «Ich bin auch geflohen.»

«Nieponimaio», wiederhole ich.

Er sieht mich gereizt an:

«Wenn du das so siehst, dann sieh auch selber zu, wie du hier zurechtkommst.» Angesichts meines besorgten Gesichtsausdrucks schüttelt er den Kopf: «Du bist wirklich eine Anfängerin. Hast du etwa Angst vor den Russen? Stell dir vor, wir versammeln uns immer in ihren Baracken.»

Ich werde ihm bestimmt nicht erzählen, daß ich mich als eine von den Sowjets ausgebe, gerade weil ich zu denen größeres Vertrauen habe als zu jedem anderen Volk. Nur sein Interesse macht mich so besorgt. Aber um mich nicht zu verraten, darf ich mir überhaupt nicht anmerken lassen, daß ich Italienisch verstehe. Er fährt fort:

«Die kümmern sich gar nicht um uns, siehst du das nicht? Und übrigens, keiner hier weiß oder ahnt auch nur, daß es eine Handbreit weg ein Konzentrationslager gibt; selbst die, die etwas davon gehört haben, bevor sie nach Deutschland kamen, halten dieses hier für eins. Alle sind überzeugt davon, schlimmer als so kann es einem nicht mehr gehen, also haben sie gar nicht den Verdacht, daß unter ihnen Flüchtlinge sein könnten, sondern zählen nur die Tage und warten darauf, richtig untergebracht zu werden. Und wir Flüchtlinge, wie sollten wir, selbst wenn wir es wollten, uns wohl gegenseitig denunzieren und schaden? Wir helfen uns wohl oder übel gegenseitig! Zum Beispiel in dieser Baracke hier darfst du nicht bleiben, sie liegt zu nahe an den Küchen und wird stärker kontrolliert, da hast du schlecht gewählt. Ich habe dich sofort bemerkt. Das ist eine Italienerin, habe ich mir gesagt, wollen mal sehen. Was willst du, wir erkennen uns untereinander auf Anhieb, du kriegst auch noch einen Blick dafür. Aber denk dran, außerhalb der Baracken kennen wir uns nicht.»

Er ist unruhig und immer in Bewegung beim Sprechen. Schließlich steht er auf, er ist groß und kräftig.

«Also ich erwarte dich an der Latrine heute nacht nach dem Appell. Klopf zweimal an die Trennwand. Ich bin auf der anderen Seite, in der Männerlatrine, nehme dann ein Brettchen aus der Wand, das wir für dringende Besprechungen da eingesetzt haben: ich werde dir dann ein paar Sachen erklären, sonst gehst du denen nämlich gleich bei der ersten Razzia in die Fänge, mein Kind.»

Er zieht sich die Baskenmütze in die Stirn, die ihm nach hinten gerutscht war, und schlendert mit den Händen in den Taschen davon. Ich bleibe auf meinem Platz sitzen und warte ab, ob die Russen auf meine Anwesenheit reagieren, aber wie vorhergesehen, kümmert sich niemand um mich. Während ich so dem Abend entgegenharre, fängt draußen jemand laut italienisch an zu singen, nach der hüpfenden Melodie der *Banda d'Affori*:

Da kommt die Bande, da kommt die Bande
da kommt die Bande der Lumpen
der Lumpen, der Lumpen
mit dem Duce an der Spitze, der der Rädelsführer war
da sind sie ja, sind alle da
Schwarzhemden und Verbandsführer ... (die Melodie wird langsamer)

Auf den Knien rutsche ich zum Fenster und sehe hinaus; der Italiener von vorhin lehnt am Türpfosten der Baracke gegenüber und starrt zu mir herüber. Kaum sieht er meine erschreckten Augen, fängt er an zu lachen. Ich ziehe mich zurück und laufe aus der Baracke, um mich woanders zu verstecken.

«Ruskaja, ruskaja», ruft ein Mädchen. Ich höre sie hinter mir herlaufen, sie holt mich ein: «Dich meine ich, verstehst du», sagt sie auf französisch. Ich bleibe stehen; sie ist blutjung, mollig und herb, hat funkelnde kleine schwarze Augen, volle Wangen, tiefschwarze Haare und weiße Haut.

«Ich heiße Jeanine. Polò hat mir von dir erzählt. Polò ist mein Freund, ich wollte gerade zu dir kommen.»

Sie geht neben mir an den Baracken entlang, und ohne sich darum zu kümmern, ob ich sie verstehe oder nicht, erzählt sie mir sofort lebhaft plaudernd, daß sie zur Frau wurde während der Reise, und zwar durch irgendwelche sehr netten und zartfühlenden Deutschen, die ihr alles Erdenkliche geschenkt haben, dann hatte sie sich einen italienischen Freund genommen, einen gewissen Paolo, aber nicht diesen hier, einen anderen, einen blonden Pummeligen – «stell dir vor, der sagte immer *Amore, grazie* zu mir», sie sagt es auf italienisch, wie um mir zu beweisen, daß sie nicht lügt –, dann ist sie nach München ausgerissen, hinter ihm her, dabei hatte er sie fortgejagt, dieser kleine Scheißkerl. Also ist sie wieder hierher gekommen, und seit drei Monaten ist sie mit ihrem neuen Freund zusammen, der heißt auch Paolo, ist aber viel besser als der andere. Zuerst mal kommt der von der Marine, nicht aus dem gewöhnlichen Fußvolk, er hat schon Befehle gegeben, und reden kann er. Und dann trägt er die Mütze auf dem Kopf wie ein Franzose. Allerdings gibt es hier auch einen Franzosen, der sie will, einen wie wir – sie blinzelt mir zu –, aber sie ist ihrem Polò treu, außer daß sie in gewissen Nächten zu einem Dolmetscher geht, Polò besäuft sich dann, zu einem, der ihr viel Geld gibt und so vornehm ist, daß er in den Taschen seines neuen Mantels sogar Lederhandschuhe stecken hat. Er ist allerdings ein bißchen langsam, ist nicht stark und geistreich wie Polò. Aber sie mag ihn schon. Er will sie sogar heiraten, aber sie findet das nicht angebracht, vor allem, wo er doch eine Frau in Frankreich hat. Mit dem Geld kauft sie Alkohol für Polò, wenn sie auf dem nahe gelegenen Bauernhof Gemüse für das Lager abholen geht. Gemeinsam mit einem Italiener aus der Küche, der auch ihr Freund ist, aber mit den Händen läßt sie ihn nicht ran, dann kann sie ihn nämlich länger ausnehmen.

«Ach, da ist er ja.»

Ein mageres grinsendes Männchen kommt auf uns zu, ein Bauer, der so geht, als wollte er durch Laub waten, aber spitze Äste dabei umgehen. Er grüßt uns äußerst umständlich mit einer verwunderten und feierlichen Miene, lädt uns ein, ihn hinten in der Küche zu besuchen, und geht dann weiter.

«Ein Original, vollgestopft mit Käse», erklärt mir Jeanine.

Ich beobachte das Hin und Her der Ausländer und versuche, die Flüchtlinge auszumachen. Ein junger Mann, der seine runde Baskenmütze im Nacken trägt, grüßt uns mit einem hinterhältigen, höflichen Blick. Ich stoße Jeanine mit dem Ellbogen an.

«Ja», sagt sie, «das ist ein Student aus der Gascogne, langweilig wie ein Buch. Warte», sie zerrt mich am Arm. «Schau, jetzt, links vor der Latrine, das ist François, stell dir vor, der ist Student!» sagt sie verächtlich lachend. «Wenn der mich sieht, läßt er mich nicht in Frieden, gehen wir lieber zurück.»

Im metallischen Dämmerlicht kann ich gerade noch einen jungen Mann erkennen, er ist noch ein Junge, feingliedrig und abgezehrt, mit sanften Gesichtszügen. Ich werfe auch einen Blick auf die Latrinen.

«Seid ihr alle Franzosen?» frage ich.

«Und Italiener. Wir sind die Schlauesten. Aber sag mal», sie bleibt plötzlich stehen und stemmt die Hände in die Hüften, «wieso sprichst du eigentlich Französisch?» Sie lacht.

«Ich bin da geboren.»

«Wo? Ach was, spielt keine Rolle, sag nie was Genaues über deine Person.» Sie geht wieder los. «Ich will sie dir alle zeigen, wir sind nämlich wie eine Familie. Wir nehmen nicht gern Neue auf, aber bei dir machen wir eine Ausnahme. Du liegst uns, Polò und mir, und wir haben dich der Gruppe schon vorgeschlagen. Im großen und ganzen sind sie einverstanden, weißt du, Polò hat sofort begriffen, daß du Angst hattest, du hast ihm leid getan, und das hat er den anderen gesagt. Jetzt laufen wir hier Parade, weil sie dich noch nicht gesehen haben und dir zuerst einmal ins Gesicht gucken wollen, bevor du endgültig aufgenommen wirst. Heute nacht kriegen wir die Bestätigung, da kannst du sicher sein, und dann kannst du mit uns ein frohes Leben führen, anstatt mit den Russen und ihren Wanzen zu vermodern. Siehst du den feinen Pinkel dort? Das ist ein Italiener.» Ein dunkelhaariger, gutgekleideter junger Mann, groß und schlank, mit Pomade im Haar, beobachtet mich. «Der gehört zu uns, weil wir ihn aufgegriffen haben, aber er ist uns fremd. Stell dir vor, er verachtet Polò wegen seiner zerschlissenen Kleidung, und weil er den Kopf rasiert wie eine Bocciakugel trägt. Wenn Polò nicht wegen Karies die Zähne ausfielen, wäre er hundertmal schöner als dieser Lackaffe, aber auch so würde ich Polò nicht einmal für ein Repatriierungspapier gegen den tauschen. Ich weiß nicht einmal, wie er heißt, und ich will es auch gar nicht wissen. Jetzt zeige ich dir eine französische Nutte, die heißt hier *La Scopina** wegen ihrer Haare, aber sie fegt wirklich hier im Lager, und sie geht mit den Männern bloß für eine Zigarette. Dabei hat sie einen Freund, der ist Kohlenmann. Stell dir vor, der hat ihr gesagt: ‹Ich verlange nur eins von dir – betrüg mich nicht. Es wird dir an

* Wortspiel; *scopare* heißt fegen und ficken.

nichts fehlen, weder an Kleidung noch Essen, noch Zigaretten. Ich werde Überstunden machen und dir alles recht machen. Ich werde überhaupt nichts von dir verlangen, nicht einmal, daß du meine Wäsche in Ordnung hältst›», Jeanine biegt sich vor Lachen, «‹nur betrüg mich nicht.› Sie hat geschworen bei ihren beiden in Frankreich gebliebenen Kindern, hat sich dabei Tränen abgewischt, sie würde ihn nie hintergehen. Ich erzähl keine Lügen, weißt du, ich lag nämlich in dem Bett genau daneben, als sie diesen Pakt schlossen, ich habe alles gehört und gesehen. Aber sie geht unter dem Vorwand, den halben Tag bei den Männer-Strohlagern auszufegen, mit jedem ins Bett, ‹damit ich nicht aus der Übung komme›, sagt sie. ‹Falls der alte Bock sich das noch mal überlegt.› Aber er ist auch ein Schaf.»

Jeanine sieht durch die Tür in eine Baracke.

«Da ist sie», sagt sie. In der Mitte des Raums unter dem Lampenschirm sehe ich eine Frau in mittleren Jahren stehen, sie sieht gutmütig aus, hat rötliche Haare, ein breites, ausdrucksloses Gesicht, einen gedrungenen Körper und lange, hagere Beine. Die kupferfarbenen Haare über dem glatten, hellen Gesicht sind das einzig Lebhafte an ihrer Person.

«Was willst du?» fragt sie Jeanine träg. Die nimmt mich wortlos am Arm und führt mich weiter.

«Die Scopina ist eigentlich keine von uns, weil sie mit ganz ordnungsgemäßen Papieren arbeitet, aber sie ist nützlich für uns, sie geht frei im ganzen Lager herum und sieht viel, und ihr Freund versorgt uns immer mit Kohlen.» Jeanine scheint nachzudenken. «Gehen wir», sagt sie dann. «Jetzt bleiben nur noch der Franzose neben mir und Jean aus Lille, ein sympathischer junger Arbeiter, und dann gibt es noch den Marokkaner, das ist ein echter Kapitalist, mal abgesehen davon, daß er das Gesicht voller Pockennarben hat. Aber alle drei haben mir gesagt, daß sie dich gesehen haben. Ach ja, da ist noch die Verlauste. Benito hat sie so getauft. Benito ist der mit dem Käse. Der arme Kerl ist wütend, denn am Ende der Nacht hat er sie immer am Hals. Da hört man ihn dann manchmal schimpfen: ‹Ich schlafen und basta. Ich bezahl dich auch ohne›, was glaubst du, wie wir da lachen. Und die raucht ununterbrochen, sogar Kartoffelschalen in Zeitungspapier.

Ach so, wie heißt du eigentlich? Einen falschen Namen aber bitte.»

«Carla.»

«Gut, Carlà. Jetzt gehen wir zu Benito. Er gibt damit an, daß er ein gefährlicher Partisan in Italien war, mit dem Decknamen Benito, stell dir vor, der Trottel! Polò nennt ihn so, ironisch, und er legt großen Wert darauf, wer weiß, als was er sich vorkommt, er macht allen Geschenke, und ob du's glaubst oder nicht, er ißt nichts, der schuftet den ganzen Tag, damit er sich das leisten kann, aber wegen seiner Großzügigkeit ist er bei allen bekannt, und darüber ist er glücklich.»

Wir haben die Baracken abgeschritten, die eine neben der anderen in parallelen Reihen stehen. «Sei vorsichtig bei den Baracken in der Mitte, da wohnen die Freiarbeiter.»

Ich versuche, einen Blick in die Baracken der Freiarbeiter zu werfen: sie sind geräumiger als die anderen, haben keine zweistöckigen Bettgestelle, sondern Feldbetten, und die Strohsäcke haben karierte Baumwollbezüge.

«Vergiß nicht», erklärt Jeanine, «daß wir Flüchtlinge in Baracke 51 sind.»

«Wie ist das hier aufgeteilt?»

«Es gibt Baracken für Männer, für Frauen und für Familien. Die Freiarbeiter sind gesondert untergebracht.»

Während ich so neben Jeanine hergehe und ihr zuhöre, inmitten von lauter frei und bunt gemischt herumschlendernden Ausländern, spüre ich das unsichtbare Lager nebenan. Bei uns war es sogar verboten, herumzulaufen, wir lebten zusammengepfercht in den dunklen Baracken.

Wir kommen hinter der Küche an, einem Holzbau mit Blechdach, der länger ist als die anderen. Hinter der Küche am Zaun gibt es einen Müllhaufen, in dem kleine Kinder wühlen. Wir wollen hier auf Benito warten, lehnen uns an den Zaun wie an die Reling eines Schiffes. Das Konzentrationslager liegt auf der anderen Seite.

«Jeanine», sage ich, «ist es nicht gefährlich hier, so nahe an . . .» Ich deute in Richtung der Ebene. «Verstehst du, die SS.»

«Kommt ein Nazi etwa auf die Idee, daß wir vor seiner Nase stehen?» fragt sie lachend. «Nein!»

Benito kommt angelaufen, hockt sich hin, knüpft einen Lappen auf, den er aus dem Hemd zieht, und breitet ihn auf seinen Knien aus. Darin sind Brot, Kartoffeln und ein Stück Käse.

«Rasch», bedeutet er uns, «laßt alles verschwinden.» Er greift und verteilt die Sachen mit raschen Bewegungen seiner mageren, knotigen Hände, als würde er gerade etwas stehlen, versteckt den Lappen dann im Hemd, richtet sich wieder auf mit einer unsicheren Bewegung und einem raffiniert idiotischen Gesichtsausdruck.

«Jetzt hauen wir ab», sagt Jeanine abschließend, «mir reicht's. Iß deine Portion in der Latrine und laß dich nie dabei erwischen, daß du etwas hast, das verzeiht dir keiner. Mach's gut, Carlà, mach's gut, Flöhchen, ich komme mir schon vor wie deine Glucke.»

Sie lacht und verschwindet hinter der Ecke einer Baracke.

Als sich die Wachen nach dem Appell zurückziehen – sie kommen mir fast unbewaffnet vor, hier, wo sie nicht ständig aufgeregte Schäferhunde dabeihaben wie im Konzentrationslager –, laufe ich zur Latrine, um Paolo zu treffen.

Ich klopfe an die Wand.

«Ich habe gar nicht geglaubt, daß du kommst», höre ich die vibrierende ernste Stimme Paolos sagen. Ich suche mit den Blicken, wo sie herkommt, bis ich hinter der letzten der acht Kloschüsseln unten die Lücke für das aus der Trennwand herausgelöste Brettchen sehe.

«Wieso hast du mich bloß entdeckt?» frage ich, setze mich auf den Boden und beuge mich zu der Öffnung hinunter. «Ich war so froh, niemanden zu kennen. Du irrst dich nämlich, wenn du glaubst, daß ich bei euch sicherer bin, an Orten wie diesem ist man besser allein, unbekannt, namenlos.» Ich rede hastig, werde jäh von der Angst erfaßt, Zuneigung zu Menschen zu entwickeln: «Also, laß mich in Ruhe, mich gibt es nicht.»

Paolo antwortet nicht, und ich bekomme Zweifel, ob er mich überhaupt gehört hat.

«Paolo?»

«Was willst du?»

«Ich dachte, du hättest mich nicht gehört.»

«Wolltest du das vielleicht nicht, wo es dich ja nicht gibt.»

«Hilf mir, ich habe Angst.»

«Und wovor? Ich fühle mich so wohl mit diesem stumpfsinnigen Leben, ich will es gar nicht ändern», Paolos Stimme steigt langsam zu mir empor.

Die Tür fliegt auf, und vier Mädchen stürmen herein, die sich lautstark in einer slawischen Sprache unterhalten, die Röcke hochziehen und sich auf die Klos setzen. Sie sehen mich auf dem Boden hocken, machen einander auf mich aufmerksam und lachen gedämpft. Dann verschwinden sie wieder und lassen die Tür offen, die im Wind schlägt. Ich stehe auf und mache sie zu, dann hocke ich mich wieder vor die Trennwand auf den Boden.

«Ich war in eine Italienerin verliebt, die sehr schön war», erzählt die Stimme weiter. «Sie arbeitete in der gleichen Fabrik wie wir Gefangenen. Sie war eine sehr schöne und praktische Frau, die Durcheinander nicht ertragen konnte. Eines Tages hat sie mir gesagt, ich wäre unordentlich, streitsüchtig und würde nie auf einen grünen Zweig kommen, ich wäre überhaupt nicht der richtige Mann für sie. Am nächsten Tag war sie nicht mehr da, sie hatte sich in eine andere Stadt versetzen lassen. Ich bin abgehauen, um sie wiederzufinden, und hier bin ich gelandet. Ich habe mich an Jeanine angeschlossen. Kommt einem gar nicht vor, als habe man eine Frau im Arm, wenn man bei ihr schläft, sie hat einen Körper wie ein spielendes kleines Mädchen, was soll's, sechzehn Jahre, mit der kann man albern wie mit einem Kätzchen, so burschikos, und außerdem weiß sie sich zu helfen, manchmal kommt sie an mit Tabak oder Schnaps oder Brot: ‹Denk nur, Polò, so ein Treffer!› sagt sie dann und lacht. Ein kleines Mädchen, das mir mein Leben erträglich macht und mich da unten läßt, wo ich bin: sie akzeptiert mich, wie ich bin, und will nicht groß was daraus machen.»

«Wie jung sie ist», sage ich seufzend.

«Spiel bloß nicht die Uroma hier, du bist doch genausojung. Wie alt könntest du sein? Achtzehn, wie?»

«Stimmt, ich bin erst neunzehn, aber ich vergesse es immer. Und wenn es mir dann wieder einfällt, ist es wie eine Entdeckung, ich bin ein bißchen glücklich, weil ich noch so viele Jahre vor mir habe, aber dann werde ich sofort traurig, kriege schreckliche Angst vor der Zukunft, und es kommt mir vor, als könnte ich nach alldem nicht weiterleben.»

Ich liege inzwischen fast lang auf dem Boden, mit dem Kopf unter dem Abflußrohr der Kloschüssel, ich kann nichts mehr sagen, und auch Paolo schweigt.

«In den Lagern», fährt er schließlich nachdenklich fort, «überleben diejenigen, die sich den moralischen Halt bewahren, es gibt keinen Mittelweg. Das ist das Schöne: hier kannst du nicht mogeln. Übrigens, woher kommst du genau?»

«Ich habe es ja gewußt. Das wolltest du also: daß ich rede, daß ich dir von mir erzähle», ich reiße den Kopf hoch und schlage dabei mit dem Nacken gegen die Kloschüssel.

«Wenn du dich verschließt, bist du verraten und verkauft», sagt die Stimme ruhig, und, nach einer Pause: «Hast du nicht gesehen, mit welcher Gefügigkeit die Deportierten sterben? In Gesellschaft ist das ja so einfach!»

«Ich weiß genau, warum sie sterben», entgegne ich, «deren Leben hat schon vorher aufgehört, das jetzige haben sie weggeworfen, das empfinden sie als feindlich, wie eine Mauer. Ich nicht, ich behüte es, wie die Maulwürfe. Nicht fühlen, nicht lieben: schlafen, während es friert.» Hysterisches Weinen erstickt meine Stimme. «Deshalb wollte ich nichts mit euch zu tun haben, aber ihr habt es geschafft, seid ihr jetzt zufrieden? Ich habe Leute gekannt, die verhungert sind, die aber nie bereit waren, Suppe aus Gerste und Wanzen zu essen. Was soll ich denn machen? Ich habe sie gegessen. Die sind gestorben, und ich habe begriffen, daß das ganze Leben so ist. Sie weigerten sich zu arbeiten, sogar unter der Peitsche. Sie waren Helden. Was ist das? Was bedeutet das? Sie haben das Spiel der Nazis gespielt.» Ich schlage mir die Hände vor das Gesicht.

«Du widersprichst dir selbst», antwortet die Stimme leise. «Du nimmst es denen übel, wenn sie dieses Leben hier wegwerfen, dabei willst du es genauso machen.»

«Nein, es ist anders.»

«Maulwurf», wiederholt er, «nicht fühlen, nicht lieben.» Schweigen folgt, dann: «Ich dagegen genieße diese Lebensbedingungen, siehst du nicht, wie ich mich darin aale? Ich werde sie auskosten bis zur Neige.»

«Du bist hier derjenige, der sterben will», murmele ich.

Wieder fliegt die Tür auf, und ich fahre erschreckt hoch, ohne hinzusehen, wer da hereinkommt, und reiße mir die Hosen herunter. Ich setze mich auf die Kloschüssel mit einem Gefühl unsäglicher Erleichterung, als hätte ich einen Personalausweis in der Tasche. Als die Mädchen wieder weg sind, kauere ich mich wieder in die Ecke, lasse aber die Hose offen, um schneller aufs Klo flüchten zu können, falls es wieder eine Störung gibt.

«Paolo?» flüstere ich.

Seine Stimme kommt an:

«Du hast recht, Ruskaja, hier kann ich endlich in Frieden krepieren, langsam, aber sicher.»

«Warum hast du mich dann angesprochen?» protestiere ich wieder. «Soll ich mich vielleicht auch kleinkriegen lassen wie du?»

«Ich scheine wohl dafür geschaffen zu sein.»

«Was heißt hier geschaffen, das glaube ich nicht, du warst nicht immer so, sonst würdest du bestimmte Dinge nicht verstehen. Du redest dir das ein, um nicht so zu leiden.»

«Nicht mal das. Ich war immer unaufgeräumt, habe mir immer gefallen als Opfer des Schicksals, und hier habe ich jetzt meine wahre Umgebung gefunden, das Brot für meine Zähne –» er lacht –, «die obendrein von Karies zerstört sind.»

«Und du sagst, daß ich die Urgroßmutter spiele. Du selber bist altklug. Wie alt bist du?»

«Einunddreißig.»

«Als was hast du früher gearbeitet?»

«Bootsmann. Frachtschiffe.»

Wieder Schweigen. Schließlich frage ich:

«Wenn du in Frieden krepieren willst, warum versuchst du dann, den anderen zu helfen?»

«Ach, nur so, zum Zeitvertreib. Jahrelang zur See fahren», antwortet er gedehnt, «da kannst du machen, was du willst, da hast du das drin.» Ich höre seinen Atem. «Vielleicht war es im Güterwagen», seine Stimme wird erregt, «ich bin verrückt geworden. Ich habe nämlich Platzangst, das geht einem an die Gurgel. Da kannst du nichts machen: du kriegst keine Luft mehr. Madonna, habe ich die alle gehaßt, und das Ergebnis siehst du ja selber. Ich habe sie mit meinem Schicksal identifiziert.»

Mir kommt ein Schreck:

«Langsam verstehe ich dich, du bist noch schlimmer als sie», sage ich.

«Wer sie?»

«Es war entsetzlich . . .»

«He», höre ich es neben mir brummen.

«Die Frauen, wenn du die gesehen hättest», sage ich. «Sie haben sich gestritten wie wilde Tiere um eine Zigarette, eine Rübe, einen Mann, immer mit den gleichen Drohungen, haben sich gegenseitig bei den Kapos und der SS denunziert wegen Beleidigung des Nazismus, Bespucken von Hitler-Bildern, sind dann verhaftet worden, und», meine Worte bröckeln. Ich reiße mich zusammen. «Paolo, der Nazismus war *ihre* Waffe», vertraue ich ihm an. «Aber du hast doch etwas gelernt, bist in der Welt herumgekommen, bei dir ist das viel schlimmer: du machst dir daraus ein Alibi. Weißt du, an wen du mich erinnerst? Da war eine Deutsche bei den gewöhnlichen Kriminellen, die sang im Morgengrauen im Waschraum lauthals ein Lied, eine ganz gewöhnliche Parodie, ich weiß auch nicht, aber es verfolgt mich immer, wenn ich Hungerkrämpfe bekomme.»

Ich stimme den Gassenhauer auf deutsch an:

Es geht alles vorüber
es geht alles vorbei
mein Mann ist in Rußland
mein Bett ist noch frei.

Der zittrige Ton meiner Stimme, mit der ich unterm Abflußrohr der Latrine in die Öffnung der Zwischenwand singe, wirkt merkwürdig auf mich, und ich höre auf. Ich spüre Verwirrung, eine irrationale Sehnsucht, so daß es aus mir hervorbricht: «Ich habe sie verlassen. Sie sind da jetzt. Ich habe es nicht geschafft. Bestimmt sind sie meinetwegen bestraft worden.» Schluchzen erstickt meine Stimme. «Aber ich wollte nicht sterben, es war stärker als ich, glaub mir.»

«Ich bin überzeugt, daß die Deutschen mich längst bemerkt haben, sie drücken nur ein Auge zu, um mich besser beobachten und dann im richtigen Moment über mich herfallen zu können, hier kann ich sowieso nicht viel Schaden anrichten, glaub mir.»

Er lacht hämisch.

Das Licht der Glühbirne wird schwächer wegen der nächtlichen Verdunkelung und taucht die Latrine in einen trostlosen Halbschatten, der sich über den plumpen weißen Kloschüsseln staut.

«Es ist zehn», sagt Paolo seufzend.

«Bei uns war es um dieselbe Zeit.»

«Du bist zum erstenmal abgehauen, stimmt's?»

«Zum zweitenmal. Diesmal komme ich aus einem Münchner Lager.»

«Na, dann weißt du ja schon Bescheid, meine Liebe, von jetzt an machst du nichts anderes als abhauen, denkst nur noch daran, daß du selber davonkommst, und alles übrige ist dir scheißegal. Du wirst immer unsensibler», sagt er hämisch (aber es klingt wie eine Klage).

«Eben nicht, es ist genau umgekehrt. Es wird immer schlimmer für mich», sage ich weinend.

«Na, komm, ich wollte dich nicht entmutigen.» Die Stimme bricht ihm. «Du brauchst nicht auf mich zu hören, ich quatsche hier nur, verstehst du, ich quatsche immer.» Dann wird der Ton plötzlich fest: «Schluß jetzt, reden wir über ernsthafte Dinge: du sitzt in der Patsche. Als ich heute morgen hinter dem Ofen da auf dich zugegangen bin, bist du so hochgefahren, daß du auch den letzten Trottel mißtrauisch gemacht hättest. Denk daran: jemand, der bei jedem Schatten erschrickt und ein Gesicht macht, als wäre er bereit, die eigne Haut teuer zu verkaufen, denunziert sich selbst.»

«Das stimmt nicht, ich war Herr der Lage, ich habe eben aufgepaßt.»

«Aufgepaßt!» lacht er mich aus. «Mit Augen, die nicht stillstehen können. Genau das ist die Psychose des Gesetzlosen, was denn sonst? Man fühlt sich ständig verfolgt.»

«Soll man vielleicht reinfallen darauf, daß äußerlich alles ruhig ist? Damit vernachlässigst du sogar die elementarsten Vorsichtsregeln.»

«Du fällst sofort ins andere Extrem. Es geht doch um etwas ganz anderes: du mußt auf die großen Probleme scheißen, Helden, Bedeutungen und was du da noch alles hervorgekramt hast! Waffe, Alibi. Alles Mist. Du mußt dich durchschlagen, wie es kommt, so kommt's, und nur so siehst du die praktische Seite der Dinge. Du mußt Widerstand leisten auf Grund von Instinkt, meine Liebe, der Krieg ist morgen nicht etwa zu Ende. Das dauert noch, und zwar mindestens ein paar Monate.»

«Monate?»

«Ja, Monate bestimmt. Den ganzen Winter mit Sicherheit.» Er schweigt, dann fährt er unvermittelt fort: «Das Beste habe ich überhaupt vergessen. Ich habe dich hierhergerufen, um dich vor einer bevorstehenden Gefahr zu warnen, aber keine Angst, sie ist sozusagen nur technisch. Die Russen werden nämlich, sobald sie ihre Papiere erhalten haben, sonstwohin abtransportiert als Zwangsarbeiter, auch wenn sie selber glauben, sie kehrten in ein normales Leben zurück.» Einen Augenblick lang lacht die ernste Stimme hinter der Trennwand mit blödem Vergnügen. «Am Tag ihres Abtransports könntest du den Deutschen auffallen, sei wachsam, unsere Unterstützung ist dann nämlich nützlich oder vielmehr: nötig.»

Der Gedanke an notwendige Vorsichtsmaßnahmen für die allernächste Zukunft rüttelt mich auf.

«Danke», sage ich. «Entschuldige bitte, was ich am Anfang gesagt habe, aber ich kann nicht mehr.»

Ich höre hinter der Wand Schritte und Stimmen von Männern. Mit geschlossenen Augen, wie betäubt, warte ich darauf, daß sie weggehen. Dann rufe ich:

«Paolo?» Niemand antwortet. «Paolo? Bist du noch da?» Ich warte noch eine Weile, dann sehe ich nach: die Lücke in der Wand ist geschlossen. Mit steif gewordenen Beinen stehe ich auf, mir dreht sich der Kopf ein bißchen.

Ich trete hinaus in die eiskalte Dezemberluft. Ich gehe auf meine Baracke zu, in Gedanken versunken, nahe entlang am Drahtverhau, und schaue, ob ich nicht vielleicht nachts doch mein altes Lager erkennen kann. Plötzlich bleibe ich stehen und ducke mich, denn nur wenige Meter entfernt schwanken Laternen und hallen deutsche Rufe durcheinander, Befehle, die mir wie Peitschenhiebe um die Ohren knallen, wie immer, wegen dieser unterdrückten Gereiztheit im Ton der SS-Leute.

Sie stehen genau vor der Baracke, in der ich schlafe: meine

Russen werden von ihren Lagern gerissen und in den Hof getrieben. Mir wird klar, daß sie noch heute nacht fahren: die Barackentür steht offen, sie kommen einzeln heraus, werden von den Wachen angehalten und mit der Lampe geblendet, blinzeln und zeigen ihre Papiere. Schwache Autoscheinwerfer nähern sich langsam von außerhalb des Zauns, die Lastwagen stellen sich am Lagereingang in einer Reihe auf. Die Lichtstrahlen durchdringen das Dunkel mit heimtückischer Langsamkeit, und ich habe Angst, entdeckt zu werden. Wenn Paolo sich nicht mit mir getroffen hätte, wäre ich jetzt geschnappt worden. Ich weiß nicht, wohin ich mich flüchten soll. Dicht an den Baracken entlang schleiche ich mich zurück zu den Latrinen. Von dort aus höre ich die unpersönlichen Stimmen der Deutschen, die flehentlichen Rufe der Russen, das Brummen der Motoren, das Getrappel der Schritte.

Der abgrundtiefe Haß im Konzentrationslager war mir lieber.

Langsam entfernen sich die Laute und verlieren sich in der Nacht, hinterlassen einen Nachhall aus unterdrückten Klagen, dem Rascheln von Kleidern und dem Scharren hastiger Schritte, skandiert von kurzen autoritären Schreien und dem Dröhnen herrischer Militärstiefel.

Die Latrinentür wird vorsichtig geöffnet, und im Spalt erscheint Jeanines Gesicht. Sie blickt sich um.

«Carlà?»

«Hier bin ich.» Ich komme aus meinem Versteck unter den Kloschüsseln, wo ich mich auf den Boden gekauert hatte.

«Schnell, beeil dich!» Sie nimmt mich bei der Hand. «Verkriechst dich, damit ich auch noch herumlaufen muß», flüstert sie mir kopfschüttelnd zu. «Glaubst du, wir reden nur so aus Spaß?»

«Sei still, bitte!» flüstere ich flehend.

«Sei du selber still! Nachdem ich meine Haut riskiere für dich!» Jeanine zieht mich an der Hand hinter sich her dicht an den Baracken entlang, läuft dann wieder vor und bleibt an jeder Ecke abrupt stehen, schließlich wirft sie sich auf den Boden, und auf allen vieren robben wir über den Weg zwischen zwei Baracken. Dann wieder aufrecht an Barackenreihen entlang, dann wieder auf allen vieren, ich weiß nicht wie oft, das Lager ist endlos, aber schließlich wird vor uns eine Tür einen Spaltbreit geöffnet, und wir schieben uns in einen dunklen Raum. Kaum sind wir drin, macht jemand die blaue Glühbirne über dem Ofen wieder an, und Jeanine läßt sich geräuschvoll auf ein Strohlager fallen.

«Wir haben's geschafft.»

«Diese Verbrecher machen jetzt schon nachts Abtransporte!» sagt eine Männerstimme.

«Was heißt hier jetzt, schon immer», entgegnet Paolo, der an der Tür lehnt.

«Die lassen aber auch nichts aus, um einem das Leben schwer zu machen», erbost sich der Student aus der Gascogne, der auf einem Strohlager sitzt.

Während sie so reden, hat Jeanine die Arme unter dem Nacken verschränkt, beobachtet sie und trällert ein französisches Kinderlied:

Marlborough s'en va-t-en guerre
mironton mironton mirontaine
qui sait quand reviendra . . .*

«Und wenn du das erzählst», beharrt Paolo auf französisch, «dann halten sie dich für verrückt: was ist denn so verbrecherisch daran, die Leute nachts auf Reisen zu schicken? Höhere Gewalt wegen Knappheit und Überfüllung der Züge!» sagt er höhnisch.

«Das ist der Punkt: den Leuten die Nerven ruinieren und selber immer auf der Seite der Vernunft stehen», bestätigt der Student aus der Gascogne.

Jeanine fährt plötzlich hoch:

«Schluß jetzt mit der großen Politik, das ist ja eine richtige Manie hier!»

«Sie hat recht», stimmt ihr Paolo zu. «Wir spielen *deren* Spiel.»

«Selbst wenn man über sie herzieht, unterstützt man sie noch bei ihren Zwecken», seufzt der Gascogner.

«Überschätzt ihr die vielleicht nicht selber?» platzt Jeanine mit einem Achselzucken heraus. «So schlau sind die gar nicht!»

Ein Kind weint, und eine halblaute Frauenstimme tröstet es. Es sind Russen.

* Marlborough zieht in den Krieg / Mironton mironton mirontaine / wer weiß, wann er zurückkehren wird . . .

Der Student aus der Gascogne kommt auf mich zu, ich war neben dem Ofen stehen geblieben.

«Setzen Sie sich, Fräulein. Ich habe gehört, Sie sprechen gut französisch.» Er redet wie ein Verschwörer aus einem Roman.

«Nicht schlecht.»

«Die Russen liegen in ihren Betten, sehen Sie?» fährt er fort. «Sie mischen sich nicht ein. Sie haben da hinten eine Ecke für uns freigelassen. Welch gastfreundliches Volk! Welch hoher Sinn für das Lebenlassen!» Und bevor ich noch Luft holen kann, hält er mir einen ausführlichen Vortrag über die slawische Seele.

Unterdessen ruft mich Jeanine:

«Carlà, komm her zu mir, beeil dich, gleich wird abgeschlossen.»

Die anderen Flüchtlinge würden gern zu mir kommen und mich ausfragen. Ein paar Russen beugen sich vor, um mich zu sehen.

«Ich könnte bei Ihnen bleiben und mich mit Ihnen unterhalten, wenn Ihnen diese Promiskuität hier zu unangenehm ist», sagt der Gascogner zu mir.

«Danke, ich bin müde.» Ich strecke mich neben Jeanine aus, die sich an die Wand drückt.

«Überleg mal», sagt sie lachend zu mir, «wir sind die beiden einzigen brauchbaren Mädchen hier drin. An Auswahl fehlt es uns nicht.»

«Aber ich bin müde, Jeanine.»

Jeanine klatscht in die Hände:

«Gut! Muß Polò eben heute nacht allein schlafen.» Sie lacht vor Freude darüber, daß sie ihn ärgern kann. «Notfalls lasse ich dich mal einen Augenblick allein», fügt sie dann hinzu.

Die Gestalten suchen ihre Lager auf, klettern paarweise nach oben, ich erkenne eine etwa dreißigjährige, schmutzige und verwahrloste Frau mit einer strubbligen Mähne.

«Ist das die Verlauste?» frage ich Jeanine.

«Ja.» Wie zwei Komplicinnen lachen wir unter der Decke.

Paolo kommt. «Ich gehe raus.»

«Mach doch!» schmollt Jeanine, und er geht.

«Wohin geht er?» frage ich.

«Trinken.»

«Wo denn?»

«Er steigt über den Zaun und kommt im Morgengrauen zurück. Das macht er oft.»

«Schnappen sie ihn nicht?»

«Den nicht. Draußen sind Ausländer, die kommen nachts in die Umgebung und verkaufen Alkohol. Das ist zu lang, um es dir jetzt zu erzählen. Nützen wir lieber die Zeit zum Schlafen.» Sie nimmt meine Hand und kuschelt sich unter die Decke.

Stille breitet sich aus wie ein Laken, und aus den verschiedenen Betten kommen Geräusche von Bewegungen und atemloses Geflüster. Manchmal eine wilde Beschimpfung.

«Seid mal leiser da!» fordert Jeanine und schießt hoch. «Ihr seid hier nicht allein, hier ist noch das italienische Fräulein.» Und leise zu mir: «Bei uns gibt's nämlich ein Nachtleben.»

Eine Sirene heult durch die Nacht, sie ist noch nicht verklungen, als das Dröhnen von Fliegern schon die drückende Stille aufbläht, und gleich darauf folgt ein heftiger Bombenhagel, der alles außerhalb der dünnen Holzwände dem Erdboden gleichzumachen scheint. Es gibt kein Entrinnen, denn weder das Durchgangslager noch das Konzentrationslager Dachau haben Luftschutzräume für Ausländer, die gibt es nur für die Deutschen in der Verwaltung.

In der herabstürzenden Dunkelheit steigert sich das tolle Treiben in den Betten, als würde es aufgestachelt von der Unersättlichkeit der Bomben. Die Tür knarrt und wird aufgestoßen. Die schwankende Gestalt eines Mannes taucht in der Öffnung auf.

«Das ist er nicht», sagt Jeanine ungehalten.

«Jeanine», brüllt der Mann heiser, «ich bringe dich um.»

«Uh, das ist François», eröffnet mir Jeanine mit einem kaskadenhaften Lachen. Sie dreht sich auf dem Strohsack um. «Der hat es auf mich abgesehen. Weil ich mich einmal mit ihm eingelassen habe, will er mich jetzt immer. Ich bin schließlich nicht sein Eigentum.»

Der betrunkene Franzose macht das Licht an. Eine Welle von Angst breitet sich in der Baracke aus. Es ist der bleiche Student, ein Junge noch, den ich bei der Vorstellungsparade neben den Latrinen gesehen hatte.

Jeanine, die sich verkrochen hat, schreit:

«Mach das Licht aus, du Schwein!»

François greift den Schürhaken und stürzt zähnefletschend auf sie zu: «Ich bringe dich um!»

Männer springen von ihren Strohlagern herunter, jemand macht das Licht aus.

Der Betrunkene knipst das Licht wieder an.

Eine Bombe, die aus den Grundfesten der Erde hervorzubrechen scheint, explodiert mit einem satten Knall. Einen Augenblick später, Zeit genug, um festzustellen, daß unsere Baracke noch steht, stürzen sich die Männer auf François: «Mach aus», herrschen sie ihn an, bebend vor Verachtung, «die können uns von draußen sehen, du verdammter Dreckskerl.»

Das Licht geht aus, wieder an, wieder aus.

Der grollende Donner scheint sich zu entfernen, überladene Stille breitet sich aus.

«Du Schwein!» Jeanines silberhelle Stimme moduliert klangvoll das Wort und kippt um in genüßliches Lachen. Ein Schrei als Antwort, und der Betrunkene tappt in die Richtung von Jeanines Stimme.

Männer schieben ihn zurück, beschimpfen das Mädchen.

«Jeanine!» brüllt der rasende Junge. «Jeanine!» Tiefe Trauer klingt in seiner Stimme mit.

Wieder trällert Jeanine: «Kuckuck!» und lacht. Es hagelt Beschimpfungen und Verwünschungen von allen Seiten.

«Kuckuck!» neckt sie weiter. «Kuckuck!»

«Gießt dem einen Eimer Wasser über den Kopf», ruft einer. «Wo ist der denn?»

«Neben dem Ofen.»

«Wehe, wenn sich einer bewegt», sagt der Junge eiskalt. «Ich habe ein Messer in der Hand.» Die Männer treten beiseite.

«Stellt zwei Strohmatratzen ans Fenster und macht das Licht an!»

Das Licht geht an, François steht vor Jeanine und mir und rollt mit den Augen. Jeanine stößt einen Schrei aus, der Betrunkene stürzt auf sie los, ich werfe mich dazwischen:

«Gib das Messer her», sage ich.

«Laßt mich», antwortet er und kommt mit dem gezückten Messer in der Faust auf mich zu. «Geht mir aus dem Weg!»

«Gib das Messer her.» Auch ich gehe auf ihn zu und sehe ihm dabei fest in die Augen. Er ist höchstens achtzehn und sieht aus wie ein Schüler. Keiner der Umstehenden wagt ihn anzufassen, aus Angst, er könnte mich verletzen. Er weicht zurück und fleht mich an:

«Ich will nichts von dir. Laß mich in Ruhe!» Er weicht weiter zurück zwischen die Strohlager.

«Gib mir das Messer, oder ich schütte dir einen Eimer Wasser ins Gesicht.»

«Der Wein ist ihm zu Kopf gestiegen!» spottet Jeanine, die durch mein Eingreifen wieder mutig geworden ist.

Als er Jeanines Stimme hört, fangen seine Augen an zu lodern, und er stößt eine Art Schmerzensschrei aus.

«Ich habe nichts gegen dich.» Er starrt mich an. «Hau ab, habe ich gesagt.»

«Nein», lächle ich ihn an.

Wieder kommt er auf mich zu. Ich versuche, ihm das Messer wegzuschnappen, aber er ist schneller als ich und verletzt mich. Ich halte die linke Hand vor der Brust und sehe erschreckt, wie sie sich allmählich rot färbt. Ich presse sie fester. François sieht mich an, denkt, er hätte mich durchbohrt, läßt das Messer fallen und zieht sich mit angsterfülltem wildem Blick in eine Ecke zurück.

Besorgt nehme ich die Hand von der Brust: ich habe nur einen Ritz am Zeigefinger.

«So ein Schmierenkomödiant», sagt Jeanine gereizt. Und schon kommt der Betrunkene mit noch glühenderem und finstererem Gesicht als vorher wieder aus seiner Ecke, schlägt einen kräftigen Jungen, der ihn festgehalten hat, zu Boden, nimmt das Messer wieder auf, das noch auf dem Boden lag, und schreit:

«Ich bringe dich um!» Seine Stimme mündet in einem Rülpser.

Inzwischen bin ich bei dem Wassereimer, eine Russin reicht ihn mir heimlich, und ich nehme ihn. Ich schwenke ihn hin und her. François bemerkt mich.

«Wieder die, was will die denn?» Er sieht auf den Eimer. «Kein Wasser», fleht er mit aufgerissenen Augen. «Kein Wasser, bitte», weint er und kommt mit dem gezückten Messer auf mich zu. «Haltet sie fest, ich habe nichts getan.» Starr vor Schreck sieht er sich um. «Haltet sie fest!» knurrt er, dann schreit er plötzlich los: «Ich bring dich um.» Er stürzt auf mich los, und ich kippe ihm blitzschnell das Wasser entgegen.

Er bricht mit einem Zitterkrampf zusammen. Sie ziehen ihn aus, legen ihn lang, löschen das Licht. Immer stärker werdendes Brummen schluckt jeden Atemzug, ein berstender Krach läßt die Baracke wackeln, das elende Geheul und Geschluchze des Betrunkenen begleitet ihn.

«Sie dürfen sich nicht so exponieren für Nichtigkeiten», murmelt mir der Gascogner mit tonloser Stimme zu. Er zündet sein Feuerzeug an und erklärt mir im Licht der winzigen Flamme mit einem tiefen Blick in meine Augen, wie unverhältnismäßig meine beispielhafte Geste verglichen mit ihrem erbärmlichen Anlaß sei. Seine Augen gehen ins Grüne, er hat regelmäßige, aber unauffällige Gesichtszüge, die etwas Feuchtes haben. Er erzählt mir, daß François Gymnasiast war und wegen Zwistigkeiten mit den Eltern von zu Hause weggelaufen ist. Auch Jeanine ist von zu Hause ausgerissen und hinter der Tafel Schokolade eines kleinen deutschen Soldaten hergelaufen, wie ein Pferdchen hinter einem Zuckerstück, dann ist sie hier gelandet, und zwar vor allem, um nicht arbeiten zu müssen. Paolo ist ein Unteroffizier der Marine, Berufssoldat, der Intelligenteste und Reifste von allen hier, aber ohne wirkliche Energie.

Ich sehe hinüber zu Jeanine, die friedlich eingeschlafen ist. Das Bombardement ist von hier aus jetzt nur noch als ein fernes gedämpftes Grollen zu hören. Der Gascogner redet weiter, ohne die Stimme je zu heben oder zu senken. Er ist Ingenieurstudent und in Paris aufgegriffen worden, aber er stammt aus den Pyrenäen, «wo es ganz hohe Wälder gibt», sagt er, «und die Luft getränkt ist von wilden Gerüchen, die Erde feucht und würzig». Er senkt die Lider. «Wenn Sie wüßten, welche Ruhe da oben herrscht, die dräuenden Berge, die Fetzen Himmel zwischen dem Grün . . .»

Ich bemerke, daß ich abschweife, und starre wieder auf seine Lippen.

«Die Sonnenuntergänge sind unendlich lang und rosig», murmelt er, «rosig voller Scham, verstehen Sie? Nicht abrupt und rasch, als ob alles plötzlich brennt, sondern so, als ob man alles durch Wasser sieht, können Sie mir folgen? Und dieser Wind, der in einen dringt, frisch und scharf bis in die Lungen.»

Ich kann die Augen nicht mehr offenhalten, wie ich so auf dem Strohlager neben dem Studenten aus der Gascogne sitze, der im Gestank der Baracke die Gerüche seiner Heimat atmet.

Da ertönt die Sirene: Entwarnung.

Mein Nachbar sieht auf die Armbanduhr:

«Es ist drei Uhr», sagt er.

Ein Mann setzt sich neben mich: es ist der saubere, rasierte und frisierte junge Italiener, den Jeanine mir bei der Vorstellungsparade als Lackaffen präsentiert hat:

«Ich habe Sie den ganzen Abend beobachtet, Fräulein, aber ich weiß noch immer nicht, was Sie denken, wie Sie das alles beurteilen.»

«Alles was?»

«Diese schreckliche Situation, diese Leute! Reden Sie frei heraus, denn die verstehen hier kein Italienisch, und selbst wenn sie es täten, nehmen die vielleicht irgendwelche Rücksicht auf Sie? Aber die Nazis werden noch büßen für ihre unmenschliche Grausamkeit. Nur die Verachtung und die Wut, die ich in mir habe, bewahren mich vor dieser Promiskuität.»

Ich schweige weiter und überlege: ich fühle mich nicht so angeekelt.

«Ich glaube nicht, daß man so leicht urteilen kann», sage ich schließlich.

«Können Sie sich denn in all diesem Chaos noch lebendig fühlen?»

«Ja.»

«Bringen Sie etwa auch noch Interesse auf?»

«Ja.»

«Aber was reden Sie denn, sehen Sie doch die Dinge mal einen Augenblick von außen an: das ist so monströs, daß kein Mensch etwas daraus lernen kann. Das gilt schon für uns. Und dann denken wir an diejenigen, die nicht hier gewesen sind, wie sollen die sich dafür interessieren? Es gibt nichts Universelles in unserem Leiden, nur Aufhetzendes, Unmenschliches und Triviales. Ich möchte alles so schnell wie möglich wieder vergessen, alles auslöschen.»

Ich lege mich auf das Strohlager neben Jeanine. Der elegante Italiener steht auf und geht. Der Student aus der Gascogne ist im Sitzen eingeschlafen. Ein Mann tastet sich an den Holzgestellen mit den Strohlagern vorbei und weckt Jeanine. Sie flüstern, Jeanine erzählt ihm offen und ungeniert ihre Abenteuer.

«Du bist wirklich ein Früchtchen», kommentiert der Mann belustigt. Aber Jeanine scheint beleidigt über dieses Urteil und erzählt ihm, was sie alles den Deutschen schon an den Kopf geworfen hat. «Mit denen gehe ich nicht!» ruft sie voller Vaterlandsliebe aus. Und ebenso ernst und entschlossen fügt sie hinzu: «Zumindest bis jetzt.» Sie bricht in Lachen aus und fragt ihn, was er bereit wäre, ihr zu geben.

Der Franzose setzt sich neben sie, zündet ein Streichholz an, dessen Flamme Jeanine beleuchtet. Sie wirft ihm einen boshaften Blick zu: «Schließlich bist du wie alle anderen!» Der Mann hat ein waches Gesicht, lebhafte Augen und ist zierlich und wohlproportioniert. Er erklärt, er würde ihr für Gelegenheitsbesuche einen guten Preis zahlen, wenn es allerdings etwas Festes würde, dann würde er ihr sehr viel zu essen geben und ihr Freude machen.

«Freude mache ich doch dir!» gibt Jeanine zurück. Auch sie richtet sich jetzt auf, die Verhandlung wird ernsthafter, Jeanine wird lauter, zieht die Nase kraus, diskutiert, stampft mit den Füßen. Schließlich steht sie laut lachend auf.

«Du gefällst mir nicht genug», sagt sie und neigt sich zu ihm. Dann dreht sie sich zu mir um: «Uh, Carlà ist aufgewacht!» ruft sie aus, dann fährt sie den Franzosen an: «Hau ab!» und redet dann zerstreut auf mich ein: «Du bist eine Flasche. Aber was soll's. Ich mache es nicht so spannend. Jedenfalls hat Polò ganz ausdrücklich gesagt, daß du nicht raus darfst. Du mußt das befolgen, er ist nämlich der Bandenchef.»

Der Franzose zündet eine Zigarette an und geht.

«Hast du den gesehen?» raunt Jeanine. «Ich habe immer nein gesagt, es geht wirklich nicht, weißt du, wegen Polò. Nicht wegen ihm, er weiß es ja nicht, sondern wegen der Leute und deren Gerede. Denk nur an die Scopina, die hat sowieso Syphilis. Ich möchte nicht, daß er schlecht angesehen ist. Und Polò hat auch kein Geld. Es wird wahrscheinlich damit enden, daß ich mich mit dem da hinter den Küchen verabrede.» Sie reckt sich hoch, streckt den Kopf vor: «Da ist sie», murrt sie. «Warum muß die immer hierher kommen zum Schlafen?»

Die Scopina bleibt am Fußende unserer Strohlager stehen mit einer Zigarette im Mund. Hinter ihr kommt ein Mann, der ihr mit der Taschenlampe ins Gesicht leuchtet, beide Gesichter erscheinen im Lichtkegel: das weiße, breite, ausdruckslose Gesicht der Frau und das pockennarbige Gesicht des Mannes, der sie mit schamlosen Blicken mißt.

«Das ist der marokkanische Kapitalist», flüstert mir Jeanine zu und stößt mich an.

Die beiden verhandeln über ein Paar Schuhe, das er in der Hand hält, für zwei Stunden Liebe. Sie verschwinden in einem Bett.

«Ekelhaft!» sagt Jeanine. «Man kann hier nicht in Frieden schlafen.» Sie spitzt die Ohren. «Es regnet.»

Der Regen hämmert schwer auf die Holzwand hinter meinem Kopf, sein Geräusch vermischt sich mit dem Getuschel, das durch die verbrauchte Luft dieses niedrigen Raumes schwirrt.

Das große Licht geht wieder und gibt den Gesichtern einen mürrischen und benommenen Ausdruck.

«Vier Uhr», sagt Jeanine, «die verschwenden sogar Strom, um uns zu stören.»

Wieder geht die Tür einen Spalt auf, und Benito torkelt herein, er trägt ein dickes Bündel unter dem Arm und geht sofort zwischen den verstört blickenden Leuten umher. Die Kleider kleben ihm naß am Leib, wodurch er noch magerer und unbeholfener wirkt, die Haare sind an der Stirn und zwischen den Segelohren plattgedrückt. Er geht auf Zehenspitzen. Am Ofen schüttelt er sich das Wasser von den Kleidern. Er öffnet das Bündel, viele Brotscheiben sind darin. Er betastet sie und schüttelt betrübt den Kopf: «Der Regen hat noch gefehlt! Ausgerechnet jetzt mußte es regnen.» Er streichelt das Brot, eine Scheibe fällt zu Boden und macht ein Geräusch wie ein Stein.

Die Flüchtlinge haben immer Hunger, sie bekommen keine Suppe; die Benito erkannt haben, rufen ihn von ihrem Lager aus, ohne aufzustehen.

«Da kommt unser Retter. Brot den Verhungernden.»

«Der große Benito! Brot den Verdurstenden.»

«Komm hierher, Brot den Elenden.»

Und er läuft gefügig und betroffen von einem zum andern, lächelt mitleidig und bescheiden und macht mit der Hand beschwichtigende Gesten:

«Das ist nichts, gar nichts. Das Brot ist gut, nur der Regen hat es ruiniert, sonst ist das Brot gut. Aber morgen», verspricht er mit geheimnisvoller Miene, «morgen werdet ihr sehen, da bringe ich euch ein paar Eier.» Er zwinkert mit einem Auge und legt den Zeigefinger auf den Mund: «Laßt Benito nur machen, ihr werdet schon sehen.»

«Hoch lebe Benito.»

Jeanine ist die einzige, die aufsteht und ihm entgegengeht:

«Armer Kerl», sagt sie zu ihm, «du siehst aus wie ein geprügelter Hund, hast eine schöne Dusche abbekommen, paß auf, daß du nicht abkratzt, mein Alter!»

Ihre Aufmerksamkeit wird jetzt auf die Tür gelenkt, die gerade langsam aufgeht: ein Mädchen kommt herein und sieht sich vorsichtig um. Unter einer Soldatenjacke trägt sie ein zerschlissenes Seidenkleid. Sie schließt die Tür, sieht, daß Jeanine sie beobachtet, lächelt sie an und entblößt dabei lange, gelbe Zähne zwischen von Lippenstiftresten eingerahmten Lippen. Sie setzt sich hinter den Ofen, wie auch ich es getan habe, und spricht mit Jeanine, sieht sie dabei aus großen hellen, kurzsichtigen Augen an. Sie hat einen Bubikopf mit Pony, und die langen Fransen auf der Stirn sehen aus wie endlose, schmächtige Pfoten, die die kurzen und steilen Augenbrauen zu kitzeln scheinen.

Ein Junge läßt sich neben mir auf ein Lager plumpsen:

«Du bist also die Neue», sagt er. «Ich bin Jean aus Lille.»

Ich mache die Augen zu und hoffe auf Schlaf, aber ich sehe ein, daß der Vorstellungsritus weitergeht, es ist für mich eine große Hilfe zu wissen, an wen ich mich wenden kann, ich muß wach bleiben. Er erzählt mir unterdessen, daß er als Geisel deportiert worden ist und daß es hier fast schlimmer ist als in den Arbeitslagern. Und fängt an, mir die Unterschiede zwischen den verschiedenen Lagern zu erklären – die ich sehr wohl kenne, aber ich sage es ihm nicht. Es gibt fünf verschiedene Arten: außer den Durchgangslagern für alle gibt es die Freiarbeiterlager, die Kriegsgefangenenlager, die Arbeitslager, in denen Aufgegriffene, Geiseln, Angehörige der politischen Gefangenen und ausländische Partisanen und Deserteure interniert werden, schließlich die Konzentrationslager, wo die aus rassischen Gründen Auszumerzenden sind, also die Juden, und die politisch Verdächtigen, die Saboteure, die nichtregistrierten Prostituierten, die Schwulen und die Lesbischen, die gewöhnlichen Kriminellen, Verbrecher, Mörder, Erpresser, Vergewaltiger, zählt er auf, «nicht gerechnet die sogenannten Endlösungslager, verstehst du? Die Vernichtungslager.»

«Ja». Ich nicke.

«Mich haben sie in der Fabrik festgenommen», fährt er fort. «Ich bin Arbeiter. Bei jedem Angriff hier kommt es mir so vor, als ob ich den Krach in meiner früheren Fabrikhalle wieder höre. Ich habe in Lille an den Hochöfen gearbeitet. Und du?»

«Aufgegriffen.»

Er beugt sich zu meinem Ohr: «Von wo bist du geflüchtet?»

Ich mache eine Bewegung mit dem Kopf: «Da hinten», murmele ich.

«Aus dem Konzentrationslager?» fragt er verblüfft. «Warum haben sie dich denn nicht ins Arbeitslager gesteckt?» Aber dann lacht er los. «Na ja, was soll sein, mal hat man mehr Glück, mal weniger», sagt er mit einem vielsagenden Blick, «so etwas kommt vor.»

Er ist jetzt aufgestanden und lehnt den Kopf an einen der Holzpfeiler unseres Katafalks: Er hat ein gesund wirkendes, klares Gesicht mit goldenen, zielstrebigen Augen, er spricht langsam und verbissen und starrt dabei vor sich hin, verflucht die Nazis mit einer obszönen und brutalen Sprache, die in einem krassen Gegensatz zu dem nachdenklichen und ruhigen Ausdruck seines Gesichts steht.

Er legt sich wieder hin, nähert sich mir, er liegt auf der Seite, auch er riecht nach Schweiß.

«Heute nacht haben sie im Akkord bombardiert!» sagt er. «Hast du keine Angst gehabt?»

«Doch.»

«Na, komm, laß uns miteinander schlafen», seufzt er mit einem Unterton von Schicksalsergebenheit.

Ich schüttle den Kopf.

«Ah!» Er entspannt sich wieder. Er sieht mich fast liebevoll an, und während er es sich neben mir bequem macht, vertraut er mir an, daß er dieses Leben satt hat, wo nur der Schwanz zählt, und daß er jetzt zum erstenmal, seit er in Deutschland ist, eine Viertelstunde neben einer Frau liegen darf, ohne sofort zur Sache kommen zu müssen. Er erklärt mir, daß die Frauen Blutsaugerinnen sind und einen Mann nie in Ruhe lassen. Alle. Er gesteht mir, daß ich ihm ziemlich gut gefalle und daß er mich sogar gern zufriedengestellt hätte, aber er redet lieber, er hat ein schweres Herz, ein Geheimnis, er wälzt sich fast auf mich und kneift mir in die Wange: «Ich werde heute tagsüber fliehen», flüstert er. «Was meinst du, ob ich es schaffe?»

«Am Tag?»

«Am Tag, klingt seltsam, aber am Tag gibt es nicht so viele Wachen wie in der Nacht.»

«Wohin?»

«Ich habe mir die Papiere eines Freiarbeiters beschafft, der bei einem Bombenangriff abgekratzt ist. Die Fabrik, in der er gearbeitet hat, ist auch zerstört. Mit diesen regulären Papieren melde ich mich beim Arbeitsamt. Nach ein paar Monaten vorbildlichen Verhaltens bei der Arbeit lasse ich mir Urlaub geben. Und wenn ich erst wieder in Lille bin, gehe ich in den Untergrund. Hier ist alles.» Er zieht seine Ausweise heraus, hält sie einen Augenblick ans Licht, zwinkert mir zu: «Gar nicht so blöd, wie?»

Seine nahe Freiheit vermischt sich für mich unwillkürlich mit seiner Person, und während ich ihm zuhöre, spüre ich eine Anwandlung von Sympathie für ihn, als könnte er mich auch befreien. Ich stehe aus dem Bett auf, um mich anderswo hinzulegen. «Sei vorsichtig, Jean.»

«Bin ich dir auf die Nerven gegangen?» fragt der Arbeiter überrascht.

«Nein, aber du mußt jetzt schlafen, sonst bist du im entscheidenden Augenblick zu angespannt. Du hast nur noch wenige Stunden.»

«Na ja, hast recht, aber weißt du was», er zieht mich am Arm, «so 'n netten kleinen Fick mit dir würde ich schon machen.» Er sieht mich treuherzig an.

Ich lache aus vollem Herzen. «Viel Glück!»

Genug, ich will niemanden mehr hören und sehen, ich will einschlafen. Ich gehe durch die übelriechende schwammige Luft auf der Suche nach einem leeren Lager. Hoffen wir, daß Jean aus Lille es schafft.

Aber die Neue mit dem Pony winkt mich zu sich hinter den Ofen.

«Du bist von drüben, stimmt's?» fragt sie mich auf französisch.

«Ja.»

«Gibt es hier Hunde?»

«Bis jetzt habe ich keine gesehen.»

«Sterben viele?»

«Ich glaube nicht.»

«Und die da?» Sie blickt um sich. «Kann man sich auf die verlassen?»

«Ja. Von den anderen weiß niemand, wer wir sind, und untereinander helfen wir uns selbstverständlich. Aber sag mal, ist nichts passiert, nachdem ich . . .»

«Wann?»

«Vor sieben Wochen.»

«Ach komm!» sagt sie achselzuckend.

«Italienerin aus dem vierten Block, in der Baracke.»

«Ah!» unterbricht sie mich. «Vielleicht . . .» Dann schweigt sie.

«Sag doch», dringe ich in sie.

«Ich weiß keine Einzelheiten. Ich war drin wegen . . .» Sie wischt die Erklärung mit einer Handbewegung beiseite und fährt fort: «Jedenfalls als gewöhnliche Kriminelle, was ich ja bin, habe ich nicht mit den anderen Kategorien verkehrt, aber das weißt du ja. Alle ohne Suppe am Abend und . . .» Wieder schweigt sie, schaudert. «Vorgestern haben sie zwei hier draußen wieder aufgefischt und sie im Hof durchsiebt. Ein Mädchen hat geschrien, die haben sie mit Chloroform kuriert.»

«Wer?»

«Ich weiß nicht, eine Jüdin, heißt es. Ich kann nicht mehr.»

«Geh hier aus der Mitte, verzieh dich in eine Ecke.»

«Ich friere», sagt sie, steht aber auf und entfernt sich.

Jeanine ruft mich:

«Sie ist Französin, aber sie gefällt mir nicht, an ihrem Hals und ihren Ohren stimmt was nicht. Aber wenn sie sie bei uns aufnehmen wollen, habe ich nichts dagegen. Aber ich werde jedenfalls den Vorschlag nicht machen. Laß uns jetzt schlafen, es ist bestimmt gleich sechs, und um sieben müssen wir verschwinden, dann ist Appell in den Baracken.»

Wir hören die Tür knallen.

«Das wird Polò sein, der zurückkommt! Aber ich lasse mich nicht sehen, der soll mal lernen, was mit Vagabunden passiert», erklärt Jeanine. «Ach nein, das ist ja der Kohlenmann.»

Ein schlaksiger, bleicher Mann mit einer eng um den Hals geschnürten Krawatte kommt herein.

Die Scopina fährt mit rotem Gesicht und zerzaustem Haar hoch, sie ist außer Atem.

«Reg dich doch nicht so auf, meine Liebe», sagt der Kohlenmann. «Der Bombenangriff steckt dir noch in den Knochen, nicht wahr?»

«Ja.»

Er streichelt ihr die Haare. Das Gesicht des Marokkaners taucht auf, er beobachtet das Paar mit einem vielsagenden Lächeln.

«Ich habe dich in allen Baracken gesucht», sagt der Kohlenmann zärtlich. Er setzt sich auf ein leeres Strohlager neben Jeanines und meinem. Die Scopina streckt sich aus, legt ihren Kopf auf die Knie des Freundes, der ihr Gesicht mit einem Arm umfaßt. «Seht nur, wie schön sie ist!» sagt er und berührt sie zart mit der kohleverschmierten Hand. Ich hebe den Kopf und sehe im Halbdunkel unter dem Holzbaldachin das glatte Gesicht der Frau.

«Wie ein Reklame-Baby.»

Jeanine prustet los, die Scopina fährt hoch und zischt giftig:

«Halt die Klappe und kümmere dich um deine eignen Angelegenheiten.»

«Und die wären?» Jeanine fährt hoch und sieht sie herausfordernd an.

«Darüber will ich lieber nichts erzählen.»

«Na, erzähl doch, dann packe ich nämlich auch aus.»

«Du weißt ganz genau, warum du hier in Frieden gelassen wirst.»

«Warum zankt ihr euch denn?» mischt sich der Kohlenmann freundlich ein.

«So eine Rotznase!» sagt die Scopina achselzuckend und legt ihren Kopf wieder auf die Knie des Freundes. Jeanine schnaubt ärgerlich, antwortet aber nicht.

Ich stehe auf, lächle dem Kohlenmann zuliebe sein Reklame-Baby an.

Die Tür wird aufgerissen, fahles Tageslicht kommt herein. Paolo betritt pfeifend den Raum.

Der Gascogner fährt aus dem Schlaf hoch und sieht mich an:

«Es ist grauenvoll», sagt er, «man kann nicht einen Augenblick schlafen. Sehen Sie sich dagegen die Russen an, die hören und sehen nichts, sieht aus, als wären sie gar nicht da. Die westliche Gemeinschaft reibt einem die Nerven auf und macht einen reizbar.» Und dann legt er mir die schädlichen Folgen für das Nervensystem durch eine Lebensform dar, die seit Generationen an alle Bequemlichkeiten gewöhnt ist.

Jeanine liegt auf der Lauer.

«Wo warst du bei dem Bombenangriff?»

«Das weißt du doch», antwortet Paolo.

«Busgiardò*!» schreit sie ihm ins Gesicht in ihrem Italienisch, das immer die letzte Silbe betont. Und zum Zeichen ihres Protestes dreht sie sich auf den Bauch.

«Du könntest mir keinen größeren Gefallen tun», entgegnet Paolo. «Ich falle fast um vor Müdigkeit.»

Wütendes Achselzucken von Jeanine, die einschläft.

Der Gascogner ist inzwischen bei Zar Peter dem Großen angekommen.

Die Scopina will, daß der Kohlenmann seine Hose aufmacht.

Ich gehe, muß mir einen Weg durch die eng aneinandergedrängten Menschen bahnen. In einer Ecke auf dem Boden treibt es die Neue kratzend, beißend und unter zirpendem Gekicher mit François. Ich gehe in die Mitte der Baracke, wo die Lampe hängt.

«Fräulein», ruft der geschniegelte Italiener mit brillantineglänzenden Haaren, «können Sie nirgends ein ruhiges Fleckchen finden?»

Seufzend setze ich mich neben ihn: «So ist es, ich kann es nicht finden. In diesem Takt erlebe ich das Kriegsende nicht mehr. Bei

* von ital. bugiardo: Lügner

uns war das anders: wir waren nur Frauen, und ich bin verrückt geworden von dieser unbeweglichen Stille des Nachts.»

«Tut Ihnen wohl schon leid?» Dann erzählt er mir, daß er mit einer Deutschen verlobt ist, daß sie sich sehr lieben und daß er nicht leben kann so fern von ihr, sie ist auch gegen die Nazis.

Wieder stehe ich auf und gehe weg, ohne mich auch nur zu verabschieden, und treffe auf Paolo, der am Fenster steht. Er packt mich am Arm.

«Carla», sagt er atemlos, «es steigt langsam hoch.»

«Was denn?»

Seine Züge verändern sich. Jeanine stößt auf ihrem Bett einen Schrei aus und stürzt auf ihn zu.

«Polò, Polò!» schreit sie tonlos und ohrfeigt ihn.

Paolos Kräfte lassen nach, wir stützen ihn unter den Achseln.

«Macht Platz da», schreit Jeanine.

Geifer tritt ihm auf die Lippen, seine Augen werden starr, und die Beine knicken ihm weg, als wären sie aus den Gelenken gelöst. Bei dem Versuch, ihn auf ein Lager zu zerren, rutscht er uns aus den Armen, fällt nach hinten, schlägt mit dem Hinterkopf auf den Boden und fängt an, um sich zu treten und sich zu winden. In die Augen schießt das Blut, er fängt an, hart mit den Zähnen zu knirschen, der Speichel läuft ihm schäumend übers Gesicht.

Jeanine setzt sich auf seine Brust, ohne sich um die Schläge und Tritte, die er austeilt, zu kümmern, und reißt ihm den Kopf hoch.

«Das ist das Delirium tremens», sagt sie zu mir, «halt ihm den Kopf hoch. Gebt mir Wasser.» Paolo verdreht die Augen und verzieht knirschend den Mund. Jeanine taucht einen Zipfel ihrer Jacke in Wasser und wischt ihm die Stirn. Dann versucht sie mit raschen Griffen, seine Kiefer auseinanderzureißen.

«Er beißt sich immer auf die Zunge. Ich fühle das schon im voraus, wenn es wieder soweit ist. Er darf sich nicht in geschlossenen Räumen aufhalten, er weiß das. Hier erstickt man ja, er darf sich nicht überanstrengen, nicht naß werden, aber dem ist das ja egal, jetzt liegt er da wieder flach, wie eine Küchenschabe. Du trinkst, du trinkst!» Dabei wischt sie ihm weiter die Stirn, schließt ihm die Lider, beugt sich rasch zu ihm hinunter und küßt ihm die Stirn. «Lieg still, du Rhinozeros. Ich gehe nämlich extra mit ihm, stell dir mal vor. Ich merke sofort, wenn er wieder seinen Rappel bekommt. Lieg still, sag ich dir.»

Mit einer heftigeren Zuckung wirft Paolo sie zu Boden gegen eine Bettkante.

«Haltet ihn fest, los», schreit sie noch am Boden, «er tut sich sonst weh, er haut sich den Kopf ein!» Mit einem Satz springt sie hoch und wirft sich auf ihn, er tritt um sich, will sich befreien, ein paar Männer halten sie fest, während andere versuchen, Paolo bewegungsunfähig zu machen, der, inzwischen frei von Jeanines Gewicht, anfängt, zu winseln wie ein Tier.

«Du trinkst!» schreit ihn Jeanine wie besessen an und starrt ihm in die Augen. «Du trinkst mehr, als du verträgst, du Idiot! Du Schuft! Knebelt ihn, bindet ihn fest, bitte, er ist heute noch wilder als sonst.»

Schließlich schaffen sie es, ihn zu bändigen und auf ein Strohlager zu schleppen.

Jeanine fährt mit einem Ruck hoch.

«Neulich nachts», erzählt sie mir, «ist es ihm auf der Latrine passiert, ich bin mit ihm dorthin gegangen, weil ich was gemerkt hatte, da hat er angefangen, mich zu verprügeln, und ich habe schon geglaubt, er will mich erwürgen, und bin abgehauen. Aber als ich draußen war, wollte ich ihn auch nicht so sich selbst überlassen und habe an der Tür gehorcht. Es hat sehr lange gedauert. Ich war zu Eis erstarrt. Er hat Lärm gemacht wie ein wasserscheuer Hund. Als ich nichts mehr gehört habe, bin ich wieder hineingegangen, ich habe mich neben ihn auf den Boden gesetzt und seinen Kopf auf meine Knie gelegt, bis er wieder aufgewacht ist. Dauernd gingen die Männer ein und aus, um zu urinieren. Aber soll ich dir was sagen? Es hat nicht viel gefehlt, und ich hätte geheult.» Das elektrische Licht geht aus, und der Raum wird jetzt nur noch vom milchigen, trostlosen Licht des frühen Morgens erhellt, das durch die beiden Fenster dringt. Man hat den Eindruck, daß der Regen jetzt noch heftiger prasselt und direkt auf uns fällt.

«Jetzt ist Schluß mit dem lustigen Treiben», sagt Jeanine seufzend. «Gleich geht wieder der Ringelpiez mit dem Desinfizieren los. Um acht fängt das an. Wir müssen hier weg. Zieh dir einen Rock von irgendeiner Russin an, dein Arbeitsanzug stinkt ja kilometerweit nach Deutschland. Wie soll ich den denn jetzt da wegkriegen, diesen Dickhäuter?» sagt sie und deutet auf Paolo. «Es ist ein Jammer, aber wenn man ständig bedroht ist, daß plötzlich die Deutschen auftauchen, muß man dauernd wachsam sein, man schläft mit einem Auge. Glaubst du, daß ich manchmal das Gefühl habe, ich bin müde? Ich kann den doch hier nicht so schnarchen lassen. Am Ende halten die ihn noch für ein viermotoriges Flugzeug und geben Alarm.» Sie lacht vor sich hin.

«Polò, wach auf, Polò! Verdammter Krieg! Polò?!»

Wie elektrisiert springen die Flüchtlinge aus den Fenstern und verschwinden im Regen.

«Verduftet!» drängt der Kohlenmann. «Die kommen schon zum Appell.»

Ich laufe zur Latrine.

Die Scopina baut sich vor mir auf:

«Geh um die Ecke, vor der Latrine steht eine Wache.»

Ich gehe in Richtung der Abfallhaufen. Im grauen Tageslicht kann ich den Stacheldraht des Konzentrationslagers erkennen. Es liegt eingetaucht in ein Schweigen, das mir bedrohlich und tödlich erscheint. Der Regen durchnäßt mich bis auf die Knochen. Geräusche von Schritten. Ich werfe mich zu Boden. Ich möchte mich nie mehr bewegen, da, auf diesem Abfallhaufen, ich möchte Teil dieser allgegenwärtigen Abfälle werden.

Geräusche von Lastwagen, Schreie, Triller von Militärpfeifen.

Ich träume, daß ich mit Jeanine losgegangen bin, um auf irgendwelchen gefährlichen Felsen ein Schaf zu stehlen. Wir haben ein Lamm gefunden und ihm die Beine gebrochen, aber da war es ein kleines Kind. Wir wußten nicht, wo wir es verstecken sollten, und haben es nachts begraben. Dann sind wir zu einem eindimensionalen Dorf gegangen, in das wir nicht eindringen konnten, an dem wir uns aber entlanggestohlen haben. Schließlich sind wir an ein kleines Haus gelangt. Die Tür stand offen, und drinnen brannte Licht. Ein schönes dunkles Mädchen mit langen, im Nacken zusammengehaltenen Haaren kam uns im Nachthemd entgegen.

«Töte sie nicht», flüstere ich Jeanine zu.

«Warum sollte ich sie denn töten?» fragt sie.

Wir nehmen das Mädchen in die Mitte, stoßen sie aus dem Haus und warnen sie dabei vor Räubern, die kommen und ihren Schatz stehlen wollen.

«Geh nicht zurück», sagt Jeanine zu ihr und winkt mir mit einer Geste des Einverständnisses. «Ich werde ihn in Sicherheit bringen. Geh du mit Carla dort hinaus, laß dich nicht blicken, sonst bringen sie dich um.»

Das schöne Mädchen geht hinter mir auf der Straße, und ich fordere sie auf, sich in einen Graben unten an der Mauer zu legen.

«Da sind sie», sage ich und decke ihr ein Tuch über das Gesicht. Ich mache Jeanine ein Zeichen, die mich genau beobachtet. Jeanine schlägt die Türen zu und wirft die Möbel um, dann kommt sie auf Zehenspitzen mit einem Beil, bis sie hinter dem ausgestreckten Mädchen steht, dann schlägt sie ihr den Schädel ein. Ich höre Stimmen, setze mich auf den Kopf des Opfers und Jeanine auf ihren Bauch. Als es wieder still ist, ziehe ich das Tuch weg, vor mir liegt eine muntere Greisin, mit zwei spitzen Zähnchen, die ihr aus der Unterlippe ragen, sie sieht mich verwundert an und blutet aus den Augen.

Ich zerre sie hoch, stopfe sie fest in einen Sack und lade sie mir auf die Schulter. Jeanine trägt den Schatz. Als wir die gefährlichen Felsen wieder erreicht haben, werfen wir Frau und Schatz in eine Schlucht und gehen auf das Polizeirevier, um uns selber anzuzeigen.

«Was machst du hier?» Irgendwas schüttelt mich. Ich kann meine Glieder nicht rühren, sie fühlen sich groß und schlaff an wie mit Wasser vollgesogene Schwämme.

Ich drehe den Kopf zur Seite: Ein deutscher Wachposten steht über mich gebeugt. Schrecken packt mich, der mich blöde macht:

«Ich bin unschuldig!» schreie ich. «Ich bin unschuldig!»

Die blauen Augen des Wachpostens ziehen sich zusammen:

«Steh auf, hier holst du dir was weg.»

«Ich bin hingefallen.»

Der Wachmann löst eine Feldflasche aus seinem Gürtel und gießt mir einen Strahl Cognac in den Mund.

«Geh in deine Baracke zurück, es ist Zeit für die Desinfektion.»

Beim Klang des Wortes Desinfektion fällt mir die Realität wieder ein, trotzdem glaube ich angesichts der Trägheit meines Körpers, ich bin nicht am Leben, sondern träume noch. Immerhin fällt mir blitzartig eine List ein:

«Ich muß aufs Klo», sage ich.

«Dann geh, dazu hast du noch Zeit.»

Er hilft mir beim Aufstehen und stützt mich. Plötzlich erinnere ich mich daran, daß er ein Nazi ist, ich nehme alle Kräfte zusammen, reiße mich von ihm los und patsche mit den Füßen in eine Pfütze, daß es spritzt. Er holt mich ein, packt mich am Arm, reißt die Latrinentür auf und schiebt mich hinein. Durch ein Oberlicht fällt fahles Tageslicht, der Regen prasselt unaufhörlich und begleitet die Trostlosigkeit des Ortes mit seinem monotonen Klagen. Die Verlauste sitzt auf einer anderen Schüssel.

«Bist müde, wie? Hier ist es ganz bequem. Ich komme auch immer hierher, um mich auszuruhen. Mein schönes Kind, mir gefällt dieses Leben nicht, deshalb habe ich auch keinen Erfolg. Ich arbeite gerade so viel, daß ich mir ein Minimum zum Essen und Rauchen beschaffen kann, viel ist das sicher nicht, aber es macht mir überhaupt keinen Spaß. Der Mist ist, daß meine Veranlagung mir schadet. Jeanine zum Beispiel hat Erfolg mit ihren sechzehn Jahren, ihr persönliches Vergnügen, die braucht nicht über den Preis zu verhandeln! Mich dagegen, mich will keiner.»

Die Tür wird aufgerissen, und der Wachmann kommt herein: «Zisch ab, du da!» fährt er die Verlauste an. «Los! Hoch!» Dann wendet er sich an mich: «Du auch, geh jetzt, und zieh dich an.» Er behält mich im Auge, bis ich in meiner Baracke verschwunden bin. Ich lege mich neben eine Russin, die an ihrer harten weißen Brust einen völlig schorfigen Säugling stillt, und schlafe wieder ein. Gereizte und harte Stimmen reißen mir die Kleider vom Leib. Ich richte mich im Bett auf.

Ein paar Wachen laufen in der Baracke hin und her und scheuchen uns unduldsam hoch. Der Nazi, der mich am Kragen gepackt hat, um mich aufzuwecken, hat mir mit einem einzigen Ruck den ganzen Arbeitsanzug zerrissen, so daß er in Fetzen an mir herunterhängt, und ich versuche, ihn mir schnell vom Leib zu zerren und mich für die Desinfektion auszuziehen. Auch François und die Französin mit dem Pony sind in die Falle gegangen. Ein Wachmann zieht einen Sack hinter sich her, in den jeder seine Kleider werfen muß. Andere Wachen stehen vor den Bettgestellen und sorgen dafür, daß sich alle nackt ausziehen, Männer und Frauen, einer nach dem anderen. Ich habe meinen Arbeitsanzug unter der Strohmatratze versteckt, und niemand hat es bemerkt. Die Russen sind stumm und bleich. Eine völlig nackte, untersetzte und weiße Frau drückt ihr Kind an die Brust und weigert sich, es auszuziehen.

Die Wachen beobachten sie gelangweilt.

Jetzt stehen wir alle nackt zwischen den Holzgestellen mit den Strohmatratzen. Es ist das dritte Mal, daß ich in eine Desinfizierungsaktion gerate. Die Russen sind überzeugt, daß sie jetzt auf die Schlachtbank geführt werden.

Die Männer rechnen sich duckmäuserisch ruhig ihre Chancen aus, und die Frauen drücken verkrampft und erschreckt ihre Kinder an sich und weigern sich, aus ihren Winkeln hervorzukommen.

Die Nazi-Wachen ziehen ihre Revolver und treiben die Gruppen zur Tür.

Die wehrlosen Massen drängen sich wie Viehherden im Regen zusammen, der heftig auf sie einpeitscht. Der volle Kleidersack wird auf einen Laswagen vor der Baracke geworfen.

Ich befinde mich zwischen dem schamhaften François und der unbefangenen Französin mit dem Pony.

Wir werden in Reihen aufgestellt von Nazis in Regenmänteln, denen der Regen auf die glatten Schirme ihrer Militärmützen trommelt.

Die SS-Leute springen auf den Lastwagen, der setzt sich in Bewegung, und wir erhalten den Befehl, in Reih und Glied hinterherzugehen.

Der Lastwagen rast los, und wir fangen an hinterherzulaufen, gejagt von einem Motorrad, das mit aufheulendem Motor hinter uns fährt, wir stoßen gegeneinander, die spitzen Schottersteine bohren sich in unsere nackten Fußsohlen, wir sind völlig durchgeweicht vom niederprasselnden Regen.

«Hier ist sogar der Regen nach Nazi-Art», murmelt das Mädchen mit dem Pony neben mir.

Kreischend bremst der Lastwagen ruckartig vor einer anderen Baracke. Noch im Schwung vom Laufen, prallen die Leute in den ersten Reihen mit dem Gesicht gegen die hintere Wagenklappe.

Jemandem läuft das Blut aus der Nase. Die Wachen mit ihren Lederstiefeln springen zackig vom Wagen. Aus der Baracke kommen andere nackte Wesen und zittern vor Kälte bei der Berührung mit dem Regen.

Alle Augen sind so voll von Haß, so blutunterlaufen vor Wut über die Demütigung und vor Gier nach Rache, daß die Nazis, würden sie es merken, sich nicht mit solcher Ruhe und solcher gefühllosen Kälte bewegen könnten, sondern in der Angst vor ihrem Schicksal leben müßten. Aber nein, sie wissen es ja, unsere Wut liebkost sie ja, an ihrer Kaltblütigkeit gleitet der Haß ab wie der Regen an ihren erstklassigen und gutgeschnittenen Regenmänteln.

Die neuen Nackten schließen sich uns an. Die Wachen springen wieder auf den Lastwagen, und er fährt los. Wir fangen wieder an zu laufen wie eine Meute Hunde, zitternd vor Kälte und Wut, äußerlich fröstelnd und innerlich glühend. Die Wachen auf dem Lastwagen verfolgen uns mit den Augen, begutachten unsere Körper und tauschen ohne jede Geste Bemerkungen und Urteile über uns aus. Wir laufen über den langen Hof des Lagers, schreiend vor Schmerzen wegen der Schottersteine, vor Kälteschaudern wegen des Regens, wir hüpfen und bespritzen uns mit Dreckwasser, stützen uns gegenseitig, es geht an den Baracken entlang, immer hinter dem Lastwagen her, der mal schneller, mal langsamer fährt, und angetrieben von dem mutwilligen Gehupe des Motorrades hinter uns.

Wir müssen noch einmal halten, unsere Schar zählt ungefähr hundert Leute.

Vor den Baracken erscheinen die bereits Desinfizierten, sie sehen uns an mit betäubter Trauer oder bedenken uns mit beißenden Kommentaren, je nach Laune. Als wir vor einem Zementschuppen anhalten, wo der Lastwagen die Kleidersäcke ablädt, sind wir alle voller Schlamm, den wir beim Gehen aufgewirbelt haben. Ein paar Ausländer machen anstößige Posen vor den SS-Leuten, um sie zu provozieren, aber die kümmern sich nicht darum. Ich bin besessen von dem Gedanken, daß ich nichts zum Anziehen habe und nicht als einzige Nackte aus der Desinfektion kommen kann, und diese Aussicht quält mich so, daß mir verglichen damit die von den Nazis erzwungene Schmach der Nacktheit erträglich erscheint.

Während wir vor dem Zementschuppen warten, läßt der Regen nach und hört gleich darauf ganz auf.

Die tropfenden Körper scheinen sich plötzlich wieder zu beleben: Die Frauen fangen an zu schreien, aber das sind nicht mehr die gequälten kurzen Schreie von vorhin, die nackten Männer lachen höhnisch.

Die Wachen kommen sich geradezu leutselig vor und schieben uns mit weit ausholenden Armbewegungen vorwärts wie Kühe auf einem Viehmarkt. Wieder fangen wir an zu laufen, ohne den Lastwagen vor uns, alle durcheinander. Die weichen Körper der Frauen klatschen, ein paar weinende junge Mädchen stolpern bei jedem Schritt, weil sie versuchen, sich mit den Händen zu bedecken, eine Frau mit zerzaustem Haar und einem Säugling auf dem Arm fällt hin.

Die ersten sind in die falsche Richtung gelaufen, kehrt marsch, jetzt haben wir sie vor der Nase, ein Durcheinander von nackten Körpern und Haaren, Schreien und Befehlen, wieder werden wir geschubst.

Die nackten herumlaufenden Kinder klammern sich an die Hände und die Schenkel der Frauen, weinen mechanisch, sehen mit aufgerissenen Augen um sich und begreifen es nicht, zusammengequetscht und leicht aufzureiben in dieser Atmosphäre des Leids und der Schmerzen. Endlich kommen wir an einem großen Zementgebäude an, schweißnaß und fiebernd.

In Gruppen zu dreißig werden wir in einen etwa zwölf Meter langen dunklen Raum geschoben, wo aus Duschen an der Decke eine warme, nach Schwefel riechende Flüssigkeit auf uns herabspritzt, die auf der Haut brennt wie Säure.

Alle versuchen auszuweichen und springen schreiend im Dunkel herum, um diesem Desinfektionsregen zu entgehen, der sticht und uns in Rinnsalen bis an die Füße läuft.

Dann gehen wir in einen anderen großen Raum, in dem lauter große Wasserwannen stehen, mit kleinen Gefäßen für flüssige Seife und Handtüchern aus grobem Leinen. Die Frauen drängen sich alle auf eine Seite, ein Teil versucht sich gegenseitig zu bedecken, ein anderer, kleiner Teil stellt sich mehr zur Schau. Die Männer sind fast alle erregt, spritzen beim Waschen Wasser auf die Frauen und gehen lachend auf sie zu.

Das Mädchen mit dem Pony trocknet sich mit aufreizenden Bewegungen ab und schreit: «Ihr Schweine! Ihr laßt euch auch keine Gelegenheit entgehen!»

«Wir sind ja nicht blöd!» antwortet einer und tritt vor. Man sieht ihm sogar nackt noch an, daß er ein Neuer ist.

François versucht plump, sich an ihr zu reiben.

«Hör auf!» sagt sie und schlägt mit dem Handtuch nach ihm. «Ich mag diese Dreistigkeit nicht.»

Während sie ein Bein wäscht, das sie hochgehoben und in die Waschschüssel getaucht hat, erklärt sie ihm:

«Du bist ja noch ein Kind, du erinnerst mich an meine Jugend. *Ich* kann *dir* eine Menge Dinge beibringen. Auf jeden Fall merk dir, daß ich dunkle Ecken mag und schüchterne Männer, die gern viel reden möchten, Sekt und Zigaretten.»

François mit seinem schwächlichen und unterernährten Brustkorb hört und sieht ihr verzückt zu. Seine Augen sind schon leicht lüstern.

Sie lächelt ihn an wie eine Göttin. Ihr hochgewachsener Körper ist mager, etwas eingefallen und gezeichnet von blauen Flecken und Spuren von Krätze.

Die Kinder weinen zitternd und nervös und immer verlorener. Die Mütter küssen sie ungestüm, während sie sie waschen.

Jemand klopft mir auf die Schulter.

«Welch angenehme Überraschung!» Es ist der Student aus der Gascogne. «So bin ich also nicht als einziger in die Falle gegangen.»

Auf das anfängliche Gefühl von Ärger folgt bei mir die Hoffnung, daß er mir helfen kann.

«Ich habe keine Kleider», sage ich sofort. «Wie kann ich hier herauskommen?»

Der Gascogner schüttelt den Kopf:

«Ich weiß ja, *noblesse oblige*, aber diesmal muß man wohl wirklich stehlen. Machen Sie sich keine Sorgen, ich erledige das.» Er dreht sich um und deutet auf ein paar Ausländer, die die nackten Frauen von hinten packen und hastig an sich drücken, wobei sie mit erschreckten Augen verstohlen um sich blicken.

«Die kriegen das gut hin, Menschen in Bestien zu verwandeln», sagt er mit herabgezogenen Mundwinkeln.

Drei Wachen stürzen in den Waschraum und treiben die Ausländer mit verächtlicher Entrüstung zur Eile an. Bei ihrem Erscheinen erstarren alle Gesichter zu Eis, schweigend gehen wir hinaus und weiter in den Raum, in dem die Haare desinfiziert werden. In Gruppen zu zwölf werden wir von einer Wache an der Tür abgezählt und in den Raum gelassen, Männer und Frauen zusammen, ohne Unterschied.

Die Tür schließt sich hinter uns. Ein paar Männer in weißen Kitteln geben jedem eine Packung Salbe, mit der wir uns die Leistengegend und die Achselhöhlen einschmieren sollen: sie ist gegen Filzläuse.

Kaum sind wir damit fertig, werden die nächsten zwölf hereingelassen, während die ersten in den Raum gehen, in dem die Kopfhaare behandelt werden. Wer Läuse hat, wird geschoren von Pflegern mit Gummihandschuhen.

Ich habe keine Läuse auf dem Kopf, ich habe sie mir im Thomasbräu mit Petroleum entfernt und gehe weiter mit einer kleinen Gruppe von Leuten, die ihre Haare noch haben.

Jetzt geht es in den Raum für Hautkrankheiten. Diese Räume sind alle eher Zimmerchen, gut ausgeleuchtet mit starken Lampen. In jedem Raum sind drei Fachärzte und ein paar Krankenschwestern. Im Raum für die Körperhaare hat man mich nach meinen Personalien gefragt, und ich habe natürlich falsche angegeben, man hat mir dann eine Karteikarte ausgehändigt, die ich den verschiedenen Fachärzten in den verschiedenen Räumen der Reihe nach vorlegen muß und auf denen dann sorgfältigst das Ergebnis der durchgeführten Untersuchungen eingetragen wird. Die Ärzte sind fast alle jung, kalt, uniformiert und müde. Nach dem Raum für die Hautkrankheiten gehen wir in den Raum, wo die Geschlechtsorgane untersucht werden. Nur hier werden Frauen und Männer getrennt eingelassen und untersucht. Im Lungenraum danach wird einem der Brustkorb geröntgt, im nächsten das Herz abgehört, der Arzt ist alt und sehr nervös, so als wäre er mit seinem Tun hier selber nicht einverstanden und würde am liebsten alles hinschmeißen und entfliehen. Trotzdem untersucht auch er uns gründlich und diktiert der Krankenschwester seine Diagnose. Als ich an der Reihe bin, sieht er mich forschend an: «Das Herz ist in Ordnung», sagt er leise zu mir, diktiert der Krankenschwester aber laut: Herzgeräusche. Dann kommen Nase und Hals dran. Schließlich eine Tetanusspritze in die Brust. Viele klappen zusammen, vor allem die Männer.

Die Mütter sind trotz allem froh, daß ihre Kinder ärztlich untersucht werden.

Dann geht es hinaus in einen großen Raum hinter dem Schuppen, wo wir die Kleider abgeliefert haben. Sie sind noch heiß von der Desinfizierung und liegen in Haufen auf langen Tischen, numeriert entsprechend den Baracken beziehungsweise dem Sack, dem sie entnommen wurden.

Die Ausländer drängen sich, um ihre Sachen aus den Haufen zu zerren. Ich suche mit Blicken nach dem Gascogner. Streitereien brechen aus, Kommentare über den jeweiligen Körperbau. Ich finde den Gascogner, er ist bereits angezogen und hält mir ein Kleid entgegen.

«Schnell, und dann weg hier. Ich habe es vom Tisch der Freiarbeiter genommen.»

«Wie?» frage ich überrascht. «Werden denn die Freiarbeiter auch so desinfiziert?»

«Sicher! Das ist ein erbaulicher Ritus, er gehört zum Körperkult, wie er auch im Tempel der Nazis geübt wird, im Sportpalast: der wahre Mensch ist gesund, Nacktheit ist gesund. Schätzchen, sie machen nichts ohne edle Motive! Sie müssen schließlich die Menschheit erneuern, nicht? Und sie haben immer einen Haufen gerechter Gründe für ihre Brutalitäten. Aber ich sehe, daß auch Sie noch Ihre Haare auf dem Kopf haben», sagt er lachend, «man erkennt eben sofort die Klasse!»

Das warme, neue Kleid löst wohlige Schauer in mir aus.

Wir gehen hinaus, wo wir uns wieder aufstellen müssen. Der Gascogner Student zerrt mich hinter eine Baracke.

«Fotos und Fingerabdrücke», flüstert er. «Das müssen wir unbedingt vermeiden. Schließen wir uns denen da unten an.»

Hunderte von Leuten in verschiedensten Kleidern stehen in Dreierreihen mit einem Aluminiumnapf in der Hand Schlange vor der langen Küchenbaracke. Zeit zum Essenfassen.

Wer seine Portion bekommen hat, geht zurück, um sie in seiner Baracke zu essen.

«Geben sie uns was zu essen?» frage ich ausgehungert.

Der Gascogner grinst, geht aber rasch weiter.

«Nein, wir überholen sie nur und mischen uns unter die vorher Desinfizierten. Fotos bedeuten Tod. Die Kartei mitsamt den Fotos wird weitergeleitet an die Polizeibehörde für die Fahndung nach Ausländern, die im ganzen Reich gesucht werden. Wenn sich nichts Belastendes findet, erhält man einen Ausweis. Andernfalls wird man nach deutschem Kriegsrecht bestraft, demzufolge wir – keiner weiß, warum – alle als deutsche Wehrmachtsangehörige gelten, also als Deserteure. Du hast doch hoffentlich einen falschen Namen angegeben?»

«Ja.»

Während der Gascogner sich über die Folgen der Verselbständigung der totalitären Systeme ausläßt, erreichen wir unsere Baracke. Dort treffen wir ein paar Flüchtlinge, die aus dem Fenster sehen.

«Somit haben wir auch heute wieder gegessen!» deklamiert Jean aus Lille.

«Genau, das haben wir auch geschafft!» pflichtet ihm der Student aus der Gascogne bei.

«Wieder eine Sorge weniger, nicht?» gluckst die Französin mit dem Pony, die schneller hierher zurückgeflohen ist als wir.

«Da ist ja unsere Heilige!» Jeanines frische Stimme schallt durch den Raum. «Wo zum Teufel hast du gesteckt?»

«In der Desinfektion.»

Sie lacht genüßlich: «Du weißt ja, wozu das gut ist, bei diesen verdreckten Strohmatratzen hier.» Dann schlägt sie sich vor die Stirn: «Aber wer macht denn sowas mit? Du hast überhaupt keine Ahnung: Polò und ich sind in den Latrinen gelandet, und du sollst dich nie von meiner Seite rühren, wie oft soll ich dir das noch sagen? Es gibt doch Latrinen! Benito hatte dir übrigens was zu sagen, Pech für dich.»

«Kann er mir das nicht jetzt sagen?»

«Ehrlich gesagt, verdient hast du es nicht, aber komm, los.» Sie lacht. Springt von der Fensterbank. Sie hat eine makellos weiße Baumwollbluse an, die ihre frühreifen Brüste hervorhebt, ein dunkles Röckchen, weiße Söckchen und Schnürschuhe. Um die Taille hat sie einen roten Pullover gebunden.

«Hast dich frisch herausgeputzt, wie?» frage ich sie lachend.

«Du aber auch, wie man sieht! Gehen wir!» Sie faßt mich an der Hand und übernimmt die Führung, noch entschlossener und behender draußen im Schnee, der jetzt wieder fällt und sich sanft auf uns und auf die Dinge legt. «Gut, nicht?» lacht sie. «Alles von dem Dolmetscher, von dem ich dir erzählt habe, meine Liebe», flüstert sie mir ins Ohr. «Er hat mich neu ausstaffiert, aber halt die Klappe, sonst schnappen sie ihn mir weg.» Sie wird lauter: «Na klar, die Scopina ist neidisch, deshalb erzählt sie herum, ich hätte Syphilis und die Deutschen hätten mich hierhergebracht. Dabei wissen alle, daß ich abgehauen bin. Ich komme nämlich nicht aus dem Krankenhaus wie sie!» Sie trocknet sich die Augen mit dem Handrücken und zieht geräuschvoll die Nase hoch. «Ich bin sechzehn, entschuldige!» Sie weint.

Wir sind hinter dem Abfallhaufen angekommen und treffen Benito, er gibt mir ein dickes Stück Brot und zwei Essiggurken. Jeanine prustet und seufzt. Schließlich zieht sie aus ihrer Bluse ein Paar Baumwollstrümpfe:

«Ich schenke sie dir», sagt sie, «zieh die sofort an, heute nacht habe ich gesehen, daß du ganz blaue Beine hattest unter deinem Arbeitsanzug.» Sie lacht wieder mit glänzenden und verschmitzten Augen und dem Grübchen in der Wange.

Ich bücke mich, um die Strümpfe anzuziehen, aber ich habe kein Gummiband. Benito zieht Bindfäden aus der Tasche. Ich knote sie zusammen und ziehe sie mir über, die Strümpfe halten sehr gut an zwei Zwirnsfäden, die ich mir mit einer Schnur um die Taille binde.

Jeanine klatscht zufrieden in die Hände.

«Gehen wir jetzt.» Sie umarmt mich und wirft Benito, der sie mit den Augen verschlingt wie ein Hund, einen Blick zu. Einem plötzlichen Impuls folgend, sagt sie dann: «Geh schon mal allein, ich komme gleich nach. Nur einen Augenblick, er ist doch so nett, der Ärmste, und so allein, und so häßlich ist er gar nicht.»

Ich gehe zur Baracke zurück und sauge die Unbeständigkeit der Dinge im aufsteigenden Nebel ein. Ich trete an den Stacheldraht, um in der Ferne auf das Konzentrationslager zu sehen. Die Baracken heben sich ab, arm und harmlos. Wie geht es wohl meinen Genossinnen? Ich sehe sie wieder vor mir, die erschreckten, die großspurigen und die verängstigten Gesichter, verkümmert zu einem Schwarm schrecklicher und wunderbarer Insekten.

«Das ist ein Tag, wie ich ihn mir wünsche», sagt Jean aus Lille, elektrisiert, blaß. «Es ist soweit: Jetzt sind die alle damit beschäftigt, die Nackten zu fotografieren und den Angezogenen was zum Essen zu geben.»

Wir sind allein in der Baracke, die Russen sind noch nicht wieder zurück: Paolo und Jeanine, Benito und die Verlauste, die Scopina und der Kohlenmann, das Pony-Mädchen und François, der Student aus der Gascogne, Jeanines französischer Gefangener, der elegante Italiener, der Marokkaner, der Arbeiter aus Lille und ich.

«Es ist soweit», wiederholt Jean aus Lille.

«Ich gehe jetzt», teilt der Kohlenmann mit, «und du beeil dich.» Er winkt uns zu und geht hinaus.

«Ja», sagt Jean aus Lille.

Jeanine stürzt auf ihn zu: «Ich gehe mit.»

Paolo zerrt sie zurück.

«Du bleibst hier, und damit Schluß.»

«Ich gehe mit dir.» Jeanine wird von hysterischem Geschluchze geschüttelt.

«Der Krieg ist bald aus», tröstet der Arbeiter aus Lille und streichelt ihr über den Kopf.

Der Student aus der Gascogne raunt mir ins Ohr: «Wenn Sie möchten, wenn Sie nur wollen, lasse ich alles stehen und liegen, und wir gehen auch.»

«Die haben mich geschafft, diese Schweine haben mich geschafft», stöhnt Jeanine matt.

«Ich habe Hunger», sagt das Pony-Mädchen.

«Ganz ruhig, Jeanine.»

«Nimm mich mit!» Jeanine klammert sich schreiend an den Arbeiter.

«Schluß jetzt!» Paolo gibt ihr eine Ohrfeige, die Scopina hält ihr den Mund zu. Der Arbeiter aus Lille gerät in Panik:

«Willst du sie vielleicht noch auf mich aufmerksam machen? Du machst das wohl mit Absicht!»

«Du bist auch ruhig!» weist ihn Paolo zurecht.

Jeanine hebt ihr tränenüberströmtes Gesicht.

«Eure Stunde kommt auch noch», sagt der Arbeiter aus Lille.

Er drückt allen die Hand: «Viel Glück.»

«Viel Glück.»

«Komm, mach nicht so ein Gesicht, du siehst ja aus wie ein Flüchtling», sagt Paolo. «Los, machen wir unseren rituellen Gruß.»

Und halblaut haucht er: «Auf die Freiheit, hipp, hipp . . .»

«Hurra!» antworten alle anderen tonlos, mit verschlossenen und entschiedenen Gesichtern.

«Leb wohl.»

Die Tür geht einen Spaltbreit auf, und der Arbeiter aus Lille schlüpft hinaus.

Keiner von uns sagt ein Wort.

Plötzlich fängt das Pony-Mädchen an zu zittern, packt François am Arm und zieht ihn in eine Ecke auf den Boden. Durch unser anhaltendes Schweigen werden ihre sinnlosen Worte riesenhaft:

«Weißt du, was mir gefällt? Im Dunkeln, höchstens eine Kerze darf brennen, die im Hals einer leer getrunkenen Flasche steckt, das Wachs soll am Glas runterlaufen, und dann ein Mann, der dich da auf dem Boden nimmt. Verstehst du, ihn bis zum letzten Augenblick hinhalten, damit er nicht mehr weiß, was du willst, ob du bereit bist, ihm nachzugeben, ob jetzt der richtige Augenblick ist, ihn erregen und entmutigen, wenn er am wenigsten darauf gefaßt ist, und ihn wieder anstacheln, bis er sich nicht mehr beherrschen kann und dich um jeden Preis will, und dabei darfst du selber nicht genau wissen, was du machst, ob du fliehst oder dich mit ihm verlierst.»

François murmelt überwältigt unverständliche Worte.

Das Gellen der Sirene zerreißt die Luft. Es ist die Sirene des Konzentrationslagers, die eine Flucht meldet, das Pony-Mädchen stößt einen Schrei aus und klammert sich an François.

Wir alle fahren hoch und lauschen hinter den Fenstern.

Das Pony-Mädchen stürzt aus der Ecke und schreit:

«Mein Freund, sie haben ihn geschnappt, ich fühle es, ich fühle es.»

«Wen?»

«Er wollte heute fliehen.»

«Warum hast du das nicht gesagt?»

Der Kohlenmann kommt keuchend herein:

«Sie kommen mit den Hunden. Haut ab, es sind viele.»

Jeanine nimmt mich an der Hand. Wir laufen an den Baracken entlang zu den Abfallhaufen. Die losgelassenen Polizeihunde bellen auf den Feldern, die Revolverschüsse hallen, Geschrei, Motorradlärm durchpflügt die Ebene.

«Armer Jean aus Lille!» murmelt Jeanine.

«Ich habe Angst, Jeanine, laß mich nicht allein.»

«Denk mal», flüstert Jeanine und drückt mir fest die Hand, «gestern kannte ich dich noch nicht einmal.»

«Ja», sage ich, «es ist erst ein Tag vergangen.»

Rom, 1954

Zweiter Teil

UNTER DEN STEINEN

SOLANGE DER KOPF LEBT

I

Das Bombardement dauerte drei Stunden, von mittags zwölf bis um drei. An diesem Tag war ich überzeugt, ich würde sterben. Ich hatte die ganze Zeit zitternd in einer Ecke des Kellers gekauern und den Atem angehalten, während das pfeifende Geräusch auf mich herabsauste, bis die Bombe in meinem Trommelfell explodierte, und immer wieder zitterte ich: «Ich halte das nicht mehr aus.»

Als es vorbei war, blieb ich an der Wand hocken und sträubte mich, denen zu glauben, die mich wegzogen und beteuerten, daß die fliegenden Festungen weitergeflogen seien. Schließlich ließ ich mich hinaus ins Freie führen. Überall Trümmer, Staub, Flammen. Auch auf das Hotel war eine Bombe gefallen, die zum Glück nicht bis in den Keller durchgedrungen, sondern im zweiten Stock explodiert war. Die Beine trugen mich nicht, ich zuckte am ganzen Körper.

Ein Pole, der mir immer half, ein deportierter junger Arbeiter, zwanzig Jahre alt wie ich, begleitete mich in mein Zimmer im ersten Stock, wo ich mich aufs Bett warf.

Er kam kurz darauf zurück, gab mir Cognac zu trinken und erzählte, daß ganz Mainz zerstört worden sei, was bedeutete, daß die Amerikaner, die seit zwei Wochen zwanzig Kilometer vor dem Rhein standen, nun vermutlich jeden Augenblick in die Stadt einmarschierten. Für uns war der Krieg also zu Ende.

Es war der 27. Februar 1945.

Ich kam wieder zu mir.

«Johann, komm, das müssen wir feiern.»

«Keiner bringt uns mehr um.»

Wir tranken, und ich beschloß, mich frisch zu machen, während er unsere Genossen suchen ging.

Ich lief die Treppe hinunter, immer vier Stufen auf einmal, um mein Köfferchen aus dem Keller zu holen, und ich fühlte mich von Kraft, Freude und Unternehmungslust erfüllt. Ich rannte ebenso wieder nach oben. Ich wusch mich von oben bis unten und zog mir saubere Sachen an.

Dann stellte ich mich vor den Spiegel und betrachtete mich: du bist kerngesund, das Leben gehört dir.

«Nichts mit Feiern!» Der Pole kam keuchend zurück. «Unsere Leute sind verschüttet, wir müssen uns beeilen.»

Ich folgte ihm schweren Herzens. Ich dachte daran, daß ich mir die Hose schmutzig machen würde.

Es wurde schon Abend.

Die Straße war voller Leute und Stimmen, überall züngelten Flammen. Dieses Schauspiel löste in mir immer eine barbarische Fröhlichkeit aus, das Bedürfnis, zu ihnen zu eilen, alles zu wagen.

«Hinter dem Tor rechts, auf dem Platz da.»

Wir gingen los, mit großen Schritten, hielten uns bei den Händen, und als wir gerade durch das Tor wollten, warf uns ein ohrenbetäubendes Krachen nach hinten, und das Tor brach brennend zusammen.

«Luzi! Johann!» riefen unsere Freunde, sie standen etwas weiter weg. Wir waren falsch informiert worden: als der Luftschutzraum einstürzte, waren sie längst draußen gewesen.

«Das ist heute kein Tag für mich», sagte ich zu dem Polen. «Das merke ich schon zum zweitenmal.» Aber als ich dann gemeinsam mit den Genossinnen und Genossen zurückging und es ein aufgeregtes Fragen und Antworten gab, dachte ich bei mir: ach was, sterben!

Das Haus neben dem Hotel war eingestürzt. Davor flehte eine junge Deutsche die Passanten an, ihr zu helfen, ihre Familie zu retten.

«Los», sagte ich. Aber wir waren nur zu dritt, der Pole, ein Belgier und ich, mit der Deutschen zu viert. Die anderen waren verschwunden. Ich wußte mir zu helfen: ich packte die Passanten, die flüchten wollten, am Arm und redete auf sie ein.

Wir brachten es auf sieben Mann. Der achte, ein deutscher Soldat, widersetzte sich:

«Nein, bitte, ich komme heute von der Front zurück. Ich habe drei Tage Urlaub. Laßt mich meine Kinder wiedersehen.»

Wir waren jetzt elf, darunter zwei Frauen.

Wir räumten Steine und Schutt von der einen Seite des zusammengestürzten Hauses weg.

Wir zerrten aus dem Trümmerhaufen einen riesigen Balken heraus und luden ihn uns auf die Schultern.

Wir stiegen über eine Sprossenleiter auf einen noch erhaltenen Teil des ersten Stocks, von dem noch eine Mauer hinten stand. Wir besorgten uns ein Brett und bauten damit eine Brücke zwischen dem ersten Stockwerk und einem Spalt im Seitenteil des Hotels. In diesem Teil lief Wasser aus einem geplatzten Rohr.

Es war sechs Uhr abends. Wir verteilten die Aufgaben: sechs sollten den Balken von oben mit aller Wucht an die Seite des eingestürzten Hauses rammen, die wir freigeräumt hatten und die zum Luftschutzraum führte, und so einen Durchschlupf für die Verschütteten öffnen. Die anderen fünf sollten Wasserbehälter heranschleppen und in das Feuer schütten, das ringsherum brannte, damit die Flammen nicht als erste durch das aufgeschlagene Loch in der Mauer drangen.

Wir wollten uns jede Viertelstunde ablösen, mit Ausnahme des deutschen Mädchens, das uns gebeten hatte, ihr bei der Rettung ihrer Eltern zu helfen.

Ich wechselte mich ab mit dem Polen.

In der ersten Runde mußte er zusammen mit den anderen den Balken rammen, in der zweiten ich. In der dritten Runde, als er wieder dran war, rutschte er auf dem Brett aus und verstauchte sich den Knöchel. Ich wollte gerade losgehen und Wasser holen.

«Das hast du extra gemacht», sagte ich. «Das ist das dritte Mal heute.» Und damit packte ich wieder den Balken.

Der ruckartige Schub mit dem ganzen Körper, damit es den größtmöglichen Druck gab, drei Personen vor und zwei hinter mir, war eine solche Kraftarbeit, daß ich alle Angst vergaß.

Wir merkten, wie der Zement nachgab, die für das Wasser zuständigen Männer sprangen zu uns herauf, um bei den letzten Stößen mit Hand anzulegen, als ein Schrei aus einer Gruppe von Schaulustigen kam, die sich unten auf der Straße angesammelt hatten:

«Die Mauer stürzt ein.»

Aber es war nicht die Mauer des Hauses nebenan, die wir einzubrechen versuchten, es war das erhalten gebliebene Stück Mauer des Stocks, auf dem wir standen.

Wir ließen den Balken fallen.

Es war ein Augenblick: ich sah die Mauer hinter mir, drehte mich um, hielt mir die Arme vors Gesicht und dachte: was für ein idiolisches Ende! Das war alles.

II

Dann weiß ich nur noch, daß ich mitten in einem Trümmerhaufen feststeckte und die deutliche Wahrnehmung hatte, ich wäre in der Hölle. Ich hing kopfüber an den Füßen, Kopf und Arme waren unerträglich schwer, während mein Körper und die Beine in der Luft ragten und nicht nach unten wollten. Ich sah mich umringt vom Hotelchef und von meinen Genossinnen, und das bewirkte, daß ich mich schließlich in den Gedanken verlor, ich müßte mit ihnen die Ewigkeit verbringen.

Ich kam wieder zu mir, als ich in einem Abteil saß, das im Dunkeln hin und her schwankte, ich hatte am ganzen Leib furchtbare Schmerzen, und die gebrochene Stimme des Polen sagte zu mir: «Langsam, langsam, o mein Gott, o mein Gott.»

Dann erinnere ich mich noch an irgendwelche weißen Zimmer mit fahlem Licht und Reihen von Betten, aus denen es stöhnte und schrie, und wollte, obwohl ich das Fegefeuer deutlich vor mir sah, einen Augenblick lang auf eins von diesen weißen Betten sinken. Statt dessen brachte ich einen unendlichen Moment in einer Nacht zu, aus der ich vergebens zu fliehen versuchte.

Am nächsten Tag kam ich für ein paar Stunden wieder zu Bewußtsein.

Sie erzählten mir, daß die Mauer auf uns herabgestürzt und durch den Boden und das Erdgeschoß geschlagen war und uns in den Keller mitgerissen hatte.

Retten konnten sich: ein deutscher Soldat, der sich am Fuß der Mauer zu Boden geworfen hatte, weil er in einem Geistesblitz geahnt hatte, daß sie *schräg* von oben fallen würde; der belgische Hausmeister, der so geistesgegenwärtig gewesen war, auf die Straße zu springen, und deshalb mit einem Oberschenkelbruch davonkam, und der Pole, der mit seinem verstauchten Knöchel rittlings auf dem Vorsprung der Hotelmauer gesessen hatte.

Ein Ziegel oben aus der Mauer flog im Bogen gegen die rechte Schläfe des deutschen Soldaten, der uns vorher gebeten hatte, ihn seine Kinder wiedersehen zu lassen; er stand auf der anderen Straßenseite und fiel sofort tot um.

Der Pole hüpfte sofort auf einem Fuß auf den Rand des eingestürzten Stockwerks und ließ sich mitten durch die Flammen in den Schlund hinab, den die einstürzende Mauer gerissen hatte. Er scharrte die Körper der anderen frei, stieg über sie hinweg, bis er mich fand, nahm mich auf den Arm und lud mich auf die Schulter, hielt mich mit der einen Hand, während er mit der anderen versuchte, sich festzukrallen und hochzuziehen. Und ich habe ihn wohl, als er mich, immer noch auf einem Bein, hochhob, um mich wegzutragen, als *Drecksack* beschimpft und versucht, mich zu entwinden.

Er kletterte über glühende Steine und Trümmer, schaffte es aber nicht bis nach oben, sondern rutschte immer wieder nach unten in die Phosphorflammen, die unlöschbar aus der zusammengestürzten Mauer züngelten.

In diesem Moment kam ein deutscher Leutnant, der im Hotel wohnte, aus dem angrenzenden Büro. Er hatte den Einsturz der Mauer und die Schreie gehört und erfahren, daß ich verschüttet und der Pole bei meiner Rettung ebenfalls nach unten gerissen worden war. Er stellte die Sprossenleiter auf die Trümmer, um nach unten zu sehen, und rief.

Der Pole stemmte mich nach oben, und der Deutsche griff mich und zog mich auf die Trümmer hoch. Der Pole konnte sich, befreit von meinem Gewicht, selber nach oben ziehen.

Er riß erst mir die brennenden Kleider vom Leib, dann seine eigenen. Gemeinsam trugen sie mich die Leiter hinunter. Hier habe ich wohl angefangen, ununterbrochen zu schreien: *Die Füße runter!*

Sie trugen mich in die Hotelhalle, wo alle um mich herumstanden. Ich brüllte weiter: *Die Füße runter!*

Mittlerweile hatten mich der deutsche Leutnant und der Pole zwischen sich auf die Beine gestellt und stützten mich unter den

Armen und in der Hüfte. Ich kam wohl wieder zu mir und sah mich um, aber ich war bewußtlos.

Sie legten mich auf ein Sofa, ich bekam Ohrfeigen und Essigspritzer. Ich weinte, dann habe ich wohl delirierend gebrummt: «Die Beine nach unten, bitte, die Beine nach unten.»

Leutnant Gauli ging los, um ein Auto zu besorgen.

«Ich bringe sie ins Krankenhaus, sie muß sofort behandelt werden, wie eine Deutsche. Es gibt Ärger, wenn etwas passiert.»

Es war in dem Viertel bekannt, daß ich immer als erste freiwillig bei Löscharbeiten und der Rettung von Verschütteten erschien.

Der Leutnant kam kurz danach am Steuer eines Autos zurück, und der Pole setzte sich, mit mir auf den Armen, nach hinten.

Im Krankenhaus, das mit Verwundeten überfüllt war, verlangte der Leutnant, daß man mich in ein Bett legte, ein weniger schwer verletzter Deutscher mußte deswegen auf den Boden umziehen.

Ich verlangte im Befehlston, man solle mir sofort Gott herschicken, dann bat ich um einen Spiegel und erklärte, nachdem ich mich gesehen hatte, blutüberströmt, mit der zerschmetterten Stirn und den zerfetzten Wangen und Lippen: «Es ist aus.» Dann fiel ich wieder in Ohnmacht.

Die ganze Nacht lang saß der Pole neben mir, weil ich wie ein wildes Tier brüllte und dauernd versuchte, mich aus dem Bett zu stürzen, und zwar mit solcher Kraft und Hinterhältigkeit, daß er mich nur mit Mühe immer wieder richtig hinlegen konnte.

Ich hatte eine zusammengestauchte Wirbelsäule, Phosphorverbrennungen am ganzen Körper (vierzehn Stellen), eine Kopfwunde, die rechte Schulter ausgerenkt, hinten und vorne links gesplitterte Rippen und gebrochene Beckenknochen. Aber das war mir nicht bewußt.

Erst am nächsten Tag versuchte der Pole, dessen Fuß inzwischen eingegipst und dessen Brandwunden verbunden worden waren, zusammen mit dem deutschen Leutnant und ein paar anderen Männern die übrigen Leute aus dem Keller zu bergen. Drei waren tot, vier lagen im Koma und starben noch beim Transport. Nur das deutsche Mädchen lebte noch. Sie war Physikstudentin. Ihr war ein Eimer auf den Kopf gedrückt worden, der ihr den Schädel gespalten und – vierundzwanzig Stunden lang – ihren Hals eingeklemmt hatte. Man mußte sie freisägen. Aber sie war so vital, daß sie noch vierzehn Tage weiterlebte und mit dem Tod rang, bis zuletzt bei klarem Verstand und mit eisernem Willen.

Die Leute, die wir aus den Ruinen hatten befreien wollen, hatten sich mit Hacken und Hölzern von der entgegengesetzten Wand aus einen Tunnel gegraben und sich so aus eigener Kraft befreit.

III

Auch im folgenden mischen sich eigene Erinnerungen und das, was mir berichtet wurde.

Am nächsten Tag erwachte ich in einer stillen kleinen Kammer. Als ich um mich sah, bemerkte ich zwei belegte Betten hinter mir und eins neben mir. Wer immer auch darin lag, die Gesichter waren mit Laken zugedeckt.

In der Überzeugung, ich würde nicht lange durchhalten, nachdem ich mit meinem Gebrüll die Patienten in den Krankensälen hatte erstarren lassen, hatten mich die Ärzte mit Morphium vollgepumpt und nach Zimmer 18 im Keller verlegt, das als Sterbezimmer der chirurgischen Abteilung diente, seit das richtige zerstört worden war.

Die Toten blieben dort gewöhnlich eine Nacht lang und wurden am nächsten Tag im Bad eingeschlossen, damit Platz für die nächsten frei wurde, bis der Leichenwagen kam und sie abholte.

Im ersten Monat gab es so viele Tote, daß oft ein oder zwei Bahren neben meinem Bett standen.

In Zimmer 18 brachte man Patienten, die im Koma lagen, damit man die anderen in den Krankensälen besser versorgen konnte, denn die häufigen Todesfälle schufen eine depressive oder hysterische Stimmung, die das physische Ergehen der Verletzten beeinträchtigte und die ihren Lebenswillen so sehr schwächte, daß man ihn nicht mehr für die Heilung nutzen konnte.

Natürlich wußte ich von alldem nichts. Ich habe wohl in den ersten Tagen, sobald die Wirkung des Morphiums nachließ, automatisch so lange durch das Gebäude geschrien, bis man mir neue, immer stärkere Dosen von Betäubungsmitteln spritzte und ich allmählich wieder in den Dämmerzustand der Agonie verfiel. Man reinigte und versorgte jeden Morgen meine riesigen Verbrennungswunden mit Lebertran, aber das war mir alles nicht bewußt.

Ich habe mich wohl immer gewehrt, umgedreht zu werden, und zwar mit der Waffe bestialischen Gebrülls, und man mußte mich mehrmals unter Narkose setzen, um meinen Rücken zu versorgen, meine Schulter einzurenken und meine Kopfwunde zu nähen.

Ich weiß erst wieder, daß einmal beim Aufwachen meine linke Hand unwillkürlich einen Körper, eine Hüfte, einen Schenkel berührte, jedenfalls Fleisch, das in meinem Bett und unter meiner Decke lag, das mir nicht gehörte und kalt war. Neugierig streichelte und betastete ich mit der Hand diesen Körper, hob die Decke, um hinunterzuspähen, und sah mit Entsetzen, daß dieser fremde Körper mir gehörte, dieser marmorkalte und gefühllose Körper war meiner. Ich schloß sofort, ich war gestorben. *Aber die Schmerzen?* Die gehörten zum Zerfall: tatsächlich, der ganze Körper stank wie fauler Fisch.

Also überlebt das Bewußtsein den Tod des Körpers. Ich erinnere mich ganz genau an diesen Augenblick, denn damals habe ich das unvorstellbarste Grauen meines Lebens gespürt.

Hatten die Ärzte und Schwestern gemerkt, daß ich tot war? Das mußte ich als erstes klären, wenn ich nicht wie alle anderen abtransportiert und unter die Erde gebracht werden wollte, Erde in Augen, Nase und Mund.

Ich konnte sehen. Das hieß, daß sie mir die Lider nicht zugedrückt hatten, und das war ein gutes Zeichen.

Kurz darauf kamen zwei Ärzte mit einer Schwester herein, ich riß die Augen auf und starrte sie an. Ich mußte an Leichen im Lager denken, die mit offenen Augen dalagen und alle Vorübergehenden durch die Wimpern hindurch anzublinzeln schienen.

Die Ärzte traten an mein Bett, und einer sagte:

«Soviel Widerstandskraft habe ich noch nie erlebt. Aber das Gehirn muß verletzt sein, sie hat etwas Unnormales im Blick.»

Ich konnte hören.

Eine andere Schwester war eingetreten:

«Wenn ich bei ihr Nachtwache mache, habe ich immer Angst. Ich fühle ständig diese Augen auf mir.»

Daß die mir bloß nicht das Herz abhorchen, dachte ich bei mir in freudiger Erregung, daß ich sie reingelegt hatte.

«Wer weiß, ob sie überhaupt getauft ist?» seufzte die erste Schwester.

«Vielleicht wartet ihre Seele auf die Sakramente, um in Frieden gehen zu können. Warum habe ich daran nicht früher gedacht? Ich werde ihr die Letzte Ölung geben lassen.»

Mir fiel ein, ich könnte versuchen, ein paar Worte hervorzubringen. Meine Lippen bewegten sich:

«Ich muß nicht sterben», kam heiser heraus.

Sie sahen mich verwirrt an. Mit Konzentration und Hartnäckigkeit konnte ich also vielleicht meinen Körper stückweise für das Leben zurückgewinnen. Vor lauter Erregung lachte ich gurgelnd.

«Gehen wir», sagte einer der Ärzte und verzog das Gesicht. «Schlimm, so ein junger Mensch.»

Danach kann ich mich wieder an nichts mehr erinnern.

Der Priester versuchte wohl öfter in den darauffolgenden Tagen, sich mir zu nähern, aber jedesmal, wenn ich ihn nur erblickte, fing ich, wie vom Teufel besessen, an zu schreien, so daß er wieder ging und ein bestürztes Gesicht machte, als lasteten allzu schwere Todsünden auf meiner Seele. Sie nannten mich *das schwarze Teufelchen*. Ich selber erinnere mich nicht daran.

Ich erinnere mich allerdings, daß ich einmal, als ich den Priester eintreten sah, Gott fragte: «Was willst du noch von mir, nach alldem, was du mir schon angetan hast?»

Ich gab dem Priester zu verstehen, daß ich beichten wollte, er sollte einen Augenblick warten. Er muß es den Schwestern mitgeteilt haben, denn sie eilten gerührt herbei, dankten dem Himmel und bauten einen kleinen Altar auf. Dann zogen sie sich zurück.

Langsam und jedes Wort auskostend, erzählte ich, ich wäre Holländerin, und gestand eine ganze Reihe von erfundenen Sünden; befriedigt über meine gelungene Rache bekundete ich deutlich Reue.

Der Pole besuchte mich zu jeder Tages- und Nachtzeit, und

anscheinend flüsterte ich ihm dauernd ein, daß er stehlen gehen sollte, weil ich viel, viel Geld brauchte.

Vierzehn Tage lang nahm ich keinen Bissen zu mir, konnte nicht einmal einen Schluck Tee bei mir behalten; ich war wohl sehr mager und hatte verstörte schwarze Augen.

Dann fing ich an, verdünnte Milch zu mir zu nehmen, die mir der Pole mit dem Babyfläschchen einflößte. Ich saugte gierig, fühlte die Flüssigkeit die Speiseröhre hinunterfließen und war immer noch überzeugt, ich könnte ausschließlich kraft meines Willens Millimeter um Millimeter meines Körpers dem Leben zurückgewinnen.

Nach zwanzig Tagen hatte ich auch den rechten Arm und den Brustkorb zurückerobert.

Ich kam mir schlau vor, weil ich nicht wie die anderen Sterbenden tobte und mich bloßstrampelte, was leicht zu Lungenentzündungen führte und den Tod beschleunigte, sondern mich bis zum Kinn zudeckte und anfing zu schreien, sowie ich nur den geringsten Spalt entdeckte, und verlangte, daß man mich wieder fest einwickelte. Es war ja auch März, die Kälte war noch einmal zurückgekommen; Zimmer 18 hatte weder Fensterscheiben noch Tür, und wir lagen ständig im Zug.

Langsam kam mir die Wirklichkeit wieder zu Bewußtsein. Ich stellte fest, daß sie mich jeden Tag wuschen und versorgten, und daß der Fischgestank nicht von meiner Leiche stammte, sondern von der Salbe, die sie mir auf die Brandwunden schmierten.

Ich bemerkte, daß man mir jedesmal, wenn ich das Gefühl hatte, mein Kopf wird kreisförmig zusammengedrückt und innerlich ausgehöhlt und ganz trocken gepreßt, er ist ohne Blut und Speichel und aus meinem Mund kommen herzzerreißende Töne, etwas spritzte, das mir nach und nach ein gewisses Gleichgewicht zurückgab. Ich fragte danach: Morphium. Ich dämmerte jetzt nicht mehr vor mich hin, sondern horchte auf das, was mit meinen Bettnachbarn geschah.

Wenn ein Kranker in mein Zimmer gebracht wurde, kam er meist wieder zu Bewußtsein und schlug um sich und flehte, man sollte ihn wieder ins Krankenzimmer bringen. Zimmer 18 hatte einen düsteren Ruf im Krankenhaus, jeder fürchtete es als Vorzimmer zum Tod, und das Entsetzen davor war so erschöpfend, daß das Ende noch schneller kam.

Aber die Oberschwester Vincentia hatte bald herausgefunden, was die Patienten beunruhigte:

«Wer sagt denn, daß du stirbst!» sagte sie und rief dann: «Luzi! Luzi!» Und ich antwortete.

«Siehst du nicht, wie lebendig die Luzi ist, springlebendig sogar. Und weißt du, wie lange sie schon hier ist? Seit gut drei Wochen.»

Sofort heiterten sie sich auf. Und das Vertrauen war so mächtig, daß sie manchmal sogar einschliefen. Aber dann schreckten sie plötzlich wieder hoch und riefen angstvoll:

«Luzi!»

«Ja. Wie geht's?»

Wir hielten sogar Schwätzchen. Ich redete weiter, während sie in die Todesstarre eintraten. Die ersten Male hatte ich geschwiegen, sobald ich Röcheln des Todes hörte, aber ich merkte, daß die Sterbenden dann erschraken; also hatte ich mir angewöhnt, einfach weiter zu erzählen, was mir gerade durch den Kopf ging – daß es uns bald besser gehen würde, daß ich sie, wenn ich als erste sterben sollte, aus dem Jenseits beschützen würde und daß sie es umgekehrt ebenso machen sollten, daß ich Italienerin war und niemanden haßte, und lauter solche Dinge.

Jetzt lebte ich nur noch auf das Ziel hin, die Sterbenden zu unterhalten, und diese ungewöhnliche Tätigkeit nahm mich so sehr in Anspruch, daß meine Kräfte wuchsen.

Ich erwartete die Neuen jedesmal mit Spannung, ich zählte sie.

Neunzehn waren es, Männer, Frauen und Kinder, die ich an die Schwelle des Todes begleitete, allein, unter vier Augen mit ihnen.

Anfangs blieb eine Nonne oder eine Krankenschwester da und wachte bis zum letzten Augenblick, dann merkten sie, daß meine Anwesenheit die Sterbenden zerstreute, während eine Schwester am Kopfende sie nur argwöhnisch werden ließ.

«Luzi», sagte Schwester Vincentia leise zu mir, «diese hat einen zerfetzten Bauch, ich vertraue sie dir an.» Oder: «Mit dem hier hast du nicht lange zu tun: er leidet schon nicht mehr.»

Ich hatte mich so eingepaßt, daß ich, wenn mir die Worte

ausgingen, zu ihrem Geröchel vor mich hinsang. Manchmal kamen mir selbst die Tränen, wenn ich sang:

Du steigst von den Sternen herab, oh König des Himmels,
und kommst in eine Grotte in Kälte und Eis.

Ich brach ab, wenn der keuchende Atem neben mir stockte und mir das Schweigen des Todes ins Gemüt drang.

Schwester Vincentia hatte mich liebgewonnen. Oft kam sie an mein Bett, beobachtete mich, strich mir die Haare aus dem Gesicht, gab mir einen raschen Kuß auf die Stirn und zog sich kopfschüttelnd wieder zurück.

Ich weiß nicht, wie lange Zeit wir mehrmals am Tag beschossen wurden.

Wenn sie die Kranken in den Luftschutzraum gebracht hatte, wo viele so lange blieben, bis die Gefahr vorüber war, kam Schwester Vincentia wieder herauf, stellte sich betend neben mein Bett und ging nicht mehr weg, bis die Explosionen zu Ende waren. Sie stimmte das Ave Maria an, und ich antwortete. Wenn der Höllenlärm, das Knattern und Dröhnen, plötzlich aufhörte, ertappten wir uns dabei, daß wir wie Besessene aus vollem Hals rezitierten:

Ave Maria, gratia plena
Sancta Maria, Mater Dei

Verschämt senkten wir sofort die Stimmen, aber eine ganz unheilige Heiterkeit blieb übrig. Einmal tötete ein Granatsplitter eine sterbende Frau, und eine Kugel traf einen Toten in den Schädel.

Manchmal nahmen einzelne Flugzeuge, sogenannte Jabos, ausgerechnet unsere Abteilung ins Visier – wer weiß warum.

Eines Tages, als ich mich gerade mit meinen Sterbenden unterhielt, wollte die Schwester mich in den Luftschutzraum bringen, aber ich trat meinen Platz, den einzigen noch freien, an ein zehnjähriges Mädchen ab, das hüftamputiert war und neben mir lag.

«Weißt du, sie geht heute nacht», sagte sie, «du dagegen kannst noch eine Weile durchhalten.»

Schwester Vincentia war Caritas-Schwester, ungefähr fünfzig, mager, mit olivbrauner Hautfarbe, und arbeitete Tag und Nacht.

Sie schleppte die Verwundeten selbst, wenn die Krankenträger sich beschwerten, sie war flink und immer guter Dinge.

Eines Morgens brach sie zusammen: Sie hatte sich einen Bruch gehoben.

Sie wurde sofort operiert und in das Zimmerchen neben meinem gelegt. Sie kommunizierte mit mir, indem sie mit einem Stock an die Wand klopfte.

Danach, auch mit der Bruchbinde, hob sie weiter Verwundete, die nachts flehten, sie wollten umgedreht werden, damit die Schmerzen weniger wurden.

«Hör mal», sagte sie eines Abends zu mir. «Du willst nicht sterben.»

«Nein.»

«Ich will dir etwas sagen, weil du mutig bist. Jetzt hättest du einen schönen Tod. Ich hatte einmal eine Patientin, die war wie du und wollte nicht sterben, und sie war nicht einmal so schlimm zugerichtet wie du. Zehn Jahre später kam sie noch einmal in meine Abteilung und sagte mir immer wieder: ‹Wäre ich doch damals gestorben. Danach habe ich nur noch gelitten. Ich kann nicht mehr›, und überließ Gott endlich ihre Seele, die er ihr schon vor so langer Zeit hatte entreißen wollen.»

«Ja? Aber ich bin nicht diese Frau, und ich werde in zehn Jahren eigens aus Italien hierherreisen, um Ihnen zu sagen, daß es gut war weiterzuleben. Ich muß nur gesund werden, egal wann, dann werden Sie schon sehen!»

«Wirst du wirklich kommen?»

«Ja.»

«Aber wirst du dann auch aufrichtig sein?»

«Ja.»

«Warten wir's ab.»

Eines Tages kletterte die zweite Tagesschwester, Johanna, weiß und rosig wie das blühende Leben, auf eine Leiter, nahm das Hitler-Bild ab, schleuderte es zu Boden und trampelte wild darauf herum, dann drückte sie das Kruzifix ans Herz, küßte es leidenschaftlich und hängte es an die Stelle des Bildes.

Die Leser mögen bitte nicht ungeduldig werden, wenn ich weiter «eines Tages», «eines Nachts», «einmal» sage, aber ich weiß absolut nichts mehr über die Zeitabläufe in jener Periode.

Eines Nachts starb eine gesund und kräftig wirkende schöne Frau, ohne das Bewußtsein wiedererlangt zu haben. Sie hatte drei Tage lang nur geschlafen.

Die Nachtschwester, Petra, erzählte mir, die Frau sei von Schwarzen vergewaltigt worden. Sie fragte mich, ob ich nicht den Lärm von der Stadt her hörte, sobald es dunkel wurde. Sie hob ihre hellen Augen zu dem Kruzifix hoch und sagte:

«Herr, Du stirbst am Kreuz für die Menschen, und sie haben Dich vergessen.»

Ich fragte sie nach dem Datum. Es war acht Tage vor Ostern. Diese Auskunft erschütterte mich. Auch ich hatte Christus vergessen. Mit ihm lag ich nicht im Hader wie mit Gott, denn er hatte gelitten, und was das bedeutete, verstand ich jetzt besser denn je. Ich glaubte, vom Garten des Krankenhauses her Stimmen von Betrunkenen und flegelhaftes Lachen zu hören. Ostern kam näher, und niemand kümmerte sich darum. Seine Einsamkeit, die Vergeblichkeit Seines Opfers machten mir das Herz schwer.

«Da Du auch gerade stirbst», sagte ich zu Ihm, «werde ich auch Dir Gesellschaft leisten.»

Schwester Petra kam mit der Spritze herein.

«Was ist das?»

«Dein Morphium.»

«Ich will es nicht.»

«Du kannst es ohne nicht aushalten.»

Da ich mich beharrlich sträubte, sagte sie, ich hätte eben nie meinen Rücken gesehen, er sei eine einzige Kaverne, aus der die gebrochenen Rippen hervorragten, der Thorax, die Lungen, alles liege frei.

Je mehr sie redete, desto mehr erhitzte ich mich: «Hörst Du, was sie sagt?» fragte ich den Gekreuzigten. «Hörst Du gut zu?»

«Aber ich warne dich», sagte die Schwester nachgebend, «quäl die Kranken hier nicht mit deinem üblichen Geschrei und mach womöglich noch die Neger auf uns aufmerksam. Beim ersten Mucksser schläfere ich dich ein.»

Die erste Nacht war nicht nur eine einzige Folge von bohrenden Stichen, ein umfassender Schmerz ohne Pause; nicht nur eine Qual meines ganzen Seins, das sich, ausgehungert wie es war, rasch an das Morphium gewöhnt hatte; sie war auch ständiges Aufpassen, damit ja kein Schrei entwich. Im Morgengrauen waren meine Kiefer so verkrampft, daß ich sie nicht mehr aufbekam, ich war schweißnaß, mein Herz schlug wie wahnsinnig. Ich verlor das Bewußtsein und erwachte mit dem Sauerstoffschlauch im Mund. Der Oberarzt stand neben mir:

«Du kannst nicht so plötzlich absetzen. Die Dosis muß allmählich verringert werden.»

Ich wollte keine Vernunft annehmen.

«Keine Widerrede», sagte er achselzuckend. «Du würdest es sowieso nicht schaffen.»

Ich hatte eine neue anstrengende Beschäftigung gefunden:

Sechs Tage und sechs Nächte tat ich kein Auge zu.

Schwester Petra, die sehr schön war, leistete mir in jeder freien Minute ihrer Nachtwache Gesellschaft. Sie wand mir Kränze aus Blümchen um den Kopf, sie versprach mir, mir immer Blumen aufs Grab zu stellen und immer für mich zu beten.

In der Karfreitagsnacht sagte sie mir im Kerzenschein die ganze Passionsgeschichte auf und wechselte dabei Stimme und Gestik, je nachdem, ob sie Pilatus, Petrus oder Judas darstellte.

Sie sagte, mein Gesicht drücke ein solches Leiden aus, daß sie nicht mehr wüßte, was sie noch erfinden solle, um es ein wenig zu lindern.

In der Auferstehungsnacht trat Christus in mein Zimmer, das mindestens doppelt so groß war wie in Wirklichkeit; mein Bett stand in der Mitte.

Er war groß, bartlos, ernst und trug ein grünes Gewand.

Er schloß die Tür hinter sich und setzte sich auf den Rand meines Bettes. Er sah mich an, ohne zu sprechen. Dann drückte er meine Füße mit der Hand und schüttelte den Kopf.

Ich wachte auf, als ich ihm gerade etwas sagen wollte.

Schwester Petra erzählte, ich hätte eine volle Stunde geschlafen. Sie kniete sich neben mein Bett, und zusammen beteten wir den Rosenkranz, wobei ich verzückt zuhörte, denn ich kannte ihn nicht ganz.

IV

Die Toten wurden weniger.

Am vierzigsten Tag hatte ich zum erstenmal Stuhlgang. Das Fieber, das mich seit dem Anfang verzehrte, sank plötzlich. Ich saugte nicht mehr verdünnte Milch – die einzige Nahrung, die ich hatte bei mir behalten können! –, sondern aß jetzt Suppen und Kompott.

Vom Morphium war ich entwöhnt.

Die Ärzte kamen überein, daß ich wohl doch leben könnte. Sie ordneten an, daß ich wieder zu den Patienten gelegt wurde, die weiterleben sollten. Aber ich fühlte mich den Hinscheidenden verbunden und wollte sie nicht verlassen. Was sonst hätte sie bei ihrem Eintritt in dieses Zimmer trösten sollen, wenn die nicht mehr dagewesen wäre, die nicht gestorben war?

Es wurde noch eine zweiundzwanzigjährige Deutsche nach einer Unterleibsoperation hereingebracht, sie war bei einer Messerstecherei verletzt worden. Sie hatte einen Freund, einen schönen jungen Griechen, der um sie bangte. Das Mädchen, das Kunigunde hieß, litt so stark unter Durst, daß sie ihren Freund überreden konnte, ihr Bier zu bringen. Sie leerte die Flasche in einem Zug. Sofort verschlechterte sich ihr Zustand, die Wunde begann zu eitern, sie wurde gelb im Gesicht, rief nach ihren Verwandten, vertraute mir an, daß sie ihren Verlobten an der Front mit dem Griechen betrogen hatte und daß Gott sie nun strafte, aber wenn sie wieder gesund würde, würde sie ihr ganzes Leben Buße tun. Sie litt mehr moralisch als körperlich und starb.

Später besuchte mich der Grieche, er war in Hochform. Er war in die amerikanische Armee eingetreten und bis an die Zähne bewaffnet, er redete laut und zeigte eine übertriebene Fröhlichkeit.

Ich überschüttete meine Bettnachbarinnen mit guten Ratschlägen.

Ich kämpfte zehn Tage lang gegen den Tod einer neunzehnjährigen Brünetten an, sie war auch Deutsche, schön und schweigsam; sie hatte kaum noch Reserven, tat aber fügsam alles, was ich ihr einredete. Einmal jedoch entwischte sie meiner Wachsamkeit und warf entgegen allen meinen Ratschlägen völlig verschwitzt in einer windigen Aprilnacht die Decke aus dem Bett. Sie hatte keine Verwandten. Eine Lungenentzündung raffte sie dahin. Damals gab es in Europa noch kein Penicillin. Sie rief nach mir bis zum letzten Augenblick.

Dieser Tod tat mir sehr weh.

Am nächsten Tag brachten sie mir eine bildschöne, schlanke und fast durchsichtige Frau. Sie war Ärztin und lag wegen Morphiumsucht im Koma. Alle Viertelstunde flehte sie vor Gier röchelnd: «Morphium! Mooorphium!» Sie starb mit einem Schrei zu ihrem Gott Morphium.

Das Gezwitscher der ersten Vögel war zu hören. Ich bat darum, ins Freie gebracht zu werden. Sie schraubten Rollen an mein Bett. Als ich nach zwei Monaten wieder frische Luft atmete, fiel ich in einen Dämmerzustand und fühlte mich zum erstenmal wohl in der Hülle meines gemarterten Körpers.

Ich begann, Pläne zu schmieden.

Ich lernte ein paar italienische Patienten kennen, mit denen ich Verhandlungen über den Erwerb eines Fahrrads aufnahm. Ich war entschlossen, mit dem Fahrrad nach Italien zu fahren, sobald ich wieder gehen konnte, um durch diese schöne Reise wieder zu Kräften zu kommen nach der langen Unbeweglichkeit – sie fing an, mich zu belasten.

«Wie lange brauche ich denn noch?» fragte ich den Arzt.

«Neun Wochen», antwortete er und ging sofort weg.

Ich fing an, die Tage zu zählen, als gäbe es ein genaues Datum.

Neben mir starben noch ein paar Leute, es kamen, um sie zu zerstreuen, sogar zwei Italiener mit Gitarre.

Einmal, als ein sehr unruhiges altes Mütterchen ihrem Ende entgegenging, machten wir alle drei ein Konzert, und sie gab sich ganz dem Klang der Musik hin. Aber dann kamen ihre Verwandten angelaufen und schimpften lauthals, das wäre ein Sakrileg und eine Schande und rissen die Alte aus ihrem wohligen Dämmerzustand, so daß sie merkte, daß sie doch sterben mußte, und sich verraten fühlte und weinte und sich sträubte wie niemand von den Jüngeren zuvor, in einer Art von Geiz, der eher abstoßend wirkte, als Mitleid zu erregen. Nach ihrem Tod schwang sich eine ihrer untröstlichen Enkelinnen, die entrüstetste von allen, auf das Fahrrad des Polen, der inzwischen eingetroffen war, trat in die Pedale und verschwand. Übrigens hatte er es selbst gestohlen.

Der Pole brachte mir alle Gaben Gottes, Kleider, Wäsche, Tischtücher, Wein, eingemachtes Obst und so weiter, natürlich alles geklaut. Auch Nonnen und Schwestern brachte er etwas mit, ich kann mich vor allem noch an Unmengen von rosa Würsten erinnern.

Gelegentlich erwischte ich ihn dabei, wie er des langen mit Schwester Vincentia im Flur plauderte.

Während ich die ersten Monate nie an ihn gedacht hatte, begann ich jetzt, auf ihn zu warten, ich wurde ungeduldig, wenn er später kam und tat so – aus welchem Impuls heraus, weiß ich auch nicht –, als gefielen mir seine Küsse nicht, die er mir oft unter Tränen ins ganze Gesicht drückte.

Je besser ich mich fühlte, desto mehr redete ich ihm gegenüber von meiner bevorstehenden Genesung und berechnete pingelig jeden Tag und jede Stunde, die von den neun Wochen schon um waren, aber er wurde immer schwermütiger. Manchmal versetzte er mich, kam dann nachts betrunken, warf sich auf die Knie und bat mich unter Handküssen um Entschuldigung. Er war streitlustig geworden, legte sich mit Franzosen und Amerikanern an. Er erschien mit blauen Flecken im Gesicht und sah finster drein. Er stank nach Wein und stieß ins Blaue hinein düstere Drohungen aus.

Ich verstand das alles nicht. Manchmal ließ ich ihn von den Krankenträgern rauswerfen, dann wieder tat es mir schrecklich leid, daß er so heruntergekommen war.

Anfang Mai hatte es eine Inspektion durch amerikanische Sanitätsoffiziere gegeben. Ich lag im Garten unter einer Eiche in einer Bettenreihe. Ich merkte sofort, daß die anderen, die Deutschen, Angst hatten. Ohne nach irgend etwas gefragt worden zu sein, schworen und beteuerten sie sofort, sie wären nie Nazis gewesen. Feigheit hat mich immer angeekelt. Als die Amerikaner vor mir stehenblieben und erfuhren, daß ich Italienerin sei, leierte ihr Anführer herunter:

«Faschistin? Nein, nicht?»

«O doch, Faschistin», antwortete ich.

Sie riefen einen Dolmetscher, und das Verhör begann.

Es kam heraus, daß ich Faschistin gewesen war, Mitglied des faschistischen Studenverbandes GUF und fanatisch und daß ich in Deutschland überzeugte Nazigegnerin geworden war, aber über die faschistische Idee kein Urteil abgeben konnte – abgesehen vom Bündnis mit Hitler –, da sich die italienischen Probleme schon zu lange von meinen persönlichen Interessen entfernt hatten.

Am Ende sprachen sie mir ihre Hochachtung für meine Aufrichtigkeit und Würde aus. Der Offizier ließ mir ein großes Paket übergeben. Von dem Tag an stellten sie mich unter ihren Schutz, ab und zu besuchte mich einer mit Geschenken, und wir verständigten uns in Zeichensprache und auf deutsch.

In diesen Tagen wurde der Chefarzt, den die Patienten immer ehrerbietig gegrüßt hatten, wenn er an den Betten im Garten vorbeigegangen war, wegen seiner Mitgliedschaft in der Nazipartei verhaftet, obwohl er sich nicht politisch betätigt hatte. Während er zwischen zwei Polizisten davonging, sahen alle woandershin. Also rief ich ihm zu:

«Bis bald, Professor Niessen.»

Er belohnte mich mit einem Blick, und ich sah, wie sein Schritt lockerer wurde.

Am nächsten Tag wurde er freigelassen.

Er stellte mir seine Frau und seine Kinder vor; die Kleinen gewannen mich lieb und kamen oft zum Spielen, brachten mir Blumen und Kuchen.

Es kamen auch Vertreter des französischen Roten Kreuzes, die nach Landsleuten suchten. Schwester Vincentia führte sie zu mir. Als sie mich in fließendem Französisch über Reims und Paris reden hörten und erfuhren, daß ich in Frankreich geboren war und meine Kindheit verbracht hatte, schenkten sie mir ihr Wohlwollen und brachten mir auch manchmal Tabak und Schokolade.

Als letzte ließen sich die Italiener blicken, machten sich wichtig, erörterten meinen Zustand mit der Schwester, rümpften die Nase und sagten mir dann, ich würde bald nach Italien zurückkehren und sollte schon mal Papiere und Krankengeschichte vorbereiten. Sie verabschiedeten sich mit großen Worten.

Tag für Tag bat ich die Oberschwester und den Arzt um die Befunde. Die Phosphorverbrennungen waren abgeheilt, die Haut wieder glatt und schimmernd, auch der Rücken war vernarbt. Die Frist lief ab. Sie gaben nur vage Auskünfte. Ich weinte. Schließlich wurde mir meine Krankengeschichte in einem dicken roten versiegelten Umschlag ausgehändigt.

Kaum war ich allein im Zimmer, öffnete ich den Umschlag, einfach so, aus Langeweile.

Ich las, daß ich wegen einer Verletzung des siebten und achten Rückenwirbels von der Taille abwärts gelähmt war, keine Empfindung mehr hatte und Stuhlgang und Wasserlassen nicht mehr kontrollieren konnte. Ich durfte aus der chirurgischen Abteilung entlassen werden, weil man dort nichts mehr für mich tun konnte. Man empfahl Elektroschocks, passive Bewegungsübungen, Massagen; es gab Bedenken dagegen, daß ich mich mit Korsetts und Beinstützen fortbewegte, weil meine vielfach gequetschten und gesplitterten Knochen zu bruchanfällig waren. Röntgenaufnahmen in allen Ebenen von Wirbelsäule, Brustkorb und Becken lagen bei.

Vielleicht haben die Leser dies alles von Anfang an gewußt.

Ich nicht.

Es war jetzt Ende Mai, und in all den drei Monaten hatte ich nie einen Augenblick lang daran gezweifelt, daß ich geheilt würde. Die einzige Alternative war Sterben oder Leben gewesen.

Ich begriff plötzlich unendlich viele Anspielungen, die Versuche von allen, mich auf diesen Gedanken vorzubereiten, mich auf die Besonderheit meines Zustandes hinzuweisen. Zum Beispiel hatte ich ständig einen Katheter in der Blase und eine Urinflasche zwischen den Beinen; manchmal lag ich morgens in meinem Kot. Wie hatte ich so ahnungslos sein können? Je mehr ich mich nun erinnerte, desto tiefer versank ich in dumpfe Bestürzung. Ich war festgenagelt in einem Rollstuhl, mein Leben lang, inmitten von Scheiße und Urin.

Ich glaubte es nicht.

Aber der boshafte Verstand sagte mir immer wieder, daß es stimmte. Du bist gelähmt.

Nein.

Ich nahm eine Flasche Cognac vom Nachttisch und trank sie in einem Zug aus. Ich lallte und erbrach mich den ganzen Tag. Der Pole küßte mich und schlug seinen Kopf gegen die Wand. Er gab meinem Drängen nach und brachte mir neuen Cognac. Ich trank ihn wieder in einem Zug aus und erbrach mich die ganze Nacht. Eine dritte Flasche am nächsten Morgen. Ich erbrach mich und hatte Durchfall den ganzen Tag. Der Pole ließ mich keinen Augenblick allein. Schwester Vincentia stritt mit ihm, ich hatte sie noch nie so außer sich gesehen.

«Wenn du nicht mehr willst», sagte er immer wieder zu mir, «dann sterben wir eben zusammen.»

Am zweiten Abend tranken wir wieder jeder eine Flasche. Schwester Vincentia ließ ihn einsperren. Danach beschimpfte sie alle Leute, beleidigte und verhöhnte schließlich mich:

«Das ist also deine berühmte Kraft? Du ekelst mich an. Ist ja eine schöne Kraft, wirklich. Schamlos.»

Und so weiter.

Es schien mir, als ob alle Leute ringsum weinten.

«Ich bin nicht gelähmt! Ich bin nicht gelähmt! Ich bin nicht gelähmt!»

Aber selbst wenn ich entschlossen gewesen wäre, mich zu Tode zu trinken – allein beim Gedanken an Cognac drehten sich mir jetzt die Eingeweide um. Die von solcher Trunkenheit ausgelösten Störungen gehören wirklich zum Ekelhaftesten, was man sich vorstellen kann. Nachdem ich mich vierundzwanzig Stunden lang vor Brechreiz gekrümmt hatte, mit einem Geschmack von Exkrementen im Mund, von dem mir immer wieder schlecht wurde, sank ich schließlich in schweren Schlaf.

Tagelang ging es mir schlecht. Ich konnte weder essen noch trinken, noch sprechen, noch denken. Manchmal schoß es mir blitzartig durch den Kopf: Du bist gelähmt. Wie ein Messerstich. Aber es blieb nicht haften.

Einmal wachte ich im Morgengrauen frisch und munter vom Gesang der Vögel in den Zweigen auf. Ich hörte verwundert ihr reines, übermütiges, lebendiges Tirilieren. Das war es, weshalb ich nicht gestorben war. Hier wollte Er mich hinhaben.

Gut: ich nahm die Herausforderung an.

V

Noch am selben Morgen ließ ich Schwester Vincentia rufen, wir hatten seit dem Abend ihres Wutausbruchs nichts mehr miteinander zu tun gehabt. Ich fragte sie, ob ich noch in ihrer Abteilung bleiben dürfe oder ob ich jetzt sofort entlassen werden müßte.

Sie antwortete, niemand hätte mich weggeschickt, ich selber hätte es gewollt.

Wir hatten beide glänzende Augen, sprachen aber höflich miteinander und vermieden es, uns anzusehen.

Ich sagte, ich wollte gern einen Rollstuhl kaufen.

Sie nickte nachdenklich: «Wieviel kannst du ausgeben?»

«Das Geld, das ich für das Fahrrad beiseite gelegt habe.» Meine Stimme wurde brüchig.

Sie griff ein Glas auf dem Nachttisch und trug es hinaus: «Ich will hier keine Unordnung. Wie oft soll ich das noch sagen?»

Aber sie kam sofort zurück mit einem seltsam schroffen Gesichtsausdruck und fing an, die weiße Bettdecke an allen Ecken zurechtzuzupfen und die über dem Kopfende hängenden Handtücher auseinander- und wieder zusammenzufalten.

Ich sagte, ich beabsichtigte, mich ans Sitzen und Bewegen im Rollstuhl zu gewöhnen. Ich müßte mir Bücher besorgen, um zu lernen, meine Sprachkenntnisse zu vervollkommnen und meine philosophischen Studien wiederaufzunehmen. Und schließlich:

«Ich gehe nicht nach Italien zurück: ich bin tot.»

Sie erwähnte meine Eltern, den Schmerz meiner Mutter.

«Die haben schon seit zehn Monaten keine Nachricht mehr von mir.»

An einem dieser Tage sah ich von der Ecke eines Krankenhausweges aus der Fronleichnamsprozession zu. Der Kies war mit Blumen übersät. Zarte Kinder und Priester mit Kerzen zogen singend vorbei. Als der Baldachin vorübergetragen wurde, knieten die Gläubigen in meiner Nähe nieder.

Man braucht nur festzustellen, daß Du Deinen Sohn umgebracht hast, sagte ich zu Ihm.

Der Pole nahm die Mitteilung, daß ich in Mainz bleiben wollte, außerordentlich erleichtert auf. Ich erfuhr, daß er entschlossen gewesen war, mit mir heimlich über die Grenze zu gehen, er war allerdings besorgt, ob er in Italien Arbeit finden würde. Mir fiel auf, daß er sich einen Schnurrbart und Koteletten hatte wachsen lassen, vielleicht um südländischer auszusehen. Er hatte immer Sympathien mit den Italienern gehabt und sich sehr gefreut, wenn jemand ihn dafür hielt. Mir fiel auf, daß er jetzt laut sprach, gestikulierte, sich beim Gehen in den Hüften wiegte und schöne Augen machte. Er war nicht mehr scheu. Er war auch nicht mehr finster und aufbrausend wie zu der Zeit, als ich immer von meiner Genesung sprach. Im übrigen sah ich ihn jetzt seltener: er kam nicht mehr jeden Tag und blieb gewöhnlich nur ein paar Minuten. Manchmal hatte ich das Gefühl, ich hörte seine Schritte, und Wärme breitete sich in mir aus. Dann kniff ich mich ins Bein, bis es einen Fleck gab: alles Einbildung, sagte ich mir, *du fühlst nichts*.

Ich ließ mir von den Amerikanern einen Schein ausstellen, mit dem ich alle Bücher, die ich haben wollte, von der Universität bekam.

Ich wachte im Morgengrauen auf und lernte drei Stunden Russisch, das ich schon ein bißchen konnte. Dann badete ich und machte im Wasser meine Bewegungsübungen mit der Masseurin: in der Wanne sitzend streckte ich die Arme aus und faßte meine Zehen, stützte die Hände in die Taille und ließ meinen Oberkörper kreisen, auf Knien und Waden hockend zog ich mich hoch, bis ich nur noch auf den Waden saß, dann knickte ich wieder ein.

Nach dem Essen las ich philosophische Bücher, die ich ausgeliehen oder die Johann in der Universität für mich gestohlen hatte, Spinozas Ethik, Kants drei Kritiken, und dort fand ich die Rationalität, die mir im Leben fehlte. Gegen fünf Uhr zog ich mich an und setzte mich im Rollstuhl in den Garten, um frische Luft zu schnappen.

Ich hatte mit einem kleinen russischen Mädchen Freundschaft

geschlossen, das armamputiert war und kurz darauf repatriiert wurde. Bei ihrem Abschied schenkte sie mir einen abgewetzten Stoffhund, den sie sich immer mit ihrer einzigen kleinen Hand an die Brust gedrückt hatte:

«Er heißt Tobik», hatte sie gesagt und ihn mir ganz behutsam anvertraut.

Ich lebte mit diesem Hund und trennte mich nie von ihm. Den Kindern, die schon wieder gesund wurden und mir immer wieder entgegenliefen, wenn sie mich aus der Station kommen sahen, einige auf einem Bein hüpfend, andere gekrümmt, wieder andere in Gips, erzählte ich Märchen, in denen Tobik die Hauptrolle spielte, und beim Erzählen ließ ich Tobik eins seiner schlappen Ohren aufstellen, bellen oder das Bein heben. Kurz, sie fragten mich jedesmal:

«Was hat Tobik heute wieder gemacht?» und baten, ihn anfassen zu dürfen, und waren überglücklich, wenn ich einem von ihnen erlaubte, Tobik einen Augenblick in den Arm zu nehmen; es war ein Preis, den ich jedem gab, der brav gegessen oder sich hatte behandeln lassen, aber nur, wenn er ein Zettelchen seiner Oberschwester zeigte, auf dem stand: heute war xy brav, mit genauem Datum.

Auch die Erwachsenen, die draußen Luft schnappten, kamen und hörten den Geschichten zu, die ich erfand und die immer mitreißender wurden, je mehr das Publikum anwuchs.

Ein deutscher Soldat, der ein brandiges Bein hatte, das am nächsten Tag amputiert werden sollte, bat mich inmitten der Kinder ganz ernst, ihm Tobik für diesen Anlaß zu leihen.

Danach schickte er ihn zurück, mit einem Lederhalsbändchen, das er selbst gemacht hatte.

Da Tobik so mürbe war und ihm die Strohhalme überall herausstachen, beschloß der Oberarzt, ihn zu operieren. Vor allen meinen Kindern, die stumm und mit angehaltenem Atem im Operationssaal standen, band er sich die weiße Gesichtsmaske um und zog sich die Gummihandschuhe an, während Schwester Vincentia ihm die Instrumente reichte und immer nur den Kopf schüttelte. Er schnitt dem Hund den Rücken auf, stopfte ihm Stroh hinein, nähte ihn wieder zu und gab ihn mir feierlich zurück. Der Arzt war ungefähr dreißig, dunkelhäutig, mit kahlen Schläfen und dunklen Augen und kam abends oft zum Plaudern in mein Zimmer.

Da mein Rollstuhl den Gang versperrte, wurde er abends unter der Veranda abgestellt. Aber am nächsten Tag fanden wir ihn mit platten Reifen und abgeschraubten Bremsen wieder: es waren meine kleinen Freunde gewesen in ihrer Begeisterung, an etwas von mir herumspielen zu dürfen.

In einem kleinen Zimmer auf der Isolierstation lag ein zehnjähriges Mädchen mit Verbrennungen am ganzen Körper; sie hatte einen unter Hochspannung stehenden Elektrodraht angefaßt. Sie sah mich musternd mit großen Augen an und fragte mich schließlich, ob ich ihr Tobik schenken könnte. Ich tat es nicht. Dann tat es mir leid, aber andererseits, wenn ich Tobik hergegeben hätte, wäre alles aus gewesen. Ich hatte den Hund selber so liebgewonnen, daß ich nicht einschlafen konnte, wenn er nicht mit der Schnauze unter meiner Achsel neben mir lag. «Wir haben beide nur uns», sagte ich zu ihm.

Ich besuchte das kleine Mädchen aber wieder und schlug ihr vor, ohne zu merken, wie grausam dieser Notbehelf war, sie sollte meinen kleinen Freunden erzählen, sie wäre beim Spielen mit meinem Rollstuhl so zugerichtet worden.

«Wir sagen ihnen, an meinem Rollstuhl gibt es einen Punkt, den man nicht nennen darf, an dem ganz starker elektrischer Strom durchfließt, und deshalb ist es gefährlich, ihn anzufassen. Nur ich darf das. Verstehst du? Hast du dir alles gemerkt? Paß auf, sie werden kommen und dich fragen.»

Am selben Nachmittag erzählte ich den Kindern von dem furchtbaren Unglück, das einer Freundin von mir zugestoßen war, weil sie auf meinen Rollstuhl geklettert war, als ich nicht da war. Sie sahen sich an, als wollten sie sagen: diesmal übertreibt sie aber.

«Ihr glaubt mir nicht? Geht sie doch fragen. Ich warte hier auf euch.» Dann beschrieb ich ihnen den Weg.

Sie kamen zurück, noch immer leicht ungläubig, aber doch irgendwie beunruhigt. Von dem Tag an konnte ich meinen Rollstuhl unbesorgt unter der Veranda stehenlassen. Die Schwestern erzählten mir später, daß die Kinder ihn am Morgen aus gebührendem Abstand betrachteten und sich gegenseitig herausforderten; ein paar tippten mit ihren Fingerchen an eine Speiche oder eine Schraube, zogen sie aber schnell wieder zurück, weil sie angeblich einen Schlag bekommen hatten.

Danach besuchten sie ständig das kleine Mädchen mit den Verbrennungen. Sie versteckte jetzt auch nicht mehr ihr entstelltes Gesicht und war nicht mehr allein wie vorher. Sie berichtete ganz aufgeregt in immer neuen Variationen von ihrem wundersamen Abenteuer mit dem Rollstuhl, an das sie mehr als jeder andere glaubte, während ihr alle andächtig wie einer Heldin zuhörten. Auch ich besuchte sie, und wir erörterten ganz ernst die vielen seltsamen Dinge des Lebens. Die Mutter lachte und weinte.

Aber die Kleine hatte inzwischen überall im Körper Würmer und starb.

Zwei Wochen nachdem ich mit Sitzen und Gymnastik angefangen hatte, stellte ich fest, daß ich einen Buckel hatte. Im Garten war immer jemand, der ihn streifte. Vielleicht hatte ich mich überanstrengt: mein Rücken war nicht kräftig genug, und ich fiel schlaff zusammen. Außerdem war mein Bauch immer gebläht, und oft waren auch Beine und Füße blau geschwollen wegen der schlechten Durchblutung. Ich fand das nicht peinlich. Ich betrachtete meinen Körper wie einen Verwandten, der immer Pech hatte. Du kannst nur Ärger machen, sagte ich zu ihm und gab ihm einen mütterlichen Klaps. Ich hatte meine Beine getauft: Lazarus das linke, Kunigunde das rechte.

«Kunigunde ist schief», sagte ich, und die Schwester stellte das rechte Bein gerade. Lazarus war der Ehemann und Kunigunde die Ehefrau. Er war ein echter Mann, fest und aufrecht, während sie sich immer wand und krümmte und die Zimperliese machen mußte.

Die Nachtschwester Petra hatte einen schweren Zusammenbruch erlitten und wurde abgelöst von einer jungen Rotkreuzlerin, Schwester Luise, sanft und anmutig und schon Kriegerwitwe eines Ingenieurs. Eines Abends brachte sie mir ein kleines Madonnenbild, das sie in ihren Pausen für mich gemalt, ausgeschnitten und genäht hatte.

Am Morgen meines zwanzigsten Geburtstags fand ich beim Aufwachen mein ganzes Zimmer voller Blumen, kleiner Gaben und Glückwunschzettelchen, die die Schwester auf Zehenspitzen aufgestellt hatte. Die Patienten hatten sich heimlich das Datum weitergesagt, um mich zu überraschen. Den ganzen Tag bekam ich Besuche, Maiglöckchensträuße, Johannisbeeren und Glückwünsche. Ich hatte einen Kloß im Hals vor Rührung über das gute Herz des Menschen.

Nur der Pole ließ sich nicht blicken. Er tauchte erst gegen zwei Uhr nachts auf, sehr erregt und unsicher auf den Beinen: er bat mich, ihn zu heiraten. Er könnte ohne mich nicht mehr leben. Er brauchte meine Hilfe, ich wüßte ja nicht, in was für einem Zustand er wäre. Als er das ausgesprochen hatte, schien er ruhiger zu werden und steckte mir einen metallenen Ehering an den rechten Ringfinger.

Schwester Luise konnte ihn nur mit Mühe zum Gehen überreden, sie würde sonst ihre Stelle verlieren, es wäre nicht mehr wie früher, es gab jetzt Besuchszeiten.

In meinem vertrauensseligen Zustand schlug ich der Rotkreuzlerin vor, sie möchte mich morgen in die Stadt begleiten, ich wollte ihm in der ehemaligen Kaserne, wo er wohnte, einen Überraschungsbesuch machen. Also fingen wir gegen fünf Uhr morgens an, mich herzurichten und anzuziehen, und sobald sie Dienstschluß hatte, zogen wir los.

Die prickelnde Morgenbrise machte meine Lungen ganz weit. Schwester Luise schob mich mit schnellen Schritten die Bürgersteige entlang, und ich fühlte mich wie ein Neugeborenes, das von seiner Mama spazierengefahren wird.

In wenigen Monaten hatten die Deutschen wie die Ameisen ihre Stadt wieder hergerichtet. Überall waren Wohnungen mit schiefen Brettern als Wände und Wellblechstücken als Dächer, Pappe vor den Fenstern und blühende Geranien und Veilchen davor. Die Straßen waren sauber, die Trümmer ordentlich zusammengefegt.

Im großen Hof der ehemaligen Kaserne fragte ich nach ihm. Frauen mit zerzausten Haaren und Männer in Unterhemden mit harten Gesichtern sammelten sich um mich. Stimmen gingen hin und her. Dann sah ich ein Mädchen herbeilaufen, eine kleine, lebhafte, brünette Deutsche, die mich zu erwarten und gleichzeitig aufgeregt schien:

«Sie wollen zu Johann, nicht? Kommen Sie mit», und zu den Neugierigen sagte sie leicht triumphierend: «Das ist seine Schwester! Die Schwester, die im Krankenhaus liegt!» Sie ging uns durch den Hof voraus, eine Hand an der Lehne des Rollstuhls, den Kopf erhoben. «Wie jung Sie sind!» Und dann platzte sie heraus: «Ich habe Sie mir alt und böse vorgestellt», und erklärte, daß sie Johann so oft gebeten habe, uns bekannt zu machen, er es aber abgelehnt und behauptet hätte, ich wollte sie nicht kennenlernen, und eines Abends, als sie ihm zum Krankenhaus nachgelaufen sei, habe er sie an Ort und Stelle so zusammengeschlagen, daß sie es nicht mehr gewagt hätte. Sie waren seit März zusammen, drei Monate jetzt. Ihre Familie wollte nichts mehr von ihr wissen, der Vater war sogar krank geworden (als wollte sie damit sagen: Nicht nur seine Angehörigen, auch meine machen uns Schwierigkeiten). Sie war Verkäuferin.

Schwester Luise sagte, es wäre schon spät und wir müßten sofort zurück, sie wäre schließlich verantwortlich für mich.

«Nur einen Augenblick, ich rufe ihn. Er wird mich bestimmt verprügeln», sagte das Mädchen und zeigte die blauen Flecken an Armen und Beinen.

Aber Schwester Luise war dagegen, und wir gingen zurück. Das Mädchen kam ein Stück mit. Sie wollte herausbekommen, wie sie auf mich gewirkt hatte, ob ich meinem Bruder erlaubte, sie zu heiraten, wann wir nach Warschau führen, wo meine und Johanns Eltern lebten. Man merkte deutlich, daß ich für sie ein Alptraum gewesen sein mußte, und sie war immer noch ungläubig.

«So nett!» sagte sie immer wieder.

An einer Weggabelung umarmten wir uns und nannten uns Schwestern, mir rollten die Tränen herunter, und ich drückte meine Wange viel zu fest an ihre.

Wortlos kehrten Schwester Luise und ich zum Krankenhaus zurück.

Gemeinsam mit den aufmerksamen Schwestern Vincentia und Johanna legte mich Luise wieder ins Bett.

«Dieser Schuft, dieser Polack!» sagte sie.

«Er hat ein deutsches Mädchen», teilte ich mit. «Die soll meine Schwägerin sein, ich bin nämlich angeblich seine Schwester.»

«Alles Flittchen heutzutage.» Schwester Johanna wurde rot.

Sowie ich allein war, warf ich meine Decke ab, ich hatte das

Gefühl, ich erstickte. Dann riß ich mir sofort den Metallring vom Finger und schmiß ihn aus dem Fenster.

Ich konnte meine Gedanken nicht zusammenhalten. Schließlich meldete mein Verstand: dafür wird er bezahlen, und ich merkte, wie mir leichter wurde. An diesen neuen Vorsatz mußte ich mich klammern und meine Strategie entsprechend festlegen und durchhalten. Aber kaum schweifte ich einmal ab, fiel mir seine schlecht verhohlene Ungeduld wieder ein, wenn er schnell weg wollte, seine plumpen Ausreden: einmal mußte er sich verstecken, weil nach Ausländern gefahndet wurde, die repatriiert werden sollten, ein andermal mußte er arbeiten, um Geld auf die Seite zu legen, dann all seine unausgegorenen Projekte, kurz – er redete einfach zuviel. Und wie er neuerdings angab! Außerdem bat er auch dauernd um Verzeihung.

Er hatte mich nicht einmal gefragt, ob ich ihn liebte.

Und ich war immer friedlich, blind und taub gewesen.

Nur weil ich gelähmt war. Ich spürte einen Stich im Herzen, als ich mich daran erinnerte, wie ich zweimal in seinen Armen den Kot nicht mehr halten konnte, als er mich in den Rollstuhl hob.

Im März war ich noch dem Tod geweiht gewesen. Er hätte damals einfach verschwinden sollen, ich hätte es nicht einmal gemerkt.

Er hielt es für seine Pflicht, mich zu lieben. *Mich.*

Je mehr ich mich innerlich zerschlagen fühlte, desto mehr hielt ich mich an meine Kampflust. Meine Seele wühlte genüßlich in der Demütigung, während mein Gesicht weinte und meine Nase merkwürdige Geräusche machte. Genau in einem solchen Kampfmoment fielen mir das Gesicht und der lebhafte Körper seiner gesunden Freundin wieder ein, und ich sah mich daneben. Zum erstenmal empfand ich ein so tiefes Schamgefühl über meinen Zustand, daß ich die Sinne verlor und einschlief.

Eine wohlbekannte Stimme weckte mich. Es war der Pole, er diskutierte laut mit Schwester Vincentia, riß die Tür auf und stürzte in mein Zimmer, sie hinterdrein:

«Wie sehr man sich in einem Menschen täuschen kann!»

«Ich muß mit dir reden!» sagte er arrogant zu mir.

Die Schwester gab mir hinter seinem Rücken ein Zeichen, ob sie mich mit ihm allein lassen sollte. Ich nickte und wies mit den Augen auf die Klingel. Sie ging und schloß die Tür hinter sich.

Er hatte sich offenbar Mut angetrunken. Fast schreiend warf er mir vor, ich hätte ihn nie geliebt, sondern immer nur wie einen Sklaven behandelt, und ich hätte nicht das Herz einer Frau.

Ich setzte sofort eine schuldbewußte Miene auf (mein Herz hämmerte aufgeregt über den Triumph, den ich mir jetzt gönnte):

«Du hast recht», antwortete ich leise und zerknirscht. «Ich liebe dich nicht. Aber du warst immer so gut, so großherzig zu mir, daß ich nie gewagt habe, es dir zu sagen.»

Als er den Sinn meiner Worte begriffen hatte, feixte er zuerst, wurde dann bleich und erklärte mir, er hätte es sich eigentlich denken müssen, daß ich falsch sei, eine Verräterin, typisch Italienerin eben.

«Du hast recht», antwortete ich mit einer Gleichgültigkeit, auf die ich richtig stolz war.

Ich hätte es dabei bewenden lassen sollen, aber ich konnte der Versuchung nicht widerstehen, mit einem Anflug von Hohn hinzuzufügen: «Inzwischen ist mir allerdings alles klargeworden. Ich bin jetzt geheilt, aber gelähmt.»

Bei diesen Worten konnte er sich nicht mehr halten, das Grinsen verging ihm, und er bat mich, ihn zu heiraten, weil er nur mich liebte. Wenn er mich nie kennengelernt hätte, hätte er vielleicht mit der anderen glücklich werden können, aber so müßte er immer an mich denken und sich die Zeit trinkend und mit der anderen schlafend vertreiben, damit er mich nicht dauernd vor sich sähe, und dabei kommt einer ganz herunter, das ist kein Leben.

Als er «mit der anderen schlafend» sagte, zog sich mir das Herz zusammen.

«Ich bin tot», sagte ich und drückte auf die Klingel.

«Schick mich nicht weg!» Man hörte Schritte in der Nähe. «Sie weiß, daß ich dich liebe, ich habe ihr alles gestanden, sie hat es begriffen, sie ist gut, wir haben uns getrennt.»

Ich lächelte spöttisch.

«Du hast mich immer verachtet», fuhr er hastig fort. «Du haßt mich.»

«Na siehst du, wie intelligent du bist! Also erspar mir auch dein Mitleid!» Ich war kurz davor, in Tränen auszubrechen.

«Das stimmt nicht!» protestierte er. «Wie kommst du denn auf so was. Du hast überhaupt nichts verstanden.» Auf einen Wink der Schwester hin bauten sich die Krankenträger neben ihm auf. Er sah sie gedankenverloren an. Dann wandte er sich plötzlich an die Schwester: «Wer von uns verdient mehr Mitleid, Luzi oder ich?»

Als er weg war, ließ ich mich endlich gehen und schluchzte unter der Bettdecke. Lohnte es überhaupt zu leben?

VI

Ich schreckte aus dem Schlaf hoch – ein dumpfes Geräusch, als wäre ich aus dem Bett gefallen. Ich merkte, daß ich die Hände in die Matratze gekrallt hatte, mein Herz überschlug sich, es war dunkel, ich war allein, vergraben in ein Bett, niemand konnte meine Mühsal verstehen, mir helfen, selbst Schwester Vincentia hatte mir empfohlen zu sterben.

Ich lockerte den Griff, ich mußte tief durchatmen. Ich schloß die Augen und wartete ab.

Nichts war passiert.

Johann hatte es nie gegeben. *Vorher* war er mir doch auch gleichgültig gewesen!

Nein!

Es gab Johann, und ebenso, wie ich mich an ihn gebunden hatte, nachdem er mir das Leben gerettet hatte, mußte ich mich jetzt wieder von ihm lösen. Das war alles. Ich war nicht besiegt. «Du kriegst mich nicht klein», wandte ich mich murmelnd, aber ohne Vorwurf an Gott, ich hielt Ihn für solidarisch. Im übrigen ist sogar der schlechteste Vater erleichtert, wenn sein Kind sich allein zurechtfindet und nicht jeden Augenblick hinter ihm herläuft. Ich stellte mir alle die Gebete, das Jammern und Wehklagen vor, mit dem sich die Menschen unablässig an Ihn wandten: «Wer weiß, wie müde auch Du bist», sagte ich seufzend zu Ihm und fing an, über das Leben nachzudenken.

Es begann hell zu werden, es kam mir vor, als bereitete ich mich vor auf ein sehr fernes und schwieriges Ziel, für das ich vielleicht mein Leben lang würde kämpfen müssen, das ich aber am Ende nicht verfehlen konnte. Ich war ruhig und voller Vertrauen und schlief ein.

Gegen neun wurde ich geweckt: Johann, der neben mir stand und mich beobachtete, streichelte mich, und ohne zu wollen, lächelte ich ihn an und blinzelte ihm zu.

«Raus hier!» schrie Schwester Johanna, die plötzlich im Zimmer stand, mit gellender Stimme. «Die Besuchszeiten sind für alle gleich, donnerstags und sonntags von drei bis fünf!» Und mit hochrotem Gesicht und heftig raschelnden Röcken verschwand sie durch die Tür.

Gleich darauf tauchte Schwester Vincentia auf und winkte ihn heraus. Sie blieben im Gang stehen und sprachen miteinander. Ich konnte nicht verstehen, was er sagte, sie antwortete deutlich und in ruhigem Ton:

«Das ist alles schön und gut, aber laß sie in Frieden, sie hat dich um nichts gebeten. Luzi braucht niemanden.»

Ich absolvierte Behandlungen und Gymnastik und lernte in jeder freien Minute.

Jetzt starben nicht mehr so viele Leute, außerdem war das richtige Sterbezimmer wieder aufgebaut worden. Zu mir wurden Frauen mittleren Alters gelegt, denen man gerade Gallensteine oder die Eierstöcke herausoperiert hatte, unausstehliche Personen, die dauernd wegen nichts und wieder nichts klingelten und sich unaufhörlich beschwerten.

«Luzi!» rief Schwester Vincentia. «Warum klingelst du eigentlich nie? Du brauchst wohl nie etwas?» Und immer mal kam sie, wenn es heiß war, mit einem Getränk, einer Aprikose, rieb mir den Hintern ein: «Das ist schön kühl für dich.» Sie hob dann einen meiner Füße hoch und sah ihn an.

Nachmittags hatte ich immer viel Besuch: deutsche Patienten aus dem Krankenhaus, amerikanische Soldaten und jene Franzosen, mit denen ich Freundschaft geschlossen hatte und die zu jeder Stunde Zutritt hatten.

Wenn Johann auftauchte, flüsterte ich ihm zu: «Geh, der Doktor will das nicht, du bist kein Militärangehöriger und mußt dich an die Besuchszeiten halten», und vor ihm gab ich mich den Soldaten gegenüber betont offenherzig und vertraulich. Manchmal fuhr ich auch mit ihnen spazieren. «Auf Wiedersehen!» entschuldigte ich mich dann bei Johann, wenn er aufgeregt dazukam. «Ich hatte schon eine Verabredung, die kann ich nicht absagen.»

Die Soldaten schoben meinen Rollstuhl durch die Mainzer Straßen, die Leute sahen unserem kleinen Troß nach, und ich mußte lächeln bei der Vorstellung, wie das wohl aussah, so viele gesunde junge Sieger neben meinem besiegten Körper. Ich bestaunte die Bäume, die Gesichter der Passanten wie ein Schauspiel.

Oft fuhr der Pole mit dem Fahrrad hinter uns her, er war jetzt noch magerer als unter den Deutschen und schlecht rasiert, seine Augen funkelten. Die Franzosen sagten mir immer Bescheid, wenn sie ihn kommen sahen. Und gemeinsam lachten wir über ihn.

Ich war vertrauter mit den Franzosen als mit den Amerikanern, weil ich mich mit ihnen leichter verständigen konnte und wir in vielen Dingen ähnliche Ansichten hatten.

Die einen wie die anderen führten mich gewöhnlich in den Stadtgarten spazieren. Sie setzten mich dort sogar auf den Rasen unter eine Eiche. Wir machten Spiele. Ich hatte bei den Amerikanern das Pfänderspiel *cocuzzaro* in Mode gebracht. Sie mußten es aber auf italienisch spielen. Wenn ich dann diese großen Jungen, weiße und schwarze, ansah, wie sie mit eifrigen, konzentrierten Gesichtern auf der Wiese im Kreis saßen, hochfuhren, sowie ihre Nummer kam, und dann stolperten über den Satz: *«Perché quattro cocuzze?»* – dann konnte ich mich nicht mehr halten vor Lachen, und sie auch nicht, und wir waren den ganzen Tag lang so ausgelassen, daß Gruppen von Neugierigen stehenblieben, uns zusahen und mitlachten.

Vor allem die Amerikaner überhäuften mich mit Lebensmitteln, und bei jedem Ausflug kam jemand Neues dazu und fragte, ob er auch mitkommen dürfte.

Eines Nachmittags kurz vor Sonnenuntergang während einer Spazierfahrt im schattigen Park mit meinen beiden besten französischen Freunden, als einer mir gerade das Trittbrett des Rollstuhls höherstellte, um die geschwollene und verschwitzte Kunigunde zu entlasten, stürzte sich Johann auf ihn, der andere Franzose warf sich von hinten auf Johann, der zog ein Messer, sie renkten ihm den Arm aus, eine alliierte Militärpatrouille kam dazu und schleppte ihn weg.

Einige Zeit danach sprang er nachts durchs Fenster in mein Zimmer – zum Glück war ich allein – und zog ein Gesicht, daß ich es mit der Angst bekam. Ich tat so, als wäre ich besorgt, daß die Nachtwachen ihn einsperren könnten, obwohl ich sie in Wirklichkeit selber damit beauftragt hatte, weil ich solche Überfälle von ihm schon erwartete. Ich spielte so gut, daß er mir nach nicht einmal fünf Minuten vorschlug, mich zu entführen und zu befreien, über die Ärzte und Krankenträger redete, als wären sie meine Henker, und sich schließlich überreden ließ zu gehen, um mir Unannehmlichkeiten zu ersparen.

Je leichter er nach meiner Pfeife tanzte und seine Stimmungen änderte, desto weniger zählte er in meinem Herzen. Bald war ich so weit, daß ich mich seinetwegen schämte, wenn er schmutzig, verwahrlost und mit lauernden Blicken mitten zwischen all den Deutschen im Sonntagsstaat und erst recht neben den Amerikanern und Franzosen in ihren ordentlichen Khakiuniformen aufkreuzte. Auch seine Geschenke rochen jetzt zu sehr nach gestohlen, was nicht mehr erlaubt war: Gemüsekonserven nach Art der Deutschen, die alles Eßbare einmachten, Hühner, Kaninchen, Eier. Er selbst zog sie viel zu verstohlen aus dem Hemd, und ich bat ihn deshalb, sie so schnell wie möglich im Nachttisch oder in meinem Koffer unter dem Bett verschwinden zu lassen. Wenn ich ihn nur kommen sah, dachte ich schon an den schlechten Eindruck, den er wieder machen würde. Der Gedanke an seine deutsche Freundin, der anfangs meine Boshaftigkeit immer neu angeheizt hatte, ließ mich jetzt, sofern er mir überhaupt noch kam, nur noch die Achseln zucken.

«So wirst du ihn nie los», sagte Schwester Vincentia mißbilligend. «Du zeigst keine Barmherzigkeit.»

«Und ich brauche auch keine von anderen.»

«Hast du dich nie gefragt, was du ihm gegeben hast?»

«Ich habe ihn nicht mit jemand anderem verwechselt. Er soll erst einmal die Leute unterscheiden lernen, bevor er sich wieder vorwagt.»

«Du bist diejenige, die ihn provoziert», erwiderte sie.
«Er soll mir nachweinen, so lange er lebt.»

Ich erinnere mich, daß ich zu der Zeit ständig erregt und angerührt war. Nachts wachte ich auf, wiederholte reihenweise Vokabeln in fremden Sprachen, konstruierte Sätze, grübelte. Das Gezwitscher der Vögel vor Morgengrauen, das Rauschen der Bäume am Abend, das anhaltende Gekreische der versehrten und verkrüppelten Kinder, die wild im Garten spielten, alles rührte mein Herz, ließ mir die Augen feucht werden, erfüllte mich mit Wärme, mit einem «Ja» tief drinnen.

Auch die Deutschen hatten Probleme. Sie hatten Hunger, und ich hatte Vorräte, Geschenke von den Soldaten und von Johann, die ich gern weitergab: Schwester Vincentia übernahm die Verteilung. Vor allem aber hatten die Deutschen einige Anliegen, die die Besatzungsmächte betrafen: Sondergenehmigungen, Bestätigungen, verschiedene Lizenzen, und ich hatte doch regelmäßig Besuch von Amerikanern. So kamen sie ehrerbietig zu mir und baten mich, ein gutes Wort für sie einzulegen. Sie überbrachten lange Bittschriften, hinterließen mit hungrigen Blicken Stachelbeeren und Spargel auf meinem Nachttisch. Ich fügte den Papieren eine Notiz bei und übergab sie den Amerikanern. Oft wurden die Antragsteller dann von der Kommandantur vorgeladen und erreichten, was ihnen am Herzen lag und was sie ohne mich genauso erreicht hätten. Aber sie versuchten es lieber über mich und hielten mich für eine bedeutende Persönlichkeit.

Jemand gab mir einen Brief, der nach Amerika weitergeleitet werden sollte. Die Post funktionierte noch nicht wieder. Die Sache sprach sich herum, und merkwürdigerweise kamen jetzt viel mehr Leute, um mir einen Brief zu übergeben, als sich vorher um irgendeine Konzession bemüht hatten. Sie wurden von einer wahren Schreibwut ergriffen. Die amerikanischen Soldaten, die diese Briefe mit ihrem eigenen Absender abschickten, baten mich um Mäßigung, denn sie durften zivile Briefe eigentlich nicht mit ihrer Post befördern und wollten keine Scherereien mit der Militärzensur bekommen. Aber die Deutschen waren völlig unvernünftig, sie verdoppelten das Quantum Stachelbeeren und Spargel, und zum Schluß hatte ich immer Blatt und Umschlag in der Hand.

Ich beschloß, auf eigene Faust eine Auswahl vorzunehmen und die allzu servilen oder überspannten Briefe auszusortieren. Nach dem Abendessen wurde ich mitsamt meinem Bett in das Behandlungszimmer gebracht, und dort machte ich mich zusammen mit einer anderen Leidtragenden des 27. Februar, einer geistreichen vierzigjährigen Deutschen, an die heimliche Lektüre. Schwester Luise brachte uns gezuckerte Himbeeren und half uns, wenn gerade einmal niemand nach ihr klingelte.

Die aussortierten Briefe wurden zerrissen und dann im Klo hinuntergespült, und ich berichtete am nächsten Tag den Betroffenen, die Briefe seien auf dem Wasserwege befördert worden. Die vernünftigen Briefe dagegen übergab ich den Amerikanern und erzählte, sie seien auf dem Luftwege abgegangen.

Ich erinnere mich, daß einmal ein Deutscher an einen entfernten Verwandten seiner Frau geschrieben hatte, von dem er, wie aus dem Brief hervorging, seit zwanzig Jahren nichts mehr gehört hatte, um ihm vorzuschlagen, im Rheinland eine Fabrik für Klopapier aufzubauen. Er führte aus, daß Klopapier in Deutschland sehr begehrt wäre, daß man seit Jahren danach lechzte, weil Hitler, das Schwein, die Produktion sabotiert hätte. Er bat ihn für die ersten Investitionen in den Betrieb um eine maßlos hohe Summe Dollar – und zwar postwendend, bevor andere ihm die Idee stehlen könnten.

Nachdem wir das mühsam entziffert hatten, rief Fräulein Schwarzmann aus:

«Das kommt mir wie gerufen! Um keine Zeit zu verlieren, werde ich mich *damit* schon mal abwischen!»

Eines Morgens Ende Juli kam ein Herr mit meiner Krankengeschichte in der Hand zu mir. Er war von der Verwaltung und wollte wissen, wann ich meinen Platz freimachen würde.

«Ich weiß nicht.»

Wie? Wann sich denn das italienische Rote Kreuz endlich um seine Verwundeten kümmerte?

«Ich habe die Abreise verschoben.»

Er verstand nicht.

«So viele Ausländer bleiben hier in Deutschland.»

Vielleicht konnten diese Ausländer ihren Lebensunterhalt ja selber bestreiten. «Aber wer zahlt hier für Sie?» Ich mußte also weg, aber ich sollte mir keine Sorgen machen, ich würde auf amtlichem Wege repatriiert.

Um Zeit zu gewinnen, erzählte ich ihm eine ganze Geschichte, daß meine Familie nach Frankreich gezogen wäre und mich dort erwartete und daß ich selber jetzt eine wichtige Antwort abwarten müßte.

Auf diese Weise erhielt ich zwei Wochen Aufschub, aber ich mußte ein Papier unterschreiben, laut dem die Verwaltung mich unverzüglich abschieben würde, wenn ich nicht binnen vierzehn Tagen abgereist sei.

Zwei Tage später erhielt ich auf Antrag des Krankenhauses eine Mitteilung der französischen Gesundheitsbehörden, derzufolge mir als gebürtiger Französin die Einreise nach Frankreich gewährt wurde, sofern ich folgendes vorlegen konnte:

1. meine Geburtsurkunde;
2. eine Meldebestätigung meiner Eltern in Frankreich;
3. eine mit dem Sichtvermerk des Konsuls versehene Erklärung von ihnen, daß sie für meinen Unterhalt aufkommen würden.

Nach meinem einundzwanzigsten Lebensjahr könnte ich mich, wenn ich mich mindestens sechs Monate innerhalb des französischen Staatsgebietes aufgehalten hätte, dank des Privilegs, in Frankreich geboren zu sein, um die Staatsbürgerschaft bewerben und käme in den Genuß der Versorgung nach dem französischen Kriegsversehrtengesetz.

Mein Fall war nicht einfach, da ich in meinem Zustand ganz offensichtlich dem französischen Staat keine Einnahmen versprach, aber die in Mainz eingerichtete Stelle der Gesundheitsbehörde hätte mich dank der guten Beziehungen, die ich dort hatte, nach Kräften unterstützt.

Ich mußte meinen Freunden gestehen, daß meine Eltern in Italien lebten und ich die Verwaltung irregeführt hatte, weil ich nicht nach Hause zurückwollte. Sie gaben zwar nicht gleich auf, aber ohne Verwandte in Frankreich war nicht viel zu machen.

Die Italiener in Graugrün mit der Sanitäterbinde am Arm erschienen eines Morgens, die Verwaltung hatte sie trotz des von mir erwirkten Aufschubs gerufen. Es waren dieselben wie beim erstenmal, sie waren in Wiesbaden stationiert. Sie zeigten das für italienische Männer typische Gebaren, indem sie den Frauen, die sie für häßlich oder nicht begehrenswert hielten, Steine in den Weg legten, während sie schönen Mädchen alle Wege ebneten. Ich schaffte sie mir rasch vom Hals, indem ich mich zur Italo-Französin aus Paris erklärte und das «r» weich sprach, was sie zu ein paar galanten Bemerkungen veranlaßte.

Der bloße Gedanke an Italien drückte mich zu Boden.

Ich fiel von einem Extrem – heftigstes Heimweh – ins andere – Angst, die bis zum Abscheu reichte –; und dazwischen gab es nichts.

Ich träumte oft von meiner Mutter, und morgens spürte ich das Bedürfnis, mich anzulehnen, weiterzuschlafen. Ich sah wieder die Freunde vor mir, die Anbeter, erinnerte mich an irgendwelche Episoden und lachte gerührt vor mich hin, aber bei der Vorstellung, sie wiederzusehen und mit ihnen wieder zu tun haben, wurde mir ganz kalt. Wenn ich mir dann noch unsere Begegnungen vorstellte, gefror ich regelrecht. Kein Ort in Italien, an dem ich gewesen war, zog mich an. Insbesondere mißtraute ich meinen Verwandten: «Du hast selber deinen Kopf durchsetzen wollen. Das hast du jetzt davon. Hättest du nur auf uns gehört. Das mußte ja so kommen, du warst eben viel zu sehr dies oder das.» Und beim geringsten Aufmucken von mir ertönte ein Chor des Protests: «Reicht dir das immer noch nicht, was dir passiert ist?» Ein ganzer Stacheldraht von Vorschriften zu meinem Wohl.

Und inmitten all dieser Kommentare meine Eltern, aufgerieben zwischen dem Stolz, sich nicht anmerken zu lassen, wie sehr mein Unglück sie im Innersten getroffen hatte, und der Angst vor neuen schlimmen Überraschungen durch mich. Angesichts meiner Bewegungsunfähigkeit wäre mein Vater unausweichlich dazu übergegangen, mich zur Ordung zu rufen: «Das paßt nicht, das macht man nicht», entsprechend seinen unerschütterlichen Kriterien, die ihm sagten, was gut und was schlecht war für eine Tochter.

Ich dachte an Mamas naive Vorstellungen von dem, was vornehm war, und dem, was eine Person «wie sie sein soll» für unter ihrer Würde zu halten hatte. Ich dachte an alles, was ich gesehen, beobachtet und gelernt hatte. Sie war jetzt eher meine unerfahrene Tochter. Aber wie sollte ich ihr das begreiflich machen? Sie würde immer denken, sie müßte mich leiten, und meine Krankheit wäre ihre Waffe: «Was haben wir damit gewonnen, daß wir hinter Idealen hergelaufen sind? Wozu nützt das, meine ich? Unter deiner Mauer war gar keiner, aber du bist hinuntergestürzt.»

Ich war nicht ihrer Meinung.

Diese Weisheiten von Erwachsenen: «In deinem Alter wollte ich auch dies und jenes, in deinem Alter glaubt man immer . . . später wird man ruhiger und versteht, daß . . .» Sie hatten meine Jugend vergiftet. Ich war nicht wie sie, ich würde mich nie zur Ruhe setzen, ergeben, in Bahnen lenken lassen. Verlier nicht den Mut, am Ende siegt die Wahrheit, wiederholte ich mir. Wenn es so aussah, als setzte sich das Böse durch, dann lag es an den positiven Werten, die es wirksam machten, an seinem Gehalt an Lebensfreude, Weltläufigkeit, Unvoreingenommenheit und Waghalsigkeit. Wenn es so aussah, als würde das Gute unterdrückt, dann lag es an dessen Schlaffheit, Sentimentalität und Wirklichkeitsfremdheit. Entrüstung war fehl am Platz, wenn das Gute wieder einmal zu spät die Augen öffnete: das hieß nur, es hatte nicht genug Energien gehabt und war eben nicht das wahre Gute gewesen, sondern lediglich Passivität.

Mein Gehirn arbeitete ununterbrochen, die ganze Nacht, während ich auf das Morgengrauen wartete, als ob ich erst dann die Nachtwache aufgeben und ausruhen dürfte.

In manchen Augenblicken fiel mir wieder ein, daß ich gelähmt war, als wäre das eine Neuigkeit, und es söhnte mich wieder aus mit allem und jedem, mit meiner Jugend, mit der Erinnerung an meine Familie. Ich hatte einen Kloß im Hals und Tränen in den Augen: «Mama, Papa, lebt wohl.»

Ich wußte, seit ich Seine Herausforderung angenommen hatte, daß ich nach Rußland gehen würde, «wo sie gut ohne Dich auskommen», aber meine beiden französischen Freunde waren dagegen und wollten es zunächst anderswo versuchen.

Sie brachten mich zur amerikanischen Kommandantur ins Rathaus unten in der Stadt. Ich wurde der Reihe nach von allen möglichen Offizieren empfangen, sie hörten mich alle leutselig an, fragten jeder von vorn, ließen mich alles von A bis Z noch einmal erzählen und erklärten daraufhin, es wäre ihnen leider nicht möglich, mich nach Amerika zu schicken. Aber ich könnte ja nach Italien zurückgehen und mich dort an das vatikanische Hilfswerk wenden, das würde mich dann mit einem Wohltäter in Verbindung bringen, der die Kosten für Reise, Aufenthalt und Verpflegung übernehmen werde: in den Vereinigten Staaten wimmelte es von derlei Menschenfreunden, und es wäre gar nicht ausgeschlossen, daß sich auch für mich so jemand fand. Ich führte an, daß ich mehrere Fremdsprachen beherrschte und arbeiten und für mich selber sorgen könne. Gewiß, wenn mein Gesundheitszustand gut gewesen wäre, hätte ich auch bei ihnen arbeiten können. Aber so: ich wäre ja sehr tüchtig, sagten sie, wenn ich so viele Sprachen könnte (ich hatte sie aufgezählt), ich sollte fleißig weiterlernen, und sie wünschten mir viel Glück.

Die Franzosen brachten mich dann zum Internationalen Hilfsdienst für ehemalige Lagerinsassen, der hinter dem Haus lag, in dem der Karnevalsprinz residierte, in einem schloßartigen Gebäude am Rhein aus dem siebzehnten Jahrhundert. Der große Fluß bot einen schönen, erfrischenden Anblick in der Schwüle dieses Augusttages. Aber der Hilfsdienst kümmerte sich ausschließlich um jüdische Verfolgte. Es gäbe allerdings am Ende der Stadt, in der Nähe des Stadtgartens, ein deutsches Amt, das vielleicht für mich zuständig wäre. Dort kümmerte man sich nur um die deutschen ehemaligen politischen Häftlinge. Sie ließen uns jedoch nicht gehen, bevor sie uns und vor allem den beiden Franzosen klargemacht hatten, daß die deutsche Verwaltung allen Opfern – vor allem denen der Nazi-Tyrannei, die ja alle ohne Unterschied unterdrückt hatte – eine Wiedergutmachung gewährte, wenn auch spät, und zwar in Form von Wohnungen, Autos, Kühlschränken, hohen Pensionen und diversen Privilegien wie zum Beispiel wöchentlichen Lebensmittelpaketen und gewöhnlich nicht zu beschaffenden Medikamenten.

Die Franzosen waren enttäuscht, weil dies die letzte Möglichkeit gewesen war und mir jetzt nur noch Rußland blieb. Sie versteiften sich darauf, daß das deutsche Amt mir wenigstens so ein Paket als Entschädigung geben sollte, aber die Herren lehnten bedauernd ab, woraufhin die Franzosen sie lautstark als schlimmste Heuchler beschimpften und mich davonschoben. An dem Tag sprangen sie allen ins Gesicht, die mich nur ansahen, und beschimpften sie als grausame Nazis. Ich dagegen war ganz fröhlich: ich wartete immer sehr neugierig auf den Ausgang, und bei jeder Schlappe und vor all diesen Beileidsmienen schlug mein Herz kämpferisch – «Vor denen soll ich kapitulieren?»

Die Franzosen hätten mich so gern gut untergebracht gesehen, mußten aber darauf verzichten, weil sie noch am selben Abend abreisten; einer wurde nach Berlin versetzt, der andere in ein Sanatorium in die Alpen geschickt, weil er die Schwindsucht hatte. Sie waren dreiundzwanzig und zweiundzwanzig Jahre alt.

Wir blieben den ganzen Nachmittag zusammen. Der junge Mann, der nach Berlin ging, war traurig und sah seinen Kameraden und mich abwechselnd ängstlich an. Wir beide dagegen alberten herum. Über die Liebe wurde gesprochen. Ich sagte, ich wäre vom Herrn erwählt, denn Er erhörte mich in allem, wenn auch vielleicht manchmal ein bißchen zu wörtlich. Ich hatte ein Opfer bringen wollen, und Er mußte mich gleich unter einer ganzen Mauer begraben; ich war der Meinung gewesen, daß Liebe für eine Frau gemeinhin bedeutete, sich einem Mann unterzuordnen, und Er hatte mich sofort mit einem Zustand ausgestattet, in dem Liebe nicht mehr möglich war ...

«Dieu nazi!»

Zu jener Zeit hatten die vier Siegermächte in allen großen deutschen Städten eine eigene Standortkommandantur und die kleineren Staaten jeweils eine Vertretung zur Wiederauffindung ihrer eigenen Deportierten.

Die sowjetische Kommandantur lag in einer Villa nicht weit von der Kaserne, in der Johann wohnte.

Am zehnten Morgen meines Krankenhaus-Ultimatums machte ich mich mit Schwester Luise auf den Weg dorthin.

Ich fragte nach dem Genossen Kommandanten. Ein ungefähr fünfzigjähriger untersetzter Mann mit lauter Stimme in flaschengrüner Uniform und hohen Stiefeln kam in den Garten vor dem Haus. Er setzte sich auf eine Bank, stellte meinen Rollstuhl daneben und machte Anstalten, mir zuzuhören.

Ich sprach gut Italienisch, Französisch und Deutsch, ich verstand, schrieb und las Russisch und Polnisch, erinnerte mich einigermaßen an Latein und Altgriechisch, konnte ein bißchen Rumänisch und lernte gerade Englisch, ich nahm also an, die Russen könnten eine Sprachkundige mit humanistischer Bildung gut gebrauchen und die kommunistische Gesellschaft gestehe – schon auf Grund ihres ideologischen Ausgangspunkts – jedwedem Menschen das sakrosankte Recht auf Arbeit zu.

Während ich mir den Kopf zerbrach und mich vergeblich an ein besonders geschicktes Sätzchen zu erinnern versuchte, das ich in schlaflosen Nächten immer wieder vor mich hingesagt hatte und mit dem ich meinen erklärten Wunsch, nach Rußland zu gehen, einleiten wollte, stand der Hauptmann auf, riß einem Soldaten den Besen aus der Hand und fing an, wie wild zu fegen und den Soldaten abzukanzeln. Dann setzte er sich wieder neben mich, schnaufte und schoß mir einen beunruhigenden Blick zu. Ich hätte jetzt am liebsten gelacht über meinen kunstvollen kleinen Vortrag und erklärte ihm klar und offen, daß ich mich in Rußland niederlassen wollte, weil ich gelähmt war, ich wollte nicht in Italien bemitleidet und behütet werden wie eine, die sich selbst überlebt hat, wo ich doch, wenn überhaupt, dann heute viel stärker war als früher, weil ich Dinge begriff, die andere nicht mal ahnen konnten, und daß ich nicht nur für mich selbst sorgen, sondern anderen nützlich sein konnte und keine Angst vor dem Leben hatte.

«Du bist wirklich kein Muttersöhnchen!» sagte er, es war der Spitzname, den die Russen den Italienern im Krieg gegeben hatten.

«Wir kehren schon alle zu unserer Mutter zurück, aber erst wenn wir uns gut geschlagen haben», erwiderte ich, den Finger auf der Wunde meiner Landsleute.

Er lachte aus vollem Herzen: «Karaschó!» und ließ mir eine Tüte mit einem dicken Stück frischem roten Rindfleisch bringen, wie ich es seit Jahren nicht mehr gesehen hatte, dazu eine Kugel Butter, eine Tüte Zucker, einen Laib Brot und Gurken.

Aber er stand vor mir mit einer Miene, als wollte er sich gleich verabschieden.

«Nun?» fragte ich. «Lassen Sie mich nach Rußland?»

«Ja, meinst du das denn im Ernst?»

«Ja.»

«Wie kommst du überhaupt darauf?»

«Ich nehme die russische Staatsbürgerschaft an.»

«In dem Zustand?» fragte er und deutete auf meine Beine.

«Bravo!» gab ich zurück. «Herzlichen Glückwunsch.»

Prüfend sahen wir uns gegenseitig an. Er setzte sich wieder, schlug sich mit den Händen auf die Schenkel:

«Mußte die ausgerechnet zu mir kommen?»

«Ja.» Jetzt war ich sicher, daß er mich nicht unter einem billigen Vorwand abschieben würde.

Ein Grüppchen von Soldaten war näher gekommen; sie schielten nach der jungen hübschen Luise und baten, vielleicht um sich wichtig zu machen, den in seine Gedanken versunkenen Kommandanten einmal um *bubulka**, dann um Feuer zum Anzünden oder fragten ihn nach der Uhrzeit, alles mit großer Vertraulichkeit, bis er schließlich die Geduld verlor, in maßlose Wut geriet und drohte, sie alle auf der Stelle erschießen zu lassen. Sie verzogen sich. Noch immer zornerfüllt, ließ er sich wieder auf die Bank fallen.

«Weißt du», sagt er schließlich zu mir, «Heimatland», er betonte besonders das Wort *semlja*, «bleibt eben doch Heimatland.»

Ich rümpfte die Nase: «Ach komm!»

Wieder runzelte er die Stirn.

«Warst du Partisanin?»

«Nein.»

Forschend sah er mich an und fragte dann zögernd: «Faschistin?»

Ich gab keine Antwort.

Er legte sein breites rotes Gesicht zwischen die Hände und stützte die Ellbogen auf die Knie.

«Los, rede», sagte er dann leise, trocken und in gewisser Weise fair.

Ich war achtzehn Jare alt, als die Badoglio-Regierung nach dem Waffenstillstand vom 8. September 1943 mitten im Krieg die Fronten wechselte und gegen den eigenen Verbündeten ging, und so hatte die Verhaftungswelle durch die Deutschen angefangen; große geistige Verwirrung und Schrecken herrschten, jeder war sich selbst

* Zigarettenpapier

überlassen und versteckte sich, als wären alle Ideale von vorher plötzlich Verbrechen und alle Eide in den Wind gesprochen worden. Damals hatte ich mich selbst auf die Probe stellen wollen, um zu kontrollieren, ob ich mich auch bei der ersten Schwierigkeit zurückziehen würde. Ich brannte genau wie jetzt darauf, die bestmögliche Entscheidung zu treffen. Nachdenken und verwerfen, nachdenken und verwerfen – ich hatte begriffen, daß die einzige Möglichkeit, die Wahrheit über Faschisten und Antifaschisten herauszufinden (es wurde so viel geredet, daß man gar nicht mehr wußte, wo einem der Kopf stand), darin bestand, mich selber zu vergewissern. Nachdem ich das einmal begriffen hatte, dachte ich, daß es das beste wäre, wenn ich selbst an diese Orte ging, über die das Schrecklichste erzählt wurde: in die Nazi-Lager. So war ich am 8. Februar 1944 von zu Hause ausgerissen, um freiwillig als gewöhnliche «Freiarbeiterin» nach Deutschland zu gehen, mit Mussolini- und Hitlerbildern im Rucksack und meiner Sache sicher. Aber nach ein paar Monaten, in denen ich in einem Arbeitslager in der Nähe von Frankfurt am Main wohnte, hatten meine Genossen und ich bei den I.G. Farben einen Streik organisiert, ich arbeitete dort in der Abteilung CH 89. Deshalb war ich ins Gefängnis gekommen und dann nach Dachau gebracht und interniert worden. Von dort war ich, weil ich überleben wollte, im Oktober geflohen und hatte mich zwei Monate in München versteckt. Dann war ich auch dort weggegangen, nach dem Tod bestimmter Freunde, die mir geholfen hatten, einer schwangeren Polin namens Dunja, die bei der Entbindung gestorben war, und eines Franzosen, den die Polizei umgebracht hatte. Ich wollte wieder zurück in mein erstes Lager und fuhr teilweise schwarz in Zügen mit, versteckt in den Aborten, teilweise ging ich zu Fuß und schlief nachts in Luftschutzkellern, verlassenen Viehwaggons und Ausländerinnenbaracken. Ich hatte auch ein paar Tage in der Nähe von Donauwörth bei Bauern als Magd gearbeitet. Mitte Februar war ich in Mainz angekommen. Dort hatte ich sogar einen alten Genossen aus dem I.G. Farben-Werk wiedergetroffen, Johann, er hatte den Streik damals mitorganisiert. Er hatte rechtzeitig fliehen und der Verhaftung entgehen können. Er arbeitete als Küchengehilfe unter falschem Namen in einem Mainzer Hotel. Er hatte mir auch eine Anstellung beschaffen können. Ich war seit einer Woche im Dienst, ich war jetzt gerettet, arbeitete als Zimmermädchen im Königshotel, wo . . . die Stimme brach mir . . . und jetzt war ich hier.

Der Hauptmann staunte.

«Ein Streik! Geflohen! Haben die Deutschen dich denn nicht wieder geschnappt?»

«Die Leitungen waren schon lange unterbrochen.»

Er reckte die Schultern, fing an, auf und ab zu gehen. Dann kam er auf mich zu und beugte sich herunter zu meinem Ohr: «Erzähl mir nichts von freiwilligem Arbeitseinsatz. Du warst Faschistin mit dem lauteren Herzen einer Genossin. Du wirst sehen, in Rußland wird man dich menschlich und gut behandeln.» Doch dann besann er sich: «Ich kann dich nicht auf die Liste setzen. *Nie magú*», sagte er, jede Silbe betonend.

Erst in diesem Augenblick begriff ich, daß er mich abgewiesen hatte. Ich bekam kaum Luft wegen der Hitze, ich fühlte mich erledigt, ohne Reserven, und fing an, still und nur in den Augen vor mich hinzuweinen.

Er drückte mein Handgelenk und sagte: *«Padaschdi, duschenka.»** Dann verschwand er im Haus und kam mit zwei Gläsern Wodka zurück.

«Wenn du wenigstens mit einem Russen verheiratet wärst!» seufzte er.

«Ist es denn sicher, daß ich mich da gleich wieder scheiden lassen könnte?»

«Sicher!» Und nach kurzem Nachdenken: «Wieso, hast du einen Mann?»

Ich lachte ihn nervös an. Johann war in Rußland geboren, sprach Russisch wie ich Französisch, hatte keine Papiere und konnte sich durchaus als Russe ausgeben. Aber das sagte ich dem Hauptmann nicht. Ich fragte ihn nur:

«Wieviel Zeit braucht man zum Heiraten? Ich habe nur noch vier Tage, dann schmeißen sie mich aus dem Krankenhaus.»

«Bring den Mann hierher, mit allen euren Papieren. Alles weitere erledige ich.»

Als Luise mich wegbrachte, drehte ich mich noch einmal zu dem

* «Warte, meine Liebe!»

Hauptmann um, und mir schien, daß er mir wie betäubt nachsah. Mein Kopf drehte sich so eigenartig, vielleicht lag das am Wodka. Ich war auf dem Gipfel des Glücks, Herrgott, es gab kein Hindernis, das mir zu groß gewesen wäre.

Auf dem Rückweg wollte ich an der Kaserne vorbei, aber Luise sträubte sich. Ich bat sie, mich nur zum Tor zu bringen und Johann schnell zu rufen, dann könne sie schon gehen. Er würde sich dann um mich kümmern. Die Sache gefiel ihr gar nicht, aber ich blieb beharrlich, und so tat sie es.

Johann schien sehr verärgert, mich zu sehen. Es war Mittag. Es sah so aus, als käme ich ihm ungelegen und er wüßte nicht, was er mit mir anfangen sollte. Keine Spur von seiner flehentlichen Leidensmiene, die er immer aufsetzte, wenn er mich besuchte oder bei meinen Ausflügen mit den Soldaten hinter mir herfuhr: jetzt wurde er von Minute zu Minute gereizter. Schließlich schob er mich durch den Kasernenhof an eine kleine Treppe, nahm mich auf den Arm und lief rasch mit mir hinauf, als hätte er Angst, er könnte gesehen werden. In einem leeren Zimmer, auf einer Liege, die verloren an der Wand stand, setzte er mich ab: «Ich komme gleich wieder», sagte er und verschwand.

Ein, zwei, drei Stunden vergingen. Seit dem frühen Morgen hatte ich den Katheter nicht mehr geöffnet und geleert und fürchtete, daß ich mich schon naßgemacht hätte. Ich fühlte unten nach, war aber zum Glück noch ganz trocken. Wieder verging Zeit. Ich versuchte zu rufen. Niemand hörte mich. Ich rief lauter. Geräusche von Schritten, die vor der Tür haltmachten. Wieder rief ich. Die Tür wurde einen Spalt geöffnet, eine Frau steckte den Kopf herein, schloß die Tür wieder und kam dann zurück mit einer anderen Frau. Nacheinander kamen verschiedene Leute herein, alle mit neugierigen Blicken.

Sie redeten alle durcheinander: Schuld daran war dieses Weibsbild, die behandelte alle immer so von oben herab, dabei war sie die Schlimmste, ein Biest, das einem armen Würstchen wie mir den Mann wegschnappte, du armes Kleines, so lieb – ich hätte einen Stein erweichen können. Und er, er ließ sich von der an der Nase herumführen, anstatt sie sich vom Hals zu schaffen, und eifersüchtig war er, seit ihr Verlobter aus der Gefangenschaft zurück war, er war so dünn geworden, daß er aussah wie eine Leiche, mit seinen zwanzig Jahren, und sie sagte einen Tag ja und den nächsten Tag spazierte sie mit ihrem vertrottelten Heimkehrer an ihm vorbei, ohne ihn auch nur zu grüßen.

Die Sonne ging unter.

Ich bat, daß mich jemand ins Krankenhaus zurückbrächte. Das schien ein Riesenunternehmen zu sein: Stimmen und Gegenstimmen, Befehle und Gegenbefehle, und schließlich hoben sie mich zu viert hoch. Mit Gottes Hilfe saß ich schließlich wieder in meinem Rollstuhl im Hof. Von Johann noch immer keine Spur. Also brachen wir auf, ein halbes Dutzend Prostituierte und Kerle, die allesamt entrüstet waren und mich behüteten wie ein Küken.

Die Schwestern wandten die Augen gen Himmel, als sie mich so ankommen sahen. Rasch schickten sie meine Begleiter fort, sie hatten sich schon daran gemacht, die ganze Geschichte mit zwei Frauen aus der Abteilung zu erörtern.

In dieser Nacht bekam ich hohes Fieber. Ich war mit einem völlig überschwemmten Rollstuhl zurückgekommen, und der Katheter war mir aus der Blase gesprungen. Meine Hinterbacken waren in Höhe des Sitzbeins ganz hart und brannten wie glühende Kohlen. Ich phantasierte. Gott da oben hatte mir das angetan, damit ich ja nicht zu übermütig wurde. Den kannte ich jetzt, mit Ihm legte ich mich jetzt nicht mehr an.

Schwester Luise wachte mürrisch an meinem Bett, und die Schwestern am anderen Morgen behandelten mich auch eher abweisend und frostig. Johann kam den ganzen Morgen nicht. Ich schaffte es, die Masseurin zu erweichen, sie hatte ein Auto: sie sollte ihn suchen fahren und ihn mir herbringen. Am Nachmittag platzte die eine Hinterbacke auf, eine faulige, unerträglich stinkende Masse quoll heraus, und das Fieber blieb bei vierzig Grad. Gegen Abend endlich kam Johann, die Masseurin hatte ihn nicht eher finden können.

Ich fragte ihn, ob er noch immer vorhatte, mich zu heiraten. Ich mußte die Frage wiederholen. Dann fiel er mir um den Hals, küßte mein ganzes Gesicht, wie er es früher getan hatte, als es mir sehr schlecht ging, und fragte mich, was denn passiert sei. Ich wußte nicht genau, was ich antworten sollte. Wir würden endlich weggehen, ganz von vorne anfangen. Er bat eine Bettnachbarin um Entschuldigung, die erst an diesem Tag eingeliefert worden war, dann einen Krankenträger und küßte schließlich Schwester Vincentia die Hände, die immer nur murmelte:

«Armer Kerl!» Sie sah mich resigniert an. Da umarmte er sie so stürmisch, daß ihr die Haube verrutschte und sie fast umfiel.

Wir waren alle tief bewegt, ich streichelte ihm den Kopf. Aber als ich allein war, sammelte ich mich wieder: trotz des Fiebers hatte ich seine übertriebene Begeisterung und seine ausweichenden Blicke wahrgenommen. Sie brauchten mich zwar nicht zu interessieren, Hauptsache, ich erreichte mein Ziel, koste es, was es wolle. «Aber», sagte ich ihm da oben, «du läßt es mich teuer bezahlen.»

Es war damals leicht, Papiere zu beschaffen. Man brauchte sie nur bei einem entsprechenden Amt mit einem einfachen, von vier Zeugen gegengezeichneten Gesuch zu beantragen. Man konnte ohne weiteres falsche Angaben machen. Und das taten wir: Johann gab einen russischen Familiennamen an und erklärte sich zum Russen. Ich gab den Namen an, mit dem ich mich in jenem Hotel vorgestellt hatte und unter dem ich im Krankenhaus registriert war.

Am nächsten Tag, dem dreizehnten, gingen wir zusammen mit zwei deutschen Paaren als Trauzeugen zur russischen Kommandantur. Mein Kopf dröhnte, obwohl das Fieber auf 38 Grad gesunken war, nachdem auch die andere Hinterbacke aufgeplatzt war. Ich hatte das Gefühl, auf meinem Rollstuhl hin und her zu schaukeln wie ein lebloser Gegenstand.

Der Kommandant musterte Johann und rief zwei Soldaten, die sich rechts und links von ihm aufpflanzten.

«Du bist Russe? Von wo? Wieso bist du nicht früher bei deiner Kommandantur erschienen?»

Johann, der jetzt auf russisch Janka hieß, erklärte, er hätte so lange warten wollen, bis mein Zustand eine weite Reise zuließ.

«Diese Heirat kommt dir also auch gelegen, sonst könnte ich eine schöne Meldung über dich machen.» Und mit harter Stimme fragte er dann: «Bei der SS gewesen?»

«Nein.»

«Untersucht ihn.»

Die Soldaten führten Janka am Arm nach drinnen. SS-Leute hatten eintätowierte SS-Runen unter den Achseln oder auf der Schulter oder anderswo.

Strammstehend erklärten sie, daß es keine Zeichen gab. Der Hauptmann wollte sich selber überzeugen. Dann ließ er mich ins Haus tragen. Wir gaben unsere deutschen Ausweise ab, und der Kommandant warf sie auf den Tisch, als wollte er sagen: «Ich lasse das mal durchgehen.» Dann trugen wir uns in ein Register ein, und ein Militärschreiber übergab uns einen Trauschein. Der Genosse Offizier schien sich zu entspannen, er schlug Janka mit der Faust auf den Rücken:

«Du hast wirklich Glück gehabt, daß ich schon beweibt bin», rief er jovial mit seiner lauten Stimme; und die anwesenden Soldaten konnten sich über diesen Ausgang vor Lachen nicht mehr halten.

Dann ließ er meinen Gemahl vollkommen links liegen, jagte die Soldaten wie Hühner mit ausladenden Armbewegungen hinaus und fragte mich, ob ich diese Heirat ernst meinte.

«Nein, pro forma, deshalb kann ich mich dann auch um so leichter wieder scheiden lassen.» Er pflichtete mir bei: Ich war nicht dazu geschaffen, mich zu binden.

Während er mich den Korridor entlangschob, erläuterte er mir, daß der erste Konvoi in einer Woche abfuhr und daß er für die Zwischenzeit bei der Krankenhausverwaltung für mich haften würde. Wenn irgend möglich, würde er mich persönlich bis zur ersten Anschlußetappe nach Homburg an der Saar begleiten, ich wäre nämlich ein mutiges, anständiges und, jawohl, ein schönes Mädchen.

Janka wollte mich in die ehemalige Kaserne bringen, ich hatte dazu wirklich keine Lust, aber ich fühlte mich nach all der Anspannung wie ausgehöhlt und gab nach. Offenbar wurden wir schon erwartet, denn Männer, Frauen und Kinder kamen von allen vier Ecken des Hofes aus den Türen gestürzt.

Janka hielt nach jemandem Ausschau. Vor der Treppe wollte er mich auf die Arme nehmen, um mich, vom Beifall und Gehuste der Anwesenden begleitet, hinaufzutragen, aber da ich mich an meinen letzten Besuch erinnerte und an den üblen Geruch dachte, der beim Hochheben von meinem durchgesessenen Hintern aufsteigen würde, sagte ich, ich fühlte mich schlecht und wollte ins Krankenhaus zurück.

Während wir uns noch besprachen, rief ihn jemand aufgeregt beiseite. Er kehrte kreideweiß und verstört zu mir zurück:

«Sie hat sich die Pulsadern aufgeschnitten», und vermutlich, weil ich keine Miene verzog, wiederholte er grollend: «Sie hat sich die Pulsadern aufgeschnitten.» Er hielt einen zwölfjährigen Jungen an, der gerade vorüberging: «Bleib bei ihr, bring sie, wohin sie will», sagte er zu ihm und stürzte los.

Der Junge sah mich verdrossen an. Ich versprach ihm Schokolade zur Belohnung, aber das konnte ihn auch nicht aus seiner schlechten Laune reißen. Als ich ihm dann unterwegs vorschlug zu wetten, wer von den Entgegenkommenden beim Vorübergehen meinen Buckel betasten würde, hellte sich seine Miene auf, und er machte sich einen Spaß daraus, meinen Rollstuhl so zu kutschieren, daß es für die Leute leicht war, mich flüchtig zu berühren. Ich zählte sie insgeheim: eine ungerade Zahl würde mir Glück bringen, eine gerade Unglück; ich kam auf sieben.

Als ich entspannt und betäubt wieder im Bett lag, sann ich über all die Anstrengungen nach, die ich unternommen hatte – lauf los, arrangier alles, müh dich ab, um nach Rußland zu kommen, und dann kommst du vielleicht gerade rechtzeitig zum Sterben an.

Janka tauchte am Vorabend unserer Abreise wieder auf, um meine Koffer zu packen. Als er damit fertig war, kniete er sich neben mein Bett, grub die Stirn in meinen Arm und murmelte:

«Du bist stark, du wirst mir helfen.»

«Vom Saarland aus kannst du ohne weiteres zurückfahren und dich mit ihr anderswo niederlassen, wo dich niemand kennt, in Worms oder besser noch Mannheim, und deinen richtigen Namen wieder annehmen, sie richtig heiraten und dich bei der polnischen Vertretung in der Stadt melden. Sie wird gern mit dir gehen. Ich habe dich nur gebraucht, um mit diesem Konvoi wegzukommen. Wenn ich erst mal auf der Reise bin, brauche ich dich nicht mehr.»

Er stand wieder auf: «Zu allen bist du gut, nur zu mir nicht.»

Am nächsten Morgen um zehn fuhr das Auto des sowjetischen Kommandanten vor. Es war ungefähr der 20. August.

«Ich gehe jetzt», verabschiedete ich mich von Schwester Vincentia. «In zehn Jahren sehen wir uns wieder.»

«Wenn's der Himmel will.»

Aber bevor ich ins Auto gesetzt wurde, umklammerte ich die Armlehne des Rollstuhls, verbarg mein Gesicht in ihrem Kittel und weinte hemmungslos.

«Versuche zu beten», sagte sie und hielt mir das Kruzifix zum Kuß entgegen. Nach einer Pause fuhr sie fort: «Wer weiß, ob es dir eines Tages gelingt, das zu finden, was dein unruhiger Geist sucht. Kopf hoch, sitz gerade, wir zwei dürfen uns nicht gehenlassen.»

Die Reise war angenehm. Ich saß eingebettet in Kissen neben dem Hauptmann auf dem Rücksitz. Es gab einen Fahrer.

Wir fuhren hinter einer Kolonne von Fahrzeugen her, in einem davon saß auch Johann, der letzte Lastwagen war ein Gefängnisauto: darin waren Russen eingepfercht, die sich während der deutschen Kriegsgefangenschaft von der SS hatten anwerben lassen. Die sowjetischen Kommandos suchten überall nach solchen Leuten, und wenn sie sie aufgespürt hatten, verhafteten sie sie, schickten sie in die UdSSR zurück und stellten sie als Landesverräter vors Kriegsgericht.

Die Landschaft war freundlich, wir fuhren in Richtung Süden. Als wir an einem Weinberg vorüberkamen und ich Italien erwähnte, sah der Hauptmann mich an, ließ halten und stieg aus. Vorsichtig drang er in den Weinberg ein und kehrte mit zwei Trauben zurück, an denen nur wenige goldgelbe Beeren hingen:

«Sie sind ganz sauer», sagte er entschuldigend.

Die Männer auf den Lastwagen sangen mit beeindruckender Geschlossenheit:

> Jesli saftra vainà, jesli saftra f pachot,
> but sivodnia k pachodu gatof.*

An der Grenze zwischen Rheinland und Saarland wurden wir zuerst von den Amerikanern und dann von den Franzosen angehalten: wir kamen in eine andere Besatzungszone.

* Wenn morgen Krieg, wenn morgen Kampf / sei heut bereit zum Kämpfen.

Bei Sonnenuntergang fuhren wir in das Sammellager bei Homburg ein.

Der Hauptmann küßte mich nach russischer Art dreimal auf die Wange, und ich klammerte mich an seinen Hals.

Ich wurde in einen Krankenwagen gelegt und abtransportiert.

Das Krankenhaus lag in der Umgebung auf einer Anhöhe, es war sehr groß und hatte viele Stationen, von denen eine für die Russen reserviert war.

VII

Die Russen teilten mir ein schönes, helles Zimmer im zweiten Stock mit zwei großen Fenstern zu, das Johann mir pompös herrichtete; mit Gardinen aus Tüll und Samt, mit Vasen und Büchern – von akademischen Physiklehrbüchern bis zu Abhandlungen über die Handlesekunst – sowie mit einem damastbezogenen Federbett, das ich heute noch besitze und benutze; auch das Vorzimmer stand mir zur Verfügung.

Anfangs gaben sie mir zwei russische Frauen, eine für tags und eine für nachts, die sich nur um das Saubermachen kümmerten, die eigentliche Pflege oblag einer Krankenschwester und einer Rotkreuzschwester. Sie waren beide Deutsche. Bald kam an Stelle der russischen Frauen ein sechzehnjähriges polnisches Mädchen, eine Waise, die in vielen Lagern herumgestoßen worden war. Sie hieß Barbara, hatte lustige helle Äuglein, war blond, flink und immer zum Spielen aufgelegt. Barbara teilte von nun an das Zimmer mit mir, und Johann wurde ins Vorzimmer verlegt, dort schlug man ein Bett für ihn auf.

Johann hatte die Rolle des Ehemanns übernommen, gab sich als Hausherr vor den Russen aus der Station, die mich besuchen kamen, und kreuzte abends mit Freunden aus dem Sammellager auf.

Er versuchte, sich mir zu nähern, aber ich stieß ihn zurück, angewidert und außer mir.

In Wirklichkeit hatte ich seine Annäherungsversuche erwartet, war neugierig gewesen, wie er es anstellen und was ich dabei empfinden würde, aber im entscheidenden Augenblick war die Klarheit über meinen Zustand stärker als meine Neugier. Am Tag dachte ich, daß er sich aus *Pflichtbewußtsein* für mich verausgabte und innerlich vielleicht ganz froh war über meine Zurückweisung; daß er nur aus männlicher Eitelkeit weiter um mich warb. Ich verhielt mich zurückhaltend; trotzdem ließ ich meine Urinflasche öfter leeren, kämmte mich, beschaffte mir Kölnisch Wasser und versuchte sogar, unbemerkt meine Beine zu bewegen.

Und wenn nun kein anderer Mann jemals mehr Lust verspürte, sich mir zu nähern? fragte ich mich nachts. Wenn dies nun meine letzte Gelegenheit wäre? Er hatte mich schon vorher geliebt, er konnte sich also noch irgendwie angezogen fühlen. Aber ein anderer?

Und ich sollte ein Gefühl ausbeuten, das von Erinnerungen zehrte, von Rückfällen?

Und dann, wer weiß – ein winziger Hoffnungsschimmer –, vielleicht würde ich eines Tages doch eine wahre Liebe erleben?

Ich hatte immer einen eifersüchtig gehüteten Respekt gegenüber diesem Mysterium gehabt. Lieber verzichtete ich jetzt, auch wenn es vielleicht meine letzte Gelegenheit war, als daß ich mir die süße, starke, geheime Vorstellung verdarb, die ich mir von der Liebe machte. Was konnten daran gemessen die geschäftigen Versuche eines oberflächlichen Kontaktes mit Johann sein, mitten zwischen Kathetern, Urinflaschen, die umkippen konnten, Uringeruch, Wunden und mit meiner Haut, die nichts fühlte, und womöglich machte ich nicht einmal das passende Gesicht dazu, das war alles peinlich, nein, da wollte ich lieber mein Gesicht wahren und durch einen Ausdruck der Sorglosigkeit den Anschein erwecken, als hätte ich ganz andere Dinge im Kopf.

An diesem Punkt obsiegte mein Sinn für Ironie, und ich fing unter der Decke an zu lachen, wenn ich mir vorstellte, welche Schwierigkeiten bei einer zärtlichen Annäherung er sich wohl ausmalte.

Ich hatte Fieber. Beim Waschen fühlte ich mit den Fingern in den Wunden der Gesäßbacken rechts und links zwischen harten Wundrändern zwei glitschige Rinnen, aus denen stinkendes Sekret austrat, und dachte an Johann.

Es dauerte nicht lange, bis er die Geduld verlor. Unter vier Augen warf er mir vielsagende Blicke zu, in dieser männlichen, kaltblütig berechnenden Art, die verlegen macht und die mich demütigte. Von einem Tag auf den anderen sah er alle Leute scheel an, die mich besuchten. Ich dachte, daß er mit seinem veränderten Verhalten nur das Terrain für seine Abreise nach Mainz vorbereiten wollte, zu der er von Anfang an entschlossen gewesen war, und gab mich aus Bosheit freundlich und treuherzig, belauerte dabei aber seinen Kampf zwischen Schuldgefühlen und dem Wunsch, einen Streit vom Zaun zu brechen, der seine Flucht rechtfertigen könnte.

Eines Abends, als er ein paar seiner Freunde in meinem Zimmer versammelt hatte, machte ihm ein Sowjetsoldat namens Piotr, ein schöner, lustiger Mann, den Vorschlag, mich an ihn abzutreten; er hätte Syphilis, und eine enthaltsame Ehe wäre genau das richtige für ihn, sagte er lachend. Wie auf ein Zeichen fingen alle an zu lachen und wollten nicht mehr aufhören.

Johann ging aus dem Zimmer, und als einmal die Tür aufging, sah ich ihn draußen im Vorzimmer mit gequälter, böser Miene sitzen. Auch der Russe sah ihn und rief mit dröhnender Stimme: «Italienerin, heirate mich! Was willst du denn mit so einem Gespenst?»

Am nächsten Morgen kam Johann herein, ohne zu klopfen, er hatte die Ziehharmonika umgehängt.

«Du machst dich über mich lustig. Ich gehe», verkündete er.

«War es so schwer, den Mut zu finden, mir das zu sagen?»

Voller Haß starrte er mich an, wollte etwas antworten, drehte sich dann jedoch auf dem Absatz um und ging hinaus. Es war der 30. August, er hatte zehn Tage durchgehalten.

Eines Morgens fanden sie mein Bett durchnäßt, der Katheter war verstopft und konnte nicht ausgetauscht werden, weil der Blasenausgang angeschwollen war. Ich verlor Tropfen für Tropfen Urin, ich konnte ihn nicht halten, und in wenigen Tagen bildete sich eine einzige Wunde.

Der Stationsarzt, ein schüchterner und schweigsamer Kaukasier mit gelber Haut, ließ die deutschen Spezialisten rufen. Ich fühlte keine Schmerzen, phantasierte aber, weil ich inzwischen 41 Grad Fieber hatte. Der Urin trat nicht mehr aus. Die Haut meines

Unterleibs war gespannt, ein Höcker trat hervor. Es war unmöglich, einen Katheter einzuführen. Nach sechsunddreißig Stunden wurde ich bei Nacht als Notfall in den Operationssaal gebracht. Ich sah, wie das Fleisch oberhalb des Schambeins in mehrere Schichten geteilt wurde, und unter dem Skalpell ratschte wie Atlasseide unter einem Fingernagel, ein Urinstrahl spritzte dem Chirurgen ins Gesicht. Er blieb ernst, während ich unter den strafenden Blicken der Assistenzärzte in Lachen ausgebrochen war. Schließlich wurde mir ein dicker Gummischlauch in den Bauch eingepflanzt, durch den mein Pipi in Zukunft abfließen sollte.

Nach dieser Blaseneröffnung dachte ich, daß mein Körper, wenn er mir schon nicht diente, so wenigstens auch keine Schmerzen machte. Ich konnte mich doch glücklich preisen, daß ich keine Empfindungen hatte. Dem ärmsten ging es schlecht, und ich lebte ruhig weiter und bekam seine Mißhelligkeiten nur durch den einschläfernden Reflex des Fiebers zu spüren.

Sei es, weil ich durch die Krankheit im Mittelpunkt der Aufmerksamkeit stand, sei es, weil ich mich von Johann befreit fühlte, ich hatte jedenfalls Munterkeit und Verve im Leib und hielt alle bei guter Laune, die mir mit Sympathie zulächelten. Schon Anfang September hatte ich ununterbrochen Besuch: die Russen von der Station und aus dem Lager, Ausländer von den anderen Stationen.

Ich weiß nicht, wie ich auf den Gedanken kam, ein schönes Schild in mehreren Sprachen zu malen und an die Tür zu hängen:

ZIMMER ZUR GUTEN LAUNE

Darunter standen die Besuchstarife. Eine Einzelaudienz kostete eine Zigarette pro Minute oder Schokolade; auch die Kollektivaudienzen hatten ihren Preis. Gezahlt wurde bei Eintritt.

Vielleicht hatte mich die Bekleidung der Ausländer dazu angestachelt: noch in Lumpen aus den Lagern gekommen, hatten sie beim Plündern von deutschen Warenlagern und Kleiderschränken nicht nur zusammengerafft, was sie konnten, sondern sie hatten sich auch verliebt in einen gewissen Aufputz, und so sah man vierschrötige Mädchen mit ellbogenlangen Handschuhen, gutmütige Bäuerinnen, die sich viel zu kleine Blumenhütchen aufgepflanzt hatten,

Jugendliche in knallengen deutschen Soldatenjacken, schwarzen Gesellschaftshosen, Sandalen und mit einem flatternden roten Baumwolltuch um den Hals, und ernsthafte Männer, die breitkrempige, weiche Filzhüte auf dem Kopf hatten wie Gangster.

Barbara spielte meine Sekretärin. Klopfte jemand, fragte sie nach Namen und Beruf. Dann schloß sie die Tür wieder und beschrieb ihn mir. Wir warteten eine Weile, um dem Ganzen mehr Gewicht zu verleihen, und mußten schon loskichern. Dann ließen wir ihn eintreten. Wenn wir ihn dann sahen, wie er mit seinem Päckchen in der Hand hereinkam und verstohlen die Vorhänge und die Bücher bestaunte, prusteten wir beide wie Verrückte. Der Besucher war eingeschnappt, und je beleidigter er sich fühlte, desto mehr lachten wir natürlich; gleichzeitig boten wir ihm an, sich doch zu setzen, und servierten ihm unter Verbeugungen auf einem Tablett mit Spitzendeckchen einen Fingerhut voll Wein und eine hauchdünne Scheibe Schwarzbrot mit einem Schimmer Marmelade. Unser Lachen wirkte wohl ansteckend, denn der andere lachte schließlich auch mit. Also bat ich ihn, uns dabei zu helfen, die anderen Freunde auch in den Spaß miteinzubeziehen. Die ersten Klienten wurden Verbündete. Piotr, der russische Prachtgenosse, fand Gefallen an uns und wurde bald zum Unterhalter bei unseren Kollektivabenden. Er machte im Lager für uns Reklame und schleppte, da er ein gewisses Ansehen genoß, immer neue Besucher an.

«Wenn dieser Janka Sowjetrusse ist, dann bin ich Kanadier», sagte er augenzwinkernd zu mir.

In wenigen Tagen verbreitete sich unser Ruf. Und wenn mir einmal nichts einfiel und ich schwieg, dann lachte der Besucher von sich aus wie über einen neuen geistreichen Einfall. Sie kamen schon an mit guter Laune.

Ich erzählte eine Menge Blödsinn. Zum Beispiel hatte ich eine Spiegelscherbe, die ganz verkratzt war, und Barbara fragte mich, warum ich sie nicht wegwarf. Aber nein, um Gottes willen, die war doch in Pompeji ausgegraben worden! Und ich schilderte die Geschichte der Ausgrabung so dramatisch und wahrheitsgetreu, daß ein paar plötzlich auftauchende Antiquitätenliebhaber um Erlaubnis baten, sie sehen zu dürfen.

Manchmal nahmen wir auch jemanden aufs Korn. Einem eingebildeten tschechischen Leutnant machte ich weis, mein Vater wäre Straßenkehrer und meine Mutter Waschfrau, und in Italien hätten alle Töchter von Müllmännern Latein und mindestens zwei moderne Sprachen in der Schule.

Sogar ein italienischer Pfarrer besuchte mich, er trug Zivil wegen der Sowjets und hatte die Absicht, meine Seele zu retten und mir die Beichte abzunehmen. Ich ließ mich auf eine gelehrte philosophische Erörterung ein, derzufolge Gott vollkommen war: Dank seiner Entfernung, die ihn objektiv bleiben ließ, oder kurz gesagt, dank seiner Gefühlslosigkeit.

«Wer weiß», schloß ich nachdenklich, «vielleicht entdecken wir eines Tages noch, daß Gott gelähmt ist.»

Aber normalerweise hatte ich nur im Sinn, die Leute aufzuheitern. Wenn die ehemaligen Deportierten kamen, aufgewühlt von ihrem Schicksal, in der Defensive, und wenn sich ihr Gesichtsausdruck dann ganz langsam veränderte – zuerst war es eine gezwungene, elektrisierte und später eine natürliche Heiterkeit – und sich die Gesichter glätteten, dann fiel mir jedesmal ein Stein vom Herzen.

Es gab ein paar besonders eifrige Besucher, und um ein bißchen Ordnung in die Sache zu bringen, machte ich eine Nummernliste für bevorzugten Einlaß. Barbara meldete mir die Besucher nach Nummern. Mancher zahlte extra, um eine bessere Nummer zu bekommen. Manchmal leistete uns der kaukasische Arzt Gesellschaft, bat uns zu singen und hörte melancholisch und still für sich zu.

Wenn mich jemand nach meinem Mann fragte, stutzte ich zuerst, konnte mich an meinen neuen Familiennamen nicht erinnern und verwechselte seinen und meinen Namen. Insgesamt kam mir der Ehestand vor dritten vor wie ein weiteres Spiel.

Oft wollten Leute einen Termin, um mir ihre Not zu schildern und sich Rat zu holen; also legte ich ihnen dar, was ich an ihrer Stelle gemacht hätte. Wenn ich mir dann aber nachts ihre Schwierigkeiten noch einmal durch den Kopf gehen ließ, befielen mich solche Zweifel, daß ich Herzklopfen bekam. Wenn sie jedoch mit ihren besorgten Gesichtern vor mir saßen, antwortete ich immer sicher und unerschütterlich. Um die Gemüter aufzuheitern, begann ich mit Handlesen. Die Zeichnungen der Linien in einer Handfläche sah ich als geologische Geschichte genau wie die Entstehung der Flüsse, Berge und Täler auf der Erde. Ich erinnere mich an die stark ausgeprägte, kräftige Lebenslinie eines jungen Russen mit sanften und erstaunten Augen, die auf unerklärliche Weise plötzlich abbrach. Dann erfuhr ich, daß er bei der SS gewesen war. Die Soldaten mit dem roten Stern und die Genossen behandelten ihn wie jeden anderen; nur wenn sie ihn mit leeren Augen vor sich hinstarren sahen, stießen sie ihn mitleidsvoll in die Seite, wie um zu sagen: Denk nicht dran. Er hatte sich nach monatelangem Versteckspiel und Zögern freiwillig beim sowjetischen Kommando dieser Zone gestellt.

Barbara und ich hatten uns angewöhnt, Karten zu legen und genau zu befolgen, was sie sagten. Einmal zwangen sie uns, bis um zwei Uhr mittags im Bett zu bleiben, und als jemand klopfte, riefen wir lachend.

«Wir können nicht, die Karten wollen es nicht!» Ein anderes Mal mußten wir schon um fünf Uhr früh mit Waschen und Anziehen anfangen.

Es war jetzt Ende September und schlechtes Wetter, Heizung gab es nicht, und im Fenster fehlte eine Scheibe. Morgens drang der Nebel ins Zimmer.

Eines Abends wütete draußen ein Gewitter mit zuckenden Blitzen und krachendem Donner, das uns vorkam wie ein Bombenangriff. Können wir schlafen gehen? fragten wir die Karten. Nein. Kommt denn noch jemand? Ja.

Um zehn ein zaghaftes Klopfen. Wir hatten schon steif und gähnend dagelegen und fuhren hoch. Barbara lief zur Tür: draußen stand Adam, der Stationstrottel. Wir hatten ihn nicht einmal auf die Liste gesetzt, geschweige denn je in Einzelaudienz empfangen. Jetzt stellten wir ihm einen Stuhl bereit und stopften ihn voll. Ich las ihm aus der Hand, seine Linien sahen aus wie weggefegt, ich spielte eine Melodie auf der Mundharmonika, und er lächelte mit rotem Kopf etwas blöd vor Glück. Um elf befragten wir wieder die Karten. Sie antworteten – ja. Wir verabschiedeten ihn hastig, Barbara brachte ihn zur Tür, schloß sie dann ab und zog die Kiste unter dem Bett hervor, in der wir die Einnahmen aus den

Besuchen aufbewahrten, die wir jeden Abend endlos begutachteten und aufteilten.

Piotr tauschte die Sachen, die unsere Kunden uns brachten, gegen Kleider und Geld. Barbara hatte ein Faible für Seidenstrümpfe, durchsichtige Wäsche und Handtaschen in allen Formen und Größen. Ich schwärmte für ganz lange, aufgerauhte Hemden, Wollschals, Kaninchenfelle und einen Persianermuff, als wollte ich zum Nordpol aufbrechen. Ich habe noch immer ein blaues Spitzenkleid mit Volants aus jener Zeit. Ich besaß Ringe, Ketten, Uhren und viertausend Mark – eine bescheidene Summe damals in Deutschland, wo ein Kilo pappiges Schwarzbrot auf dem schwarzen Markt sechzig Mark kostete. Aber für Italien war das ein ganz ansehnlicher Betrag und für Rußland, so hoffte ich, auch. Wir verdienten nicht schlecht an diesem Verkauf von guter Laune.

Die Rotkreuzschwester, die in jedem Ausländer einen potentiellen Bräutigam sah, sie aber aus lauter Angst, daß sie sie nur als Spielzeug benutzten, dauernd mit Fragen bestürmte und so eine Enttäuschung nach der anderen erlebte, schenkte mir, wie es damals unter jungen Mädchen in Deutschland üblich war, ein Bildchen, auf das sie selbst «Humor ist, wenn man trotzdem lacht» gestickt hatte.

Mein Fieber schwankte. Der Abszeß am Harnleiterausgang war zwar von selbst geplatzt, aber inzwischen hatte ich am Kreuzbein noch eine dritte Wunde bekommen: mein körperlicher Zustand besserte sich nicht.

Am letzten Septembertag geschah ein Drama.

Im Erdgeschoß unserer Station lebte ein fünfunddreißigjähriger deutscher Kommunist, der auf Grund der drei Jahre, die er für seine Überzeugung im Konzentrationslager gelitten hatte, die sowjetische Staatsbürgerschaft beantragte. Er hatte große braune Augen, die tief in seinem verquollenen Gesicht funkelten. Er lebte mit einem achtzehnjährigen deutschen Mädchen zusammen. Sie ging ganz darin auf, die freie Gefährtin eines politischen Märtyrers zu sein. Er belehrte alle wie ein Schulmeister mit seiner ermatteten Stimme, stellte sich als Beispiel dar und erinnerte ständig an die Foltern, die er durchgemacht hatte. Er stimmte mich immer melancholisch, und ich machte mir Vorwürfe, daß ich ihn so lästig fand. Er als ehemaliger Lagergefährte – wir sprachen zusammen über Dachau – fühlte sich seinerseits zu Recht enttäuscht von meiner Leichtfertigkeit.

Auch der Vater des Mädchens, ein Kriegsversehrter im Rollstuhl, war durch Vermittlung des ehemaligen Lagerinsassen bei uns eingeliefert worden. Der alte Soldat wollte dem jungen «Idealisten» nicht verzeihen, daß er ihm die einzige Tochter weggenommen hatte, ohne sie zu heiraten. Für ihn war das unehrenhaft, und er beschuldigte pausenlos seine Frau, sie hätte die Tochter nicht richtig erzogen, sondern sie verdorben. Die Frau wiederum fragte ihn, warum er eigentlich die Wohltaten annehme, die ihm der Freund seiner Tochter zukommen ließ, wenn er ihn so sehr haßte.

«Wo soll ich denn hin?» schrie der Vater verzweifelt. «Ohne Wohnung, ohne Arbeit, soll ich mich umbringen?» Und sie rächte sich dann damit, daß sie sich an den jungen Mann wandte und ihn vor ihrem Mann «unseren Wohltäter» nannte.

Zwischen den beiden Männern herrschte völlige Unversöhnlichkeit.

«Ich bin doch nicht schuld daran, daß sie ihn verfolgt haben!» flüsterte mir der Alte zu. «Was kann ich dafür!» Denn im Grunde fand er, daß der andere das alles übertrieb und sich nur auf gerissene Weise wichtig machen wollte.

Der junge Mann wiederum erklärte ihm die freie Liebe mit abstrakten Argumenten und beklagte sich bei mir über die rückständige Spießigkeit des armen Invaliden.

Eines Abends, als Mutter und Tochter, die ebenfalls als Gäste in der russischen Station lebten, von einem Ausflug im Auto des ehemaligen Lagerinsassen zurückkehrten, mußten sie die Tür des Alten aufbrechen lassen und fanden ihn tot am Boden.

Er hatte sich eine Schlinge um den Hals gelegt, das andere Ende des Stricks am Griff der abgeschlossenen Tür befestigt, sich gegenüber der Tür auf der anderen Seite aus dem Bett gestürzt und sich stranguliert.

Es hieß, der Konvoi werde am 3. Oktober weiterfahren. Aber der kaukasische Arzt teilte mir mit, daß der deutsche Urologe Einspruch gegen meine Abreise erhoben hatte. Ich war in Gedanken der Reise schon ganz weit vorausgeeilt und rebellierte. Ich zwang ihn, mich mit der Gruppe der Verwundeten fahren zu lassen, denn ich sei sowjetische Staatsbürgerin und nicht einem Deutschen unterstellt, und drohte, mich an den sowjetischen Kommandanten in Mainz zu wenden. In seiner unterwürfigen und traurigen Art breitete er die Arme aus: er traue sich nicht, mich mitzunehmen, es gehe mir schlecht, ich könnte sterben, ich hätte Blutvergiftung, es sei besser, wenn ich mir darüber im klaren sei.

Der lange Konvoi, der sich in Homburg vergrößert hatte, fuhr los in Richtung Leipzig, der zweiten Etappe. Das Sammellager leerte sich, und auf unserer Station blieben nur noch Barbara, die ohne mich nicht hatte weggehen wollen, und ich.

Piotr, der mich immer wieder bestürmt hatte, Janka aufzugeben und ihn zu nehmen – «Ich bin schon wieder fast gesund!» –, hatte sich nicht von mir verabschiedet.

Die deutschen Ärzte ergriffen wieder Besitz von der Abteilung. Die ganze Atmosphäre veränderte sich: Stille, feste Uhrzeiten, Medikamentengeruch. Barbara wollte das Schild Zur guten Laune abnehmen, aber die Schwester nahm es übel und ich ließ es wieder an seinen Platz hängen.

Als hätten sie nur darauf gelauert, unterzogen mich die Deutschen jetzt allen möglichen Untersuchungen und Behandlungen, machten Röntgenaufnahmen, Infusionen, intramuskuläre und intravenöse Injektionen, Einläufe, Bluttransfusionen. Ich wurde beobachtet von ungefähr zehn Ärzten, die Professor Ort unterstanden, einem dürren, feinen, grüblerischen Mann mit weißen, im Nacken rasierten Haaren.

Jetzt war der Stationsarzt, Dr. Haßlocker, der erste und letzte auf meiner Liste, die nur noch aus ausgestrichenen Namen bestand. Ich hatte von der Schwester erfahren, daß er ein wilder Frauenhasser war, seit ihn eine Frau einmal betrogen hatte. Ich erzählte ihm, mir könne er ruhig trauen, denn mich habe der Krieg durch einen bösen Zauber in eine Art moderne Sirene verwandelt, halb Frau, halb Fisch, die niemanden mehr betrügen, sondern nur noch die Vorüberfahrenden erfreuen könne.

In den kurzen Pausen zwischen den verschiedenen Behandlungen führte die Schwester hin und wieder deutsche Patienten zu mir herein und legte mir ans Herz, sie aufzumuntern. Sie kamen aus der Umgebung und hatten Angst vor den Russen, die ihnen das wenige stahlen, was ihnen nach Bombenangriffen und Plünderungen noch geblieben war. Bei jedem Geräusch schreckten sie zusammen, fuhren hoch, sahen vorsichtig um sich. Wenn sie in ihrer Not Würde bewahrten, gab ich ihnen zu essen, denn ich bekam reichlich, und außerdem erhielt ich jetzt auch Pakete vom französischen Roten Kreuz, das seinen Sitz im Krankenhaus hatte; aber wenn sie einfach nur ihre schlechte Laune auslassen wollten, schickte ich sie mit leeren Händen wieder fort.

Manchmal dachte ich, daß ich, vielleicht gerade weil ich nicht einmal mehr meinen Körper besaß, einen Vorteil gegenüber den Gesunden hatte, ich war frei von so vielen kleinen Ängsten und materiellen Begierden.

Kaum waren die Russen abgezogen, kam ein Inspektionstrupp des französischen Gesundheitsdienstes. Dadurch daß ich wieder in meiner Muttersprache reden konnte, fand ich wohl auch wieder ein wenig zu meiner Fröhlichkeit zurück. Ein paar von den jungen Männern sahen nun jeden Tag bei mir herein. Sie waren noch sehr jung, glühende Nazigegner, hatten sich freiwillig gemeldet und diskutierten mit Feuereifer über die Nürnberger Prozesse, die gerade begonnen hatten. Sie wurden wütend, wenn sie bei mir Deutsche sahen, die sich sofort mit erschöpfter Miene zurückzogen. Sie legten sich mit allen an, auch mit den Alliierten, vor allem den Amerikanern, die als letzte gekommen waren, aber sie mißtrauten auch den Russen. Für diese Jungen besaß kein Volk genügend politisches Bewußtsein. Ich bewunderte ihren kämpferischen Eifer, dachte nach über die Leiden der Menschheit und rechtfertigte meine Abneigung gegen politische Auseinandersetzungen mit der Überlegung, daß ich krank war und für Haß nichts übrig hatte.

Abends kam Ellen Marder, eine dreißigjährige deutsche Ärztin, Kriegerwitwe eines Schriftstellers und Mutter von drei kleinen Kindern, die sie großzog, zu mir ins Zimmer und strickte. Sie war sehr groß und hatte durchdringende blaue Augen und ein volles Lachen. Sie sagte, ich hätte das gleiche unberechenbare Temperament wie ihr gefallener Mann. Sie gab mir einen Roman von ihm.

Es war die Geschichte eines sterbenden jungen Mannes, eines der trostlosesten, beunruhigendsten Bücher, die ich je gelesen hatte, so voller Einsamkeit und Vergeblichkeit. Er selbst schien ein sehr geistreicher und umgänglicher Mensch und voller Lebenshunger gewesen zu sein. Er war aus voller Überzeugung an die Front gegangen. Das konnte auch nicht anders sein, dachte ich, bei dieser verzweifelten Unrast war der Krieg für ihn der letzte Ausweg.

Sowohl die Ärztin als auch die Franzosen wollten sich nicht damit abfinden, daß ich gelähmt blieb.

Nach zehntägigen Untersuchungen, Behandlungen, Waschungen und Stärkungskuren sagte Professor Ort, jedes Wort einzeln betonend, er könne den Eingriff versuchen. Die beiden verletzten Wirbel seien verrutscht und ineinandergeschoben, so habe sich der Buckel gebildet. Sicher wäre es besser gewesen, man hätte mich schon vor sechs Monaten, noch während des Traumas, operiert und gestreckt, denn jetzt habe sich die neugebildete Knochensubstanz schon so verhärtet, daß er nicht garantieren könne, ob es möglich sei, das Knochenmark wieder zu dekomprimieren und den Knochen aufzurichten. Jedenfalls würde er mich nicht anrühren ohne eine ausdrückliche schriftliche Einverständniserklärung von mir.

«Kann ich dabei sterben?»

«Ja.»

«Kann ich geheilt werden?»

«Vielleicht.»

Ich will hier nicht erzählen, welche Erregung mich ergriff. Und ich hatte gedacht, ich hätte mich an den Gedanken, gelähmt zu sein, gewöhnt und die positiven Seiten für mich herausgefunden! Ich sah die Hand des Himmels im Spiel bei meiner verpaßten Abreise. Die ganze Nacht lang dachte ich an Italien, voller Überschwang, Verlangen, Harmonie. Auch meine anfänglichen Einwände waren nur Abwehr gewesen. In meiner Phantasie stand ich schon auf den Beinen und rannte los, das Gesicht im Wind, die Haare zerzaust, die Brust plattgedrückt vom Luftdruck. Göttliche Vorsehung. Dankbar schluchzend drückte und küßte ich mein Kissen stellvertretend für Gott. Wie hatte ich nur leben können, ohne zu gehen? Wie hatte ich eine derartige Schmach nur aushalten können? Es war ein Alptraum gewesen.

Aber die Morgendämmerung, die zunehmende Klarheit, die sich mit der Morgendämmerung einstellt, führte mich zurück in die Wirklichkeit. Ich konnte auch sterben. Nein, denn ich verstand mich jetzt ein wenig auf die Unterschiede, die die Natur machte, und dies war nicht meine Stunde. Und wenn ich doch starb? Ich glaubte, wer weiß was vor mir zu haben, dabei hatte ich bloß bestimmte Kenntnisse und Erfahrungen des Lebens gesammelt, ein paar Prüfungen bestanden, und mehr hatte ich auf dieser Welt nicht zu tun. Allerdings, wenn das so war, würde ich auch ohne die Operation sterben.

Ich hatte mein Leben für andere aufs Spiel gesetzt. Konnte ich es nicht auch für mich aufs Spiel setzen? Ich behauptete immer, ich sei stark, und machte schon bei der ersten wirklichen Prüfung einen Rückzieher.

Am nächsten Morgen unterschrieb ich den Antrag auf eine Laminektomie.

Der Eingriff sollte am 20. Oktober vorgenommen werden. Jetzt war der 16. Oktober.

Unerwartet tauchte Johann auf, dicker geworden, sauber und mit Geschenken beladen, darunter ein Telefunken-Radio.

Als er meinen Entschluß hörte, war er dagegen.

Die Ärzte erklärten, sie könnten ohne seine Einwilligung nichts tun.

Ich warf meine Decken zu Boden:

«Was willst du von mir? Sieh mich an! Siehst du nicht, in welchem Zustand ich bin?»

Der Gummischlauch ragte zwischen meinen knochigen Hüften aus dem ausgehöhlten Unterleib.

Er war bestürzt.

«Und du willst dich von denen noch einmal aufschneiden lassen, für ihre Ex-Nazi-Experimente?»

«Ich will leben. Ich kann diesen Kadaver nicht mehr ertragen.»

«Hör auf! Du bist viel lebendiger als ich.»

Er ließ sich durch nichts überreden, sondern verweigerte immer autoritärer und unzugänglicher seine Einwilligung und ging dabei in derselben arroganten Art im Zimmer hin und her wie damals in Mainz, als er in der schönsten Idylle mit seiner deutschen Freundin lebte und ich völlig ahnungslos war.

Bebender Zorn über meine Ohnmacht packte mich. Klar, die

List, mit der ich ihn für mich ausgenutzt hatte, schlug jetzt voll auf mich zurück, aber *ich* hatte mir nie erlaubt, derart in seine perönlichen Angelegenheiten einzugreifen. Und überhaupt! Hätte es nicht die Komplikationen mit der Blase gegeben, nachdem er weggegangen war, wäre ich jetzt längst in Rußland, und zwar allein! Er hatte es ja auch anderthalb Monate nicht für nötig gehalten, sich zu erkundigen, ob ich überhaupt noch lebte. Er hatte mich einfach zurückgelassen, obwohl er wußte, daß ich hohes Fieber hatte, außerdem eine Blutvergiftung, der russische Arzt hatte es ihm gesagt. Wie konnte er jetzt wagen, mir Vorschriften zu machen und sich zum Herrn aufzuspielen. Mit welchem Recht.

Ich ließ die Franzosen rufen, sie kamen sofort. Ich gehöre zu ihnen, dachte ich.

Nachdem sie mich kurz angehört hatten, schlugen sie vor, ich sollte sofort umziehen, bevor Janka sich an die russische Lagerleitung in Homburg wenden und mich wegschaffen lassen konnte. Vier Jungen hielten sich zu meiner Verfügung: sie schlenderten vor der Station auf und ab, kamen gelegentlich herauf, um sich nach mir zu erkundigen und mich zu beruhigen mit ihrer entschlossenen und ritterlichen Beschützerhaltung. Einem deutschen Arzt gelang es, Johann einen Moment unter dem Vorwand, er würde zum Professor gebracht, zu entfernen, und die Rotkreuzschwester nahm Barbara beiseite.

Es war der Morgen vor dem Tag, an dem ich operiert werden sollte. Ein Franzose stand unten Wache, einer vor meiner Tür, und zwei nahmen rasch in meinem Zimmer die Vorhänge ab, räumten den Schrank leer, packten meine Sachen zusammen und legten mich dann auf eine Bahre. Als alles fertig war, luden die beiden, die Wache gehalten hatten, die Sachen auf einen Lieferwagen, und die anderen beiden trugen mich die Treppe hinunter ins Freie, dann im Laufschritt über Zement- und Schotterwege und über Grünanlagen zur entgegengesetzten Seite des Krankenhauses in die französische Station. Manchmal hatten sie das Gefühl, sie würden verfolgt, und rannten noch schneller. Ich schaukelte rittlings auf meiner Bahre und starrte in den grauen Himmel.

«Wir machen den Raub der Sabinerin noch einmal.» Wir kamen uns vor, als hätten wir einen Streich ausgeheckt.

Sie brachten mich in ein Zimmer im Erdgeschoß, das so groß war wie ein Saal, richteten es mir sofort her und diskutierten dabei die ganze Zeit in flammenden Worten den Plan für die Maßnahmen zu meinem Schutz. Weil sie alles besser machen wollten als die Russen, stellten sie mir Blumentöpfe auf die Fensterbank und ein schönes Kohlenbecken mit Glut neben das Bett. Ich war glücklich. Paarweise standen sie Wache vor meiner Tür und lösten sich alle Stunde ab, bei mir blieb Madeleine, jung, mit schwarzen Haaren und blauen Augen, und erfüllte ihre Mission mit kindlichem Eifer.

Am Nachmittag hörte ich die zornbebende Stimme von Johann und die beharrlichen Reden meiner Leibwächter. Er ging wieder, und sie berichteten mir mit strahlenden Siegermienen von dem Wortgefecht. Aber er kam zurück, und diesmal trug er die Uniform der sowjetischen Armee und war bewaffnet. Also baten sie mich atemlos, meine Taktik lieber zu ändern, denn so konnten sie ihm den Zutritt nicht verwehren.

Er trat ein. Wir waren allein.

«Ich bin russischer Soldat», erklärte er.

«Und ich lasse mich nach Mainz bringen und denunziere dich beim russischen Hauptmann als polnischen Spion.»

«Dann wird mein letzter Wille sein, daß man mich vor deinen Augen erschießt.»

Nach diesem Satz brachen wir in Gelächter aus. Und dann, als hätte es nie auch nur die geringste Meinungsverschiedenheit zwischen uns gegeben, überlegten wir gemeinsam, was wir den Russen sagen sollten, falls sie mich suchten: daß ich angesichts eines so heiklen Eingriffs lieber in der Nähe von Leuten blieb, mit denen ich mich nach dem Erwachen aus der Narkose besser verständigen konnte.

Aber er stellte die Bedingung, bei mir bleiben zu dürfen, andernfalls wüßte er – als russischer Soldat –, was er zu tun hätte.

«Deine Erpressung taugt nur, solange ich vorhabe, nach Rußland zu gehen.»

«Willst du nicht mehr?»

«Wer weiß.» Ich dachte an den Ausgang der Operation. «Eines Tages werde ich sicher hingehen, und wenn ich zwanzig Jahre warten muß. Sie waren im Lager so solidarisch wie niemand sonst, sie haben mich am besten behandelt.»

Ich blieb die ganze Nacht wach. So hatte ich, falls ich sterben mußte, wenigstens keine Minute Leben vergeudet. Die Franzosen spielten Ziehharmonika, und Johann tanzte Krakowiak.

Nur Barbara, die mich ganz spät noch aufgetrieben hatte, weinte und schniefte verstört.

«Warum hast du mich allein gelassen? Ich bin doch deinetwegen hiergeblieben.» Aber dann ließ sie sich zerstreuen und sah den anderen zu, bis sie sich plötzlich wieder an sich selbst erinnerte und das Gesicht verzog: «Was soll ich jetzt, so allein?»

VIII

Nachdem Professor Ort die neue Knochensubstanz, die den Buckel bildete, durchtrennt hatte, stellte er fest, daß das Knochenmark doch nicht in zwei Teile zerschnitten war, wie man nach der monatelangen Reibung zwischen den Wirbelspitzen hatte erwarten müssen, sondern s-förmig zwischen den beiden ineinandergeschobenen Teilen der Wirbelsäule zusammengedrückt und *nur teilweise* gequetscht war. Er entfernte die eingekeilten Wirbelbögen, mußte sich jedoch nach einer vierstündigen Operation damit begnügen, meinen Rücken aufzurichten: er mußte die lädierten Wirbel nebeneinander liegen lassen und darauf verzichten, die beiden Wirbelsäulenteile wieder zusammenzufügen, weil mein Herz nicht mehr durchhielt. Dann modellierte er ein Gipsbett, in das ich gelegt wurde.

Das erste, woran ich mich erinnerte, war die Vorstellung, daß wieder eine Mauer über mir zusammengestürzt war und mir niemand half, mich zu befreien.

Ich weiß nicht, wie lange ich Schmerz fühlte, einen ungeheuren, dumpfen, maßlosen Schmerz mit einem riesigen schweren Körper, der wie Blei im Bett versank.

Während die Franzosen auf Zehenspitzen ein und aus gingen, fuhr Johann bei jedem Seufzer von mir hoch und streckte mir alles mögliche entgegen in der Hoffnung, meine Wünsche zu erraten, aber ich war mit nichts zufrieden und beschimpfte ihn nur.

Frau Dr. Marder erzählte mir später, wie sie vor der Operation, als ich schon in Narkose auf der Bahre lag, seufzend gesagt hatte:

«Es wäre besser, wenn sie nicht mehr aufwachte.»

«Nein!» hatte Johann ausgerufen, und ihm waren die Tränen in die Augen geschossen. «Nein, Luzi, nein.» Er konnte nicht viel Deutsch, also hatte er sich schließlich an die Stirn getippt: «Hier ... hier, solange der Kopf lebt.»

Sie fanden ihn, nachdem er vier Stunden vor dem Operationssaal gewartet hatte, atemlos und mit fragendem Blick: Lebt sie? Und dann brach er zusammen; sie mußten ihn mit Spritzen auf den Beinen halten.

Als ich mich eines Morgens abtastete, entdeckte ich, daß ich mager und schmächtig war und gar nicht so voluminös, wie ich mich fühlte. Ich hatte einen Bauch, zwei Beine, zwei Füße. Darin Tausende von Nadeln, die wie entfesselt zu stechen begannen, sobald jemand mein Bett auch nur berührte. Manchmal schnellte eines meiner Beine hoch, wodurch das Mark heruntergezerrt wurde wie ein Strick, ich legte meine Handfläche darauf, und es entspannte sich wieder. Ich hatte auch einen Nagel im Bauch stecken, wollte ihn herausziehen, aber ich griff immer nur einen Gummischlauch: da fiel mir der Katheter über dem Schambein wieder ein, und ich ließ sofort los.

Wenn ich einmal einschlief, wachte ich gleich wieder auf, weil ich plötzlich Zweifel bekam, ob mein Körper noch da war. Doch, er war noch da. Manchmal gab ich mich dem Schmerz hin, als wäre er das Glück: jede Injektion war ein Fausthieb, jede Berührung durch jemand anderen ein Stromstoß für meine bloßgelegten Nerven; ich schob selbst den Katheter auf und ab, um den brennenden Schmerz in meinem Fleisch zu verschärfen.

Bald entdeckte ich, daß ich mein Becken ein wenig bewegen konnte: stundenlang rutschte ich nun unbequem mit dem Hintern in meinem Gipsbett hin und her und genoß die Stiche der rasend gewordenen Nadeln. Und ich sollte mir schmerzlindernde Beruhigungsmittel wünschen? So erwarb ich mir den Ruf, außerordentlich widerstandsfähig gegen Schmerzen zu sein.

Kurz, die Beziehung zwischen meinem gelähmten Körper und dem Rest der Welt war noch nicht wieder so entwickelt, daß ich

Berührungen genau hätte unterscheiden können, sie war ganz von Lust- und Schmerzgefühlen bestimmt.

Aber so sehr ich auch die Zähne zusammenbiß und die Fäuste ballte und vor Anspannung zitterte, während ich krampfartig mit Gedanken meinen Beinen befahl, sich zu bewegen: sie blieben regungslos. Ich träumte, daß ich lief, wachte keuchend auf und hatte jedesmal das Gefühl, um einen Sekundenbruchteil zu spät gekommen zu sein, so daß meine Beine gerade noch Zeit gehabt hatten, wieder steif zu werden, ja ich glaubte sogar noch zu fühlen, wie sie bewegungslos wurden.

Die Leiterin der französischen Sanitätsgruppe, Madame Martineau mit ihrem verantwortungsbewußten und pflichteifrigen Blick, kam jeden Tag, um sich nach meinen Fortschritten zu erkundigen und Verfügungen für mich zu treffen:

«Zerstörung geschieht in einem einzigen Augenblick, aber für den Wiederaufbau braucht man Zeit und Geduld. *Ne soyez pas pressée, ma petite Lucette.*»

Auch um mich von meinen Schmerzen abzulenken, fing ich wieder an zu lesen und Radio zu hören. Ich hörte lange, von der erregten Stimme eines Reporters gesprochene Berichte über die Nürnberger Prozesse; meine Freunde kommentierten sie voller Grauen und ich mit einer grenzenlosen Angst.

Gelegentlich besuchten mich Deutsche, aber die Franzosen sahen es nicht gern.

Die Schwester von der russischen Station kam zu mir und bat mich mit Verschwörermiene, wenn möglich ein gutes Wort wenigstens für zwei deutsche Schwerverwundete einzulegen – «einfache Soldaten, die zum Wehrdienst eingezogen waren und nur ihre Pflicht getan haben, nichts weiter» –, damit sie ins Krankenhaus aufgenommen würden; sie waren mit einem Güterwagen voller deutscher Verwundeter eingetroffen, die man aus der Straßburger Universitätsklinik ausgewiesen hatte; von den anderen wolle sie gar nicht reden, aber wenn diese beiden . . .! Sie sprach im Namen Christi, nannte es ein Werk der Barmherzigkeit, «sie werden sonst sofort sterben», fügte sie noch als letzte Mahnung hinzu.

Höflich, aber trocken warnten mich die Franzosen und gaben mir zu verstehen, daß ich kein Recht hatte, mich in solche Angelegenheiten einzumischen: noch immer müßten viele Ausländer auf Strohlagern krepieren.

Im übrigen pflegten sie ihre Patienten selber und opferten sich auf, um ohne Unterstützung der Deutschen auszukommen, während die atheistischen Russen ohne weiteres die Hilfe christlicher deutscher Ärzte und Schwestern akzeptierten.

«Wir sind für alles eingerichtet, wir brauchen sie nicht.» Und während der Visiten sagten sie höflich zu den Ärzten: «Danke, *merci beaucoup*», aber wenn sie unter sich waren, fragten sie: «Wann kommen denn endlich die französischen Ärzte? Und unsere Priester? Ach, der Vorstand in Paris begreift nicht, welche Bedeutung, welche politische Dringlichkeit für uns . . .»

In der Tat füllte sich das Krankenhaus immer mehr mit ausländischen Patienten jeder Nationalität, die zum Teil zum Skelett abgemagert waren und nur noch dreißig Kilo wogen, bunt zusammengewürfelte, heimatlose, wartende Menschen. Ich lernte eine ganze Reihe von Italienern kennen, die sich, kaum hatten sie von mir gehört, ganz überschwenglich vorstellten:

«Wir sind Italiener», sagten sie und schüttelten mir fest den ganzen Arm, während meine Hand in ihrer lag wie in einem Schraubstock.

Ein abgezehrter alter Mann aus dem Veneto, der ein schlimmes Zwölffingerdarmgeschwür hatte, murmelte aus seinem zahnlosen Mund:

«Als mein Magen noch in Ordnung war, hatte ich nie was zu beißen. Und jetzt, wo man ein ganzes Regiment von meinen Portionen satt bekäme, kann ich nicht einmal mehr Brei essen.» Und trotzdem war er freundlich, ich unterhielt mich gern mit ihm. Er erzählte mir von sich. Es war die Geschichte eines Emigranten: zwei Weltkriege auf dem Buckel, eine fruchtbare Frau und Söhne, die sich auf der Suche nach Arbeit über die ganze Welt verstreut hatten, schließlich die deutsche Gefangenschaft.

Barbara war von einer Stunde auf die andere vom polnischen Kommando in Saarbrücken festgenommen worden.

Der deutsche Kommunist hatte das Krankenhaus aus Protest

verlassen, weil man seine Freundin und deren Mutter ausgewiesen hatte. Im übrigen bekam sogar er hinter der formalen Achtung, die man ihm auf Grund seiner Vergangenheit zollte, den stummen Vorwurf zu spüren, daß er Deutscher war.

«Die verdammte Rasse sind jetzt wir», sagte er beim Abschied seufzend.

In jenem Monat hatte ich viel Kontakt zu einer ukrainischen Studentin namens Dunja Babiak, einem bleichen, unterernährten, gutwilligen Mädchen mit Nierentuberkulose. Wir brachten uns gegenseitig Grammatik bei, sie mir russische, ich ihr französische. Inmitten der allgemeinen Ungewißheit gab uns das Lernen ein Gefühl von Kontinuität.

Die Italiener sorgten für Zerstreuung: sie kochten Spaghetti mit Tomatensauce und brachten von Ausflügen Igel, Schnecken und Zichorien mit. So hatten wir leckere kleine Abendessen.

Johann war weggefahren, ich weiß nicht mehr wie lange, und das spielt auch keine Rolle mehr. So gern er die Italiener mochte, so sehr verabscheute er die Franzosen; er hielt sie für korrupt, hochmütig und – neben den Engländern – für politisch schuldig, weil sie Polen mit ihren Garantien getäuscht und damit zur Beute der Deutschen gemacht und es schließlich in die Falle zwischen Nazis und Bolschewiken hatten geraten lassen. Noch als wir auf der russischen Station gelebt hatten, hatte er manchmal mit zusammengebissenen Zähnen gesagt: «Ich bin ein echter Pole: ich wechsle unaufhörlich meinen Herrn.»

Piotr machte sich über Polen lustig, nannte es eine Nation von Stutzern, wenn Johann dabei war, und der konnte sich dagegen nicht wehren. Aber mir war nicht bewußt gewesen, wie sehr Johann darunter litt.

«Ich habe deinetwegen mein Vaterland aufgegeben», brummte er verbittert. Aber obwohl er sich auch vor den Deutschen damals immer gerühmt hatte, Pole zu sein, und seinen P-Winkel wie einen Orden im Knopfloch getragen hatte, war ich nicht sehr überzeugt von der Stärke seiner Gefühle, sondern hielt sie eigentlich für Gerede, mit dem er zu vertuschen versuchte, daß er zu seiner Freundin zurückwollte.

«Dein Herr ist immer noch der gleiche», antwortete ich. «Er hat nur das Geschlecht gewechselt, aus *dem* Deutschen ist *die* Deutsche geworden.»

Er teilte seine Zeit zwischen Mainz und Homburg auf wie zwischen zwei Familien. Bei mir blieb er nur ein paar Stunden, er kam kurz mit dem Motorrad und wollte sich vor allem vergewissern, daß ich nicht wieder irgend etwas ausheckte. Praktisch lebte er mit Grete, der anderen, und war in wenigen Wochen wieder richtig aufgeblüht, hatte zugenommen, rasierte sich, trug gepflegte Kleidung und saubere Wäsche und trug ein Wohlbefinden zur Schau, das ich ihm nicht verzeihen konnte.

Ich hätte jetzt einfach zugeben können, daß ich gar nicht seine Ehefrau war – nicht vollzogene Scheinehe –, und wäre wieder frei gewesen, aber so gedankenlos war ich auch nicht, daß mir nicht klargewesen wäre, wie gefährlich eine solche Offenbarung werden konnte. Die Nürnberger Prozesse hatten nicht nur den Groll auf die Deutschen verschärft, sie hatten auch unter uns Ausländern einen Zustand der politischen Überwachung herbeigeführt, der Überprüfung unserer Positionen, und die nationalen Standpunkte geschwächt.

Jeder fand, sein eigenes Volk hätte die grauenvollen Verbrechen des Nazismus nie begangen. Wir Italiener, die wir uns durch die «Achse» Rom–Berlin verdächtig gemacht hatten, behaupteten, wir wären eigentlich gute Menschen und selbst im Klima einer Diktatur völlig unfähig zu dem Fanatismus der Menschen im Norden, und zwar auf Grund unseres kritischen Geistes und einer Skepsis, die hemmend wirkt, und die wir jahrtausendealter Zivilisation und Geschichtserfahrung verdankten.

Die Notwendigkeit, nach Rußland zu gehen, hatte sich für mich fast unmerklich in Nichts aufgelöst. Wenn ich mir meine Zukunft in der Sowjetunion ausmalte, empfand ich ein neues Gefühl von Feigheit, als hätte meine Unabhängigkeit von der Lähmung eine Grenze, die Italien hieß.

Johann teilte mir mit, daß wir aufbrechen würden, sobald ich den Strapazen der Reise gewachsen sei. Wir würden zunächst bis Warschau fahren, wo er mich seinen Angehörigen vorstellen und sich mit ihnen über unseren weiteren Weg beraten wollte. Er war ganz Ehemann, redete vernünftig, ernsthaft, glatt, richtete gemessen den Blick auf mich; und ich sah ihn an und fragte mich, wer er war, ich kannte ihn nicht, es gab nichts Gemeinsames zwischen ihm und mir, und der Gedanke, mit ihm zu leben, erschien mir unvorstellbar.

Um mich zum Schweigen zu bringen, spielte er immer wieder darauf an, daß er russischer Soldat war, und manchmal kam er in Uniform, blieb aber immer nur wenige Minuten, als säße er auf Kohlen. Sein Hin und Her, seine Haltlosigkeit konnten mich nicht überzeugen.

Olga, ein blühendes fünfzehnjähriges Mädchen aus der Umgebung mit gesunder Farbe und braunen Haaren, hatte zu mir eine Zuneigung gefaßt wie zu einem Vorbild, dem sie nachstrebte. Sie hielt Johann für einen finsteren Abenteurer und machte es sich zur Aufgabe, ihm haßerfüllt nachzuspionieren. So fuhr sie einmal heimlich mit nach Mainz, was damals ein sehr unvorsichtiges Unterfangen war, und suchte dort mit Hilfe der Beschreibungen, die sie mir entlockt hatte, nach ihm. In einem Raum der ehemaligen Kaserne fand sie ihn, er saß in amerikanischer Uniform auf dem Bett, in dem seine Grete lag. Als sie nicht recht weiter wußte, ließ sie sich eine Geschichte einfallen: ich hätte sie den ganzen Weg von Homburg dorthin geschickt, um ihn um einen Wecker zu bitten! Blaß, aber stolz kehrte sie am selben Abend zurück und berichtete mir das Ergebnis ihrer Nachforschungen.

Also war er gar nicht russischer Soldat; wer weiß, welcher Schwindel hinter seinem Uniformwechsel steckte. Ganz sicher mußte er alles vermeiden, damit die Behörden auf seine Person und seine Existenz nicht aufmerksam wurden, aber mich schüchterte er jetzt nicht mehr ein. Ich fing wieder an zu rauchen und schminkte mir die Lippen.

Ich hatte ihn etwa zehn Tage lang nicht zu Gesicht bekommen, als er eines Nachmittags, während ich mich mit dem Italiener, der an dem Geschwür litt, sowie mit zwei Franzosen unterhielt, hereinplatzte und, als er meinen Verdruß bemerkte, mir vorwarf, ich wäre angemalt wie eine Französin und der Umgang mit diesen Leuten bekäme mir schlecht. Ich zuckte mit den Achseln, er gab mir eine Ohrfeige, das heißt, in Wirklichkeit streifte er mich nur leicht, aber die Franzosen, meine Paladine, mischten sich ein, ebenso der Italiener; Johann befahl mir, ich sollte sagen, daß er mir gar nicht weh getan hätte, daß er mein Ehemann sei und daß die anderen sich zurückziehen sollten, aber ich schwieg. Sie gerieten aneinander. Er traf den Italiener mitten in den Magen, so daß er der Länge nach zu Boden fiel; auf einen Pfiff der Franzosen stürmten noch ein paar ihrer Landsleute ins Zimmer und setzten Johann außer Gefecht. Einer ging hinaus, um Handschellen zu holen. Johann zeigte sich bestürzt und so zahm, daß seine Wächter den Griff lockerten, und mit einem plötzlichen Ruck schlüpfte er ihnen weg und sprang aus dem offenen Fenster.

Sie suchten den Krankenhausgarten erfolglos nach ihm ab.

Die Franzosen verlegten mich ins erste Stockwerk, weil sie fürchteten, daß er in ihrer Abwesenheit wieder durchs Fenster hereinsteigen und mich schlagen könnte.

Als ich nachts allein in meinem Bett im ersten Stock lag, hörte ich ein dumpfes Geräusch, eine Gestalt baumelte im Dunkeln vor dem Fenster und schlug immer wieder gegen die Mauer wie ein Gehenkter, dann ließ sie sich auf dem Fensterbrett nieder. Ich hörte, wie der Diamant die Fensterscheibe einritzte und das Glas klirrend am Boden zerbrach, ein frischer Luftzug, der Fensterknauf wurde herumgedreht, und Johann sprang ins Zimmer. Er knipste seine Taschenlampe an und aus und setzte sich an meinen Bettrand. «Du mußt dich damit abfinden, daß ich dich überall aufspüre. Ich bin nicht mehr wie früher. Deine Bosheit hat einen Mann aus mir gemacht.» In der stillen Dunkelheit hörte ich seinen hastigen Atem. «Hör mir gut zu: entweder läßt du dich morgen *freiwillig* auf die russische Station zurückverlegen, und in dem Fall werde ich auf dich warten, solange du willst, und dir nahe bleiben –»

«In Mainz», warf ich ein.

«In Mainz oder wo immer es mir paßt, niemand kann mir verbieten, mir woanders zu besorgen, was ich bei dir nicht finde.»

«Oder?»

«Oder ich werde übermorgen dafür sorgen, daß wir stehenden Fußes nach Rußland aufbrechen. Antworte!»

Ich antwortete, daß ich gelähmt sei, daß ich noch nicht klarsähe, daß ich Zeit brauchte für so viele Dinge und gar nicht an ihn denken könne.

«Deine Lähmung fällt dir immer dann ein, wenn es dir paßt.»
«Das habe ich von dir gelernt.»

Er verschwand wieder durchs Fenster, sprang auf den Baum, auf dem er auch wie auf einem Ausguck gekauert hatte, als die Franzosen den ganzen Park durchsucht und mich ausgerechnet in das Zimmer vor seiner Nase verlegt hatten, und ließ sich nach unten gleiten.

Am nächsten Morgen absolvierte ich einen neurologischen Test, bei dem ich mit verbundenen Augen Nadelstiche bekam, mit heißen und kalten Fläschchen am Körper und an den Beinen berührt, gekniffen und mit dem Hämmerchen abgeklopft wurde und die Gelenke der unteren Gliedmaßen bewegt bekam. Er ergab, daß die Haut weiter unempfindlich war, aber das Empfindungsvermögen für Bewegungen, Wärme und den Tastsinn hatte ich, wenn auch gedämpft wie durch eine Stoffschicht und verändert, zurückgewonnen. Auch Darm- und Blasenreize konnte ich wahrnehmen, aber ich konnte die Organe selber noch nicht wieder steuern. Mein Darm funktionierte nicht richtig. Ein Arzt schlug mir vor, einen künstlichen Darmausgang zu schaffen, das war ein Schlauch aus besonderem Material mit einem Verschluß, der je nach Bedarf auf- und zugemacht werden konnte; auf diese Weise wäre der Unsauberkeit sowie der Infektionsgefahr durch Exkremente in den Wunden vorgebeugt. Johanns Äußerung über die Experimente der Ex-Nazis fiel mir wieder ein, und so antwortete ich, ich hätte erst vor einem Monat die Laminektomie überstanden und wollte mich nicht schon wieder einer Operation unterziehen.

«Wir werden noch darauf zurückkommen», erwiderte der Arzt mit einem gelassenen und selbstsicheren Lächeln.

Am nächsten Morgen kamen drei russische Soldaten im Marschtritt in mein Zimmer: Zwei – einer davon war Johann – trugen eine Bahre herein, und der dritte, der einen Helm aufhatte, deutete auf mich.

Ich gab den verabredeten Klingelalarm: Die blauen Augen vom «Alten» René Payoux (er war 23 Jahre) tauchten an der Glasscheibe der Tür auf. Kurz darauf trat ein kleines Kommando Franzosen ein, dem René, mit Helm, folgte.

Sie baten die Russen zu warten.

Ich flüsterte René zu, er solle Johann nach seinen Papiere fragen.

Der warf mir einen sarkastischen Blick zu, zeigte seinen Ausweis und wartete mit gespreizten Beinen und Händen in den Hüften. Ich wollte das Papier selber überprüfen: es schien in Ordnung, hatte lauter Stempel und Unterschriften.

Frau Dr. Marder wurde gerufen.

Als sie Johann sah, lachte sie ihm erleichtert zu: er wisse doch genau, daß ich so nicht transportfähig sei!

«Wissen Sie, was Luzi mir angetan hat? Sie hat sie aufgehetzt, mich ins Gefängnis zu werfen, und das ist nicht das erste Mal.»

Frau Marder wollte davon nichts wissen; was sich zwischen uns abspielte, durfte sie nicht interessieren. Sie wandte sich immer direkt an alle.

«Ich kenne Sie beide. Janka, Sie sind ein anständiger junger Mann und wollen Luzi nicht umbringen.» Damit erinnerte sie ihn an den Tag, als ich operiert worden war.

«Luzi muß einsehen, daß ich es ernst meine», entgegnete er, schon leicht betroffen.

«Luzi wird das von jetzt an einsehen, ganz bestimmt, dafür garantiere ich Ihnen.»

Ich bat ihn um Verzeihung und versprach ihm, ihn künftig besser zu behandeln; ich weinte, ein wenig wegen der Dinge, die ich sagte, ein wenig aber auch wegen der Angst, die ich ausgestanden hatte.

Er mußte noch am selben Abend nach Mainz zurück, wo er sich nach Olgas «Überfall» freiwillig zum sowjetischen Landsturm gemeldet hatte. Wenn ich mich zum Aufbruch entschließen würde, könne er demobilisiert werden unter der Bedingung, daß er in der russischen Stadt, in der ich ins Krankenhaus ging, seinen Militärdienst ableistete. Ich erkundigte mich nach dem Hauptmann von damals, er war schon seit einer Weile nicht mehr da, es hieß, er sei in die Heimat zurückversetzt worden.

Aber die beiden anderen Russen wollten nicht nachgeben; sie hatten den Befehl erhalten, mich abzutransportieren.

Die Franzosen verlangten ein schriftliches Gesuch.

Der Soldat mit dem Helm, ein Unteroffizier, zeigte es vor.

Die Franzosen erklärten, sie müßten es ihren Vorgesetzten unterbreiten, da sie nicht dazu berechtigt wären, irgend jemanden auszuliefern.

Ich war mit einem sowjetischen Soldaten verheiratet, und so konnten die Franzosen beim besten Willen keinen Anspruch auf mich erheben.

Aber ich befand mich auf französischem Hoheitsgebiet, seit ich in diesem Zimmer lag, und die Russen waren widerrechtlich hier eingedrungen.

Die Franzosen waren als erste widerrechtlich in die russische Station eingedrungen, als sie mich von dort fortgebracht hatten.

Aber nein, sie hatten mich ja mit meinem vollen Einverständnis abtransportiert.

Aber ich war Sowjetbürgerin.

Ich hatte mich ja gerade zu den Franzosen geflüchtet, um meine Scheidung einreichen zu können, die mich von der sowjetischen Staatsbürgerschaft entbinden würde.

Johann spitzte die Ohren: «Wie nett zu hören.»

Sie drohten sich gegenseitig damit, an höherer Stelle zu protestieren.

Der Russe mit dem Helm machte dem Streit ein Ende, indem er mitteilte, daß er am nächsten Tag mit Verfügungen wiederkommen werde, gegen deren Durchführung niemand irgendeinen Widerspruch wagen würde. Dann wandte er sich voller Verachtung an mich: «Und auch du, Genossin, wirst dich für dein Verhalten rechtfertigen müssen. Wer die Ehre hat, Sowjetbürger zu sein, muß sie auch verteidigen.»

Mit festem, martialischem Schritt verließen sie den Raum. Ich rief Janka nach, aber er folgte ihnen, ohne sich umzuwenden.

Am selben Nachmittag kam einer der Chefs des französischen Gesundheitsdienstes: er hatte vom russischen Sammellager Homburg eine Protestnote erhalten.

Die französischen Jungen bekamen einen scharfen Verweis, weil sie mich vorsätzlich geraubt hatten, anstatt für meine Überweisung auf legalem Wege zu sorgen.

Am Abend kam ein Offizier der französischen Polizei und berichtete, der diplomatische Zwischenfall hätte sich so zugespitzt, daß sie sich, da die Franzosen unrechtmäßig gehandelt hätten, zu ihrem größten Bedauern gezwungen sähen, mich den Russen auszuliefern.

Schließlich kündigte mir Jean, einer meiner vier Freunde, um zehn Uhr abends an, daß der nächste Konvoi nach Rußland innerhalb der nächsten achtundvierzig Stunden abging und er soeben inoffiziell erfahren hatte, daß ich auf der Liste stand und Janka zu meiner Bewachung sowie zur Bewachung der zum Tode verurteilten gefangenen SS-Russen eingeteilt war.

Um Mitternacht kam Frau Marder, eingemummt in Schals und Mäntel. Sie war über alles auf dem laufenden und schlug eine Lösung vor: Noch vor Morgengrauen würde ein Güterzug in Richtung Bayern mit zwei Waggons voller verwundeter deutscher Soldaten durch den Homburger Bahnhof kommen. Ich konnte mit ihnen fahren, die deutsche Rotkreuzschwester, die mich auf der russischen Station gepflegt hatte, war bereit, mich zu begleiten. Wenn ich mitwollte, mußte ich mich sofort vorbereiten, und zwar heimlich, denn die Franzosen mußten mich jetzt an der Flucht hindern, nachdem sie sich den Russen gegenüber verpflichtet hatten. Sie übergab mir meine Krankengeschichte, aber die lautete auf meinen russischen Namen. Ich erzählte ihr die Geschichte mit den falschen Namen. Es war zwei Uhr nachts, sie lief weg, während die Rotkreuzschwester hereingeschlichen kam und meine Koffer packte. Um drei Uhr erschien Frau Marder mit einem Duplikat meines Krankenblattes wieder, ausgestellt auf meinen richtigen Namen, den ich schon fünfzehn Monate nicht mehr trug. Sie ließ mir auch das andere Blatt, so daß ich doppelte Unterlagen hatte: «Für alle Fälle», sagte sie.

Um fünf Uhr morgens kam ein deutscher Krankenwagen, der mich, die Rotkreuzschwester und das Gepäck auflud.

Jean, der Nachtwache hielt, stieg ebenfalls mit ein, fuhr mit zum Magazin, holte dort fünf Rotkreuz-Lebensmittelpakete heraus und schenkte sie mir. Dann fuhr der Krankenwagen weiter.

Am Bahnhof wurde ich in einen Viehwagen gehoben und mit meinem Gipsbett mitten unter die verwundeten Deutschen auf das Stroh geschoben. Es war noch dunkel, als der Zug mit kreischenden Rädern abfuhr. Ich hatte mich von meinen Freunden nicht verabschiedet, nicht einmal von Frau Marder, von niemandem, und sie hatten mir alle geholfen und mich unterstützt, ohne zu fragen und ohne Anerkennung zu erwarten.

IX

Am ersten Morgen im Viehwaggon, in dem Gestank von faulem Fleisch, Salben und uringetränktem Stroh, der von Kältewellen durchschnitten wurde, die durch die Ritzen in den Holzbohlen drangen, im Halbdunkel zwischen den eingefallenen Gesichtern der hingestreckten Verwundeten, den stumpfen Mienen der anderen, die an den Wänden hockten und bei den Stößen des Waggons hin und her schwankten, in dieser Totenstille, die nur von Klagen und Hilferufen unterbrochen wurde, dachte ich, ich würde sterben.

Bei jedem Rütteln des Zuges, das sich zu einem stechenden Schmerz in Rücken und Beinen fortsetzte, drückte ich Tobik fest an die Brust.

Es war meine zweite Reise im Viehwaggon. Damals war ich gesund gewesen, der Gedanke an Schmerzen hatte mich nicht erschüttert, und selbst diejenigen meiner Gefährten, die verfallen waren und an Darmentzündungen litten, hatten etwas Lebendiges und Hartes durch die unrechte Beleidigung, die sie erlebten, sie hatten einen aggressiven Blick, einen verachtungsvollen Zug um den Mund. Jetzt dagegen war ich gebrochen, nicht rebellisch, sondern ängstlich, und auch meine neuen Gefährten waren innerlich zerstört. Ich werde immer mit denen sein, die leiden, dachte ich.

Ein Männchen im Kittel hüpfte behende zwischen den Leibern umher. Jemand bat um einen Zug aus einer Zigarette, ich erinnerte mich an meine Pakete von Jean und gab dem kleinen Mann den Auftrag, den Inhalt unter den Soldaten aufzuteilen. Die Verteilung brachte eine kurze Belebung mit sich.

Ein bildschöner Junge mit einem blutbefleckten Kopfverband, der neben mir auf dem Stroh lag, richtete seine fiebernden Augen auf mich und verzog den Mund zu einer Grimasse. Schließlich begriff ich, daß er mir zulächelte.

An einem kleinen Bahnhof stürmten zwei deutsche Mädchen in Uniformen, die ich noch nie gesehen hatte, in den Waggon, hoben den Verwundeten die Köpfe hoch und gaben ihnen zu trinken, aber mit so verkniffenen Gesichtern, als dürfte auch nicht ein Tropfen von dem faden Getränk verlorengehen.

Ein französischer Soldat streckte sein Gesicht herein, und der Sanitäter rief ihm zwischen Körpern balancierend zu: «Italienerin! Italienerin!»

Ich sagte etwas auf französisch und erhielt ein Lebensmittelpaket.

Ich wollte den Inhalt aufteilen, aber eine Stimme erhob sich: «Die Reise ist lang, Sie kriegen auch noch Hunger, behalten Sie es lieber für sich.»

Die anderen pflichteten bei. Der Zug ratterte über die Schienen. Mit einem Stimmchen, das kristallklar durch den Lärm drang, befahl ich dem Sanitäter, das Paket durch die Tür hinaus aufs freie Feld zu werfen. Sie protestierten.

Von nun an ließ ich mich an jedem noch so abgelegenen Bahnhof auf der Bahre aus dem Waggon zur Erste-Hilfe-Station tragen, zeigte meine italienischen Papiere vor (die russischen lagen ganz unten im Koffer) und verlangte Lebensmittel und Medikamente.

Am zweiten Tag der Reise hatten wir untereinander und mit den Verwundeten vom anderen Waggon, denen wir einen Teil unserer Beute hinüberschickten, Freundschaft geschlossen.

Zum Zeitvertreib fing ich an, im pfälzischen Dialekt zu reden, ich spielte ein junges Ding aus «Menz am Rhoin», der totenblasse Junge neben mir war mein Bräutigam, die Rotkreuzschwester meine Rivalin, die aus Eifersucht auf ihn geschossen hatte; es gab einen Bürgermeister, einen Pfarrer und, je mehr Verwundete mitspielten, immer weitere Personen, und jeder hing erbittert an seiner Rolle.

Es ergaben sich so verwickelte und komische Situationen, daß wir irgendwann den Vorhang fallen lassen mußten, um wieder Atem schöpfen zu können.

Am Abend sangen wir lange im Chor:

Wo die Nordseewellen rauschen an den Strand,
wo die gelben Blumen blühn im grünen Land

und die Möwen schreien grell im Sturmgebraus,
da ist meine Heimat, da bin ich zu Haus.

Wenn wir mal Pause machten und vor allem, wenn der Zug hielt, hörten wir wie zur Antwort aus dem benachbarten Waggon:

Im grünen Wald, dort wo die Drossel singt,
und im Gebüsch das muntre Rehlein springt,
wo Tann' und Fichten stehn am Waldessaum,
verlebt' ich meiner Jugend schönsten Traum.

So beschäftigt damit, den weiten Raum von Wald und Meer mit Worten heraufzubeschwören, vergaßen wir den engen Waggon, das Gerüttel, die eiternden Wunden, den Hunger, die Kälte.

Am dritten Morgen verlor einer der verwundeten Deutschen das Bewußtsein und starb. Am Nachmittag verschlechterte sich der Zustand eines anderen Verwundeten.

Beim nächsten Halt ließ ich einen Krankenwagen rufen und erklärte, ich fühlte mich schlecht. Ich nahm den Deutschen mit, dessen Zustand sich verschlechtert hatte. Im Krankenhaus des Ortes wiesen sie mir ein Bett zu, das ich ihm abtrat. Der Arzt war dagegen und sagte, das ginge nicht.

Warum nicht, was könnte schon passieren?

Er könne seine Stellung verlieren.

«Genau das ist es», sagte ich, «so habt ihr Wehrlose ausgelöscht: vor allem, um eure Stellung nicht zu verlieren.»

Weil jedoch diese Anordnung, die er sich von mir schriftlich geben ließ, von einer Ausländerin kam, die ihrer Sache sehr sicher war, nahm der Arzt meinen Schützling schließlich auf.

Nach derselben Kriegslist brachten wir nun in jedem Ort Verwundete zur Behandlung, die der anstrengenden Reise nicht mehr gewachsen waren und delirierten oder das Bewußtsein verloren hatten.

Von dem Gold, das ich besaß, und dem Kleingeld, das die deutschen Soldaten noch hatten, kauften wir Cognac.

Am vierten Abend suchte mein Bräutigam meine Hand, drückte sie und senkte mehrmals seine Lider über die großen grauen Augen:

Er teilte mir dadurch mit, daß er jetzt sterben würde. Der Sanitäter sagte etwas von einer Gehirnerschütterung. Ich streichelte die ganze Nacht die Hand des Jungen, küßte sie und flüsterte, daß ich ihn liebte, er solle nur ruhig schlafen, ich würde bei ihm wachen. Kaum schwieg ich einmal, drückte er meine Finger, bis ich wieder anfing, leise auf ihn einzureden. Im Morgengrauen war seine Hand schweißnaß und wurde immer kälter, sein Profil bekam eine ganz reine Linie, wie das eines Kindes. Er war siebzehn Jahre alt gewesen.

Die Waggontür stand einen Spalt offen; man sah in der Ferne zwischen Nebelschwaden einen See im Morgenrot glitzern. Es war der Selbstmörderinnensee – er wurde so genannt, weil sich in den ersten Monaten nach dem Krieg so viele Frauen hineingestürzt hatten.

Am Mittag fuhren wir in den Münchner Hauptbahnhof ein, wo der Zug endete. Es regnete aus einer dunklen Wolkendecke am Himmel. Es war der 23. November.

Ich wurde allein auf einen Krankenwagen verladen und konnte nicht einmal mehr der deutschen Rotkreuzschwester danken, die mich die ganze Reise über betreut hatte.

Seit fast einem Jahr hatte ich München nicht mehr gesehen. Ich sah die Stadt jetzt durch das Fenster des Krankenwagens an mir vorbeiziehen: Trümmer, Mauerreste, auseinandergerissene Häuser, die aussahen wie Theaterkulissen, ein verlassenes Viertel nach dem anderen, und alles wirkte noch trostloser in dem Regen, der die Steine wusch, heftig, gleichmäßig.

X

Es war Nacht geworden, und noch immer lag ich allein in der Erste-Hilfe-Station eines großen modernen Krankenhauses am Stadtrand: Im Dunkeln, mit nüchternem Magen seit dem Morgen, einer vollen Blase, die mir weh tat, einem Darm, der sich leeren will, ich war erschöpft von dem fünftägigen Gerüttel im Güterwagen, von schmerzhaften Umbettungen auf Bahren und in Krankenwagen, von Auseinandersetzungen und der Anspannung einer gewollten Fröhlichkeit, ohne Nachricht, wo mein Gepäck war, nur mit Tobik, der mich mit dem phosphoreszierenden Knopf ansah, seinem einzigen Auge.

Endlich kam jemand herein, drehte den Lichtschalter an, wodurch sich der weiße Raum erhellte, und ging geschäftig auf ein Tischchen zu, fing an, Schubladen auf- und zuzumachen, in Papieren zu blättern. Er trug einen Kittel und hatte einen großen grauen Schnauzbart.

Ich rief ihn, aber er herrschte mich an, ohne auch nur einen Blick auf mich zu werfen, ich sollte warten.

Ich beobachtete ihn, und immer, wenn es mir schien, daß er gleich aufsehen würde, setzte ich ein Lächeln auf, aber er sah mich nicht. Er ging wieder hinaus.

Ich schüttete Tobik mein Herz aus: Wir beide hätten wirklich Pech, aber er solle sich keine Sorgen machen. Ich fühlte, daß jemand hinter mir stand, und wandte den Kopf um: der Mann von vorhin war wieder eingetreten, ohne daß ich es bemerkt hatte, er stand am Kopfende der fahrbaren Bahre, auf der ich lag, beobachtete mich. Er lächelte, schien sich plötzlich für mich zu interessieren und fragte mich, auf meinen Stoffhund deutend, wie es ihm ginge. Ermutigt erklärte ich ihm, der arme Hund sei hungrig und müde und würde frieren, er sei im Viehwaggon gereist und infolge eines Bombenangriffs gelähmt.

«Armes Tier!» pflichtete er mir bei und schob meine Bahre davon. «Gehen wir», sagte er.

Korridore, Aufzüge, Höfe, mir drehte sich der Kopf, gepolsterte Türen, die sich an Federzügen hinter mir schlossen, ich war ganz benommen. Ich öffnete leicht die Augen und nahm wahr, daß mich jetzt eine dicke Schwester schob; Männer in Weiß, die in wissendem Ton redeten, waren um mich, warfen einen flüchtigen Blick auf mein Krankenblatt. Eine zierliche weibliche Gestalt in gestreiftem Morgenrock schlich sich heran und stahl meine Schuhe, die neben meinen Füßen auf der Decke standen, seit einem Monat hatte ich nämlich eine Schuhmanie und hielt mir immer ein Paar griffbereit. Jemand schrie in der Ferne.

Ich wurde in ein enges kleines Zimmer gefahren, das überquoll von merkwürdigen, paarweise aufgestellten Betten mit hohen Seitenwänden voller Bänder; in eins davon legten sie mich.

Die dicke Schwester schimpfte vor sich hin, ich wäre ekelhaft, dreckig und schmierig – ob ich das richtig fände, mich um diese Uhrzeit hier einzuführen –, und machte sich daran, mich zusammen mit einer Wärterin zu waschen. Sie seiften mich ein, barsch und ruppig drehten sie mich um und desinfizierten mich. Weinend bat ich sie, behutsamer zu sein, aber sie herrschten mich grob an, ich sollte den Mund halten, und wüteten weiter, bis sie mein Gipskorsett zerbrachen.

Jemand knallte mir eine Metallschüssel auf den Nachttisch.

Im Halbschlaf hatte ich das Gefühl, im grünlichen Licht der Nachtlampe lauter verschlagene duckmäuserische Idiotengesichter um mich herum zu sehen.

Ich dämmerte vor mich hin, als sich eine junge Rotkreuzschwester mit weichem Timbre, der ersten menschlichen Stimme in dieser Umgebung, über mich beugte:

«Gehört dir das schöne Hündchen?»

«Ja.»

«Wie heißt es denn?»

«Tobik!»

«Ist es gelähmt?»

«Ja», sagte ich seufzend und fuhr fort: «Vor allem ist es traurig, todtraurig.»

Meine Augen weinten, als sie in das freundliche Gesicht von Schwester Gisela sahen.

«Du bist ja gar nicht verrückt», flüsterte sie mir ins Ohr. «Klingele, wenn sie dich ärgern», und sie drückte mir den Klingelknopf in die Hand.

In der Nacht stöhnte meine Bettnachbarin zuerst wollüstig, dann fing sie an zu knurren, als hätte sie im Nahkampf mit jemandem zu ringen. Die hohen Trennwände hinderten mich am Sehen. Plötzlich beugte sie sich zu mir herüber, berührte mein Gesicht mit ihrem und keuchte asthmatisch. Ich klingelte. Die Rotkreuzschwester eilte herbei, schaltete das große Licht an. Meine Nachbarin richtete sich auf, sie war ein bildschönes Mädchen mit blutunterlaufenen Augen, Schaum vor dem Mund und blutüberströmten

Handgelenken; feste und rosige Brüste schimmerten unter ihrem zerrissenen Hemd hervor.

«Lieber Gott! Hast du dich wieder losgebunden? Wie schaffst du das bloß? Nein, nein, ich binde dich nicht wieder fest, aber du mußt lieb sein.»

Das Mädchen beruhigte sich. Die Rotkreuzschwester flüsterte mir ins Ohr, ich müßte mich vor der hüten, sie sei die einzige Gefährliche hier drinnen, sie werde bei der nächsten Gelegenheit verlegt, sie hätte Syphilis, eine Italienerin aus Mailand. Sie ging wieder hinaus.

Ich hörte im Hintergrund des Zimmers ein Tuscheln, in das sich Kichern, Seufzen, kleine Schreie mischten.

Meine Bettnachbarin hatte mich ins Visier genommen.

«Wer du sein?» fragte sie mit kehliger Stimme auf deutsch.

Ich antwortete italienisch. Sie verstand mich nicht. Sie sprach nur dieses verstümmelte Deutsch mit Infinitivformen. Aber die italienischen Laute schienen ihr zu gefallen; bis zum frühen Morgen kniete sie auf dem Bett, um mich anzusehen und mir zuzuhören.

Die folgenden Tage verbrachte ich vor allem damit, die Ärzte zu überzeugen, daß ich nicht geisteskrank war. Sie liehen mir herablassend und zerstreut ihr Ohr, tätschelten meinen Stoffhund, spitzten die Lippen, kniffen mich ins Kinn, rüttelten es hin und her und verschwanden rasch wieder.

Wütend zog ich während einer Arztvisite einen Arzt ebenfalls am Kinn und fragte ihn im gleichen lässigen Ton, na, wie geht es uns denn heute, mein Ärmster.

Ich fixierte die Augen der dicken Schwester und der groben Wärterin und erteilte ihnen dabei mit ruhiger, selbstbewußter Stimme Anweisungen; wandte meine Augen keinen Moment ab, solange sie bei mir waren; sie wurden daraufhin sanftmütiger, ihre Mienen weicher.

Aber mit den Verrückten kam ich besser aus. Sie hatten mich auf eine primitive, unterwürfige Art gern, wobei sie sehr eifersüchtig aufeinander waren. Ich mußte achtgeben, daß nicht der Eindruck entstand, ich hätte Lieblinge unter ihnen, obwohl ich meine ungestüme Bettnachbarin wirklich lieber hatte, die Fausthiebe an jedermann austeilte und alle mit ihrer entfesselten Vitalität beherrschte

– ich dagegen brauchte sie nur auf italienisch zu rufen, und schon kauerte sie sich folgsam hin. Sie hatten alle ein Bedürfnis nach Menschlichkeit, nach Vernunft und Zuneigung, das mir ans Herz rührte. Ein paar von ihnen, in deren irren Augen es schrecklich flackerte, sahen nicht vertrauenerweckend aus. Alle neun waren böse, höhnisch, unanständig und sehr übelnehmerisch. Sie verstanden nicht, was ich redete, aber sie fühlten, daß ich mit ganzem Herzen dabei war. Ich mußte auf der Hut sein wie ein Dompteur bei Tigern. Sie verlangten von mir Gerechtigkeit und kamen wegen jeder kleinsten Streitigkeit zu mir; den ganzen Tag über rauften sie nur erregt miteinander.

Ich erinnere mich an eine rumänische Jüdin, die immer allein blieb und sich nie mit den anderen abgab, sie hielt ununterbrochen Monologe über die Nazis und die Gaskammern. Sobald die Ärzte in Begleitung der spritzenschwenkenden Wärter hereinkamen, fing sie am ganzen Körper an zu zittern, wich zurück, versteckte sich unter dem Bett und fing an, ohrenbetäubend zu schreien. Ein Wärter gab ihr irgerndeine Spritze, worauf sie sofort zusammenbrach; dann zerrten sie die leblose Gestalt hervor, warfen sie aufs Bett und zogen ihr die Zwangsjacke an. Diese Szene wiederholte sich zweimal täglich. Die Ärzte beobachteten die Operation achselzuckend, sie war ihnen lästig.

Eines Morgens konnte ich es nicht mehr aushalten und sagte ihnen, sie sollten sich schämen, die Verrückten wären besser als sie: wenn sie auch wahnsinnig seien, sie brächten mich wenigstens nicht um. Im Gegenteil, sie beschützten mich.

Die syphilitische Italienerin hielt mir erschreckt den Mund zu. Ich schob ihre Hand beiseite:

«Laß mich reden, Liebe, ich weiß, was ich sage.»

Die Herren Ärzte dagegen, sagte ich, haben eine Menge klaren Verstand, aber kein Gewissen, sie halten sich für etwas Besseres, weil sie einen Schimmer von Verstand haben, den sie noch nicht einmal mit Demut zu gebrauchen wissen. Tolle Heldentat, eine völlig verschreckte Frau zu terrorisieren!

Meine acht Geisteskranken waren näher gekommen, klammerten sich an mein Bett, schweigend, lauernd.

Ob die Ärzte vielleicht leugnen wollten, daß die Kranken ruhiger waren, seit ich im Zimmer lag? Sogar die Schwester hätte das erkannt, und dabei war ich erst sechs Tage hier.

Die Ärzte waren kaum gegangen, als es an die Tür klopfte und Johann auftauchte, abgezehrt, staubverkrustet. Er sah um sich und umarmte mich:

«Wo bist du denn hier? Was haben sie mit dir gemacht?»

Auch ich küßte ihn wie einen Retter:

«Du hast mich gefunden! Wie geht es dir?» Ich betastete sein Gesicht, ja, er war es!

Am Morgen des 20. November war er wieder auf die französische Station nach Homburg gekommen, um mich abzutransportieren, und hatte von meiner Flucht erfahren. Er hatte sofort die sowjetische Uniform ausgezogen und war zu meiner Verfolgung aufgebrochen. Überall hatte er mich gesucht, zufällig vom Bahnhofsvorsteher etwas über mich gehört und sich auf die Reise gemacht. Seit drei Tagen hielt er sich jetzt in München auf, hatte in allen Krankenhäusern nach mir geforscht, dieses hier war das letzte, er war von einer Abteilung zur anderen gegangen und hatte seinen sowjetischen Militärausweis vorgezeigt, und ausgerechnet hier war ich.

Ich drückte ihn an mich und schloß die Augen.

Als wir wieder ruhig geworden waren, dachten wir gemeinsam über unsere Zukunft nach. Der Nachmittag rückte vor, und immer erschöpfter und entschlossener wurde ich mir darüber klar, daß ich ihn hier zum letztenmal sah; je mehr er redete, desto mehr drängten sich die Schwierigkeiten und Komplikationen in meinem Kopf: es war unmöglich. Ich würde nie heiraten. Aber ich wagte nicht, es ihm zu sagen. Er malte mir begeistert unser gemeinsames Leben in Italien aus. Er verdüsterte sich erst, als ich erwähnte, daß er gezwungen sein würde, bis zu seinem Tod Russe zu bleiben, weil wir durch falsche Namen verbunden waren. Diese Bemerkung lieferte mir auch das Stichwort: Er mußte unbedingt nach Mainz zurück, ohne sich von den Russen als Deserteur verhaften zu lassen, und sich beim deutschen Einwohnermeldeamt Papiere und eine Bestätigung seiner polnischen Staatsangehörigkeit zu holen, und zwar mit Hilfe der Bürgschaft des Hoteleigentümers, bei dem wir zusammen gearbeitet hatten, einem Mann mit einer Nase voller Auswüchse, die ständig in Bewegung war wie die Schnauze eines Kaninchens und der für Geld und aus Angst alle erdenklichen Papiere für ihn besorgen würde. Dann könnten wir als russisches Ehepaar nach Italien gehen, damit er über die Grenze kam, und dort würden wir dann mit unseren richtigen Namen neu heiraten.

Aber er war irgendwie störrisch, wir diskutierten die ganze Nacht. Schließlich rechnete er sich aus, daß er in zwei Tagen alles erledigen und zurückkehren könnte. Er wollte, daß ich ihn wenigstens streichelte, aber ich bat ihn, mich nicht zu bedrängen.

«Doch danach werden wir einen Weg finden, wie wir uns lieben können, versprichst du mir das?»

«Ja.»

«Noch eine einzige Trennung von achtundvierzig Stunden, aber das ist die letzte.»

«Ja, die letzte.»

«Warum sagst du das so? Bist du schwach geworden? Tut es dir so leid, daß ich weggehe?»

«Ja.»

«Es tut dir leid, daß ich weggehe», wiederholte er befriedigt. «Glaubst du jetzt endlich, daß wir gut zusammen leben können?»

«Ja.»

Ich sah zuerst ihn an, dann die Verrückten, die auf Zehenspitzen umherschlichen und auf ein Zeichen von mir warteten; hin und wieder rief ich eine von ihnen zu mir und küßte sie. Johann hielt mir sein unbewegliches Gesicht entgegen.

Er ging.

Kurz darauf kamen zwei Männer, um meine Bettnachbarin wegzubringen. Das Mädchen merkte etwas, packte den Nachttisch, schleuderte ihn gegen einen Wärter, trat mit den Füßen um sich. Sie warf sich in meine Arme, schrie schluchzend «Mama!», klammerte sich an mich und biß mich: «Mamaaa!»

Ich küßte sie wie eine Tochter. Brutal rissen sie sie aus meinen Armen, ich schrie lauter als das Mädchen und fiel in Ohnmacht.

Aber ich hatte keine Zeit für Ohnmachten. Johann würde in zwei Tagen zurückkommen, bis dahin mußte ich fort sein, noch einmal fliehen.

Ich wurde zu einer Besprechung in das Ärztezimmer der Abteilung gerufen.

Dort erwarteten mich ein Arzt und eine Dame aus dem Büro. Wir unterhielten uns lange: ... entsetzt über den Irrtum ... Scheinlähmung infolge von Schock ... Mißverständnis mit dem Stoffhund aufgeklärt ...

Ohne irgend etwas zu erklären, sagte ich, ich müßte aus persönlichen Gründen unbedingt innerhalb von vierundzwanzig Stunden abreisen. Die Dame schien mir voller Anteilnahme zuzuhören. Am nächsten Tag teilte sie mir mit, daß noch in derselben Nacht ein Rotkreuzzug mit italienischen Kriegsgefangenen aus Rußland kurz in München halten und dann nach Italien weiterfahren werde. Sie hatte für mich einen Platz bestellt.

In der Nacht brachte mich ein Krankenwagen mit dem wenigen Gepäck, das ich wiedergefunden hatte, an den Zug. Ich wurde in einem Bett des Lazarettwagens untergebracht. Ich war die einzige Frau, die Reisenden und das Rotkreuzpersonal waren alles Männer. Die ganze Reise über defilierten Heimkehrer aus Rußland an meinem Bett vorüber, um mir guten Tag zu sagen.

Sie erkoren mich zu ihrem Maskottchen.

Am darauffolgenden Morgen, dem 4. Dezember 1945, überquerten wir den Brenner. Die Heimkehrer aus meinem Waggon hatten Tobik als Glücksbringer an die Decke gehängt und steckten ihm eine brennende Zigarette in die Schnauze.

Rom, 1961

Dritter Teil

ERSTE ANKUNFT IM «DRITTEN REICH»

IM CH 89

Nach und nach hatte ich mir innerlich ein merkwürdiges Bild von mir gemacht. Ich sah mich als schmales junges Mädchen mit zarten Handgelenken und Fesseln, das durch die schlimmsten Erfahrungen gegangen war, ohne sein Aussehen zu verändern. Gleichzeitig jedoch sah ich mich auch mit einer Kartoffelnase in einem runden Gesicht und mit etwas Molligem in den Gesichtszügen, trotz der schmalen Lippen und der tiefliegenden Augen.

Wenn ich mich an Wutausbrüche oder Schreckenssituationen erinnerte, sah ich meine winzige Gestalt und meine gemessenen Gesten inmitten eines Haufens ungebärdiger Leute.

Vielleicht behielt ich dieses immer leichter gewordene Mädchen im Kopf, damit es bruchlos hineinglitt in dieses Geschöpf «halb Frau, halb Sirene», in das ich mich meiner Meinung nach auflösen mußte.

Aber das Gesicht auf dem Foto eines Fabrikausweises und auf meinem letzten falschen Ausweis aus Mainz, bevor mir die Mauer auf den Rücken fiel, ist ein anderes: robust, schwer geworden und ohne Träume. In jenem glatten achtzehnjährigen Gesicht dagegen, mit den kindlichen Wangen zwischen struppigen Haaren, liegt ein bestimmter Starrsinn in den schmalen, nach unten gezogenen Lippen, den schwarzen Augen, die starr auf das Objektiv gerichtet sind.

Beim Betrachten dieser Bilder habe ich mir noch einmal die Umstände vor Augen geführt, durch die diese Studentin aus gutem Haus zu jenem gekränkten, dickköpfigen jungen Mädchen geworden war: die ersten Monate meines Aufenthalts in einem Lager als Arbeiterin bei den I. G. Farben.

I

In den ersten Tagen fühlte Lucia sich erleichtert: das Leben in einem Lager war gar nicht so hart, wie immer herumerzählt wurde.

Gewiß, in einer neun mal fünf Meter großen Baracke mußten zweiundzwanzig Frauen unterkommen, aber sie diente nur zum Schlafen: von acht Uhr abends bis vier Uhr morgens. Die übrige Zeit verbrachte man in der Fabrik, in den Kantinen, auf dem Weg. Wenn die Barackengenossinnen sich nur ein bißchen besser benommen hätten, hätte man auch mit dem wenigen Platz auskommen können.

Die doppelstöckigen «Katafalke», paarweise nebeneinander gerückt wie Ehebetten, standen sich in zwei Reihen jeweils mit dem Kopfende zur Wand und dem Fußende zur Raummitte gegenüber. Sechs Katafalke waren zu zwei und zwei an der einen Längswand aufgereiht, und fünf an der gegenüberliegenden Wand, an deren einem Ende die Tür lag. Zwischen den Pritschen an der Wand standen Metallspinde mit Fächern, in denen jeder Lagerinsasse seine Sachen verstaute und sorgsam mit einem Vorhängeschloß sicherte. Der Zwischenraum zwischen den einzelnen Doppelpritschen betrug einen Meter. Die Frauen von unten stritten sich pausenlos mit den Frauen von oben um diesen Raum, dem einzigen Zugang zu den Spinden. Die Frauen von unten meinten, daß die von oben auch liegend von ihrem Strohlager aus ihr oberes Spindfach öffnen könnten und nicht den Durchgang zu versperren brauchten. Die Frauen von oben wiederum beanspruchten das gleiche Recht, sich zwischen Spind und Ofen frei zu bewegen, ohne jedesmal hinauf- und hinunterklettern zu müssen. Auch um den Ofen, der in der Mitte des Raumes, in dem etwa ein Meter breiten und neun Meter langen Gang zwischen den beiden Reihen von Katafalken stand, gab es Gezeter. Die eine hatte eine gestohlene Kartoffel zum Rösten, die andere ein Blatt zum Trocknen, um sich damit eine Zigarette zu rollen, die dritte hatte einen Blechnapf mit Wasser zum Wärmen, und keine wollte vom Ofen abrücken, aus Angst, daß ihr eine der Gefährtinnen ihr Eigentum wegtrug.

Szenen gab es auch um das kleine Waschbecken hinter der Tür. Außerdem konnte man vor zehn Uhr abends nie einschlafen, weil das starke Licht so lange brannte und den Frauen auf den oberen Strohlagern auf die Lider schien, ganz zu schweigen von der Störung durch die Nachtwachen, die zu wechselnden Uhrzeiten eindrangen und einem die Taschenlampe ins Gesicht hielten, vom

Gebell der zwei Schäferhunde, die die ganze Nacht auf dem Kies zwischen den Baracken umherstreiften, und von den vielen Luftangriffen. Wenn man um vier Uhr morgens aufstand, war man müder als beim Zubettgehen.

Manchmal konnte Lucia kein Auge zutun, vor allem, wenn sie an den langen Weg dachte, den sie vor Morgengrauen bis zu der fünf Kilometer vom Lager entfernten Fabrik zurücklegen mußte.

Schon am zweiten Tag hatte sie offene Wunden am großen Zeh des linken und an der Ferse des rechten Fußes durch die Reibung der Filzschuhe mit Holzsohlen, deren harte Innennähte bei jedem Schritt ins Fleisch schnitten. Die Rehlederschühchen mit Korkabsatz, mit denen sie von zu Hause weggegangen war, hatten die Reise nicht überstanden und sich vollkommen aufgelöst an jenem Tag in Villach an der jugoslawischen Grenze, als sie zusammen mit Hunderten von «Freiarbeitern» und Aufgegriffenen neun Stunden lang vor dem Bahnhof im Schnee gestanden und auf einen Zug zur Weiterfahrt gewartet hatte. Die Gefährtinnen hatten sich Zeitungspapier um die Füße gewickelt, ihr aber nicht einmal auf freundliches Bitten ein Stückchen abgegeben.

«Die habe ich für einen Fick bekommen», hatte ihr eine Französin geantwortet und ihr mit zwei Tageszeitungen vor dem Gesicht herumgewedelt. «Verschaff dir doch selber welche, Dame meines . . .», und dann hatte sie sich, statt das Wort auszusprechen, einen Klaps auf den Hintern gegeben.

«Paß auf, was du zu der sagst», hatte eine andere Französin gewarnt und sie mit dem Ellbogen angestoßen. «Die ist eine von denen.»

«Das glaube ich nicht», hatte sich Martine eingemischt. «Wenn die hierhergekommen wäre, um uns auszuspionieren, hätte sie sich doch nicht gleich am ersten Tag verraten. Dann hätte sie sich hier nicht als faschistische Freiwillige ausgegeben, sondern als eine von der Resistenza, die verhaftet worden ist, und wir hätten ihr das abgenommen.»

«Trotzdem ist sie eine von denen», beharrte das Mädchen mit den Zeitungen. «In der Fabrik haben sie sie zur Maschinenkontrolle eingesetzt wie eine Deutsche.»

«Weil sie zur selben Klasse gehört», erwiderte Martine. «Die ist nämlich keine Arbeiterin wie wir. Die studiert an der Universität, und das berücksichtigen sie.»

«Du hast dich ja anscheinend auch einwickeln lassen.»

«Na, dann erzähl mal», sagte eine andere und stemmte eine Hand in die Hüfte, «wie ausgerechnet du mit deinem ewigen Gerede von Antinazismus und Klassenkampf – ich darf das ja wohl laut sagen –, wenn du der Studentin so traust», schob sie mit schmallippigem Lächeln ein, «– wie du dir dann erklärst, daß eine, die Fremdsprachen kann wie die da, nicht in gutgeheizten Büros arbeitet und nicht auf einer richtigen Matratze in einem Haus aus Stein schläft, sondern sich hier mit uns in die Baracken verfrachten läßt, wie! Kommt dir wohl gar nicht verdächtig vor? Na, hab du nur Vertrauen, meine Liebe!» Sie lachte ihr ins Gesicht, dann brach sie schroff ab: «Ich bleibe auf der Hut.»

Martine wurde rot. Sie war ungefähr fünfundzwanzig, ein zierliches, dürres Mädchen mit kurzen braunen Haaren, einer feinen, spitzen Nase, lebhaften, stechenden Augen und schmalen, blutvollen Lippen, die einen roten Spalt in das bleiche Gesicht zogen. Achselzuckend kletterte sie auf ihre Pritsche und sagte von oben, jede Silbe einzeln betonend: «Gut! Wir werden sie auf die Probe stellen.»

Die fünf italienischen Frauen aus der Baracke waren ängstlicher. Sie tuschelten miteinander, aber sobald Lucia sie ansah, schwiegen sie sofort und lächelten schmierig, um sich bei ihr einzuschmeicheln. Sie ließen sie stets vorangehen, versuchten vornehm zu reden, wenn sie sie ansprach, redeten von sich aus aber nie mit ihr. Zwei von ihnen waren Bergamaskerinnen um die Dreißig (eine schwanger), die immer zusammensteckten und sich in die Haare gerieten wegen eines Mannes; er war ungefähr vierzig, schmächtig, pedantisch und besaß als einziger von allen Lagerinsassen einen Schirm, den er offenbar nie aus der Hand legte, nicht einmal vor Morgengrauen im Waschraum, der für Männer und Frauen derselbe war.

Eine war Arbeiterin aus Sondrio und die vierte ein römisches Friseurlehrmädchen; beide waren ungefähr sechzehn, unzertrennlich, teilten jeden Bissen und tuschelten mit ersticktem Lachen bis in die späte Nacht auf ihren Strohsäcken nebeneinander. Schließlich lag auf der oberen Pritsche in der Ecke gegenüber der Tür eine abgemagerte und verschlossene Italienerin von etwa fünfundzwanzig Jahren. Sie war in einem Findelhaus aufgewachsen und mit acht Jahren von einem alten Mann adoptiert worden, der sie als Kind sexuell mißbrauchte. Als er starb, hinterließ er all sein Hab und Gut seinen Neffen und Nichten und ihr nicht einmal ein Taschentuch. So hatte sie hier und da als Dienstmagd gearbeitet und sich schließlich als «Freiarbeiterin» nach Deutschland gemeldet. Hier hatte sie sich im Lager eine gewisse Stellung aufbauen können, weil sie sich einem kroatischen Hilfskoch angeschlossen hatte, für den sie als Küchenmagd arbeitete. Sie war die einzige, die an Margarine, Wurst, Marmelade herankam, die sie nach der Devise, zuerst das Geld und dann die Ware, zu teurem Preis weiterverkaufte. Nachdenklich, als bereute sie, nicht noch mehr verlangt zu haben, zählte sie dann lange ihr Geld. Sie verzog sich auf ihr Strohlager, um das Geld am Leib zu verstecken und den Spindschlüssel, den sie um den Hals trug, hervorzuholen. Sie öffnete das Spind erst, wenn alle Schlafgenossinnen sich hinter den Ofen in den anderen Teil der Baracke zurückgezogen hatten. Wenn eine der Frauen auch nur einen Schritt nach vorn machte, schloß sie es sofort wieder und starrte sie aus fiebrigen Augen an. Unglaublich flink wickelte sie dann die Ware aus, schnitt die Portion ab, packte den Rest wieder ein, schloß das Sicherheitsschloß und hängte sich den Schlüssel wieder um den Hals. Dann glitt sie, plötzlich entspannt, zu Boden und streckte der Käuferin mit einem zugleich bescheidenen und gutmütigen Ausdruck in den großen grauen Augen und dem unterernährten Gesicht das Päckchen entgegen.

Zuweilen war Lucia betroffen angesichts der «Kleinlichkeit», der «Engstirnigkeit», der «Beschränktheit» ihrer Barackengenossinnen. Das ist nicht nur Knauserigkeit, sagte sie sich, das ist eine erbärmliche Engherzigkeit. Und obwohl sie es sich selber nicht recht eingestehen wollte, dachte sie insgeheim, daß die Eltern gar nicht so unrecht gehabt hatten, wenn sie ihr sagten: «Bleib auf dem Platz, auf den du gehörst, und schlag dir die Grillen aus dem Kopf. Den Leuten aus dem Volk kann man nicht vertrauen. Sie verstehen nichts und wissen nichts zu schätzen. Man kann höchstens versuchen, ihnen ein bißchen Bildung beizubringen. Sonst erheben sie sich nur gegen dich, das ist das einzige, was du davon hast.»

«Es sind Leute wie wir», hatte sie ihrem Vater geantwortet. «Gewiß», hatte er gelächelt. «Die Ärmsten, es ist ja nicht ihre Schuld, daß sie keinen Stil haben. Das ist wie mit den Buckligen! Willst du deshalb vielleicht auch bucklig werden?» – «Warum mußt du denn Arbeiterin werden», hatte die Mutter gefragt, «wenn du in einem Ministerium sehr viel nützlicher sein kannst? Du kannst Aufgaben übernehmen, die einem Unwissenden verschlossen bleiben. Glaub mir, ein jeder muß auf seinem Platz bleiben.»

Es stimmte, die Barackengenossinnen hatten keinen Stolz: Vor dem Lagerführer und den Wachen gaben sie sich servil. Und behandeln ließen sie sich wie Tiere. Zum Beispiel mußten Männer und Frauen sich in gemeinsamen Waschräumen ausziehen.

Lucia betrat das Büro des Lagerführers, eines großen und kräftigen Fünfzigjährigen, der stets Skipullover und Stiefel trug und, wenn er mit zwei Schäferhunden im Gefolge herumging, seine kleine Peitsche knallen ließ.

Sie verlangte, daß er allen Frauen eine Waschschüssel zuteilen ließ, damit sie sich in ihrer Baracke frei und unbelästigt von Männerblicken waschen konnten.

«Dir lasse ich auch zwei geben, wenn du willst», antwortete der Lagerführer belustigt, «denn du bist ein anständiges Mädchen und hast noch Schamgefühl im Leib. Aber die da? Das sind Weiber zum Wegwerfen, verstehst du, Abschaum!»

Lucia ließ nicht locker und erhielt Waschschüsseln, zwar nicht für alle Frauen des Lagers, aber wenigstens für sich und die Gefährtinnen in ihrem Schlafraum. Bepackt mit zweiundzwanzig Emailleschüsseln betrat sie ihre Baracke.

«Seht ihr?» rief sie triumphierend aus. «Wenn man etwas in Angriff nimmt, erreicht man auch etwas.» Und sie klärte die sprachlosen Frauen auf: «Ich habe es ihm gesagt, dem Lagerführer, daß internierte Frauen keine Tiere sind.»

Französinnen und Italienerinnen jubelten, weil Lucia es dem Lagerführer gezeigt hatte, und am nächsten Tag nach dem Wecken machten sie sich daran, sich in der Baracke zu waschen.

«Das hat sie gut gemacht, die Studentin», lachten sie. «Die Schweine sind die.» – «Man muß gar nicht mehr durch die Kälte, einfach heraus aus dem Bett und gleich eine schöne Abreibung in der Wärme.» – «Ein gefundenes Fressen!» – «Diese Dreckschweine, pfui!»

Aber mit dem dünnen Wasserstrahl, der aus dem einzigen Hahn über dem winzigen Ausguß hinter der Tür floß und der vielleicht gerade zum Trinken reichte, dauerte es unendlich lange, bis zweiundzwanzig Schüsseln gefüllt waren, und für zweiundzwanzig Frauen war auch nicht genug Platz in den engen Zwischenräumen zwischen den zweistöckigen Pritschen, die den ganzen Raum versperrten. Als über den Lagerlautsprecher die Sirene zum Morgenappell und zum Ausmarsch in die Fabrik ertönte, hatten sich erst ein Dutzend Frauen waschen können. Die berühmten Waschschüsseln landeten bald draußen auf einem Haufen hinter der Baracke, wo sie allmählich abblätterten und verrosteten.

Lucia stellte fest, daß die Leute um vier Uhr morgens nach dem Wecken immer verschlafen und schlecht gelaunt die gemeinsamen Waschräume betraten. Ohne auf ihren Nachbarn, ob Mann oder Frau, zu achten, seiften sie sich nur rasch ein und spülten sich ab. Im nächsten Monat dachte sie selbst bereits: Was ist schon Schlimmes dabei, wenn einer einen anzüglichen Witz losließ oder eine zweideutige Bemerkung machte? Das hob nur die Stimmung und brachte etwas Belebung.

In Wirklichkeit fühlte sie sich vor allem abgestoßen davon, daß sie sich überhaupt gemeinsam mit diesen Leuten waschen mußte, die ungeniert prusteten und schnaubten, den Rotz hochzogen und in die Waschbecken spuckten. Es war weniger Schamgefühl gewesen, was sie bewogen hatte, als vielmehr die Belästigung durch so ein unmanierliches Benehmen. Sie gestand es sich nicht ein, aber die Genossen hatten ihre Entrüstung bemerkt. Und sobald sich die Geschichte mit den Waschschüsseln im Lager herumgesprochen hatte, riefen Franzosen und Italiener hinter ihr her: «Das Fräulein ekelt sich!» – «Wer will dich denn schon angucken! Kein Mensch guckt dich an!» – «Das würde dir gefallen, wie?»

Beleidigt stand Lucia um sieben Uhr abends in der Lagerkantine Schlange inmitten dieser zusammengedrängten, schwitzenden und nach Maschinenöl und gekochtem Gemüse stinkenden Körper und fühlte, wie sich ihr der Magen umdrehte, und weil sie Angst hatte, sie müßte sich vor den andern erbrechen, ging sie voller Bitterkeit und Verachtung hinaus und vergaß vollkommen die beiden Schäferhunde des Lagers, die dafür bekannt waren, daß sie jeden bissen, der allein herumging oder aus den Reihen trat.

Sie lief auf die Baracke zu, als sie plötzlich sah, wie etwa dreißig Meter vor ihr im Schnee ein dunkler Fleck aus der Nacht auf sie zuschoß. Ihre Wut war so groß, daß sie ruckartig stehenblieb und den Hund auf deutsch anherrschte: «Komm nur her, du! Wage es!»

Zwei Meter vor Lucia bremste er seinen Lauf mit keuchendem Atem. «Eine Bewegung, und ich drehe dir den Hals um!» Wie Klauen erhob sie ihre Hände vor dem Schäferhund, der sich zähnefletschend ganz ins Dunkel zu ducken schien, bereit, bei der geringsten Annäherung des Mädchens zuzuschnappen.

«Alles Feiglinge», schnauzte Lucia den Hund an und ging, ohne ihn aus den Augen zu lassen, an ihm vorbei. «Verbrecher!»

Das Tier folgte ihr lautlos auf den Fersen. Sie behielten sich gegenseitig im Blick: Lucia ging langsam, schielte unaufhörlich nach ihm und sah das gesträubte Fell, die glänzenden Zähne und Augen, die angelegten Ohren des knurrenden, mit dem Schwanz schlagenden Tieres. Während sie ihn von der Seite fixierte, trat sie langsam in die Baracke, und nachdem sie die Tür hinter sich geschlossen hatte, drückte sie ihr Gesicht an die Fensterscheibe: sofort sträubte der Hund das Fell und fletschte die Zähne vor Wut. Wieder stieg Zorn in ihr hoch, sie fuhr aus der Tür und schrie das Tier auf deutsch an: «Hau ab, schäm dich, du bist genau wie sie. Ihr fallt wehrlose Mädchen an. Was ihr braucht, ist die Peitsche, hau ab!» Und leiser fügte sie hinzu: «Geh und beiß deine Herren!»

Mit Tränen in den Augen und ohne ihn noch einmal anzusehen, zog sie sich in die Baracke zurück, merkte ihren Hunger und stellte fest, daß sie sich in die Hose gemacht hatte.

II

Tatsächlich hatte die Hauptperson dieser Geschichte im vierten, obersten Stock der Abteilung Ch 89 eine leichte Arbeit zugeteilt bekommen. Sie mußte nur verschiedene Thermometer kontrollieren, die in einer Apparatur von Zylindern, Kolben und gewundenen Rohren steckten, und die Temperaturen stündlich einmal auf eine Tafel daneben eintragen. Wenn das Quecksilber über eine bestimmte rote Linie stieg, mußte sie einen Schalter am Thermometer drücken, und dann leuchtete in der langen Glaskabine, die sich wie ein Pfahlbau über den Apparaturen erhob und in der der Abteilungsleiter saß, an einer Schalttafel ein Licht auf. Der Abteilungsleiter kam dann zu ihr und betätigte einige Hebel, deren Funktion er ihr erklärte.

Im Erdgeschoß der Werkshalle standen große schwarze, ölverschmierte Maschinen, und je höher man die galerieartig übereinanderliegenden und über Eisentreppchen zu erreichenden Stockwerke hinaufstieg, desto kleiner, komplizierter und sauberer wurden die Maschinerien.

Lucia lehnte oft am Geländer und sah von ihrem vierten Stockwerk aus hinab auf die Arbeiter im Erdgeschoß, aus dem von den verschiedenen Räderwerken ein ohrenbetäubender Lärm aufstieg. Gearbeitet wurde bei schwacher elektrischer Beleuchtung im ständig verdunkelten Gebäude, und Lucia mußte ihre Augen zuerst an die Finsternis gewöhnen, um die Bewegungen der Männer dort unten erkennen zu können. Manchmal, wenn ihre Augen müde waren von dieser Anstrengung, sah sie gedankenverloren zur Decke hoch und betrachtete die Eisenträger, auf denen das schräge schwarze Glasdach ruhte. Manchmal glänzte eine Glasscheibe auf, wenn ein vor lauter Maschinenlärm unhörbarer Windstoß die großen Planen hob.

Wenn es ihr zu langweilig wurde, verließ Lucia zwischen zwei Kontrollen die Abteilung, indem sie so tat, als ginge sie aufs Klo, und streifte dann auf dem Werksgelände herum. Sie beobachtete die französischen Gefangenen, die in einer pechverschmierten Halle neben Ch 89 an der Drehbank standen. Sie verbrachte ihre Zeit damit, den sowjetischen Gefangenen zuzusehen, die gewaltige Säcke auf dem Rücken schleppten, und den russischen Frauen, die schwere Fässer an die Gleise der Werkseisenbahn rollten. Eines Nachmittags wagte sie sich etwas weiter vor und mußte schließlich einen Mann vom Werkschutz auf dem Fahrrad nach dem Weg zurück in ihre Abteilung fragen. Wenn sie dann an ihren Arbeitsplatz zurückkehrte, wurde sie nie von irgendwelchen Deutschen gefragt, wo sie herkam. Im übrigen stellte Lucia fest, daß die Deutschen sie zwar höflich grüßten, ihr aber aus dem Weg zu gehen schienen. Die Ausländer dagegen musterten sie nur spöttisch, obwohl sie sie doch jedesmal, wenn sie ihnen bei der Arbeit zuschaute, mit einem Lächeln begrüßte. Die französischen Gefangenen stießen sich gegenseitig an, wenn sie sie ankommen sahen. *«Les collabos se baladent»**, sagte dann einer grinsend. Vor allem die Italiener im Gebäude nebenan gerieten in Fahrt: «Emailschüsseln», rief da einer wie ein Straßenverkäufer, oder «Waschschüsseln!» antwortete ein anderer im Singsang. Nur die Russen und die Polen, alle die, die an ihrem Arbeitsanzug einen Tuchwinkel mit der Aufschrift OST oder P trugen, würdigten sie keines Blickes, gerade so, sie sahen durch sie hindurch.

In den ersten Tagen ihres Lageraufenthaltes drehte sich Lucia der Magen um beim Anblick der essenden Arbeiter, die geräuschvoll die Suppe vom Löffel schlürften, sich bekleckerten, den Napf ausleckten, unter «derben» Witzen und aus Spaß rülpsten, als wären sie satt geworden: Leute «ohne Benehmen», wie ihr Onkel väterlicherseits zu sagen pflegte. Er war leitender Ingenieur bei der Trockenlegung der pontinischen Sümpfe und behauptete, Hunderten von Hilfsarbeitern und Erdarbeitern beigebracht zu haben, wie man «anständig bei Tische sitzt».

In jeder Kantine der I. G. Farben lösten sich in der Mittagspause, die zwischen 11 und 14 Uhr in drei einstündigen Schichten stattfand, Hunderte von Arbeitern ab; Freunde verabredeten sich für dieselbe Schicht, Paare trafen sich am selben Tisch.

Die Kantinen der I. G. Farben waren streng unterteilt in zwei Kategorien. Hinter den Fabrikgebäuden am Kanal lag die Kantine der Slawen mit den Tuchwinkeln, Russen und Polen, bei denen man auch die Slowenen eingereiht hatte.

Rechtwinklig zum Kanal, entlang der Werkseisenbahn, lagen die Kantinen der «Westler»: Italiener, Franzosen, Belgier und Kroaten. Damals dachte man in Völkern, und so versuchten die Lagerinsassen zuerst, sich mit ihren Landsleuten zusammenzuset-

* Die Kollaborateure ergehen sich.

zen, aber schließlich kehrte doch wieder jeder in die Kantine zurück, in der er das allererste Mal gelandet war, und aß mit seinen Schichtkollegen. So vermischten sich die Nationalitäten allmählich, und es gab nur noch die Trennung zwischen «Ost» und «West».

Auch in diesem großen Gedränge von Männern und Frauen vor den Ausgabeschaltern und in den engen Räumen zwischen den Tischen, wo jeder sich durchzwängte und die anderen anrempelte, bis er seinen bevorzugten Platz erreicht hatte, merkten die Tischgenossen sofort, wenn ein Neuling auftauchte. Ein Blick genügte, und alle Köpfe wandten sich dem Eindringling zu.

Lucia war nicht unbemerkt geblieben. «Spionin» hatte ihr jemand zugezischt und ihr den Weg verstellt, oder auch «Provò» (als Abkürzung für Provokateurin), aber im allgemeinen hatten sich die Leute damit begnügt, einen Bogen um sie zu machen und ihr möglichst fern zu bleiben. Martine war die einzige, die sich neben sie setzte und überhörte, wenn Etienne mit Stentorstimme durch die ganze Kantine rief: «Martine!» Etienne war ihr Freund, ein Kriegsgefangener, der wie sie vom Pariser Stadtrand stammte, ein vierschrötiger Junge mit einem wachen Gesicht. Martine war ihm gefolgt und seinetwegen als «Freiarbeiterin» nach Deutschland gekommen.

Nachdem er ein paarmal erfolglos gerufen hatte, entschloß sich Etienne, sich zu ihr an den Tisch zu setzen. Lucia versuchte, mit ihm ins Gespräch zu kommen, aber der Junge schlang wortlos seine Suppe in sich hinein, hob nur hin und wieder die lebhaften braunen Augen zu Martine auf, mit einem zugleich fragenden und herausfordernden Blick.

Bald nachdem sich der «Kreuzzug für die Waschschüsseln» herumgesprochen hatte, ließ sich in der Werkskantine ein bärtiger alter Franzose neben Lucia nieder, ein stinkender, verlauster Kerl mit triefender Nase, dem überall Haare sprossen. Martine war nicht da.

Lucia setzte sich an einen anderen Platz, und der Bärtige schlurfte brav hinter ihr her und setzte sich wieder dicht neben sie. An den Nachbartischen verstummten alle, wandten die Köpfe und sahen hinüber.

Als sich Lucia am nächsten Tag in derselben italienisch-französischen Kantine mit ihrem vollen Napf an einen Tisch setzte, stellte sie fest, daß der Verlauste ihr nicht folgte. Sie unterdrückte einen Seufzer der Erleichterung und steckte die Hand in die Tasche, um ihren Löffel herauszuholen. Aber der Löffel war nicht da. Mit wachsender Beunruhigung durchsuchte sie die anderen Taschen ihrer Jacke und Hose, sah sich schließlich auf dem Tisch um, ob sie den Löffel nicht vielleicht schon hingelegt hatte, und merkte plötzlich, daß eine ungewöhnliche Stille um sie herum herrschte. Alle Augen waren auf sie gerichtet. Diese Schufte, dachte sie, sie haben ihn mir gestohlen. Ausnehmend höflich bat sie einen Mann, ihr seinen Löffel zu leihen. Der schüttelte den Kopf und sah sie unverwandt an. Auch eine Frau verweigerte ihr den Löffel, dann noch eine Frau. Ein Italiener wollte ihr sein Besteck anbieten, aber er wurde von den andern nach hinten gedrängt, eine Mauer von Männern in Arbeitsanzügen baute sich vor ihm auf und verbarg ihn vor den Blicken. Der Bärtige, der am Nachbartisch saß, stand auf und grinste mit zahnlosem Mund. Nachdem er auf den Boden gespuckt hatte, nuschelte er: «Willst du meinen?» und hielt der Studentin seinen Löffel entgegen. «Danke», erwiderte Lucia lächelnd, und nachdem sie ihn ergriffen und mit einem Blick gesehen hatte, daß er ekelhaft verschmiert war, tauchte sie ihn in ihre Suppe. Sie versuchte, den Löffel nicht mit den Lippen zu berühren, ihn aber gleichzeitig möglichst lässig zum Mund zu führen, dann zu kauen und zu schlucken.

Als sie ihre Suppe gegessen hatte, scheuerte sie den verkrusteten Löffel am Wasserhahn hinten in der Kantine mit Sand ab, aber so viel sie auch rieb, die festgetrocknete Kruste ging nicht ab. Es fehlte nicht viel und sie hätte die Suppe erbrochen; sie kam ihr in Schüben wieder hoch, und sie schluckte sie immer wieder hinunter. Sie bahnte sich den Weg zurück zu ihrem Tisch und reichte dem Bärtigen seinen Löffel mit einem strahlenden Blick: «Falls du ihn mal verlierst», sagte sie zu ihm, «leihe ich dir meinen.» Und mit plötzlich auflodderndem Haß wandte sie sich an die andern und schrie sie an: «Ihr Scheißkerle!»

«Und du Faschistin», murmelte Etienne zwischen den Zähnen.

«He, he!» tadelte Alain sie, ein etwa vierzigjähriger französischer

Kriegsgefangener, der sonst nie redete. «Solche unanständigen Worte nimmt man doch nicht in den Mund, mein Fräulein. Was würde denn da die Mama sagen?»

Alle grinsten höhnisch. Sie hatten sie eingekreist. Lucia fing an, sich mit Ellbogen und Püffen einen Weg freizukämpfen. Alain packte sie am Arm. «Oder», fragte er mit ernstem Gesicht, «entwickelst du dich etwa allmählich zu einem menschlichen Wesen?»

Aber Lucia entriß sich seinem Griff, und mit Tränen des Hasses in den Augen sagte sie ihm im Vorübergehen hämisch ins Gesicht: «Wenn ich vor den Hunden nicht kusche, kusche ich auch nicht vor euch.»

Am Abend in der Baracke geriet sie mit Martine aneinander: «Du hast dich heute aus dem Staub gemacht, wie? Ihr haßt mich, ihr wollt mich fertigmachen. Die *collabos* hier seid ihr!»

«Das wurmt dich, he?» raunte Martine mit rotem Kopf. «Du willst nur die Privilegien als faschistische Studentin, aber nicht die Nachteile, die das mit sich bringt. Sieh mal einer an, schlau, Mammis Liebling!»

«Was für Privilegien denn, lebe ich etwa nicht genauso wie ihr? Arbeite ich nicht in der Fabrik wie ihr? Esse ich nicht den gleichen Fraß?»

«Der schien dir doch so ungeheuer gut zu schmecken! An den ersten beiden Abenden hast du sogar noch Nachschlag bekommen. Du hast ihn doch genossen wie Kaviar.»

«Ich hatte Hunger, verstehst du das nicht? Nach drei Tagen Reise, auf der ich fast nichts zu essen bekommen habe und halb erfroren bin.»

«Hör doch auf. Du hast doch selber gesagt, es gäbe hier mehr als genug zu essen, ich habe es mit eigenen Ohren gehört.»

«Na und? Ich hatte eben etwas Schlimmeres erwartet. Bei uns zu Hause haben wir nur von dem, was es auf Lebensmittelkarten gab, gelebt, weil meine Mutter gegen den schwarzen Markt war. Sie hat mir Fladen aus Kleie gebacken, und ich habe die verschlungen, wenn's dir recht ist.»

«Auch noch knickerig, die Mami.»

«Nein, meine Mutter hat das aus Vaterlandsliebe gemacht.»

«Also, dann bist du auch noch blöd», fuhr ihr Martine über den Mund.

«Das nächste Mal kommst du nicht so einfach davon», fuhr Lucia beharrlich fort. «Weißt du überhaupt, daß mein Vater Unterstaatssekretär der Republik von Salò ist? Wenn ich Privilegien gewollt hätte, dann wäre ich jetzt bestimmt nicht hier.»

«Das ist ja interessant. Und warum bist du dann hierhergekommen?»

«Um die Wahrheit herauszufinden.»

«Und hast du sie gefunden?»

«Ich bin dabei, und zwar am eigenen Leib und ohne meine Situation auszunutzen.»

«Das bildest du dir ein. Wenn du es wissen willst, dein Meister da im Ch 89 hat die Nase voll von all den Beschwerden der Deutschen über dich. Aber er hat Befehl von oben bekommen, er soll dir ‹Zeit zum Eingewöhnen› geben und die Zügel locker lassen. Wenn jemand anders solche Ausflüge durchs Werk machen würde wie du, würde man ihm das nicht einfach durchlassen wie dir. Und deine lächerlichen Waschschüsseln, meinst du, die hätten sie uns auch gegeben, wenn eine von uns sie verlangt hätte? Eine Ohrfeige hätte sie sich eingefangen, sonst nichts. Also, halt bloß den Mund und spar dir deine Weltverbessererweisheiten. Warum willst du dich rechtfertigen? Du bist, was du bist.»

«Ich bin keine Kollaborateurin.»

«Und warum hast du dann unten im Rucksack Bilder von Hitler und Mussolini?»

«Ihr habt in meinem Spind gewühlt. Und du sagst, ich wäre hier die Spionin, wie? Diebinnen und Spioninnen, das seid ihr!»

«Denunzier mich doch beim Lagerführer!»

«Das werde ich auch tun.»

Martine kletterte auf ihr Strohlager und zog die Decke übers Gesicht.

Lucia wälzte sich die ganze Nacht hin und her. Sie hatte diese Fotografien in ihrem Rucksack ganz vergessen (warum eigentlich?). Sie konnte auch wegen des Hungers nicht schlafen. Fast alle anderen hatten kleine geheime Vorräte, die aus wer weiß welchen

Quellen stammten, nur sie ernährte sich allein von dem Essen, das in den Kantinen ausgeteilt wurde. Dabei hatte es ihr am Anfang sogar geschmeckt. Aber schon nach zwei Wochen stand sie immer hungriger vom Tisch auf, wieviel sie auch in sich hineinstopfte, obwohl sie sogar noch das Erbspüree und die Kartoffel- oder Rübensuppe aufaß, die Martine stehenließ. Ihr fiel auf, daß die anderen Französinnen sich nicht mit dem gewohnten Sarkasmus in den Streit mit Martine eingemischt hatten. Sie hatten still zugehört.

III

Am nächsten Morgen fühlte sie einen Stich in der Herzgegend: Ich bin achtzehn Jahre alt, dachte sie, und verstehe mich nur mit den Schäferhunden, die den Nazis gehorchen.

Sie marschierte in der Kolonne zur Fabrik und machte sich bewußt, daß sie nur in der Abteilung ihre Ruhe hatte. Während sie auf die Werkshallen der I. G. Farben zuging, fiel ihr auf, daß die braungewordenen Ziegelsteine ihr schon vertraut geworden waren, und sie beschleunigte ihre Schritte in Richtung der Rauchspiralen, die aus den Schornsteinen aufstiegen. In Höchst ging die Kolonne langsamer an den Hallen entlang, die unter Maschinengetöse mineralische Gerüche ausschwitzten. Einzelne Gruppen lösten sich aus der Kolonne und gingen jeweils auf die Tore zu. Vor einer Straßenerweiterung mit Mietskasernen aus der Zeit der Jahrhundertwende schritt Lucia unter den Blicken der beiden Wachen in den verglasten Portierslogen durch ein großes zweiflügeliges Eisentor, steckte ihre Karte in die Stechuhr und ging in ihre Abteilung.

An diesem Morgen rührte sie sich keinen Schritt von ihrem Arbeitsplatz.

Um zwölf Uhr, auf dem Weg in ihre übliche Kantine, bei dem Gedanken daran, wieder inmitten dieser harten Gesichter sitzen zu müssen, zögerte sie. Sie beschloß, in der Kantine der Bergamasker zu essen, einer ganzen Gruppe von Landarbeitern und Hilfsarbeitern, die sich nie voneinander trennten. Sie war schon auf dem Weg dorthin, als sie sich klarmachte, daß sie von den neuen Tischgenossen ebenso abgelehnt werden würde wie von den anderen. So beschloß sie plötzlich, sich den Russen anzuschließen. Auf diese Weise konnte sie auch den Italienern und Franzosen beweisen, daß sie demokratischer war als sie. «Die sehen auf die Russen herab», dachte sie, «sie halten sich für etwas Besseres. Denen werde ich es zeigen.»

Sie wußte nicht, daß jeder Kontakt zwischen den beiden Gruppen von Lagerinsassen – hier Ost einschließlich Slowenen, da West – streng verboten war. Sie betrat hinter den Werkshallen eine der Kantinen für Russen und Polen und mischte sich unter Hunderte von vermummten Gestalten, die ihren Napf hochhielten, Männer mit kehligen und Frauen mit schrillen Stimmen.

Sie arbeitete sich zu einem Tisch durch, und schon beim ersten Löffel Suppe spürte sie den Geschmack von Verdorbenem im Mund: kein Vergleich zu der Suppe, die die Westler zu essen bekamen. Diese hier bestand nur aus zerkochten Rüben, ohne eine Spur von Kartoffeln. Und das Schwarzbrot war so pappig, daß es an den Fingern kleben blieb.

Sie ließ die Suppe stehen und ging unverzüglich zur Werksleitung, um sich zu beschweren. Sie verlangte, den Direktor persönlich zu sprechen. Ihre Selbstsicherheit verwirrte die Angestellten. Nach kurzem Warten in einem Vorzimmer wurde sie in ein großes helles, bequemes und schmuckloses Büro eingelassen.

Sie ging auf den Herrn zu, der hinter dem Glasschreibtisch saß, hell gekleidet, mager, mit roten, kurz geschnittenen Haaren und dicken Gläsern vor den tiefliegenden Augen.

Klar und deutlich, jedes Wort betonend, erklärte sie ihm, daß die Verpflegung der Russen ungenießbar sei.

Dr. Lopp sah sie an.

«Ich verstehe», fuhr das Mädchen fort. «Sie können das nicht glauben, kommen Sie und sehen Sie selbst», beharrte sie.

Dr. Lopp sah sie immer verwunderter an. Als er aufstand, wirkte er noch magerer, aber auch jünger als im Sitzen.

«Du sprichst korrekt Deutsch», sagte er. «Woher kommst du?»

Lucia erklärte: «Ich habe es in der Schule gelernt. Von klein auf war ich in den Ferien immer in Tirol und im Schwarzwald.»

«Was hast du studiert?»

«Geisteswissenschaften an der Universität Padua. Meine Familie ist mit der Mussolini-Regierung in den Norden gezogen.»

«Wie alt bist du?»
«Achtzehneinhalb.»
«So jung schon an der Universität?»
«Ich habe zwei Klassen übersprungen, eine in der Grundschule und eine auf dem Gymnasium.»
«Gut», sagte er und verbeugte sich leicht. «Und jetzt geh.»
«O nein», sträubte sich Lucia. «Ich bin hierhergekommen, um mich wegen der Verpflegung der Russen zu beschweren, diese Suppe ist ein Skandal, sie widerspricht dem nazifaschistischen Kulturversprechen.»
«Wie lange bist du schon in Deutschland?»
«Morgen sind es zwei Wochen.»
«Ach so», antwortete er und setzte sich wieder an seinen Schreibtisch. «Ich werde der Sache nachgehen», sagte er und winkte sie hinaus.
«Herr Direktor», ereiferte sich Lucia, «Sie wissen doch, nur auf die Gleichheit der Völker läßt sich der tausendjährige Frieden bauen.»
Dr. Lopp drückte einen Klingelknopf auf seinem Schreibtisch und deutete, als ein Mann in der Tür erschien, mit dem Kinn auf Lucia. Der Mann packte sie fest am Arm und führte sie hinaus. Sie gingen durch eine Reihe von einfachen Büros mit langen Tischen und Regalen aus rohem Ahorn an den Wänden. Der Pförtner zeigte ihr den Weg hinaus über die Wendeltreppe des Lieferantenausgangs an der Rückseite des Gebäudes.
Aus Rache fand sich Lucia am Tag nach ihrer Beschwerde bei der Werksleitung wieder in der Kantine für Russen und Polen ein.
Als sie ihren Blick über die Tischreihen schweifen ließ, über die zusammengekrümmt dasitzenden Männer und Frauen, über die verdorbenen Rüben und die ungewaschenen Gestalten und Kleider, sah sie in einer Ecke auf einer Bank ein paar zusammengelegte Jacken von Deportierten liegen. Von einem Aufschlag trennte sie den Winkel mit der Aufschrift OST ab, den die Russen im Knopfloch tragen mußten, und heftete ihn später an ihre eigene Arbeitsjacke.
Als Lucia am vierten Tag bei den Russen und Polen aß – sie lernte Johann dort kennen –, wurde sie abgeführt und zur Werks-

leitung gebracht. Dr. Lopp fuhr von seinem Stuhl hoch. Nachdem er die Wache hinausgewinkt hatte, trat er auf das Mädchen zu und erklärte, sie werde in Dachau landen, wenn sie nicht Vernunft annehme.

Lucia antwortete, sie wolle keine Drohungen hören, sondern verlange Gerechtigkeit für alle vom Dritten Reich aufgenommenen Fremdarbeiter. Sie verließ den Raum aus freien Stücken, befriedigt, einem Rausschmiß zuvorgekommen zu sein. Sie lief in die Kantine zurück, wurde aber sofort festgenommen und ohne Essen in ihre Abteilung zurückgebracht. Der Meister teilte ihr mit, sie sei nach unten zur Arbeit vor der Werkshalle versetzt. Gemeinsam mit den russischen Gefangenen und den Aufständischen von Warschau sollte sie Blöcke von auf 78 Grad unter Null eingefrorener Schwefelsäure verladen. Der Aufseher erklärte ihr:

«Wenn du die so gern hast, kannst du ja mit ihnen arbeiten.»

Binnen einer Woche hatte Lucia rissige und aufgesprungene Hände, die Tag und Nacht brannten, und Wunden auf der Brust, weil sie immer die großen Blöcke dagegenpreßte und Kleidung und Handschuhe keinen Schutz boten. Die Füße in den Filzpantinen waren aufgeschürft und sonderten eine übelriechende Flüssigkeit ab. Durch die Reibung wurde der Schmerz bei jedem Schritt unerträglich.

Es war kalt und regnete (Anfang März 1944). Russische Soldaten, polnische Partisanen und Lucia luden im Regen ab und auf.

Lucia überkam ein friedliches Gefühl, wenn sie – in einem Schweigen ohne Gedanken – das Weitergeben einer Last von Hand zu Hand empfand wie eine Geste des Aufeinandereingespieltseins. Sie war endlich akzeptiert. Gelegentlich bedeutete ihr ein russischer Gefangener, sich den OST-Winkel von der Jacke zu reißen.

Die Schwefelblöcke mußten auf Lastwagen oder manchmal auf Karren gestapelt werden, die zwei Gefangene dann wie Pferde ziehen mußten. Es kam vor, daß die Arbeiter die Blöcke an dem kleinen Bahnhof am Kanal von Waggons abladen und auf den Armen in irgendeine Abteilung tragen mußten, die immer gerade auf der entgegengesetzten Seite des Werksgeländes zu liegen schien.

Auch Lucia mußte mehr als einen Kilometer weit mit dem an die

Brust gedrückten Schwefeleis gehen, bis sie die Werkshalle erreichte. Begleitet von Maschinenlärm, lief sie über das Gelände der I. G. Farben-Werke, entlang an schwarz gewordenen Gebäuden, die den menschenleeren Wegen den Rücken zuzukehren schienen.

Manchmal tauchte eine Gruppe von zerlumpten Menschen auf und verschwand dann wieder wie aufgesogen in einem dunklen Tor.

An manchen Tagen, wenn die Sirene zur Mittagspause ertönte und Lucia zum Essen lief, bekam sie beim Blick auf den Bereich, in dem die Kantinen für die französischen und italienischen Arbeiter lagen, wo auch sie anfangs ihren Hunger gestillt hatte, Lust, dorthin zu gehen, und sie blieb stehen. Dann aber ging sie mit den Händen in den Taschen weiter und zwang sich, sich nicht umzudrehen. Die Wachmannschaften sollten sehen, daß es ihr überhaupt nichts ausmachte, dort nicht eintreten zu dürfen. In Wirklichkeit hatte sie es versucht, aber der Unterführer hatte ihr den Zutritt verboten und ihr gedroht, sie würde aus ihrem Lager in das der Gefangenen aus dem Osten strafverlegt.

Außer Sichtweite blieb Lucia stehen und sah in das trübe, fettige Wasser des Kanals, der die Abwässer der I. G. Farben langsam in den Fluß schwemmte. Gummiartige Klumpen schwammen an der Oberfläche. Sie sagte sich, es wäre vielleicht sowieso das beste, jede Beziehung zu den «Westlern» abzubrechen und ins Lager der «Ostarbeiter» umzuziehen, auch wenn es so überfüllt war, daß dreißig bis vierzig Personen in einem Raum schlafen mußten. Die Italiener und Franzosen würden dann begreifen, welches Unrecht sie ihr mit ihrem Spott getan hatten. Aber das Lager der Zwangsarbeiter aus dem Osten war noch weiter von der Fabrik entfernt, und noch drei Kilometer mehr schreckten sie ab, denn ihr kamen schon die fünf Kilometer (zwischen ihrem Lager und der Fabrik) endlos vor.

Manchmal riefen die französischen Gefangenen ihr nach, wenn sie auf dem Rückweg von einem Schwefeleistransport mit leeren Händen an ihrer Werkshalle vorüberkam. Aber Lucia wandte den Kopf ab.

Bei Schichtende verließ sie die I. G. Farben fast ungern. Während sie sich vor dem Werksgelände in die Kolonne einreihte, schnupperte sie die feuchte Nachtluft, in der von dem ohrenbetäubenden Maschinenlärm, den sie noch auf dem Trommelfell spürte, nur noch gedämpfte Laute zu hören waren, und atmete die scharfen Gerüche ein.

Und endlich – inzwischen waren sechs Wochen vergangen seit ihrem Aufbruch nach Deutschland – erhielt sie gleichzeitig zwei Briefe von der Mutter. Beim Abendappell nach der Rückkehr ins Lager wurden sie ihr vom Lagerführer ausgehändigt.

«Freiarbeiter» durften alle zwei Wochen eine Briefkarte an ihre Angehörigen schreiben, man holte sie an einem Schalter in der Lagerkantine ab und warf sie dann offen in den daneben befindlichen Briefkasten. Die Abgabe wurde registriert; wenn man die Postkarte verlor, kam man erst beim nächstenmal wieder an die Reihe.

Gleich bei ihrer Ankunft in Höchst hatte Lucia ihren Eltern geschrieben, daß sie sich ihretwegen keine Sorgen machen sollten, die Ernährung sei ausreichend und die Baracke gut geheizt. Dann hatte sie sich bei der schwangeren Bergamaskerin gegen ihren Schal zwei weitere Postkarten eingetauscht, auf denen sie mitteilte, daß sie aus dieser Erfahrung sehr viel lernte. Sie berichtete, daß ihre Schuhe kaputtgegangen waren, und bat um ihre Bergschuhe. Auf der neuen Karte, die ihr dann wieder rechtmäßig zustand, hatte sie flehentlich darum gebeten, rasch Schuhe und Stiefel sowie *etwas zum Essen* geschickt zu bekommen, und hinzugefügt, daß man die Dinge aus der Ferne nie verstehen könne.

Lucia sah auf das Datum der Poststempel und öffnete den ersten Brief. Die Mutter antwortete in ihrer großzügigen, nach rechts geneigten Schrift, sie sei froh über ihre Nachrichten. Sie habe nie daran gezweifelt, daß die Gerüchte über die Nazi-Lager Verleumdungen seien, und «deshalb erschien es mir unsinnig, daß Du Dich auf diese Weise exponiertest, um eine Wahrheit zu bekräftigen, die nie in Frage gestellt worden war». Sie hätte «furchtbare Tage» verbracht, seit die Tochter ohne ein Wort des Abschieds weggegangen war und nur dieses Zettelchen auf dem leeren Bett hinterlassen hatte, bis sie ein erstes Lebenszeichen von ihr erhalten hatte. «Jetzt weiß ich, wo du bist», schrieb sie. «Ich habe mich ein wenig beruhigt, meine Tocher.» Vor allem machte sie sich Sorgen wegen der Bombenangriffe, aber auch wegen der Kälte: «Zieh Dich warm an, wenn Du hinausgehst.» Und: «Denk immer daran, Lucia», schloß sie, «halt Deine Würde hoch.»

Der Brief war unterschrieben: «Deine ängstlich um Dich besorgte Mutter.»

Erst spätnachts entschloß sich Lucia, auch den zweiten Brief der Mutter zu öffnen. Die Schrift war gebieterischer (kleine Indizien: die Querstriche am t, die Akzente). «Meine Tochter», begann er, «Dir geht es nicht gut. Warum kommst Du nicht nach Hause zurück? Du brauchst nur zum italienischen Konsulat nach Frankfurt zu gehen und den Konsul persönlich zu bitten, Dir eine *angemessenere* Arbeit zu verschaffen. Der Konsul hat Verständnis.» Der Brief schloß: «Hoffen wir, daß diese Erfahrung Dich wenigstens gelehrt hat, daß ein jeder seinen Weg gehen muß. Um es mit den Worten Manzonis zu sagen: ‹Erprobe nur so viele von den menschlichen Dingen, daß Du Dich um sie nicht mehr zu kümmern brauchst.› Bis bald, Deine auf Dich wartende Mama.»

(Später fand sich die Mutter mit der «Dickköpfigkeit» der Tochter ab und schickte ihr ein Paket nach dem anderen, aber da waren die Ereignisse, von denen hier erzählt wird, bereits geschehen.)

Lucia steckte die beiden Briefe in ihren Rucksack. Sie zerriß die dritte ihr zustehende Postkarte, die sie am Vorabend abgeholt hatte. Im Morgengrauen zog sie sich an, ohne sich zu waschen, und wartete noch vor den anderen auf dem freien Platz, daß sich die Kolonne zum Ausmarsch in die Fabrik bildete.

In der Baracke sonderte sie sich nun ganz ab und sprach keine ihrer Gefährtinnen mehr an. In der Kantine verschlang sie hastig ihre Ration und aß sogar die Suppenreste der Tischnachbarn auf, ohne darauf zu achten, ob die Leute schmutzig oder sauber waren. Sie war nunmehr selbst verroht und wusch sich nicht mehr. Wenn sie vor dem Schlafengehen die Wollbinden, die ihr ein Russe geschenkt hatte, von den Füßen wickelte, nahm sie mit Genugtuung den Gestank wahr. Irgendeine Frau schenkte ihr ein Stück Brot, Lucia verschlang es, ohne danke zu sagen. Jacqueline, das französische Mädchen, das ihr damals das Stück Zeitungspapier verweigert hatte, war am großzügigsten zu ihr.

Lucia fing an, die sechzehn Französinnen in ihrem Schlafraum genauer kennenzulernen, von denen sie normalerweise nur vieren begegnete, da die anderen in anderen Schichten arbeiteten (und sich in der Baracke aufhielten, wenn sie nicht da war). Vor allem aber hütete sie sich, Martines Blick, den sie fühlte, auch nur zufällig zu begegnen.

In mancher Nacht verließ sie die Baracke, preßte die Hände auf die Brust, um den nagenden Schmerz zu mildern, den die Säure in ihr Fleisch brannte, ging von den Schäferhunden verfolgt bis zum Stacheldrahtverhau und dachte an Selbstmord.

Bei nächtlichen Bombenangriffen, wenn die Detonationen den Lagerinsassen im Gehirn dröhnten, aber niemand im Dunkeln abschätzen konnte, wie nah oder fern die Bomben fielen, blieb Lucia auf ihrer Pritsche liegen oder ging ziellos zwischen den Baracken herum.

Sie hatte allmählich ihren Haß auch auf den Luftschutzraum des Lagers ausgedehnt, einen etwa hundert Meter langen, halb unterirdischen Tunnel, in dem von den insgesamt drei- bis viertausend Lagerinsassen nur etwa tausend stehend oder auf dem Boden sitzend Schutz fanden: in Lucias Augen war es ein langer, gewundener Darm. Er bildete inmitten der Barackenreihen eine leichte Bodenerhebung, von deren Wölbung der Kies mit einem Geräusch herunterkullerte, das einen bei jedem Schritt die Zähne zusammenbeißen ließ, während der Hohlraum darunter widerhallte.

Wenn alle sich von beiden Seiten vor den einzigen Zugängen – in der Mitte gab es keine Öffnungen – drängten, um sich «in diesen Darm stopfen zu lassen», sagte Lucia zu sich selbst, sie fürchtete zwar den Tod nicht, aber sie wollte auch nicht begraben werden in diesem Tunnel-Sarg, wenn Bomben die Ausgänge zuschütteten, und zusammen mit den Genossen ersticken, bevor Helfer die verstopften Türen wieder freilegen konnten. Sollten die ruhig alle krepieren, sie waren ihr ohnehin gleichgültig.

Eines Nachts hockte sie sich draußen auf den Boden und ließ sich vom Märzregen naßregnen. In ihre Decke gehüllt und mit dem Rücken an die lose zusammengefügten Bretter der Barackenrückwand gelehnt, die bei jeder Explosion zusammenzubrechen drohten, die Arme um die eng angezogenen Knie geschlungen und auf ihr hüpfendes Herz horchend, sah sie aus dem tiefen Dunkel des

Lagers auf die Brände, die trotz des Regens am Horizont loderten, begleitet von dem dumpfen Grollen der Einschläge, das lange durch die Nacht hallte. So blieb sie sitzen, bis die Entwarnungssirene ertönte und sie die erregten Stimmen ihrer aus dem Bunker zurückkehrenden Gefährtinnen hörte.

Beim Aufwachen am nächsten Morgen fühlte sie, daß sie hohes Fieber hatte. Sie hustete ununterbrochen und wollte nicht aufstehen: «Marco, Visite», erklärte sie dem Aufseher.

«Wenn du den OST-Winkel von der Jacke abmachst, dann darfst du auch aufs Krankenrevier. Andernfalls: raus, an die Arbeit.» Lucia riß sich zusammen und ging in die Fabrik.

Nach dem Essen verbrachte Lucia die Mittagspause jetzt mit den Russen und Polen. Wenn es nicht regnete, legten sie sich am langen Kanal hinter den Werkshallen dicht aneinandergedrängt, um sich mit ihren Körpern gegenseitig zu wärmen, in die bleichen Sonnenstrahlen, die aus dem weißen Himmel bis zu ihnen drangen.

Lucia legte sich neben Gruschenka. Sie hatten sich im Ch 89 kennengelernt, das russische Mädchen war dort für die unterirdischen Aborte zuständig – ein strategisch günstiger Ort, wie sie erläuterte, der es ihr ermöglichte, die Stimmung der Arbeiter zu beobachten.

Gruschenka war ausgemergelt, zerlumpt und schmutzig, aber sie besaß Anmut. Lucia hatte bemerkt, daß selbst die Deutschen bezaubert waren vom Anblick ihres ovalen Gesichtes mit der hohen, kaum gewölbten Stirn, den bogenförmig verlaufenden Augenbrauen, den in die Ferne blickenden blauen Augen, der zarten Nase; ihr Gesicht war so vollkommen, daß es kalt und fast abstrakt wirkte.

Sie war vierundzwanzig und hatte an der Marineakademie in Moskau studiert, um Kapitän der Handelsschiffahrt zu werden. Sie war in der Nähe der Front verhaftet worden. Sie konnte von Glück sagen, meinte sie gelassen, daß sie nur deportiert worden war.

Die beiden Mädchen tuschelten eifrig auf deutsch, einer Sprache, die die Russin besser sprach als die Italienerin.

Sie gewöhnten sich an, sich nebeneinanderzulegen in dem fauligen Gestank, der vom Kanal aufstieg und sich vermischte mit dem bestialischen Geruch der Arbeitsanzüge. Sie träumten im Nebel in einer für beide fremden Sprache davon, Kleider und Schuhe zu stehlen. Es war ein langsamer, ruhiger Traum, der sanft ihre Worte bestimmte und in dem es nur das eine Problem gab, sich nicht erwischen zu lassen. Mit ihrer kristallklaren Stimme empfahl Gruschenka, sie sollten sich als Dienstmädchen in Privathäusern anstellen lassen, um in aller Ruhe die Dinge aussuchen zu können, die sie dann in einem günstigen Augenblick wegtragen wollten. Lucia, immer von Hunger gequält, empfahl, mehr auch an Geld, Essen und Lebensmittelkarten zu denken.

Neben den beiden Mädchen dösten dicht aneinandergedrängt zwei zivile polnische Deportierte, Johann und Stanislaw, die hin und wieder gähnend etwas einwarfen, vor allem Johann, der, sobald er etwas von dem Getuschel der Mädchen aufschnappte, einen Vorschlag der Russin oder der Italienerin brummend entweder guthieß oder verwarf. Stanislaw, der kein Deutsch verstand, gab dennoch ebenfalls ein Brummen von sich, wenn Johann ihn kurz über den Stand der Überlegungen der Mädchen, wie sie sich in einem deutschen Privathaushalt anstellen lassen könnten, informiert hatte.

IV

Während der ganzen Schicht schwatzten Gruschenka und Lucia glücklich miteinander. Die Italienerin entwischte, wann immer sie konnte, dem Blick des Aufsehers und hörte sich in den Aborten des Ch 89 aufmerksam die Ratschläge ihrer Freundin an. Die Frau eines Aufsehers hatte sie über ihren Ehemann zum Wäschewaschen rufen lassen. Sowohl der Lagerführer als auch die Aufseher lebten mit ihren Familien in einer Siedlung von Steinhäusern am Rande des Lagers zur Straße hin. In einem dieser Häuser befanden sich auch die Büros der Lagerverwaltung, und in einem anderen war eine kleine Abteilung von Wachmannschaften untergebracht.

Nach Feierabend nahm der Aufseher Lucia mit nach Hause. Um auf seine Ehefrau einen guten Eindruck zu machen, hatte sich

Lucia, wie mit Gruschenka verabredet, von Kopf bis Fuß gereinigt, nach der Arbeit im Waschraum eine Dusche genommen und eine möglichst intellektuelle und vornehme Miene aufgesetzt. Aber sie wurde gleich in die Waschküche geführt und mußte dort von 19 bis 23 Uhr Wäsche schrubben, wobei ihr die Deutsche pausenlos auf die Finger sah und von Zeit zu Zeit ihre Wäschestücke nachzählte, weil sie sich einbildete, daß etwas verschwunden sei. Die Frau des Aufsehers – sie hatte ein sanftes und erschrecktes Gesicht – bat nicht nur ihren ältesten Sohn zu sich, sondern rief auch, um die Fremde nicht einen Augenblick unbeaufsichtigt zu lassen, wiederholt ihre jüngeren Töchter herbei, zwei kleine Mädchen, und gab ihnen irgendwelche kleinen Aufträge, noch einen Tropfen Bleichmittel oder noch ein Stückchen Seife oder einen vergessenen Bettüberzug zu holen; danach schickte sie sie aber schnell mit einem Handzeichen wieder hinaus. Die Kinder zeigten mit den Fingern auf die Fremde und machten sich gegenseitig mit Blicken aufmerksam auf die geflickten Stellen und einen herunterhängenden Saum an ihrer Kleidung.

Lucia hätte gern die letzten privaten Kleider angezogen, die ihr noch geblieben waren, ein dunkelgrünes Wollkleid und einen grauen, mit Persianer besetzten Mantel, die in ihrem Spind hingen. Aber als sie das Kleid anprobierte, stellte sie fest, daß es ihr gar nicht mehr paßte: In den gut zwei Monaten, die sie jetzt hier war, hatte sie so zugenommen, daß die Nähte unter den Achseln und an einer Seite aufgeplatzt waren. So hatte sie sich in der Jacke und der Hose aus Köper, die den Insassen zugeteilt wurden und die im übrigen auch besser zu den Holzschuhen paßten (den OST-Winkel hatte sie aus dem Knopfloch entfernt), präsentieren müssen.

Sie hatte sich das aus Italien mitgebrachte durchgeistigte Vorstellungsbild von sich bewahrt und sah sich nicht so, wie sie geworden war: sie wirkte plump in dem Arbeitsanzug, ihre Gesichtszüge hatten sich vergröbert, und in ihrem Blick lag, trotz ihres höflichen Benehmens, etwas Lauerndes. Sie bot sich allen Aufsehern des Lagers als Wäscherin an, aber sie wurde in keinem Privathaus mehr in Dienst genommen. Statt dessen verkaufte sie ihnen ihre goldene Omega-Armbanduhr für acht, den Mantel für fünf und das Kleid für zwei Kommißbrote zu je zwei Kilo.

Als sie die Armbanduhr verkauft hatte und unter der Decke oder auf dem Abort versteckt, um von niemandem beobachtet zu werden, in einer einzigen Nacht zwei Kommißbrote verschlang, kam ihr in den Sinn, daß sie sich keine Spur besser verhielt als die anderen, die sie noch immer dafür verachtete, daß sie heimlich aßen und für die hungrigen Augen der Bettnachbarinnen blind waren. In den wenigen Tagen, in denen sie von ihren Vorräten zehrte, rechnete sie unentwegt aus, wieviel Gramm auf jeden einzelnen kämen, wenn sie ihre Kommißbrote mit den zehn russischen Gefangenen und den vier Warschauer Partisanen teilen würde, mit denen sie im Ch 89 zusammenarbeitete – ohne Gruschenka, Johann und Stanislaw mitzuzählen sowie die 21 Barackengenossinnen, ganz zu schweigen von den italienischen Gefangenen, die im Ph 32 gegenüber ihrer Abteilung arbeiteten, diesen etwa zwanzig verzagten Männern, die von den Deutschen «Badoglianer» und von den französischen Gefangenen «Faschistenschafe» geheißen wurden und denen sie auch wenigstens einen Laib hätte zukommen lassen müssen. Die italienischen Gefangenen vom 8. September 1943 waren außer den sowjetischen Kriegsgefangenen die einzigen, die nicht vom Internationalen Roten Kreuz unterstützt wurden, von dem Franzosen, Engländer und Amerikaner Lebensmittelpakete bekamen. Ihnen konnte sie also ein Stück Brot gewiß nicht verweigern.

Abends lag sie nun, bis das große Licht ausging, auf ihrer Pritsche, die zum Glück die letzte in der Ecke gegenüber der Tür war, drehte ihrer Bettnachbarin den Rücken zu und schnitt das Brot unter der Decke gewissenhaft in immer dünnere Scheiben, um nur ja keinen von der Verteilung auszuschließen. Beim Wecken stopfte sie sich die Scheiben unter die Jacke und trug sie auf der bloßen Haut in die Fabrik. Dort angekommen, schämte sie sich plötzlich ihrer Knauserigkeit, verdoppelte die Rationen und versprach allen, die leer ausgegangen waren, ein Stück Brot für den nächsten Tag. Sie war so vom Aufteilen, Multiplizieren und Dividieren von Grammen in Anspruch genommen und immer wieder fiel ihr jemand ein, den sie vergessen hatte, daß sie gar nicht merkte, wie sie sich dabei immer wieder einen der durch mühsames Kopfrechnen aufgeteilten Bissen in den Mund steckte und glatt einen halben Kommißlaib verzehrte, so daß sie betrübt sämtliche Berechnungen neu anstellen, die Rationen der anderen wieder gerecht und gleichmäßig verringern mußte.

Von der Angst beflügelt, sich selber übermäßig vollzustopfen, wenn sie ihre Brotvorräte zu lange behielt, beschleunigte sie die Verteilung und fühlte sich sehr erleichtert, als die acht Kommißbrote nach sechs Tagen verzehrt waren.

Es war Hitlers Geburtstag, der 20. April 1944, und durch die Lautsprecher im Werk und im Lager dröhnten Märsche und festliche Chöre, unterbrochen von kurzen Lobpreisungen des Führers.

Während sie in der Mittagspause am Kanalufer lagen, meinte Gruschenka, die Nazis seien offenbar ein metaphysisches Unternehmen, allgegenwärtig und dennoch unsichtbar. Sie hatte nur einmal, damals, als sie verhaftet und deportiert worden war, Nazis zu Gesicht bekommen, seither nur noch den Lagerführer, der im übrigen aber nur selten selber auftrat, sondern alles von den Aufsehern und Wachmannschaften ausführen ließ. Der Meister in der Fabrik sah nicht besonders nach Nazi aus, und die wenigen deutschen Techniker schienen vor allem damit beschäftigt, die unterdrückte Gewalttätigkeit der «Fremdarbeiter» im Zaum zu halten: «Versetz dich einmal in deren Lage, wir stellen mindestens achtzig Prozent der Belegschaft, zehn- bis fünfzehntausend Leute!»

Johann raunte ihnen zu, daß der deutsche Aufseher eines Magazins, in dem reiner Alkohol lagerte, ihn am Morgen beiseite genommen und gesagt hätte: «Ich will zur Feier von Führers Geburtstag ein Auge zudrücken, wenn du ein paar Flaschen Alkohol von hier wegschaffst, aber wehe, wenn du dich erwischen läßt, dann werde ich dich heftiger beschuldigen als jeder andere.»

Die letzte Viertelstunde der Mittagspause wurde also dazu genutzt, diesen Diebstahl zu organisieren. Sie standen auf, kletterten über die am Boden Liegenden und versammelten sich hinter einem Schuppen. Gruschenka machte den Vorschlag, auch die französischen Gefangenen in die Sache mit einzubeziehen, weil sie den Alkohol als Teil ihrer Rotkreuz-Pakete deklarieren und weiterverkaufen konnten: «Sie können einen hohen Preis verlangen. Wenn dagegen wir OST- und P-Leute Alkohol verkaufen wollen», sagte sie, als handelte es sich um eine Firma, «denken alle, wir hätten ihn gestohlen!» schloß sie mit gespielter Bestürzung. Dann fuhr sie wieder ernst fort: «Jeder kann uns denunzieren oder erpressen. Deshalb mußt du, Lúszia, versuchen, die Franzosen für die Sache zu interessieren, sonst können wir mit diesem Alkohol nichts anderes anfangen, als uns zu betrinken.»

«He!» lachte Johann augenzwinkernd. «Hast du etwas gegen ein Neunzig-Grad-Feuer in deinen Adern?»

Stanislaw, der spindeldürre große Junge mit den brennenden Augen im verschwommenen Gesicht, redete unablässig auf polnisch und steckte dabei die geballte Faust an verschiedenen Stellen unter die Jacke und in die Hose, als hätte er überall Höcker. «Einer, der jeden Abend mit irgendeiner ausgebeulten Stelle hinausgeht, muß schließlich auffallen», übersetzte Johann. Außerdem, so fuhr er fort, bestand Stanislaw darauf, daß man eine Kette bildete, damit nicht immer dieselben Insassen das Diebesgut aus der Fabrik tragen müßten.

Die vier jungen Leute verabredeten sich hastig für den nächsten Tag. Genau wie die Westler mußten sich auch die Zivilinternierten aus dem Osten erst außerhalb der Fabrik auf der Straße zu Kolonnen formieren, so daß sie aus ihren verschiedenen Abteilungen auch einzeln zu den Toren gehen und sich unauffällig unter die französischen Gefangenen mischen konnten. (Nur die russischen und polnischen Kriegsgefangenen mußten direkt von ihrem Arbeitsplatz aus in Kolonne abmarschieren.)

«Mach mit den Franzosen ein paar Treffpunkte zur Übergabe aus, und zwar zwischen den beiden Gebäuden an den Wegkreuzungen innerhalb der I. G., über die wir jeden Tag gehen», sagte Gruschenka, «so daß wir aushandeln können, wieviel Prozent sie für den Wiederverkauf haben wollen, und ihnen eventuell die Ware übergeben können.»

«Viel besser, das irgendwo drinnen zu machen», erklärte Johann. «Keinem Menschen fällt auf, wenn man aus Versehen in einen falschen Waschraum geht. Sag den Herrschaften also lieber: Wir teilen uns gegenseitig mit, in welchen Waschräumen sich jeder von uns den Schweiß herunterwäscht, und anstatt dann in den eigenen Waschraum zu gehen, nimmt er aus Versehen den des Genossen, der die Ware hinausbringen soll, und übergibt sie ihm.»

Abends in der Baracke rief Lucia Martine beiseite. Seit dem Zank nach dem Streich mit dem Löffel des Bärtigen vor acht Wochen hatten sie kein Wort mehr gewechselt. Die Französin lud Lucia oben auf ihre Pritsche ein, sie stand als einzige einzeln, da sie sich direkt neben der Tür befand. Martine rückte in die Ecke, um ihrem Gast Platz zu machen, und gestand leise, daß sie schon seit einiger Zeit gemeinsam mit Etienne und Alain in der Fabrik Zucker und Seife stahl: «Einmal», berichtete sie stolz, «habe ich mit einem Schlag ein halbes Kilo Zucker geschnappt.»

Lucia verbreitete sich über die Waschräume: «Dort können wir mit allen Nationalitäten Freundschaft schließen, wir können sogar die Barriere zwischen Ost und West einreißen, die sie zwischen uns aufgebaut haben. Ich kann euch da Dienste leisten, verstehst du?» Und sie zählte an den Fingern ab: «Ich schlafe im Lager der Westler, ich arbeite mit den Ostlern, und ich kann die Sprachen.»

Plötzlich reckte sich Martine und erklärte Lucia mit leuchtenden Augen und ganz dunkelrot gewordenen schmalen Lippen, daß sie am nächsten Tag mit den französischen Gefangenen sprechen und ihnen vorschlagen würde, Gruschenka und Lucia, Johann und Stanislaw in ihre Bande aufzunehmen.

Bei der Kontrolle am Fabrikausgang zeigte Gruschenka eine Tasche voller Lumpen und harmloser Bündel vor, die sie ganz genau untersuchen ließ, Alain stellte sich vor sie und redete lautstark auf den Aufseher ein. Martine steckte das Diebesgut in Gruschenkas Tasche und fing an, über den Komplicen zu schimpfen, er hielte den Aufseher auf und die anderen müßten deshalb in der Kälte warten. Dabei schob sie ihn zur Seite und bot ihre Person zur Kontrolle dar, indem sie die Arme ausbreitete. Gruschenka seufzte mit dem resignierten Gesichtsausdruck, der einer Ostlerin angemessen war, und ging demütig hinaus.

Oder Lucia steckte sich ein Fläschchen Alkohol unter die Jacke des Arbeitsanzuges und hielt es mit übereinandergekreuzten Armen und so als fröre sie mit unter die Achseln gesteckten Händen gegen die Brust gedrückt und ging hoch erhobenen Hauptes an den Verschlägen der Aufseher vorüber, die die Arbeiter beim Hinausgehen abtasteten. «Schnell», bat sie dann, «meine Kolonne geht schon los.» Ein Aufseher tastete ihr flüchtig Jacken- und Hosentaschen ab, und Lucia entfernte sich.

Aber man mußte sich immer neue Methoden einfallen lassen. Ein Aufseher verlangte zum Beispiel, daß Lucia die Arme ausbreitete. Das Mädchen holte nur eine Hand unter der Achsel hervor und hielt ihm mit anklägerischem Blick eine verbeulte Hand voller blauer Flecken vors Gesicht. «Weiter, weiter!» sagte der Aufseher ärgerlich, und Lucia schlüpfte rasch durch das Tor.

«Der Himmel beschützt uns», flüsterte sie Martine zu, während sie zusammen in der Kolonne zu ihrem Lager gingen. «Ausgerechnet heute hat einer seinen Hammer auf meine Hand fallen lassen und mir die Finger zerquetscht. Was hätte ich dem Aufseher sonst zeigen sollen? Schau hier, die Wunden, die ich wochenlang gehabt habe, sind verschwunden. An Händen und Füßen habe ich jetzt eine Elefantenhaut, nicht einmal mehr die kleinste aufgesprungene Stelle.»

Die beiden Frauen hatten sich inzwischen angefreundet und unterhielten sich oft abends in der Baracke.

In der Geburtstagsnacht des Führers hatte Lucia unbeobachtet von den anderen die Fotos von Hitler und Mussolini aus ihrem Rucksack geholt, sie zerrissen und in den Ofen geworfen. Danach hatte sie stets darauf geachtet, daß das Schloß ihres Spinds gut verschlossen war, denn sie gönnte den anderen die Genugtuung nicht.

«Du bist immer noch nicht gegen den Faschismus», sagte Martine unvermittelt, während sie sich oben auf dem Strohlager auszog. «Du findest für ihn immer noch mildernde Umstände gegenüber dem Nazismus.»

«Ich muß doch wohl noch darüber nachdenken», antwortete Lucia überrumpelt. «Ich muß einen Wertmaßstab finden, der nicht schon bei der ersten Prüfung zerbricht. Hier habe ich die Dinge von der anderen Seite kennenlernen können, aber dort? Darüber weiß ich nichts.»

«Gib's doch auf mit ihr», mischte sich das Mädchen ein, das sich kleine Nebeneinkünfte mit Prostitution verschaffte. «Kapierst du nicht, die ist in der guten Gesellschaft aufgewachsen!»

Aber Martine wollte wissen, was die Italienerin am Faschismus je hatte gutfinden können.

Beim Aufzählen von Werten wie Vaterland, Hingabe an eine Sache, Seelenstärke bei Schwierigkeiten erkannte Lucia, wie aufgeblasen das klang, was sie da sagte. Sie fühlte sich gedemütigt und gab Martine die Schuld daran.

«Warum nennst du sie eigentlich Italienerin?» fragte Jacqueline. «Siehst du denn nicht, daß sie immer mit uns zusammen ist, die ist französischer als du und ich zusammen.»

«O nein, meine Liebe», gab Martine zurück, «entweder oder: Sie ist ihren Landsleuten gegenüber entweder deshalb überheblicher, weil sie bei ihnen die Klassenunterschiede deutlicher spürt, oder aber, weil sie sich schämt, Faschistin zu sein.»

«Aber von welcher Überheblichkeit sprichst du denn? Wenn ich vierzehn Jahre in Frankreich gelebt habe und da geboren bin und nur vier in Italien, dann ist mir die italienische Mentalität einfach weniger vertraut, das ist alles.»

Eines Abends im Nieselregen hatte Lucia gehört, wie Martine beim Verlassen der Fabrik zu ihrem Freund sagte: «Es wäre ein Fehler, wenn man ihr ganz den Boden unter den Füßen wegziehen wollte.»

Etienne hatte Martine den Arm um die Schulter gelegt und war langsam mit ihr durch den Regen davongegangen. Aus den Gesten, die er im Gehen machte, konnte sie schließen, daß er ihr seine Gründe erklärte.

Martines Verhalten war unterschiedlich. Einmal sagte sie zu Lucia: «Laß dich nicht einschüchtern.» Ein andermal knurrte sie sie an: «Heg und pfleg du nur deinen Faschismus. Schlimm wird es für dich erst, wenn dir die Kröte einmal im Hals steckenbleibt und kein Mensch sich die Mühe machen wird, dir zu helfen.»

«Bis jetzt habe ich Urteile über Dinge von mir gegeben, die ich nicht kannte», erwiderte Lucia. «Ich will aber nur noch über etwas urteilen, was ich kenne, und zwar indem ich die Wertmaßstäbe nehme, die ich habe, oder vielmehr, die ich entdecke.»

«Und was für Werte sollten das denn sein?»

«Solidarität zum Beispiel, das ist etwas anderes als das faschistische ‹Gemeinnutz geht vor Eigennutz›.»

«Wir werden ja sehen.»

Die französischen Gefangenen, die neben dem Ch 89 an der Drehbank arbeiteten, waren jetzt freundlich zu Lucia, wenn sie bei der Rückkehr von einem Schwefeleistransport bei ihnen stehen blieb.

«Nimm den OST-Winkel ab», riet ihr Alain, ein älterer Gefangener.

«Das ist genau das, was die Nazis mir befohlen haben.»

Der Mann verzog verächtlich den Mund: «Du setzt dich zu sehr in Szene, das machst du nicht für uns.»

«Wer fragt denn nach euch?» brauste Lucia auf.

«Siehst du! Wer zu sehr auffallen will, interessiert uns nicht», erwiderte Alain zerstreut.

Alles Chauvinisten, dachte Lucia, sie verkehren nicht einmal mit den Russen. Und mit mir geben sie sich auch nur deshalb ab, weil Französisch meine Muttersprache ist. Gleichzeitig hatte sie aber auch das Gefühl, daß sie sie immer prüfend anblickten, so als wollten sie etwas von ihr.

Gegen Ende April wurde ihr allmählich der Zusammenhang zwischen einigen Besonderheiten klar. Im gleichen beiläufigen Ton wie Gruschenka bemerkte Martine, daß die Deutschen bei den I. G. Farben im Verhältnis zu den Ausländern in einer lächerlichen Minderheit waren.

Außerdem fragte Martine sie jetzt auch oft nach ihrer Kindheit und Jugend in Frankreich aus: Sie wollte wissen, was ihr am Verhalten der Leute dort, der unbekannten, aufgefallen war, was es in Italien nicht gab. Und von sich selber erzählte sie, daß sie seit ihrem sechzehnten Lebensjahr als Montagearbeiterin bei Renault gearbeitet hatte. Die Streiks und Fabrikbesetzungen habe sie allerdings nicht mehr erlebt, weil der Krieg ausgebrochen und sofort die Besatzer gekommen seien.

Da erinnerte sich Lucia an die Demonstranten, die an ihrem Haus in der Pariser Rue Monge vorübergezogen waren. Sie erinnerte sich, wie ihr auf dem Schulweg von Kundgebungen Parolen ans Ohr gedrungen waren, die sie nicht verstanden hatte.

So kam Lucia eines frühen Morgens, als sie wieder in Kolonnen zur Fabrik marschierten, ganz unerwartet eine außerordentliche Idee:

«Martine», murmelte sie der Französin ins Ohr, «warum organisieren wir nicht einen Streik?»

«Bist du wahnsinnig geworden?» lachte ihr die Freundin ins Gesicht. «Und dann, was hast du neuerdings für eine Manie, hier herumzuerzählen, du wärst nach Deutschland deportiert worden, das habe ich jetzt schon von drei Leuten gehört. Du bist nun mal eine Freiwillige, und du wirst es bleiben.»

Lucia hatte nicht gewollt, daß Martine diese Schwäche zu Ohren kam, und als sie jetzt ertappt war, fuhr sie mit erstickter Stimme fort: «Das hätte ich mir ja denken können: ihr habt Angst. Ihr bellt dauernd, aber beißen tut ihr nie.»

V

Seit über einem Jahr (das hätte Lucia sich niemals vorgestellt) bereiteten einige Franzosen bereits den Streik bei den I. G. Farben vor. Alain war französischer Partisan, der sich mit ein paar anderen Genossen aus dem Maquis nach Deutschland hatte deportieren lassen, um einen Aufstand der «Fremdarbeiter» zu organisieren. Es waren, soweit man wußte, ungefähr fünfzehn Millionen Männer und Frauen, die nach Deutschland verschleppt worden waren, sechs oder sieben Millionen von ihnen waren in der Industrie beschäftigt.

Zweiundfünfzig Widerstandskämpfer, die ein ganzes *Kommando* bildeten, hatten sich von der Besatzungsmacht als Kriegsgefangene oder einfache Zivile festnehmen lassen, wobei sie darauf geachtet hatten, daß sie zu verschiedenen Zeiten und an verschiedenen Orten verhaftet wurden, damit sie mit direkten Transporten in verschiedene Städte gelangten. Alle waren hochqualifizierte Facharbeiter, die sicher sein konnten, daß man sie in den bedeutendsten Industriezweigen einsetzen würde. Aus Gründen der Kontrolle und der logistischen Organisation wurden die ausländischen Arbeitskräfte in den großen Fabriken konzentriert, die Einzelteile herstellten, in die Unternehmen, in denen fertige Rüstungsprodukte hergestellt wurden, kam niemand. Die Aufgabe der französischen Widerstandskämpfer bestand darin, den Aufstand der in diesen Fabriken beschäftigten Ausländer zeitlich so mit der Landung der Alliierten in der Normandie zu koordinieren, daß sich die Nazis – auf diese Weise an der inneren Front geschwächt – schneller ergaben.

Die Franzosen verständigten sich untereinander mit Hilfe eines Codes, und manchmal konnten sie sogar einen ahnungslosen Deutschen dazu überreden, die Botschaften mit eigener Hand zu schreiben und die Briefe mit dem eigenen Absender aufzugeben.

Die heikelsten Informationen der Operationsbasis wurden mündlich durch Leute wie Martine vermittelt, die als «Freiarbeiter» das Recht hatten, den Ort ihres Arbeitseinsatzes selber zu bestimmen. Mit Etiennes Hilfe hatte Alain etwa zehn Franzosen für die Sache gewonnen und in die Vorbereitung einbezogen. Die Kontakte mit den anderen unterhielt Martine, die als «Freiarbeiterin» mehr Bewegungsfreiheit hatte.

Die französischen Widerstandskämpfer hatten eine Karte der Lager gezeichnet, die in der Ebene westlich von Frankfurt-Höchst in der Nähe des Rheins lagen.

Es gab insgesamt vier Kriegsgefangenenlager, sie lagen nebeneinander, hatten jeweils eigene Küchen und einen eigenen Lagerführer, benutzten aber einige Einrichtungen wie chemische Entwesung und Bunker gemeinsam. Auch hier wurde die übliche Unterscheidung zwischen Ost und West getroffen: Am weitesten entfernt von den I. G. Farben lagen die beiden Lager der «Bolschewiken» und der polnischen Gefangenen, und am nächsten die der französischen und italienischen Gefangenen. Und ganz am Rand, von allen anderen abgeschnitten, befand sich das kleine Lager der Aufständischen von Warschau, wie die Handvoll polnischer Soldaten genannt wurde, die sich bei der Niederlage ihres Landes geweigert hatten, sich den Siegern zu ergeben.

Auf der anderen Straßenseite lagen die Baracken sowohl der zwangsdeportierten wie der freiwilligen zivilen Arbeiter, die auf zwei ungleich belegte Barackensiedlungen aufgeteilt waren: im Lager der «Slawen» lebten sieben- bis achttausend Personen, im Lager der «Westler» dagegen nur etwa halb so viele.

Schwieriger war es gewesen, die bei den I. G. Farben arbeitenden Menschen in einem Plan zu erfassen, und zwar nicht so sehr, weil die Werksgebäude verstreut lagen, als vielmehr wegen der Völkerver-

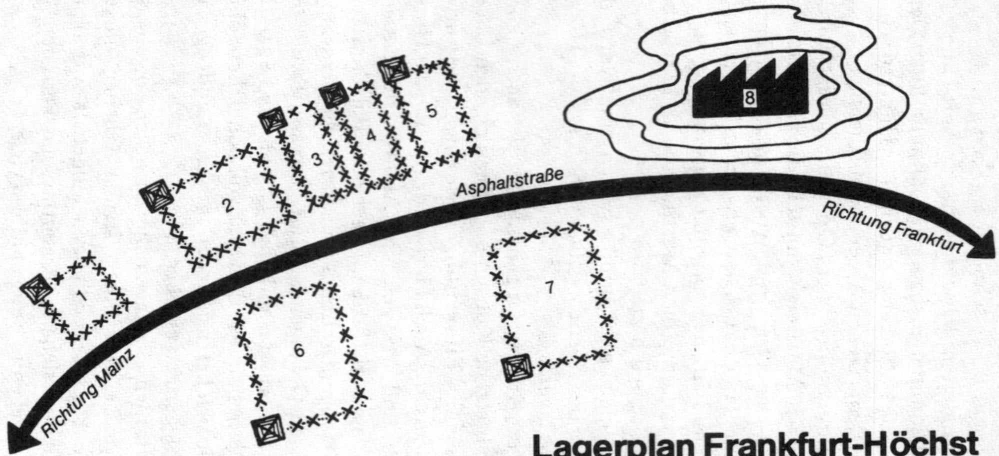

Lagerplan Frankfurt-Höchst

1. Lager der „Aufständischen von Warschau"
2. Lager der „Bolschewiken" (russische Kriegsgefangene)
3. Lager der „normalen" polnischen Kriegsgefangenen
4. Lager der „Badoglianer" (Italiener)
5. Lager der französischen Kriegsgefangenen
6. Lager der Slawen (viele Ukrainer und russische Zivilisten aus Massendeportationen); das Lager war ebenso groß wie das für westliche Internierte, aber doppelt so dicht belegt.
7. Lager der internierten Zivilisten und „Freiarbeiter" aus westlichen Ländern
8. I.G. Farben-Werk (über hundert Abteilungen)

mischung. An den Arbeitsplätzen wurde nicht so scharf wie in den Lagern und den Werkskantinen zwischen «Ost» und «West» unterschieden. Arbeiter mit und ohne Winkel, Kriegsgefangene und zivile Arbeiter waren in ein und derselben Halle beschäftigt, allerdings in verschiedenen hierarchischen Ebenen. Das obere Stockwerk neben den Laboratorien war den Destillations- oder Kontrollapparaturen vorbehalten – qualifizierte leichte Arbeit, mit der offensichtlich die Deutschen betraut wurden. Je weiter man nach unten kam, desto breiter wurden die Schichten, angefangen bei den Franzosen und Belgiern über die Italiener, Griechen und Kroaten (die man auf dieselbe Stufe gestellt hatte) bis zur Basis, den Slowenen und Polen und vor allem Russen, die die schwersten Arbeiten zu verrichten hatten.

Der pyramidenförmige Aufbau der Abteilungen erleichterte die Berechnungen nur scheinbar. Kein Fremder durfte je zur Balustrade oder in die Laboratorien der Deutschen hinaufgehen, es sei denn (einen Augenblick lang), wenn er irgendwelches Material hinbringen mußte. Davon ausgenommen war nur «eine von ihnen» wie Lucia, und zwar weniger weil sie Faschistin war – die wenigen französischen Pétain-Anhänger und rumänischen Nazifreunde vom Eisernen Kreuz befanden sich in den unteren Stockwerken –, als vielmehr weil sie aus höheren Gesellschaftskreisen stammte, was sie auch bei jeder Gelegenheit betonte.

Daher hatte es die Organisatoren soviel Zeit und komplizierte Berechnungen gekostet, bis es gelang, die Deutschen zu zählen. Diejenigen, die damit beauftragt waren, ihre Gesichter zu zählen (die sie vor oder nach der Arbeit kurz im Vorübergehen sahen), beschrieben sie oft so, daß der Genosse einen, den er selber schon mitgerechnet hatte, nicht erkannte. «Der, den ich meine, ist größer», antwortete er dann etwa. Er war immer größer oder kleiner, und nachdem sie sich in Personenbeschreibungen ergangen hatten, einigten sie sich schließlich, daß sie zwei verschiedene Leute meinten. Aber es kam eine sehr hohe Zahl von Deutschen heraus, und so mußte man wieder von vorn beginnen. Beim zweitenmal wurde dann zugrunde gelegt, daß es sich doch um dieselben Personen handelte, und jetzt kam eine zu niedrige Zahl heraus.

Aber es hatte auch geduldige und genaue Arbeit erfordert, festzustellen, wie und in welcher Anzahl die Angehörigen der verschiedenen ausländischen Nationalitäten auf die einzelnen Werkshallen verteilt waren, was wichtig zu wissen war für eine wirksame Planung des Streiks.

Zur Erläuterung muß gesagt werden, daß diesem I. G. Farben-Werk keine Konzentrationslager angeschlossen waren (sie waren Juden, politischen Häftlingen, Homosexuellen und «gemeinen Verbrechern» vorbehalten), sondern nur Arbeits- und Kriegsgefangenenlager. Es gab also keine Massenvernichtungen, durch die sich die in den Lagern eingepferchten Massen zahlenmäßig verändert hätten. Wenn man die Schwankungen in Rechnung stellte, die durch die Auskunft neuer Konvois, durch Austausch mit anderen Fabriken und durch die plötzliche Verlegung ganzer Arbeitseinheiten an einen anderen Ort eintraten, konnte man mit einiger Wahrscheinlichkeit davon ausgehen, daß es in Höchst etwa vierzehn- bis sechzehntausend ausländische Arbeiter gab, gut ein Viertel davon Frauen.

Waren die Kriegsgefangenen auf einen Blick daran zu erkennen, daß sie Uniformen und die groß aufgedruckten Buchstaben KG auf dem Rücken trugen, so ließen sich unter den Zivilen diejenigen, die Massenverhaftungen und Deportationen zum Opfer gefallen waren, von den Freiwilligen nur schwer unterscheiden. Letztere neigten nämlich, sobald sie sich umgesehen hatten, dazu, ihren Status als Freiwillige zu kaschieren und sich den anderen Lagerinsassen anzuschließen.

Anfangs hatten die französischen Widerstandskämpfer es für unerläßlich gehalten, die beiden Kategorien unterschiedlich zu behandeln, weil sie die «Freiarbeiter» als unzuverlässig einschätzten. Nachdem sie aber ein paar Monate mit dieser fast unergiebigen Untersuchung vergeudet hatten, waren sie zu der Erkenntnis gekommen, daß die «Freiarbeiter» mit Ausnahme von ein paar wenigen, die in ihren Heimatländern in allerelendesten Verhältnissen gelebt hatten, einen fast noch größeren Haß auf ihre Bezwinger im Leib hatten als die Internierten.

Und wenn sie erlebten, wie sich einer kaputtlachen wollte über die schönen Versprechungen, mit denen die Nazipropaganda wieder ein paar Trottel in die Falle gelockt hatte, dann wußten sie, einer von diesen Trotteln war eben jener Mann, der gerade darüber höhnte, und er würde sich im Augenblick des Streiks nicht zurückziehen.

Den Organisatoren blieb nicht mehr viel Zeit, denn Martine hatte im November 1943 die Nachricht überbracht, daß die Vorbereitungen für den Ausländeraufstand in Deutschland bis Mai 1944 abgeschlossen sein müßten – von da an müsse man jederzeit bereit sein, auf das erste Signal hin loszuschlagen.

Die Verschwörer waren noch dabei, die beträchtliche Anzahl der Deutschen in der Fabrik zu errechnen. Zwar hatten sie sie inzwischen zahlenmäßig erfaßt, aber sie mußten jetzt auch noch die deutschen Bürger ersten Grades und die deutschen Bürger zweiten Grades auseinanderhalten, ein Unterschied, der ihnen für einen Ausländer nicht im Gesicht geschrieben stand.

Die deutschen Bürger zweiten Grades, das heißt die Volksdeutschen, waren weniger zahlreich. Sie kamen aus Ländern, die sich das «Dritte Reich» auf verschiedene Weise einverleibt hatte, so aus dem Gebiet um Danzig, aus Elsaß und Lothringen, einigen tschechoslowakischen Gebieten, holländischen und flämischen Gebieten. Diese Leute wurden zum Arbeitsdienst eingezogen und in Konvois nach Deutschland transportiert. Sie stellten einen Großteil der Facharbeiter, der Lastwagenfahrer und ganz allgemein der Angestellten im Transportwesen sowie der Buchhalter in den Werkhallen und den Lagern, und sie waren Küchenchefs in den Werkskantinen.

Die «reinen» Deutschen dagegen, also die «Reichsdeutschen», waren zahlreicher. Die gesamte Betriebsleitung bis zum letzten Doktor der Chemie bestand aus solchen Bürgern ersten Grades, ebenso der Verwaltungsapparat – hauptsächlich Frauen –, dann die Wachmannschaften, die die ausländischen Gefangenen und Deportierten bei den Ausmärschen begleiteten, die Kerntruppe der Flak bei den I. G. Farben sowie das Aufsichtspersonal.

Von den Reichsdeutschen nahmen die Organisatoren des Streiks besonders die in den Werkhallen beschäftigten aufs Korn: die Abteilungsleiter, Vorarbeiter und Techniker; es waren bis auf wenige Ausnahmen kriegsuntaugliche, alte oder vom Kriegsdienst befreite Männer. Die kriegstauglichen waren an der Front. Dann gab es noch die Laborantinnen, die dafür zu sorgen hatten, daß kein Ausländer die Labors betrat. Auf diese Weise sollten Sabotageakte verhindert werden, die bei der leichten Entflammbarkeit des Materials unvorstellbare Schäden hätten verursachen können.

Die «Fremdarbeiter» hatten allerdings genauso große Angst vor einem Brand wie die Deutschen. Daher fürchteten auch sie alle nichts so sehr wie einen Luftangriff auf die Fabrik: Bei all den chemischen Pulvern, Säuren und riesigen Öltanks wären die Gebäude der Reihe nach explodiert, und alles wäre in einem einzigen Feuer untergegangen. Jeder einzelne war froh, dieser Gefahr bis jetzt entgangen zu sein. Die wachsende Angst des Personals in den Laboratorien jedenfalls konnte man ablesen an den weißen Totenköpfen mit den gekreuzten Knochen, die immer öfter an den Türen angebracht wurden.

Wenn man die Reichs- und Volksdeutschen zusammenrechnete, ergab sich, daß zwischen einundachtzig und dreiundachtzig Prozent der Belegschaft Ausländer waren.

Nach Abschluß dieser Voruntersuchungen hatten die französischen Militanten mit Vertretern anderer Nationalitäten Kontakt aufgenommen. Zeitweilig schienen die Schwierigkeiten unüberwindlich. Es gab objektiv heikle Situationen: Viele Polen konnten den Russen nicht verzeihen, daß sie sich am Anfang des Krieges mit den Nazis verbündet und Polen überfallen und noch immer besetzt hatten, obwohl sie jetzt wieder Verbündete waren. Nur die 138 Aufständischen von Warschau hatten geschlossen dem Streikplan zugestimmt, und zwar noch bevor einer der Verschwörer ihn ganz erklärt hatte. Diese Männer waren abgemagert bis auf die Knochen und hatten einen nach innen gekehrten Blick. Sie durften mit keinem Menschen ein Wort reden, und wenn sie vorübergingen, verstummten ihre eigenen Landsleute ebenso wie die anderen Ausländer mit einer Mischung von Achtung und Angst.

Die Nazis hatten die politische Knebelung der Ukrainer noch dadurch gesteigert, daß sie ihnen Unabhängigkeit von der UdSSR versprachen. Sie hatten die separatistischen Bestrebungen in einigen litauischen Gebieten im Norden Polens genährt, die kroatische Vormachtstellung in Jugoslawien auf Kosten der Serben und Slowenen unterstützt. Und es war nicht einfach, so heterogene, von gegensätzlichen Leidenschaften geprägte Gemeinschaften dazu zu überreden, ihre inneren Zwistigkeiten zurückzustellen und dem Kampf gegen den Feind unterzuordnen, der sie dennoch alle vereint hatte, indem er sie von ihrer Heimat entfernt hatte.

Schließlich gab es noch die Verachtung der Franzosen für die Italiener; sie warfen ihnen vor, ihnen noch unmittelbar vor der eigenen Niederlage in den Rücken gefallen zu sein, um Frankreich Nizza und Savoyen zu entreißen.

Trotz aller Vorurteile jedoch hatten sich eine Reihe von Kriegsgefangenen und Deportierten aller Nationalitäten den französischen Kämpfern angeschlossen und bauten mit ihnen gemeinsam ein Netz für geheime Agitation und Verbindungen auf. Da die lokale Operationsbasis die Dreherwerkstatt neben dem Ch 89 war, wurde beschlossen, bei der Überzeugungsarbeit unter den Arbeitern in Spiralenbewegungen vorzugehen, das heißt anzufangen bei den am weitesten entfernten Gebäuden und sich wie ein Kreisel immer mehr auf die nächsten Gebäude zuzubewegen. Die Organisatoren wollten damit vermeiden, daß es auffiel und Verdacht erregte, weil die zu große Nähe die schon informierten Arbeiter dazu verleiten könnte, pausenlos Nachrichten und Auskünfte einzuholen. Deshalb wurde die Überzeugungsarbeit im Ch 89 bis zum Schluß zurückgestellt. Die Organisatoren des Streiks verloren keinen Augenblick aus den Augen, daß ein Unternehmen von solcher Tragweite schon bei der kleinsten Plapperei auffliegen konnte.

Die Dinge schienen sich gut zu entwickeln, bis dann Anfang Februar 1944 im Lager der zivilen Westler dieses kleine Mädchen auftauchte, eine Italienerin, wie sie behauptete, so leichtsinnig und viel zu tollkühn, als daß sie glaubwürdig hätte erscheinen können. Martines Argument, Lucia hätte sich, wenn sie wirklich Spionin gewesen wäre, als antifaschistische Partisanin ausgegeben, überzeugte die französischen Militanten nur halb. Gerade das hätte doppelt schlau eingefädelt sein können von denen, die Lucia benutzten, nämlich sie als die Naive erscheinen zu lassen, die bei der Probe aufs Exempel zum Gegner überwechselte. Darauf wäre Martine schließlich selber hereingefallen. Und im übrigen sei Lucia, selbst wenn sie keine Spionin sei, schon wegen ihres widersprüchlichen Verhaltens gefährlich.

Also hatten sie verschiedene Taktiken ausprobiert. Anfangs hatten sie versucht, einen Streit mit ihr vom Zaun zu brechen, um aus ihren Reaktionen irgendwelche Hinweise zu bekommen. Aber alles, was sie getan hatte, ließ sich so oder so deuten: Sie konnte sich damit in Szene gesetzt haben, um sich bei den Internierten einzuschmeicheln und zum Beispiel beauftragt zu werden, Kontakt zu den Russen zu halten, um im richtigen Augenblick die Verschwörung aufzudecken; aber es konnte auch aufrichtig gewesen sein. In der Tat war nicht auszuschließen, daß für die in Frankreich geborene und aufgewachsene Lucia der Faschismus weit mehr eine aufgesetzte Sache war, als sie selber wahrhaben wollte. Möglich also, daß die Begegnung mit der Wirklichkeit sie tatsächlich von dieser jugendlichen Schwärmerei für die Mythologie des Regimes befreite. Martine, die zu der Annahme neigte, daß Lucia in gutem Glauben handelte, klopfte sie in diesem Sinne ab. Etienne dagegen hielt sie für eine heimtückische, berechnende Bourgeoise und blieb auf der Hut. Alain war unentschlossen, neigte aber eher zu Martines These. Die übrigen Militanten vertraten die Meinung, man könne keine Möglichkeit von vornherein ausschließen. Wenn sie sich übertrieben vorsichtig verhielten, entging ihnen vielleicht eine wirklich wertvolle Vermittlerin, denn wenn Lucia erst einmal dazu überredet worden war, ihr früheres Ansehen als Faschistin und ihre Sprachkenntnisse zu nutzen, wenn sie die gewisse Nachsicht, mit der die Nazis sie noch immer behandelten, ausbeutete, dann konnte sie gut die letzten Kontakte intensivieren und so zum guten Gelingen des Unternehmens beitragen.

Zu diesem Zweck war es nötig, daß sie sich die Nazis nicht endgültig zum Feind machte, sondern ihnen wenigstens kleine Beweise eines Sinneswandels gab. Deshalb bat man sie, den Winkel von der Jacke abzumachen.

Auch als Lucia schließlich selbst auf die Idee zu streiken gekommen war, blieben die Franzosen bei ihrem Entschluß, ihr nur halb zu trauen. Sie verabredeten, ihr die ganze Initiative selbst zu überlassen, damit sie sich auch selbst vor den Lagerinsassen so weit gefährdete, daß sie niemanden mehr verraten konnte.

«Wenn einer von uns sich deine Extravaganzen geleistet hätte», sagte Alain, als er neben Lucia die Abteilung verließ, «wäre er längst in Dachau gelandet, den hätten sie ganz sicher nicht nur in eine andere Abteilung versetzt. So den Bogen zu überspannen, das konnte sich nur so eine blödsinnige Heldin wie du leisten. Und wem hat es genützt? Dir nicht und den anderen auch nicht.»

«Von einem, der nur bellt und nicht beißt, lasse ich mir nichts sagen.»

«Redest du jetzt auch noch in Metaphern?»

«Ach, bist du gebildet!» lachte Lucia ihn aus.

«Wundert dich wohl, daß ein Arbeiter gebildet ist und weiß, was eine Metapher ist? Dir steckt das Klassenbewußtsein tief im Fleisch! Machst einen Riesenunterschied zwischen dir und uns!»

«Den mache ich nicht, den gibt es», antwortete Lucia wie beiläufig. Sie wollte die Demütigung des Kriegsgefangenen auskosten: Allmählich lernte auch sie, ihn stilvoll zu verletzen, mit dem gedankenverlorenen Gesichtsausdruck, den er aufsetzte.

«Du irrst dich, mein armes Mädchen», bedauerte sie Alain. «Mach doch endlich die Augen auf: hier gibt es überhaupt keinen Unterschied zwischen dir und uns. Wir stecken alle in denselben sozialen Verhältnissen, wir sind alle Arbeiter, die in Baracken wohnen. Früher gab es Klassenunterschiede, und später wird es die womöglich auch wieder geben; würde mich wundern, wenn eine wie du sich nicht immer wieder zu ihrer Schicht verkriecht. Aber hier in Frankfurt-Höchst, in den Lagern der I. G. Farben, hier sind wir gleich, ob dir das gefällt oder nicht, ja, du stehst sogar weiter unten, du bist nämlich aus der Bahn geschleudert worden und wir nicht. Die Motive dafür, daß du hierhergekommen bist, zählen nichts angesichts der Tatsache, daß du hier bis zum Hals drinsteckst.»

Wieder stieg in ihr Groll gegen diesen Mann hoch: «Und du, warum beleidigst du mich dauernd? Was weißt du überhaupt, wieviel mich das alles gekostet hat, was ich getan habe, selbst wenn du denkst, ich habe bloß den Bogen überspannt?»

«Na, ich an deiner Stelle hätte etwas ganz anderes getan!» rief Alain mit plötzlicher Heiterkeit aus. Er verlangsamte den Schritt, weil sie schon nahe am Tor angelangt waren. «Wenn ich mich hier als Pétain-Anhänger oder Kollaborateur hätte ausgeben können, da hätte ich es jetzt geschafft! Da hätte ich hier zugeschlagen, meine Liebe, daß denen nur so die Haare zu Berge gestanden wären.»

«Aber wenn ich dir vorschlage, einen Streik zu organisieren, dann willst du nichts davon hören.»

«Du und Streik? Mit diesem OST auf der Jacke? Das soll wohl ein Witz sein, wie?»

«Habe ich vielleicht nicht gemeinsam mit dir in der Fabrik geklaut, mitsamt dem OST an der Jacke, für jedermann sichtbar?»

«Also dann weißt du wohl wirklich nicht, was du sagst! Willst du einen kleinen Diebstahl mit einem Aufruhr gleichsetzen? Also dann ...» Und der Mann entfernte sich.

VI

Lucia beschloß, sich allein durchzuschlagen. Sie wollte die Tatsache, daß sie in verschiedenen Abteilungen der Fabrik herumkam, dazu nutzen, sich umzuhören, wie die Streikidee aufgenommen wurde.

Sie meldete sich freiwillig zum Schleppen, Kohlesäcke auf dem Rücken, Kunststoffrollen auf den Schultern. Einmal hatte sie sich ein fast zentnerschweres Gerät auf den Rücken schnallen lassen und es eine Rampe hinaufgetragen. Sie war sehr kräftig geworden. Bei einer der Kontrollen des Sicherheitsdienstes zur Überprüfung der Personenbeschreibungen hatte sie auf der Waage gelesen, daß sie in drei Monaten mehr als 12 Kilo zugenommen hatte: Sie war ein Meter fünfundsechzig groß und wog jetzt 64 Kilo.

Sie durfte sich nicht erwischen lassen, die Franzosen hatten recht, sich auffällig zu benehmen war unvorsichtig. Aber wie sollte sie zu einem Unbekannten gehen und ihm vorschlagen zu streiken? Lagerinsassen prahlten immer mit irgend etwas herum.

Sie wollte die Technik des Aufmuckens anwenden – wann immer ihr ein Ausländer begegnete, schimpfte sie sofort los: «Sind wir vielleicht Sklaven? Warum machen wir eigentlich nicht mal einen Streik?» Sie hatte solche Sätze nicht nur auf russisch und polnisch, sondern auch auf griechisch und slowenisch gelernt. Aber sie begegnete nur wenigen Arbeitern, weil die Mehrzahl in den Werkshallen arbeitete. Und diese wenigen beschränkten sich darauf, zurückzugrüßen und auf ihre Provokation mit einem «He!» zu antworten. Bestenfalls antworteten sie ihr mit einer Handbewegung, die ausdrücken sollte: «Das ist ein Wort!» Oder sie zwinkerten ihr lachend zu: «Warum eigentlich nicht?» Das Ganze schien für sie einfach nur ein Scherz zu sein.

Auch die Russen, mit denen sie im Ch 89 schuftete, grinsten sie nur breit an, und ein paar gaben ihr zum Spaß einen Klaps auf den Rücken, von dem sie fast umfiel.

Im Lager hielt Lucia es nicht für angebracht, ihre Absicht zu verbreiten. In den Kantinen abends wollten die Leute nur schnell ihre Suppe essen – sie reagierten mit Flüchen, wenn jemand sie aus ihrer Stumpfheit holen wollte. Am frühen Morgen in den Waschräumen war es noch schlimmer, da wuschen sich alle nur, betäubt und wie Automaten.

In der Kolonne beim Ausmarsch und bei der Rückkehr von der Arbeit – die Männer gingen vorne, die Frauen hinten – hätte sie nur mit Frauen aus ihrer Baracke sprechen können. Aber die Personen, mit denen man lebt, dachte sie, dürfen immer erst ganz zuletzt informiert werden.

In der Fabrik dagegen waren alle wach und bereit für den Aufstand. Da herrschte mehr Bewegung, und alle Nationalitäten waren vermischt. Ideal wäre gewesen, in die Mauer der Kriegsgefangenen eine Bresche zu schlagen. Hatte Gruschenka nicht eines Tages gesagt, daß sie die KG beneidete? «*Laut Konvention* haben sie ein Recht auf passiven Widerstand, auch in den Augen der Deutschen. Die KG sind grundsätzlich weniger gefährdet als die zivilen Deportierten, das gilt sogar für die sowjetischen, verstehst du, weil die Nazis was von *militärischen* Tugenden halten. Nur die Aufständischen von Warschau sind gefährdeter als die anderen.» Gruschenka hatte recht: die KG waren eine geschlossenere Gruppe als die Zivilen, sie konnten sie also auch beeinflussen.

Als der Aufseher einen Augenblick wegsah, schlich Lucia sich in die gegenüberliegende Abteilung. Sie hatte beschlossen, eine andere Methode zu wählen, nämlich entsprechend den jeweiligen Umständen den Ton zu bestimmen. Bei ihren Landsleuten schien ihr ein fester, nachdenklicher Ausdruck angebracht: «So können wir nicht weitermachen, wir müssen uns auflehnen.» Aber weil die Maschinen so laut waren, mußte sie auch lauter sprechen: «Und wir haben eine hervorragende Waffe – wir können streiken.»

Die fünf italienischen Gefangenen des Ph 32, die sie neugierig hatten hereinkommen sehen, wechselten müde Blicke.

«Bei all dem Pech, das wir haben! So eine Schnapsidee hat uns gerade noch gefehlt!» schrie ihr einer durch das Getöse zu und fuhr fort: «Kannst du dir den Reinfall vorstellen?»

Am nächsten Morgen war Lucia wieder zur Stelle, immer wieder irgendeine Unachtsamkeit des Aufsehers ausnutzend. Aber die italienischen Arbeiter unterbrachen nie ihre Arbeit am Ofen, sondern schoben die funkensprühenden glühenden Metallplatten weiter eine nach der anderen in die Presse, wobei nach allen Seiten winzige Späne herausprasselten.

«Wir sind keine Hampelmänner mehr», trompetete Lucia durch die Hände: «Wir handeln jetzt nur noch nach unserem eigenen Kopf.»

«Glaubst du, du stehst hier auf dem Balkon der Piazza Venezia?»

Rasch versteckte sich Lucia hinter einer Presse und schlich darum herum, den Bewegungen des Vorarbeiters entsprechend, der vermutlich durch die lauten Stimmen aufmerksam geworden und zu den Italienern gegangen war, um nach dem Rechten zu sehen.

Dann trafen sie sich wieder nach der Mittagspause, auf dem Rückweg von den Kantinen. «Na, du römische Ostlerin», rief ihr ein Badoglianer zu, «was sagen denn die anderen?»

«Was sollen sie schon sagen?» fragte der Mann neben ihm dazwischen. «Weiß doch jeder: ist eine Seifenblase.»

«Na ja!» Ein dritter lächelte vor sich hin. «Wir brauchen es ja nur auszuprobieren, und nach einer Viertelstunde wissen wir Bescheid – wenn sie uns nicht allesamt mit einer einzigen Maschinengewehrsalve erschossen haben, können wir vielleicht doch noch die eine oder andere kleine Erleichterung erreichen.»

In wenigen Tagen hatte Lucia gelernt, auch Widerspenstigen die Stirn zu bieten. Mit einem Blick entschied sie, ob sie ihre Argumente in vertraulichem Ton oder herausfordernd zur Sprache bringen mußte. Fast immer aber kam der sichere und zugleich ein bißchen lässige Ton am besten an.

Die Slowenen, die in Jugoslawien gegen die deutschfreundlichen Kroaten gekämpft hatten und von den Nazis verfolgt wurden, fingen an, ihr unmerklich ein zustimmendes Lächeln und einverstandene Blicke zuzuwerfen (sie arbeiteten in der Nähe des kleinen Werksbahnhofes).

Ein Grieche gab ihr mit Gesten zu verstehen, daß er, wenn alle die Arbeit niederlegten, auch mitmachen würde, aber nicht, wenn nur wenige streikten und die Mehrheit arbeitete.

Ein italienischer Zivilgefangener, der im ersten Stock des Ch 89 arbeitete, zeigte Interesse für das Problem. Lucia hatte sogar fast den Eindruck, daß der Mann – ein Immigrant aus Apulien, der ganz aus Nerven und Mimik bestand – sie abfing, um ihr seinen Standpunkt zu erklären: Er erhob Einwände, schlug Auswege vor, sah mögliche Gegenreaktionen der Nazis voraus, schien der Streikidee sehr zugeneigt und zuckte dann plötzlich mit den Achseln: «Nichts zu machen, es geht nicht.»

Je überzeugender Lucia die Ausführungen des Apuliers fand, desto mehr fühlte sie sich hin und her gerissen zwischen der Notwendigkeit, ihn zum Mitmachen zu bewegen, und dem Wunsch, sich möglichst schnell aus dem Staub zu machen, kaum daß sie aus dem Augenwinkel sah, wie er auf leisen Sohlen herankam. Ein Pfiff des Aufsehers erlöste sie gewöhnlich aus dem Dilemma.

Als Lucia eines Nachmittags mit einem Karren, den sie hinter sich herzog, an der Werkshalle vorbeikam, in der Alain und Etienne arbeiteten, winkten sie ihr zu warten. Drei oder vier Franzosen machten sich an einem Gerät zu schaffen, das sie nach draußen getragen hatten; sie schraubten ein Zahnrad ab und hämmerten auf Bolzen ein und fragten sie dabei, wie es ihr ginge.

«Allen Angsthasen zum Trotz ausgezeichnet», antwortete sie.

«Haben schon ein paar Trottel angebissen?» fragte Etienne mit einem süffisanten Lächeln.

Lucia machte die Zustimmung unter den Russen, Slowenen und Griechen größer als sie war und verschwieg die Skepsis der Italiener.

«Interessant!» brummte ab und zu einer der Franzosen vor sich hin und tat so, als arbeitete er ganz konzentriert.

«Wollt ihr nicht mitmachen?» wagte sie zu fragen.

«Wir?» Sie prusteten vor Lachen.

Auch am nächsten Tag traf Lucia sie wieder auf dem Vorplatz

vor ihrer Werkshalle, wo sie diesmal an einem Maschinenteil herumhantierten. Wie um zu verschnaufen, ließ sie den Sack, den sie auf dem Rücken trug, auf die Erde rutschen und blieb stehen. Sie erklärte, daß die Erfolgschancen ganz gut aussähen. Die Franzosen ließen sie reden und äußerten nur hin und wieder mit geschäftiger Miene eine (wie sie sagten) «technische» Frage zu ihren Plänen:

«Und wo wollt ihr die Arbeit unterbrechen? An den Maschinen? Und dann alle in die Latrinen und verstecken?» – «Wer gibt das Signal?» – «Mit einer Pfeife oder mit einer Trompete?»

Lucia merkte, wie sie sich hinter ihrem Rücken dauernd Blicke zuwarfen und sich zublinzelten, dann plötzlich wieder harte Gesichter bekamen und ihr nur noch einsilbig antworteten.

«Wißt ihr was?» brauste sie wütend auf. «Ihr mit euren Gesichtern könnt mich am Arsch lecken.» Dann versuchte sie, sich ihren Sack wieder aufzuladen. Alain und Etienne kamen an, um ihr zu helfen. «Wie vulgär unsere kleine Studentin geworden ist», sagte Alain seufzend, während er ihr die Last höher auf die Schultern hob. «Was sagst du dazu, mein Freund? Man kann sie ja nirgends mehr mitnehmen!»

Lucia fand den Ton, in dem sie die Fragen gestellt hatten, unverzeihlich. Ihr fiel kein Wort ein, das vernichtend genug gewesen wäre. «Gewürm», «Tiere» sortierte sie aus, das war noch zu schwach. Schließlich sagte sie nur lässig: «Leute aus dem Volk.»

Auch ihre Beziehungen zu Martine hatten sich verschlechtert. Martine stichelte immer wegen der Italiener und behauptete, daß sie bei denen einen Reinfall erleben würde, vor allem bei den italienischen Kriegsgefangenen, die wären alle viel zu niedergeschlagen und mißtrauisch. «Sieh sie dir doch an! Die laufen immer mit gesenktem Kopf herum, und wenn man sie anspricht, sehen sie einen an, als wollte man sie reinlegen.»

«Haben sie etwa nicht recht? Bei all den Beleidigungen, mit denen ihr und die Nazis sie bedenkt – sollen sie da auch noch Freudensprünge machen?»

«Du bist gut, gibst dich als geborene Französin aus, aber kaum rührt einer deine Italiener an, schnappst du immer gleich ein.»

«Das habt ihr euch selber zuzuschreiben, meine Liebe. In der Schule in Frankreich mußte ich mir in der Pause so oft ‹Makkaronifresser› und ‹Mandolinenklampfer› anhören, daß ich inzwischen stolz darauf bin.»

Und als Alain auf sie zutrat, während sie die Abteilung verließ, sagte sie ganz sanft: «Ich habe keine Zeit für geborene Knechte.» (Das war einer der Sätze, die sie sich nachts zurechtgelegt hatte.)

Zum Glück gab es Gruschenka, Johann und Stanislaw, die alle ihre Freunde für die Organisierung des Streiks mobilisierten. Aus den Tiefen der Ausländerlatrinen förderte Gruschenka Hinweise auf Leute im Ch 89 zutage, die wahrscheinlich für das Unternehmen gewonnen werden konnten. Sie brachte auf ihre träge Art mehr Leute in Bewegung als Lucia mit ihrem frontalen Vorgehen (sie bewog auch den apulischen Einwanderer zum Mitmachen).

Stanislaw weihte die vertrauenswürdigsten Polen in seinem Lager ein, und Johann, der gut Russisch sprach, redete mit den Ukrainern, die ihn zwar freundlich aufnahmen und ihm eine Gurke anboten, dann aber zögerten. Die Ukrainer waren besonders geschickt darin, auf dem Weg zur Fabrik und zurück Kohl und Gurken aus den Feldern zu reißen. Sie täuschten ein dringendes körperliches Bedürfnis vor und durften sich von der Kolonne entfernen, um sich hinter einem Busch zu erleichtern. Aber was den Streik betraf, waren sie störrisch.

Schon seit drei Wochen lebte Lucia nur noch für den Streik (es war fast Ende Mai). Sie hatte das Gefühl, sich in einem Vakuum zu bewegen und nichts in der Hand zu haben. Wohl hatte sie ihre Sache mit zweihundert, vielleicht dreihundert Lagerinsassen besprochen, aber es gab mehrere tausend Ausländer! Wenn sie in diesem Tempo weitermachte, würde sie unendlich lange brauchen, bis sie mit allen Verbindung aufgenommen hatte, und wenn der letzte endlich seine Zustimmung gab, hatte der erste bestimmt schon wieder alles vergessen. Außerdem bekam sie nach den ersten Tagen der Euphorie allmählich Angst. Die Aufseher mehrerer Abteilungen hatten sie bereits ausgeschimpft und jagten sie weg, wenn sie sie nur auftauchen sahen. Sobald sie in Hörweite kam, fragten sie sie, wohin sie denn das Faß rollen oder den Karren schieben wollte, und machten ihr ärgerlich klar, sie hätte sich in der Richtung geirrt.

Die Studentin hatte gehofft, sie hätte die Franzosen angesteckt mit ihrem Unternehmungsgeist, und sie beteiligten sich jetzt auch an der Vorbereitung des Unternehmens; an ihren kämpferischen Fähigkeiten hatte sie schließlich nie gezweifelt, und auf jeden Fall war, so glaubte sie, ohne ihre Unterstützung der Ausgang sehr viel ungewisser, bei allem Vertrauen in die Russen und Polen.

Bei ihrem geübten Verstand fiel es Gruschenka leicht, die allgemeinen Aspekte eines Planes zu erfassen, und sie beschäftigte sich vor allem damit, seine Verwirklichung vorzubereiten. Sie beriet sich stets mit den im Ch 89 stark vertretenen russischen Kriegsgefangenen und den Aufständischen von Warschau. Die wiederum besprachen sich in ihren Lagern jeweils mit ihren Kriegskameraden, von denen einige auch Kontakt zu den französischen Soldaten hatten.

Die Teilnahme der deportierten russischen Zivilisten machte kein Kopfzerbrechen. Die Arbeit niederzulegen bedeutete für sie lediglich die Fortsetzung dessen, was schon in der Heimat ihre Verhaltenstaktik gewesen war. Dort hatten zwar nur wenige Guerilla-Aktionen durchgeführt, aber alle hatten den eindringenden Armeen passiven Widerstand entgegengesetzt.

Nicht ganz einfach war es dagegen, die Agitation unter den Arbeitern aus Ost und West aufeinander abzustimmen, die passenden Argumente zu finden, um Arbeiter so verschiedener Herkunft dazu zu überreden, gemeinsam zu streiken, ohne ihnen dabei zu ehrgeizige Ziele in den Kopf zu setzen, wie zum Beispiel einen allgemeinen Aufstand. Jedenfalls erwies sich, daß der Gedanke an einen aktiven Krieg mit der Waffe in der Hand die im Zustand ständiger Erschöpfung lebenden Internierten nur abschreckte.

Die sowjetischen Gefangenen, einfache Soldaten, respektierten Gruschenka und trauten ihr das Zeug zum Offizier zu, weihten sie aber, da sie nur deportierte Zivilistin bei den I. G. Farben war und sie ihr Militärgeheimnis hüten mußten, auch nicht in ihr Komplott mit den französischen Gefangenen ein. Sie unterbreiteten ihr jedoch die schwierigsten praktischen Probleme und sorgten für die Ausführung der Befehle.

«Die Lage ist klar», erklärte Gruschenka Lucia. «Mit Sicherheit können wir nur eines vorher beschließen: nämlich *wie* wir die Arbeit niederlegen werden. Alles andere müssen wir von der Reaktion der Deutschen abhängig machen. Aber der erste Schritt ist getan, und das ist schon viel.»

Hin und wieder vertraute Gruschenka Lucia einen «harten Knochen» an, den ihre Genossen ihr angegeben hatten: «Versuch es bei dem mit deiner Dialektik, wir wollen sehen, was dabei herauskommt.»

Bei anderen Gelegenheiten mahnte sie zur Vorsicht: «Paß auf, Lùszia, die Entschlossenheit zum Streik muß im richtigen Augenblick den Siedepunkt erreichen, und der muß in allen Abteilungen derselbe sein. Deshalb mußt du in diesem Bereich mit der Agitation etwas zurückhaltender sein.» Dieselben Ermahnungen gab sie auch Johann und Stanislaw, die beide erst neunzehn und genau wie Lucia unfähig waren, vor allem anderen zu bedenken, daß ein Streikplan sich organisch zusammensetzen mußte. «Dosiert eure Propaganda», warnte Gruschenka, als fühlte sie sich wieder zurückversetzt an die Moskauer Marineakademie. Sie sprach gelassen und mit Autorität, trotz ihres lässigen Auftretens. «Diese Milchbabies, die das Rote Kreuz durchfüttert, können uns wirklich gestohlen bleiben», fügte sie in Anspielung auf die französischen Kriegsgefangenen hinzu, und ein erbarmungsloses Lächeln zog über ihr schönes ruhiges Gesicht.

Aber die Einwände der «harten Knochen» hatten ihre Wirkung auf Lucia nicht verfehlt. So dachte sie angstvoll darüber nach, welche Mittel die Deutschen zur Unterdrückung einsetzen könnten. Nachts lag sie stundenlang wach und grübelte über die Schwierigkeiten nach. Und wenn sie endlich einschlief, träumte sie Schreckensszenen wie die, die Johann von den Aufständischen von Warschau erzählt bekommen hatte. Eines Nachts träumte sie, daß nicht nur die Franzosen dem Streik fernblieben, sondern auch massenweise «Ostarbeiter» absprangen. Als einzige blieb Gruschenka auf dem Deck eines Schiffes stehen, die schmale Gestalt in Lumpen gehüllt. Als eine himmelhohe Sturzwelle sie zu verschlingen drohte, wachte Lucia schreiend auf.

Sie hatte Angst, wieder einzuschlafen, und als sie merkte, wie ihre Glieder wieder schlaff wurden, schüttelte sie sich, zog ihren Arbeitsanzug an, schlüpfte in die Holzschuhe und ging aus der Baracke.

Die Luft draußen war so trocken, daß die beiden Schäferhunde des Lagers ihre Schritte schon von weitem hörten. Lucia hörte, wie sie auf dem Kies auf sie zustürzten. Offenbar erkannten sie sie aber schon auf Entfernung am Geruch, denn sie hielten im Lauf inne. Der eine trottete ab, der andere blieb. Als er näherkam, konnte Lucia seinen kurzen, erregten Atem hören. Es schien derselbe Hund zu sein, dem sie an einem ihrer ersten Abende hier entgegengetreten war. Sie meinte den Geifer in dem aufgerissenen Maul mit der heraushängenden Zunge zu sehen, während das Tier hechelte, als könnte es ihre Angst erraten.

Jetzt hatte der Hund ihre Fährte aufgenommen. Sie wollte die Hand in der Hosentasche verstecken, hielt sich aber gerade noch zurück: «O nein, bloß nicht, er muß das für eine Bedrohung halten.» Also drückte sie die Finger fest gegen die Tasche, in die sie, wie sie sich erinnerte, ein halbes Würstchen gesteckt hatte. «Der riecht das und denkt, ich hätte es gestohlen, und akzeptiert mich deshalb nicht als Herrn. Aber dem werde ich zeigen, wieviel Würste ich habe!»

Und mit einem Schwung warf sie ihm das kostbare Stück Wurst zu, das sie sich für den Ertrag aus einem Diebstahl gekauft hatte, und sah, wie das Tier es im Flug mit laut zuschnappenden Hauern fing.

Diesem Hund hatte ein Blockführer ein gestohlenes Kleidungsstück unter die Nase gehalten, und er war, nachdem er erst gierig an dem Stoff geschnüffelt hatte, ohne Hast im ganzen Lager herumgestreift, immer mit der Schnauze am Boden oder hoch in die Luft, und plötzlich losgeschossen. Irgendein Mann inmitten der auf dem Platz zusammengedrängten Herde von Menschen hatte angefangen zu wimmern und sich dadurch selber verraten, bevor er noch zu Boden geworfen worden war.

Ein halbes Würstchen ist immer noch besser als ein Linsengericht, dachte Lucia und fühlte sich dabei gleichzeitig auch entmutigt durch ihren Schülerinnenhumor, während sie wachsame Blicke auf den Hund richtete, der jetzt neben ihr mit dem Schwanz wedelte.

Am nächsten Morgen, als sie auf dem kleinen Werksbahnhof mit drei anderen Lastträgern auf einen Waggon wartete, der entladen werden sollte, schlief sie im Stehen wie ein Pferd.

Bei Schichtende hielt Alain sie an. «Entschuldige», sagte Lucia und schob ihn beiseite, «ich habe keine Zeit zum Streiten.»

«Wir sind zur Zusammenarbeit bereit», sagte Alain.

Lucia zuckte die Achseln und ging, während der Mann weiter auf sie einredete, auf das Tor zu, ohne ihm zu antworten und ohne richtig auf seine Worte zu hören.

«Hörst du mir nicht zu?» Er ergriff ihre Hand.

«Pardon.» Sie fühlte sich wie betäubt.

«Ich habe gesagt, daß ihr gute Arbeit geleistet habt, sowohl du und Gruschenka im Ch 89 wie auch Johann und Stanislaw im Na 14.»

«Wir waren es nicht allein.»

«Ich weiß.»

Auf dem Rückweg schloß sich Lucia der Kolonne der Italienerinnen aus ihrer Baracke an, die sich jetzt nicht mehr bitten ließen wie am Anfang, sondern ihr bereitwillig Platz machten. Sie fing an, über den Streik zu reden.

«Darauf kannst du dich verlassen», sagte die schwangere Frau aus Bergamo, «mich müssen sie schon auf dem Boden wegschleifen, wenn sie mich zur Arbeit zwingen wollen.»

«Ich arbeite nicht einmal, wenn sie mich an den Haaren wegzerren. Keinen Finger mache ich krumm.»

Carla, die brünette sechzehnjährige Arbeiterin, groß und kräftig und mit frischer Gesichtsfarbe und breiten Zähnen, die sich einem «badoglianischen» Kriegsgefangenen angeschlossen hatte, drängte sich zwischen Lucia und eine der beiden Bergamaskerinnen. «Mein Freund und ich, wir haben auch was dazu getan», sagte sie mit sanfter Stimme und wandte Lucia ihre Samtaugen zu, «und zwar ohne es an die große Glocke zu hängen.»

«Für mich ist es das Schlaraffenland!» sagte Pina, das römische Friseurlehrmädchen. «Viel besser als Schule schwänzen!» Seit ihre unzertrennliche Freundin einen «Verlobten» gefunden hatte, fühlte sie sich oft allein und nahm gegenüber den anderen Frauen oft ein kindliches Verhalten an.

«Wie mir dieses Getue auf die Nerven geht», platzte das Mädchen aus dem Waisenhaus heraus und wechselte aufgebracht auf die äußere Seite der Kolonne über.

«Habt ihr gehört?» jammerte Pina. «Wenn hier einer Getue

macht, dann doch sie, und streiken tut die sowieso nicht! Halsabschneiderin, Bastardin, was anderes bist du nicht, du!»

«Ganz recht», entgegnete die Angesprochene würdevoll. «Ich mache da nicht mit. Aber ich bin weder eine Verräterin noch eine Streikbrecherin. Wenn es losgeht, melde ich mich krank.»

Am selben Abend rief Martine Lucia auf ihr Strohlager: Der Zeitpunkt für den Streik war für den kommenden Tag festgesetzt worden. Alle ausländischen Arbeiter sollten auf dem Weg von den verschiedenen Lagern zu den I. G. Farben informiert werden. Gleichzeitig sollten sie erfahren, wie die Operation erfolgen sollte, was Martine Lucia schon jetzt haargenau erzählte; sie klärte sie auch über die Hintergründe auf, die die Italienerin bisher nicht gewußt hatte.

Sie hatten die Köpfe unter der Decke zusammengesteckt, und Martine hatte eine Stunde lang in Lucias Ohr geflüstert, und mit den Worten: «Mit dem Vorrücken der Engländer und Amerikaner werden morgen alle ausländischen Arbeiter in Deutschland . . .» schlief sie ein, ohne den Satz zu vollenden.

VII

Im Morgengrauen marschierten die Internierten aus den Lagern, in Kolonnen wie gewöhnlich und in schnellem Schritt. Die Ankündigung des Streiks wurde von Reihe zu Reihe weitergesagt: Sobald sie in der Fabrik waren, sollten die Arbeiter in ihre Abteilungen gehen, und zwar ganz langsam diejenigen, die nur einen kurzen Weg hatten, und etwas weniger langsam die anderen; niemand jedoch sollte sich beeilen, alle sollten bei Ertönen der Sechs-Uhr-Sirene in der Höhe ihrer Waschräume sein. Wenn die Sirene ertönte, sollten alle Ausländer in allen Werkshallen gleichzeitig die Waschräume betreten, in die sie gewöhnlich nur abends gingen, um sich das Maschinenöl abzuschrubben, und zunächst so tun, als wollten sie sich die Hände waschen oder urinieren, um die Deutschen so noch ein paar Augenblicke lang zu verwirren. Dann sollten sie bis zum nächsten Kommando in den Waschräumen bleiben und sich nicht von der Stelle rühren. Nicht vergessen: über das ganze

Werksgelände verteilt konnten die Ausländer die Lage unter Kontrolle halten; doch sobald sie sich von den Deutschen an einem Ort zusammentreiben ließen, waren sie verloren. Die Arbeiter würden jeweils über die nächsten Schritte des Streiks unterrichtet werden. Aber Vorsicht: die Deutschen würden mit Sicherheit versuchen, Gerüchte zu verbreiten. Keiner sollte auf Gerede hören. Die Losung hieß: Weisungen abwarten.

Nachdem die Ausländer einer nach dem anderen an den verschiedenen Eingängen der I. G. Farben ihre Lochkarten in die Stechuhren gesteckt hatten, verteilten sie sich im Gänsemarsch auf die Abteilungen und verzogen sich, als die Sirene zum Arbeitsbeginn aufheulte, in die Waschräume.

Carla, die vor lauter Aufregung gestolpert und mit dem Gesicht auf den Boden geschlagen war, hatte das Gebäude, in dem sie arbeitete, nicht mehr rechtzeitig erreicht und sich mit Lucia in einen Waschraum von Ch 89 begeben. Nachdem sie ein paar Minuten alle dicht zusammengedrängt in dem Raum gestanden hatten, zwischen einer Reihe von Waschbecken an der einen Wand und den Urinalen an der anderen, erschienen die Wachen und forderten: «An die Arbeit!»

Die Ausländer, ungefähr dreißig Personen, sahen sie ruhig an und rieben sich die Hände unter den Wasserhähnen oder taten so, als ob sie an den gegenüberliegenden Kachelwänden urinierten. Die beiden Wachen gingen auf die Lagerinsassen zu und versuchten, sie zuerst mit Püffen, dann mit Fußtritten zu zwingen, sich von der Stelle zu rühren. Doch sie schlossen einen so engen Kreis um die Wachen, daß die beiden – von den Körpern, deren angespannte Muskeln sie fühlten, bewegungsunfähig gemacht und in der Grabesstille um sie herum – Angst um ihr Leben bekamen. Der apulische Arbeiter, der die uniformierten Deutschen direkt vor der Nase hatte, starrte sie an und preßte durch die Zähne: «Wir könnten die beiden hier knebeln und entwaffnen, wenn wir sicher wären, daß sie auch in den anderen Waschräumen Geiseln haben.» Halblaut übersetzte Lucia rasch ins Französische. «Wenn wir aber die einzigen sind, können sie uns erpressen: Entweder laßt ihr die zwei Soldaten frei, oder wir werfen zehn Handgranaten in zehn Waschräume. Dann wären wir angeschissen!» sagte er und schloß:

«Besser, wir lassen sie laufen.» Mit der Schulter begann er ihnen den Weg zu bahnen. Draußen hatte jetzt ein wildes, herrisches Konzert von Messingpfeifen angehoben. Widerstrebend machten die Ausländer einen schmalen Durchlaß zum Ausgang frei und schoben die Wachleute mit dem Gewicht ihrer Körper rückwärts hinaus. Ohne die geringste Würde rannten die beiden davon, sobald sie die Tür erreicht hatten.

«Ah!» Alle stießen einen Seufzer der Befriedigung aus.

«Das war vielleicht nicht gerade ein sehr diplomatischer Akt», bemerkte ein Franzose, der schon seit vier Jahren in Höchst arbeitete, «aber es mußte einfach sein.»

«Was für ein Hochgenuß, Leute!» rief ein Italiener aus und reckte sich vor Vergnügen.

Aber langsam begann allen der Mut zu schwinden. Jeder zischte seinen Nachbarn an, er solle still sein. Dann, als alle stumm lauschten, nickten ein paar zufrieden: keine Maschinengeräusche zu hören. Die Stille wurde immer wieder kurz durchbrochen vom Knattern eines Motorrads, das jenseits der Wand vorübersauste, an der mit bleichen Gesichtern Männer und Frauen lehnten.

«Ich habe Bauchweh», sagte jemand.

Es war inzwischen wohl eine Viertelstunde vergangen, und noch immer geschah nichts.

«Sie werden uns mit Gas hier raustreiben, und wenn wir erst einmal draußen sind, knallen sie uns alle ab», jammerte eine Männerstimme.

«Beschwöre es nicht!» brachte eine Frau ihn zum Verstummen.

Aber übermannt vom Schrecken, löste sich jener Mann aus der Reihe an der Wand und lief durch die Tür hinaus in die Morgendämmerung, die ihn sofort verschluckte. Jenseits der menschenleeren Straße erhoben sich unbelebte bleierne Gebäude, so schien es jedenfalls.

Knapp eine Minute später tauchte der Arbeiter völlig verstört wieder auf:

«Es klappt!» verkündete er. Hinter der Ecke war er auf den Meister und die Gruppe von Vorarbeitern seiner Verhüttungsabteilung gestoßen. Sie hatten vor dem Tor herumgelungert und ihn angestarrt wie ein Gespenst, und er war zum Waschraum zurückgerannt. «Der Streik klappt . . .» wiederholte er ungläubig, tonlos.

«Sie hatten uns psychologisch entwaffnet mit diesem furchtbaren Bild ihrer Grausamkeit, das sie uns ins Gehirn gepflanzt haben», begann der französische I. G. Farben-Veteran, der ebenfalls zu den Widerstandskämpfern gehörte. «Ihr müßt begreifen, daß uns das Nazibild, das wir im Kopf haben, von den Nazis selber eingehämmert worden ist, damit wir uns aus lauter Angst vor ihrer Reaktion gar nicht erst trauen, einen Finger zu rühren. Man muß sich nur immer wieder sagen, daß sie Menschen sind wie wir, mit Schwächen und Ängsten und . . .»

«Du stehst aber auch dauernd auf der Kanzel», unterbrach ihn eine Frau ungeduldig.

«Aber es stimmt, er hat recht», entgegnete der Mann, der wieder Mumm bekommen hatte, nachdem er «die Lahmlegung» der Gebäude ringsum gesehen hatte. «Tatsache ist jedenfalls, der Streik klappt.»

Während sie diskutierten, gab es Voralarm.

Sie sahen sich an: «Um diese Uhrzeit?» Es war ungefähr zwanzig vor sieben.

«Was ist los?» fragte besorgt der Franzose, der schon seit 1940 in Höchst interniert war. «Um diese Uhrzeit hat es noch nie Alarm gegeben, kein einziges Mal in all den vier Jahren.»

Paarweise näherten sich Schritte über das Pflaster.

«In den Bunker!» befahlen die beiden Wachen von vorhin, sie hatten Gewehre im Anschlag, sprachen aber in normalem Befehlston. «Alle in den Bunker, rasch! Es sind Bomberverbände gemeldet worden, wie wir noch keine gesehen haben!»

Nach kurzer Verständigung durch Blicke blieben alle Ausländer unbeweglich stehen, als wären sie zwischen den Waschbecken und den Abtritten angeschraubt.

Sie konnten kaum dieses Gefühl von Macht im Zaum halten: Die Wachen waren auf der Schwelle stehengeblieben und hatten sie nicht mit dem Gewehrkolben geschlagen, obwohl ihre Gesichter äußerst empört gewirkt hatten, und sie waren schließlich abgezogen.

Der französische Widerstandskämpfer wischte sich mit dem

Ärmel den Schweiß aus dem Gesicht. Er packte seinen Nachbarn am Nacken:

«Ganz klar», keuchte er, «wir sind nicht allein. Alle Werke, verstehst du?» Genau in diesem Augenblick zerriß das durchdringende Geheul der Sirenen, mit dem Vollalarm gegeben wurde und das einem das Blut in den Adern gefrieren ließ, die Luft.

Draußen war Lärm zu hören, jaulende Stimmen, das Klappern von Holzschuhen. Das Sirenengeheul hörte und hörte nicht auf.

Der erfahrene Franzose sah hinaus: «Ihr Scheißkerle!» schrie er, um die heulenden Sirenen zu übertönen. «Geht in die Waschräume zurück!»

«Hier krepiere ich bloß in den Flammen!» brüllte einer.

«Geht zurück!» schrie er aus voller Kehle. «Wir haben den Sieg in der Hand!»

Jemand stürzte zum Ausgang des Waschraums. Der Franzose stellte sich ihm in den Weg. «Ich muß kacken, ich kann es nicht mehr aushalten», sagte der andere zitternd, entwand sich mit einem heftigen Ruck und stürzte hinaus.

Die beiden Wachsoldaten tauchten wieder auf, diesmal in Begleitung eines Deutschen in Zivil. Es war der Abteilungsleiter von Ch 89 höchstpersönlich. Der Gedanke, daß er sich nicht in den Bunker «Nur für Deutsche» gerettet hatte, beruhigte die Gemüter einen Augenblick lang. Und die Ausländer bemerkten zu ihrem Staunen, daß der Abteilungsleiter ihnen hinter dem Rücken der Wachen Zeichen des Einverständnisses machte. Nachdem er die Augen in Richtung der Waschbecken und der Wände gewendet hatte, hob und senkte er die Lider. Die Ausländer sahen sich zweifelnd an. Dann trat der Abteilungsleiter vor die beiden Wachposten und fuhr die in dem Waschraum zusammengedrängten Lagerinsassen mit harter Stimme an: «In den Bunker, Drecksvolk.» Gleichzeitig steckte er den Daumen in die Westentasche, machte mit dem Zeigefinger ein Nein-Zeichen und legte schließlich die Handgelenke mit geschlossenen Fäusten über dem Bauch übereinander, das Signal für Handschellen.

Alle sahen sofort weg und richteten fast zu finstere Mienen auf den Abteilungsleiter, um jeden Verdacht der Wachleute zu zerstreuen. «Danke für Ihre Mühe», wisperte Carla mit leuchtenden Augen auf italienisch.

«Habt ihr verstanden», fragten sie sich gegenseitig augenzwinkernd, als sie wieder allein waren. «Die wollten uns im Bunker haben, und dann machen sie die Falle zu!»

«In Ordnung, der Abteilungsleiter! Wer hätte das gedacht!»

Auf dem Boden und auf den Waschbecken sitzend, rechneten sie sich mit lauter Stimme aus, wie viele Stunden sie wohl durchhalten mußten. Jemand machte den Vorschlag, nicht ins Lager zurückzukehren, sondern hier zu übernachten und ganz einfach die Hallen und Kantinen mitsamt den Lebensmittellagern zu besetzen. Sie hatten die Gefahr schon fast vergessen, als die Vorentwarnung ertönte.

«Ich gehe zu meinem Freund», erklärte Carla, «ich mache den Streik mit ihm zusammen weiter», und stürzte hinaus. Gleich darauf hörten die anderen sie schreien und sahen einen Augenblick lang ihre Gestalt vor der offenen Tür, wie sie sich mit Fußtritten zwei Wachen zu entwinden versuchte, die sie an den Armen hinter sich herzerrten. Schreie von Frauen und Geräusche von dumpf aufschlagenden Körpern und rauhen Männerstimmen waren auch von weiter weg zu hören. Und dann wurde wieder Vollalarm gegeben, mit dem bedrohlichen Geheul der Sirenen, das einem die Eingeweide umdrehte.

«Flieger!» schrie eine Frau.

Wie versteinert horchten die Ausländer im Waschraum auf das Dröhnen der mächtigen Motoren, das sich von allen Ecken der Welt zu erheben schien, das unheilträchtige Brummen, das sie so gut kannten und das dem Auftauchen der Bomber am Himmel unmittelbar vorausging.

«Ich gehe in den Bunker», stieß ein Mann in einem Ton hervor, der keine Widerrede duldete, und schon klang es, als würde das Getöse der Bomber immer lauter. «Wehe dem, der mich daran hindert», sagte der Mann mit einem drohenden Blick in die Runde. Vier andere gingen mit ihm.

Jeder war darauf gefaßt, im nächsten Augenblick Bomben in die Werkshallen einschlagen zu hören, und jeder dachte an die brennbaren Materialien in seiner Abteilung, entschlossen, sich bei der ersten Explosion über die Weisung hinwegzusetzen, und im Herzen schon auf der Flucht zu den Toren, zwischen einstürzenden Mauern und Flammen hindurch, die sich, gefüttert von den

Säuren, zu den Heizölvorräten hinüberzüngelten. Lucia barg den Kopf in den Armen. Das Brummen der Flugzeuge schwoll immer mehr an.

«Früher oder später mußten sie ja einmal die I. G. Farben bombardieren», meinte der Apulier, der im Schneidersitz am Boden saß und sich bitter hin und her wiegte.

«Aber ausgerechnet heute, wo wir streiken?» gab der Veteran, der die Worte des Italieners verstanden hatte, auf französisch zurück. «Ausgerechnet heute?»

«Hätten wir bloß die Geiseln hierbehalten!» jammerte der Apulier.

Ein Arbeiter erschien an der Tür und klammerte sich keuchend an die Pfosten: «Es ist ein Hinterhalt», sagte er auf italienisch. Er konnte vor Atemnot kaum die Worte herausbringen. «Das sind keine Bomber.» Und mit einem angestrengten Ruck richtete er sich auf: «Sagt es allen weiter.» Dann verschwand er wieder.

Aber das Brummen der Flieger kam immer noch näher und ließ allen die Haare zu Berge stehen. Das Vibrieren war jetzt stärker als zuvor.

«Diese Schweine», murmelte der französische Widerstandskämpfer, «an alles haben wir gedacht: Gefängnis, Erschießung, Massenvergasung in Buchenwald, aber nicht an diese ganz einfache Idee, den Streik kaputtzumachen durch einen falschen Alarm, durch einen simulierten Luftangriff.» Er hockte niedergeschlagen auf dem Boden. «Aber konnten sie sich das überhaupt erlauben, all ihre Fremdarbeiter auf einmal umbringen, die sich am selben Tag in allen deutschen Fabriken gleichzeitig erhoben? Und die Kriegsproduktion? Was wäre dann aus ihrer Kriegsproduktion geworden? Wer hätte ihnen dann noch ihre Waffen hergestellt? Sie hatten ja gar keine andere Wahl, als den Streik zu übergehen. Das ist doch das Nächstliegende. Warum haben wir daran nicht gedacht, frage ich . . .» Bestürzt sah er um sich. «Das war doch der erste Gegenzug, auf den wir gefaßt sein mußten . . .»

«Wir haben sie unterschätzt», räumte eine junge Wallonin ein, auch sie völlig verstört.

«Das sind keine Bomber», sagten sich die anderen Franzosen und Italiener, die an den Wänden kauerten und immer wieder von

Zweifeln überwältigt wurden, wenn die Explosionen dicht aufeinander folgten.

Eine Frau wagte sich aus der Tür hinaus, raufte sich die Strähnen und stieß einen bestialischen Klagelaut aus, der einem das Blut in den Adern gefrieren ließ.

Lucia hatte sich mit einer Gänsehaut unter ein Waschbecken geduckt.

«Das sind wohl auch keine Bomber, wie?» schimpfte ein Mann böse. Er sprang auf die Füße. «Der Streik ist doch kein Selbstmord», schrie er den Gefährten ins Gesicht, und mit weitausholender Geste forderte er sie auf: «Alle in den Bunker von Na 14, los!» Gebeugt, um nicht von den Splittern getroffen zu werden, schlüpfte er aus der Tür.

«Fallt nicht darauf herein», beschworen der französische Widerstandskämpfer und das wallonische Mädchen, die sich wieder gefaßt hatten, die anderen und stellten sich all denen, die hinaus wollten, entgegen. «Laßt uns alles in Ruhe überlegen», rief Lucia und schloß sich den beiden an. «Es ist die Anspannung wegen des Streiks, die uns böse mitspielt.» Der Apulier, der auf dem Boden sitzengeblieben war, streckte die Füße aus und stellte blitzartig einem Mann und einer Frau ein Bein, beide fielen zu Boden.

Während des darauffolgenden Gezeters schlug jemand von draußen den «Türhütern» auf den Rücken. Sie wandten sich um, und alle verstummten mit einem Schlag: Ein Mann mit der «Arbeitsdienst»-Binde am Arm stand vor ihnen. Er trat in den Waschraum: «Keine Angst», hämmerte er ihnen auf deutsch ein. «Das ist die Flak.» Dann lächelte er, legte mit hochrotem Gesicht die Hände auf die Brust und verschwand nach einer kurzen Segnungsgeste.

«Das sind keine Bomben, sondern Schüsse von der Fliegerabwehr», übersetzte Lucia.

«Das ist eine Falle, damit wir bei lebendigem Leib verbrennen.»

«Nein», kam die Stimme des französischen Veteranen. «Dieser Mann hat die Wahrheit gesagt. Ich kenne ihn, es ist ein evangelischer Pfarrer, der Mitleid mit uns hat.»

Sie schwiegen ermattet. In der Tat wechselten die Explosionen mit ungewohntem Geknatter und dumpfen Aufschlägen und mit einer extrem dichten Folge von Maschinengewehrgarben ab; das durchdringende Pfeifen, mit dem Bomben niedergingen, war nicht zu hören, statt dessen ein weicherer Luftsog wie bei Kanonenschüssen. Bei genauem Hinhören schienen auch die Echos zu stark zurückzuprallen. Aber draußen hielten das Durcheinander und das Scharren von Schritten an. Die junge Wallonin trat nach draußen, um die Ausländer aufzuhalten, die zu den Bunkern liefen. Der Apulier, der französische Widerstandskämpfer, Lucia und einige andere folgten ihr.

«Das sind Schüsse in die Luft», schrie einer.

«Ein simuliertes Bombardement», brüllte ein anderer. Die Leute blieben stehen, sahen um sich, starrten in den Himmel.

«Laßt euch nicht in die Falle locken, das ist psychologischer Krieg.»

Aber jetzt hörte man echte Bombeneinschläge mit dem unerbittlichen Pfeifen und den rollenden dumpfen Echos.

Die Verwirrung der Gemüter war grenzenlos (später war zu erfahren, daß die Bomben über freiem Feld abgeworfen worden waren, in einem abgetrennten Gebiet, wo die wiederholten Einschläge Krater in den Boden gerissen hatten).

Nur ein paar hundert Ausländer blieben in verlorenen Grüppchen zurück in den Waschräumen. Lucia traf Martine und Etienne, die sie mitnahmen.

Alain lehnte mit geschlossenen Augen an einer Mauer.

«Da kommt deine Feindin», sagte Martine scherzend.

Alain zwang sich zu einem Lächeln. «Reingefallen», sagte er, aber es gelang ihm nicht, in leichtem Ton zu reden. «Wenn man vierzig ist, trifft einen das härter.»

Inzwischen überzeugt, daß Hunderte, Tausende Tonnen Sprengstoff von den am Himmel kreuzenden amerikanischen Fliegenden Festungen abgeworfen würden, zitterten sie aus Gewohnheit, voller Apathie.

Allmählich aber nahmen die Explosionen ab, der Krach ließ nach, und um elf Uhr morgens heulten schließlich wieder die Sirenen zur Vorentwarnung. Gleich darauf war ein unerklärliches Räuspern in der Luft zu hören, und dann ertönte eine verzerrte Stimme über die Lautsprecher aller Werkshallen. Obwohl sie durch die Lautsprecheranlage dunkler klang, erkannte Lucia die Kopfstimme des Doktor Lopp.

Er sprach in freundlich festem Ton. Er sagte, daß der Krieg immer heftiger wütete und daß angesichts der immer stärkeren Bedrohung durch die Luftangriffe die Belegschaften der deutschen Fabriken, ohne Unterschied der Völker und des Ranges, vereint der Lebensgefahr ausgesetzt seien.

Ernste und einschmeichelnde Stimmen wiederholten die Worte des Direktors in den verschiedenen Sprachen: auf holländisch, französisch, italienisch, kroatisch, russisch, griechisch, slowenisch.

Lucia bemerkte, daß die russische Übersetzung nicht erst an letzter Stelle kam, vermutlich ein Zugeständnis an die zahlenmäßige Stärke der «Ostarbeiter».

Um das Feld nicht den feindlichen Mächten zu überlassen, fuhr Doktor Lopp fort, das heißt also den reichen Nationen, die ihre Todesgeschosse auf Frauen und Kinder, auf deutsche Bürger und Fremdarbeiter, auf Freunde und Verbündete abwarfen, um die Zivilisation zu zerstören, müßten alle eine geschlossene Einheit bilden. Nach dem Rosenkranz von Übersetzungen verkündete Doktor Lopp mit genau kalkulierter Großzügigkeit, daß trotz strengster Lebensmittelrationierung für das deutsche Volk eine außergewöhnliche Maßnahme ergriffen werde.

Die pausenlos aufeinanderfolgenden Übersetzungen verstärkten die Spannung.

«Heute», die Stimme des Direktors wurde langsamer, «heute gibt es in allen Kantinen für alle bei den I. G. Farben beschäftigten Fremdarbeiter Erbsensuppe und ein gekochtes Ei pro Kopf. Ich wiederhole, in allen Kantinen, ohne Ansehen der Volkszugehörigkeit und der besonderen Bedingungen: Freiarbeiter, Deportierte, Kriegsgefangene aller Länder haben in der heutigen Mittagspause Anrecht auf eine Erbsensuppe und ein gekochtes Ei.»

Während die Mitteilung weiterhin in den verschiedenen Sprachen der Lagerinsassen über die Lautsprecher verbreitet wurde, wimmelte es auf den Straßen des Werkgeländes bald von Arbeitern, die den Kantinen zustrebten.

Vergebens versuchten ungefähr hundert Fanatiker, gegen diese Flut anzukämpfen: «Gerade jetzt dürfen wir nicht nachgeben.»

«Wir haben gesiegt», entgegneten ihnen die Ausgehungerten jubelnd. «Sie haben Angst bekommen vor uns und geben uns ein Ei.»

«Nein», schrien die Aktivisten zurück. «Nur wenn wir ihr Almosen zurückweisen, kriegen sie wirklich Angst vor uns.» Sie hatten an der Weggabelung zu den Ost- und West-Kantinen eine Kette in mehreren Reihen gebildet: Stanislaw, Gruschenka, der Apulier, Lucia, Johann, Martine, Etienne, Jacqueline, ein russischer Gefangener, Carla, ihr «badoglianischer» Freund, ein Grieche, Alain und viele andere. Sie schrien im Chor: «Jetzt fängt der Streik erst richtig an.»

Die deutschen Wachen sahen zu, ohne einzugreifen. Tatsächlich war die Strömung in Richtung der Kantinen stärker. Die Massen drängten auf die Küchendünste zu – das Wasser lief ihnen im Mund zusammen.

Lucia aß erschöpft ihre Erbsensuppe, und Martine schälte sorgfältig ihr Ei, während ihr die Tränen über die verkrampften Wangen liefen. Aus dem Lautsprecher in der Kantine tönte eine halblaute männliche Stimme, erst auf französisch, dann auf italienisch:

«Der Luftangriff ist abgewehrt worden. Die Gefahr ist vorüber. Ihr könnt ruhig an eure Arbeit zurückkehren. Und falls die Fliegenden Festungen den Nachschub nicht unmöglich machen, wird es morgen wieder eine Sonderzuteilung geben. Morgen gibt es einen Hering pro Kopf.»

Rom, 1975

Vierter Teil

DER UMWEG

I

Es gibt etwas, was ich umgangen habe. Ich hatte so lange behauptet, ich wäre nach Dachau deportiert worden, daß ich es schließlich selbst glaubte. Aber es ist nicht wahr. Meine Genossen wurden nach Dachau gebracht. Ich nicht. Ich wurde repatriiert.

Vier Tage nach dem Streik, am 6. Juni 1944 (es war ein Dienstag), wurde ich verhaftet, als ich gerade am Eingang des I.G. Farben-Werks meine Karte in die Stechuhr schob, und auf einen Polizeiwagen geladen, in dem ich Martine und Gruschenka wiedertraf. Wir hatten gerade noch Zeit, uns mit den Augen zu verständigen: nein, also leugnen und fertig. Im Gefängnis teilte uns der Unterführer, der unsere Personalien aufnahm, uns abtastete und unsere Taschen leerte – Martine hatte ein Taschenmesser und Gruschenka ein Stück Bindfaden –, mit, wir würden des Diebstahls in der Fabrik bezichtigt. Sofort wechselten wir erleichterte Blicke: wir hatten ja schon seit ein paar Wochen nichts mehr gestohlen. Aber als wir die Treppen hinaufgingen, hat Martine gemurmelt:

«Wir sind erledigt.»

Ich ging vor ihr und drehte mich ruckartig um, aber sie hat mich weitergeschubst. Erst auf dem vierten Treppenabsatz hat sie erklärt:

«Seit wann erzählen die einem, warum man verhaftet wird? Und ausgerechnet jetzt ein einfacher Diebstahl? Hier kommen wir nicht mehr lebend heraus.»

Im sechsten Stock hat uns einer der beiden Gefängniswärter, die uns begleiteten, durch einen langen, fensterlosen Gang mit verriegelten Eisentüren auf beiden Seiten geführt. Er hat angefangen, einen Schlüssel nach dem anderen in den drei Schlössern der ersten Tür herumzudrehen – das Gestochere hörte nicht auf, kreischende Schnappgeräusche, bei denen einem die Zähne stumpf wurden –.

Martine hat sich neben mich gestellt, mich am Arm gefaßt und mit einem festen Blick auf die eiserne Tür, fast ohne die Lippen zu bewegen, gesagt:

«Rette wenigstens du dich. Spiel deine faschistischen Karten aus.»

Ich habe sie so tödlich beleidigt angesehen, daß sie unmerklich den Kopf schüttelte: «Du wirst nie begreifen», hat sie dann geschnaubt.

Die Eisentür ist mit quietschenden Angeln aufgesprungen, und es verbreitete sich ein lautloser Gestank von Mineralien und Urin, ich habe Martine die Finger gedrückt. Und Gruschenka ist, von einem Gefängniswärter ruppig am Arm geführt, an uns vorbeigegangen, weiß, mit einem schon erloschenen Abschiedslächeln in den Augen. Sie hat sich nicht umgedreht. Wieder Gerassel drinnen im Raum, außerhalb unserer Blickweite.

«Gruschenka», habe ich gerufen, «Gruschenka.» Sie hat nicht geantwortet.

Martine ist von der nächsten Tür verschluckt worden. Dann war ich dran. Der Raum, in den ich eintreten mußte, enthielt neun Zellen, vier an der Wand mit der Tür und fünf gegenüber an der Innenwand, wo von oben durch ein langes, schmales Fensterchen Tageslicht auf die Metallumrisse der Zellen fiel.

Ich bin in die Zelle an der Wand gegenüber der Tür eingeschlossen worden, in der schon eine schwangere Frau mit weit vorstehendem Bauch war.

Ich will hier jetzt nicht über jene Tage erzählen, es waren ungefähr zehn. Ich habe mich auf dem Boden einrichten müssen, weil die Frau mir einen Fußtritt gab, sobald ich mich auf die Pritsche setzte. Sie hatte braune Haare und verschwommene Gesichtszüge und mied mich voller Ekel. Ich ärgerte mich krank, daß ich mich nicht neu eingekleidet hatte. Gerade am Vorabend hatte ich drei Pakete aus Italien auf einmal bekommen (von meiner Mutter), und es hatte eine solche Aufregung darum gegeben, daß ich die Verteilung meiner Güter auf den nächsten Tag verschoben hatte. Da waren Strümpfe, Unterhosen, drei Kleider, zwei Pullover, ein Paar Schuhe und die berühmten Stiefel, Dosen mit Kondensmilch und Trockenmilch, Marmelade, Kekse. Hätte ich mich wenigstens die ganze Nacht lang damit vollgestopft. Jetzt dachte ich immer nur an all die Kleidungsstücke, die ich hätte anziehen können. Mein Fehler war, daß ich mich vorher hatte desinfizieren wollen (ich war voller Filz- und Kopfläuse). Meine Zellengenossin jedenfalls erbrach jedesmal eine gelbliche Flüssigkeit, wenn sie aus Versehen eine Wanze mit der Hand zerdrückt hatte. Sie hatte mir in zwei Worten ihre Geschichte erzählt, als man mich bei ihr eingeschlossen hatte.

«Was hast du gemacht?» hatte sie ausdruckslos gefragt.

«Ich bin angeklagt wegen Diebstahls in der Fabrik, aber ich habe nicht gestohlen.»

«Ich aber, und zwar mehr als hundert Postpakete.»

Sie war Deutsche und hatte zusammen mit ihrem Mann ein Postamt geführt (ich glaube in Okriftel). Beide hatten die Pakete für die deutschen Soldaten an der Front gestohlen; die üppigsten Sendungen gingen an die russische Front, Kaffee, Schokolade, Wurstwaren, alle Schätze dieser Welt; es waren herrliche Monate und Jahre. Bis die Stunde der Inspektion kam. Sie wurden vor ein Kriegsgericht gestellt, ihr Mann wurde sofort erschossen, sie sollte gleich nach der Niederkunft hingerichtet werden.

«Bis dahin kann der Krieg zu Ende sein», hatte ich geantwortet (ich verstand meine Gefühle nicht). Mein Satz mußte sie verärgert haben. Sie hat mich nie wieder angesprochen und auch nicht zugehört, wenn ich etwas zu ihr sagte. Mir war diese stumme Feindseligkeit auch lieber. Nachts, wenn ich in meine Decke gehüllt auf dem Boden lag, hörte ich sie, wie sie auf der Pritsche zusammengekauert und mit dem Gesicht zur Wand in Abständen «Drecksausländer» und andere finstere Schimpfwörter brummte.

Ich verbrachte die Tage damit, daß ich, mit dem Gesicht an die Gitterstäbe gepreßt mit den Nachbarzellen redete. Die Eisenbleche, die uns voneinander trennten, machten mir die anderen Häftlinge unsichtbar. Diebinnen, Prostituierte, eine Mörderin, lauter Ausländerinnen mit lauten Stimmen inmitten dieser verfügten Verdammnis, emsig bemüht, jedesmal, wenn Wärter hereinkamen, ein kollektives Furzen zu organisieren. Sie verkündigten sich gegenseitig, wenn Sie einen Furz lassen konnten, und feuerten sich an, ihn zurückzuhalten, die Stunde der Suppe war nah.

«Y a les chleux», meldete ich, sowie das Auge eines Wärters im Spion meiner Zellentür auftauchte. Und wenn die beiden Wärter

mit der Wassersuppe hereinkamen, platzte ein Konzert krachender und dumpfer Fürze los mit einem Gestank, den wir alle nicht einatmeten, damit er voll in die Nasenlöcher der Polizisten eindringen konnte. Meiner Zellengenossin, der einzigen Deutschen im ganzen Raum, wurde so übel, daß sie sich über ihrem eigenen Bauch krümmte. Ganz langsam erholte sie sich wieder, tastete sich den Bauch ab, als ob ihre Hände horchen könnten, und hatte ein verborgenes Lächeln im Blick.

Eines Nachts wachte ich auf und sah sie auf der Pritsche stehen. Sie fuchtelte im Dunkeln an dem Gitterrost herum, der als Zellendecke diente. Ich begriff, daß sie etwas festband (ihre Strümpfe, dachte ich sofort, abends streichelte und küßte sie sie immer, wenn sie sie abgestreift hatte). Sie steckte den Kopf in die Schlinge. Mit einem Satz packte ich sie an den Beinen. Sie krallte sich mit den Händen oben am Gitter fest und versuchte, nach mir zu treten. Ich hielt ihre Knie eng umfaßt, stand da, meine Wange an ihrem Bauch. Ich fühlte durch den Stoff und das gespannte Fleisch hindurch, wie sich das Ungeborene langsam bewegte.

«Rühr mich nicht an», zischte sie vom Ekel gewürgt, wäßriges Erbrochenes quoll aus ihr heraus und tropfte mir auf Haare, Stirn und Mund; es kam mir vor wie Liter von Säuren.

Unverhofft fiel mir ein, ich könnte ja schreien. «Hilfe», rief ich: *«Au secours»,* immer hastiger.

Die Zellen nebenan rührten sich träge. Die Frau über mir flehte mich jetzt an: «Danke, du hast mich gerettet, aber sei still, ich bitte dich.» Ihre sanfte Stimme ergriff mich. «Es war ein Anfall von Verwirrung, aber jetzt sei still, schweig.» Gelähmt von dieser unerwarteten Sanftheit hatte ich aufgehört zu schreien und gehorchte ihren Worten: «Hilf mir, meine Füße wieder auf die Pritsche zu stellen, still, gut . . . ja, so.»

«Aber nimm erst mal den Kopf aus der Schlinge», sagte ich, angesteckt von einem Gefühl der Zerbrechlichkeit, leise zu ihr.

«Ja natürlich, aber wenn du nicht losläßt, kann ich nicht, du hältst mich so hoch, daß mein Kopf plattgedrückt wird, das Gitter schneidet mich, ich bitte dich –» immer noch diese Stimme, die in meiner Gewalt ist – «du mußt mich an den Füßen halten. So, setz dich auf die Pritsche, ich halte mich mit den Händen fest und stelle die Füße auf deine Schulter.»

«Das ist mir zu riskant.»

«Halt mir die Fesseln fest.»

In den anderen Zellen spitzten sie die Ohren. «Lucia», riefen sie ungewohnt vorsichtig, «was ist los mit dir.» Ich hörte ihr waches Atmen rings um unsere Körper, die sich im Dunkel umrankten. Meine Zellengenossin sagte immer wieder: «Danke, danke, was wollte ich dir nur antun, mein Kind», mit einem geheimen Raunen, während ihr Körper immer weicher auf mich sank.

Also habe ich die Stirn heruntergezogen auf ihre Beine, die ich weiter mit dem linken Arm festhielt, und meinen rechten Arm herausgezogen, um damit eine ihrer Fesseln zu packen. Aber da ist mir ihr Knie spitz unter das Kinn geschlagen, daß ich ins Wanken kam, und gleich danach traf mich noch ein Kniestoß mitten ins Gesicht. Instinktiv griff ich mit der immer noch freien Hand an meine blutende Nase, und dann bekam ich einen Tritt in die Kehle von ihrem Fuß, der mich fast rückwärts auf die Pritsche geworfen hätte. Es hätte nicht viel gefehlt, und *ich* hätte *sie* jetzt erhängt, weil ich sie beim Fallen mitriß. Aber dank wer weiß welchem Reflex habe ich das Gleichgewicht doch nicht verloren. Ich hatte ihre rechte Hüfte mit dem Arm in der Zange, so daß sie sich nicht einmal, wenn sie das Knie beugte, strangulieren konnte. Während ich mich noch darauf konzentrierte, nicht loszulassen und zu versuchen, ihr das andere Bein festzuhalten, das in alle Richtungen schoß, bekam ich den nächsten Kniestoß auf meine inzwischen wieder ungeschützte Nase – ich hätte nicht mehr sagen können, was da alles an spitzen Sachen in mein Gesicht traf. Ich erinnere mich, daß ihr der Schuh von diesem ungreifbaren Fuß rutschte, und ich frohlockte mitten in diesem Handgemenge, mit Krämpfen in den Händen und dem Bedürfnis, mich festzukrallen, einfach so, ohne Zweck. Aber diesen kleinen Ausbruch mußte ich sofort bezahlen: ihre Fußsohle klatschte mir ins Gesicht und klebte fest wie ein Saugnapf, als wäre sie angewachsen, ihre Zehen stachen mir in die Augen, und ich dachte mit einem Hoffnungsschimmer daran, den Mund zu drehen und reinzubeißen – und wenn ich ihr den Fuß nun leckte? Von meiner Zunge gekitzelt, würde sie ihn wegziehen. Zu diesem Zweck mußte ich den anderen Arm lockern, und sofort brach ein Hagel von Kniestößen, Fußtritten und Worten über mich herein – ich hatte jedoch inzwischen den Fuß in meinem Gesicht gepackt und ihr die Wade so unter den Schenkel gedrückt, daß ich sie gleichzeitig hochstemmte und sie wie ein Buddha in der Luft saß.

«Du dreckige Wanze», schoß ihre pfeifende Stimme durch mich durch. «Was hast du mit mir zu tun, wer bist du, was willst du, wie kannst du es wagen, WIE KANNST DU ES WAGEN, was willst du mit *meinem* Leben, das ist *mein* Leben», kreischte sie röchelnd, «Du Ekel . . . *mein* Leben, WIE KANNST DU ES WAGEN.» Dabei zuckte sie so, daß die Gitter wackelten. Der plötzliche Ruck, mit dem ihr baumelnder Körper sich losriß, endete in einem weichen Aufprall, ich schlug zu Boden. Erst jetzt habe ich das fürchterliche Getöse von Näpfen und rhythmisch stampfenden Füßen wahrgenommen, die heiseren Schreie meiner Zellennachbarinnen nach den Wärtern.

Das Verhör noch am selben Tag ist seltsam leicht gewesen. Ich wurde abgeführt in ein Haus, das sich als Gerichtsgebäude erwies, in einen nie gesehenen kleinen Raum mit Männern in Zivil hinter einem Tisch. Im Protokoll wurde peinlich genau mein geschwollenes Gesicht beschrieben: die Beulen und Blutergüsse auf meiner Stirn wurden gezählt, die Kratzer am Hals und auf den Händen (die ich mir nicht erklären konnte) mit dem Zentimetermaß vermessen, ein Schneidezahn war abgebrochen, Nasenbluten. Sie haben mich nicht nur entlastet von jeder Mitschuld am Selbstmordversuch der «schwangeren Verbrecherin», sondern mich auch belobigt, weil ich versucht hätte, das ungeborene Kind für das «Dritte Reich» zu retten, daß ich es dem Wahnsinnsanfall der Kindsmörderin entriß. Dafür wurde mir Freiheit unter Aufsicht gewährt. Ich konnte ins Lager zurückkehren. Man würde mich vorladen, damit ich zu meiner Verhaftung und der der anderen Ausländer Aussagen machte. Meine Führung in der Zelle war ein sicheres Indiz der Reue. Die Nazijustiz zweifelte nicht an meinem Willen zur Zusammenarbeit.

Meine Baracke war noch leer. Aber meine Genossinnen würden nicht mehr lange auf sich warten lassen. Der Hunger machte mich wild. Ich lief zu meinem Spind. Das Schloß war aufgebrochen, die Fächer leer, nur der schlaffe Rucksack mit den Briefen von meiner Mutter in einer Seitentasche war noch da, außerdem die Tütchen mit Rattengift, die Gruschenka mir geschenkt hatte (sie hatte sie von ihrer Ration Desinfizierungsmittel für die Klos abgezweigt), als ich ihr erzählte, daß ich zwei Kanalratten zwischen den Waschschüsseln hinter der Baracke hatte scharren sehen. In einer Spiegelscherbe sah ich haßerfüllte Augen, die mich anstarrten, und ich wandte mich langsam um, entsetzt. Es war niemand da. Ich heftete diese Augen wieder auf den Spiegel.

Ich habe dann versucht, die Spinde meiner Gefährtinnen aufzubrechen. Vergebens. Ich sah durch die Löcher in den Spindtüren, um vielleicht meine Sachen zu erkennen, ich atmete die Gerüche ein. Als ich mein eines Auge lange an ein Loch in Jacquelines Tür preßte (das andere Auge mit der Hand zuhaltend), sah ich etwas Hellblaues schimmern. Ah! Das war mein Baumwollkleidchen mit den Kräuseln in der Taille, das freundlichste, das mir meine Mutter geschickt hatte. Diese Geier, ich weinte still vor lauter Entrüstung, die mich benebelte. Dann habe ich mich breitbeinig aufgebaut, um die anderen zu empfangen, Hände in den Taschen, an das Etagenbett gegenüber der Tür gelehnt, auf dessen oberer Pritsche Martine geschlafen hatte.

Einzeln oder zu zweit sind sie hereingekommen und mit flüchtigen Blicken auf mich seitlich an mir vorbeigegangen (und zwar schnell). Ich habe mich an Jacqueline gehängt, sie hatte mich als einzige mit einem überraschten «Oh!», das liebevoll, fast zufrieden klang, angesehen.

«Ich will meine Sachen zurück», habe ich schließlich herausgebracht. «Ich will meine Eß-Sachen zurück.»

«Ah ja?» Langsam haben sich die Gefährtinnen, die mich geschnitten hatten, nach mir umgedreht. Sie kommen näher. Ich fixiere sie.

«Diebinnen», zische ich.

«Du hast die Genossen verraten», sagt eine achselzuckend. «Deshalb bist du hier», und kehrt mir den Rücken zu.

«Genau», meldet sich eine andere zu Wort, «sie hatten recht, die Nazis: die Studentin hat geplaudert, haben sie gesagt. Schau nur, was für ein haßerfülltes Gesicht. Und wir haben es nicht glauben wollen!»

«Ah!» Mehr bringe ich nicht hervor. Ich stürze mich auf sie, schlage mit Fäusten und Ellbogen um mich.

«Du hast alles verraten, du Schwein, du hast dich kaufen lassen.» Alle redeten durcheinander.

Ich wandte mich den Spinden zu. Alle auf den Boden kippen, dachte ich. Sie merken es. Jede stellt sich vor das eigne Türchen, bereit, es mit dem Leben zu verteidigen.

Ihr Geier, ihr wolltet meine Leiche, sagt mein Gehirn, aber die Wörter kommen nicht heraus. Ich wiederhole nur immer dumpf: «Ich will meine Sachen zurück. Ich will meine Sachen zurück.»

«Und Martine? Und Carla? Warum bist du allein hier?» überstürzen sich die Stimmen vor den Spinden. «Die haben nichts verraten, die haben sämtliche Schläge und Foltern durchgehalten.»

«Ah», fange ich wieder an, «ah!» Es war ein Schmerz, den ich nicht mehr unter Kontrolle halten konnte. Ich mußte etwas tun, aber was, und wem zuerst? «Ja», habe ich angefangen zu schreien. «Ich habe euch verkauft. Und zwar gut. Ihr landet alle im Gefängnis», lachte ich.

Bei der folgenden Prügelei und dem Tumult von Stimmen und Leibern ist auch der Ofen umgestürzt und hat schwarzen Rauch ausgestoßen, der sich über den Raum verteilte. Geier, Mörderinnen, ihr werdet mir alles zurückgeben, bis zum letzten Fetzchen, Nazisau, wir haben gar nicht bemerkt, daß deine Tür überhaupt aufgerissen war. Durch die Peitschenhiebe des Lagerführers, die auf uns niedersausten, sind wir dann alle in die Wirklichkeit zurückgerufen worden.

Wir haben uns langsam wieder aufgerichtet, ich bin unter den anderen hervorgekrochen, habe ein Büschel von meinen Haaren in der Hand der großen Bergamaskerin gesehen und gekeucht: «Sie haben mir meine Sachen gestohlen» – in die vollkommene Stille hinein. Erst dann habe ich gemerkt, daß ich selber einen Strang schwarzer Locken in den Fingern hielt. Ich habe der Reihe nach meine verstummten Gefährtinnen angestarrt, und das Siegesgefühl ist mir in der Seele erloschen.

«Was haben sie dir gestohlen?» hat mich der Lagerführer betont verständnisvoll gefragt.

«Die Diebin ist sie selber», platzen die Internierten heraus und drängen sich eng aneinander. «Sie hat in der Fabrik Alkohol gestohlen.»

«Meine Sachen», beharre ich.

«Sie hat die Kontrollgeräte unbeaufsichtigt gelassen.»

«Meine Sachen, meine Eß-Sachen.»

«Sabotage», schreien sie durcheinander, «sie hat sich der Sabotage schuldig gemacht . . .» Dann eine zitternde Stimme: «Sie wollte uns zum Streik aufhetzen.»

Aller Augen richten sich eisig auf die ältliche kleine Frau, die das Unaussprechliche gesagt hat und mit zerknirschter Stimme stammelt: «Um uns zu provozieren, um uns auf die Probe zu stellen, aber wir sind nicht . . .»

«Was haben sie dir gestohlen?» wiederholt der Mann sanft. Wie sanft Grausamkeit einen machen kann (habe ich gedacht).

«Eine Dose Milchpulver», sage ich verwirrt.

«Ist das alles?» fragt der Lagerführer mit freundlicher Ironie.

«Ja», bestätige ich.

«Bist du sicher?»

«Ja.»

«Wirklich?»

Ich nicke.

«Gut. Ich werde die Schränkchen durchsuchen lassen. Hol dein Zeug heraus, es wird alles überprüft an Hand der Inhaltsverzeichnisse von den Paketen, die du beim Abholen unterschrieben hast. Und wenn sie dir noch mehr gestohlen haben, keine Angst, du kriegst dein Recht. Sie werden dich mit keinem Finger anrühren.» Und an meine Gefährtinnen gewandt: «Es wird ein Protokoll aufgesetzt. Ihr werdet eure Anzeigen unterschreiben.»

«Was für Anzeigen?» Die Frauen drängen sich zusammen. Sie wüßten von nichts. Gerüchte, Gerede, nichts.

Jacqueline wagt sich vor: «Ihr Vater hat sie gesucht, das ist ein Regierungsmensch, ihr könnt sie nicht beschuldigen.»

«Das werden wir noch sehen.» Der Lagerführer geht hinaus und läßt zwei bewaffnete Wachen vor der Baracke zurück. Die Hunde winseln.

«Mein Vater hat mich gesucht?» flüstere ich Jacqueline zu.

«Quatsch, wer soll dich suchen?»

Zerschunden, zerkratzt, aus Nase und Mund blutend, haben wir auf meinem Strohlager meine Sachen zusammengetragen, während vier Genossinnen aus dem Fenster sahen und unsere Bewegungen vor den Wachen verdeckten. Es fehlten verschiedene Sachen, die in meiner Abwesenheit verzehrt oder getauscht worden waren. Jede hat ein Kleidungsstück, einen Würfel Zucker, eine Prise Tabak herausgerückt, bis wir meinten, eine dem Inhalt von drei Paketen entsprechende Menge zusammengebracht zu haben. Fehlte nur die von mir gemeldete Dose Milchpulver: sie war weg. Wir haben verabredet, die schwangere Bergamaskerin, die zur Entbindung in ihr Heimatland abgeschoben worden war und nicht verfolgt werden konnte, des Diebstahls zu beschuldigen. Bei dem Gedanken, daß ich bei jeder Anfechtung nur die Schuld auf sie zu schieben brauchte, haben wir wieder Mut gefaßt. Friedlich, auch vor Erschöpfung, haben wir uns hingesetzt und auf die Kontrolle gewartet. Minuten vergingen.

«Ich habe Hunger», sagte ich.

«Dann iß doch. Bei all den Sachen, die du hast! Sieh mal, alles deins, was willst du denn noch!» sagte eine Stimme.

«Willst du uns vielleicht auch noch die Luft zum Atmen nehmen?» fragte eine andere.

«Uns *auch.*» Eine dritte Stimme von einem Strohlager (war das etwa Jacqueline?)

Ich kauerte mich am Kopfende meines Strohlagers vor die *Sachen*, ohne auch nur einen Krümel Brot zu essen. Es herrschte also nur scheinbar Waffenruhe. Sie glaubten den Nazis. Ich würde sie nie überzeugen können. Ich würde überhaupt niemanden überzeugen können. Meine Eltern? Ich lachte vor mich hin. Die Stunden vergingen in Schweigen. Von Zeit zu Zeit stand eine der Frauen auf, um verstohlen einen Bissen aus ihrem Spind zu holen. Verstohlen, damit ich es nicht bemerkte: sie schielten immer mit einem Auge nach mir (das wußte ich). Im übrigen hatte ich sie denunziert. Ich konnte niemanden überzeugen. Im Grunde überzeugte ich nicht einmal mich selbst. Zu anstrengend.

Im Halbschlaf, als ich am Kopfende des Strohlagers saß – meine

Wange auf den angezogenen Knien war eingeschlafen, meine Augen starrten auf das in greifbarer Nähe liegende Brot und den Zucker –, fielen mir die Tütchen mit dem Rattengift wieder ein. Die Erleichterung nahm mir fast den Atem. Wieso hatte ich nicht schon vorher daran gedacht?

Ich überlegte in aller Ruhe. Ich mußte mich schnell entscheiden, wenn ich nicht beim Wecken gerettet werden wollte. Es war jetzt mindestens elf Uhr abends, wenn nicht schon Mitternacht. Rechnen wir einmal nach. Ich bin gegen fünf ins Lager zurückgekehrt. Die anderen sind gegen halb sieben, sieben gekommen. Sie wollten noch schnell in die Baracke, bevor sie zur Lagerkantine gingen (sogar ihr Abendessen, oder besser gesagt, die Suppe, haben sie verpaßt). Länger als eine Stunde hat es nicht gedauert, bis der Lagerführer kam. Ob die Wachen wohl noch draußen stehen? Ich sollte vielleicht noch pinkeln gehen? Nein, lauf nicht weg. Also, wie war das: Gegen neun war alles vorbei. Alle auf den Strohlagern? Vielleicht eher zehn. Verlier dich nicht in Einzelheiten. Der Reihe nach. Sicher ist es später als du denkst, vielleicht eins? Schnell, aber ruhig. Was verlierst du, wenn du stirbst? Kommt dir nur so vor, aber das ist Gewohnheit. Du hast sogar Latein gelernt (ich lachte). Und morgen?

Beim Gedanken an den nächsten und die folgenden Tage entschloß ich mich plötzlich. Das ganze Danach stürzte sich auf mich, erdrückte mich mit einem Schlag: Was mache ich später mit dem, was ich hier erlebt habe? Da sah ich die Mahagoni-Möbel, das feine Porzellan, das englische Silber von zu Hause vor mir und mußte aus vollem Herzen lachen. Freude überfiel mich, ich sah und wischte weg, zack, weg, weg. Fieberhaft zog ich die Schuhe aus und ließ mich mit steifen Gliedern zu Boden gleiten, stand da auf unsicheren Füßen, weil mir ein Bein eingeschlafen war, schob die Hand in die Seitentasche des Rucksacks, tastete nach den Tütchen neben den Briefen meiner Mutter. Ich zog sie heraus, was für eine Erleichterung, zählte sie, was für eine Lebhaftigkeit, alles zu beenden, es waren sechzehn. Ich fühlte mich ganz leicht.

Ich nahm meinen Aluminiumbecher und ging auf Zehenspitzen zum Waschbecken. Der dünne Wasserstrahl traf auf das Metall mit einem Klang, der mein Ohr erfrischte. Ich leerte acht Tütchen in den ersten vollen Wasserbecher, rührte mit dem Finger um, hielt mir die Nase zu und trank alles in einem Zug aus. Hastig leerte ich den Inhalt der anderen Tütchen in einen zweiten Becher Wasser und wollte, immer noch mit zugehaltener Nase, alles hinunterschlucken, ohne zu atmen, aber ich schaffte es nicht. Ich zählte dreizehn Schlucke. Einen halben Becher reines Wasser hinterher, um sicher zu sein, daß alles unten war. Ich fühlte tiefen Frieden. Vielleicht sollte ich auf und ab gehen wie Sokrates. Es war so einfach gewesen. Vor meinem Strohlager blieb ich stehen. Ich wollte auf Martines Pritsche sterben. Martine hätte nicht den Nazis geglaubt. Langsam, um die unten liegende Genossin nicht zu wecken, kletterte ich nach oben. Ich legte mich auf den Rücken, schmiegte mich in Martines Stroh. Es war aus. Martine hätte mir geglaubt, Alain auch, und Etienne und Gruschenka, die schon so fern war, sie alle hätten mir geglaubt. Ich durfte mich jetzt gehenlassen. Endlich. Ich fiel in einen dumpfen Dämmerzustand.

Von allein und gegen meinen Willen standen mir die Haare zu Berge, eines nach dem anderen, von allein triefte meine Haut von kaltem Schweiß, Fieberschauer durchwogten mich von Kopf bis Fuß, meine Zähne klapperten wie bei einem Totenschädel, ohne mein Zutun, etwas Röhrenförmiges in meinem Magen, vielleicht die Speiseröhre, krümmte sich, und ich fühlte jedes aufgerichtete Haar meiner Gänsehaut, die fast platzte. Aber es dauerte nur kurz. Dann überfiel mich Entsetzen. In allen Poren das Entsetzen vor dem Tod, die Augen aus den Höhlen getreten, das Endgültige stieß mich in dieses haltlose Entsetzen, mit dem ganzen Gewicht meiner Erbärmlichkeit.

Von jener Nacht blieb mir die Erinnerung, die immer, wenn ich daran denke (so selten wie möglich), noch ganz intakt und real ist, an jenes vollkommene Gefühl von Erbärmlichkeit, das ich in einem bestimmten Stadium der Vergiftung meines Körpers empfand (der Rest ist rekonstruiert).

Daß *ich* mich dem Universum, dem Leben verweigerte, kam mir so erbärmlich vor – ich finde kein anderes Wort –, daß mein Entsetzen betäubt wurde von dieser Offensichtlichkeit. Aber in der chaotischen Verfassung meines Körpers herrschte noch immer die Entschlossenheit vor, keine Hilfe zu rufen, während mein verworrenes (und unnützes) Bewußtsein mir gleichzeitig sagte, daß diese Weigerung, mich vor den anderen Frauen zu erniedrigen, der niederste Grund für mein Elend war.

Ich wollte aufstehen, aber ich konnte nicht. Mich zur Seite drehen, aber ich konnte nicht. Zwei Finger, die ganze Hand in der Kehle, auf dem Rücken liegend, verdreht, merkte ich, daß ich auch, wenn ich wollte – und inzwischen wollte ich –, nicht mehr schreien konnte, es kam kein Ton mehr aus mir. Mein Fleisch zuckte, die Fasern, die Organe. Und Ströme von Erbrochenem überfluteten mein Gesicht.

Ich wachte wieder auf in einem Krankenhauszimmer; es war reinlich, himmelblau und weiß, mit Scheibengardinen und Metallbetten. Ich hatte einen Infusionsschlauch am Arm. Es war Blut. Sie übertrugen mir vier Liter, die die blutarmen, ausgehungerten Lagergefährten für mich gespendet hatten. Sogar das Blut nehme ich euch weg, dachte ich in den folgenden Wochen während der Rekonvaleszenz hin und wieder, mit einer ruhigen, gelassen-grausamen Verzweiflung, sogar das Blut, und währenddessen las ich die *Bekenntnisse* des heiligen Augustinus, die der Pfarrer des italienischen Konsulats mir geschenkt hatte.

Am Morgen nachdem ich das Rattengift geschluckt hatte, hatten sie mich mit ausgerenktem Kiefer in einem See von Erbrochenem und Blut gefunden. Die Überdosis, die ich in einem Zug hinuntergeschluckt hatte, war meine Rettung gewesen. Die Gewalttätigkeit der Vergiftung hatte die Abwehrkräfte des Körpers mobilisiert und das Erbrechen ermöglicht. Hätte ich nur die Hälfte der Dosis eingenommen, wäre ich nicht mehr am Leben. Nur die Nieren hatten Schaden genommen, für immer, ich weiß nicht, welche Gefäße da empfindlich sind, jedenfalls tritt bei der geringsten Anstrengung Blut aus.

Der Konsul kam höchstpersönlich. Doktor Lopp hatte ihn gerufen.

«Warum haben Sie sich nicht an mich gewandt? Sie werden auf offiziellem Weg in die Heimat zurückgebracht», teilte er mit.

Der Konsul war ein rüstiger, gesetzter, graumelierter und gutmütiger Herr, der vor allem keiner Sache auf den Grund gehen wollte. Er hatte dem italienischen Außenministerium über mich berichtet. Er hatte es furchtbar eilig, mich davon zu überzeugen, daß er nichts gewußt und sofort, nachdem er unterrichtet worden war, Himmel und Hölle in Bewegung gesetzt hatte, um mir den Beistand zuteil werden zu lassen, der meinem Rang gebührte. Er deutete auf die Gardinen und senkte die Stimme:

«Ein Krankenhaus nur für Deutsche», vertraute er mir an und ergänzte mit erhobenem Zeigefinger und schlau blinzelnd, «für Reichsdeutsche.» Er saß wie auf glühenden Kohlen, weil er nicht wußte, wer sich da hatte umbringen wollen, die Tochter meines Vaters oder die Gefangene der Nazis, das von den Lagerinsassinnen geprügelte Mädchen oder das Mädchen mit dem OST-Winkel an der Jacke. Er stellte eine Frage, zog sie aber sofort wieder zurück: «Denken wir nicht mehr daran. Es ist ein böser Alptraum gewesen. Vorbei und vorüber.»

Er saß kerzengerade an meinem Bett, trug ein Monokel, auf das ich gebannt starrte, und neigte sich nur vor, um die Schwierigkeiten zu unterstreichen, die er hatte überwinden müssen, damit ich «hier» aufgenommen wurde; dabei sah er wohlgefällig und mit einer ausholenden Handbewegung ringsum auf die Wände. Ich beobachtete die haarfeinen Äderchen in seinem gut durchbluteten roten Gesicht mit der weißen Stirn und dem weißen fliehenden Kinn. Ich merkte, wie spröde ich mich ihm gegenüber verhielt. Ich spürte nur eine einzige matte Regung von Sympathie für ihn, als er mit irgendwie fassungslosem Blick meines Vaters Seelenstärke, ja, seine «wahrhaft spartanische Natur», wie er sagte, hervorhob, «so daß er trotz aller Druckmittel, über die er verfügt, sich bei mir nichts für Sie ausgebeten hat, Signorina Lucia».

«Er pfeift darauf», antwortete ich mit sanfter Stimme. Der Konsul empfahl sich.

II

Ich bestieg den Zug, aber ich durfte nicht ins Lager zurückkehren. Sie brachten mir meine Sachen ins Krankenhaus. Ich war dort sechs Wochen gewesen. Die Ärzte waren zu mir zum Philosophieren gekommen. Die Schwestern hatten zufrieden genickt, als sie den heiligen Augustinus auf meinem Nachttisch sahen. Ein Konsulatsangestellter war bei der Zählung meiner Kleidungsstücke anwesend, bereit, sofort Reklamationen weiterzuleiten, falls etwas fehlte. Ich haßte das himmelblaue Baumwollkleidchen, all die Pullover und Wildlederschuhchen, all die Strümpfe und Unterhosen, ich hätte sie am liebsten zerrissen. Ich wollte den Konsulatsangestellten schon bitten, den ganzen Koffer (ein persönliches Geschenk des Konsuls) mit all meinen Sachen meinen Barackengenossinnen zu überbringen, aber dann dachte ich, daß er ihn nur für sich behalten hätte. Ich ließ den Pfarrer rufen, aber im letzten Moment hatte ich auch zu ihm kein Vertrauen. Ich verlangte, daß er und niemand anders mich zum Bahnhof bringen sollte. Er hatte ein Motorrad mit Beiwagen. Ich stichelte gegen die Nazis. Er ging darauf ein. Also sagte ich, er sollte am Lager vorbeifahren. Er weigerte sich. Ich drohte damit, ihn zu denunzieren. Er fuhr mich hin. Ich kroch unter dem Stacheldrahtzaun durch und scheuchte den Wolfshund mit einem Fußtritt weg. Ich schob den Koffer mit einem Zettel unter Jacquelines Bett.

Ich hatte die Stiefel an den Füßen, am Leib eine Hose, die der Konsulatsangestellte für mich gekauft hatte, um die Taille einen Pullover, und auf dem Rücken trug ich ein Kommißbrot und den heiligen Augustinus im Rucksack.

Die Apathie hielt an. Ich rauchte die ganze Reise, zündete mir eine Zigarette mit der Kippe der letzten an. Ich hielt den Kontrolleuren meine Papiere hin, antwortete nicht auf die Fragen der Mitfahrenden im Abteil, was das Auf- und Zumachen des Fensters betraf. Nach etwa zwanzig Stunden war ich in Verona; es war ein sonniger Morgen, vor dem Bahnhof gab es Stände mit Pfirsichen zu drei Lire fünfzig das Kilo. Es war ein Getümmel, das ich vergessen hatte, und dann diese italienischen Wörter überall, die mich auf Schritt und Tritt überraschten. Ich wußte nicht, wohin ich gehen sollte.

Von jenem Vormittag weiß ich nur noch, daß ich durch die Stadt streunte und mir die Leute ansah. Sie schienen alle Gesichter ohne Kriegsspuren zu haben. Kauf dir einen Pfirsich, sagte ich zu mir und liebäugelte mit den Bergen von samtigen Früchten in den

Obstläden; ich stellte mich neben eine Frau, die sie abtastete, und mein Annäherungslächeln verging mir sofort bei diesem aalglatten Gesicht, bei den Gesprächen und Gesten, die mich nichts angingen, und als ich vor dem Händler stand und dabei auch noch die anderen Kunden behinderte, steckte ich den gestohlenen Pfirsich kurzerhand in die Tasche und verdrückte mich gedankenverloren. Hinter der Ecke biß ich in die Frucht, die ich zwischen den Händen verbarg, und saugte langsam allen Saft heraus, dann erst lockerte ich den Biß und ging weiter. Aber als ich das dritte Mal zugriff (eine Pflaume diesmal), fühlte ich mich isoliert beim Klauen, es brachte mich den Passanten nicht näher.

In einer Gaststätte aß ich drei Teller angebrannte Polenta, über die Tomatensoße gestrichen war, und zwei Scheiben Kastanienkuchen. Ich war friedlich mit meiner Ernährung beschäftigt, als ich hörte, wie am Nachbartisch zwei Soldaten Pastasciutta bestellten. Soweit ich sah, gaben sie keine Lebensmittelkarten ab, also rief ich zum Wirt:

«Mir auch Pastasciutta.»

«Ich habe Ihnen doch schon gesagt, dafür brauchen Sie die Lebensmittelkarte.»

«Den Soldaten haben Sie sie gegeben.»

«Ja, selbstverständlich.»

«Ohne Lebensmittelkarte? Ich werde mich beschweren.»

«Was heißt ohne Lebensmittelkarte! Ich habe deren Marken längst, was glauben Sie!»

«Ich zeige Sie trotzdem an.» Ich machte Anstalten, vom Tisch aufzustehen.

Der Mann lenkte ein, er schwitzte. Er servierte mir umgehend einen Teller Spaghetti mit Öl und Knoblauch, ein Glas Wein, ein Stückchen Schafskäse und sogar eine dicke Scheibe Brot. Ich kostete jeden Bissen aus und kaute ganz langsam.

«Sind Sie satt geworden?» fragte schließlich der Wirt, ein etwa vierzigjähriger Mann mit vorsichtigem Blick. Ich nickte und wollte schon lachen. Sofort blitzte er mich an: «Was wollten Sie eigentlich anzeigen? Diese Sachen habe ich Ihnen nur gegeben, weil ich sie Ihnen geben wollte, meine Liebe, die habe ich meiner eigenen Familie weggenommen, von unserer eigenen Ration habe ich sie abgezweigt.»

«Wieviel kostet es?» Die gute Laune war mir schon wieder vergangen.

«Entscheiden Sie selbst, Fräulein, lassen Sie Ihr Gewissen sprechen, denn diese Dinge sind heute unbezahlbar.»

«Wieviel?» fragte ich noch einmal in härterem Ton. «Ich verlange eine ordnungsgemäße Rechnung mit Unterschrift.»

Ich zahlte ein paar Lire. Draußen auf der Straße lachte ich in mich hinein beim Gedanken an den Wirt, der nicht mehr schlau aus der Sache wurde. Ich setzte mich auf eine Parkbank in die Sonne. Ich wachte bei Sonnenuntergang wieder auf, ruhig und zufrieden.

Ich zählte nach, wieviel mir noch geblieben war von dem Geld (hundert italienische Lire), das der Konsul mir zusammen mit zwei Stangen Zigaretten ausgehändigt hatte. 82 Lire. 5 für Wasser im Zug und 13 fürs Essen, die Rechnung ging auf. Ich reckte mich. Jetzt mußte ich mir ein Nachtlager suchen, aber zuerst ein Klo, ich brauchte nur jemanden zu fragen, ich befand mich in einer Grünanlage mitten auf einem Platz. Aber die Gesichter, die vorbeizogen, waren versunken in eigenen Problemen, *als wäre eben alles so*, und ich verschob das Fragen bis zum nächsten Gesicht. Warum sollte ich mir die Freiheit vermiesen lassen, sagte ich mir und raffte mich auf, ich konnte doch wohl allein den Weg finden. Ich wußte, daß ich wieder ansehnlich aussah, nach dem Selbstmordversuch hatte ich mein altes Gewicht von 52 Kilo, war entlaust und sauber. Ich ging zum Bahnhof zurück; Soldaten sprachen mich an:

«Willst du den Abend mit mir verbringen?» Gesichter von unerfahrenen und gewalttätigen, kräftigen Jungen, *repubblichini** mit dem Fez im Nacken oder in der Stirn. Ich erinnere mich an zwei besonders Hartnäckige, mit denen ich in einer Bar landete, der eine war groß, hatte kastanienbraune Haare und eine Art künstliche Fröhlichkeit, der andere war kleiner als ich, schwarzhaarig und gab sich hämisch.

«Seid ihr Faschisten?» fragte ich leise.

«Das kannst du ruhig laut sagen», sagte der Kleinere mit forcierter Dreistigkeit und lachte. «Als es ihnen dreckig ging, sind sie alle umgefallen, die Ratten verlassen das sinkende Schiff, aber ich halte

* Anhänger der Italienischen Sozialrepublik

durch. Diese Huren, mit den Deutschen lassen sie sich ein, ob du's glaubst oder nicht, aber mit uns, nein, da rümpfen sie die Nase», und er verzieht die Nasenflügel, um die Mädchen nachzuahmen, die ihn zurückgewiesen hatten.

«Und du?» Der andere beugte sich zu mir herüber.

«Ich komme aus den Lagern und den deutschen Gefängnissen.»

«Ach.»

«Wie ist es dort?» fragte der mit den braunen Haaren leise.

«So wie hier erzählt wird», antwortete ich.

«Ach.»

«Wie bist du denn da rausgekommen?» flüsterte der größere Soldat. Ich stand zwischen ihnen an der Theke, eine Tasse Zichorienkaffee mit Zuckerersatz in der Hand und betrachtete sie im Spiegel vor mir.

«Ich habe mich umgebracht, und da haben sie mich nach Italien zurückgeschickt.»

«Du darfst wieder nach Hause? Hast du ein Glück.»

«Hüte dich vor den Partisanen. Die können keinem ins Auge sehen» (der Braune).

«Wirst du zu Hause erwartet?»

Der Gedanke an meine Eltern, dem ich bisher ausgewichen war, erdrückte mich. Unerwartet quollen mir Tränen aus den Augen.

«Ich weiß nicht mehr, wo ich hin soll», sagte ich, am Ende meiner Kräfte.

«Komm, gehen wir hier weg.»

Bis spät nachts liefen wir zu dritt durch die Straßen. Ich erzählte, was ich durchgemacht hatte, meine Probleme, die Angst, wieder zu meinen Angehörigen zurückkehren und den Bemerkungen meiner Eltern standhalten zu müssen, beschrieb in allen Einzelheiten die gedankenlose Art meines Vaters, verletzende Dinge zu sagen, die Denkweise meiner Mutter, die sich über alle Welt erhaben fühlte.

Der größere Soldat wollte mir unbedingt versichern, daß sie mich gut aufnehmen würden, er sagte: «Sie werden dir verzeihen», und streute zwischen die immer genaueren Details meines Ergusses Vorschläge ein wie: «Warum gehen wir nicht etwas Anständiges essen? Wir können dabei reden, und mit vollem Bauch sehen die Dinge nicht mehr so schwarz aus.»

Der kleinere Soldat dagegen sagte kopfschüttelnd: «Einen Dreck werden sie verstehen», aber auch er fand es eine gute Idee, essen zu gehen.

Vollgestopft wie ich war, hatte ich keinen Hunger und wirkte deshalb auf sie wie ein durchgeistigtes Geschöpf (sie tauschten Seufzer aus).

Im Restaurant aß ich dann doch alles, was sie mir vorsetzen ließen, vielleicht das Doppelte von dem, was sie selber zu sich nahmen.

«Alle Achtung, was du so einfahren kannst», grinste der Kleinere und schenkte mir Wein nach.

Der andere drückte unterm Tisch sein Bein an meins und fing an, davon zu reden, wie schön wir doch zusammen schlafen könnten. Ich setzte auf den braunhaarigen kräftigen Jungen, er schien mir aufrechter.

«Ich habe keine Lust, mit euch ins Bett zu gehen», nuschelte ich mit weinschwerer Zunge, «weder mit ihm, der ohne dein Wissen versucht, mich unter dem Tisch zu begrapschen, noch mit dir, obwohl du anständiger bist. Also sagt mir jetzt, wieviel ich euch schuldig bin, und wir gehen als Freunde auseinander.» Dieses Mal weinte ich mit Absicht, damit sie Mitleid bekamen und ich meinen Anteil nicht bezahlen mußte.

«Ich bitte dich!»

«Das fehlt gerade noch. Wir sind doch keine Paviane. Ein Faschist ist ein Ehrenmann», schwafelte der ebenfalls halb beschwipste Braune: «Ist doch klar, daß du keine Lust hast in der miesen Lage, in der du steckst!»

«Ich wollte dich nur ein bißchen aufmuntern», ließ sich der andere wieder vernehmen, «so müde, wie ich selber bin! Aber was soll's, du warst so niedergeschlagen.»

«Ja, ja», hielt ihm der Braune vor, «du hast es ausgenutzt, ich nicht. Ich bin überhaupt nicht müde, ich könnte dir den Himmel auf Erden bereiten», sagte er zu mir. «Aber ich bin ein Ehrenmann, und wenn du nicht willst, bleiben wir einfach Freunde.» Er zwinkerte mir zu: «Aber denk noch mal drüber nach . . .»

«Genau.» Ich sagte, ich müßte aufs Klo. Ich ging durch einen Hintereingang hinaus, ohne mich von ihnen zu verabschieden. Ich war stolz auf den Streich, den ich ihnen gespielt hatte. Vielleicht hätte ich noch die Hotelrechnung sparen können, aber so war es weniger kompliziert. Ich konnte auch auf dem Bahnhof im Wartesaal schlafen. Und schließlich, wer konnte mir verbieten, spazierenzugehen? Ich kontrollierte mein Geld in der Hosentasche. Ich hatte mich gut durchgeschlagen, und wenn das so weiterging, konnte ich noch ein paar Tage auskommen, bevor ich nach Hause, nach Como, in die von der Mussolini-Regierung für meine Familie beschlagnahmte Villa mußte. Und dann war es aus mit dem Schlendrian, dann hieß es wieder, bei Sonnenuntergang zu Hause sein, meine Mutter würde wieder vielsagend auf die Pendeluhr im Hauseingang blicken, wenn ich zu spät kam, und noch schlimmer war, daß sie mir den Burschen meines Vaters auf die Fersen setzten, alle einig darin, daß sie meinetwegen viel durchgemacht hatten, vielleicht würde auch der Fahrer nach mir ausgeschickt, wenn ich mich zu lange irgendwo aufhielt, oder vielmehr, ich würde gar nicht mehr erst weggehen dürfen, es sei denn in Begleitung meiner Mutter zu jenen unerträglichen Damentees wie in Rom. Damals hatte ich mir einen Spaß daraus gemacht, mir einen Vorrat an Schwiegermüttern heranzuziehen: als Trick gegen die Langeweile übte ich mich darin, mir Mütter von Söhnen für alle Fälle geneigt zu machen. Aber jetzt kam mit dieser Zeitvertreib fad vor. Der bloße Gedanke an die Empfänge und Konzerte: meine Mutter mit Hutschleier oder mit dem breitkrempigen Sommerhut, der ihr schönes Gesicht beschattete, und ich mit Spitzenhandschuhen und zurückhaltendem, bescheidenem Lächeln, die auf Hochglanz polierten Offiziere, die mit stolzem Ausdruck dauernd die Hacken zusammenknallten, die ganze galante Atmosphäre, das alles war so abgewirtschaftet, daß ich mir meinen Selbstmordversuch in Erinnerung rufen mußte, um nicht sonstwohin davonzulaufen.

Ich verirrte mich in den verdunkelten Straßen und wurde von einer Streife von *repubblichini* aufgehalten.

«Papiere. Weißt du nicht, daß Ausgangssperre ist?»

Inmitten dieser Soldaten, die mich eskortierten, etwa zehn Männer, mit der Maschinenpistole in der Faust, in diesem Rhythmus ihrer genagelten Stiefel auf dem Asphalt, diesem Oleanderduft im reglosen Dunkel der langen Allee verschwand mein Gefühl von

Verlorenheit, das mir, seit ich aus dem Zug gestiegen war, die Freude an der Freiheit verdorben hatte. Ich fühlte mich wieder wohl in meiner Haut, mit jedem gleichmäßigen Schritt kehrte mehr Leben in mich zurück: in Kolonne zur Fabrik mit den Gefährten.

Mir wurde bewußt, daß ich den ganzen Tag, seit ich in Verona war, nicht einen Augenblick an sie gedacht hatte, als hätten sie nie existiert, und mich überfiel ein seltsames Angstgefühl, als ich merkte, wie leicht ich mich über die eben vergangenen Monate hinweggesetzt hatte, auch ich steckte ganz tief in jedem gewonnenen Augenblick, als gäbe es nichts anderes. Alle verfolgten wir unwichtige Ziele. Ich würde nicht nach Hause zurückkehren. Ich würde in einer Fabrik in Mailand arbeiten gehen, oder besser in Turin – das lag weiter weg von meiner Familie. Aber ich mußte vorsichtiger sein, keine albernen Klauereien mehr, nichts, was die Behörden auf mich aufmerksam machen könnte, die Ausgangssperre beachten, unbemerkt durchschlüpfen. Wenn der Konsul Mitteilung gemacht hatte, daß ich repatriiert worden war, mußte mein Vater mich ja suchen lassen. Er verlor das Gesicht, wenn ich nicht wieder nach Hause zurückkehrte.

Wir kamen zu einem Gebäude, das sich als ehemalige Schule erwies. In einem Schulzimmer, wo die Bänke an einer Wand aufeinandergestapelt waren, verhörte mich ein Unterführer hinter dem Pult. Wann ich angekommen war? Warum ich nicht unverzüglich den Anschlußzug nach Como genommen hatte, wo ich laut Fahrkarte hinfahren sollte? Mit wem ich in Verona Kontakt gehabt hatte? Was ich nach Mitternacht in der Innenstadt trieb? Wen ich suchte? Zwischen die Fragen streute er Beleidigungen und Drohungen. Ich verglich die Verhörmethoden der Deutschen mit denen der Italiener: zurückhaltend die ersteren, aufbrausend die letzteren. Es schien, als hätte ich jenem Unterführer (einem *maresciallo*, wie ihn die Soldaten ansprachen) persönlich unrecht getan. Ich muß ihn an seiner menschlichen Seite packen, dachte ich. «*Maresciallo*, ich habe nichts gegen Sie», sagte ich zu ihm. «Sehen Sie sich meine Papiere an, lesen Sie hier, sehen Sie? Das ist der Stempel des Gefängnisses von Frankfurt: *Gefängnis*, verstehen Sie das Wort? Dann hier die Bestätigung des Krankenhauses. Sie haben mich frei gelassen, weil ich unschuldig war, aber es ging mir schlecht. Und jetzt plötzlich wieder in Italien, all die Leute, die laut reden, Pfirsiche, die frei auf der Straße verkauft werden . . .»

«Die Sonne», fiel er ein.

«Ja, die Sonne, all das, nach fast sechs Monaten Eingesperrtsein im Lager und sonstwo, da habe ich es eben nicht so eilig gehabt, ich hatte einfach Lust, erst einmal ein bißchen zu bummeln.»

«Verstehe, aber erzähl das mal dem Vorgesetzten. Wer soll dem das sagen? Sagst du ihm das?»

«Wenn niemand was sagt, halte ich auch den Mund», versprach ich. «Gebt mir irgendwo was zum Schlafen, und morgen früh fahre ich nach Como, und kein Mensch hat mich je hier gesehen.»

Etwa zehn Soldaten lagen auf dem Boden herum, einige schnarchten, einige waren wach und verfolgten die Szene.

«Und woher soll ich wissen, daß du nicht so eine bist? Ich will hier schließlich kein Bordell aufmachen. Es hagelt nur so Kontrollen, mein Schatz. Wenn du Partisanin wärst, dann hätten wir saubere Hände und man könnte in Ruhe ficken. Da wäre die Schmach, die wir dir antäten, ein Verdienst; Hitler persönlich könnte uns hier mit 'nem steifen Schwanz erwischen: es wäre eine Kriegsaktion», erklärte er und zog mit Daumen und Zeigefinger zusammen eine Linie durch die Luft. «Das wäre alles nach Vorschrift, verstehst du. *Aber sie haben dich freigelassen*, mit Papieren und Stempeln, *ihren* Papieren, kapiert? Wer soll sich darauf verlassen? Meine Liebe, was du hier machst, kann genausogut eine Falle sein, und ich tappe da nicht rein.»

«Aber wohin soll ich denn jetzt?»

«Wie soll ich das wissen?»

Sie stellten einen Tisch mitten in den Raum:

«Leg dich hier drauf. Und wenn du dich muckst, um irgendeinem hier den gewissen Dienst zu erweisen, bringe ich dich vor die Gestapo.»

Ich schlief auf der Stelle ein. Sie mußten mich ziemlich lange wachrütteln: «Du Trottel, steh auf und hau ab. Wenn wir dich noch einmal hier erwischen, dann bist du erledigt, ich warne dich.» Und verwirrt, weil er selber mich beschützt hatte, gab mir der *maresciallo* beim Hinausgehen einen leichten Tritt in den Hintern, zum Abschied sozusagen.

Ich ging auf ihre Anweisungen hin in Richtung Bahnhof. In der frischen Morgenfrühe atmete ich auf. Ich überlegte, was ich jetzt tun sollte, ich ging mit schnellen Schritten, um aus der Gegend wegzukommen. An einer passenden Stelle wollte ich abbiegen.

Aber unfreiwillig wurde ich langsamer. Ich hatte wieder Angst. Wer weiß, wieviel Groll es zwischen den einheimischen Truppen und den Besatzern gab, zwischen faschistischen und Nazi-Behörden. Das Radio in der Lagerkantine hatte Mussolinis neues Regime «Schattenkabinett» genannt. Gewiß, die umherziehenden Verbände, zum Beispiel die beiden Soldaten, bei denen ich das Abendessen geschnorrt hatte, redeten weiter von Treue zu dem loyalen Verbündeten, dem man in den Rücken gefallen war, aber die an der Spitze? Selbst mein Vater hatte sich immer geärgert, wenn meine Mutter und ich die moralischen Tugenden des deutschen Volkes verherrlicht hatten. Dabei war seine eigene Mutter, meine Großmutter väterlicherseits, rein deutscher Abstammung, Nachfahrin jener bayrischen Familien, die zur Zeit der Napoleonen in Italien Fuß gefaßt und immer nur untereinander geheiratet hatten, nämlich der mit Canova zusammenarbeitenden Familie Klaus, die eine Künstlerschule gegründet hatte. Die erste, die von der Linie abwich, war eben meine Großmutter Bettina gewesen, sie hatte einen Apulier aus adliger Familie geheiratet, den Vater meines Vaters. Aber was wollte ich jetzt mit meinen Großeltern? Ich verlor den Faden. Ach ja, mein Vater. Da in Deutschland waren noch Ausländer beteiligt gewesen, hier war das anders, er konnte doch jetzt nicht mehr so verfahren wie zu der Zeit, als ich in Deutschland war und er zur Strafe für mein unbesonnenes Handeln keinen Finger für mich gerührt hatte, er, der mich bei seiner Position hundertmal hätte besuchen und persönlich sehen können, wie ich lebte. Wenn ich dagegen hier einem seiner Kollegen begegnete, wie stand er dann da, wenn er sich nicht um mich kümmerte? Mein Selbstmord hatte seinen Stolz befriedigt (wie hätte der Konsul von Frankfurt ihm darüber auch nicht Bericht erstatten können: allein schon, um seine mir geleistete Hilfe herauszustreichen), und jetzt mußte einfach ein Akt der Milde gegenüber der Tochter, dem verirrten Schaf folgen. Je mehr ich darüber nachdachte, desto überzeugter war ich, daß es für ihn eine Frage der Ehre sein würde, mich ausfindig zu machen. Und wer garantierte mir, daß der *maresciallo* nicht der Bahnpolizei von Como gerade meine bevorstehende Ankunft meldete? Die Geschichte, daß ich vor lauter Glück gebummelt hatte, war ihm vielleicht bei kühler Betrachtung doch nicht mehr so glaubwürdig erschienen, zumal wenn er wirklich fürchtete, die Nazis hätten mich freigelassen, um mich für ihre Zwecke zu benutzen. Das hatte er ja klar gesagt. So gab er sich den Anschein, mich aus Achtung vor ihren Papieren aufgenommen und freigelassen zu haben, und gleichzeitig war er damit seiner Aufsichtspflicht nachgekommen, und zwar genauso machiavellistisch darin wie in der Frage des Fickens – für so wenig wäre er doch kein Risiko eingegangen.

Ich war ganz sicher, daß er nicht nur nach Como telegrafierte, sondern auch an den Bahnhof von Verona, an die Endstation der Busse Richtung Lombardei und an alle Kontrollstellen. Kein günstiger Augenblick, um nach Westen zu gehen. Es war besser, wenn ich in Richtung Osten ging und nach Venetien vorrückte. Ich konnte nicht darauf hoffen, unbemerkt durchzuschlüpfen. Ich hatte im Gang der ehemaligen Schule, wo ich übernachtete, die Fotos von Gesuchten gesehen, auf die Kopfgeld ausgesetzt war, Leute aus Piemont, aus dem Friaul, halb hypnotische Paßfotogesichter, die in starrer Ausdruckslosigkeit auf das «Klick» warteten. Ich stellte mir mein Gesicht daneben vor, darunter das Versprechen einer noch höheren Belohnung für jeden, der Informationen über mich lieferte – für meinen Vater war das eine Prestigefrage, er hätte ohnehin, so dachte ich damals voller Mißgunst, später einen Weg gefunden, um sie nicht bezahlen zu müssen (ich brauchte diesen Haß auf ihn, um mir Mut zu machen). Außerdem waren die Zeiten jetzt sowieso heikel, jeder mißtraute jedem, wer hätte es da auf sich genommen, mich zu verstecken? Ich hatte keine Beziehungen – zu wem auch? Mit wem sollte ich sie aufnehmen, so, stehenden Fußes, als Tochter von Faschisten, mit einer Mutter, die schon, als wir noch in Frankreich lebten, Sekretärin des Fascio gewesen und mit Goldmedaillen des Großen Rates für Emigrantenfürsorge ausgezeichnet worden war (sie arbeitete Tag und Nacht, um Kindergärten einzurichten, Kinder in Ferienlager zu verschicken, Theateraufführungen und faschistische Drei-Königs-Tag-Bescherungen zu organisieren und wöchentliche Lebensmittelpakete zu verteilen). Als Tochter von bekannten Faschisten, die immer mehr ins Blickfeld rückten, aus den Nazilagern repatriiert – Martine hatte ganz richtig gesagt, was alle denken würden: daß ich mich gerettet hätte, indem ich meine faschistischen Karten ausspielte. Aber es war noch schlimmer: diese Karten hatten sich selbst ausgespielt. Es hatte keinen Konsul gegeben, der Gruschenka oder Martine befreit hätte. Wie der *maresciallo* sagte, bei uns verlief alles nach Vorschrift. Die Studentin konnte sich den Luxus leisten, Jeanne d'Arc zu spielen, denn letztlich *handelte sie gefahrlos*. Bei mir, als Tochter dieser Eltern, war alles, was ich tat, Luxus.

Der Schmerz machte mich zunichte, und ein Gefühl von Scham lähmte meine Schritte. Ich mußte mir meine Verhältnisse vom Leibe reißen. In Italien meinen Namen zu ändern, hätte wenig genützt, es sei denn, ich hätte die Front wechseln können. Aber ich haßte die Amerikaner und den König. Und überhaupt. Ich brachte mich in Sicherheit, mehr nicht, denn ich war ja nicht bereit, mich von den Amerikanern anwerben zu lassen. Immer vorausgesetzt, daß ein Frontwechsel überhaupt möglich war. Mein Gesicht in einer Reihe mit den anderen Gesuchten sah mir entgegen, vom Gang der ehemaligen Schule aus, die ich gerade verlassen hatte, als hätte ich es in der vergangenen Nacht beim Eintreten dort gesehen. Zuallererst mußte ich meine Ausweise wegwerfen, die ich im Rucksack hatte. Was für ein irrwitziger Entschluß, und die Zeit arbeitete noch immer gegen mich. Es war noch nicht die Rettung, aber eine Gefahr weniger, daß man mich aufspürte.

Und da sah ich in einer Querstraße eine von ein paar SS-Leuten eskortierte Schar Leute herankommen. Ich blieb an der Ecke stehen, um sie mir anzusehen, sie kamen in meine Richtung. Die Beine der zivil gekleideten Männer und Frauen bewegten sich langsam und hüpften in die Luft, wenn der Tritt eines Nazistiefels ein Schienbein traf. Die SS-Leute mit ihren auf die Verhafteten gerichteten Maschinenpistolen sahen sich unablässig um, blickten zu den Häuserfenstern hinauf, liefen an der Menschengruppe entlang nach vorne und hinten und stießen zwischendurch Nachzüglern Gewehrläufe in den Rücken.

Als sie auf meiner Höhe waren, richtete einer der (insgesamt sechs) SS-Männer die Maschinenpistole auf mich und machte mir mit dem Kopf ein Zeichen, aus dem Weg zu gehen. Sie haben Angst, dachte ich, sie haben es eilig, sie schießen nicht auf mich, weil sie nicht das ganze Viertel aufwecken wollen. Ich rührte mich nicht von der Stelle, sondern fixierte den SS-Mann. Ein anderer überholte ihn im Laufschritt, kam auf mich zu (aber fast lautlos, wie aus einem Hinterhalt).

«Paß auf, ich schreie», sagte ich laut und deutlich auf deutsch. Vielleicht aus Überraschung, daß ich ihn in seiner Sprache angesprochen hatte, blieb er stehen: «Noch einen Schritt weiter, und wir schreien alle», warnte ich. «Gib acht, das ist unser Signal.»

Augenblicklich befahl der SS-Unteroffizier, der hinter den Gefangenen gegangen war: «Halt!», kam nach vorne, schickte mit einer Kopfbewegung zwei Soldaten an das Ende des kleinen Zuges, beorderte mit dem Zeigefinger zwei weitere an die Flanken und den fünften an die Spitze der Gruppe; alle wandten die Gesichter den Verhafteten zu und hielten den Finger am Abzug.

Als er bis auf die Entfernung auf mich zugekommen war wie zuvor der Soldat, den ich angesprochen hatte, sagte er mit weicher Stimme, die die frühmorgendliche Stille nicht störte: «Komm sofort in die Kolonne, oder wir bringen euch alle um. Ich zähle bis drei. Eins, zwo . . .»

Ich sprang in die Reihen. Zu hören war nur der Laut meiner Stiefel. Ich mußte unbedingt meine Ausweise loswerden, den Repatriierungsbescheid. Wenn sie den bei mir fanden, war ich verloren. Ich brauchte mich nur des Rucksacks zu entledigen. Ein Stich beim Gedanken an mein Geld. Nein, es war in meiner Hosentasche, ich tastete danach.

«Hände raus», sagte der Soldat, der dicht neben mir herging. «Wenn du noch einmal die Hand in die Tasche steckst, schieße ich auf dich.»

Schon dachte ich darüber nach, wo ich das Geld verstecken konnte, damit sie es mir nicht abnahmen, da kam mir wieder in den Sinn, daß der Rucksack das Problem war. Nach einigen menschenleeren Straßen sah man jetzt auch schon offene Haustüren. Die SS-Leute luden durch, um uns anzutreiben. Ich täuschte einen verstauchten Fuß vor, und während ich mich krümmte vor simuliertem Schmerz, ließ ich den Rucksack hinuntergleiten. Sofort wurde ich vom Lauf der Maschinenpistole vorwärts geschoben, schielte aber noch nach dem Rucksack auf dem Boden, so als wollte ich ihn wieder aufnehmen. Der Soldat kickte ihn zur Seite. Rasch sah ich nach der Nummer der Haustür, vor der er auf dem Boden liegen geblieben war, und prägte mir auf einem Fuß hüpfend die Umrisse des Gebäudes und der Häuser daneben ein (ich zählte die Haustüren), bis ich das Straßenschild las. Für alle Fälle, dachte ich, für alle Fälle. Ich merkte mir auch die nächsten Straßen, durch die wir gingen, und täuschte deshalb ab und zu vor, daß ich mit dem verstauchten Fuß unter Schmerzen auftrat, betrübt, daß ich mich nicht wie neugeboren fühlen und die Bedeutung dessen, was ich getan hatte, nicht richtig auskosten konnte, unfähig, meine innere Befreiung wirklich zu genießen, vor lauter Angst, daß ich den Namen jener Straße vergaß, vor lauter Aufpassen, daß ich weiter auf einem Fuß neben den Verhafteten herhüpfte, die mich mit Abneigung ansahen, und bedrückt von einem Gefühl von Exhibitionismus, das stärker war als jede andere Regung in meinem Innern.

III

Daß die Dinge sich so ereignet hatten, habe ich später sogar vor mir selbst geleugnet. Ich mußte erst fünfzig werden, um einzugestehen, daß ich repatriiert worden war. Ich habe sehr früh behauptet – bis ich schließlich selber davon überzeugt war –, daß ich nach dem Streik mit den Genossen zusammen nach Dachau deportiert worden war. Ich habe das, was ich an jenem fernen 2. August in Verona getan habe, begraben wie etwas, das ausgelöscht werden mußte. Ich wollte von den Nazis verhaftet und eingesperrt worden sein, damit nach und nach auch mein erster freiwilliger Einsatz verschwamm, die Monate bei den I. G. Farben sich vernebelten und sogar der Aufenthalt im Konzentrationslager Dachau in den Schatten trat, es war fast, als steckten darin Situationen, die mich zwangen, auch den Rest wachzuhalten.

Die Erinnerungen verengten sich. Sie kreisten um meine Flucht aus Dachau und tauchten im Hotel in Mainz wieder auf. Von der ganzen Kriegserfahrung blieben mir nur wenige verstreute Wochen des Vagabundierens durch das Dritte Reich, zwischen der einsamen Flucht und der Mauer auf dem Rücken, eine abgetrennte Zeit – und nicht einmal vollständig erzählt –, die irgendwo schwebte und keine Probleme machte. Es genügt zu sagen, daß ich sie «meine deutsche Klammer» nannte, als wäre sie eine abgeschlossene Vorgeschichte, die Voraussetzung für den Rollstuhl, ohne den ich mich nicht bewegen konnte, der historische Anlaß für diese Widrigkeit, die mehr als alles andere eine technische war (sagte ich mir).

Der Leser hat es am Anfang des Buches gesehen, wo ich von meiner Flucht aus dem Konzentrationslager und den ersten Wochen meines illegalen Lebens erzähle. Das Mädchen aus *Thomasbräu* und *Asyl in Dachau* scheint nicht identisch mit dem aus *Im Ch 89* und dem, das aus Verona geflohen war. Als ich zwischen 1953 und 1954 jene Seiten schrieb, sah ich mich als Entflohene, ausschließlich damit beschäftigt zu überleben, mich zu arrangieren und Zuneigung zu vermeiden, um mich freier bewegen zu können. Vom Bedürfnis, «gemeinsam zu kämpfen», das mich bei den I. G. Farben belebt hatte, von der Notwendigkeit, unter Genossen zu sein, die mich in Verona dazu getrieben hatte, Zuflucht bei unbekannten Deportierten zu suchen, keine Spur. Daß ich nach Deutschland gegangen war und wieder dorthin zurückkehrte, hatte sich für mich verdichtet zu einem einzigen Gefühl: Flucht, und die Bilder, die ich davon bewahrte, gruppierten sich um diese amputierte Wahrnehmung herum.

Es dauerte bis 1961, als ich *Solange der Kopf lebt* schrieb (unter welchen Umständen, werde ich noch erklären), bis ich wagte, mir offen einzugestehen, daß ich freiwillig in die Lager gegangen war. Fünfzehn Jahre, in denen ich es wie ein Geheimnis nur ganz wenigen Leuten anvertraute, flüsternd und immer verängstigt durch die Reaktionen der anderen auf meine «Kurzschlußhandlung», so daß mir schließlich deren Bedeutung fast völlig aus dem Gedächtnis schwand. Und sogar 1961 habe ich es nur flüchtig abgehandelt, als das Argument, mit dem ich den sowjetischen Hauptmann zu erweichen versuchte, mich nach Rußland zu lassen.

Ich habe noch weitere fünfzehn Jahre gebraucht, um zuzugeben, daß ich auch in die Lager freiwillig zurückgekehrt war. Warum so viel Widerstand? Warum insbesondere war meine Kehrtwendung in Verona die letzte Erinnerung, die an die Oberfläche kam? Nicht einmal vor einem Jahr, als ich *Im Ch 89* schrieb, habe ich es geschafft, an die Repatriierung heranzukommen. Ich habe den Streik bis zu dem Augenblick erzählt, in dem er zusammengebrach. Ich habe mein Gedächtnis bei der Sequenz mit der Niederlage angehalten.

Das zu verstehen ist es, was mich jetzt interessiert. Woher kam eine derartige Blockierung, auf welchem Wege habe ich es so lange geschafft, die Knotenpunkte jener gewalttätigen Vergangenheit zu vernachlässigen, und womöglich noch geglaubt, damit die Lektion zu bereichern? Auf welche Weise konnte sich der Vorgang, der mich so gezeichnet hatte, am Boden meines Geistes ablagern, fast als wäre er nie geschehen (schließlich bin ich ja in meine Schicht zurückgefallen, wie Martine und Alain vorausgesehen hatten). Oder vielleicht hat er in mir gearbeitet, obwohl ich ihn ignorieren wollte, und sich jetzt endlich vor mir entfaltet, in der letzten Zeit, seit ich keine Reservewelten mehr habe, in die ich mich eingliedern kann. Wieder aufgetaucht sind auch jenes Morgengrauen in Verona und die Worte des *maresciallo* der *repubblichini*, der Haufen Leute, die zwischen den SS-Männern aus einer Querstraße kamen, das Gesicht des Konsuls mit der Stimme, die wattiert war von diesem «Beistand, der Ihrem Rang gebührt», in der sauberen Frankfurter Klinik. Jahrzehnte, um schließlich vor dem Sprung zu stehen, den ich ungestüm und blind dreißig Jahre zuvor gemacht hatte (und inzwischen haben sich die Haare grau gefärbt).

Aber um rekonstruieren zu können, wann diese dreißig Jahre meines Lebens dauernde Verdrängung angefangen hat, muß ich zuerst die Lücken der verdrängten Erfahrung schließen und herausfinden, ob das Ausweichen von einem sozialen Bedürfnis in eine individuelle Vision insgesamt eine spätere Interpretation von mir gewesen ist oder ob dieses Wegsacken des Geistes nicht schon in der Wirklichkleit selbst begonnen hat, in den harten Situationen, an die ich mich nicht zu erinnern wagte.

Schon im Güterwagen nach Dachau habe ich erfahren, was es bedeutete, wirklich auf der anderen Seite zu sein. Vier Tage lang zusammengepfercht mit etwa fünfzig «arischen» Deportierten (die jüdischen waren in einem anderen Waggon), nur mit dem Proviantkörbchen versehen, das sie uns in Verona zugeteilt hatten – Brot, Käse, Obst –, voll Bedauern, daß ich mich nicht ausreichend mit Wasser vollgepumpt hatte, als sie uns vor der Verladung hatten trinken lassen. Zwischen endlosen Aufenthalten, bei denen wir uns gegen die verplombten Türen warfen und mit ohrenbetäubendem Lärm etwas zum Trinken verlangten, dann reglos schwiegen, erschöpft vom Warten, fuhr der Zug quietschend und rüttelnd weiter, und wir liefen in dem Waggon im Kreis herum wie eine Meute Hunde im Zwinger.

Ich erinnere mich an bestimmte leere Gefühle. Wir saßen im Stroh, einer zwischen den Beinen des anderen, um Platz zu sparen. Ich kauerte zwischen den Schenkeln meines Stütz-Mannes, in dessen Gesellschaft ich die ganze Reise verbracht hatte. Ich hatte den anderen jungen Mann, der an mir lehnte, gebeten, mich einen Augenblick lang meine Beine hochziehen zu lassen, sie waren mir eingeschlafen, und eine Weile mit meinen Knien als Rückenstütze vorlieb zu nehmen. So kauerte ich in einer Art embryonaler Haltung, nur mein Kopf war auf die Schulter des Mannes gesunken, der mich mit seiner Brust stützte. Das Gesicht an meine Wange gelehnt, blies er mir seinen sauren, nach nasser Kohle riechenden Atem in den Hals. Ich atmete diesen Geruch ein, er vertrieb mir wenigstens den durchdringenden Durchfallgestank aus der Nase, der den ganzen Waggon verpestete. Es mußte Nacht sein, denn es drang kein Licht herein. Die Lichtstreifen, die vorher durch die Ritzen des Waggons sickerten, waren erloschen. So umarmt führten wir erschöpft Streitgespräche im Gerüttel des Zuges, im Getöse der Räder, inmitten der Schreie der Durstigen. Er buchstabierte mir seinen Argwohn fast ins Trommelfell, mit einer ausgedörrten Stimme, die ihm in der Kehle krächzte, und ich hauchte ihm mühsam meinen Sarkasmus ins Ohr, weil mir die Zunge wie ein Reibeisen im Gaumen kratzte, und versuchte dabei jedesmal, wenn er das Gesicht hob, um mir zu erwidern, im Dunkeln aus dem matten Glanz dort, wo seine Augen sein mußten, etwas zu lesen.

Meine Lehne war einer der Deportierten aus dem Veroneser Flügel der Resistenza, fünfundzwanzig Jahre alt.

«Ich bin irrtümlich aufgegriffen worden», hatte er sich mir bei der Abfahrt vorgestellt.

Aber im Güterwagen hatte ich aus seiner umständlichen Art zu fragen, das irgendwie Tastende in seiner Stimme, im Blick und in den Worten etwas wiedererkannt, was für Martine, Gruschenka und Alain typisch war. Und ich hatte erahnt, wer er war, auf jeden Fall kein irrtümlich Aufgegriffener. In der dritten Nacht hatte ich mich entschlossen herauszuplatzen:

«Hör auf, hier falschzuspielen», sagte ich zu ihm. «Du bist ein kommunistischer Partisan, das weiß ich.»

Ich fühlte, wie er körperlich in Abwehrstellung ging. Und stückweise hat er sich herausgeredet mit Sätzen wie:

«Nicht schlecht, deine Nummer in Verona, schade, daß du dich dann verraten hast, tja, da hast du einen Fehler gemacht, hast nicht mehr dran gedacht, daß du dir ja den Knöchel verstaucht hattest. Kaum hatten sie uns in der Kommandantur zusammengedrängt, habe ich dich nämlich normal rumlaufen sehen. Die Nazis haben das gar nicht mitgekriegt, das weiß man ja, die glauben noch an Wunder, aber ich bin da skeptischer . . . Reizend dieser SS-Unteroffizier; mit dem schönen Schalldämpfer, den er da hatte, hätte er dich glatt umlegen können, nicht? Aber der dachte gar nicht daran. Als du zu ihm gesagt hast, paß auf, ich schreie, das ist unser Signal, hat er sofort die Maschinenpistole runtergehalten. Ich kann nämlich zufällig auch Deutsch. Aber erzähl doch mal: wessen Signal eigentlich?»

«Idiot», habe ich ihn mit ausgedörrter Stimme angezischt. «Ich sitze hier in deiner Scheiße . . .»

«Entschuldige, du kackst auf mich», stellte er richtig.

«Wenn wir Deportierten uns untereinander nicht trauen, ist es aus», fuhr ich fort. «*Sie* sind es, die uns spalten, und damit haben sie uns *auch moralisch* in der Hand. Reicht dir die körperliche Scheiße noch nicht? Willst du mir auch noch den Geist versauen?»

«Soll ich dir vielleicht anvertrauen, welches unsere Partisanenbasen in Venetien sind? Lage, Bestände . . .»

Ich weiß nicht, wie viele Stunden später es war, als unsere menschliche Traube wieder einmal aufrecht stand (wir konnten immer nur abwechselnd auf dem Boden sitzen). Als wir auf dem

Weg zu einem der beiden Latrinenkübel in den zwei gegenüberliegenden Ecken den Waggon durchquerten und mich mein Feind-Freund an der Hand durch das Gewühl von Leuten führte, die ununterbrochen zu den Kübeln rannten und bestürzt und enttäuscht (aber auch erleichtert) aufstöhnten, wenn sie sich auf der endlosen Strecke die Kleider vollscheißen mußten, tat mir mein Verleumder plötzlich leid. Er hatte recht, es war meine Schuld, ich verlangte von einem Genossen, mir zu trauen, obwohl zuerst ich ihm nicht getraut hatte (ich hatte ihm von meiner Geschichte nichts erzählt).

Nachdem wir am Kübel aufeinander gewartet hatten, gelang es uns, an der Wand lehnend weiterzufahren – das war einer der hochbegehrten Plätze, und wer so einen Platz erobert hatte, verteidigte ihn mit den Krallen. Mein Feind-Freund stand dort wie angeschmiedet. Mit einem etwas stumpfsinnigen Ausdruck im Gesicht, das von einem Lichtschleier aus einem nahen Spalt gestreift wurde, klebte er an der Waggonwand.

«Ah», seufzte er, «halt dich an mir fest.» Er hatte die Augen geschlossen, der Mund mit dem immer trockeneren und schlechteren Atem stand offen.

An seinen Hals geklammert, an seiner Brust lehnend und ihn halb umschlingend, weil ich ihm durch die Stöße, das Stöhnen und das Getöse der Fahrt hindurch ins Ohr sprechen mußte, habe ich ihm mein Leben erzählt, Freiwilligendienst, I. G. Farben, Eltern, Repatriierung, alles. Beim Reden habe ich geweint: «Verstehst du, sie haben mich aufgenommen» (ich spielte auf die sowjetischen und französischen Arbeiter an), aber dann mußte ich wie der Blitz zum Latrinenkübel schießen.

Als ich danach wiederkam und ihn suchte, war er nicht mehr da. Er hatte sogar auf die Waggonwand verzichtet, um mir auszuweichen.

Stundenlang bin ich von einem Kübel zum anderen gelaufen, im Zickzack, forschend zwischen einzelnen Sonnenfäden in alle Gesichter blickend, aber er muß wohl auch unterwegs gewesen sein, denn ich habe ihn nicht gefunden. Es war der vierte Tag, daß niemand uns aufmachte, und der Durst verschärfte meine Aggressivität (wenigstens glaube ich das), auch weil die Tüte Pflaumen, die sie uns pro Kopf bei der Abfahrt gegeben hatten, wie ein höllisches Abführmittel wirkte. Und kaum wurden in dieser Nacht die Schiebetüren geöffnet, habe ich mich wie ein wildes Tier in Richtung der Luftschwaden gestürzt, die nach Heu rochen und von draußen hereindrangen. Mag sein, daß ich mir meinen Weg etwas nachdrücklich, um nicht zu sagen mit Fäusten und Füßen bahnte, als mich eine Hand packte, ein Arm sich um meinen Hals legte und *sein* Gesicht, eingetaucht in einen Mondstrahl, mich mit einem haßerfüllten Blick durchbohrte, während seine Stimme hervorstieß: «Faschistenblut lügt nicht.»

Mir brach alle Energie zusammen. Halb erwürgt vom Schraubstock seines Armes sah ich ihn mit schiefem Kopf an:

«Ist das alles, was . . .» habe ich gelallt.

Er hat mich losgelassen. «Zufällig habe ich ja Durst, aber soviel dann doch nicht, um deinen Quatsch zu schlucken.» Dann hat er mich mit dem Ellbogen beiseite geschoben und sich unter die Deportierten gemischt.

Kurz darauf waren wir am Zielort. Er half den Geschwächtesten vom Waggon herunter. Es war noch Nacht, verlassene Gleise mitten auf freiem Feld. Ich habe mich auf den Rand des Waggonbodens gesetzt, um mich so hinuntergleiten zu lassen. Er hat mir eine Hand hingestreckt:

«Die Komödie ist aus», hat er mir zugeraunt, «du kannst nach Hause gehen.»

Danach bin ich diesem Feind-Freund nur noch einmal begegnet, als ich ungefähr zwei Monate später im Konzentrationslager vor dem Krankenrevier Schlange stand, um eine Salbe gegen die Krätze zu holen, die mich überall plagte. Er stand wenige Meter hinter mir in der Männerreihe neben unserer Frauenschlange. Er hat mir mit Blicken bedeutet, nichts zu sagen. Er sah mich an, als wäre ihm bei meinem Anblick eine Last von der Seele gefallen. Immer nur mit Blicken hat er dann vorgeschlagen, mit anderen die Ränge zu tauschen, damit wir näher zusammen stehen konnten. Er hatte einen geschorenen Kopf, Ringe unter den Augen, war ein Schatten seiner selbst.

Ich hatte ihn in diesen beiden Monaten so gehaßt, daß ich mich wunderte, wie sehr ich mich über das Wiedersehen freute. Wir standen jetzt auf gleicher Höhe, sehr nahe, aber getrennt durch etwa hundert unüberwindliche Zentimeter.

«Ciao», sagten seine Lippen.

«Ciao.»

«Wir müssen Kontakt halten.»

«Jetzt?» Ich hatte meine Flucht schon bis ins kleinste Detail geplant, es war nur noch eine Frage von Tagen.

«Warum? Hast du klein beigegeben?»

«Ich?» Ich fühlte eine Welle von Groll in mir hochsteigen: «Faschistenblut?» Aber die Wut verflog sofort wieder. «Hör zu», sagte ich nahezu tonlos, nur mit den Lippen, auf die er starrte: «Ich vertraue dir ein Geheimnis an, über das ich noch mit keinem gesprochen habe. Ich habe einen Fluchtplan. Hör zu, flieh mit.»

«Und die anderen? An die anderen denkst du nicht?»

Ich sah mir die menschliche Larve an, die diese Worte gesprochen hatte. Der Schmerz schnürte mir die Kehle zu, wie sollte ich ihm in den wenigen Sekunden, die wir zur Verfügung hatten, all das mitteilen, was ich während dieses Aufenthaltes im Konzentrationslager Dachau in mir angesammelt hatte? Meine ohnehin kürzere Schlange kam schneller voran als seine. Er drängelte sich weiter vor, um an meiner Seite zu bleiben, nahm dabei die Gefahr in Kauf, daß die anderen Deportierten wütend wurden oder der SS-Mann ihm den Gewehrkolben über den Schädel zog. Ich habe schließlich gemurmelt:

«Die anderen? Ich hasse Opfer.» Ich habe ihn angesehen, gepeinigt von einer Art bestialischer Liebe für diese Opfer, die ich haßte. Ich bin einen Platz nach hinten gerückt und habe die Frau, die hinter mir stand, nach vorne geschoben. Ich bat meinen Feind-Freund, der mich aus der Tiefe seines knochigen Gesichtes ansah, mit Blicken um Antwort.

«Ich habe dich gesucht», sagte ich zu ihm.

«Bin gefoltert worden.» Er hat mir zwei Finger ohne Nägel entgegengestreckt, wo man das bloße Fleisch sah. «Und zwei Monate verschärfte Haft. Aber ich habe nicht geredet.»

«Hau mit ab», habe ich gesagt und bin wieder einen Platz nach hinten gerückt.

Er hat den Kopf geschüttelt.

«Verurteilst du mich?»

Wieder Kopfschütteln, und ein jungenhaftes Lächeln ist ihm entwischt.

Ich wollte wieder einen Platz nach hinten, aber die Kapo war schneller und hat mit der Peitsche nach mir geschlagen. «Du mußt leben, hast du verstanden?» schrie ich ihm jetzt laut zu, während ein SS-Mann mich ins Krankenrevier zerrte. Ich habe mich ihm entwunden; dann rief ich in Habachtstellung «Heil Hitler!», und der Wärter, der nicht wußte, wie er meine gebieterische Stimme beim Nazigruß deuten sollte, ließ mich los.

Ich konnte mich gerade noch kurz umdrehen und das Gesicht meines Feind-Freundes sehen: «Du mußt leben», haben meine Lippen mit einem verstehenden Lächeln wiederholt. «Vorwärts», habe ich dann dem SS-Mann befohlen, die Kapo mit einem Anflug von Sympathie kurz angesehen und mich noch einmal nach meinem gefolterten Gefährten umgedreht, der mir mit stummem Mund «Viel Glück!» wünschte (lachten seine Augen mir zu?).

Meine Kapo war eine mit schwarzem Winkel, mittleres Alter, früher drogensüchtig, es hieß, sie hätte ihren eigenen Bruder für eine Prise Pulver verraten, und jetzt waren wir ihre Tauschware für ein paar von den raren Gardenal-Pillen.

Meine Erinnerungen an das KZ sind nicht verschwommen. Ich kann sie in wenigen Absätzen zusammenfassen.

Dachau hat mich getroffen wie ein unerwarteter Schlag. Ich hatte es mir nicht so vorgestellt. In Höchst wurde darüber geredet, furchtbare Gerüchte gingen um, aber sie gewannen keine Gestalt in unserer Wahrnehmung. Es war wie mit dem Riesen im Märchen, schlimmstenfalls ein bedrückender Alptraum, in dem die Formen ineinanderlaufen und die Fakten keine Realität besitzen.

Die Verblüffung ist vielleicht das stärkste Gefühl gewesen, das ich bei der Ankunft in Dachau empfunden habe. Das ging so weit, daß ich manchmal meinen Augen nicht traute – in dem Moment, in dem sie etwas sahen. Vielleicht habe ich auch deshalb nach meiner Rückkehr in die zivile Welt jahrzehntelang diese Abgründe verloren, vielleicht sind sie deshalb nur im Schlaf entfesselt worden, wenn sich mir irgendeine Szene aus der Vergangenheit wie ein Blutsauger ins Gemüt drängte und gespenstische Trugbilder aufwühlte, die ihrerseits irreal waren.

Die Verblüffung von damals ist eine Sache, die ich auch heute nie vergesse, wenn ich mit Leuten spreche, die nicht in Konzentrationslagern oder in Todeslagern gewesen sind.

In den zwölf Wochen, die ich in Dachau war, habe ich nicht einen Augenblick aufgehört, mich darüber zu wundern, wie unglaublich viele Belastungen der menschliche Organismus aushalten kann. Ich mußte sogar lachen beim Gedanken, wie sehr ich mich über die Behandlung der Ausländer in Höchst empört hatte, wo man vergleichsweise in Wohlstand und Freiheit lebte, selbst als «Ostarbeiter» und als Pole. Und hier, wo man das Unerträgliche einatmete, verging einem die Entrüstung fast, in einer Art von Betäubung.

In Wahrheit hatte ich mich am Anfang schon etwas ereifert, ich war beschämt über die menschliche Natur, weil ich beobachtete, wie schnell ein denkendes Gehirn (mein eigenes an erster Stelle) sich den unwürdigsten Situationen anpaßt. Dabei war an sich nichts Beschämendes daran, daß in einem geschwächten Körper auch der Geist erlosch. Das Licht der Vernunft war auf den eigenen Lebenshauch konzentriert. Die Mattigkeit des Körpers schläferte das Gehirn ein, es blieb ihm gerade noch die Kraft, einen Monat, einen Tag, eine Stunde länger durchzuhalten. Und nach wenigen Wochen wurde ich vollkommen in Anspruch genommen von einer anderen Entdeckung, die dann alle Kriterien, die ich zu jener Zeit besaß, auf den Kopf gestellt hat.

Ich meine die vollkommene Normalität des Verbrechens, körperliche Gewalt, Denunziation, Perversion als alltäglichen Rhythmus der Beziehungen, plötzlich natürlich, vertraut. Schon im Güterwagen hatte ich eine ganz merkwürdige Lebensfreude empfunden; eine Art Wollust bei der Ankunft im KZ, als ich mich mitten in einem Haufen von Frauen auf einem Platz auf den Schotter habe fallen lassen. Und dann die Fußtritte hier, Ohrfeigen da, und Spucken, und wir sind alle wie unter Betäubung gefügig aufgestanden und haben uns in eine Baracke drängen lassen, wo das Glücksgefühl, daß ich mich endlich auf die Dielen legen konnte, alle

Qualen mit einem Schlag löschte. Ich hatte in den Gesichtern der Gefährtinnen, die sich regelrecht röchelnd vor Freude auf dem Boden ausstreckten, den gleichen Geschmack an der Verrohung gelesen, der sich in meinem Schlaf breitmachte.

In der ersten Zeit demütigte mich diese übermäßige Fähigkeit, noch die geringste Erquickung zu genießen. Es war nicht wie in Höchst, wo ich meine Wut bewahrte. Hier ging ich so auf in dem, was ich tat – mich sorgfältig in eine Decke wickeln, in einem Winkel der Baracke ganz langsam einen gut eingespeichelten Bissen Brot kauen –, daß mir jeder andere Gedanke im Grunde abstrakt blieb. Ich machte mir Vorwürfe, die nicht in mich eindrangen.

«Wie? Deshalb bist du zurückgekehrt? Damit du mit den Läusen schlafen darfst? Damit du der fadesten Wasersuppe hinterhersabberst? Und der Kampf? Ein paar Wochen und der Kampf ist nicht mehr da?» Nichts. Ich gähnte.

«Mit wem denn?» antwortete ich mir selber.

Die beiden ersten Wochen waren sehr langsam in einer der Isolationsbaracken verflogen, im Quarantäne-Block, zusammen mit Dutzenden von Ausländerinnen, die ebenso verroht waren wie ich und wie die SS-Leute, die immer wieder kamen, um uns zu kontrollieren, Köpfe von germanischen, ukrainischen und sogar tatarischen Lumpenproletariern, denen die Brutalität so deutlich im Gesicht geschrieben stand, daß sie schon wieder unschuldig wurde. Ich mußte mir ständig vorsagen: «Das sind Monstren», um mich nicht einwickeln zu lassen von der Selbstverständlichkeit, mit der sie sich über grausame Einfälle amüsierten: zum Beispiel Ohrfeigen auszuteilen, einen vollen Blechnapf mit dem Fuß umzustoßen, auf eine Decke zu rotzen, aber ohne Haß, nur so, um die Zeit totzuschlagen.

Dann kam die größte Enttäuschung. Die Nazis haben mich nicht bei den roten Winkeln einsortiert – den politischen Häftlingen –, sondern mich zusammen mit den «Asozialen» schwarz markiert. Und sie haben mir ein Strohlager in einer der Baracken für diese Frauen zugewiesen. Der Block der roten Winkel lag an einer anderen Straße des Lagers, und es war für mich nicht leicht, dort hinzukommen. Die Männer waren noch weiter weg, getrennt von den Frauen. Die OST- und P-Häftlinge ebenso wie die Männer und

Frauen mit gelben Winkeln (die Juden) waren für uns West- und Mitteleuropäer nahezu unerreichbar. Unmöglich zu erfahren, ob Gruschenka dort war. Es kam mir vor, als ob die Barackenanlagen nie aufhörten. Die einen sagten, wir wären zwanzigtausend, andere sagten fünfzigtausend, und noch andere sagten, hunderttausend Häftlinge in diesem Lager, aber ich kannte niemanden, der einen Plan des Konzentrationslagers und der dazugehörenden Einrichtungen gemacht hatte wie die Freunde in Höchst, und noch heute kann ich es nicht beurteilen.

Ich weiß, daß ich tagelang nach Martine gesucht habe. Ich habe sie nicht gefunden. Ich habe in alle Gesichter gesehen, in der Kantine, beim Appell, in den Waschräumen: niemand vom I. G. Farben-Werk.

Nach und nach habe ich mich gefragt, ob ich wirklich hergekommen war, um das Schicksal meiner alten Genossen zu teilen, denn es wurde mir mit jedem Tag weniger wichtig, sie ausfindig zu machen. Ich hatte schließlich sogar Angst, jemandem von ihnen zu begegnen.

IV

Ich mußte es machen wie Gruschenka auf ihrem Beobachtungsposten in den unterirdischen Klos in Ch 89, mich umsehen und mir ein möglichst genaues (und erschöpfendes) Bild der Lage machen, und zwar ziemlich rasch, bevor ich so unterernährt war, daß ich keine Kraft mehr zum Denken hatte. Die beste Zeit für Beobachtungen waren die Stunden des Abendappells auf dem freien Platz, wenn die KZ-Insassen von der Arbeit zurückkamen. Aber ich durfte auch den frühen Morgen in den Waschräumen nicht außer acht lassen, und nicht die Sonn- und Feiertage. Und des Nachts konnte ich meine Schlafgenossinnen kennenlernen, denn dann waren sie zurück von ihren Schichten in der Fabrik oder in den Steinbrüchen.

In meiner Baracke wohnten vor allem Alkoholikerinnen jeden Alters. Ich habe bei meiner Ankunft zweiundzwanzig Trinkerinnen gezählt. Lauter heruntergekommene Frauen mit vom Alkohol geröteten Zügen, gefügig und weinerlich wegen des totalen Entzugs.

Trotz echter Wut gegen die Nazis waren sie nicht zuverlässig; ein Fingerhut voll Schnaps löste ihnen die Zunge, selbst wenn sie es nicht wollten.

Ferner gab es zwei verängstigte kleine Diebinnen, die immer unsere Rationen stahlen. Als eine Prostituierte sie bei der Lagerleitung denunzierte, beschuldigten sie sie, sie hätte sie zur Revolte aufgestachelt, und die Frau ist dann im Krankenrevier umgebracht worden, mit einer Spritze, wie üblich bei unheilbar Kranken (sie war tatsächlich Syphilitikerin im Endstadium). Eines Nachts haben sich die beiden kleinen Diebinnen gegenseitig bestohlen, weil es inzwischen schwierig war, uns anderen auch nur eine Krume wegzunehmen: wir hatten eine ständige Wache in der Baracke eingerichtet, eine Stunde pro Person Tag und Nacht. Bei der geringsten verdächtigen Bewegung der Diebinnen sind wir über sie hergefallen und haben auf sie eingeprügelt: «Ruf nur die Nazis, wenn du kannst!» Sie haben sich eine Messerstecherei geliefert, wurden sofort von den Schäferhunden bewegungsunfähig gemacht und auf dem Platz mit dem Maschinengewehr erschossen.

Am streitsüchtigsten waren jedenfalls die professionellen Prostituierten, ungefähr zehn, fast alle zerstört von Geschlechtskrankheiten, Kreaturen aus aller Herren Ländern. Ich erinnere mich an eine junge Böhmin mit verschleiertem Blick, die jeden Gegenstand mit den Fingern ertastete, ganz kleine Schritte machte und aus Angst, umgebracht zu werden, hocherhobenen Hauptes erklärte, sie sähe sehr gut, obwohl ihr die Genossinnen mit der Hand vor dem Gesicht herumfuchtelten und sich nichts darin regte: «Ein Glück für dich, daß du so gut siehst!» lachten sie dann und zwinkerten sich gegenseitig zu.

«Ja», entgegnete die junge Frau. «Ich sehe.»

«Und das hier, was ist das?» Sie zeigten ihr eine Kartoffel. Die junge Böhmin streckte die Hand aus. «Nein, nicht anfassen. Rate. Rate.» Ihr Gesicht leuchtete immer auf, wenn sie zufällig das Richtige traf.

Aber die «Asoziale», die sich mir am tiefsten eingeprägt hat, war eine junge Flämin, die aus einem «Freiarbeiter»-Lager kam.

Eines Abends war sie zum Schlafen in die Baracke eines Slawen gegangen, mit dem sie sich seit kurzem angefreundet hatte. Nachdem er sie gehabt hatte, war er aufs Klo gegangen und hatte ihr einen anderen aufs Strohlager geschickt. Nach einer gewissen Anzahl von Wechseln war ihr nicht nur die Männlichkeit ihres Gefährten verdächtig vorgekommen – alle halbe Stunde fing er wieder von vorne an –, sondern auch seine Wandlungsfähigkeit – einmal war er dicker, dann wieder dünner –, bis sie das Hin und Her zwischen den Pritschen bemerkt und sich gewehrt hatte, mit einem stummen, vergeblichen Gerangel.

Sie konnte nicht mehr sagen, wann sie angefangen hatte zu schreien, mit einem solchen Geheul, daß die Wachen gekommen waren. Sie hatte den Slawen angezeigt, aber die Fakten (und die männliche Mentalität) sprachen gegen sie: warum war sie nicht in ihrer Baracke geblieben? Sie kam auf die Liste für ein Bordell an der russischen Front. Da hatte sie mit geballter Faust das Hitlerbild beleidigt, ihm alle Beleidigungen zurückgegeben (das waren ihre Worte) und war nach Dachau deportiert worden. Und hier ging sie in bescheidenem Rahmen der Prostitution nach, und zwar mit SS-Leuten aus den untersten Rängen – Gesichter wie deutsche oder ukrainische Landarbeiter – in den Latrinen. Gut gelaunt kam sie danach in die Baracke zurück, mit dem schlaffgewordenen Fleisch einer früher dicken Frau, die ausgezehrt ist, mit trägem Blick, und schenkte immer einer von uns ein Stückchen von ihren schäbigen Gewinnen, eine Scheibe Wurst, ein Stück Brot, eine Portion Marmelade.

Auf zwei oberen Strohlagern lebten drei rosa Winkel, dänische (oder norwegische) Lesbierinnen, die der Umwelt keine Beachtung schenkten, sich ständig gegenseitig wuschen und kämmten. Sie waren außerordentlich sauber für diese Umgebung, zarte, ausgemergelte Geschöpfe, die sich bis in die späte Nacht mit Aufmerksamkeiten und Liebkosungen überschütteten, verzehrt von der Glut füreinander, die sie in unseren Augen glücklich erscheinen ließ, jenseits von Hunger und Brutalität, vollkommen versunken in die gegenseitigen Zärtlichkeiten. Wenn man sie ansprach, antworteten sie höflich, aber einsilbig und flüchteten sich schnell wieder auf ihr Strohlager. Manchmal sah ich sie alle drei nacheinander ein und denselben Napf an den Mund führen.

Wir hatten nur einen grünen Winkel in der Baracke, also eine «gewöhnliche Verbrecherin». Sie war eine französische Prostituierte und Kindsmörderin, deren Gesicht durch wer weiß was für einen Unfall verunstaltet war, sie hatte kein Kinn mehr und fast keine Nase, ihr Mund war ein Spalt, die Augen immer etwas aufgerissen, weil die Haut wegen der Narben gespannt war. Es hieß, sie könne hervorragend Schwänze lutschen. Während ich dort war, gab es einen SS-Unteroffizier, einen gutaussehenden, schön gewachsenen Mann, der seine Nächte vor dem Barackenfenster verbrachte und sie anflehte rauszukommen, nur um sie zu bewegen, zu ihm zu kommen. Jemand hat ihn dann denunziert. Es ging das Gerücht, daß es Lulù selber gewesen sei. Der Nazi-Unteroffizier schien verzweifelt, weniger weil er mit einem der Strafbataillone, bei denen noch strengere Disziplin herrschte als in der Fremdenlegion, an die Front geschickt wurde, sondern vielmehr weil er sich nicht mehr mit Lulù treffen konnte. Bevor er ging, gab er ihr seinen gesamten Sold, auch die Ersparnisse und ich weiß nicht wie viele Sachen zum Essen. Sie brummelte etwas mit ihrer zahnlosen Stimme durch die Narbe ohne Lippe, während sie ihre Schätze versteckte, und als sie bemerkte, daß ich ihr zusah, hat sie mir ins Ohr gesagt: «Es gibt so viele Wege, sie bezahlen zu lassen, lern sie ruhig auch.»

Ich habe nie gestritten mit all den Gefährtinnen, die sich, mit Ausnahme der drei Lesbierinnen, regelmäßig sonntags in die Wolle kriegten. Kränkungen, Streiche, Denunziationen, Kräche – dazu kam es immer an Feiertagen, wenn sich zweiundvierzig Frauen in einem fünfundfünfzig Quadratmeter großen Raum (elf mal fünf Meter) zwischen sieben dreistöckigen Doppel-«Katafalken» gegenseitig auf die Füße traten. Sie zerfetzten sich die Arbeitsanzüge und rissen sich die wenigen noch verbliebenen Haare aus. Die Werktage verliefen schweigsam, sie sprachen höchstens im Fieber, wenn sie sich nach dem Abendappell seufzend auf ihren Strohlagern ausstreckten und mit offnen Augen vor sich hinstöhnten.

Es war beeindruckend, ihre halluzinierten Haßtiraden auf die Nazis anzuhören, für die sie sich dann, bis zum Überdruß der Wachen, die sie zum Spaß für einen Tropfen Schnaps oder eine Prise Tabak zum «Singen» gebracht hatten, gegenseitig denunzierten.

Obwohl ich die einzige Italienerin war und niemand meine Sprache verstand, lebte ich in der ständigen Angst, ich könnte im Schlaf sprechen. Auch deshalb wollte ich nicht an meine früheren Gefährten denken: wenn ich dann von Diskussionen mit Martine träumte? Ich konnte mich auch auf französisch verraten, eine Anspielung auf Frankfurt/Höchst rausrutschen lassen, meinen wahren Namen sagen . . .

Es gab keine Pritschennachbarin, die nicht während eines unruhigen Schlafes Worte gemurmelt hätte, und ich hatte das Gefühl, ich war nicht die einzige, die die Ohren spitzte, um aus den Satzfetzen einen Sinn herauszuhören. Beim Aufwachen sah ich forschend in jedes Gesicht, um in einem eventuellen Judaslächeln den Beweis dafür zu finden, daß ich etwas preisgegeben hatte. Wenn ich mich verraten hatte, was kostete es dann die Lagerleitung, meine Fingerabdrücke an die I. G. Farben zu schicken und sie mit den dort gesammelten vergleichen zu lassen . . .

Sobald eine von uns beim Abhauen erwischt wurde, umringten die anderen sie. Wir ließen uns von den Trinkerinnen anhauchen, und sobald eine auch nur entfernt nach Alkohol stank, wurde sie – mit Hilfe von Nadelstichen und Verbrennungen – gezwungen, darzulegen, wie sie ihn sich beschafft hatte.

Ich hätte nicht einmal auf die Unterstützung der anderen Internierten rechnen können. Die schwarzen Winkel wurden von allen gemieden, insbesondere von den roten Winkeln, die unter ihnen die Spitzel der SS fürchteten. Die «Asozialen» galten als noch viel unzuverlässiger als die grünen Winkel, die gewöhnlichen Kriminellen, die untereinander solidarisch schwiegen. Man erzählte von einem bekannten Widerstandskämpfer, den die Lagerführer absichtlich unter die «Asozialen» gesteckt hätten, um seine Glaubwürdigkeit bei den Deportierten von vornherein zu untergraben. Das war ihnen gelungen: der Mann war von allen gemieden worden und hatte sich schließlich die Pulsadern aufgeschnitten.

Früher hatte ich mich immer mit meiner Bekanntheit als faschistische Freiwillige aus der Affäre gezogen, das italienische Konsulat wußte von meiner Existenz, es gab zu viele Faktoren, die verhinderten, daß meine Person einfach beseitigt werden konnte. Und vor allem, sagen wir die Wahrheit, galt ich nicht als gefährlich.

Aber jetzt hatten sich die Dinge geändert. Um die Existenz einer rückfälligen, untergetauchten Elena Pareschi hätte sich kein Mensch geschert. Gerade die falschen Personalien, die ich den Nazis angegeben hatte, gaben ihnen die Möglichkeit, mich umzubringen.

Also: kein Sterbenswörtchen. Nur dein Gefährte aus dem Güterwagen weiß, wer du bist, aber er wird dich trotz seines Hasses nicht verraten. Sieh dich weiter um, ohne aufzufallen, aber beeil dich mit dem Kapieren, bevor du zu sehr heruntergekommen bist, um überhaupt noch etwas zu unternehmen.

Zunächst einmal wusch ich mich jeden Morgen und jeden Abend von Kopf bis Fuß im Waschraum, und zwar in Windeseile, um das Gezeter der Genossinnen zu vermeiden, die hinter meinem Wasserhahn Schlange standen, aber ich achtete trotzdem darauf, meine Haut sorgfältig mit der groben Seife zu reinigen, die sie uns gaben (mein Alptraum war, daß ich mich bei den syphilitischen Gefährtinnen ansteckte). Dann rieb ich mich nackt mitten zwischen den Frauen, die mich ansahen, als wäre ich übergeschnappt, kräftig mit einem Lappen ab, um meine Durchblutung anzuregen.

«Hast wohl zuviel Puste, was?»

«Sie will auserwählt werden für das Bordell der Offiziere.»

«Schonen wir unsere Nerven», antwortete ich.

«Spar deine Kräfte, solange du noch welche hast», rieten sie mir.

Nicht nachgeben, sagte ich mir, halt sie unter Kontrolle. Ich übte mich darin, den Schäferhunden hinter dem Rücken der SS-Leute Befehle zu geben, stumme Befehle mit den Augen, mit dem kleinen Finger, mit winzigen Gesten. Und darüber vergaß ich den Hunger. Aber sei vorsichtig, bei der Kälte im Herbst schaffst du es nicht. Beeil dich (ich wußte allerdings nicht womit).

Während ich mir wie unter Zwang immer wieder sagte, «all dies ist nicht normal», überfiel mich eine furchtbare Ahnung, die mir zuweilen jede Hoffnung nahm, daß ich es je schaffen könnte: die KZ-Gesellschaft trieb die Selektion, die in der Außenwelt stattfand, lediglich auf die Spitze: *Sie war keine andere Wirklichkeit, sondern lediglich eine unerhörte Verschärfung der Ordnung draußen.* Dieses Gefühl wuchs in mir während des stundenlangen Schlangestehens beim

Appell, in der Kantine, bei jeder Gelegenheit, wenn sie uns antreten ließen. Ich vergaß die Müdigkeit über dem Auftrag, den ich mir selbst erteilt hatte, die Gesichter zu studieren, zu fragen, wer bist du, woher kommst du, was hast du in der bürgerlichen Welt getan? Ich dachte dann nachts darüber nach, wägte alle die kleinen Informationen ab und sortierte sie, so wie ein Geizkragen sein Geld immer neu zählt.

Ich machte eine immer wiederkehrende Beobachtung: wie in Frankfurt so gab es auch hier in Dachau keine Reichen, keine Mächtigen.

Aber wenn man das in den an Industrieanlagen angeschlossenen Lagern noch verstehen konnte – eine Fabrik braucht Arbeiter, keine Herren –, so wurde die Sache in einem KZ verdächtig: gab es in der hohen europäischen Gesellschaft womöglich keine Nazigegner? Oder wurden sie nicht verfolgt?

Sogar die Juden waren fast ausnahmslos aus den mitteleuropäischen Ghettos zusammengetrieben worden, ein Strom von Handwerkern, Arbeitern, Kleinhändlern, ein paar Handvoll Intellektuelle, vor allem Ärzte, Chemiker, Ingenieure, das heißt solche Leute, die ein «geistiges Kapital» (wie die Nazis sagten) besaßen, das dem «Dritten Reich» zugute kommen konnte. Die großen Finanziers, die *wahren* Wohlhabenden, hatten sich ins Ausland geflüchtet. Die ökonomische Diskriminierung war also noch stärker als die rassische. War sie nicht vielleicht sogar deren Grundlage? Jüdisches Leben als Geisel, als Fleisch zum Tauschen ... In der kurzen Zeit, die ich in jenem KZ zugebracht habe, hörte ich wer weiß wie oft etwas von Verhandlungen munkeln, die die Nazis mit der Schweizer Regierung über den «Ausverkauf» eines «Bestandes an Juden» führten. Ich glaube nicht, daß die zusammengedrängten Massen das nur träumten, die wir hinter dem Hof vorüberziehen sahen, von unseren Baracken für Untermenschen aus, die eine kleine Stufe höher standen, denn *wir gehörten zu den wirtschaftlich höherentwickelten Ländern,* wir deportierten Arier aus dem Westen.

Am besten informiert darüber waren die roten Winkel, auch weil unter ihnen der Prozentsatz der Akademiker (so hießen bei uns alle Internierten, die irgendeinen Studientitel hatten) höher war als bei den anderen Gruppen. Viele von ihnen waren in der Verwaltung und im Krankenrevier beschäftigt und sorgten dort für Leute ihresgleichen, indem sie sie in den Küchen unterbrachten. Als Schreiber, Buchhalter, Sanitäter, Kartoffelschäler (stets den deutschen Internierten untergeordnet) waren diese Akademiker besser dran als jene, die draußen in den Bergwerken oder an den Hochöfen arbeiteten oder die Straßen teerten. Ich sah sie gerade deshalb voll Mißgunst an, weil ihr «geistiges Kapital», auch wenn es brachlag, sie vor vielen Gewalttaten schützte. Sie konnten sich müheloser als das niedere Volk der Häftlinge auch weiterhin entsprechend den Werten verhalten, die sie in ihrer «zivilen» Welt hochgehalten hatten.

Ich habe das einer Krankenpflegerin erzählt, die ich kannte, sie war eine der wenigen Häftlinge, die in diesen Rang aufgestiegen waren (die Frauen hatten normalerweise keinen Zugang zu solchen Arbeitsposten, sie waren eine Subspezies auch unter den Deportierten): «Ach, lassen Sie mich doch zufrieden mit Ihren Idealen. Sie können sich die erlauben.»

Ich kann jetzt nicht argumentieren wie früher – bevor ich diese Hölle kennengelernt habe (dachte ich). Und ich ging wieder zu der Krankenpflegerin, einer Holländerin, die alle schätzten wegen ihrer unermüdlichen Arbeit im Krankenrevier. Sie war vierzig und hatte schon eine Spur von Entsagung in ihrem blassen Gesicht mit den abgemagerten Zügen, und wich mir nicht aus wie die anderen roten Winkel, sondern beantwortete geduldig meine Fragen, wenn wir uns frühmorgens im Waschhaus trafen, beide im Grau des lichtlosen Raumes damit beschäftigt, mit einer Seife aus Sand Wäsche zu schrubben, so daß wir manchmal beide über den Irrsinn dieses beharrlichen Waschens lachen mußten. Sie berichtete mir auf deutsch, welche Art Leute sie am Tag davor an sich hatte vorüberziehen sehen. Wir haben errechnet, daß auch bei den roten Winkeln Leute aus der Mittelschicht eine Minderheit waren. Wer systematisch der Gestapo in die Hände fiel, waren die Arbeiter, die Hilfsarbeiter. Ihrer Meinung nach erklärte sich das daraus, daß es in der Tat mehr kommunistische Arbeiter als Intellektuelle dieser Überzeugung gab. Meiner Meinung nach war es nur ein Beweis dafür, daß die ökonomische Diskriminierung stärker war als die ideologische:

«Entschuldige, Ellen, wenn die Nazis sogar auf der Ebene der Ideen die Unwissenden härter treffen, dann heißt das doch, daß auch in der Politik ihr Hauptmaßstab bei der Beurteilung das Geld ist, denn unwissend sind doch bekanntlich die Armen.»

«Du kannst die Dinge nicht so durcheinanderwerfen . . .» erwiderte die Frau, während sie irgendeinen Fetzen gegen die gewellte Zementplatte des Waschtrogs schlug: «Ideen zählen immer, erst recht gegen solche Bestien wie die Nazis.»

«Und wie sie zählen!» erwiderte ich. «Vor allem die Idee, daß in dieser Welt das Geld mehr zählt als alles andere.»

Jeder Tag bestätigte mich in meiner Überzeugung. Unter den Katholiken war nur der niedere Klerus vertreten. Ellen ertrug diesen Gedanken nicht. Eines Morgens überraschte sie mich mit der Nachricht, daß zwei polnische Bischöfe und ein holländischer Kardinal unter den Deportierten seien.

«Ist das alles?» lache ich.

«Auch eine italienische Fürstin.»

«Ah!» lache ich sie aus. «Und wie erklärst du dir, daß auch unter den italienischen Kriegsgefangenen, unter den sogenannten Badoglianern, nur die Soldaten arbeiten müssen, während die Offiziere sich weigern können und die höchsten Grade sogar offiziell davon befreit sind? Nicht einmal das willst du Klassendiskriminierung nennen?»

Am folgenden Tag mache ich sie darauf aufmerksam, daß die gewöhnlichen Verbrecherinnen alle ganz kleine Leute sind, aufgewachsen in Waisenhäusern, in übervölkerten Vorstädten. (Die Kriminellen beantworteten meine Fragen nach ihrer Kindheit bereitwilliger als die anderen, sie waren gerührt bei dem Gedanken, daß jemand ihnen zugestand, auch einmal kleine Mädchen gewesen zu sein.)

«Du beleidigst die Armen.» Die Krankenschwester unterbrach das Wäschespülen. «Sie haben mehr Moral als die Reichen.»

«Das sage ich ja gerade. Ein Dieb, der nicht lesen und schreiben kann, ist weniger verwerflich als der Reiche, der ihn ins Gefängnis steckt.»

«Du hast eine Art zu argumentieren, die ich nicht mag. Und in deinem Alter ist das gefährlich. Du bist zu jung, um das beurteilen zu können. Du willst alles umstürzen. Ich bereue schon, daß ich dir so viele Informationen gegeben habe.» Und unwillkürlich streifte ihr Auge meinen schwarzen Winkel.

«Du denkst auch, daß ich eine *Asoziale* bin», habe ich zu ihr gesagt. «Wie die Nazis.»

So habe ich Ellens Vertrauen verloren. Ich habe meine Untersuchungen allein fortgesetzt.

Was die Nazis betrifft, unsere Wachen waren ebenfalls niederster Herkunft. Ich glaube fast, daß einer von ihnen in mir seine eigene Kindheit respektierte, als er mir auf die Frage: «Wo hast du als Kind gelebt?» geantwortet hat: «Im Schwarzwald.» Er war der Sohn von Köhlern, die von ihrem Stück Wald vertrieben worden waren, weil es gerodet wurde, und die in die Stadt gezogen waren, als er noch ein kleiner Junge war. Er war ein Hüne von einem Säufer, einer von denen, die am meisten prügelten.

Die Offiziere ließen sich nur selten blicken, aber aus ihren steifen Manieren – mein Vater hätte sie «Parvenus» genannt – schloß ich auf bescheidene Herkunft. Ich habe während meines Aufenthaltes in Dachau vier in Aktion gesehen, drei als sie Auspeitschungen und verschärfte Haft für Häftlinge befahlen, die sich beim Appell nicht gemeldet hatten, und einen, der selber auf einen Flüchtling geschossen hat – mit einem nur leicht gereizten Runzeln der Augenbrauen.

Jetzt fragte ich mich: wenn ich die Verrohung von uns Ausländern den Nazis angelastet habe, wem soll ich dann die Bestialisierung der Nazis anlasten? Wessen Untermenschen sind dann sie? Sie toben sich an uns aus, weil wir ihnen als Untermenschen zugewiesen worden sind, oder vielmehr, als solche haben sie selbst uns gesehen. Aber sind sie etwa freie Menschen? Herabgewürdigt wie sie sind zu den niederen Aufgaben von Sklavenhändlern, Gefängniswärtern, Ausrottern, Plünderern, Folterern, Superuntermenschen also. Im Auftrag von wem? Es wird doch irgendwo auch Menschen geben, die solche Dinge nicht tun, ohne deshalb unbedingt Opfer zu sein. Eine ganze Menschheit von Untermenschen? Tyrannen-Sklaven und Sklaven-Sklaven, wobei die ersteren die letzteren selektieren, zusammenscharen und überwachen? Ein Universum von Opfer-Sklaven und Henker-Sklaven? Unmöglich.

Denk nach.

Die Kriegsindustrie zieht Profit aus all diesen ganz billigen Arbeitskräften.

Herr Dr. Lopp war sehr vornehm. Eigenhändig hätte er keinem Ausländer je ein Haar gekrümmt. Er hatte kultivierte, humane, melancholische Umgangsformen, seine Stimme aus dem Lautsprecher klang gequält, als er von der Unmenschlichkeit der Luftangriffe sprach, von diesem Bombenhagel von oben vom Himmel herab auf die schutzlose Bevölkerung, Frauen, Alte, Kinder, Kranke, Deutsche und Ausländer, Feinde und Verbündete ohne Unterschied. Und dennoch beschäftigte er Tausende von unterbezahlten und unterernährten Fremdarbeitern in dem von ihm geleiteten Werk.

Als ich dann bei der Kanalreinigung arbeitete und einmal gemeinsam mit einem der Aufständischen von Warschau dabei war, einen Kanaldeckel zu heben, erzählte er mir, wie ein deutscher Industrieller dort Revolutionäre aus dem Ghetto in geeigneten Unterkünften versteckt hatte, die ihm diesen Schutz in barer Arbeit bezahlten, Tag und Nacht, im Akkord. Nun, ich hatte meinen Weg gewählt, und die Offenbarungen des Polen bestärkten mich nur darin. Weil ich begriffen hatte, daß ich es mit Sklaven zu tun hatte, wuchsen mir unendliche Kräfte zu, und ich fühlte eine Art Befreiung von der Notwendigkeit, jeden einzelnen Nazi bekämpfen zu müssen, als wären sie alle für ihre Aktionen selber verantwortlich. Sie waren es nicht. Sie waren die Befehlsausführer derjenigen, die ihnen das Bewußtsein zerstört hatten, und zwar schon in den zwanziger Jahren, mit der schwindelerregenden Inflation, die Millionen von kleinen Sparern an den Bettelstab gebracht und Millionen von deutschen Arbeitern ins Elend gestürzt hatte. Man brauchte sich nicht beeindrucken zu lassen von der autoritären Fratze, die die Tyrannen-Sklaven aufsetzten. Sie war nur eine Maske, hinter der nichts war. Worauf es ankam, war, sie auf ihre Sklaverei festzunageln. Ich war durch solche Schrecken und Angstzustände hindurch zu der Überzeugung gekommen, daß sie überhaupt keine Macht über mich hatten, solange ich sie ihnen nicht gab, daß ich wirklich erleichtert war. Mich hat der Zweifel nicht einmal gestreift, daß meine Diagnose subjektiv sein könnte.

Für mich war ihre Objektivität unbestreitbar, bewiesen genau wegen ihrer Wirkung auf meine Seele: ich *fühlte* keine Angst mehr.

V

Die wölfischen Hunde waren die ersten, die meine innere Wandlung bemerkten. Das war noch nie vorgekommen – sie wedelten mit dem Schwanz, wenn sie mich sahen (für mich der Beweis, daß ich mich auf dem Boden der Wirklichkeit bewegte).

Den ersten Versuch mit den wölfischen Menschen habe ich an einem Septemberabend gemacht. Ich stand mit Lulù in den Fensterwinkel geduckt, und wir beobachteten draußen in der Abenddämmerung hinter der Baracke zwei Uniformierte, die das flämische Mädchen zu Boden geworfen hatten. Der eine (der aus dem Schwarzwald) hielt ihr die Beine auseinander, während der andere, einer aus Hamburg, ihr eine Maus über dem Bauch baumeln ließ, die sich in seiner Hand wand. Lachend drohten sie damit, sie ihr in die Vagina zu stecken. Sie lag auf dem Rücken, ihr Fleisch über den Boden ausgebreitet, und sie trat um sich. Ich sah das Weiße in ihren aufgerissenen Augen, während sie sich den Mund mit der geballten Faust zustopfte, vor Angst sicherlich, daß sie umgebracht würde, wenn sie schrie. Jetzt war der Sohn des Köhlers dabei, ihr die heruntergezogenen Hosen um die Fesseln zu binden.

«Lulù», sagte ich zitternd. «Warum versprichst du ihnen nicht, jedem von ihnen einen zu blasen, wenn sie sie freilassen . . . »

«Bist du verrückt? Dann werden sie noch geiler, und es wird noch schlimmer. Man müßte irgend etwas machen, damit sie hochspringen, dann würden sie die Maus loslassen.»

«Gut, ich versuch's.» Ich riß das Fenster mit einem Ruck auf und stimmte mit durchdringender Stimme, die Augen starr gen Himmel gerichtet, «Deutschland, Deutschland über alles» an.

Vor lauter Überraschung hat sich der Soldat tatsächlich die Maus entwischen lassen. Ich sang weiter, ohne etwas gesehen zu haben: «. . . über alles auf der Welt». Aber sie sind über das flämische Mädchen weggestiegen und auf mich zugekommen. Ich habe einen eisigen Blick (mir liefen selber Schauder über den Rücken) auf ihre finsteren Augen gerichtet, zuerst auf die des einen, dann auf die des andern, und langsam, halblaut, habe ich in meinem gewähltesten Deutsch, Silbe für Silbe betonend, gefragt:

«Seit wann ist es denn hier verboten, die Hymne des Dritten Reiches zu singen?» Ich habe dann nach der Uhrzeit gefragt, freundlich, immer noch so, als hätte ich nichts gesehen, und das Fenster wieder zugemacht. Lulù hat mir sofort eine ganze Tafel Schokolade geschenkt, die Flämin ist in die Baracke zurückgekommen und in meinen Armen ohnmächtig geworden, so daß ich mitsamt ihr zu Boden ging. Ich war so glücklich, daß wir drei, Lulù, die Flämin und ich, uns in der Ecke unter dem Fenster immer wieder geküßt haben.

Ich habe in jenen Septembertagen immer wieder Augenblicke von Zufriedenheit erlebt. Ich hatte den Ton gefunden, der die SS-Mannschaften verwirrte (wieder ein Beweis dafür, daß ich in der Wirklichkeit lebte). Ich war sehr förmlich, wenn ich mich an die Wachen wandte, ich zog sie freundlich zu Rate, mit einer zerstreuten Starrheit in der Stimme, die Körperhaltung geziert, den Blick in etwas anderes vertieft. Es war jedesmal aufregend. Hinterher vertraute ich Lulù und der Flämin alles an:

«Vergeßt nie: wie Zwerge müßt ihr sie behandeln.»

Lulù hatte einen neuen Anbeter: den Wachmann mit der Maus.

«Ich bin seine Spinne.» Sie riß ihren Mundspalt vor mir auf. «Du wirst sehen.»

Ich muß gestehen, daß ich diese Wachen nicht einmal mehr haßte. Als Instrumente einer Macht, die sie nicht verstanden, gaben sie sich der Illusion hin, sie wären keine Automaten, sondern übten die Grausamkeit aus eigener Initiative aus und wären durch keine Vorschrift dazu verpflichtet. Festnageln auf ihre Sklaverei. Nicht vergessen, daß du ihnen jedesmal, wenn du verzweifelst, ein Geschenk machst. Führ dir einfach vor Augen, je tiefer einer in die Gemeinheit absinkt, desto mehr ist die Roheit sein letztes Aufflackern von Menschlichkeit.

Ich hatte schon, seit ich sechzehn war, die *Aufzeichnungen aus dem Totenhaus* mehrmals gelesen. Es ist genauso, wie Dostojewskij sagt, daß ein Kerkermeister, damit er bei seinem Handwerk nicht verrückt wird, «etwas von sich dazugeben» muß, bis er zuletzt die Gefangenen «aus Liebe zur Kunst» peitscht und sich durch die Geschicklichkeit, mit der er die Peitsche schwingt, als Person fühlt.

Das weißt du, also mach kein Drama daraus. Laß dich nicht packen von einem Gefühl von Stabilität, von Dauer. Der einzige Unterschied zu den Kerkermeistern des Zaren ist der, daß die Nazis ihre Taten derart «kunstvoll» ausführen, daß sie der Gesellschaft, die sie hervorgebracht hat, über den Kopf gewachsen sind. Das ist alles, ein quantitativer Unterschied.

Deshalb verfall nicht auf den Gedanken, daß du keine Wahl mehr hast. In diesen Wochen hast du dich hinreichend vertraut gemacht mit dem Verbrechen, jetzt sieh zu, was du herausholen kannst aus dem, was du gelernt hast. Es reicht nicht, wenn du sie nur hinhalten kannst.

Es war Anfang September, und noch immer hatten sie mich nicht zur Arbeit eingeteilt. Das beunruhigte mich. Sollten sie entschieden haben, daß ich unbrauchbar war? Sie konnten verfügen, daß ich ein unnützer Esser war und man mir keine Rationen mehr auszuteilen brauchte. Bei der Überfülle von Arbeitskräften, die ununterbrochen hier eintrafen – ein vollgestopfter Zug nach dem anderen, beim letzten sprach man von Zehntausenden von Aufständischen der «Republik von Paal», kräftigen Polen, von den Warschauer Juden ganz zu schweigen, von denen immer neue ankamen, Kriegermuskeln, hieß es, stählerne Widerstandskraft, man munkelte sogar von einem neuen Kontingent dieser baumstarken Russen, die nicht einmal nach einem doppelten Arbeitstag ohne Pause umfielen. Was war ich denn – verglichen mit ihnen? War es nicht wirtschaftlicher, mich einzuäschern? Ich an ihrer Stelle hätte da nicht gezögert.

Der bloße Gedanke, daß ich sterben konnte, spannte alle meine Nerven an. Nie habe ich einen solchen Schrecken vor dem Tod gehabt wie in jenem KZ, vielleicht wegen der Leidenschaft für alles Körperliche, die hungerbedingte Schwächung einem verschafft, zum Beispiel dieser Taumel, diese Lust, sich in den Schlaf fallen zu lassen, von der ich schon sprach, oder sich mit Abfällen vollzustopfen.

Das erste Gebot hieß also: Ich mußte mich zur Arbeit einteilen lassen. Das würde mir den unmittelbaren Vorteil einbringen (außer dem, nicht zu sterben), mit mehr Leuten in Kontakt zu kommen, vielleicht gar mit Arbeitern von draußen, und so aus der Absonderung im KZ und auch in meinem Block herauszukommen, wo mein Status als Arbeitslose – ich war der einzige Fall in der Baracke – mich herabminderte.

Ich habe mich mit Lulù und der Flämin beraten, die schon in der bürgerlichen Welt Arbeiterinnen gewesen waren, eine hatte an der Fräsmaschine gearbeitet, die andere am Montageband, und ich habe mich unterrichten lassen über die Werkzeuge, die man handhaben, die Gesten, die man machen muß, um mich bewerben zu können, ohne gleich entlarvt zu werden. Jetzt, wo ich keine Angst mehr hatte, erschien es mir unsinnig, daß ich so lange auf eine Aufforderung von ihnen gewartet hatte. So habe ich eines Morgens zu Schwarzwald gesagt, er solle mich ins Arbeitsbüro bringen – «Schwarzwald», sagte ich und lächelte ihn an, «Marsch!»

Aber während ich wartete, daß ich an die Reihe kam, rückte ein Trupp von Kanalarbeitern an. Ihr Aufseher sagte, daß er noch weitere Leute brauchte. Schlagartig ist mir der Gedanke gekommen, daß das die ideale Beschäftigung wäre. Hunderte von Kanaldeckeln in der Welt draußen zu meiner Verfügung, zig verstopfte Klos in den Fabriken, zahllose Gelegenheiten für Begegnungen, aus denen man ein ganzes Netz flechten konnte. Das war doch etwas anderes, als sich hinter einer einzigen Maschine in einer Werksabteilung festzusetzen. Da habe ich mich freiwillig für diese Arbeit angeboten. In gleichgültigem Ton, resigniert, habe ich gefragt und dabei durch den hinter seinem Tisch sitzenden Obersturmführer hindurchgesehen, der nur einen raschen Blick auf mich geworfen hat und mir dann durch eine Handbewegung zu verstehen gab, daß ich mich zu den Kanalarbeitern stellen sollte, worauf er das gelangweilte Gesicht sofort dem nächsten Häftling hinter mir zuwandte. Der Sommer war zu Ende. Ich konnte der kalten Jahreszeit entgegensehen.

Seit ein paar Tagen legte ich der Flämin (so alt wie ich) und Lulù (dreißig Jahre) eine phantastische Idee dar, die ich anfangs in den hohlen Stunden wie einen Film vor mir hatte ablaufen lassen, als ich zu der Überzeugung gekommen war, daß die nazistischen Vernichtungen eine Realität waren. Meine Idee sah vor, Verbindung mit den Neuankömmlingen aufzunehmen, die noch frischer, noch nicht so geschwächt waren. Ein paar tausend Internierte sollten in gegenseitigem Einvernehmen etwa hundert verstreute Wachen überrumpeln und mit den Schaufeln, den Zangen, mit allen Arbeitsgeräten niederschlagen. Sobald die SS-Leute entwaffnet waren, würden wir mit den Pistolen in der Hand das Munitionslager besetzen, während die Deportierten im Privatdienst der Offiziere deren Familien niedermetzelten. Danach würden wir alle anderen auffodern, Büros, Lager und Kasematten zu stürmen, und zwar mit einem ganz einfachen Argument (ich hatte mir den Aufruf so oft vorgesagt, daß ich ihn heute noch auswendig weiß):

«Wir wissen alle, daß Millionen von jüdischen und russischen Häftlingen, aber auch von Westeuropäern vergast und erschossen worden sind, ohne daß einer ihrer Vernichter dabei das Leben gelassen hätte. Was vergeben wir uns, wenn wir einen Massenaufstand machen, vereint, Zehntausende von Sklaven? Wir können mit Sicherheit dabei nicht mehr Menschen verlieren, als sie schon massakriert haben und bis zum Ende des Krieges noch massakrieren werden. Selbstverständlich wird es ein Blutbad geben, aber wie viele von unseren Folterern werden wir umbringen können! Allein das Vergnügen zu sehen, wie sie sich in die Hosen machen . . .» (Der Schlußsatz war nicht auf der Höhe meiner Vorbilder Thukydides, Julius Cäsar und Plutarch, aber er schien mir notwendig.)

Doch schon bald hatte ich diesen Traum aufgegeben. Die Neuankömmlinge kamen bereits als gebrochene Menschen ins KZ, abgestumpft, bereit, irgendwo hochzuklettern, um einem Fußtritt auszuweichen, sich einen Napf mit Suppe an die Brust zu drücken. Ich wurde mir der – vom Standpunkt der Nazis aus gesehen – vollkommenen Rationalität dieser Transporte in Güterwagen oder Viehwagen bewußt, mit endlosen Aufenthalten, ausgehungerten, im Dunkeln zusammengepferchten, nach Luft ringenden Opfern. Waren sie einmal im Konzentrationslager gelandet, gab ihnen das tägliche Schauspiel des Todes der Wehrlosesten den Rest. Tatsächlich gewöhnte sich jeder (auch ich) an die Agonie des Nächsten, jeder hatte sein ganzes Trachten nur aufs eigne Überleben ausgerichtet, dazu erniedrigt, nur sich selber zu sehen, um nicht zu sterben.

Seit ich bei der Kanalisation arbeitete, nahm diese alte Phantasterei neue Gestalt in einem Plan an, den Lulù, die Flämin, und ich nachts immer mehr perfektionierten (wir tuschelten auf französisch). Ich war auch wieder kräftiger geworden, weil ich gelernt hatte, auf der Straße in den Abfalleimern zu wühlen, wenn sie uns im Morgengrauen in München oder auf den Dörfern ausluden, und ich spürte immer tollere Beute auf, Käserinden, Obst- und Kartoffelschalen, Knochen von gekochtem Fleisch mit Sehnen und Knorpeln, ja sogar Brotrinden. Die Technik war: ich sang gedankenverloren eine Nazihymne in vollendetem Hochdeutsch vor mich hin:

«Die Fahne hoch, die Reihen fest geschlossen . . .» Ich hob den Deckel eines Abfalleimers hoch. «S.A. marschiert mit ruhig festem Schritt.» Die geübte Hand tastete die Abfälle ab. «Die Knechtschaft dauert nur noch kurze Zeit.» Diesen Vers betonte ich mit besonderer Überzeugung.

Der SS-Mann, ein halber Analphabet, beobachtete mich mit unsicherem Blick. Ich machte ihm immer wieder freundschaftliche Zeichen, um ihn daran zu gewöhnen, daß er sich nicht zu beunruhigen brauchte, wenn ich mich entfernte.

Ich bekam Krätze, setzte aber auch ein wenig Fleisch an. Ich teilte die Ausbeute meiner Razzien mit dem polnischen Aufständischen und brachte ganze Hände voll Gemüseabfälle mit nach Hause. «Alles Vitamine», freute sich Lulù.

Dann ereignete sich der Zwischenfall, der meine Pläne über den Haufen warf.

Eines Abends auf der Latrine, als ich gerade die Hosen meines Arbeitsanzugs herunterließ, sind etwa zehn Internierte zwischen den nebeneinander aufgereihten Kloschüsseln hervor auf mich losgestürzt. Ich war nicht darauf gefaßt und wurde zu Boden geworfen, die herunterhängenden Hosen machten meine Beine bewegungsunfähig. Sie schlugen und kratzten mich mit heiligem Ernst, ich dagegen war vollauf beschäftigt, meinen Kopf mit den Armen zu schützen, und konnte keinen Augenblick zum Gegenangriff übergehen. Mit jedem neuen Hagel von Fausthieben hieß es:

«Das ist fürs Singen von Naziliedern.»

«Das ist für das SS-Schätzchen.»

«Das ist für die Hure von Dachau.»

Ich war vor allem gelähmt wegen der Unmöglichkeit dessen, was da mit mir geschah. Daß mein trickreiches Singen *unsere* Endwaffe gegen die Nazis war, erschien mir sonnenklar und ein Weg für jeden von uns. Ich hatte mir nie bewußt gemacht, daß ich immer allein nachgegrübelt hatte und daß das, was ich glaubte, verstanden zu haben, nur mir selbst durchsichtig war. Ich war von der Gemeinheit, mit der sie mich behandelten, so getroffen, daß ich mich nicht einmal mehr verteidigte.

Ich muß die Besinnung verloren haben, mehr wegen des moralischen Schmerzes als wegen der körperlichen Leiden.

Ich weiß nicht, um wieviel Uhr in der Nacht ich wieder in die Baracke kam.

Lulù, die an meinem Strohlager saß, legte mir ab und zu neue nasse Lappen aufs Gesicht:

«Das haben sie auch mit mir gemacht, im letzten Winter.» Sie hauchte mir mit ihrem zahnlosen Gemurmel ihren nach alten Zigarettenkippen stinkenden Atem ins Gesicht. «Weil ich den Nazis einen blase, haben sie gesagt. Sie haben es nicht noch einmal versucht. Diejenigen, die ich erkannt habe . . .» Sie machte eine Geste, als wollte sie sich etwas in die Armvene spritzen. Ich dachte, im Dunkeln vielleicht nicht recht gesehen, vielleicht falsch verstanden zu haben, was sie meinte. Gegen Morgen aber, im ersten Tageslicht, hat sie die Geste wiederholt und gesagt: «Wer Lulù anrührt . . .» Und hat mit der Hand die Luft durchschnitten.

Also hatte sie die Genossinnen, die sie angegriffen hatten, denunziert. Und wenn man ihr glauben sollte, waren sie «gespritzt» worden, wie man so sagte: intravenös eingeschläfert.

Ich arbeitete seit ungefähr drei Wochen bei der Kanalreinigung, und an jenem Tag gehörte der polnische Aufständische nicht zur Mannschaft meiner inzwischen ganz aus Westeuropäern bestehenden Kolonne (es war das erste Mal, daß wir zum Mistausbreiten auf die Felder gingen). Ich wußte nicht, wen ich um Rat fragen sollte. Jede Bewegung tat mir weh, die Tränen brannten wie sprühende Funken.

Auf dem Rückweg durch ein Gehölz, als ich kaum noch gehen

konnte, spürte ich die Versuchung, mich hinter einen Busch fallen zu lassen, bis unser ganzer Trupp vorübergezogen war, und dann loszulaufen, das KZ war ja weit, und kilometerbreit gab es keine Schäferhunde; irgendeinen Heuschober, in dem ich warten konnte, bis die Nacht vollends hereinbrach, würde ich schon finden, und dann konnte ich im Dunkeln anderswohin fliehen und soundsoviel Wegstunden zwischen mich und meine Verfolger legen. Wieso hatte ich daran nicht vorher schon gedacht? Genau besehen, bot die Arbeit, die ich mir ausgesucht hatte, doch weniger Kontaktmöglichkeiten, als ich angenommen hatte, dafür aber mehr Fluchtgelegenheiten.

Denen sollte es vergehen, mich zu verleumden. Hatten sie mich vielleicht nicht ohnmächtig im Klo liegen lassen? Beute für die Hunde . . . Und ich sollte mir Sorgen machen wegen der Repressalien, die sie nach meiner Flucht würden erleiden müssen? Ungerechtigkeit für Ungerechtigkeit. Prügelweiber von Deportierten, Streikbrecherinnen, Sturmtruppweiber von Dachau! Ich schleppte meinen gefühllosen Körper weiter, ein Auge war geschwollen, die Lippe gespalten von einem abgebrochenen Eckzahn. Also gut.

Aber handle nicht überstürzt, diesmal darfst du keinen Fehler machen. Jede Bewegung muß genau berechnet, jede Gefahr, auch die unwahrscheinlichste, ausgeschaltet werden. So habe ich angefangen, die Stimmung ringsum zu sondieren.

In dieser Phase meiner Vorbereitung war ich, als ich meinen Gefährten aus dem Güterwagen in der Schlange vor dem Krankenrevier wiedertraf, wie schon erzählt. Es war gegen Ende Oktober (ich erinnere mich nicht genau an das Datum).

Die Schwellungen in meinem Gesicht waren fast weg, und durch die Schläge, die ich in der Latrine bezogen hatte, war mein Groll auf ihn wohl besänftigt. Als ich ihn dann sah, so erloschen, hätte ich wer weiß getan, um in ihm wieder die Unerbittlichkeit zu wecken, die er mir gegenüber auf der Reise gezeigt hatte, die ich ihm monatelang nachgetragen hatte und die er jetzt nicht mehr zu haben schien. Gerade jetzt, wo er mich verstand.

Während ich mich in eine Senkgrube hinunterließ, war ich ganz sicher, daß auch er noch über unsere Begegnung nachdachte und sich fragte, was ich durch meine Art, die Wärter zu behandeln, hatte sagen wollen, denn er mißtraute mir nicht mehr (das hatte ich gespürt). Vielleicht konnte man noch etwas unternehmen.

Wenn es zutraf, was Lulù mir über ihre eigene Rache erzählt hatte, so hatten mich meine Feindinnen angegriffen, obwohl sie damit rechnen mußten, daß ich sie denunzieren würde. Und Tag um Tag werden sie sich gewundert haben, daß niemand sie ins politische Büro rief.

Die holländische Krankenpflegerin, die schon lange kein Wort mehr mit mir sprach, ist eines Morgens in der Waschküche auf mich zugekommen:

«Stimmt das, daß sie dich geschlagen haben?»

«Wer?»

«Häftlinge, heißt es.»

«Unsinn. Niemand hat mich je angerührt. Warum hätten sie mich schlagen sollen?» Dir hab ich's gegeben, dachte ich, wenn sie dich als Kundschafter geschickt haben, dann haben sie sich geschnitten.

In jener Nacht bin ich bei der Rückkehr vom Klo ganz eng an den Baracken entlanggegangen und habe mich in eine der Baracken für die Leute mit dem roten Winkel geschlichen. Ich habe eine Frau geweckt:

«Ich will mit euch reden.»

«Wer bist du?»

«Das SS-Schätzchen, die Hure von Dachau.»

Heute ist mir klar, daß ich nicht gerade die glücklichste Einleitung für ein Versöhnungsgespräch gewählt hatte.

«Warte, ich rufe die anderen», hat mir die Gestalt im Dunkeln zugeflüstert.

Ich fand, wir sollten uns auf den Latrinen treffen, aber es ist klar, daß sie einen Hinterhalt befürchteten. Wir haben uns in den verfügbaren zwei Quadratmetern hinter der Tür zusammengedrängt.

Wir waren ein halbes Dutzend helle Flecken, das heißt Gesichter, ganz dicht beieinander, auf Körpern, die im Kreis kauerten. Ich wiederholte alles, was ich sagte, auf französisch, deutsch und italienisch. Und ich sagte, daß unsere Wärter Sklaven seien, daß wir sie mit ihren eigenen Riten begraben, ihnen den psychologischen Krieg ansagen müßten und so weiter.

«Warum sind wir wohl hier drin?» hat eine Stimme in mühsamem Deutsch lachend gefragt (sie wollte mir also ihre Nationalität nicht verraten). «Da hätten wir den Nazis ja gleich Beifall klatschen können, als wir noch frei waren.»

«Ich habe nicht gesagt, Beifall klatschen.»

«Ihre Lieder singen ist dasselbe.»

«Willst du lieber sterben?» entgegnete ich.

«Bevor ich mich entwürdige, gewiß.»

«Ich entwürdige mich mehr, wenn ich nicht versuche, rauszukommen.»

«Dann werd doch eine Bestie wie sie, dann hast du einen Ausweg», sagte noch immer dieselbe Stimme auf deutsch.

Eine Gestalt erhob sich, und eine andere zog sich an ihr hoch.

«Wer Menschen in Bestien und Nicht-Bestien einteilt, ist selber bereits ein Nazi», sagte ich rasch, bevor sie mich allein stehen ließen. «Wenn ihr mir eine andere Erklärung liefert für das, was wir hier erleben, höre ich mir die gern an. Ich habe euch gesagt, was ich denke, jetzt seid ihr dran.» Ich hielt sie mit den Händen auf. «Wir können uns doch nicht völlig beherrschen lassen.»

«Du bist beherrscht. Selbst wenn sie mich foltern, ich bleibe frei in meinem Innern.» An einer Wellenbewegung merkte ich, daß sie sich mit dem Finger an die Brust tippte.

«Und sie bleiben die Herren des Lagers.»

«Aber sie wissen doch, daß ich sie verachte.»

«Das ist ihnen scheißegal.»

Wir, die exotische Stimme und ich, sprachen jetzt allein, gleichzeitig, die anderen Gestalten standen abseits, dichtere Schatten in dem Dunkel, das uns einhüllte.

«Ich schlage hier nur einen Schachzug vor, um sie zu verwirren», drang ich weiter in sie. «Wir müssen sie gemeinsam aus dem Konzept bringen, sie angreifen, gerade wenn sie sich am sichersten fühlen und in der Illusion, sie beherrschten uns moralisch, die Überwachung entschärfen», übersetzte ich meine Worte für die Schatten ringsum (andere hatten sich auf den Lagern aufgerichtet).

«Wer sich hier Illusionen macht, bist du», sagte die einzige Stimme, die mir geantwortet hatte.

«Und ihr seid schiave, eslaves, Sklavinnen.»

«Du irrst dich.» Die Stimme schien zwischen den Gestalten untergetaucht, die auf den Katafalken raschelten, und deutlich kam es aus einer Ecke: «Das bist du selber, deshalb verstehst du dich auch so gut auf Sklaverei.»

Plötzlich wurde ich lauter, und während ich sprach, spürte ich ein Gewoge von sich ineinander verschlingenden Formen.

«Ihr wollt nicht kämpfen, das ist die Wahrheit, ihr habt zu viel Angst, ihr Feiglinge, alles was ihr könnt, ist, aus politischen Gründen eine arme zugerichtete Hure angreifen» (Wiederholung in drei Sprachen). «Schlimmer kann man sich nicht entwürdigen!» Es juckte mich in den Fingern vor Wut, ich hörte meinen Atem schwer gehen. Sei vernünftig, sagte ich zu mir selber, es reicht. Ich bin hinausgegangen mit einem Gefühl von Theatralik, das mich demütigte.

Heute wüßte ich nicht einmal mehr zu sagen, ob es mich bei der Beklemmung damals nicht auch erleichterte, daß ich vor mich hinmurmelte: «Ich werde fliehen, ich werde fliehen», während ich mich an den Baracken entlangschlich und die nächtliche Schneeluft jenes späten Oktobers einatmete.

«Arbeit macht frei» las ich am nächsten Tag lachend über dem Eingangstor des Lagers. Ich wollte aber jüdische oder slawische Mitgefangene nicht gefährden. Ich wartete, bis ich wieder einem Trupp ausschließlich westeuropäischer Arier zugeteilt wurde. Unterdessen war ich so arbeitsam und diszipliniert, daß die Aufseher nachlässiger wurden und mir nicht mehr dauernd auf den Fersen waren. Deshalb ist es leicht für mich gewesen, zu fliehen. Aber all das habe ich in *Thomasbräu* nicht geschrieben. Ich sage es jetzt.

VI

Als ich jene Erzählungen zwischen 1953 und 1954 verfaßt habe, hatte ich mich als eine viel mehr dem Geistigen verpflichtete Person in Erinnerung, als ich es in Wirklichkeit gewesen war. Meine Erinnerung war auch blockiert durch meine eigene Ungläubigkeit gegenüber der Vergangenheit, durch die Angst, ich könnte altmodisch erscheinen, und andere Dinge mehr, die ich später noch zu erklären versuchen werde. Jetzt will ich nur sagen, daß die von mir auf jenen Seiten geschilderten Tatsachen zutreffen, aber daß es Auslassungen gibt. Die folgenschwerste Auslassung kommt daher, daß ich in den fünfziger Jahren, als ich diese Ereignisse wieder wachrief, nicht begriff, daß die Erfahrung von Dachau mich wieder in die Mentalität zurückgeworfen hatte, die ich in Höchst gehabt hatte, bevor ich mich den französischen Partisanen und den sowjetischen Gefangenen anschloß, nämlich als alles für mich noch eine Frage des Mutes und der individuellen Moralität gewesen war: mit Taten für die eigenen Überzeugungen einzustehen.

In Höchst arbeiteten wir alle zusammen in derselben Fabrik, dort waren die objektiven Bedingungen dafür gegeben, daß sogar ich ein soziales Bewußtsein erwerben konnte.

Aber in Dachau . . . Selbst wenn sie nicht jede einzelne Person tötete, erreichte die Organisation der Konzentrationslager dennoch ihr wahres Ziel: das soziale Bewußtsein der Häftlinge zu zerstören. Mit aller Gewißheit läßt sich sagen, daß die Nazis zwar versuchten, in der Außenwelt ein untadeliges Bild von sich selber abzugeben, daß sie aber *in den Konzentrationslagern alles taten, um sich verhaßt zu machen*, um auf diese Weise die unvorbereitetsten Gefangenen in Schrecken zu halten und in den kämpferischen einen derartigen *moralischen* Ekel zu erzeugen, daß sie sich scheuten, sich selber schmutzig zu machen im Kampf gegen die eigenen Peiniger. Und damit legten sie sie herein. In der Tat wurde der *Haß auf die Nazis eine exklusive Leidenschaft, die die Häftlinge sozial nicht gleichstellte.* Ihrerseits kunstvoll gespalten in willkürliche Gemeinschaften von Gelben, Roten, Grünen, Rosa, Schwarzen, fühlten sich die Deportierten weniger bedroht in ihrer eigenen sozialen Solidarität als beherrschte Gesellschaftsschichten – wie sie es in Wirklichkeit waren –, sondern vielmehr in ihrer eigenen Individualität. Und jeder einzelne verteidigte mit seiner physischen Existenz gleichzeitig auch bis aufs Blut die eigene persönliche Identität. Von daher erklärt sich, daß einzelne Verhaltensweisen auf die Spitze getrieben wurden, bei denen die moralische Integrität des einzelnen jeden wirkungsvollen Zusammenhalt der Häftlinge untereinander unmöglich machte. Den Streich hatten sie uns gespielt. Das habe ich am eigenen Leib erfahren. Gerade ich, die ich geglaubt hatte, das begriffen zu haben, und bis zuletzt überzeugt war, in kollektiven Begriffen zu denken, habe nicht gemerkt, daß ich mich genau mit der Strategie isolierte, von der ich mir einbildete, ich arbeitete sie für die Gefährten aus. Bis hin zu dem Punkt, daß *ich nicht sah*, daß mein Verhalten wirkliche Probleme schuf, und insbesondere für wen; eben weil ich mich geweigert hatte, es in der freien Welt anzuwenden, wurde es in einem Konzentrationslager begraben.

Erst heute kann ich die Einsamkeit ermessen, die Dachau in meinem Denken errichtet hat. Ich war in eine begriffliche Sackgasse geraten (deren Wirkung noch weit über den Zusammenbruch von Nationalsozialismus und Faschismus hinausreichte). Ich fiel immer weiter zurück in eine dem Gegner abgeluchste Mentalität: es war alles nur eine Frage der List, der schnellen Reflexe, der Geschicklichkeit.

Auch aus diesem Grund hatte ich mich tatsächlich an Louis geklammert, dessen Härte und Einsamkeit ich schätzte – ich weiß nicht, ob das aus *Thomasbräu* hervorgeht –, während er Abstand von mir hielt, verroht durch eine Gesellschaft, die ihn von klein auf mit Füßen getreten hatte. Er wollte, daß ich unerreichbar blieb, weil er inzwischen viel zu sehr von seinen eigenen Gefühlen in Anspruch genommen war, von seinen Einbrüchen und Raubzügen, um noch umkehren zu können, und nur, solange er seine eigenen Gefühle vor sich verleugnete, seine Haut ohne Bedauern teuer verkaufen konnte. Und im Grunde paßte mir das gut, weil ich fürchtete, in einem Selbstvernichtungswunsch unterzugehen, der mich bereits in Höchst und in Dachau ergriffen hatte. Ich genoß es, nach all der maschinenhaften Hirntätigkeit im KZ an nichts zu denken, und stopfte mich voll dank der Lebensmittelmarken, des Geldes und der Vorräte, die Louis mir zukommen ließ. Aber sein Tod hat mich fertiggemacht. Auch darüber habe ich nichts geschrieben. Jemand hat mir im Schlaf das Geld gestohlen, das mir der Sizilianer übergeben hatte und das ich eingenäht auf der Brust trug, in einer Tasche eines am Sendlingertorplatz erstandenen Pullovers. Leichte Hände, die mir den Pullover zerschnitten haben, ohne mich zu wecken.

Tatsache war jedoch, daß man in der Außenwelt sehr viel leichter zurechtkommen konnte, als wir uns im KZ je vorgestellt hatten.

Wie sollte ich den Gefährten das mitteilen? Bei dem ständigen Durcheinander von Zügen, die ankamen . . .

Ich habe nicht erzählt, daß ich nach Dachau zurückgegangen bin, weil ich versuchen wollte, mit meinem Ex-Feind-Freund Kontakt aufzunehmen und ihm all die Ratschläge für eine Flucht zu geben, die ihn gerettet hätten.

Ich bin die ganze Nacht lang gelaufen, eine lange Dezembernacht hindurch, vom Sonnenuntergang um fünf Uhr nachmittags bis zum Morgengrauen gegen sieben, als ich die Umrisse eines Stacheldrahtzaunes vor mir sah. Da ich nichts von der Existenz eines Durchgangslagers in diesem Gebiet wußte, habe ich es für eine Dependance meines Todeslagers gehalten. Und mit einemmal habe ich Angst gehabt. Ich habe eine Racheaktion der Genossen befürchtet wegen der Repressalien, denen sie meinetwegen ausgesetzt gewesen waren. Ich habe mich flach auf den Boden gelegt und mich mit frischem Schnee zugedeckt, um mich für Blicke unsichtbar zu machen. Ich habe beim Gedanken an die Schäferhunde Gänsehaut bekommen; ob sie ihre ehemalige Herrin in diesem platt am Boden liegenden, durchnäßten Wesen wiedererkannt hätten? Sie wären mit einem Satz auf mich losgesprungen, bevor ich mich noch hätte aufrichten können. Jedenfalls hatten sie, wenn sie ihre Schnauze jetzt schon in die Luft hoben, meine Angst bereits gewittert.

Und dann, wie sollte ich diesen abgemagerten Partisanen erreichen, in welcher Baracke war er, wen konnte ich nach ihm fragen, wo ihn aufspüren? Warum brachte ich mich mit meiner verdammten Manie, anderen zu Hilfe zu kommen, mich um jemanden zu kümmern, eine Entdeckung, eine Hoffnung zu teilen, ständig selber in so unerträgliche Lagen? Wie ich so erstarrt im Schnee lag und darauf gefaßt war, die Schäferhunde auf mich zuschießen zu sehen, von denen es im KZ eine ganze Meute gab, hatte ich keine Lust mehr, mich zu retten.

Bis ich mir irgendwann die Augen rieb. War das denn möglich? Männer und Frauen kamen aus den Baracken in Zivilkleidern, ohne Hast, einzeln, schlenderten umher, bildeten Grüppchen und trennten sich wieder. Einige lehnten sogar am Stacheldraht. Mein Herz schlug heftig: hatte ich schon Visionen oder war das Wirklichkeit? Zwei Männer standen sich außerhalb des Tores gegenüber.

Du darfst jetzt nicht durchdrehen, habe ich mir selber zugeredet, sieh dir das ganz ruhig an.

Die beiden vor dem Tor waren Ausländer, das sah man auf den ersten Blick.

Ich probier's. Ich bin aufgestanden, habe mir mit den Händen den Schnee abgeklopft und währenddessen die beiden Gestalten unentwegt angestarrt. Kein Zweifel, sie waren aus Fleisch und Blut.

Rasch habe ich mich diesen Müßiggängern angeschlossen und bin Schritt für Schritt mit ihnen durch das Tor gegangen, über dem ich eine erfreuliche Aufschrift las: DURCHGANGSLAGER.

Aber kein Flüchtling konnte sich geschützt fühlen in so unmittelbarer Nähe seines sicheren Todes. Und so bin ich wieder ausgerissen, habe immer allein den Ort gewechselt und mein Bedürfnis nach innigem Zusammensein mit den Gefährten notdürftig gestillt durch einsame Dialoge mit den verlorenen Freunden – Martine, Gruschenka, Alain, Johann, Jacqueline, der Flämin, Lulù, meinem Stütz-Mann aus dem Güterwagen ohne Fingernägel in Dachau, Dunja, dem Sizilianer, Jeanine, Benito, Polò –, mit allen führte ich Wortgefechte mit fremder Stimme auf deutsch, in einer Art wahnsinniger Gesellschaft, wobei Louis' Geist mir einflüsterte, was ich wo klauen und wo ich übernachten sollte. Anstatt in Richtung Schweiz zu gehen, die näher lag und ein sicherer Hafen war, bin ich bockig den ganzen Weg der Repatriierung in umgekehrter Richtung gegangen, zurück bis nach Frankfurt-Höchst. Das scheinbar Absurde ist, daß ich mich von den ersten Genossen, die ich je gehabt hatte, gerade während ich zu ihnen zurückkehrte, geistig immer mehr isolierte, Tag für Tag verschlossener in meiner Einsamkeit. Bis hin zu der Lähmung, die mir jede Illusion nahm, daß ein Mensch je seiner Gefangennahme entgehen kann.

Aber diese Geschichte kennt der Leser. Er hat die trockene (äußere) Chronik dieses totalen Kerkers gelesen, während der ich darniederlag in einem Körper, den ich nicht fühlte, der mir, wie ich wohl wußte, gehörte, mir aber nicht antwortete, mich nicht kannte, seinen eigenen Abläufen gehorchte, die mich nichts angingen, ich steckte in ihm (wo?), ohne ihn wenigstens zerstören zu können, denn dieser verdammte Körper war lebendig, äußerst vital und hing an seinem eigenen Dasein stärker als ich, aber er hielt mich gefangen und zwang mich, seinen eigenen Wünschen zu folgen, er kotzte mich voll, wenn ich mich betrank; damals hatte ich nicht gewußt, wohin ich mich retten sollte, gebrochene Rippen, offener Rücken, verbranntes Fleisch, gespaltene Stirn, umhertreibende Organe, und stürzte mich mit ganzer Seele in die Dummheiten, in diese Ersatzbefriedigungen, in diese Notwendigkeit, mir irgendwie, flüchtig, am Rande, eine Bedeutung zu verschaffen, um den schweren Schlag aushalten zu können, um den Zugriff dieses Organismus zu lockern, der mich bewegungsunfähig machte und mich am Leben hielt. Und so hatte ich mich daran geklammert, die Leute gut zu finden, die mich umgaben, mich zu erwärmen durch gefühlsmäßige Anstrengungen und zu versuchen, das Eis aufzutauen, das mich gefangenhielt, das ich selber war. Denn dieser Körper setzte mich unter Druck, er wollte nicht allein sein mit den Stürmen, die ihn unter dem Eis unablässig schüttelten. Auch deshalb hatte er sich gut verstanden mit den geisteskranken Frauen in dem Münchner Irrenhaus, es gab da eine Strömung zwischen diesen Körpern, die dem Verstand, den sie beherbergten, entglitten, Organismen, die für sich lebten – sie schienen sich sogar zu nähren von den verwirrten Gehirnen und aufzublühen gegen jede einzelne Vernunft, meine eigene eingeschlossen.

Das also war die Vergeltung, und ich Idiotin, immer mitten dazwischen, wies die Ärzte zurecht und gab damit an, daß ich von den Verrückten geliebt wurde. Dasselbe im Viehwagen mit den deutschen Verwundeten, dort hatte die gleiche Solidarität der mit dem Tode kämpfenden Körper ein geradezu viszerales Sich-Verstehen geschaffen, das aus Scheiße und Urin und Gangräne gemacht war, in das ich mich eingelebt hatte mit meinem kleinen aufdringlichen, allgegenwärtigen Ich, das sich an jedem Bahnhof auf der Bahre hinunter- und herauftransportieren ließ, sicher verschanzt hinter der Lähmung in einem Gipsbett, den Katheter im Geist gezückt wie eine Waffe, und das um Nahrung, Krankenhausplätze und Waffenruhe bat für all die auf dem stinkenden Stroh sich selbst überlassenen Körper, die gleichen von Darmentzündungen und Fieber geschüttelten Körper wie in Dachau. In dem krampfhaften

Bedürfnis, sich nicht mit der Verheerung der eigenen körperlichen Hülle identifizieren zu müssen, versetzte sich dieses kleine Ich mit seiner begeisterten Helferei, dem schon metaphysischen Starrsinn, sich nicht auffressen zu lassen, ganz allein in Ekstase, indem es nach rechts und links kleine Lektionen erteilte und seinerseits die Geknechteten diskriminierte, mit einem bizarren Rassismus, der den der Nazis einfach umkehrte und ebenso physiologisch war und bei dem die körperlich Geschlagenen von den Spielregeln gedeckt wurden, die Niemande waren, die geliebt werden mußten.

Meine Siege über den Körper spornten ihn an. Das ist nur scheinbar ein Widerspruch. Den traditionellen Kräfteverhältnissen entzogen, konnten diese Niemande sich endlich verständigen, einander helfen und sich vereint dem Tod entziehen, zu dem sie gezwungen wurden. Ich hatte am eigenen Leib den Beweis dafür. Im Viehwagen, in der Irrenanstalt von München und im Rotkreuzzug vernarbten meine Wunden an Sitzbein und Steißbein in weniger als drei Wochen, obwohl sie nur gelegentlich und unter unhygienischen Bedingungen versorgt wurden. Das Gewebe wuchs von allein nach und entfaltete seinerseits Aktivitäten, ein Gewimmel von Zellen parallel zu dem meines kleinen Ichs, das auflebte, wenn es sich um die Beschaffung von Lebensmitteln und Medikamenten kümmerte, um dieses ganze menschliche Fleisch zu erquicken, das, von dem auf den Schienen schlingernden Zug hin und her gerüttelt, auf den Bodenplanken stöhnte. In meiner Umarmung mit den Geisteskranken, meinen Liebkosungen unkoordinierter Gesichter und Arme heilte mein Fleisch, ohne daß ich es merkte. Das wurde mir erst in Meran klar.

1945 hatten mir diese Spielregeln eingeleuchtet, sie waren hoffnungslos wie meine Vernichtung. Es gab nichts zu verstehen außer der Tatsache, daß der größte Teil der Menschheit Beute von Umständen war, über die er keine Macht hatte.

Ich war dermaßen von meiner eigenen Zerstörung überwältigt, daß ich sie überall sah. In den Trümmern. Bei den ausländischen Arbeitern, die noch immer verblüfft waren, daß sie den Lagern und den Bombenangriffen lebend entronnen waren, und die ihnen so lange vorenthaltenen Nahrungsmittel und Kleider nur zögernd stahlen, Millionen von zerlumpten Menschen aus allen europäischen Ländern, die gelernt hatten, sich gegenseitig zu erkennen, nur um jetzt mit dem Heiligenschein der erlittenen Sklaverei nach Hause zurückzukehren, in alle Winde verstreut wie zuvor, zur Verfügung für den nächsten Krieg, in dem sie aufs neue mobilisiert, aufs neue hin und her geworfen, an die feindlichen Fronten gestellt werden würden, um sich gegenseitig zu verstümmeln und zu zerschmettern bis zum nächsten Halt, bei dem sie verpflichtet wurden, dem Sieger danke zu sagen.

Ich sah meine eigene Unfähigkeit, meines Körpers Herr zu werden, sich ausdehnen auf die ausgehungerte, verstörte deutsche Bevölkerung, die jetzt, nachdem sie hatte zusehen müssen, wie ihre Männer im Krieg getötet, ihre Jugend zerschlagen und ihre Städte dem Erdboden gleichgemacht worden waren, auch noch die Schuld des Regimes aufgebürdet bekam, das sie verleitet, umgarnt, übertölpelt hatte. Ich konnte es nicht ertragen, daß in einem Augenblick, in dem diese Leute hätten nachdenken können über die Mechanismen, die sie hörig gemacht hatten, hätten verstehen können, daß sie sich hatten einfangen lassen von der Hoffnung auf ein kollektives Vorwärtskommen, von einer Einmütigkeit, die niemandem ins Gesicht sah und daher auch nicht erkannte, *auf wessen Kosten* sie bestand – daß in diesem Augenblick diesen Massen verboten wurde, einen klaren Kopf zu bekommen; sie wurden stattdessen zurückgeworfen, gepeinigt, erschreckt, dazu gebracht, sich selbst zu mißtrauen, und damit beschäftigt gehalten, sich reinzuwaschen, sich zu rechtfertigen, zu betteln. Wer sich noch einmal unterwarf, wie er Hitler unterworfen gewesen war, der wurde freigesprochen. Also: sich beugen, auch weiterhin.

So dachte ich damals. Und zusammengepreßt von der Fremdheit meines gelähmten Körpers, erkannte ich den Zwang sogar in der Luft, die ich atmete, und ermaß die Eitelkeit meines Grolls, der mich dazu getrieben hatte, mich in Verona den Deportierten anzuschließen, aus Dachau auszubrechen, nur um die Genossen davon zu überzeugen, daß es möglich war, sich nicht zu beugen. Und wozu das alles? Um mich im Rollstuhl wiederzufinden.

Ich war geschlagen. Hier erwartete mich der am besten verborgene Feind. *Es gab kein kollektives Heil.* Das letzte Gefecht war ein individuelles, und zwar mit dem Tod. Und es war so abscheulich, irrational und ungleich, daß alles übrige nichts dagegen war.

Wenn ich jemanden ansah und darüber nachdachte, daß er sterben würde, konnte ich nur mit Mühe meinen Verstand gebrauchen. Angesichts des Mißverhältnisses zwischen der Blindheit der Menschen und ihrer Vernichtung wunderte ich mich, daß sie sich immer noch weiter verbissen abrackerten und Überzeugungen hatten. Ich bewunderte sie dafür. Warum sollte ich sie mit der letzten Wahrheit belasten (der, die ich am eigenen Leib erlebte)? Es blieb nur noch die Möglichkeit, sie abzulenken, zu erheitern, ihnen Vertrauen einzuflößen, ein schwaches Kriterium für Kontinuität zurückzugeben: wenigstens nicht kriechen, die wenige Zeit, die man existiert, nicht verschenken an die Angst, die Furcht, die kleinen Feigheiten, die das Nichts zerbröckeln, das wir sind.

Weniger als nichts: gewiß hatte ich 1939 als Vierzehnjährige nicht verhindern können, daß der Krieg ausbrach, und ebensowenig konnte ich ihn jetzt aus der Welt schaffen. Ich war ein Tropfen im Meer von zig Millionen Menschen gewesen, die von einer Front zur anderen, von einem Lager ins andere verschoben wurden. Ich war da zusammen mit so vielen Menschen hineingeraten, daß es überhaupt nicht anstand, daraus eine persönliche Angelegenheit zu machen. Wie sollte man feststellen, warum der eine krepiert war, während sein Nachbar unversehrt blieb? Es war eine Wahrscheinlichkeitsrechnung, die nicht einmal das größte Elektronenhirn hätte lösen können.

In Wirklichkeit brauchte ich die Gewißheit, daß, einerlei wo ich mich am Tag und zur Stunde des Unfalls in Mainz – am 27. Februar 1945 – aufgehalten hätte, die Dinge nicht anders verlaufen wären. Nicht weil sie etwa schicksalhaft waren, verstehen wir uns richtig: ich war da hineingeraten. Die Ereignisse hatten sich überstürzt und mich mitgerissen, doch das hätte auch einem anderen passieren können. Begleiterscheinungen, die zu kontrollieren nicht menschenmöglich ist. Wenn ich mich an den Einsturz erinnerte, vergaß ich nie zu erzählen, daß ich in jenem Augenblick eigentlich im angrenzenden Hotel hätte Wassereimer füllen und nicht auf dem Absatz unter der Mauer hätte stehen und den Balken schräg gegen den danebenliegenden Luftschutzraum stoßen sollen. Aber der Pole, der mich ablösen sollte, hatte sich den Knöchel verstaucht. Und ich war mit den anderen am Balken geblieben, um ihn zu heben und mit noch mehr Kraft in den Spalt zu rammen, der sich unter den Stößen weitete: ein Blick nach jedem Stoß, prüfen, ob das Loch nicht schon groß genug war, voller Wut auf den Polen, die Verschütteten, den verdammten Zement, dann runter mit der ganzen Wucht des Körpers in den Abgrund ... Und niemals vergaß ich den deutschen Soldaten, der von einem Ziegel getötet wurde, auf der anderen Straßenseite, wo er sich in Sicherheit glaubte.

Der bloße Gedanke daran, daß ich dem Schicksal, das mir widerfahren war, hätte entrinnen können, machte mich wahnsinnig. Er ließ mich die Besinnung verlieren unter dem Druck der Ohnmacht, der mich auch in der Nacht des Selbstmordes erdrückt hatte, als ich wieder ins Leben zurück wollte, aber nicht mehr konnte. Ich konnte ihn nur einen Sekundenbruchteil lang aushalten. Er hat mich jahrelang durchzuckt, wenn ich mich zufällig im Spiegel oder in einer Fensterscheibe sah, im Rollstuhl oder aufrecht, auf ein Laufgestell gestützt, stehend auf Beinen, die an den Knien von einem Stützkorsett gestreckt wurden. Wie ein Schlag fiel meine Kondition über meinen Körper her. Halt (sagte ich), und riß mir langsam den stechenden Schmerz heraus, ganz behutsam. Die Lähmung ist eine praktische Komplikation, die von Mal zu Mal gelöst werden muß, nichts weiter (Hauptsache, man ließ sich von ihr nicht zeichnen).

Aus dem, was ich bis jetzt erzählt habe, wird deutlich, daß der Umweg in meiner Seele bereits begonnen hatte, während ich die Ereignisse noch erlebte, die ich dann verdrängt habe.

Jene Geste von Verona, der sozialste Akt meines ganzen Lebens, war unter meinen Händen zu einem moralischen Akt geworden (für den ich mich schämte), kaum daß ich ihn begangen hatte, schon im Güterwagen, in dem Augenblick, in dem mein Diarrhoe-Gefährte ihn mir vorhielt. Das Bedürfnis nach sozialer Gerechtigkeit, das mich in Verona überrannt hatte, schrumpfte augenblicklich zusammen zu einer nicht mitteilbaren Episode, einer geheimen Anekdote meiner *persönlichen Geschichte*. Ich war eine so engagierte Freiwillige, mein Gefühl für die sozialen Klüfte war so neu und unausgegoren und schwarz-weiß (Reiche/Arme, Gebildete/Unwissende, Sklavenhalter/Sklaven), daß ich mit Sicherheit nicht aus eigenen Kräften den in Frankfurt-Höchst eingeschlagenen Weg weitergehen konnte, den die Gefährten mir öffneten, die den Streik bei den I. G. Farben organisiert hatten. Gerade meine Schlag auf Schlag erfolgenden eigenmächtigen Auftritte hinderten mich daran, die Schwierigkeiten, die sich vor mir türmten, in den Griff zu bekommen. Und die tägliche Notwendigkeit, nicht zu sterben, entzog meiner Wahrnehmung die Verschiebungen meiner Seele, die mich heute schaudern lassen, wenn ich daran denke, daß ich mich, nachdem ich in Verona meine Ausweise weggeworfen hatte, damit niemand aus meiner Schicht mich mehr retten konnte, in dem Mädchen aus *Solange der Kopf lebt* wiederfand, im Krankenhaus in Mainz, in jener Luzi im Rollstuhl, die sich schließlich damit schmückt, Faschistin gewesen zu sein – der letzte Akt von Freiheit, der ihr geblieben ist nach allem, was sie hinter sich hat.

Damals ließ sich das immerhin noch verstehen, angesichts meiner Herkunft, der Unerfahrenheit, bei all dem Durcheinander von Leidenschaften . . .

Aber danach?

Rom, April 1977

VII

Leser, hier bin ich wieder. Es sind sechs Monate verstrichen, seit ich dich auf der vorangegangenen Seite verlassen habe. Ich habe diese Zeit darauf verwandt, eine Antwort auf die Frage «Aber danach?» zu versuchen, bei der ich (wieder einmal) gestrandet war.

Es war ein mörderisches Unterfangen, das mich fast bis an den Rand des Wahnsinns gebracht hat, als ich die Affekte, Initiativen, Auseinandersetzungen von einunddreißig Jahren Leben wieder heraufholte, auf der Suche nach jenem Vakuum in meiner Erinnerung, das überall war und nirgends. Es wurde zu einer Art Halluzination, bei der ich nichts anderes tat, als Erinnerungen abzubauen und wieder aufzubauen, in Leidenschaften zu bohren, die unter der Hand im Geist wieder wach wurden und meine

Macht unsre Bücher billiger!…

Absichten verwirrten, bis ich nicht mehr wußte, was ich eigentlich suchte.

Tatsächlich sind Dinge zum Vorschein gekommen, die ich selber nicht glaubte, Fehler, Entgleisungen, Sturheiten, Ereignisse, die ich vollkommen vergessen hatte, auch sie verdrängt, und die mir jetzt die allerentscheidendsten schienen. Sobald ich sie jedoch entfaltete, antworteten sie nicht mehr auf meine Frage. Es war nie das Geschehen selbst, das ich untersuchte, sondern das jeweils nächste, kurz vorher oder kurz danach, das die eigentlichen Motive für die Verdrängung klären sollte. Aber auch dieses andere machte sich bei näherem Hinsehen selbständig. Nicht nur fand ich nichts heraus, was ein so langes Schweigen über die Episode von Verona nötig gemacht hätte, sondern ich fragte mich auch, warum ich so und nicht anders reagiert hatte, und damit wurde jedes Heraufbeschwören dieser Erinnerungen ein neues Problem.

Und doch mußte ich sehr wohl zugeben, daß jenes riesige Loch in meiner Erinnerung den weiteren Verlauf meiner Existenz bestimmt hatte. Andererseits sagte ich mir: ein bißchen Vernunft! Wenn jemand heiratet, ein Kind bekommt, promoviert, unterrichtet, das eine oder andere Buch veröffentlicht, muß er das dann alles unbedingt deshalb getan haben, weil er sich nicht mehr an seinen alten zweifachen freiwilligen Lageraufenthalt erinnert?

Also habe ich meine Methode geändert. Geh den Fakten nach, habe ich mir gesagt, dann wird man sehen, was dabei herauskommt.

Aber auch da saß ich in der Klemme.

Fakten gab es so viele, und sie lieferten mir ein so bewegtes Bild meiner Existenz, daß ich auch damit unzufrieden war, es gab von allem fast zuviel, zu viele Freuden, zuviel Schmerz, zu viele Grübeleien, Aktivitäten, Entschlüsse. Es schien, als hätte ich immer irgendwo gestanden und versucht, den richtigen Weg einzuschlagen, eine Folge von Wendepunkten. Auch das mußte ich zuerst begreifen. Und guten Willens machte ich mich daran, mir die einzelnen Fakten vorzunehmen, um herauszufinden, wo zwischen welchen Entscheidungen der Scheideweg gewesen war und ob ich die Wendung dann vollzogen hatte oder nicht. Und auf diese Weise dehnte sich der Bericht über mein Leben auf Hunderte von Seiten aus.

Ich habe zur Kenntnis nehmen müssen, daß ich eine gigantische Geschichte in Händen hielt und nicht wußte, was ich damit anfangen sollte; sie überschritt bei weitem die Erzählung über die Verzerrung meiner deutschen Erinnerungen, von der ich ausgegangen war, aber sie war nicht davon losgelöst. So war sie weder die Klärung, die sie hätte sein sollen, noch ein Text, der für sich allein stehen konnte. Sie hatte denselben Mangel, den ich in meinem Leben erkannt hatte. Schon das entmutigte mich. Aber das Schlimmste lag nicht hier.

So viele vergessene Ereignisse hatten mich mit einer Reihe von Winkelzügen meiner Erinnerung konfrontiert. Aus irgendeinem merkwürdigen Zufall waren es fast immer unangenehme Szenen, zumindest peinliche Verhaltensweisen, die ich mit Vergessen zugedeckt hatte. Zum Beispiel kam mir ein Streit in den Sinn. Ohne zu wollen, versetzte ich mich hinein, erhitzte mich: Der Streit war entstanden, weil der andere mich in einem Gefühl verletzt hatte, das, wie ich jetzt verstand, seine Wurzeln in der verdrängten Lagererfahrung hatte. Kaum hatte ich mich wieder beruhigt, zack, kam irgendeine vernachlässigte Einzelheit zum Vorschein (eine Geste, was weiß ich, ein Blick), die mir zeigte, daß es ganz und gar nicht so gewesen war.

Ich verlor den Mut. Ich wußte, daß es ein falscher Weg war, über die eigene Existenz nachzudenken, und machte mir deswegen Vorwürfe: Du hältst es nicht durch, wie? Du hattest ein anderes Bild davon gehütet, nicht?

Mein neues Ziel wurde die Entlarvung meiner geistigen Tricks. Ich war inzwischen so argwöhnisch, daß ich sie überall sah. Kam mir einmal eine positive Erinnerung, stieß ich sie voller Scham zurück, wie eine Falle im Dienst des Idealbildes, das ich mir aus meiner Wirklichkeit herausgefiltert hatte.

Sei es wegen der Intensität, mit der ich vorging, sei es aus irgendeinem anderen Grund (der ebenfalls durchschaut werden mußte) – meine Erinnerungen halfen mir nicht. Sie haben sich schließlich in Gruppen gegen mich verbündet und mich nicht durchgelassen. Es war wie eine Verkehrsstauung. Eine stieß auf eine andere, die stürzte auf eine dritte und so weiter, es kamen immer neue hinzu, so daß die einzelnen Stellungen dauernd wechselten.

Und dann legten sie sich mit mir an. Alle behaupteten, sie wären die wahren Erinnerungen und nicht jene rechthaberische, die sie, angestoßen von meiner Erfindung, übertrumpfen wollte. Von Mal zu Mal war jede einzelne Erinnerung so überzeugend, daß ich an die jeweils nächste stieß, die dann beleidigt war, bis ich schließlich nicht mehr unterscheiden konnte, was real war und was imaginär an allem, was von den vergangenen Jahren ans Tageslicht kam.

«Schluß jetzt», hat die literarische Abteilung meines Gehirns gesagt, «siehst du nicht, daß du gar nicht mehr beim Thema bist? Hast du verstanden, deine Annahme war falsch, du kannst nicht einer einzigen Verdrängung eine ganze Kette von Kummer und Glück, von Bindungen und Stellungnahmen überstülpen, die – ob dir das paßt oder nicht – eine eigene innere Notwendigkeit, eigene Motivationen gehabt haben. Hast du verstanden, du kannst nicht jede einzelne Aktion von dir auf die Blockierung zurückführen, die dein Deutschland betrifft. Und trotzdem stellst du weiterhin dein wirkliches Leben dem gegenüber, was geschehen wäre, *wenn du nicht vergessen hättest*. Kein Wunder, daß du dich wie ein Wurm fühlst und nicht mehr unterscheiden kannst zwischen dem, was geschehen ist, und dem, was *hätte geschehen können*. Auf diesem Weg kommst du nirgendwohin. Wenn du so weitermachst, bringst du weder diesen Bericht noch irgendeinen anderen je zu Ende.»

«Zum Teufel mit der Literatur!» habe ich ihr geantwortet. «Ich will wissen, wer ich bin, wen ich in meiner Haut herumschleppe. Seit einem halben Jahrhundert, begreifst du das?»

Während also die literarische Abteilung meines Gehirns mir weiterhin abriet, wollte das Ego aus seinem Eckchen heraus ebenfalls klar sehen, und so rutschte ich unter Umständen mitten in der Nacht von meinem Bett in den Rollstuhl, fuhr zu dem Schrank mit den Papieren und prüfte in alten Tagebüchern, Aufzeichnungen und Haufen von vergilbten Korrespondenzen nach, ob mir die Invention (im Sinne von Wiederfindung) das Geschehene wiedergegeben oder nur ersetzt hatte. Je nach Fund und eigener Bereitschaft fing ich entweder an, wie wahnsinnig in der Zeit herumzuwühlen, oder ich legte mich tatenlos wieder hin. Aber das Bewußtsein schwieg nicht auf Befehl, aus dem magischen Schrein meines Geistes wurde ich weiterhin mit Informationen über meine Vergangenheit gespeist, die die bereits überprüften Erinnerungen wieder aus dem Gleichgewicht brachten. Auch wenn ich den Stift aus der Hand legte, wucherte die Arbeit in meinem Gehirn weiter wie unter Einwirkung einer schrecklichen Hefe. Die Erinnerungen drängten nunmehr aus eigener Kraft hervor, als wäre bei mir ein Damm gebrochen, sie schlichen sich auch in meinen Schlaf. Ich schlief und schrieb im Traum Szenen noch einmal, die ich im Wachzustand bereits geschrieben hatte, und am nächsten Tag versuchte ich die flüchtige Spur jener nächtlichen Veränderungen auf dem Papier festzuhalten.

Nach vier Monaten solcher vollkommenen Konzentration wagte ich nicht mehr, meine Erinnerungen in Bewegung zu setzen. Ganze Tage blieb ich im Bett, im Dunkeln, während draußen die Augustsonne brannte (erinnerst du dich, Leser? Ich hatte dich im April verlassen). Und ich lag da auf dem Rücken wie tot, aus Angst, daß das kleinste Anzeichen von Leben die ganze Last der Vergangenheit wieder auf mich ziehen würde, die drohend über mir schwebte.

In einem jener Augenblicke von Leere und tödlicher Müdigkeit hat mich plötzlich die furchtbare Mühsal meines Lebens überfallen. Merkwürdig, daß der Körper kein Gedächtnis hat.

Beim Wühlen in meinen Papieren hatte ich eine Unmenge medizinische Berichte, Röntgenaufnahmen, Analysen, Krankengeschichten gefunden, aus denen hervorging, daß ich rund fünfzehnmal operiert und mein Becken rund zehnmal eingegipst worden war, daß ich jahrelang mit Fieber gelebt und dabei offensichtlich weiterhin gearbeitet hatte, um meinen Lebensunterhalt zu verdienen, studiert, den Haushalt geführt, geliebt hatte. Ganze Perioden, während deren ich nicht einmal im Bett blieb, sondern ausging, ja sogar reiste. Einen Sommer lang war ich jeden Tag im Meer, hatte geschwommen, trotz einer giftbedingten Herzmuskelentzündung, die mir bei jeder kleinen Welle, die mir ins Gesicht schlug, den Atem nahm (dieses wahnsinnige Herzklopfen). Und seltsamerweise hatte ich bei der Rückverfolgung der Vergangenheit ausgerechnet das ausgelassen, ich hatte ihm kein Gewicht beigemessen, unwichtiges Detail. Ich hatte meine Gefühle, meine menschlichen Beziehungen, meine Handlungen rekonstruiert und war darüber hinweggegangen, unter welchen körperlichen Anstrengungen das alles passiert war. Die endlosen Bemühungen, um meine Muskeln und meine Funktionen zu reaktivieren. Die Stunden und Stunden, in denen ich die Blase zusammenzog und entspannte, bis ich auf Kommando urinieren konnte. Und all die Übungen, um die sexuellen Beziehungen zu erleichtern? (Ich hatte meine Verlegenheit bei Johanns Annäherungsversuchen nicht vergessen.) Stundenlanges Training rücklings auf dem Bett, um die Beine so hochzuziehen, als könnten sie sich von allein beugen: mit einer lässigen Handbewegung, die unauffällig bleiben sollte, eine leichte Gebärde, zerstreut, eher wie eine Liebkosung unter der Wade, mit der ich allerdings die passiven Gliedmaßen hochstemmte, so lange, bis mir diese Gebärde so selbstverständlich geworden war, daß sich meine Beine sogar in meinen eigenen Augen von allein beugten. Stundenlanges Beugen im Sitzen, bis ich mit den Händen die Zehen berühren konnte, oder auf dem Bauch, bis ich mich auf die Waden setzen konnte, die ganze Gymnastik eben, die ich auch schon in Mainz gemacht hatte, die Massagen. Ich weiß nicht mehr, wieviel Zeit ich vor dem Spiegel verbracht habe, um zu beobachten, ob ich mit Anmut vom Bett in den Rollstuhl rutschte und umgekehrt. Eine ununterbrochene heimliche Schinderei, um mein körperliches Gebrechen vor allem für die Augen der anderen einzugrenzen. Allein beim Gedanken daran fragte ich mich nach dem Grund eines solchen Wunsches, mit meinen Nächsten zusammen und mitten unter den anderen zu sein, wozu eine solche Lebenslust, die mir angesichts der Verzagtheit, in der ich mich befand, unanständig vorkam.

Es machte mich sogar wütend, daß jenes Gefühl von Überlastung, das ich in meinem Leben zu erkennen gemeint hatte, aus dieser körperlichen Mühsal herrühren sollte. Ein Bergarbeiter oder ein Bauer, der den ganzen Tag lang den Boden umgegraben hat, woher soll der noch die Kraft nehmen, über grundlegende Probleme nachzudenken? Ich meine, so allein, wie ich war, verbannt aus der Gesellschaft in meine Versehrtheit.

Das war es, was ich nicht hinnehmen wollte. Ich hatte jeden, der mich mit meinem Rollstuhl gleichgesetzt hatte, so gehaßt, daß ich ihn selber aus meinem Bewußtsein getilgt hatte. Ich hatte das Spektakel meines Gelähmtseins in Mainz, in Homburg und in der

Irrenanstalt von München brutal genug aufgeführt, daß ich es danach um so leichter ignorieren konnte. Aber so ging es nicht. Die Schinderei mit dem Körper ging auch nach der Repatriierung weiter, sogar schlimmer als vorher, denn ich kam mit gefesselten Beinen zurück in die Umgebung, der ich zweimal entflohen war.

Diese Knechtung hatte mich unermeßlich viel Zeit gekostet: allein die Stunden, die ich aufrecht stehend, mit Pappstützen an den Knien, verbracht habe. Eine einzige Konzentration, damit ich als normale Person angesehen wurde und nicht als Unglückswurm (so wurden die behinderten Geschöpfe gern genannt). Ich studierte mich selbst mit dem Auge der Nazis.

Ich mußte unbedingt den Eindruck vermeiden, daß ich die Beine schleifte, weil ich ruckartig beide Hüften einzeln hochzog, wie ich es bei den anderen Gelähmten gesehen hatte, die ich in den Turnhallen während der Physiotherapie beim Gehen und Stehen beobachtete: sie benutzten ihre Hände, die die Barren umklammerten, als Hebel und schleuderten dann mit einer Rumpfdrehung ein steifes Bein vor, das schwer nach vorn fiel und das Becken mit einem Schwung mitriß, der nur durch einen brüsken Gegenschwung mit dem Oberkörper nach hinten auszugleichen war.

Beim Versuch, mich irgendwie natürlicher zu bewegen, war mir die Idee gekommen, ganz kleine Schritte zu machen. Ich drehte die Hüfte leicht in einer kontinuierlichen Bewegung und begleitete damit das Bein, so daß es nicht steif, sondern nur gefühllos wirkte.

Auch heute noch empfinde ich diese Gehversuche wie eine Form von Wahnsinn. Ich ging auf und ab in der Wohnung, versperrte den Durchgang mit meinem Laufgestell und hatte ständig Angst, daß jemand aus Versehen dagegen lief. Der geringste Stoß, auf den ich nicht gefaßt war, brachte mich aus dem Gleichgewicht, und ich mußte dann den ausgewogenen Abstand zwischen Laufgestell und Körper und die millimetergenaue Dosierung des Hüftschwunges völlig neu berechnen, um das Gleichgewicht wiederzufinden. Wenn ich allein war, half ich, um schneller gehen zu können, nicht nur mit dem Oberkörper nach, sondern stemmte mich auch noch mit den Armen hoch. Halt!, bremste ich mich sofort: deine Armmuskeln werden zu dick, und du gerätst aus der Form. Und dann fing ich wieder an, kleine Schritte zu machen.

Es vergingen nie mehr als zwei Wochen, und ich bekam wieder Fieber und die üblichen stechenden Schmerzen. Wie ein Wachsoldat nach der Ablösung, fuhr ich dann wieder im Rollstuhl. Aber kaum besserte sich mein Zustand, fingen die Orthopäden aufs neue an, mir einzuhämmern, daß ich aus dem Rollstuhl heraus und wieder anfangen mußte mit der Fortbewegung, wie sie dieses Gehen auf passiven Beinen nannten: «Versuchen Sie es noch einmal, *Sie müssen* es schaffen. Es ist nur eine Frage des Willens.» Bis ich schließlich – nach zwölf Jahren mit abwechselnden Marathonübungen und langen Fieberperioden, ausgelöst durch Abszesse, die jedesmal die chirurgische Entfernung von Knochensequestern erforderlich machten, die mein gebrochenes Sitzbein abgestoßen hatte – 1957 an der Riviera nach dem x-ten Rückfall diese Sisyphusarbeit zum Teufel schickte und mir nichts mehr sagen ließ. Gewiß, mein Fall lag besonders, weil die Mauer in Mainz meine Beckenknochen zerquetscht hatte. Jedenfalls hielt ich es immer für eine Komödie, würdig eines Kaisers Vespasian, der unbedingt auf den Beinen sterben wollte, diese Versessenheit der modernen Ärzte, gelähmte Personen zur «Fortbewegung» zu bringen mit Hilfe von Krücken oder Stöcken, die ihre Hände beschlagnahmten. Weshalb ihnen dann nichts anderes übrigbleibt, als sich in dieser Fiktion von Bewegung zu realisieren. Man stellt sich für das Auge der Gesellschaft auf seine Füße und wird so daran gehindert, zu leben.

In der Tat hatte ich immer eine unvergleichlich größere Autonomie im Rollstuhl. Zumindest war ich nicht gezwungen, jeden Augenblick an meinen Körper zu denken, und machte alles sehr viel geschickter: ich brauchte nur zu kontrollieren, daß der kleine Sitz fest war, damit er mir nicht davonrutschte, während ich Schwung nahm und hopp! in die Badewanne glitt oder im Auto ans Steuer oder mich auf einen Kinositz fallen ließ. Und nicht nur das. Auch vom berühmten ästhetischen Gesichtspunkt aus betrachtet schien es mir, daß die anderen, wenn sie ihre erste Verlegenheit überwunden hatten, weniger darauf achteten. Wenn erst einmal schlagartig klar war, daß ich eben nicht ging, wurde es als Faktum angenommen, und man kam nicht mehr darauf zurück. Auf lange Sicht konnten mein Körper und damit meine körperliche Lage unbemerkt durchgehen. Das ging so weit, daß ich sie selber vergaß und manchmal morgens nach dem Erwachen zerstreut aufstand und plötzlich auf dem Boden lag. Dann mußte ich lachen und kletterte wieder aufs Bett hoch, was leicht ging, wenn ich allein war, mich aber in furchtbare Verlegenheit brachte, wenn jemand mir zusah, dann waren meine Gliedmaßen plötzlich steif wie aus Stein.

Jahrelang war das Mitleid der anderen in Form von Bewunderung für meinen sogenannten Mut für mich das abscheulichste. Die gesellschaftliche Demütigung meiner Kondition war so stark – ich könnte Hunderte von Anekdoten erzählen –, daß ich mich unendlich lange nur im Bewußtsein der anderen gelähmt gefühlt habe. Ein Beweis dafür ist ein Detail, das regelmäßig in meinen Träumen wiederkehrte, wenn ich schlief. Ich war immer gesund, aber wo ich auch hinging oder hinlief – ich zog ständig einen leeren Rollstuhl hinter mir her, und sobald ich einen Bekannten auftauchen sah, setzte ich mich darauf und machte meine Beine bewegungsunfähig.

Seit mehreren Jahren ist dieses Detail verschwunden. Jetzt gehe ich im Traum frei herum, auch wenn Leute da sind, und niemandem fällt es auf. Mehr noch, es kommt sogar vor, daß ich mich in einem neuen Traum, der gelegentlich meine nächtlichen Spaziergänge unterbricht und sich in Abständen fast identisch wiederholt, *auf natürliche Weise* gelähmt fühle.

Ein oder zwei mir liebe Menschen schieben den Rollstuhl in einer felsigen Landschaft, die immer dieselbe ist, über steinige Wege. Die Gesichter der nächsten Personen, die mit uns gehen, wechseln, es sind Kolonnen von Leuten bis zum Horizont. Alle gehen in dieselbe Richtung, und ich schwanke auf den Steinen hin und her, ohne daß die Anstrengung der anderen, die mich schieben, mir das Gefühl gibt, eine Belastung zu sein.

So ist es mir nicht mehr passiert, daß ich nach dem Aufwachen zerstreut aufstand und plötzlich am Boden lag.

Also war meine Lähmung der Ort der Macht anderer, jahrelang. Das ist die Wahrheit, keineswegs die körperliche Bürde. Die war relativ, anfangs brauchte es ein bißchen Anpassung, dann dieses bißchen Aufpassen auf die Bewegungen, das die Passivität der Beine erfordert, kaum mehr. Gymnastik tut jedem gut, außerdem ist sie sogar angenehm, kräftigt und entspannt. Woher kam mir nur diese Erinnerung an körperliche Schinderei, die mir wie eine Erleuchtung erschien? Vielleicht kam sie daher, daß ich mich in jenem Augenblick wie ausgebrannt fühlte? Es war an einem frühen Morgen nach einer jener Nächte gewesen, in denen ich Angst hatte einzuschlafen und fürchtete, daß mein Gedächtnis sich meinen Schlaf zunutze machte und meine ganze Vergangenheit aufrührte. Daß ich ständig meinen Geist hinhielt, muß mich dermaßen erschöpft haben, daß mir einfach alles wie Mühsal vorkam, und es durfte fast nicht wahr sein, daß ich mich in eine Erklärung fallenlassen konnte, die nach all den schlaflosen Nächten so gut mit meinem Erholungsbedürfnis übereinstimmte. Wenigstens habe ich auf diese Weise ein paar Stunden geschlafen (es waren die letzten Augusttage).

Die Anstrengung hatte es zwar gegeben, aber nicht diese körperliche, die sich – ich wiederhole es – regeln ließ, sondern die moralische; sie war deshalb so enorm, weil ich eben nicht von meinem Körper versklavt werden wollte und meine Umgebung zur selben Zeit dazu neigte, mich in der Behinderung einzusperren.

Von dieser Wahrheit geleitet, strömten die Erinnerungen jetzt, ohne sich gegenseitig zu verwirren oder zu widersprechen. Sie waren fast etwas zu scharf (ein bißchen taten sie mir weh), so daß ich schon versucht war, sie zu dämpfen. Ich brauchte aufschlußreichen Episoden gar nicht nachzujagen: Ich hatte nur die Qual der Wahl.

Vor allem in den ersten Monaten nach meiner endgültigen Rückkehr bei Kriegsende nach Italien hatte ich dagegen ankämpfen müssen, den Demütigungen Raum zu lassen. Zum Beweis sei gesagt, daß ich in diese Periode nie in Gedanken zurückgehen konnte, ohne (wenn möglich) noch größere Zurückhaltung zu spüren als gegenüber meinen Lagererfahrungen. Mein Gehirn verließ mich stets bei dem Augenblick am 4. Dezember 1945, als ich in Meran auf der Bahre von dem aus Rußland kommenden Heimkehrerzug geladen wurde; und es ließ mich dort zurück, unter dem Schutzdach auf dem Bahnsteig, wo ich mein Gepäck zurückverlangte, all die schönen Sachen, die ich in Homburg durch den Handel mit guter Laune eingeheimst hatte und die plötzlich verschwunden waren. Vielleicht ließ mich der Gedanke an die Autonomie der Bewegungen und Entscheidungen, die ich trotz des trostlosesten Elends in den Lagern gehabt hatte, die gegenwärtigen Hindernisse noch viel stärker empfinden – als eine schmerzliche Erinnerung, die mir die Kehle zuschnürte. Vielleicht hat auch das zur Verdrängung jener Vergangenheit beigetragen, die am Anfang qualvoll war (jetzt erinnere ich mich daran).

VIII

Im Januar 1946 kam ich ins Krankenhaus in Bologna. Macht nichts, wenn deine Beine unbeweglich sind, sagte ich mir, zum Glück ist es dein Bewußtsein nicht. Ich war entschlossen, am sozialen Wiederaufleben des Landes teilzunehmen. Ich wollte ein normales Leben führen.

Ich wandte mich an alle möglichen Stellen, den Verband der Kriegsheimkehrer, den Verband der Partisanen, das Widerstandskomitee, an politische Parteien, katholische Einrichtungen. Ich kleidete und frisierte mich sorgfältig und meldete mich, schön aufrecht in meinem Rollstuhl sitzend, bei jeder lokalen Zweigstelle, wohin mich ein befreundeter Krankenwärter schob, ein Junge mit roten Haaren und Sommersprossen im Gesicht, knorrig und schweigsam, zu dem ich Vertrauen hatte.

Die Leute, die auf der anderen Seite des Schreibtisches saßen, nahmen mich anfangs in jedem Büro mit gerührten Gesichtern auf (so jung und so zerstört, sagten ihre Blicke), und während ich meine Arbeit gegen minimale Bezahlung anbot, wie ich es in Mainz gemacht hatte, tauschten sie kopfschüttelnd feuchte Blicke: «Welche Seelenstärke!» pflichteten sie dann mit erstickter Stimme bei. «Keine Angst, wir werden an dich denken, sobald sich eine Gelegenheit ergibt, rufen wir dich an», und verabschiedeten mich mit dem breitesten Fürsorgelächeln.

Wenn ich dann aber nach Wochen wieder aufkreuzte, gab es keine feuchten betroffenen Blicke mehr, sondern entnervte Gesichter, die mich musterten: «Wir haben dir doch gesagt, daß wir dich anrufen», stöhnten die überlasteten Stimmen.

«Weißt du was, Vincenzo», sagte ich schließlich zu meinem Krankenwärterfreund, als ich wieder im Krankensaal im Bett kauerte, «ich habe den Fehler gemacht, daß ich als Bittstellerin zu ihnen gegangen bin.»

«Laß dich nicht kleinkriegen», erwiderte er und legte mir die Hand auf die Schulter, «an meinem nächsten freien Tag versuchen wir's wieder.»

Es war falsch von mir gewesen, mit den entscheidendsten Argumenten hinterm Berg zu halten. Gewiß, es wäre besser gewesen, wenn ich sie in aller Ruhe, in nachdenklichem, vernünftigem Ton hätte darlegen können. Aber dies war meine letzte Karte, und ich mußte wagen, sie auszuspielen. Ich bereitete mir eine kleine, möglichst überzeugende und bündige Rede vor, und als sie mir genügend ausgemodelt erschien, gingen Vincenzo und ich zum Angriff über.

Wir fuhren mit dem Motorrad meines Freundes in die Stadt hinunter. Ich saß im Beiwagen, an den ein selbstgebasteltes Gestell angehängt war, auf dem mein Rollstuhl stand.

Nachdem ich in das gewünschte Büro vorgelassen worden war, sagte ich ungefähr folgendes:

«Ich kann nützliche Informationen liefern, mein Fall ist ein ganz besonderer, ich bin freiwillig in die Lager gegangen, als Faschistin, und es gibt eine ganze Reihe von Wandlungen in meiner geistigen Entwicklung, die dienlich sein können, ich kann euer soziales Versuchskaninchen spielen.» Aber ich merkte, wie meine Gesprächspartner erstarrten, ihre Blicke abwandten und wie ihre Stimmen einen inquisitorischen Tonfall bekamen.

Ich erzählte meine Geschichte – und jedesmal die gleichen mißtrauischen Fragen, die gleiche ungläubige Verblüffung. Dann das Verdikt:

«Du hast dein Leben ruiniert, weil du hinter leeren Worten hergerannt bist.»

«Aber doch nur, weil ich gewisse Phrasen ernst genommen habe», hielt ich in einschmeichelndem Ton entgegen. «Ich habe an dem Gerede über die Lager gezweifelt und wollte alles an Ort und Stelle überprüfen, und so habe ich all diese Erfahrungen gemacht.»

«Und das hältst du für einen Glücksfall?» fragte der Inquisitor, der gerade an der Reihe war.

«In einem gewissen Sinne ja», antwortete ich mit einem bescheidenen Lächeln.

«Und du bereust es nicht furchtbar?» fragte er, verblüfft.

«Nein», antwortete ich, genauso verblüfft.

«Du bereust das nicht bitter?» Und sein Blick glitt über meinen Körper im Rollstuhl.

«Nein», sagte ich, mit einer ersten Spur von Verachtung in meinen Augen. Laß nur, sagte ich mir dann, Hauptsache, du schaffst es. Ich korrigierte meinen Gesichtsausdruck: «Auch ein Fehler kann einen lehren, zu . . .»

«Gewiß, wir bezweifeln nicht, daß . . . aber du mußt auch verstehen, daß . . . es ist ein heikler Augenblick, die Grausamkeiten des Nazifaschismus sind noch zu frisch im Gedächtnis, ein Freiwilligendienst ist kein Pappenstiel, das alles sind Dinge, die man gut abwägen und überprüfen muß, es gibt eine eigene Säuberungskommission dafür . . . du wirst verstehen, daß wir zunächst einmal den wirklichen Deportierten den Vorrang lassen müssen.»

«Aber wenn ich es euch nicht gesagt hätte, hättet ihr es nie erfahren.»

«Wer weiß.»

Also sorgte ich vor, um nicht dafür bezahlen zu müssen.

«Immerhin, aus der Sicht einer Frau stellt sich das alles ganz anders dar als aus der eines Mannes», sagte ich, nun schon stotternd. «Eine Heimkehrerin eröffnet . . .»

«Geh nur.» Seine Stimme wurde brüchig. «Mach dir keine Sorgen, die Sache bleibt unter uns, wir werden sie nicht gegen dich verwenden.» Und wie mit einer Flut von Mitleid in einem Blick, der meine Beine auf der Fußstütze des Rollstuhls fixierte: «Du hast schon allzu teuer bezahlt, denk nicht mehr daran, fahr jetzt ruhig wieder ins Krankenhaus.»

«Die Ärmste! Welch ein Schicksal!» hörte ich ihn hinter mir seufzen, während mich mein Freund davonschob.

«Andererseits», erwiderte jemand, «sie hat es ja so gewollt.»

Als ich den Rentenantrag stellte, riet mir ein Beamter, der sich von meiner Geschichte hatte rühren lassen: «Laß den Freiwilligendienst weg, du wirst leichter als Invalidin anerkannt, wenn du in der Kategorie ‹Deportierte› registriert bist. Sag, daß du in Verona aufgegriffen worden bist, und berichte ausführlich die Einzelheiten. Es dauert sowieso drei, vier Jahre, bis du die Rente kriegst. Und wenn dann auch noch diese Sache mit dem Freiwilligendienst dazukommt ... Und überhaupt, hör auf mich, red nicht drüber.»

«Hab Geduld», sagte mir jeder in diesem Sing-Sang, der für Leidende vorgesehen ist, «nach und nach wirst du dich damit abfinden.» Und manche fügten hinzu: «Du hast schon Schwein gehabt, daß du als Invalidin anerkannt wirst. Wenn du die Invalidenrente erst mal hast, kannst du dir alles einteilen, wie du willst. Du bist so jung, lieber Gott, was machen schon ein paar Jahre Wartezeit? Die Bewilligungen dauern lange, das weiß man, aber inzwischen bist du doch wenigstens versorgt, du wirst unterhalten, was willst du mehr? Denk mal an die anderen, denen es schlechter geht.» (Mein Leben lang habe ich diesen humanitären Trost zu hören bekommen, demzufolge der Blick auf das Leiden anderer das eigene leichter macht.)

In meiner melancholischen Verfassung erschien mir die Langwierigkeit der Bewilligungsverfahren berechnete Absicht, genauso berechnet, wie mir das sinnlose Hin und Her der Transportzüge der Nazis erschienen war, aus denen die in Viehwaggons zusammengepferchten Deportierten am Ziel schließlich vollkommen zerschlagen ausgeladen wurden. Ich war mir bewußt, daß dieser Vergleich paradox war: In den Krankenhäusern hatte man es warm, wurde ernährt, getränkt, gepflegt und betreut wie ein Kind. Aber ich fürchtete, daß ich, wenn ich mich auf jahrelangen Krankenhausaufenthalt einrichtete, am Ende unausweichlich die Mentalität des Pflegefalls annehmen und, wenn ich mir endlich eine zivile Existenz aufbauen könnte, zu nichts anderem mehr fähig sein würde als dazu, von meiner Behindertenrente zu leben und mich bestenfalls mit uneigennützigem Nützlichsein aufzumuntern, mit kleinen Arbeiten zum Zeitvertreib, nur so, um das Gesicht zu wahren.

Ich mußte mich also wieder einmal beeilen, wie schon in Dachau, wenn ich nicht wollte, daß das Gefängnis meines Körpers auch meinen Geist einkerkerte.

In der Praxis war es, auch weil ich mir selber beweisen wollte, daß ich nicht von meiner Verletzung gezeichnet war, Ehrensache für mich, stets fröhlich, stark und gesund zu wirken, «nicht gezähmt», nicht einmal gestreift vom Unglück, selbst wenn ich vor Schmerz fast krepierte oder mich wegen der Demütigungen verzehrte. Um nicht bemitleidet zu werden, fing ich an, eine imaginäre Freiheit zu deklamieren.

War es da verwunderlich, daß ich meine Kontinuität verloren hatte und mich nicht mehr an mein wahres Deutschland erinnerte? Und so habe ausgerechnet ich jahrelang die konservative Mär vom Geist, der die Materie besiegt, verkörpert...

All dies kam jedoch erst später zum Vorschein. Mit zwanzig war für mich die Nichtbeachtung der Hindernisse tatsächlich der einzige Weg, um der Rolle zu entgehen, die ich am meisten fürchtete: die des verlorenen Sohnes, der heimkehrt als Besiegter, als bettlägeriger Patient.

Und schließlich muß ich noch eine letzte Sache ergänzen. Im Sommer 1946 hatte ich wirklich genug von Angst und Sorgen. Ich war so friedensdurstig und hatte einen solchen Rückstand an unabgetragenen Spannungen, daß mir der Rückzug auf private Beziehungen insgesamt als der erstrebenswerteste Weg zur Regeneration erschien. Jetzt, wo ich mich in einen jungen Mann verliebt hatte, in dessen Augen ich mich nicht als Invalidin sah, fand ich es überflüssig, auch noch die anderen davon überzeugen zu wollen. Ich gewöhnte mich daran, sie einfach nur zu beschwichtigen, um sie loszuwerden – ohne viel Umstände, ehrlich gesagt, aber auch ohne Groll.

Ich erinnere mich besonders an eine Sache, es war noch immer 1946 in Bologna. Anfang September hatte sich die Nachricht von meiner bevorstehenden Heirat herumgesprochen (das Datum war auf den 9. September festgesetzt). Eine Menge Besucher sind von morgens bis abends an meinem Bett vorüberdefiliert, nicht nur die Ärzte und anderen Patienten dieses großen orthopädischen Krankenhauses und Soldaten mit eingegipsten Gliedern, die den Arm in der Schlinge trugen oder auf Krücken kamen, sondern auch Leute von draußen. Ich kam mir vor wie ein Affe im Zoo, und ein bißchen habe ich mich amüsiert bei der Beobachtung, mit welcher unglaublichen Vielfalt von Umschreibungen sich alle nur um eine einzige Sache besorgt zeigten, nämlich meine angebliche Unfähigkeit *coeundi et generandi.* Glückwünsche, Lobpreisungen des Heiligen (meines künftigen Ehemannes), Wünsche, daß das Wunder an mir geschehen und ich schwanger würde (Gott ist groß), Gedanken über die platonische Liebe, die im Grunde viel mehr wert ist als die fleischliche, wenn man sich mit ihr zufriedenzugeben versteht – sie ließen nichts aus, denn sie waren ganz und gar überzeugt, daß sie mir damit eine Freude machten, sie ermunterten sich gegenseitig, mich zu besuchen und mir ein gutes Wort zu sagen.

Aber das Spiel wurde mir langweilig, und so habe ich ein neurologisches Gutachten über mich in Umlauf gebracht, aus dem hervorging, daß es in meinem Organismus keine Kontraindikationen gab, weder gegen normale sexuelle Beziehungen noch gegen den normalen Ablauf einer Schwangerschaft. Und die behaupten, der Nazismus wäre vorüber, lachte ich in mich hinein und streckte meinen eifrigen Besuchern meine biologische Garantie entgegen. Sie haben sich beleidigt angesehen und sind nicht mehr gekommen.

Es kam mir fast unwirklich vor, mich mit einem jungen Mann zu vereinigen, der Kriegsheimkehrer war wie ich (er aus Rußland), Student wie ich (er studierte Jura) und der mir eine klare, gewöhnliche Beziehung bot, die Beziehung zweier Menschen, die sich liebten. Jemand, der mir seine Liebe und seine Unterstützung entgegenbrachte, ohne Hirngespinste, ohne große Worte, einfach, mit natürlicher Autorität, wie ein Familienoberhaupt, dem ich endlich vertrauen konnte.

Sogar meine emsigen Gehversuche wurden mit ihm etwas ganz Normales, als wäre nichts dabei, als wären die Probleme nur technischer Art.

Manchmal besuchte er mich im Gymnastiksaal, wenn ich gerade am Barren hing und völlig damit beschäftigt war, mich aufzurichten und die ersten Schritte zu machen (immer mit diesen Kniestützen).

Er lehnte am Barren vor mir und sah mir zu. Nach einer Weile schüttelte er den Kopf: «Du gehst schlecht.»

«Wie?» fragte ich lachend. «Ich kontrolliere mich immer im Spiegel!»

«Das ist ja gerade dein Fehler», sagte er, während er den Rauch einsog und auf die Zigarette sah. «Du siehst aus wie eine von diesen kleinen Chinesinnen, die sich die Füße einbinden.»

«Ich sehe mich mit den Augen der anderen, verstehst du», habe ich eines Tages zu ihm gesagt. «Ich will nicht wirken wie ein Mechanismus.»

«Keine Angst», erwiderte er und wandte mir das Gesicht zu, um mich eingehender begutachten zu können. «Du bist ziemlich gut gebaut, na ja, der Hintern hängt ein bißchen tief» (nachdenklicher Ton), «die Beine könnten vielleicht zwei, höchstens drei Zentimeter länger sein, aber deine Taille ist schmal, die Brüste fest, und du hast sehr schöne Schultern, auch die Arme . . .» Dabei prüfte er den Arm neben sich mit Kennermiene. «Du hast einen gelenkigen Körper, du brauchst also gar nicht dauernd die Arme als Hebel zu nehmen. Du solltest statt dessen deine Lendenmuskeln mehr trainieren.»

Wir haben geheiratet, ohne einen Pfennig, als Hochzeitsschmaus gab es Brot, Mortadella und eine Strohflasche Wein (ich habe allerdings ein ganzes Kilo Bonbons allein geknabbert).

Jahrelang habe ich mich dann mit allen Sinnen ganz der Wärme und animalischen Stumpfheit eines geregelten Ehelebens mit klaren Rollen hingegeben und mich von den affektiven, den sexuellen, den kleinen Anwandlungen leiten lassen.

Neben Schwangerschaft, Entbindung, Stillen, Entwöhnung und Aufziehen des Sohnes, neben Universitätsprüfungen (er promovierte in Jura, ich in Philosophie), neben Arbeiten für den Lebensunterhalt (Übersetzungen, Privatstunden und Wettbewerbe um Stipendien), neben Behandlungen und Gymnastik, Ausflügen ins Grüne, Hausarbeit und all den kleinen Dingen, die die Tage ausfüllen, blieb nun wirklich keine Zeit mehr für die Vergangenheit.

Und ich fragte mich dann später, weshalb ich die Lager verdrängt und warum das so lange gewährt hatte. Jetzt überraschte mich genau das Gegenteil: Wie war mein Deutschland aus einer solchen Versenkung in tiefste und verzweigteste Schichten überhaupt wieder an die Oberfläche gekommen, wenn auch nur bruchstückweise, mit Pausen, «gesäubert»? . . .

In Wirklichkeit ist fast ein ganzes Leben vergangen, in dem nur Erinnerungsfetzen an die Lager und Krankenhäuser auftauchten, und zwar immer unter ganz bestimmten Umständen – bei einem harten Entweder-Oder meines Bewußtseins –, die vor allem in zwei Zeiträume fallen: in die Jahre 1953–54 und 1960–61.

Ja, auch das. Warum zum Teufel kamen meine deutschen Erlebnisse *immer nur* in Phasen an die Oberfläche, die in meinen Augen Phasen größter Schwierigkeiten und absoluter Not waren und in denen mein Leben, das ich als Last empfand (war es gerechtfertigt, daß ich weiterlebte?), auf dem Spiel stand, aber nie, wenn ich mir wieder für kurze Zeit festen Boden unter den Füßen geschaffen hatte, auf dem ich sofort freier atmete?

Das erste Mal kehrte ich in Gedanken in mein Deutschland zurück, als die Zerwürfnisse zwischen mir und meinem Mann zum Bruch führten, etwa im siebten Jahr.

Ich erinnere mich an jenen Abend in den ersten Monaten des Jahres 1953 – das Datum weiß ich nicht mehr, aber ich erinnere mich an die Szene, als ich zum erstenmal darüber redete. Wir waren schon oft über die Erziehung des Kindes aneinandergeraten. «Hör auf, hier den Dompteur zu spielen», sagte ich, «du machst ihn ja zum Sklaven.» – «Und du zur verkrachten Existenz», erwiderte er. Dann ging es um seine Untreue, und ich hatte ihn unter gezischten Beleidigungen («Du Gockel, du bist genau wie mein Vater, Schwanzheld») und Tränen angefleht, mir die Schande zu ersparen, worauf er lachend antwortete: «Du hast zuviel Phantasie», oder sein schönes Gesicht verzog: «Der Hochmut bringt dich noch um», und sich mit einstudierter Ruhe eine Zigarette anzündete.

«Weißt du, Domenico», begann ich, «ich glaube, wir müssen uns wirklich trennen.» Es war nach dem Abendessen, am Schluß einer Schachpartie, die er wie gewöhnlich gewonnen hatte. Die kastanienbraune Haarsträhne in der Stirn, die halbgeschlossenen goldschimmernden Augen auf meine gerichtet und den Kopf gesenkt, hörte er mir zu, ohne mich zu unterbrechen. Seine Züge spannten sich, ich sah, wie er ganz spitz wurde, dann stand er auf:

«Ich habe gar nicht gewußt, daß du so platt bist», sagte er und ging hinaus.

Am nächsten Tag ging ich erneut zum Angriff über.

«Krieg willst du? Den Krieg kannst du haben», antwortete er und holte sich noch am selben Abend eine junge Kollegin, mit der zu schlafen ich ihn beschuldigt hatte, ins Haus, um (wie er sagte) dringende Arbeiten zu erledigen – da, in seinem Arbeitszimmer.

Ich wandte mich an einen Anwalt, der ihm meine Forderung nach einer Trennung in gegenseitigem Einvernehmen mitteilte.

«Du bist keine Ehefrau, sondern eine Feindin», preßte er zwischen den Zähnen hervor.

«Und du ein Feigling.» Ich hatte mir angewöhnt, dieses Wort mit einem Seufzer zu murmeln, ich wußte, daß ich ihn damit verletzte, er war schließlich Offizier der *bersaglieri* gewesen und 1942 mit zweiundzwanzig Jahren für Tapferkeit im Feld ausgezeichnet worden.

Er wurde weiß. «Dich werde ich noch zur Vernunft bringen», sagte er dann halblaut und sah mich nachdrücklich an. Sein Blick blieb an meiner Gestalt im Rollstuhl hängen: «Du tust mir wirklich leid.»

«Du wolltest mich fertig machen!» sagte ich lachend und konnte meine Wut kaum mehr beherrschen.

IX

Ich bekam eine meiner damals regelmäßig wiederkehrenden Knochenentzündungen: Osteomyelitis in der rechten Hüfte. Ich schauderte ständig unter Fieberwellen und litt (im stillen).

Zu jeder Tages- und Nachtzeit hörte ich von dort aus dem Arbeitszimmer Scherze und Lachen, manchmal im Zweifel, ob es nur eingebildete Stimmen waren. Ich fing an, lautlos vom Bett in den Rollstuhl zu gleiten und auf Rädern wie Wolfspfoten mit angehaltenem Atem im Dunkeln durch den Korridor zu fahren, die Hände zwischen Vorderrädern und Wand nach jedem Schubs, den ich nahm, um zu kontrollieren, daß ich schön geradeaus fuhr und nicht an die Wände stieß. Ich brachte die endlose Strecke (sechs Meter) zwischen Schlafzimmer und Tür zum Arbeitszimmer hinter mich. Ich horchte, während mir das Herz bis zum Hals schlug, auf erstickte Stimmen, und zwang mich, durchs Schlüsselloch zu blicken, in die Couchecke, in Erwartung keuchender Stille.

Irgendein unerwartetes Geräusch ließ mich hochfahren vor Angst, die Tür könnte plötzlich aufgerissen werden. Manchmal zog ich mich dann lautlos und ebenso vorsichtig zurück, wie ich gekommen war, manchmal aber floh ich auch blindlings durch den Korridor bis zum Bad, wo ich mich unter Gepolter einschloß.

Ganz langsam machte ich dann die Tür wieder einen Spalt auf und lauerte, aber die Badezimmertür lag nicht in einer Linie mit der Haustür. Die Tür des Eßzimmers dagegen war ideal. Ich verlegte meine Wache dorthin. Mitten in der Nacht begab ich mich ins Wohnzimmer, immer darauf bedacht, daß die Räder nicht an die Wand stießen, und wartete, still durch die halboffene Tür spähend, nur darauf, daß sie auf Zehenspitzen herauskamen und ich ihre Gestalten einen Augenblick lang im Licht der Nachtlampe auf dem Treppenabsatz sehen konnte, bevor ein Arm die Tür hinter sich zuzog und sie meinem Blick entschwanden. Ich blieb dann noch ein bißchen träge auf der Lauer, nickte mit dem Kopf, den die Bestätigung ausgehöhlt hatte, bis die Knochenschmerzen und ein halbsteifer Hals mich wieder an meinen Körper erinnerten und ich mir schnell ein Beruhigungsmittel spritzte. So nannte ich es. In Wirklichkeit war ich süchtig, was ich vor mir selber nicht wahrhaben wollte, und zwar unter dem Vorwand, daß die stechenden Knochenschmerzen schädlich für mein Herz seien. Am Anfang hatte ich Schmerzmittel geschluckt, dann fing ich an, Thebain zu spritzen, dann kamen Opium und reines Papaverin und immer stärkere Rauschmittel mit Namen, die auf -il und -an endeten. Ich hatte mich mit einem halben Dutzend junger Ärzte angefreundet, die ich sorgfältig auswählte, damit sie sich untereinander nicht kannten, Freundschaften, die ich getrennt pflegte und bei denen ich auch darauf achtete, daß die Ärzte sich bei mir zu Hause nie begegneten. Jeder schrieb mir die Rezepte, die ich brauchte, und war überzeugt, er lieferte sie als einziger. Dann gab es noch das ganze Hin und Her mit den – ebenfalls mir befreundeten, aber untereinander unbekannten – Boten, die mir die Ampullen aus der Apotheke besorgten. Ich brauchte schließlich vier Spritzen am Tag. Daß ich nicht in die Venen, sondern nur unter die Haut spritzte, hängt vielleicht zusammen mit meiner Erinnerung an die Schreie der morphiumsüchtigen Frau im Sterbezimmer des Mainzer Krankenhauses oder mehr noch an den Schaum, den ich vor dem Mund hatte, als ich die erste Nacht ohne Morphium im selben Sterbezimmer in meinem Blut lag. Allerdings habe ich kleine Beulen und harte Stellen unter der Haut am oberen Teil des Hinterns und an den Schenkeln zurückbehalten, die immer noch ziehen, trotz aller Massagen.

Aber um auf meine nächtlichen Hinterhalte zurückzukommen – reiß die Tür auf, worauf wartest du noch, sagte ich mir und horchte weiter, um Gottes willen, langsam, langsam, die Räder zurückdrehen, um Gottes willen (ich erschreckte mich selber), und ich hörte im Geist noch einmal auf das Schweigen, das aus dem Arbeitszimmer gekommen war, vielleicht hatte ich ein Stuhlrücken für das Knarren der Couch gehalten, ein Papierknistern für einen Seufzer. Still, hör genauer hin, halt die Geräusche auseinander, ich war schließlich nicht meine Mutter, die jedes menschliche Elend, auch daß sie betrogen wurde, immer lieber ignoriert hatte. Ich wollte die Wahrheit, wollte ihr auf den Grund gehen und klarstellen, ob ich die Dinge verzerrt sah oder so, wie sie in Wirklichkeit waren.

Tatsächlich zettelte ich Tag und Nacht denkwürdige Gespräche mit den verdächtigen Rivalinnen an, die ich hinter Domenicos Rücken anrief und nach Haus einlud, während er im Büro war.

Sie fielen regelmäßig aus allen Wolken. Nichts an meinen Vermutungen stimmte. Wie könnte mir ein so beleidigender Verdacht auch nur in den Sinn kommen? Ich lieferte Elemente, Beweise, ich weinte (damals kam mir die Idee, die Karte mit dem Lager auszuspielen), ich war erschüttert, und je mehr ich mich exponierte, desto mehr verschanzten sie sich hinter ihrem Gekränktsein. Es endete jedesmal damit, daß ich sie um Entschuldigung bat. Ich gab diesen Weg auf.

Inzwischen hatte sich Domenico angewöhnt, einen damals modernen Refrain (falsch) vor sich hin zu trällern:

A me piaccion gli occhi neri
a me piaccion gli occhi blu
ma le gambe ma le gambe
a me piacciono di più.*

* Ich mag gerne schwarze Augen, / ich mag gerne blaue Augen / aber die Beine, aber die Beine / die mag ich noch viel mehr.

Bei der Wiederholung von *aber die Beine* sah er mich an und breitete leicht die Hände auseinander.

Ich schloß mich im Schlafzimmer ein. Er kam spät nachts nach Hause, und ich hörte ihn die Klinke drücken. Dann ging er den Korridor entlang und pfiff das Lied vor sich hin.

«Du bist durchsichtig wie Glas», sagte ich zu ihm.

«Tja.» Seine Augen hinter dem Zigarettenqualm blitzten auf. «Lächerlich, nicht?» Er lächelte, ohne die Lippen zu bewegen. «Im Guten wie im Bösen: ein ganzer Kerl.» (Vor Jahren hatte ich ihm auch das zum Vorwurf gemacht.)

Dann kam er manchmal nach Hause, als wären wir im Guten auseinandergegangen, und das empfand ich als den raffiniertesten Übergriff. Wenn ich dagegen einmal versuchte, mit sanftmütigem Gesicht ein freundschaftliches Gespräch in Gang zu bringen, eine «offene Aussprache», wie ich sagte, merkte ich, wie er den Themen auswich, in die ich ihn verwickeln wollte, wie er es nannte.

«Du bist wie Glas», wiederholte ich (und beklommen merkte ich, daß ich dabei dieselbe erhabene Miene hatte wie meine Mutter).

Ich konnte nie genug Beweise für seinen Verrat bekommen. Ich hortete sie alle im Hinblick auf wer weiß welche Klärung. Kaum hatte es sich herumgesprochen, daß die legale Trennung in die Wege geleitet war, kamen ein paar von meinen Rivalinnen, die Ängstlichen, die, die nicht für die Zerstörung einer Familie verantwortlich gemacht werden wollten, zu mir und gestanden mir, daß sie ein «Techtelmechtel» mit meinem Mann gehabt hätten, und erzählten mir – um mir zu beweisen, daß zwischen ihnen nichts Ernstes gewesen war, ein Strohfeuer, noch am selben Tag vorbei – die genauen Umstände des «Strohfeuers», mit allen «schuldhaften» Details. Ich hörte begierig zu, beschwichtigte ihre Gewissensbisse und schämte mich dann, wenn sie sich verabschiedet hatten, vor mir selber, daß ich mich wie ein Wurm gefühlt hatte, als ich sie tröstete.

Auch mein Mann war erleichtert. Er hatte so viele Beleidigungen gegen mich angehäuft, daß die durch ihn verschuldete Trennung auch keine Schande mehr war.

«Das Verfahren dauert lange», sagte er zu mir und sah liebevoll in mein abgemagertes Gesicht mit den feuchten Augen und den geweiteten Pupillen. Er machte mich darauf aufmerksam: «Dir sitzen die Tränen immer locker, und dann dieser lüsterne Blick . . .» Er hatte keine Ahnung, daß ich Rauschmittel nahm. Er war für das stoische Ertragen von Schmerzen und knauserte schon mit Aspirin – nicht auszudenken, wenn er es gewußt hätte! Beim bloßen Gedanken daran zitterte ich vor Angst, deshalb ermahnte ich meine Boten und «Komplicen» noch einmal diskret zu äußerster Vorsicht.

Er versuchte, mir über die Haare zu streichen, und in der erbärmlichen Hellsichtigkeit des Rauschgifts kam es mir vor, als könnte sich alles klären, und ich fing an, ihm zu erzählen, daß . . . denn im Grunde . . .

«Nein». Er schnitt mir, wenn auch geduldig, das Wort ab und hob seine geöffnete Hand vor mir. «Keine Diskussionen, keine Verhandlungen, Lucia. Entweder ganz oder gar nicht! Wenn du mich willst, mußt du mich nehmen, wie ich bin. Sonst mußt du gehen.» Und in zärtlichem Tonfall fuhr er fort: «Du wirst sehen, ich werde dich schon noch beugen.» Dabei sah er mich verstohlen an. Er rauchte, zog langsam an Zigaretten, die zentimeterweise rot aufglühten, bis mit seinen Worten Rauchschwaden aus seinem Mund quollen, die wie ein welliger Schleier vor seinem Gesicht hochstiegen und seine Augen zurückdrängten: «Das Verfahren ist langwierig», sagte er noch einmal, «es kann Jahre dauern. Mir ist das recht. Wenn du dich vorher trennen willst, kannst du gehen, niemand hält dich zurück. Aber eines mußt du wissen», fügte er nach einer Pause mit einem kundigen Lächeln hinzu: «Wenn du die eheliche Wohnung verläßt, verlierst du deinen Sohn. Und erzähl mir später nicht, ich hätte dich nicht gewarnt.»

«Du weißt ganz genau», erwiderte ich, «daß du hier in der ehelichen Wohnung Ehebruch begangen hast, und sogar wiederholt, dafür habe ich Beweise, Geständnisse, und wenn . . .»

Belustigt schüttelte er den Kopf. Das Gesetz war sein Handwerk, und er kannte die Wirkung seiner Sätze auf mich:

«Dir fehlt der juristische Sinn», dachte er laut vor sich hin.

Das war meine Situation, als ich meine begrabenen deutschen Erfahrungen zum erstenmal wieder ans Licht holte. Auch damals war es mir vorgekommen, als müßte ich meinem Leben einen neuen Zuschnitt geben. Ich war jetzt allerdings nicht mehr gesund, und ich hatte einen kleinen Sohn, den ich großziehen mußte. Ohne Entschlußkraft, ohne die Möglichkeit zu fliehen wie damals, Gefangene des Gelähmtseins, des Fiebers, der Drogen, des Betroffenseins, der Eifersucht – was hätte ich anderes tun sollen, als ein Bild von mir zu suchen, in dem ich mich weniger als die Gefangene sah? Ganz natürlich kam mir die Erinnerung an meine Flucht aus Dachau im Oktober 1944 – die Monate vorher hatten sich in Nichts aufgelöst.

Ich ging aus von dem Augenblick, in dem ich mich auf die Flucht gemacht hatte, und erinnerte mich bis ins kleinste an die Zwischenfälle, die mich sozusagen von einem Ende des «Dritten Reiches» zum anderen geführt hatten: von München bis zum Mauereinsturz in Mainz. Diese Zeit kam mir vor wie die freieste und glücklichste meines Lebens. Allein, ohne Ausweise, ohne Identität, ohne Zuflucht, lebte ich von einem Tag auf den anderen und wußte nie, wann und was ich auf der nächsten Etappe essen und wo ich schlafen würde.

Ich ließ einige Details aus, die mir damals nicht ausschlaggebend erschienen: überflüssig. Zum Beispiel erinnerte ich mich deutlich, wie mich die Tatsache, daß ich mich bei meiner Pilgerschaft immer hatte durchschlagen können, sonderbar begeistert hatte. Ich empfand mich als unverwundbar, wenn ich sofort nach einem Bombenangriff in ein brennendes Haus lief, Nahrungsmittel und Kleider stahl und so regelrecht herausforderte, an Ort und Stelle erschossen zu werden – das erwartete die *Schakale*. Das Plündern von Wohnungen bei Fliegerangriffen war das einzige Verbrechen, das die Deutschen den Ausländern gleichmachte: alle wurden mit dem Tod bestraft, in einem Loch, das sie selber am Ort des Verbrechens so tief graben mußten, daß sie nur noch mit dem Oberkörper herausragten, die Brust der Maschinengewehrgarbe ausgesetzt, ohne Unterschied der Rasse.

Ich zerriß die Seiten, die mich belasteten, und berichtete statt dessen von meinen Wegen über Felder oder am Saum eines Wäldchens entlang durch den Schnee von einem Dorf zum anderen, bei denen ich mich schnell versteckte, sobald ich eine Gefahr witterte. Schon von weitem konnte ich Leute ausmachen, die mir gefährlich waren, an ihrem Gang, an ihrer Haltung, sogar im Nebel. Noch nachträglich quälte mich der Gedanke an die Kinder von Lagerinsassen aus dem Osten und Juden; ich konnte sie hinter dem Stacheldraht in Grüppchen erkennen, wenn ich auf der Suche nach einem Unterschlupf an den Durchgangslagern entlangging; in meiner verzerrten Erinnerung sahen sie mich alle mit den schwarzen Augen meines Sohnes an. Wie oft hatte ich sie dabei überrascht, wie sie sich in irgendeinem Winkel jenseits der Blicke der Erwachsenen in den Abfällen wälzten und mit kleinen glücklichen Schreien austobten, aber sofort wieder Haltung annahmen, wenn Eltern sie riefen oder selber auftauchten: dann setzten sie ein trauriges, reizbares Gesicht auf und fingen wieder an zu wimmern. Wenn eine Nazi-Wache sie verscheuchte, beschuldigten sie sich gegenseitig grimmig. Dann kehrten sie, kaum hatten die Erwachsenen ihnen den Rücken zugewandt, wieder zurück zu ihren Spielen.

Einmal sah ich drei in Lumpen gehüllte kleine Buben mit schuppigen, verschorften Gesichtern in ein Gummirohr pinkeln. Wer am weitesten zielte, hatte gewonnen. Die Kunst bestand darin, nicht den ganzen Urin auf einmal zu verspritzen, sondern darin, das Gummirohr wiederholt von einem kleinen Penis zum anderen kreisen zu lassen. Sie waren so vertieft in ihren Wettkampf hinter einer Baracke – die Gesichter zufrieden und erregt –, daß sie ihre Mütter nicht hatten kommen sehen, die ebenso voller Wunden und zerlumpt waren wie sie: «Ihr Ferkel, ihr seid ja schlimmer als Tiere!» hatten sie geschimpft.

Jetzt ist mir klar, daß ich mich in jenen Nächten, in denen ich Domenico hinter der Wohnzimmertür auflauerte, während meine Gesundheit immer schlechter wurde und ich mir in immer kürzeren Abständen Rauschmittel spritzte, mit meinen Fluchtgeschichten auf meine Art schadlos hielt. Ich erinnerte mich an all die Ausländer, die mich in ihren Baracken aufgenommen hatten, die kurzen intensiven Freundschaften, eine ganze Reihe von vereinzelten Begegnungen und Übereinstimmungen, zwischen denen kein Zusammenhang bestand, die nur durch mein Vagabundieren miteinander verkettet waren. Und ich fühlte mich frei und leicht.

Ich hatte sogar das Gefühl, daß ich etwas Nützliches hervorbrachte, einen historischen Beitrag leistete. Ich hatte auch angefangen, alle erreichbaren Veröffentlichungen über die Nazilager zu lesen, und es wunderte mich, daß keiner je über die Entflohenen geschrieben hatte, über die mindestens drei Millionen Leute, die im Dritten Reich herumstreunten, Informationen austauschend und nach Belieben die Identität wechselnd. Wir erkannten uns auf einen unmerklichen Wink hin, und schon kamen die vertraulichen Nachrichten mit halblauter Stimme – hier abhauen, dort aufgepaßt; das Archiv von der und der Fabrik in der und der Stadt war in Brand gesetzt worden. Die Kartei von dem und dem Arbeitsamt war in die Luft geflogen. Man brauchte sich nur bei der nächsten Kommandantur zu melden und zu sagen, daß man von dort kam. Kontrolle war gar nicht möglich. Die Nazis waren schon froh, daß man sich überhaupt freiwillig meldete. Es fanden sich immer Ausländer mit ordentlichen Papieren, die bereit waren, für einen zu bürgen. Dank verschiedener verbrannter Ausweise war ich Belgierin aus Namur und Litauerin aus Wilna. In Namur war ich als Kind mit meinen Eltern gewesen, und von den Straßen und Plätzen in Wilna hatten Johann und Stanislaw mir erzählt, die dort geboren waren. (Stanislaw hatte sogar eines Tages, als wir bei den I.G. Farben am Kanal lagen, eine Skizze seines Viertels gezeichnet.) Ich war also für ein eventuelles Verhör gewappnet. Als Belgierin wurde ich Putzfrau in dem Gebäude hinter dem Lager von BMW in München, wo ein Kontingent amerikanischer Gefangener untergebracht war, die auf Feldbetten mit Matratze, Bettüchern und kariert bezogenen Kopfkissen schliefen. Sie bekamen so viele Pakete, daß sie immer trockenes Brot und nur halb gerauchte Zigaretten wegwarfen. Ich haßte sie so sehr wegen ihres Reichtums, der Bequemlichkeiten und der Art, wie sie die SS-Leute ihrer Begleitmannschaft als gleichrangig behandelten – ich mußte es ständig mit der Behandlung vergleichen, die man dem europäischen «Abschaum» angedeihen ließ –, daß ich ihnen eines Tages die Matratzen und Bettücher unter den straff gezogenen Decken zerschlitzte und sofort fliehen mußte. Später schloß ich mich einem Konvoi litauischer Bauern an, nachdem ich mich mit ihrem Dolmetscher angefreundet hatte, der mich auf einem Hof in der Nähe von Donauwörth in Schwaben als Magd unterbrachte. Aber die Deutschen brauchten nicht lange, bis sie merkten, daß ich kein Wort von dem verstand, was meine Landsleute sagten, die Polizei begann sich für meine litauische Herkunft zu interessieren, und ich konnte gerade noch verschwinden, Richtung Rhein.

Aber mein Meisterstück hatte ich vorher vollbracht, in München, als ich aus dem Durchgangslager Dachau gekommen war (wie Jean aus Lille). Ich hatte mich bei Siemens mit meinem richtigen Namen anstellen lassen, in der humansten Fabrik, die ich in Deutschland kennengelernt habe, wo West- und Ostarbeiter in ein und derselben Kantine aßen und die leitenden deutschen Angestellten erschienen, um das Essen zu prüfen. Aber ich bildete mir ein, daß man mich nie schnappen würde, stahl aus dem Zimmer des Werksarztes gestempelte Krankenscheine und ging, statt zu arbeiten, in der Stadt spazieren (es gab um das Lager neben den Werksgebäuden von Siemens keinen Stacheldraht). Eines Tages wurde ich zur Werksleitung gerufen, und es blieb mir nichts anderes übrig, als zu verschwinden.

Ich fasse zusammen, weil ich diese Geschichten schon in den Erzählungen beschrieben habe, die ich in den Jahren meiner Ehekrise verfaßte, Erzählungen, in denen die Widrigkeiten, Fluchten und Schrecken die quälende Immaterialität, die losgelöste Präzision haben, die Drogen mit sich bringen können. Wenn ich von diesen Texten, die teilweise veröffentlicht sind, teilweise nicht, gerade *Thomasbräu* und *Asyl in Dachau*, die diesen Band eröffnen, ausgewählt habe, dann deshalb, weil sie die einzigen Erzählungen sind, in denen ich damals die Erlebnisse nicht einem imaginierten Handlungsfaden anpaßte, sondern so schilderte, wie sie sich in Wirklichkeit abgespielt hatten, wenn man einmal absieht von dieser Mischung aus Losgelöstheit und abgeschabtem Tastsinn, die mir beide nicht mehr in jenen flüchtigen Monaten zu entsprechen scheinen, sondern übergestülpt sind von jenem Ich, das sie wieder heraufbeschwor. Nicht in die Wirklichkeit, sondern in meine damalige Imagination gehört auch die Angst vor dem Geschlechtlichen, die die Protagonistin vor allem in *Thomasbräu* verwirrt: nicht die entflohene Minderjährige, sondern die betrogene Dreißigjährige nahm die Umarmungen der Deportierten wahr als ein wüstes, schleimiges Geknäuel von Schnecken mit monströsen Fühlern.

Ich habe *Asyl in Dachau* jedoch auch noch aus einem anderen

Grund gewählt. Man merkt sofort, daß der Ingenieurstudent aus der Gascogne wie der italienische Angestellte mit der Pomade im Haar trotz ihrer verschiedenen Sensibilität beide nur darauf aus waren, sich nicht von Minderem streifen zu lassen, sich nicht *beschmutzen* zu lassen. Sie wollten unbedingt die bleiben, die sie gewesen waren, und die Lager so schnell wie möglich wieder vergessen. Genau wie ich es dann nach dem Krieg auch getan hatte. Die Sache berührte mich. Das sieht man daran, wie ich in der Erzählung ihren Wunsch betone, sich abzuheben. Im Unterschied zu den anderen, die nicht aus unserer Schicht kamen. Die Russen oder Jean aus Lille fühlten sich nicht im geringsten erhaben über das, was sie da erlebten. Deshalb wurde ich nicht satt, sie ins Leben zurückzurufen, ich versuchte, mich wieder zu fangen durch die Erinnerung an sie. Durch die Erinnernung an jene ganzen Familien von sowjetischen Deportierten, die den Entflohenen Asyl gaben und riskierten, erschossen zu werden; an die kleine Jeanine, die ständig damit beschäftigt war, sich aufzuopfern, so wie andere Leute Luft holen; an den unterernährten Benito ...

Aber ich hatte keine Hoffnung mehr, sie zu erreichen.

Ich war unduldsam gegenüber den Urteilskriterien meiner Umgebung, die mich kränkten, und fühlte mich auch von ihnen umgarnt. In der geistigen Verwirrung war ich mir nicht einmal mehr sicher, daß ich die Dinge richtig sah, ich zweifelte an meinen eigenen Empfindungen und meinen eigenen Erinnerungen, ich korrigierte sie, traute mich nicht, mir selber zu glauben. Wie ich schon gesagt habe, las ich die Bücher über die Lager, und obwohl ich wußte, daß sie von Offiziellen oder von Häftlingen verfaßt worden waren, die über ein «geistiges Kapital» verfügten, wie die Nazis sagten (den berühmten Akademikern) – also von Leuten aus dem Bürgertum, die sich in der schützenden Nische ihrer Moralität halten können –, aber niemals von Arbeitern, Entflohenen oder von jemandem, der die aufgedeckten Verhältnisse geteilt hatte, mißtraute ich trotzdem meinen eigenen unmittelbaren Wahrnehmungen. Und sogar wenn ich Geschichten über das Fliehen und das Leben im Untergrund im Dritten Reich erzählte, die noch nie geschrieben worden waren, versuchte ich, meine eigenen Erinnerungen abzustimmen auf die *richtigen* Erinnerungen jener Autoren, die mir als unumgängliche Vorbilder dargestellt worden waren, wie zum Beispiel Elio Vittorini. «Sie müssen sich von der Unterdrückung durch die Erinnerung befreien», schrieb er mir 1957, als ich genau das tat unter dem Sperrfeuer identischer Empfehlungen von seiten meines Vaters und meines Onkels, der mit der Trockenlegung der Pontinischen Sümpfe zu tun hatte. Nichts anderes hatte ich getan, als inmitten all dieser sensiblen Leute, unter denen ich lebte, meinem Gehirn eine dunkle Brille aufzusetzen, weil man die Dinge nicht bei lebendigem Leib betrachten darf: ein Minimum von ästhetischem Abstand muß sein. Und Vittorini hielt sogar das sanfte, fast idyllische *Thomasbräu*, mit dem ich mich schüchtern meiner Vergangenheit zuwandte, für einen viel zu sehr vom Druck der Erinnerung belasteten Text.

Auch literarische Scheu hinderte mich daran, bis auf den Grund freizulegen, wie ich in der Falle gesessen hatte, von meinem Hingehen nach Nazi-Deutschland bis zu meiner Flucht.

Jene Monate von Ende Oktober 1944 bis Ende Januar 1945, die ich mir immer wieder vornahm und neu bearbeitete, in Heften, die sich immer höher stapelten, endeten tatsächlich immer unvermeidlich, bevor ich Anfang Februar 1945 im Lager Frankfurt-Höchst wieder auftauchte, worüber ich noch nicht berichtet habe. Dieses Wiederauftauchen war das heimliche Ziel jenes Sprunges mitten unter die Deportierten in Verona gewesen, damit wollte ich meinen Gefährten zeigen, daß ich mich nicht aus der Affäre gezogen hatte. Aber es gab keinen bewußten inneren Widerstand gegen diese Episode, mein Gedächtnis erschöpfte sich lediglich jedesmal bei irgendeinem Ereignis davor. Die Erinnerungen zerstreuten sich von selber bei dieser Folge von Ortswechseln und menschlichen Kontakten, die immer augenblicklich ausgeschöpft wurden – dreizehn Monate brutalen Gefordertseins zerbröselten und verdünnten sich zu wenigen Wochen tragisch müheloser Abenteuer, die sich in luftleerem Raum drängten.

Und doch verschafften mir diese bescheidenen Erinnerungen, die ich endlos und in allen Einzelheiten festhielt, fast als hätte ich Angst, sie könnten mir entfliehen, eine Atempause. Nach und nach breiteten sie sich über meine im Käfig steckende Gegenwart und halfen mir meine Entschlüsse fassen. Ich hörte auf, den Rechtsanwalt heimlich zu bitten, meinen Antrag auf Trennung der Ehe nicht zu beschleunigen. Ich hörte auf, heimlich mit meinen vermeintlichen Nebenbuhlerinnen zu reden. Ich gab meinen Wachtposten hinter der Tür auf.

In dieser Flaute nach dem Sturm, in der wir auf den Gerichtsbeschluß warteten, waren Domenico und ich fast friedlich. Vorbei war die Bitterkeit, die Grausamkeit. Er widmete jeden arbeitsfreien Augenblick der Perfektionierung meiner Fortbewegungsmittel (ich glaube sogar, daß er in jenen Monaten keine Geliebte hatte, und vielleicht, denke ich jetzt, hatte er mich auch deshalb im eigenen Haus betrogen, damit er selber so viel Unrecht getan hatte, daß er mir das Kind lassen konnte, ohne daß es aussah wie ein Nachgeben gegenüber meinen «wahnsinnigen Ansprüchen»). Er entwarf mir einen Rollstuhl, ich benutze ihn heute noch: er ist klein, leicht und zerlegbar, er sollte mir die größtmögliche Bewegungsfreiheit geben und gleichzeitig stabil und bequem sein. Domenico ging in keinen Aufzug, kein Kino, kein Theater, ohne die jeweils engsten Stellen und sämtliche Sitzhöhen auszumessen. Aber die Mechaniker wandten jedesmal irgendwelche Bedenken ein, warum die Sache nicht machbar sei, warum ein solches Stühlchen kein Gleichgewicht haben könne, und wie sollte das funktionieren mit den abstehenden Hinterrädern? Er fing wieder an, meine Hüften, meinen Rücken, meine Beine zu messen und fing mit dem Entwurf des Modells von vorn an.

Kaum sah er, daß ich ein wenig ruhig war, kam er mit seinen Entwürfen unter dem Arm und einer Auswahl Schrauben und Muttern in der Hand und setzte sich mit einem Seufzer der Erleichterung neben mich. Er fragte mich, ob ich diese oder jene Sorte von Muttern besser fand, ob ich diese oder jene Halterung lieber röhrenförmig oder flach wollte. Und der Gipfel war, daß ich ihn lästig fand.

Im Frühjahr 1955 war unser Verfahren abgeschlossen. Domenico behielt die väterliche Gewalt über den Sohn und ich bekam das bedingte Sorgerecht zugesprochen.

X

Als müßte ich dauernd irgendwelche Lecks stopfen, gönnte ich mir keine Pause. Nach Domenicos Auszug wurde meine Wohnung eine wahre Karawanserei. Ich beherbergte Haftentlassene, ledige Mütter, ein halbes Dutzend Katzen. Kurz, es begann die Periode, die ich später «meine Nebenfront-Klammer» genannt habe. In jenen Jahren tat ich nichts anderes, als eine Klammer an die andere zu heften: «die deutsche Klammer», danach «die Ehe-Klammer», solange Domenico und ich uns verstanden, dann «die italienische Klammer» (mit sarkastischem Unterton auszusprechen), und nun diese.

Die Beziehungen zu meinem Sohn, der acht wurde, waren gut. Das Durcheinander störte ihn nicht, zumal er selber mit all dem Kommen und Gehen seiner kleinen Freunde aus der Gegend seinen Teil dazu beitrug. Und seltsamerweise war er eifrig und konzentriert bei den Hausaufgaben wie nie zuvor. Er war ein frühreifer Leser, er mochte Geschichte. Er sammelte Bildchen, die es an Zeitungskiosken zu kaufen gab und die er in große Hefte klebte, nach Epochen geordnet. Da waren die Römer, die Gallier, die Karolinger. Wenn er sah, daß ich etwas las, fragte er:

«Und wohin gehst du? Ich bin gerade bei den Kreuzzügen.»

«Ich im Ersten Weltkrieg», erwiderte ich, oder in der Renaissance, je nach den Nachhilfestunden, auf die ich mich an dem betreffenden Tag vorbereiten mußte.

Manchmal luden wir uns gegenseitig in die Jahrhunderte ein, in denen wir gerade lebten. Wir lasen den Text auf der Rückseite der Bildchen und bereicherten damit unsere Kenntnisse der Person mit dem Helm oder dem Schwert an der Seite, die uns von dem bunten Bild hochmütig ansah.

Ich bereitete jetzt fast ausschließlich Studenten oder Abiturienten auf ihre Examen vor. Meine Fächer waren Italienisch, Latein, Französisch und Deutsch, außerdem Geschichte und Philosophie (inzwischen hatte ich auch mit einer philosophischen Dissertation über Kants Kritik der Urteilskraft promoviert). Ich verfaßte Dissertationen gegen Geld. Besonders an drei kann ich mich noch erinnern: über Sallust, über La Rochefoucault und über Unamuno. Ich verdiente gut.

Ich weiche schon wieder ab (eingefleischtes Laster). In Wahrheit hatte ich einen kostspieligen Lebensstil, um meinen Sohn nicht büßen zu lassen für die Beschwerlichkeiten, die mein körperlicher Zustand mit sich brachte. Daher hatte ich außer der Hauswirtschafterin und der Waschfrau, die kam, um der Hauswirtschafterin zu helfen (eine ledige Schwangere), auch noch eine Erzieherin für ihn angestellt. Dazu kamen die Miete für das Sommerhäuschen am Meer, Ausflüge, Einladungen. Ich wollte allem nachkommen, damit der Kleine sich nicht benachteiligt fühlte als einziger Sohn einer alleinstehenden körperbehinderten Mutter, woran ihn allzu viele Leute ständig erinnerten, den Ärmsten, und dann streichelten sie ihm seufzend den Nacken.

In Wirklichkeit steckte ich in diesem Wirbel, weil ich beweisen wollte, daß ich es schaffte. Bei all meinen Täuschungsmanövern über meine Distanziertheit verletzte mich nichts so sehr wie die Anspielungen auf meinen Rollstuhl gegenüber dem Kind: «Auf, Lorenzo, sei lieb», sagten die Verwandten, «siehst du nicht, daß es Mama schlecht geht?» – «Schnell, lauf», sagte eine besorgte weibliche Stimme, «Mama braucht Hilfe», wenn mir ein Bleistift oder ein Streichholz herunterfiel. «Heb du es auf, Lorenzo, Bücken ist zu anstrengend für Mama, siehst du nicht, daß sie es nicht schafft?» Das Ganze begleitet von einem verständnisvollen pädagogischen Lächeln. Gerade so, als hätte ich eine lebende Prothese hervorgebracht, eine Kreatur, die gezwungen war, im Schatten des Unglücks aufzuwachsen. Das Tragische für mich war, daß diese und ähnliche Sätze gut gemeint waren und ganz besorgt ausgesprochen wurden.

Auf der anderen Seite trug mir mein «Schlendrian» manches mißbilligende Stirnrunzeln ein, vor allem was die wenig vertrauenerweckenden Personen betraf, die ich beschützte. Man merkte eben, da fehlte die Hand eines Mannes, um meine «Ausschweifungen» zu bremsen, mich *auf meinen Platz* zu verweisen, und der arme Lorenzo galt immer mehr als einziger Sohn einer nicht nur invaliden und alleinstehenden, sondern auch noch unverantwortlichen Mutter, kurz, derselben überspannten und gewissenlosen Person, die mit achtzehn von zu Hause fortgelaufen war, einer Asozialen (als die mich bekanntlich schon die Nazis eingestuft hatten). Und ich wollte ihnen doch zeigen, daß . . .

Später habe ich meine wilde Gier auf Freiheit und Fröhlichkeit, diese Manie, geschmähten Menschen persönlich und aus dem Stand helfen zu wollen, etwas gemäßigt, auch weil meine Schützlinge so daran gewöhnt waren, schlecht behandelt zu werden, daß sie meine Sorge um sie mit Einfalt verwechselten und schließlich sogar glaubten, sie täten mir einen Gefallen, wenn sie auf meine Kosten lebten. Ich habe auch meine Rachegelüste abgebaut.

Trotzdem, ich erinnere mich mit Vergnügen an jene Jahre. Lorenzo wuchs auf als mitteilsames, vielbeschäftigtes, kräftiges Kind, er konnte lachen wie ein Wasserfall. Ich hatte ihn eines Tages dabei überrascht, wie auch er mit einem kleinen Freund auf der Terrasse um die Wette pißte – das Ziel war ein zwei Meter entfernter Oleanderbusch –, und hatte mich schnell wieder zurückgezogen, um den Wettkampf nicht zu stören.

Am Ende habe ich es dann aber doch nicht geschafft. Dieser Rhythmus – Leben, menschliche Beziehungen, Arbeit – war überlastet durch die unmäßigen Verpflichtungen, die ich mir selber auferlegt hatte. Er hat mich überfordert, und so begann das Driften.

Herbst 1960. Ich landete im Invalidenheim *Villa della Pace*, ungefähr elf Kilometer auf der Via Ardeatina entlang an der Peripherie von Rom.

Ich saß am Steuer eines riesigen beigen Studebakers, den ich gebraucht gekauft hatte und über dessen Weiterverkauf ich gerade verhandelte. Ich hatte ihn zwei Jahre vorher erworben, als es noch keine kleineren Autos mit der für meinen Führerschein erforderlichen Ausrüstung gab.

Ich will jetzt nicht das unangenehme Gefühl beschreiben, das mich überkam, als ich in der schwachen Septembersonne zwischen den sich selber überlassenen Gestalten in Rollstühlen oder auf Bänken parkte: Kriegsversehrte, die mich ansahen wie ein seltenes Tier. Ich kehrte zurück auf den Posten, der mir gebührte, in die Rolle des Pflegefalls, die mir von der Gesellschaft zugewiesen worden war. Mit fünfunddreißig Jahren war ich wieder an meinem Ausgangspunkt, steckte außerdem bis obenhin in Schulden und saß im weichen, hellen Ledersitz eines auffälligen Sondermodells.

Aber die ökonomischen Probleme und die Querelen mit dem Fürsorgeamt waren noch meine geringsten Sorgen. Meine wirkliche Qual war eine andere.

In diesem Heim hielten sich vielleicht hundert Gäste auf, fast alle begleitet von einem Angehörigen, weil die Anstaltsleitung einerseits den Standpunkt vertrat, daß sie nicht von ihrer Umgebung isoliert werden sollten, andererseits dank der Pflege durch die Verwandten aber auch eigenes Personal einsparen konnte. Sie wohnten in großen villenähnlichen Gebäuden rings um den Garten gegenüber dem Tor. Wenn ich mich umsah, fühlte ich mich durch das Schauspiel, wie meine eigene Körperbehinderung sich vervielfachte in der der anderen Insassen dieser *Villa della Pace*, so gestört, daß ich mich tagelang in mein Einzelzimmer mit Bad verkroch.

«Nicht eintreten», rief ich, wenn jemand klopfte.

Wenn mir auf dem Weg zwischen meinem Zimmer und dem Massageraum oder dem Speisesaal Hinkende, Verkrüppelte, Gelähmte oder Leute mit Parkinsonscher Zitterlähmung entgegenkamen, wußte ich nicht, wie ich ihnen ausweichen sollte, so sehr demütigte mich der klagende, leiernde Ton, den viele dieser Behinderten von ihren gesunden Verwandten übernommen hatten, ihr ständiges: «Du Glücklicher, du kannst gehen, du Glücklicher, dir geht es gut», begleitet von schrägen Blicken, unaufhörlichem Gerede über Gesundheit, Eingeweide, Blase, Magen, Gliedmaßen, entzündete Augen – sie waren nur mit ihrem eigenen Organismus beschäftigt, von ihm besessen. Ich stahl mich immer davon, hatte ständig unaufschiebbare Verpflichtungen.

Aber eines Nachts, als mich eine Kolik schüttelte und ich im Nachthemd fröstelnd im Bad saß, um bei den nächsten Krämpfen meiner Eingeweide gleich auf die Kloschüssel hüpfen zu können und nicht den ganzen Rollstuhl mit Scheiße zu beschmutzen, sah ich mich plötzlich vor einem geistigen Spiegel: ausgerechnet ich betrachtete die Genossen meiner körperlichen Demütigung mit ästhetischen Augen. *Ich selber* war zu jenem Auge der Gesellschaft geworden, das mein eigenes Leben verdüstert hatte.

Ich war so bestürzt, daß ich darüber das Rumoren in meinen Eingeweiden vergaß (und die Kolik ging vorbei). Da saß ich vor der Kloschüssel, den Kopf schamvoll gebeugt wie vor einem Beichtvater. Bloß wegen dieser elenden Rückeroberung der Kontrolle über meine Verdauungsorgane, wegen vier mühselig zurückerkämpfter motorischer Fähigkeiten, fühlte ich mich meinesgleichen überlegen, *bewaffnete ich mich mit dem, dessen sie beraubt waren, und richtete es gegen sie.* Was war bloß passiert in diesen Jahren, das mich herabgewürdigt hatte auf diesen aristokratischen Rückzieher gegenüber jedem Körperkontakt mit Leuten, die abhängig waren und denen es schlecht ging? Ich saß da wie eine Mörderin, die im Geist ihre eigenen Untermenschen ermordet hatte. Wie mühelos mir meine Klassenhaut wieder nachgewachsen war, wie einer Schlange!

Schließlich habe ich wieder Lebenszeichen von mir gegeben. Hatte ich mich nicht früher schon wegen einer Kartoffel, einer Rübe gerauft? Hatte ich nicht Brotscheiben hauchdünn wie Hostien geschnitten, als es darum gegangen war, mit den Gefährten zu teilen? Wußte ich denn nicht ganz genau, daß man immer beschäftigt ist mit dem, was man nicht hat? Und jetzt rümpfte ich die Nase, weil diese neuen Gefährten in ihrer Gier nach Gesundheit von nichts anderem redeten? Auf diese Weise kam mir mein Freiwilligendienst in den Lagern und in Frankfurt-Höchst wieder in den Sinn, meine anfänglichen Zimperlichkeiten gegenüber den Lagerinsassen wegen der Überempfindlichkeit meiner verfeinerten Gefühle. Aber meine Scham war so groß – sie ist schlau, diese Scham, sie geniert sich und schweigt –, daß ich darüber in *Solange der Kopf lebt*, das ich in diesem Invalidenheim geschrieben habe, nicht sprach.

Und außerdem ist es gar nicht wahr, daß sie nur mit ihrem Körper beschäftigt waren.

Ich erinnere mich an Amedeo, einen hageren Ligurer im Rollstuhl, etwa vierzig, in Afrika verwundet. Früher Metallarbeiter, war er jetzt ein geschickter Uhrmacher geworden. Er bot sich an, seine Kunst jedem Menschen weiterzugeben, der sie erlernen wollte, und zeichnete Modelle von kleinen Pressen oder anderen Werkzeugen, mit denen auch Einarmige umgehen konnten.

Giovanni, ein Junggeselle aus Bologna, der in Griechenland versehrt worden war, hatte die entgegengesetzte Art von Parese wie ich. Nach der Laminektomie – bei ihm konnte das Knochenmark dekomprimiert werden – konnte er sich zwar wieder bewegen, war aber unempfindlich geblieben. Er wollte eine Gewerkschaft der vereinigten Kriegs- und Arbeitsinvaliden organisieren. Aber er stieß auf viele Widerstände, weil der größte Teil der «Restposten aus dem Krieg», wie er die Insassen der *Villa della Pace* nannte, eine abergläubische Abneigung gegen Politik hatte. Sie überhäuften ihn mit Anträgen auf Beihilfen, die er für sie ausfüllte und den zuständigen Ämtern zuleitete, aber sie zogen sich zurück, sobald er sie auf die Notwendigkeit der Organisierung ansprach.

Vincenzo aus Friaul war nur wenig jünger als ich. Als Partisan in den Bergen war er mit achtzehn von einer Kugel durchbohrt worden. Auch sein Wirbelschaden hatte eine Besonderheit: er konnte zwar seine motorischen Nerven nicht mehr kontrollieren, hatte aber die Sexualkraft bewahrt. Der große kräftige Junge lief auf seinen Metallkrücken immer zwischen lauter Rollstühlen hin und her und kämpfte für eine «alljährliche Überholung unserer Organismen, so wie man es mit Motoren macht». Er hat auch in den folgenden Jahren weitergekämpft und schließlich 1973 die Massenbesetzung einer Krankenhausabteilung in Florenz geleitet, über die in der überregionalen Presse nur sehr am Rande berichtet wurde (ich selber habe nur zehn Zeilen darüber in einem Blatt der außerparlamentarischen Linken unterbringen können).

Ich schrieb in Invalidenzeitschriften Artikel mit Titeln wie *Schuld woran?* und setzte sozialpsychologische Debatten in Gang. Das war nicht viel, aber immerhin hatte ich das Gefühl, wieder zu mir selber zurückzufinden.

Nach den Weihnachtsfeiertagen, die er mit Freunden zum Skifahren in den Bergen verbracht hatte, kam Lorenzo zu mir. Er war von seinem Vater weggegangen, der ihn bei meinem Zusammenbruch bei sich aufgenommen hatte, jetzt aber eine stürmische Liebesbeziehung durchlebte. Der Junge hatte sich geweigert, zu den Großeltern väterlicher- oder mütterlicherseits zu gehen. So blieb nur noch ich.

«Ich bleibe bei dir.» Er blinzelte mich aus seinen schwarzen Augen an: «Sag der Heimleitung, ich bin dein Begleiter», als hätte er sich einen schlauen Schachzug ausgedacht.

Die Voraussagen hatten sich bewahrheitet: Lorenzo wuchs auf im Schatten des Unglücks, in seinem schwierigsten Alter, während der Pubertät.

Jeden Tag fuhr er bei Regen wie bei Sonne mit dem Fahrrad ins Zentrum von Rom zur Schule, hin und zurück etwa dreißig Kilometer. Wir lebten in einem Zimmer mit zwei Betten. Ich machte meine Toilette und die Gymnastik, wenn er nicht da war. Er wirkte ruhig, während ich ihm seine Aufgaben abhörte, wir zählten die Lire für ein kleines Vergnügen, ein Getränk an der Bar, für eine Runde Rollschuhlaufen mit seinen Freunden in der Stadt. Aber er malte diese schwarzen Christusköpfe, deren Züge rote Rinnsale wie geronnenes Blut waren.

Ich bemerkte, daß Lorenzo manchmal ins Zimmer kam, als würde er vor irgend etwas fliehen. Wenn jemand anklopfte, schloß er sich im Bad ein. Er ging aus dem Zimmer, kam aber sofort wieder zurückgelaufen und fragte, ob nicht ein Schulfreund für ihn angerufen habe. Eines Tages hatte er, nachdem er mehrmals hintereinander dieselbe Nummer gewählt hatte, den Hörer in der Hand angesehen und (mit einem kurzen Lächeln) gesagt: «Es kommt vor, daß zwei sich nicht erreichen, weil sie beide damit beschäftigt sind, sich gegenseitig anzurufen.» Dann hatte er den Hörer aufgelegt.

Wenn ihn im Garten ein Invalide mit dem einschmeichelnden Jammerton, der mir bei allem Verständnis immer noch auf die Nerven ging, rief: «Komm mal her, du kannst doch gehen», schnaubte Lorenzo und ging unbeirrt weiter.

Ein etwa dreißigjähriger Mann im Rollstuhl, der ungefähr in Lorenzos damaligem Alter die Lähmung bekommen haben mußte, war der Beharrlichste, wenn es darum ging, ihn zu rufen, ihn aufzuhalten, ihn anzufassen. Er konnte ihn im Garten nicht vorübergehen sehen, ohne ihn um einen Gefallen zu bitten. Gewöhnlich erbot sich Lorenzo von allein, wenn er nicht das Gefühl hatte, daß man ihn abfing, er kam von selbst angelaufen, wenn es ihm schien, daß jemand etwas brauchte (mit der gleichen Natürlichkeit wie sein Vater). Es war nur dieses: «Du kannst doch gehen», das ihn zur Verzweiflung brachte und ihn in die Flucht trieb.

Und eines Tages, als er nach fünfzehn Kilometern auf dem Rad ausgehungert von der Schule zurückkam, hat sich dieser Behinderte ihm an den Pullover gehängt und ihm gedroht: «Paß bloß auf, das kann dir auch passieren.» Da riß sich der Junge aus der Umklammerung los und rief mit gellender Stimme, in die sich schubweise tiefe Töne mischten:

«Bin ich denn ein Verbrecher, bloß weil ich gehen kann? Ist es etwa meine Schuld, daß ich kein Krüppel bin?» Und die schwarzen Augen im runden Gesicht füllten sich mit Tränen. In diesem Wust von Gefühlen und Gedanken schrieb ich *Solange der Kopf lebt.* Ich erkannte mich wieder in jener Zeit in Mainz, wo ich zum erstenmal mit der Lähmung konfrontiert worden war. Vielleicht habe ich beim Erzählen meine Wurstigkeit von damals zu stark hervorgehoben, weil ich darin die Kraft suchte, die ich jetzt brauchte. Und um mir Mut zu machen, habe ich dann das schlaue, verlogene Märchen aus der Kiste geholt, daß das Gute immer siegt . . .

Im Mai brach Lorenzo auf, um die Ferien bei den Großeltern väterlicherseits zu verbringen, gemeinsam mit einem ganzen Schwarm von Vettern und Cousinen, die sich im Sommer auf dem Bauernhof ihrer Vorfahren auf der Hochebene des Gran Sasso trafen. Ich wollte nicht, daß er auch das neue Schuljahr in der *Villa della Pace* begann, und verbrachte meine Tage damit, alte Schwierigkeiten auf dem Papier zu überwinden, gerade so, als hätte ich damit die Zukunft beschwören können. Ich schloß die Erzählung im August ab. Aber noch immer weit und breit nichts in Sicht. Ich hatte kein Geld, um wieder in eine eigene Wohnung zu ziehen. Ich hatte gerade meine Schulden bezahlt, und nach dem Verkauf des Studebakers hatte ich einen kleinen Daf 600 mit Automatik erworben, ein nagelneues Modell. Noch ein Monat verstrich.

Inzwischen war fast ein Jahr vergangen, seit ich in diesem Invalidenheim lebte, als mir schließlich deutsche Freunde, die ich in besseren Zeiten beherbergt hatte, als ich noch eine Bleibe besaß, eine Wohnung im Taunus zur Verfügung stellten. Lorenzo schrieb aus den Abruzzen begeistert über den Plan (später dann hat er sich in diesem Dorf mitten im Wald, im lautlosen Schnee, umgeben von der fremden Sprache, allein gefühlt). Ich traf brieflich Vereinbarungen mit einer Hausfrau am Ort, die zum Putzen kommen sollte.

Ende September kehrte der Junge kräftig und erholt von der Hochebene zurück, er war braun gebrannt und muskulös. Wir packten den Daf voll und fuhren nach Deutschland. Ein befreundeter Elektriker, der nach Hamburg wollte, wechselte sich mit mir am Steuer ab.

An einem seiner letzten müßigen Abende in der *Villa della Pace* war Lorenzo wie gewöhnlich allein geblieben, während ich in irgendeinem Zimmer mit Freunden schwatzte, und las mein Manuskript. Mehr als alles andere hatte ihn meine kurze Anspielung auf die Fabrik in Höchst neugierig gemacht. Und jetzt, als wir uns, fast am Ende unserer Reise, der Abfahrt Richtung Taunus näherten, schlug er vor, lieber weiter nach Frankfurt zu fahren: «Los», sagte er, «das liegt doch auf dem Weg, laß uns zu den I. G. Farben fahren.» Das war kurz vor Glashütten, dem Dorf bei Königstein, zwischen lauter Tannenwäldern, in das wir eigentlich sollten.

«Das ist aber ein ganz schönes Stück mehr», sagte ich zögernd, «wird das nicht zu weit?» Und fuhr schon nach Norden.

«Warst du wirklich mal Arbeiterin? Mit Schichten und allem? An Maschinen?» fragte Lorenzo mit der neugeborenen Stimme eines Mannes, der mit sich noch nicht eins ist und auch noch keinen Bart hat.

Der Elektriker war inzwischen ausgestiegen, und ich saß am Steuer. Am späten Nachmittag erreichten wir Höchst. Wir fuhren im Schrittempo, und meine Langsamkeit löste wütendes Hupen aus. Schließlich fand ich mein Tor wieder, wo ich früher meine Karte in die Stechuhr gesteckt hatte. Ich hielt an. Ich empfand ein Gefühl von Leere. Meine Augen blieben an Einzelheiten hängen. Die Ziegelmauer um die Werksgebäude herum erschien mir schwärzer, als ich sie in Erinnerung gehabt hatte, die Häuser gegenüber grauer, kasernenartiger.

«Erzähl mir was über die Arbeit, die du hier gemacht hast. Und habt ihr euch untereinander gut verstanden?» hat mich Lorenzo aufmunternd gefragt.

Ich habe angefangen, von den Russen zu erzählen, von Doktor Lopp, den Gefangenen aus Warschau, und faßte Mut. Dann bin ich auf den Streik gekommen, ich weiß nicht mehr, was ich genau gesagt habe, jedenfalls hatte ich meine Erinnerungen schon ausgeschöpft, und er fragte noch weiter:

«Was meinst du, hättet ihr es schaffen können oder nicht?»

Ich habe mich verhaspelt, sagte erst ja und dann nein. Es hing davon ab, ob ... vielleicht hatten wir nicht einkalkuliert, daß ...

«Warum siehst du mich so an?» fragte ich ihn, da er irgendwie deprimiert aussah.

«Habt *ihr* denn geglaubt, ihr könntet es schaffen?»

«Ich weiß nicht. Jedenfalls haben wir bewiesen, daß man es versuchen konnte.»

«Ja, das schon», platzte er heraus, aber das Wesentliche schien ihm noch zu fehlen, das pausbäckige Gesicht des Vierzehnjährigen heiterte sich nicht auf.

Jetzt denke ich, daß er einfach den Gedanken nicht ertragen konnte, daß unsere Aktion der Niederlage geweiht war, aber damals, als wir in der Abenddämmerung mit dem Auto vor meinem I. G. Farben-Tor standen, hatte ich das Gefühl, er fragte sich, wo meine Vergangenheit geblieben war. In Wirklichkeit fragte ich mich *das* jedoch selber, besorgt darüber, daß ich mit dieser heraufgeholten Erinnerung bei ihm den Eindruck erweckt hatte, es hätte da einen Anlauf ohne Folgen gegeben, eines jener mythischen Beispiele, mit denen Eltern sich immer schmücken und für die sich die Kinder nicht interessieren.

«Fahren wir weiter?»

Er hat genickt, und ich habe aufs Gas gedrückt.

Die Zeiten vermischen sich.

Das verständige Gesicht des kräftigen Jungen mit seinen schelmischen schwarzen Augen, der neben mir im Auto sitzt und Wegweiser liest, verwandelt sich in das Gesicht des Einundzwanzigjährigen mit Bart, mal mit Brille, mal ohne, der zu sehen ist auf den Bildern von Tageszeitungen und Illustrierten, die ich in jenen Monaten der Suche nach meiner Vergangenheit zwischen meinen Papieren wiederfand. Vor allem ein Gesichtsausdruck kehrt häufig wieder in jenem Frühjahr 1968. Lorenzo steht oben auf einer Treppe und drängt inmitten anderer Studenten mit Stühlen eine Gruppe von Gorillas, die von unten mit Schlagstöcken auf sie zustürmen, zurück. Lorenzo ist zu drei Vierteln nach vorn gebeugt, der Mund ist zu einem Knurren geöffnet, das Gesicht grimmig und erschreckt.

Auf anderen Fotos erscheint er bei Demonstrationen, mit erbostem Blick. Aber dann ist er allein, eine halbe Seite für ihn, hartes Gesicht, die Faust erhoben, seine Härte ist so verschieden von der, die ich im gleichen Alter hatte – auf dem Werksausweis von Siemens. Seine ist intimer, gequälter. Jetzt ist er rasiert, eher bleich. Wenn er sich konzentriert, spricht er mit leiser, verhaltener Stimme, den schwarzen Blick von unten nach oben gerichtet, und ich sehe darin wieder den Jungen, der in Höchst etwas über den Streik bei den I. G. Farben erfahren wollte.

Während wir durch Frankfurt fuhren, hatte Lorenzo plötzlich «Pizzeria!» gerufen und auf das Schild im Erdgeschoß eines alten Gebäudes gezeigt. Zufrieden rieb er sich die Schenkel mit den Handflächen, während er meine Parkmanöver mit wachsamen Augen verfolgte. Als wir eintraten, verging ihm jedoch schnell die Freude beim Anblick der ärmlich gekleideten Emigranten, die das Lokal füllten. Sie waren fast alle Südländer mit argwöhnischen Gesichtern und herausfordernden Augen. Sie halfen mir mit dem Rollstuhl die Stufen hinunter, fragten und antworteten. Sie lebten in den Baracken, ja, ja, in denen außerhalb der Stadt, auf einem Feld, das Pfaffenwiese hieß, an der Straße nach Mainz, genau in dem alten Lager von Frankfurt-Höchst, es war umgebaut worden für die Gastarbeiter.

XI

Danach bin ich bis 1975 nicht mehr auf meine Kriegserlebnisse zurückgekommen. Dreizehn Jahre lang habe ich nicht das Bedürfnis gehabt, daran zurückzudenken. Dreizehn Jahre sind lang – zumal ich im Grunde bis 1962 wirklich wenig von dieser ganzen Geschichte geklärt hatte: ich hatte nur Seite um Seite Episoden von Fluchten und Krankenhausaufenthalten erzählt, den ersten neun Monaten in den Lagern aber gerade nur in *Solange der Kopf lebt* ein, zwei Absätze gewidmet – vielleicht zwanzig Zeilen. Nicht einmal die Fahrt mit Lorenzo zu dem I. G. Farben-Werk nach unserem Aufbruch aus dem Heim hatte mich dazu angeregt, meine Erinnerungen in diesem Bereich meiner Vergangenheit etwas besser ins

Gleichgewicht zu bringen. Es scheint, daß ich froh war, die bittere Pille mit meiner Lähmung geschluckt zu haben, und zufrieden, endlich meinen verbrecherischen Freiwilligendienst in den Lagern verarbeitet zu haben.

Ich muß sagen, daß ich 1962 nur ein einziges Ziel hatte: wieder eine Wohnung einzurichten und mein Leben umsichtig zu organisieren, nicht zuletzt, damit mein Sohn – wenn auch spät – in einer stabilen Atmosphäre heranreifen konnte. Dies in die Wirklichkeit umzusetzen hat mich Jahre gekostet.

Ich habe mich ganz langsam aus meinem Milieu entfernt, oder genauer gesagt, ich habe damit gebrochen. Wenn mich jemand besuchen wollte, habe ich gesagt, ich hätte keine Zeit, ihn zu empfangen. «Es tut mir leid», sagte ich, um mich zu entziehen. «Entschuldigt, wenn ich mir erlaube zu existieren», fügte ich feinsinnig hinzu. Ohnehin verstand das niemand, und der Satz, den ich böse meinte, klang wie ein amüsantes Bonmot. Und sofort wurden die Fragen staunender Bewunderung – «Du ziehst dich allein an? Sogar die Schuhe? Aber wie machst du denn das?» – seltener.

Ich habe meine körperlichen und moralischen Kräfte bis aufs Milligramm dosiert. Und ganz allmählich, zum Teil weil ich die Marathonübungen abgeschafft hatte, zum anderen Teil weil ich mich mehr schonte, hat sich meine Gesundheit stabilisiert. Die Notwendigkeit, Geld zu verdienen, war nicht mehr so quälend. Lorenzo war herangewachsen, mir ging es besser. So konnte ich mit mehr Ruhe arbeiten, Essays, Artikel schreiben, Vorträge halten. Dann hat sich Lorenzo selbständig gemacht und ist nach Paris gezogen, wo er seine sozioökonomische Forschungsarbeit vorantrieb und gleichzeitig Korrespondent einer kommunistischen italienischen Tageszeitung war.

Außerdem hatten sich auch und vielleicht vor allem die Zeiten geändert. Eine progressive Gegenkultur hatte Fuß gefaßt und die Geister ein wenig offener gemacht, fast überall waren die Sitten ein wenig freier geworden. Die jungen Leute hatten nicht mehr die Art von Vorurteilen, die zu neutralisieren mich so viel Energie gekostet hatte.

Und das war für mich die letzte Bestätigung, daß die Blockierung meiner Erinnerung gebunden war an den Kampf gegen die gesellschaftliche Unterdrückung, durch die mir die Rolle der Schwerbeschädigten aufgezwungen werden sollte. Dafür spricht jedenfalls, daß ich meine Vergangenheit in den Lagern vollständig wiedergefunden habe, als dieser Kampf vorbei war und ich darüber hinaus noch den Sieg errungen hatte, allein zu leben, nur unterstützt von einer Mitarbeiterin, die morgens für ein paar Stunden kommt, um die Wohnung in Ordnung zu bringen, für mich einzukaufen und vor allem Besorgungen für meine Arbeit zu machen, im Fotokopierladen, auf der Post, bei den Ämtern (auch wenn immer wieder jemand mit weinerlicher Stimme fragt: «Was! Du lebst allein? Und wenn du mal hinfällst!?») Und ich mußte gar nicht erst gekränkt, bedrückt und durcheinander sein, um neue Erinnerungen an mein Deutschland in mir heraufzuholen: es genügte ein einfacher Umzug.

Ende 1957 wurde mir die Wohnung im sechsten Stock gekündigt, wo ich wohnte, seit ich mich nach dem Zusammenbruch, durch den ich mit meinem Sohn im Heim gelandet war, endgültig eingerichtet hatte. Ich machte mir ein bißchen Sorgen wegen all der Sachen, die sich angesammelt hatten, und begann unter anderem eine erste Durchsicht des Aktenschrankes. Dabei fiel mir mein Arbeiterinnenausweis aus Lagerzeiten in die Hand, von dem ich nicht einmal gewußt hatte, daß er noch im Hause war. Beim Anblick dieses schwerfällig gewordenen Gesichts kamen die damals begrabenen Stimmungen wieder in mir hoch, und ich schrieb *Im Ch 89*. Danach wurde im gleichen Haus eine andere Wohnung frei, und ich zog in den dritten Stock, nur drei Treppenabsätze weiter hinunter. Ich erledigte eine Verlagsarbeit, zu der ich mich verpflichtet hatte, aber es war mir ganz klar, daß jetzt bald auch der zweite Aufbruch aus Verona zum Vorschein kommen mußte. Tatsächlich, kaum hatte ich den Kopf frei, zwang sich mir diese Erinnerung derart hartnäckig auf, daß ich vollauf damit beschäftigt war. Alle verdrängten Ereignisse, angefangen beim Gefängnis in Frankfurt – nicht nur die Repatriierung und die Tage in Verona, sondern vielleicht noch mehr jene zwölf Wochen unaufhörlicher Bestürzung wegen der «Normalität» von Dachau – standen mir klar, genau und problemlos vor Augen. Und so stellte ich mich dem *Umweg*.

Jetzt aber, wo alles geklärt war – im September –, hatte ich ein unangenehmes Gefühl. Ich empfand keineswegs Erleichterung, wie erwartet. Ich hatte irgendwie das Gefühl, mit leeren Händen dazustehen. Alles war so glattgelaufen, daß es mich aus irgendeinem Grund nicht ganz überzeugte. Vor allem das virtuose kleine Finale, das ausgeht wie das Hornberger Schießen: befreit von der körperlichen Unselbständigkeit (gewissermaßen) und mit einem Schlag auch von allem anderen befreit, von meiner Gesellschaftsklasse, von aller inneren Leere. Wem wollte ich das eigentlich weismachen? Und außerdem, von welchem zurückgezogenen Leben sprach ich überhaupt und wo sollte das sein? In Wahrheit sind das die Jahre, in denen ich die meisten Leute kennenlernte und besuchte, nicht die Freunde, die mir meine Umgebung verschaffte, sondern Freunde in Rom, Paris, Berlin, die ich mir selber ausgesucht hatte.

Lieber Gott, so viele Monate voll unsäglicher Wut, um am Ende dazusitzen mit diesem Lehrstück von der Behinderten, die es geschafft hat, mit dem klassischen amerikanischen Märchen, meritokratisch, individualistisch: unbescholtene Heldin schafft es, nach Fehlern und Unverständnis, vorbildhaft und mahnend, und tritt dann auch noch mit dem modern gedämpften Epilog diskret ab – der Umzug in die unteren Stockwerke als rhetorisches Symbol –, nicht etwa mit Trara im Stil des 19. Jahrhunderts. Und ich fühlte mich sogar befreit. Die Frage ist nur, wovon?

Ein ganzes Leben lang verweigere ich den anderen das Recht, mich nach dem Maßstab meiner Lähmung zu beurteilen, und dann mache ich es selber. Sie haben gewonnen. Ich bin sie.

Es wird dir merkwürdig vorkommen, Leser, aber ich bin nicht niedergeschlagen. Ich weiß jetzt seit bereits sechzehn Jahren, daß ich eine gesellschaftliche Schlange bin, und inzwischen brauche ich weniger Zeit, um zu merken, wenn ich aus einer alten Haut in eine neue schlüpfe, die genauso konservativ ist. Ich hatte die schillernde Regenbogenhaut eines komplexen Geschöpfes abgestreift, dessen Erinnerungen über Hunderte von Seiten in verstreuten Rinnsalen überquellen, und mir die Haut des verletzten, anfangs unverstandenen, dann verlorenen (Rauschgift, Größenwahn) Geschöpfes übergezogen, das sich am Ende selbst befreit.

Ich habe mir dann gesagt: Gut, jetzt werde ich eben eine Haut an der anderen abschuppen, ich werde den *Deux ex machina*-Rollstuhl demontieren mit Hilfe anderer Erinnerungen meines problematischen Bildes. Wir wollen doch einmal sehen, ob sie sich nicht gegenseitig vernichten.

Und so habe ich vor sechs Wochen angefangen, wieder in den Hunderten von Seiten zu blättern, auf denen ich tage- und nächtelang, in der Kühle des Frühlings und der drückenden Hitze des Sommers, eingeschlossen in mein Zimmer (wie jetzt) vergebens, aber weniger vorurteilsgeladen, versuchte, mein Leben wieder zusammenzusetzen. Na, vielen Dank, rief ich innerlich aus, während ich meine Texte wiederlas: ich hatte Tausende von Episoden ausgelassen, um mich ganz auf die konzentrieren zu können, die meinen Kampf gegen die Schlinge um den Hals größer machte, die mein körperliches Leiden darstellte. Aber ich hatte in Hülle und Fülle andere, die dieser Hypothese widersprachen. Wieder einmal hatte ich nur die Qual der Wahl. Das fing schon an bei Meran im Dezember 1945, mit meiner Ankunft im Zug der Kriegsheimkehrer aus Rußland.

Ich lag etwa zwei Wochen in einem Hotel, das als Durchgangslazarett für die versehrten Heimkehrer benutzt wurde, und wartete in einem Zimmerchen darauf, daß sich einer von meinen Angehörigen meldete – sie waren offiziell von meiner Ankunft in Kenntnis gesetzt worden. Und da taucht an meiner Tür hinter einem Berg von Blumen und Geschenkpäckchen, die er im Arm hielt, ein Junge auf; er hat grüne Augen, die sich in meine bohren.

Ich sah ihn staunend an. Auf alles war ich gefaßt gewesen, aber doch nicht darauf, daß mein letzter Verlobter, den ich 1943 in Rom hatte, bevor ich mit meinen Eltern nach Norditalien zog, hier erscheint. Aber er war es, es waren seine länglichen Mandelaugen, die fleischigen Lippen. Der Kopak auf seinem Kopf betonte noch sein orientalisches Aussehen, das mir früher nicht aufgefallen war, die breiten Nasenflügel, die markante Seitenpartie.

«Ich bin es, Georg, erkennst du mich nicht?»

Ich hatte mich mit siebzehn mit ihm eingelassen, und wir waren monatelang miteinander gegangen und hatten uns ständig gezankt, weil er Antifaschist war und ich das Gegenteil, aber wir verbrachten jeden freien Augenblick zusammen und gingen, in der

Taille umschlungen, zwischen den Ruinen des Palatin spazieren, nur wenige Schritte von meinem Haus entfernt (ich wohnte am Aventin und erfand immer alle möglichen Ausreden, damit ich weggehen konnte). Wir trafen uns auch nachher noch heimlich, als er offiziell um meine Hand angehalten hatte, wie das damals üblich war.

Er war ein rumänischer Graf, der im Exil lebte, seit die König Carol nahestehenden Aristokraten emigriert waren; das war zur Zeit der Codreanu-Rebellion, die dann von Antonescu niedergeschlagen wurde, der durch einen Staatsstreich an die Macht gekommen war. Seine Familie war nach England geflohen, und er war mit einem Stipendium der Rumänischen Akademie nach Rom gelangt (das nazifreundliche Regime Antonescus begegnete dem Adel im Exil mit Achtung). Sobald er hörte, daß mein Vater beabsichtigte, nach Norden zu ziehen, wo sich nach der Befreiung Mussolinis am Gran Sasso (Ende Sommer 1943) die faschistische Regierung neu gebildet hatte, hatte er mich gebeten, ihn zu heiraten und mit ihm in Rom zu bleiben. Ich hatte ja gesagt, wenn er mit uns in den Norden hinaufzöge.

Es waren verworrene Tage, wir hatten uns gegenseitig angefleht, vernichtet, unter Tränen und mit Briefen, die wir uns aushändigten, uns beschuldigt, uns nicht zu lieben, bis die Stunde der Trennung gekommen war und er zu mir gesagt hatte: «Es bringt dir Unglück, ich fühle es», worauf ich entgegnete: «Unberufen» und vor seinen Augen mit den Fingern das Hörnerzeichen machte.

Ich hatte ihn mir aus dem Gedächtnis gerissen, und erst im darauffolgenden März in Frankfurt-Höchst, ein paar Wochen nach meiner Ankunft im Lager, als ich die beiden ersten Briefe meiner Mutter erhalten und die mir für die nächsten zwei Wochen zustehende Antwortpostkarte zerrisssen hatte, als ich von den Gefährtinnen geschnitten und von den anderen Lagerinsassen gemieden wurde, während ich Blocks von gefrorener Schwefelsäure auf- und ablud, war mir sein Gesicht wieder in den Sinn gekommen, das bei meinem Anblick aufleuchtete, seine Angst um mich, die Inständigkeit, mit der er mich angefleht hatte zu bleiben. Ich hatte dann wieder einer Gefährtin eine Postkarte abgekauft und ihm nach Rom geschrieben, ihn gebeten zu kommen, ich wäre verloren und brauchte seine Hilfe. Am Ende desselben Monates, es war noch immer März 1944, hatte ich ihm noch einmal geschrieben und ihn gebeten, mir ein Paar Stiefel mitzubringen und vor allem die *Lebensmittelvorräte* nicht zu vergessen (im einzelnen Wurstwaren, Fette, Zucker). Und eines Abends, bei der Rückkehr von der Fabrik, habe ich dann gemeint, ihn vor dem Lager stehen zu sehen. Eine Zeitlang wartete ich noch auf einen Brief von ihm. Schließlich hatte ich ihn mir wieder aus dem Gedächtnis gerissen, und zwar so gründlich, daß ich ihn an jenem Nachmittag in Meran zuallerletzt erwartet hätte.

Als ich ihn so vor mir sah, spürte ich in all meiner Aufregung wegen der bevorstehenden Begegnung mit meinem Vater (meine zärtlichen Gefühle für meine Angehörigen, die ich in Homburg empfunden hatte, als ich noch dachte, ich lebte künftig in der Sowjetunion, hatten sich in Nichts aufgelöst) eine Welle von Zuneigung für diesen jungen Mann, den ich vergessen hatte und der als erster zu meinem Empfang angereist war.

Wir haben geweint, gelacht, uns erinnert, und wir haben uns wieder zusammengetan. Er schlief auf einem Feldbett neben mir.

Ein paar Tage später habe ich ihn (schluckend) gefragt: «Hast du meine Briefe aus dem Lager je bekommen?» Er hat es mit Blicken bestätigt und dann mit rot angelaufenem Gesicht in seinem Koffer gekramt. Dabei redete er hastig, in Wortfetzen. Er schien voller Angst auf diese Frage gewartet zu haben.

Er hatte meine Postkarten bekommen und streckte mir jetzt seine Antworten entgegen, über hundert Briefe, die er mir geschrieben hatte, ohne sie abzuschicken, ein Haufen von Seiten, die in einem Aktendeckel nach dem Datum geordnet und laufend durchnumeriert waren. Es hatte eine merkwürdige Wirkung auf mich, sie so karteimäßig geordnet zu sehen. Ich habe sie vielleicht ein bißchen zu zerstreut angesehen und sie dann auf den Nachttisch gelegt:

«Ich werde sie später lesen.» Ich lächelte. Aber ich habe aus dem Augenwinkel gesehen, daß seine Miene sich verdüsterte (auf seine Art: nur einen Schatten). Ich habe sie wieder in die Hand genommen. Er legt sofort eine Sonate aufs Grammophon, das er mir mitgebracht hatte. Fis-Dur, sagt er. Ich tauche ein in seine launische, aber klare Schrift mit vielen «S» wie Schlangen und runden «a» ein.

In diesen Briefen, die er nie abgeschickt hatte, erinnerte er mich an unsere Auseinandersetzungen in den letzten Tagen, als er versucht hatte, mich mit meinen eigenen Widersprüchen zu konfrontieren, zum Beispiel dem zwischen all den Vorwürfen, die ich meinen Eltern machte, und meinem Entschluß, mit ihnen in den Norden zu gehen. Ich hatte ihm gesagt (daran erinnerte ich mich nicht), daß meine Mutter vor lauter übertriebener Tugend «ausgetrocknet» sei, aber wenigstens fähig zur Hingabe, während mein Vater «kalt» sei, auch wenn er so herzlich wirke: er streue einem nur Sand in die Augen, er sei nur sentimental wie alle Zyniker, dazu brauche man ja bloß Dostojewskij zu lesen. Ich wurde ein bißchen neugierig auf die Urteile, die ich voreilig gefällt hatte, als mir noch jede Erfahrung fehlte, und die Georg eifersüchtig in seinen Briefen festgehalten hatte (leichtfertige Urteile im übrigen). Ich fühlte mich aber auch ein bißchen unbehaglich, weil Georgs Argumente mich nicht einmal jetzt überzeugten, nämlich daß dies ein Abenteuer gewesen war, das ins Verderben führte, daß es mich in den Abgrund gezogen und ich aus Nihilismus nach Deutschland hatte gehen wollen (während ich las, ging er immer um mich herum, um zu sehen, an welcher Stelle ich war und ob ich etwas dazu sagte). Mag sein, daß es so war, dachte ich, aber es war auch bezeichnend, daß ich mich nicht von den weiblichen Hilfskorps oder für irgend etwas anderes «kriegslüsternes», wie er schrieb, hatte anwerben lassen, sondern daß ich wirklich in die Lager gegangen war, wo es überhaupt nichts Heldenhaftes gab, keinen schönen Tod, sondern nur die Aussicht auf Fabrikarbeit, «Hilfsarbeiterin» stand auf meinem Einstellungspapier, also war ich ja wohl Arbeiterin geworden, oder etwa nicht? Warum gab er nicht zu, daß es das war, was ich wollte, auch wenn der Schlag dann vielleicht doch etwas schwerer kam als vorhergesehen. Er wußte doch selber, wie viele Angebote, als Dotmetscherin zu arbeiten, ich schon in Rom gehabt hatte, wo ich doch Französisch, Italienisch und Deutsch ohne Unterschied sprach. Ich hatte ihm sogar erklärt, aus welchem Grund ich das nicht wollte, nachdem ich Ende September 1943 nach der Gründung der neuen republikanischen faschistischen Partei von Alessandro Pavolini persönlich empfangen worden war. Ich wollte raus aus der schönen Welt, die Dinge nicht mehr von oben sehen. Warum wiederholte er in seinen Briefen immer nur das, was er mir zwischen Liebkosungen bereits tausendmal persönlich gesagt hatte, so daß ich schon zu keiner Regung mehr fähig war, so fremd wurde er mir. Als ich weiter las, stellte ich fest, daß er doch auf die Arbeiterin einging, er zitierte Sätze aus meinen beiden Postkarten, in denen ich sagte: «Ich bin dabei, das zu lernen, was ich kennenlernen wollte. Wenn Du hierher kommst, um mit mir *Arbeiter* zu sein, wirst auch Du verstehen. *Vielleicht habe ich Angst, zu viel zu entdecken, allein habe ich Angst*, ich habe niemanden außer Dir, und Du hast mir früher einmal gesagt, daß Du mich liebst.» Und einen anderen Satz: «Wir haben in der Vorhölle gelebt. Verschanz Dich dort nicht weiter, komm.» Er antwortete, daß ich etwas entdeckte, was er längst kannte und was er mir bei unseren letzten Begegnungen so verzweifelt vor Augen zu führen versucht habe: Gewalt, Grausamkeit, Elend – Übel, denen nachzulaufen reiner Wahnsinn war. Gleichzeitig aber quälte er sich, malte sich mein Leben im Lager aus, das er mir beschrieb – ziemlich genauso, wie es in Wirklichkeit war. Kein Zweifel, daß er Tag und Nacht darunter litt. Er beschloß, sich aufzumachen und zu mir zu kommen, aber als er dann in den Büroräumen der Organisation Todt stand, um beim Nazi-Unterführer seinen Antrag einzureichen, wurde er fast ohnmächtig und kehrte um und schrieb mir wieder ganze Nächte hindurch oder von jenem Bartischchen aus, an dem er früher mein unregelmäßiges Erscheinen abgewartet hatte, als wir noch glücklich waren. Und seitenlang erklärte er mir seine Liebe, schrieb, daß er unmöglich ohne mich leben, aber ebenso unmöglich zu mir kommen könne. Ab und zu beschloß er, mir den Brief zu schicken, den er gerade schrieb, aber er fürchtete die Zensur, er als Emigrant war ohnehin nur eben geduldet, und wenn sie ihn überwachten? Wenn sie diese Seiten bei ihm fanden? So lebte er, auch ohne sie an mich abzuschicken, in der ständigen Angst, entdeckt zu werden. Plötzlich unterbrach er einen Satz, fuhr dann fort mit Entschuldigungen: er hatte Schritte vor der Tür gehört und alles unter der Matratze versteckt . . .

Ich hatte schon genug vom Lesen, wagte aber nicht aufzuhören, ich spürte, wie er voller Angst neben mir stand. Ich lese weiter bis zur Befreiung Roms, habe ich bei mir gedacht, als die Amerikaner erst da waren, werden ihm seine Ängste doch wohl vergangen sein. Ich habe heimlich weitergeblättert, um nach den Daten zu sehen, aber es waren noch ziemlich viele Seiten dazwischen. Ich war erst bei Ende April 1944 angelangt und mußte noch bis Juni kommen!

«Du findest mich lächerlich!» habe ich ihn schließlich murmeln hören. Er saß auf dem Feldbett neben mir, die Ellbogen auf die Knie gestützt, und knabberte an seinen Handrücken, eine Geste des Unbehagens, die ich schon damals an ihm beobachtet hatte, als klar war, daß wir uns trennen würden.

«Nein», lache ich. «Aber mir ein Lebensmittelpaket zu schicken wäre besser gewesen.» Doch der Witz erheitert ihn nicht, seine Lippen zittern. Ich muß vor ihm verbergen, daß sein inneres Drama mich gleichgültig läßt: «Es ist nicht deine Schuld», sage ich zu ihm. «Ich hätte dir nicht schreiben sollen. Das war ganz schön anmaßend!»

«Was?» Als hätte ich ihm eine Ohrfeige gegeben.

«Weißt du, Georg, jetzt ist es so, wie wenn du gekommen wärst», habe ich ihn getröstet.

In meiner Abwesenheit hatte er seinen Doktor in Philosophie gemacht, Essays und Gedichte veröffentlicht und einen Lehrauftrag für zeitgenössische Literatur an der Universität Rom bekommen.

«Wir haben das ganze Leben noch vor uns!» Er lachte aus voller Kehle.

Anfang Januar sind wir zusammen nach Bologna aufgebrochen, in das orthopädische Lazarett, von dem ich schon sprach und in das ich dank seiner Bemühungen – bis hin zum Präfekten von Meran – verlegt worden war.

Um in meiner Nähe sein zu können, hat er in Bologna durchgesetzt, daß er auf einer Matratze auf dem Boden draußen im Gang vor meinem Zimmer schlafen durfte. Monatelang hat er die Matratze jeden Abend aus dem Abstellraum unseres Stockwerkes geholt und sie jeden Morgen wieder zusammengerollt und dorthin zurückgebracht. Im Frühjahr haben wir uns dann getrennt, aus Gründen, die in unserer Beziehung selber lagen.

Er dachte weiter über mich so, wie er auch schon vor unserer

Wiederbegegnung über mich gedacht hatte. Stundenlange Geständnisse hatten sein Urteil nicht einmal angekratzt. Er hielt mich für ein lebhaftes, stolzes Mädchen, das nie zurückblickte, und diese Eigenschaft, die er einer Grüblerin wie mir zusprach, faszinierte ihn und zog ihn sinnlich an. Mir tat es zwar weh, denn ich spürte, wie um mich herum wieder ein affektiver Rahmen entstand, der mich negierte, und ich hatte auch das Gefühl, wenn ich nahe bei Georg war, daß er eine ganz andere liebte, aber getrennt haben wir uns wegen einer Meinungsverschiedenheit, die nicht die Vergangenheit betraf, sondern die Zukunft. Er wollte, daß wir gleich nach der Heirat in die Vereinigten Staaten übersiedelten, er hatte dort einen dreijährigen Lehrauftrag an einem College erhalten. Er beschrieb mir das Leben, das wir dort führen würden: abwechslungsreich, bequem, interessant, unter lauter kultivierten Menschen. Aber ich war gerade erst nach so vielen Zweifeln und Überlegungen nach Italien zurückgekehrt und wollte jetzt auch dort bleiben.

Es folgten ungestüme Wochen. Wir trennten uns keinen Augenblick. Abends gingen wir in einen Schuppen hinten im Park und legten uns in das Stroh.

«Hör auf mit diesen unnützen Leidenschaften», sagte er, «sonst schnappen sie dich noch einmal.»

Ich rekonstruierte meinen Gedankengang bis ins kleinste für ihn, um ihm mein Verhalten zu erklären und daraus auch für mich selber Schlüsse zu ziehen. Ich war so hartnäckig, daß er schließlich zusammenbrach:

«Hier kannst du gar nichts machen. Hast du Angst vor dem Glück? Dein Gehirn ist noch immer in einem Lager. Mach doch die Augen auf, Lucina, der Krieg ist aus, die Welt gehört uns.»

Je mehr er so sprach, desto mehr klammerte ich mich an Martine, Gruschenka, Alain, Lulù, die Flämin, Louis, Jeanine.

«Du sonderst dich geistig ab, das spüre ich», sagte er und zog mich an sich, während ich mich in Gedanken an die Männer vom Partisanenverband und von Widerstandskomitees wandte: «Gebt ihm unrecht. Stellt mich noch einmal auf die Probe wie im Ch 89, nehmt mich auf, bitte.»

«Begreifst du nicht, daß diese Dinge dich traurig machen, du zehrst deine Kräfte auf, und ich soll dir dabei auch noch zusehen?» fuhr er fort, als wollte er mich wachrütteln.

«Wenn du mitmachen würdest, wäre es anders», murmelte ich.

«Mein Vater sagte, Fanatismus ist eine plebejische Leidenschaft. Und du bist davon infiziert.» Aber weil er fürchtete, er hätte mich beleidigt, schwor er mir sofort wieder seine Liebe.

«Also gut, bleiben wir in Italien», brachte er schließlich eines Tages hervor, als wir im Park des Krankenhauses saßen und nachdem ich gerade die Nacht davor für mich selber zu dem Schluß gekommen war, daß diese Beziehung ein Fehler war.

«Georg, warum quälen wir uns unnötig? Im Grunde hast auch du immer gewußt, daß wir beide nicht zusammen leben können», sagte ich plötzlich ganz erschöpft und konnte meine Tränen nicht zurückhalten.

Ich sah, wie er rot wurde, die zitternden Lippen, die glänzenden Augen. Er bemerkte, daß die Rückenlehne meines Rollstuhls zu steil stand:

«Ich stelle sie dir ein bißchen schräger.»

Er gab sich nicht geschlagen:

«Einmal habe ich mich zurückgezogen, ein zweites Mal nicht.» Wir aßen in der gewohnten unbequemen Weise im Krankensaal zu Abend, er mit dem Suppenteller auf den Knien und ich seitlich im Bett, mit dem Napf auf der Decke. Er bewies mir, daß ich einen Fehler machte, daß ich mich von einem Selbstzerstörungstrieb leiten ließ. «Und *du* redest von Realitätssinn», sagte er und tauchte seine grünen Augen in meine. «Aber wie du willst, dann zerstören wir uns eben gemeinsam», schloß er, als würde ich ihn vor das Erschießungskommando führen (dachte ich).

Und jetzt war ich es, die nicht mehr argumentieren wollte. Ich wollte ihn nur noch streicheln, umarmen, ich bemerkte seine schmalen Schultern, den jünglingshaften Brustkorb, nur die Beine waren muskulös, kräftig. Und jetzt rückte er ab. Er verzog die fleischigen Lippen, rieb sich die Fingerkuppen.

Nachts, auch noch nach dem Schuppen, kam Georg barfuß in den Krankensaal, und dann flüsterten wir, oder er schlief im Sitzen ein, den Kopf auf dem Ellbogen auf meinem Bett, den anderen Arm um mich geschlungen. Auch an den Wochenenden, wenn meine

Mutter da war, ging er nicht mehr in die Stadt, in die Bibliothek oder anderswohin wie vorher, sondern blieb bei mir wie festgeklebt, fand immer eine Möglichkeit, mich zu streifen, während er las oder lernte, hielt meine Hand, stützte den Ellbogen auf meine Armlehne neben meinen, stellte sein Bein neben das meine auf die Fußstütze des Rollstuhls, setzte sich aufs Bett und lehnte sich gegen meinen Schoß. Wir wurden zusammengehalten vom Kummer darüber, auseinandergehen zu müssen.

Das Datum der für März vorgesehenen Eheschließung, die bereits bekanntgegeben worden war, verstrich. Abends im Schuppen war mir kalt. Wenn man lange darauf lag, war dieses plattgedrückte Stroh hart, die Halme stachen. Obwohl erst fünfundzwanzig, war Georg geistig schon zu sehr festgelegt, um sich noch ändern zu können. Ich rückte vorsichtig von ihm ab und knipste die Taschenlampe an, mit der ich im Schuppen herumleuchtete. Die Geräte, Forken, Schaufeln und anderes lehnten in einer Ecke und warfen unregelmäßige gezackte und gebogene Schatten, die kürzer oder länger oder geknickt waren, je nach den Bewegungen, die ich mit der Lampe machte. Was für ein Blödsinn. Im April haben wir uns getrennt.

Vielleicht hat mir kein Mensch so wie Georg (bei meinem Vater war ich darauf gefaßt) das Gefühl der Überflüssigkeit meiner Lagererfahrung vermittelt. Dennoch weiß nur Gott, wie lange ich vor mir selber Ausflüchte gesucht habe, bevor ich mich mit dem Gedanken abfand, mich von ihm trennen zu müssen. Aber die Lucia, die er liebte, stahl mir die Luft zum Atmen, entmaterialisierte sanft alles das, was ich in Deutschland gesucht hatte.

Vielleicht hat die Entdeckung, daß diese Beziehung für mich unmöglich war, den ersten Riß in meine Erinnerung gemacht. Es hatte mich soviel gekostet (den Verlust von Georg), mein Deutschland nicht zu verleugnen, daß ich anfing, es zu fürchten. Kurz darauf habe ich Domenico kennengelernt.

Im übrigen gab es nichts zu klären, jeder hatte sein Urteil fix und fertig über das, was ich erlebt hatte, noch ehe ich anfing zu erzählen. Alle sahen mich mit den gleichen Augen wie Georg, und so schätzten mich Leute, vor denen ich floh, und mißtrauten mir andere, zu denen ich mich hingezogen fühlte.

XII

Im April 1945, im Augenblick der härtesten Abrechnung während der Tage der Befreiung, hatte mein Vater es geschafft, sich der Verhaftung zu entziehen, indem er sich bei einer seiner Geliebten versteckte, die sich in der Resistenza verdient gemacht hatte. So war er erst später verhaftet worden: er hatte sich selber gestellt. Der Prozeß im Schnellverfahren ergab, daß mein Vater im Rahmen seiner Aufgaben als Untersekretär des Propagandaministeriums, Abteilung Luftfahrt, keine kriegerischen Aktionen geleitet, sondern nur amtliche Tätigkeiten ausgeübt hatte. Eine Dokumentenakte hatte bei der Anklagebehörde einen guten Eindruck hinterlassen. Es handelte sich um öffentliche Erklärungen, in denen er den Bürgerkrieg bedauert hatte, sowie um Proteste gegen die Kontrolle der Nazis über die Autonomie der republikanischen Kräfte und um Zeugenaussagen von Partisanen, denen er geholfen hatte, sich zu verstecken und zu fliehen.

Einen Monat nach meiner Rückkehr nach Italien wurde er freigesprochen. Er widmete sich zunächst Geschäften. Dann fing er nach und nach wieder an, Veröffentlichungen herauszugeben, zunächst solche über Veranstaltungen und das Nachtleben, und ein paar Jahre später auch wieder Luftfahrtpropaganda.

Auch sein Bruder, der Ingenieur, der hoher Parteifunktionär war und die Arbeiten zur Trockenlegung der Pontinischen Sümpfe geleitet hatte, war gut davongekommen: er war in den Industriellenverband Confindustria eingetreten, wo er schnell ein hohes Amt erhielt.

Nun ist es nicht so, daß ich diese beiden Personen 1946 unbedingt an den Pranger gestellt sehen wollte: mein Vater hatte tatsächlich den Bürgerkrieg bedauert und Partisanen geholfen, und mein Onkel war ein hochqualifizierter Ingenieur, dessen Kenntnisse zu verschleudern dumm gewesen wäre. Was ich so beklemmend fand, war, daß einige auf Grund ihrer *sozialen Verhältnisse* glatt durch die Geschichte kamen, während andere sie am Hals hatten.

Ich sah mich um in dem Lazarett, in dem ich untergebracht war, ein sehr weitläufiges Gebäude, vielleicht ein ehemaliges Kloster, das sich auf einem Hügel erhob, von wo es die Stadt Bologna beherrschte. Es war voll von Männern, Heimkehrern von allen Fronten, auch in den Gängen und auf den Treppenabsätzen lagen Verwundete, nur in dem quadratischen Saal im obersten Stock waren etwa ein Dutzend Frauen untergebracht, darunter ich. Unter den Hunderten von Soldaten befanden sich auch etwa dreißig Partisanen, die in einem Zimmer im Erdgeschoß hinter dem Turnsaal lagen. Ungefähr ebenso viele *repubblichini* füllten einen Krankensaal im letzten Stockwerk gegenüber unserer Tür, durch die manchmal ihre aus voller Kehle gesungenen Lieder an unser Ohr drangen:

Le donne non ci vogliono più bene
perché portiamo la camicia nera,
ci hanno detto che siamo da galera
ci hanno detto che siamo da catene.*

Vor allem zwei Jungen beeindruckten mich, einer war ungefähr sechzehn, auf Krücken, ein Bein am Schenkel amputiert, der andere vielleicht zwanzig und im Rollstuhl. Wenn sie aus dem Turnsaal kamen, blieben sie im Gang stehen, ungefähr vor der Tür des Saales, in dem die Partisanen lagen, und stimmten jedesmal an:

L'amore coi fascisti non conviene
meglio un vigliacco che non ha bandiera
uno che salverà la pelle intera,
uno che non ha sangue nelle vene.**

Die freiwilligen Widerstandskämpfer schlugen ihnen die Tür vor der Nase zu.

«Kommt doch her, wenn ihr Mut habt!» forderte der Sechzehnjährige auf, er hüpfte auf seinem einzigen Fuß und richtete eine Krücke gegen die geschlossene Tür, die plötzlich aufgerissen wurde: «Ich schlage mich doch nicht mit einem Wrack», erhob sich eine ernste Stimme.

* Die Frauen mögen uns nicht mehr / weil wir das Schwarzhemd tragen / sie haben gesagt, wir gehören ins Gefängnis / sie haben gesagt, wir gehören in Ketten.

** Liebe mit Faschisten ziemt sich nicht / besser ein Feigling ohne Fahne / einer der seine Haut rettet, / einer der kein Blut in den Adern hat.

«Hosenscheißer!» schrie der ausgezehrte Zwanzigjährige im Rollstuhl mit gellender, zitternder Stimme.

Da kam, abwechselnd den Fuß und die klickende Krücke aufsetzend, ein anderer Junge mit rosigem Gesicht und gesprenkelten Augen mit langen Wimpern heraus, auch er beinamputiert, und stürzte sich auf den Sechzehnjährigen. Sie ließen ihre Stöcke fallen und gingen in den Nahkampf, bis zwei Krankenträger herbeieilten und sie aus der Umklammerung rissen.

Die Offiziere dagegen wurden nie handgreiflich. Sie waren auch gar nicht getrennt: Sowohl Angehörige des Befreiungsheeres wie die der Republik von Salò waren im für sie reservierten ersten Stock untergebracht, gleich neben den Operationssälen und den Verwaltungsbüros. Sie waren nicht nach politischer Gesinnung, sondern nach Graden zusammengelegt. In Zimmern mit wenigen Betten lagen die Leutnants, in anderen die Hauptleute, während die hohen Offiziere über Einzelzimmer verfügten. Gelegentlich hoben sie im Speisesaal, wo ihnen eine besondere Ecke eingeräumt worden war, die Stimmen gegeneinander, gewöhnlich aber hielten sie sich vornehm zurück.

Ich hatte das gleiche Gefühl wie in Deutschland: um die Befreiung wurde nur großes Trara gemacht, die sozialen Hierarchien blieben in Wirklichkeit unangetastet. Da wurden ideologische Kreuzzüge ausgerufen, nur um all das, was sich nicht verändert hatte, besser maskieren zu können.

Ich verstand wohl, daß ein Krieg nicht reicht, um Vorurteile abzubauen, aber ich verstand nicht, daß ein Krieg auch nicht reicht, um eine soziale Struktur abzubauen, die die Faktoren ihrer eigenen Auflösung schon in sich trägt.

War es die Angst vor dieser Erkenntnis gewesen, die mich veranlaßt hatte, mich hinter der Lähmung zu verschanzen? Fiel es mir so schwer zuzugeben, daß ich 1946 so naiv gewesen war?

Ich verkehrte mit den Partisanen – sie kamen oft herauf in mein Zimmer – und fand bald, daß sie ebenso von Illusionen lebten wie ich selber in Dachau.

Ich erinnere mich an einen kräftigen Jungen aus dem Grappa. Er beschwor dauernd die Nächte herauf, in denen er mit ein paar Genossen zusammen den Patrouillen der schwarzen Brigaden aufgelauert hatte, das waren diejenigen, die schwarz trugen und einen weißen Totenkopf auf der Baskenmütze hatten. Wenn er davon erzählte, zog er manchmal plötzlich den Kopf ein, legte den Finger an den Hahn und das Auge an den Sucher eines nicht vorhandenen Gewehrs an seiner Schulter, und sein schönes Gesicht wurde bleich. Mit einem verwirrten Blick auf uns kam er wieder zu sich.

Ich erinnere mich vor allem an einen Jungen aus Imola, auch er achtzehn, der in der Poebene gekämpft hatte. Bei ihm, der groß und dunkelhaarig war und seinen Kopf hocherhoben trug, hatten vor allem die Nächte, in denen er am Munitionslager hatte Wache halten müssen, tiefen Eindruck hinterlassen.

Eines Tages, als Luciano, die Munitionswache, zusammen mit einem anderen Partisan, einem bärtigen Mailänder, an meinem Bett stand, sprachen wir über diese seine Nächte auf Wachtposten.

Seine Genossen waren losgezogen, um Jagd auf Soldaten oder Nazis zu machen, die sich in die Gegend wagten, und hatten ihn als Wache zurückgelassen, da er (wie sie sagten) sich im Dunkeln nicht flink fortbewegen konnte – so allerdings konnte er es auch nie lernen. Tatsache ist, daß er vor Angst vor den Nazi-Hunden wie gelähmt war und die ersten Male, die seine Freunde ihn mitnahmen, zurückblieb, als hätte er Wurzeln in der Dunkelheit geschlagen, und auch auf ihre Rufe (Vogelpfeifen, Froschquaken) nicht antworten konnte, und wenn ihn dann jemand holen kam, mußte er ihn zuerst eine Weile lang schütteln, bis Luciano die Sprache wiederfand. Aber als er dann selber Wache halten mußte, war es noch schlimmer (ein Schauder läuft ihm über den Rücken, während er erzählt). Er stand im Finstern in der Kälte und starrte auf die Büsche, und sobald er sich umdrehte, hörte er hinter seinem Rücken ein verdächtiges Knistern und fühlte sich als die einzige Zielscheibe in der ganzen Ebene, da – der andere legte schon an. Sein Gehirn verstand natürlich, daß da nur Nebel und seine eigene Gestalt von den Schatten des Gebüsches nicht zu unterscheiden war, daß die wertvollen Kisten mit den in Wachstuch eingewickelten Patronen und Handgranaten unter der Erde waren. Sie hätten auch erst «Halt! Stehenbleiben!» geschrien, bevor sie geschossen hätten (er hätte ja auch einer von ihren Leuten sein können), und er hätte immer noch genug Zeit gehabt, sein Gewehr in den Teich zu werfen ...

«Wirklich schön», fällt da der Mailänder Partisan ein, ein kleiner Mann mit vollem Gesicht und gekräuseltem Bart. «Du hast ja vielleicht Ideen!» Dann schnellt er plötzlich herum: «So hättest du es machen müssen.» Halb über eine imaginäre Waffe in seinen Händen gebeugt, schießt er eine Salve rings in die Finsternis des Freundes.

Unterdessen waren ein paar der Soldaten nähergekommen, die gerade zu Besuch bei anderen Patientinnen waren.

«Na, na», warf ein Rußlandheimkehrer ein, «von so schnellen Reflexen träumst du aber nur, mein Lieber. Wenn du ein paar Stunden ohne Deckung Wache geschoben hast, wirst du selber zur Zielscheibe.»

«Die Guerilla ist nicht die Front», hat ihm da der Mailänder mit lauter Stimme geantwortet, «wo du nicht weißt, warum du kämpfst, hier weißt du genau den Zweck.»

«Die eigene Haut ist die eigene Haut», entgegnete der andere, achselzuckend, «mit oder ohne Zweck, du kriegst einfach Schiß, wenn du da wie ein Arschloch in der Nacht Schmiere stehst.»

«Einer, der auf Russen schießt, muß sich ja auch wie ein Arschloch vorkommen, wie soll er sich denn sonst vorkommen?»

«Jetzt guckt euch mal diesen Klugscheißer an, will mir zeigen . . .»

«Wer ist hier der Klugscheißer?»

Sie sind aufeinander losgegangen. Auch andere haben sich eingemischt.

«Jetzt guckt euch das bloß an, die Helden der letzten Stunde», hat einer aus der Gruppe der Soldaten geäußert.

«Und ihr, Schlappschwänze.»

«Und ihr, Etappenschweine.»

«Eins – zwei, eins – zwei.»

«Mensch, rasier dir nur den Bart ab, du Schleimscheißer, du stinkst doch trotzdem nach Milchbaby.»

«Und ihr seid alle Hahnreie.»

Es waren noch mehr Besucher dazugekommen, die Patientinnen, die aufstehen konnten, traten dazwischen, ein Halbblinder mit grauen Haaren sagte unentwegt:

«Hört doch auf, es ist eine Schande», und sein einziges Auge blickte traurig.

«Eine Schande für wen? Ich habe meinen Arm in Libyen gelassen.»

«Für uns alle, für uns alle», erwiderte er mit erhobenen Händen, um den Streit zu beschwichtigen.

«Sag das doch den lieben Genossen hier, die noch immer Krieg spielen, und nicht uns, wir haben nämlich die Nase voll von eurem Affentheater, und zwar bis hierhin», sagte er und hielt sich die Hand waagerecht vor die Stirn.

«Faschist.»

«Wer ist hier Faschist?» Und er packt den Mailänder Partisan am Pyjamakragen.

«Jeder, der die Resistenza ein Affentheater nennt. Wir haben euch vom Faschismus befreit.»

«Indem ihr hinter den Panzern der Amerikaner hergelaufen seid!»

Jetzt rauften sie.

«Diese Großkotze», schrie derjenige, der seinen Arm in Libyen verloren hatte, «bloß weil sie mal vier Granaten irgendwohin geworfen haben . . .»

«Ich habe meine halben Eingeweide dagelassen», sagte der Rußlandheimkehrer kopfschüttelnd, «und die wollen mich noch belehren.»

«Aber du hast ihn auch behandelt», versuchte ich, ihn von meinem Bett aus zu beschwichtigen, «wie einen, der Märchen erzählt.»

Er kam näher mit zusammengelegten Händen:

«Aber die hier wollen mir erzählen, daß ich ein Trottel gewesen bin, blöd genug, mich drei Jahre an die Front und zwei ins Gefängnis schicken zu lassen! Hast du verstanden?»

«Und was hat dir das gebracht?» Der Mailänder Partisan fuchtelte mit den geschlossenen Fingern vor ihm herum. «Kannst du mir das mal sagen?»

«Ich habe meine Jugend verloren, und jetzt soll ich auch noch ein Arschloch sein? Ach, leck mich doch . . .» erwiderte er mit einer aufbrausenden Geste.

Zwei Wärter sind dazugekommen.

«Seid ihr verrückt geworden, hier so rumzuschreien? Wollt ihr, daß die Direktion die Besuche verbietet? Los jetzt, ab mit euch, und zwar alle.»

Einen Ärmel zurechtzupfend, einen Gürtel ordnend, haben die Männer sich murrend verstreut: «Armes Italien!» – «Euch werden wir's zeigen!» – «Was man sich hier so anhören muß.»

«Aber auch du», sagte ich am nächsten Tag zu Vittorio, dem Mailänder Partisan, «auch du darfst sie nicht demütigen . . .»

«Ich und sie demütigen?» Vor Verblüffung blieb ihm der Mund offen stehen.

«Ich weiß, daß du es nicht willst, aber gerade damit demütigst du sie noch mehr» (ich identifizierte mich mit diesen Soldaten). «Verstehst du, wie heikel das ist, das Leben eines Menschen, das kannst du doch nicht einfach auf den Müll werfen.» Ich fand nicht die richtigen Worte.

«Wer hat es denn auf den Müll geworfen, ich vielleicht? Im Gegenteil! Du willst sie doch hier gerne als Sklaven sehen.»

«Und was werden sie tun, die Herren?»

So argumentierte ich damals, und das war es, was ich nicht zugeben wollte.

Und diese Männer, mit denen ich mich identifiziert hatte, waren dann dieselben, die an meinem Bett vorbeidefilierten und es im Grunde skandalös fanden, daß ich in meinem Zustand heiratete. Ein Infanteriefeldwebel sagte zu mir:

«Und ich habe darüber geklagt, daß meine Frau und meine Tochter bei einem Bombenangriff verschüttet worden sind! Wenn ich sie nun so herausgezogen hätte?» fragte er und deutete auf meine Beine. «Wirklich wahr, tot ist nie das Schlimmste.»

(Die einzige freundliche Erinnerung an diesen Vorbeimarsch von Besuchern ist das Gesicht jenes Wachtpostens, der einen Augenblick an meinem Bett stehenblieb und zu mir sagte: «Bist traurig, was?»)

Vittorio war abgereist. Die letzten Gespräche waren quälend gewesen.

«Du willst mich nicht verstehen», sagte ich zu ihm. «Es geht nicht darum, die Arbeiter reinzuwaschen. Siehst du nicht, wie sich diese Sechzehnjährigen hier im Lazarett gegenseitig verprügeln? Solche Szenen findest du wohl nicht aufschlußreich? Aber ich. Ich habe nämlich in den Lagern genau dasselbe gemacht, ich habe mit den anderen gerauft, die genauso beschissen dran waren wie ich, verstehst du? Ich hatte nur Haß im Leib.» Ich machte mit den Händen einen Brechungswinkel: «Unser Haß auf die Nazis ist auf uns selber zurückgeschlagen, und wir Internierten untereinander haben uns angegriffen. Das habe ich gelernt, verstehst du, wenigstens das habe ich gelernt.» Ich erzählte ihm über den von den Genossen organisierten Streik bei den I. G. Farben: «Da haben wir nie miteinander gestritten», sagte ich. «Bei allem, was dafür getan werden mußte, um die anderen Lagerinsassen alle hineinzuziehen – wenn wir Fremdarbeiter uns da auch noch gegenseitig gekränkt hätten! Es war uns vollkommen gleichgültig, wie einer vorher gedacht hatte. Ob einer als Freiwilliger oder als Deportierter dort war, es war uns egal.»

«Genau, vereint gegen die Nazis», lenkte Vittorio, nun schon freundlicher, ein.

«Weil die kommandierten.»

Es gelang mir aber nie auszuführen, was ich eigentlich sagen wollte, weil Vittorio sofort wieder anfing, die Grausamkeiten aufzuzählen:

«Und wie haben die kommandiert? Mit Massakern, mit der schlimmsten Repression, der Unterdrückung aller demokratischen Freiheiten.»

«Vollkommen deiner Meinung», beteuerte ich. «Du rennst offene Türen ein, lieber Vittorio. Auf jeden Fall, jetzt kommandieren sie nicht mehr.»

Am nächsten Morgen hielt er mich im Turnsaal auf und sagte, während er sich den Bart kraulte, der sich um sein volles, unfreiwillig heiteres Gesicht kräuselte:

«Damit wären also die Nazis für dich jetzt besiegt und Schluß.» Er machte eine Geste, als wollte er sich die Hände waschen. Sein Blick irrte über mein Gesicht, und fast ohne die Lippen zu bewegen, fragte er: «Weiter nichts, du würdest sie alle freisprechen?»

«Und du, willst du sie ganz unten suchen, auf der untersten sozialen Stufe?»

Bei der nächsten Begegnung erklärte er:

«Gibt es etwa ganz unten nicht auch den kleinen Unterschied

zwischen Feinden und Genossen?» Dabei deutete er die Winzigkeit an, die unter einem Fingernagel Platz hat, und durchbohrte mich mit seinen schwarzen Augen.

«Der zählt so wenig», entgegnete ich achselzuckend. Ich dachte an den deutschen Wachmann Schwarzwald und an Lulù in Dachau.

«Und deshalb läßt du die also ganz unangetastet? Ist ja toll!» Die sonst kräftige Stimme begann vor Wut zu fisteln.

«Die Feinde suche ich anderswo», erregte nun auch ich mich.

«Wirklich? Und wie willst du das machen, wenn du nicht mal Genossen erkennen kannst?»

«An Hand ihrer Papiere vielleicht? Mit Ausweis, ja? Sollen wieder einmal alle in Herden eingeteilt werden?» entgegnete ich.

«Offen gesagt, ich kann dir nicht folgen. Zählt der Zweck für dich denn gar nicht? Meinst du denn nicht auch, daß sich unser Zweck von dem deiner Nazifaschisten ein bißchen unterscheidet?» Dabei zwirbelte er die krausen Härchen an seinem Kinn.

«Genau weil der Zweck entgegengesetzt ist, können wir keine Leute gebrauchen, die einfach gehorchen. In Aktion, bei der Probe aufs Exempel erkennt man den Gegner. Was soll ich da mit einem Herdenmenschen. Ich will dir das demonstrieren. Bei den I. G. Farben war ich vier Monate lang überzeugt, daß der Meister in der Abteilung Ch 89 ein Nazi war, ich sah ihn als einen solchen an, und dann beim Streik der Fremdarbeiter zeigte sich *de facto*, daß er auf unserer Seite stand. Und doch trug er das Parteiabzeichen im Knopfloch. Einen Vorarbeiter ohne Parteiabzeichen dagegen hatte ich für einen Genossen gehalten, weil er dauernd heimlich die geschlossene Faust erhob, wenn er mich sah, mir zuzwinkerte und mich bei der Arbeit nicht schindete. Und ich habe ihm pausenlos zugelächelt, im besten Einvernehmen. Eines Tages streift er mich und sagt mir ins Ohr: ‹Heute abend?› und ballt wieder die Faust, und da sehe ich, daß er sie so hält.» Ich zeigte Vittorio meine geballte Faust mit dem Daumen zwischen Zeigefinger und Mittelfinger. «Das kommt mir verdächtig vor, ich nicke ihm zu und bitte ihn um Erlaubnis, aufs Klo gehen zu dürfen. Ich befrage Gruschenka, eine sowjetische Genossin, die die Klos wartet, du kannst dir vorstellen, wie wir gelacht haben. Die Geschichte ist im ganzen

Lager herumerzählt worden, ich hatte eine Aufforderung zum Ficken als kommunistischen Gruß gedeutet und den kriecherischsten Hurenbock der ganzen Abteilung für einen Genossen gehalten, er war kein Parteimitglied – im Gegenteil, bei uns hat er sich als Nazigegner ausgegeben –, aber er hat den Hunger der deportierten Frauen ausgenutzt.»

«Und was hast du mir damit jetzt demonstriert? Meinst du, wir wissen das nicht? Oder meinst du, du hast das Pulver erfunden, damit du dich dann bitten lassen kannst?» Dann sagte er mehr vor sich hin: «Ich begreife nicht, worauf du hinauswillst.» Und fuhr fort: «Es kommt mir vor wie ein Trick, mit dem du dich dann raushalten kannst. Weißt du, wenn einer so hängt an Unterscheidungen, die alle kennen und die schon tausendmal in Betracht gezogen sind», kopfschüttelnd sah er mich an, «wenn einer anfängt, spitzfindig zu werden . . .»

«Spitzfindig?» wiederholte ich nachdrücklich: «Hast du eigentlich keine Augen im Kopf? Wozu soll man wohl Ausgebeuteten Haß und Liebe einbleuen, wenn sie dann doch nicht sehen, was sie versklavt?»

Ich dachte an meine Krankensaalgenossinnen, Arbeiterinnen und Bäuerinnen aus der Emilia, Opfer von Bomben oder Maschinengewehrgarben, die immer erzählten, was sie unter den Nazifaschisten alles zu leiden gehabt hatten. Wenn dann aber mein Vater mit seiner großzügigen Art kam, denn manchmal begleitete er meine Mutter auf einer ihrer Besuchsreisen von Mailand, die sie jedes Wochenende machte, dann freuten sich eben diese Gefährtinnen, wenn sie ihn sahen:

«Was für ein schöner Vater!» sagten sie zu mir.

Er kam lächelnd herein, mit der aufrechten Haltung des früheren Piloten, verteilte Trinkgelder an die Krankenschwestern, brachte Gebäck und Süßigkeiten für die Patientinnen, denen er die Hand küßte (was auch Georg getan hatte) und die er fotografierte. Groß, kahl, mit einem römischen Profil und funkelnden braunen Augen, war er ein glänzender Gesellschafter, sehr feinsinnig gegenüber Frauensachen, aber er ging immer rasch über alles hinweg, wenn er über ernste Dinge sprach. Sogar seine Stimme veränderte sich. Sie klang vertraulich und kehlig bei gesellschaftlichen Begegnungen und den wenigen vertrauten Personen und wurde trocken, ungeduldig und fast nasal, wenn er über Themen sprach, die ihm lästig waren, sofern er es nicht überhaupt vorzog, ihnen in einem leichten, etwas zerstreuten Ton auszuweichen.

Damals im Sommer 1946 war er ganz besonders sprühend, denn er hatte Finanzmittel lockergemacht und in einer Straße im Zentrum von Mailand ein Haus aus dem 19. Jahrhundert gemietet, wo er in den Salons im Erdgeschoß Aquarien ausstellte, die er auf Bestellung entwarf. Er zeigte mir Farbfotos von diesen Unterwasserwelten, die er für die Villen von Industriellen, für Premierenkinos und Nachtlokale des Rotary Clubs schuf. Und geschäftig ging er von einem Bett zum anderen, um sie auch meinen Nachbarinnen zu zeigen: er beugte sich über sie, diese Frauen, die in ihrem groben, vom Krankenhaus gestellten Leinenhemd dalagen und mit stummen Gesichtern die Bilder betrachteten und sich geschmeichelt fühlten, weil sie einem solchen «wirklichen Herrn» zuhören durften. Er erläuterte liebenswürdig, wie die Pflanzen in diesen Aquarien zwischen Stalaktiten und Abgründen, die sich in versunkenen Städten gebildet zu haben schienen («Miniatur-Atlantis», sagte er lächelnd), umherwogten und wie zwischen ihnen wertvolle rote, korallenfarbene oder silberne exotische Fischlein hin und her schnellten (ich muß zugeben, er besaß unter anderem ein echtes Werbetalent). In diesem Krankensaal, in dem wir aus Tonschüsseln und den gleichen Aluminiumbestecken aßen wie im Lager, unterstrich er die sehr hohen Kosten der feinsten Porzellane, aus denen er seine Unterwassermetropolen modellieren ließ. Und dieser unerreichbar hohe Preis erweckte Ehrerbietung bei den Patientinnen, die sich dadurch selber als etwas Besseres vorzukommen schienen.

Schließlich kehrte er zu mir zurück:

«Wirklich sympathisch, deine Zimmergenossinnen, was für nette Personen, du bist hier sehr gut untergebracht. Also mach jetzt keine Dummheiten mehr, ja?» Dabei warf er mir einen halb ernsten, halb scherzhaften schrägen Blick zu, wie um zu sagen: Ich möchte ja nicht wieder darauf zurückkommen, du hast schon teuer bezahlt . . .

Soll ich jetzt etwa noch einmal von vorn anfangen? frage ich mich entsetzt. Du hast ja recht, du hast ja recht, beschwichtige ich die literarische Abteilung meines Gehirns, ich höre sofort auf. Nur noch eine Sache (im Geist hebe ich den Finger, um meinen Zensor um Erlaubnis zu fragen), dann höre ich auf, springe, gehe in Sprüngen voran, ich verspreche es dir. Nur das noch, sei du auch gerecht, es ist zu wichtig.

Eines Sonntags in jenem Jahr 1946 in Bologna habe ich meinen Vater gefragt, welche Nachforschungen er angestellt habe, nachdem er erfahren hatte, daß ich repatriiert worden war.

«Was für Nachforschungen? Warum?» fragte er zerstreut.

«Haben sie dir nicht aus Verona telegrafiert, daß ich am 2. August 44 angekommen war?» fragte ich zögernd.

«Doch, ich kann mich an das Datum nicht erinnern, aber es war wohl so. Richtig, genauso war es, wir hatten jeden Tag auf deine Ankunft gewartet. Aber hör mal, hast du uns nicht selber geschrieben, daß du in Verona bei einer Straßenrazzia von den Nazis aufgegriffen worden warst?»

«Doch, Papa, aber das habe ich euch erst sechs Monate später geschrieben.»

Es war das letzte Mal gewesen, daß ich meiner Familie ein Lebenszeichen gegeben hatte: im Dezember 1944. Wie ich schon erzählt habe, hatte ich mich nach dem Thomasbräu unter meinem richtigen Namen bei Siemens einstellen lassen, und von dort aus konnte ich nach Hause schreiben (ich hatte es vor allem meiner Mutter zuliebe getan, von der ich annahm, daß sie sich trotz ihrer geistigen Distanz um mich sorgte).

«Du mußt schon entschuldigen, Lucia, aber ich kann mir Daten nicht merken. Ich weiß nicht, wieviel Zeit vergangen war, aber eine Repatriierung war keine einfache Sache, mein Kind, die Deutschen waren übergenau, du warst aus dem Krankenhaus gekommen, oder irre ich mich? Man wußte, daß das langwierige Sachen waren. Aber warum rührst du das wieder auf, meine Kleine, jetzt bist du hier und sollst dich deines Lebens freuen. Warte nur, sobald du wiederhergestellt bist, holen wir dich im Krankenhaus ab und machen mit dir im Auto schöne Spazierfahrten – weg mit diesem Rollstuhl, nicht? Geht es so besser? Paß auf, du wirst gar keine Zeit haben, um traurig zu sein. Laß mich nur machen. Da, sieh mal.» Und er zog neue Farbfotos aus seiner Tasche. «Dieser kleine Fisch hier mit dem Kamm, flach wie eine Klinge, findest du nicht, daß seine Flossen aussehen wie aus Gold?» Und ich sah mich selber in diesem eingesperrten, vom Objektiv festgehaltenen Tierchen, dessen Maul wie ein Saugnapf an der Scheibe klebte.

Von da an habe ich, glaube ich, meine zweite Abfahrt aus Verona aus dem Weg geräumt. Es war nur eine eingebildete Gefahr gewesen, daß mein Vater mich gesucht hätte. Ich hätte ruhig nach Turin oder sonstwohin gehen und in der Fabrik arbeiten können. Was für ein Fehler in der Einschätzung.

Vielleicht war dies – dreißig Jahre lang – das intimste Hindernis dafür, daß ich mich an meine Kehrtwendung in Verona erinnerte: eine Hemmung, über meine Familie zu sprechen. Genauer gesagt, ich hatte Angst, meine Beziehungen zu meinen Eltern wieder zur Diskussion zu stellen.

Was hatte meine Lähmung mit all diesen jahrelangen Selbstzensuren zu tun? Wer weiß, ob ich sie nicht schon 1946 unbewußt als Rechtfertigung benutzte, um nicht ein zweites Mal mit meinem Vater zu brechen.

XIII

Bei meiner Geldnot Anfang 1960 hatte ich die Miete nicht mehr aufbringen können. Im Juni fragte ich meinen Vater, ob er mich und Lorenzo ein paar Monate aufnehmen könne, bis ich meine Lage wieder in Ordnung gebracht hätte.

Nach meinem Bruch mit Domenico hatte auch meine Mutter sich von meinem Vater getrennt, auf freundschaftlicher Ebene. Sie hatte schon Jahre zuvor ihre Studien wiederaufgenommen, nachdem sie sich davon überzeugt hatte, daß ihr Mann den Familienbesitz durchbrachte. Mit ihrem Französisch-Diplom, das sie als junges Mädchen an einem College in Grenoble gemacht hatte, ließ sie sich in mittlerem Alter an der Universität einschreiben, lernte ganz von vorn Latein, promovierte mit Sehr Gut in Philologie. Nach sämtlichen Prüfungen hatte sie angefangen zu unterrichten.

Sie hatte jetzt eine Anstellung auf Lebenszeit an einem Gymnasium in Mailand, wo sie wohnte. Mein Vater hatte ihr diesen «Suffragetten-Aufstand» nie verziehen, nannte sie «die studierende Oma», und von da an hatten sich die Beziehungen zwischen meinen Eltern verschlechtert.

Mein Vater hatte sich ein Maisonette-Appartement eingerichtet, in dem er mich und meinen Sohn ausgerechnet in der Periode aufnahm, als ich anfing, systematischen Kontakt sowohl mit den Immigranten aus dem Süden als auch mit den Arbeitern aufzunehmen. Ich beschäftigte mich mit der Lage der *borgatori* des Vororts Pietralata und den Barackensiedlungen der Gordiani und hatte mit ein paar Arbeitern aus dem Gaswerk von San Paolo Freundschaft geschlossen. Als im September die Gaswerk-Belegschaft streikte, schloß ich mich ihnen von außen an und unterstützte ihre Forderungen (ich schrieb auch darüber).

Eines Tages lud ich eine Gruppe von Streikenden in die Wohnung meines Vaters ein. Als er abends aus dem Büro nach Hause kam, grüßte er sie freundlich und zog sich in sein Zimmer zurück. An diesem Abend aß er außer Haus, und am nächsten Morgen empfahl er mir, mir eine andere Unterkunft zu suchen.

«Und warum?» fragte ich.

«Du kannst nicht völlig unbekannte Männer zu Hause empfangen, das hier ist kein . . .»

«Ach so, die Moral!» fiel ich ihm ins Wort.

«Na ja», mischte sich seine damalige Freundin ein, die dem Gespräch beiwohnte. «Wenn man hier hereinkommt, weiß man nie, wen man in dieser Wohnung antrifft. Und wenn das so weitergeht . . .»

«Ich habe verstanden.»

Ich suchte im Telefonbuch nach einem Obdach für mich, stieß auf die *Villa della Pace* für Kriegsversehrte, rief an, jawohl, es gab Platz, und schon am frühen Nachmittag desselben Tages lud ich die paar Sachen, die ich brauchte, in den Studebaker und fuhr ab.

«Und ich?» fragte mein Sohn. Er packte sein Bündel und zog wieder zu seinem Vater.

«Ein, zwei Monate, du wirst sehen, dann haben wir wieder eine Wohnung, ich werde mir Geld leihen.» Ich täuschte mich.

Zu jenem Zeitpunkt hatte ich nichts mehr gegen meine Mutter, hatte aber auch weiterhin nur wenig Kontakt zu ihr, weil unsere Vorstellungen vom Leben nach wie vor unvereinbar waren. «Jeder soll seine Pflicht erfüllen und mit Anstand leben», sagte sie, «alles andere sind Ausflüchte.»

Ich muß lächeln, wenn ich mich an das Ohnmachtsgefühl erinnere, das mich überfiel, wenn wir im Wohnzimmer beim Tee saßen, was für sie ein Ritus war. Manchmal verlor ich die Fassung.

«Auch noch unanständige Worte jetzt?» rügte sie mich mit ihrer Sopranstimme. «Meinst du, du kannst die Welt verändern, indem du schreist und lockere Reden führst?» Sie senkte die Lider und fuhr halblaut fort: «Glaub mir, Lucia, Ungezogenheit hat noch niemandem geholfen, Vulgarität noch keine Ungerechtigkeit gemildert.»

«Sicher«, ich biß die Zähne zusammen, um die Stimme nicht zu heben, «im Gegenteil, sie schafft sie erst. Aber nicht die, die du meinst, sondern die, die hier drinnen sitzt.» Dabei schlug ich mir an die Brust. «Hier drinnen sitzt die wahre Vulgarität, die tiefe und intime, mit der man sich über die anderen erhebt, mit der man nicht sehen will.»

«Was willst du von mir?» brauste meine Mutter auf. «Daß ich eine unordentliche, unreinliche und verkommene Person werde, von denen es auf der Welt wimmelt?» Ihre kristallklare Stimme klang wie elektrisiert. «Was willst du von mir? Ich bin für die schönen Dinge geschaffen. Schmutz interessiert mich nicht.» Dann beherrschte sie sich wieder und fuhr in ihrer melodischen Tonlage fort: «Hör auf mich, meine Tochter, jeder an seinem Posten», sagte sie, gekränkt, daß ich ein so einfaches, so augenscheinlich richtiges Konzept nicht begriff.

«An welchem Posten denn?» schrie ich. «Wer hat den zugeteilt? Kannst du mir das mal erklären? Weeer?»

Meine Mutter hob ihre schwarzen Augen zur Zimmerdecke, und als könnte sie nicht glauben, daß ich so blind war, schüttelte sie das schöne Gesicht, das trotz ihrer fünfzig Jahre noch keine Falten hatte: «Was für eine Verwirrung in deinem Köpfchen, Lucia», sie berührte meine Stirn mit leichter Hand und lächelte ermunternd. «Ist das denn möglich?»

Und wie um alles von sich abzuschütteln, sah sie auf die Uhr: «Es ist schon spät.» Sie hüllte sich in ihren Persianermantel, streifte die Handschuhe über, faßte sich einen Augenblick an den blonden Zopf unter der hellen Pelzmütze, eine freundliche Geste der Anerkennung für den Tee, den ich ihr serviert hatte, gab mir einen Kuß auf die Stirn, und ab zog sie auf ihren hohen Stöckelabsätzen.

Die Trennung von ihrem Mann war ihr gut bekommen, natürlich nur in meinen Augen. Obwohl sie jetzt nur noch über ein geringes Lehrerinnengehalt verfügte und äußerst sparsam lebte, hatte sie mir 1962 nach meiner Rückkehr mit Lorenzo aus Deutschland (nach dem Heim) mit ihren ameisenfleißig zusammengetragenen Ersparnissen geholfen, eine Wohnung zu finden und Möbel und Wäsche zu kaufen. Dabei mißbilligte sie nach wie vor meine Lebensweise: «Die Menschen sind zuweilen so niederträchtig», sagte sie immer wieder, gedankenverloren aus ihren schwarzen Augen blickend. «Man darf ihnen nicht auf den Leim gehen, glaub mir, kümmere dich nicht um sie, schau sie an und geh weiter.» Während sie so mit ihrer jungfräulichen Stimme sprach, saß sie aufrecht auf dem Stuhl, die schönen Beine übereinandergeschlagen.

Ich muß wirklich lachen, wenn ich daran denke, wie unerklärlich es ihr ist, daß sie eine Tochter wie mich hat:

«Ausgerechnet ich», wunderte sie sich, «ich, die ich nie, weder in Gedanken noch mit Taten, vom geraden Weg abgewichen bin.» Während ich bei meinem Vater jahrelang nicht gewagt habe zu sagen, was ich dachte und fühlte, verlor ich bei ihr leicht die Geduld, gerade so, als wäre es so einfach, auszusteigen aus der eigenen Lebensform, der eigenen Vorstellungswelt, einem ganzen Schloß . . .

Es kam mir vor, als hätte ich mir alle Themen, die ich auf den Altar meines körperlichen Übels gelegt hatte, noch einmal vorgenommen. Es war Ende September – wenn der Leser wüßte, wie ich mich fühlte, wenn ich durch das angelehnte Fenster das schöne Wetter draußen sah und selber eingesperrt in meinem Zimmer, an einem Tisch saß und dieselben Erinnerungen immer wieder neu miteinander verwob.

Und die Drogen? Auch da hatte ich die Lähmung vorgeschoben,

als ich rauschgiftsüchtig geworden war. Und was für eine Anstrengung hatte die Entwöhnung bedeutet, sie war zwar nicht so gewaltsam wie damals Mainz, aber die Anstrengung war hundertmal größer: die Gewöhnung war länger gewesen. Ich begann (1955), die stärksten Rauschgifte durch leichtere zu ersetzen, das Morphium durch Thebain, das Opium durch Nisidina, ich hatte vor, so von den Spritzen loszukommen und nur noch Zäpfchen und Tabletten zu nehmen. Ich schluckte Diradon und Noan in Pillenform und studierte immer genau die Anteile von Chlor-Methyl-Phenyl-Benzodiazetin in all diesen Produkten. Vor allem hörte ich auf, Valium von La Roche zu nehmen, das stetiger Bestandteil aller meiner Ampullen gewesen war, weil mich plötzlich Panik erfaßte beim Gedanken an die davon ausgelöste besondere Fügsamkeit, die ganz unmerklich dazu führt, daß man die Kontrolle über die Nervenzentren und schließlich den Willen verliert. Wie hatte ich vergessen können, daß diese Substanz Grundbestandteil jener «Wahrheitsdroge» gewesen war, die die Nazis in Dachau angewandt hatten?

In dieser Situation durchfuhr mich zum erstenmal eine deutliche Erinnerung an jenes KZ. Ich brauchte mir nicht mehr vorzumachen, daß es ja nur leichte Drogen waren, immer wenn ich in Versuchung kam, dachte ich an Dachau.

Das qualvollste war dann vielleicht, die Ampullen zu halbieren – bei alldem, was es mich gekostet hatte, sie zu beschaffen – und die andere Hälfte ins Waschbecken zu schütten, unter fließendem Wasser.

So qualvoll, daß ich mich später, nur um nicht noch einmal dieses Kreuz auf mich nehmen zu müssen, eine Zeitlang bei nötigen chirurgischen Eingriffen lieber ohne Betäubung aufschneiden ließ, als durch die Narkosemittel wieder süchtig zu werden. Ich stellte mir dann vor, ich würde gefoltert. Wenn du schreist, verrätst du die anderen. Ich gab keinen Laut von mir, und das Glücksgefühl, die anderen nicht verraten zu haben, entschädigte mich reich für die ausgestandenen Schmerzen. Jetzt spüre ich solche Versuchungen schon seit einer Reihe von Jahren nicht mehr (ich klopfe auf Holz) und brauche mir selber nicht mehr zu einem so hohen Preis zu mißtrauen (sollen sie mich doch foltern, ich werde nicht reden).

O Gott, diese Klammer: «Sollen sie mich doch foltern, ich werde nicht reden. Ich könnte sie streichen und so tun, als wäre nichts, aber ich habe sie gedacht. Verfolgte mich dieses Gefühl des inneren Adels denn so unerbittlich? Wer foltert mich, wer will mich foltern?

Und überhaupt: ich nehme Drogen, ich bin ungerecht, ich mache Fehler, und schuld daran ist immer etwas anderes. Was habe ich die ganze Zeit eigentlich anderes getan, als durchblicken zu lassen, daß da eben Umstände so zusammenwirkten, daß ... Zuerst habe ich meine verworrenen Rückschritte auf meinen Kampf gegen mein körperliches Leiden geschoben; dann, als dieses Alibi zusammengebrochen war, kam der unglaubliche Kampf gegen meinen gesellschaftlichen Rahmen. Und bei allem immer diese Unschuld, dieser unausrottbare Adel der Absichten und echten Gefühle, der mir so tief zu eigen ist. Cholerikerin, Simulantin, Wirrkopf, Schädling – aber doch so menschlich, viel zu menschlich vielleicht. Scheinbar ein Wurm, aber im Grunde von einer solchen Feinheit, Sensibilität, Güte. Genau so, ich hab's: ein unumstößlich auserwählter Wurm.

An was habe ich mich nicht alles geklammert in dieser Geschichte meiner Verzerrungen, um dieses reine Bild meines tiefsten Wesens durchzusetzen, das allen Fluten und Stürmen standhält, selbst im blindwütigsten Irrtum, zum Wohle aller. Und dann übte ich mich auch noch in bourgeoiser Zerknirschung! Ich habe lediglich den überheblichen Ton, den ich in meiner Schicht verabscheute, ersetzt durch den Demutston dessen, der *auch* seine eigenen Unzulänglichkeiten sieht: eine geschmeidigere, zeitgemäßere Schlangenhaut.

Vielleicht lag es daran, daß ich geistig müde war und kein Vertrauen hatte, jemals an die Anfänge meiner Verdrängungen zu kommen – ich lag wieder auf dem Bett, regungslos, mit geschlossenen Augen –, jedenfalls dachte ich, dieses Davonkommen, immer gerade um Haaresbreite, sei nicht eine der üblichen, vielleicht etwas enger anliegenden Häute zum Abstreifen, sondern meine *wahre* Haut. Und selbst wenn ich bis ans Ende der Welt in meinen Erinnerungen kramte, ich würde keine andere Haut finden.

Und da kam mir der furchtbarste Verdacht, der mich überhaupt heimsuchen konnte: da ich ja so vollkommen oder mehr noch:

inniglich war *wie sie* und somit immer (noch vor der Kloschüssel) eine höhere Menschlichkeit besaß – wer sagte mir eigentlich, daß ich überhaupt je anders gewesen war? Wenn ich nun von Anfang an immer nur eine Schlange gewesen war? Ich behauptete, meine Lager verraten zu haben. UND WENN ICH ÜBERHAUPT GAR NICHTS VERRATEN HATTE?

Welche Beweise hatte ich dafür, daß die Dinge in den Lagern so geschehen waren, wie ich sie rekonstruiert hatte? Ich meine nicht auf der Ebene von Fakten, denn die kann man drehen und wenden, wie man will, sondern in mir drinnen, in meinem Innersten. Der Mut sank mir. Vielleicht bist du nie wirklich zur anderen Seite übergelaufen – eine unter vielen. Vielleicht bist du immer eine von denen geblieben, die sich zu den «Gedemütigten und Gekränkten» hinunterbeugen. Und diesen sozialen Sprung im Jahre 1944, an dem du so hängst, den hat dein Bewußtsein nicht getan. Deine Füße ja, dein Bewußtsein nein. Das, was du jetzt in deinen Lagern entdeckt hast, das hast du dort auch sehen wollen, das hast du hinzugefügt, das hat es in der Wirklichkeit nie gegeben: insgeheim bist du geistig *immer auf dieser Seite geblieben*. DAS, WAS DU SUCHST, HAT NIE EXISTIERT.

Aber warum hatte ich dann Arbeiterin werden wollen, verteidigte ich mich im Geist mit schwacher Stimme (der Verdacht war so deutlich wie eine Evidenz, eine feststehende Tatsache), warum hatte ich mich nach Dachau deportieren lassen?

Abstiege ins Inferno, entsprechend der in der Schule gelernten Danteschen Erkenntnisliebe. Den Klassenkampf brauchte man da nicht zu bemühen. Es reichte die Neugier des Künstlers, schon vor zweitausend Jahren sagte Terenz: *Nihil humani a me alienum puto*. Nichts Menschliches ist mir fremd. Und da heute auch die soziale Unruhe menschlich war, hatte sich meine Abenteurernatur eben ihrer bemächtigt. Der Rest war ein Traum meiner Phantasie, um diese Lagererlebnisse zu adeln, bedeutender zu machen (mich damit besser zu schmücken).

Nein, rebellierte ich, armselig engstirnig ja, aber so sehr auch nicht. Ich bringe mich hier um, bloß um mir Klarheit zu verschaffen, da kannst du mir nicht auch das noch wegnehmen und leugnen, daß ich jetzt . . .

Genau: jetzt. *Nicht* damals.

Also (nun erst recht) hing ich nur einem Traum nach, einer Vorstellung, *wie ich diese Erfahrung gern hätte machen wollen*, ich lief einer Erinnerung nach, die mein Verlangen hervorgebracht hatte. Wo hätte ich denn davon Spuren finden sollen? Deshalb also war diese Erinnerungslücke immer sofort weg, sowie ich glaubte, ich hätte sie ausfindig gemacht in der Überfülle meiner Existenz. Daher hielt kein Sündenbock meiner Verdrängung der Überprüfung stand. Nur so erklärte sich, daß mein Hin und Zurück nach Deutschland nur eine Klammer geblieben war: sie enthielt nicht die Bedeutungen, die ich hineingelegt hatte. Jetzt bevölkerte ich diese vergessenen Handlungen und Gesten mit neuen Gedanken, die mir die Erinnerung nun so zwanghaft machten, fast wie eine Schuld, die beglichen werden mußte.

Vielleicht war ich nicht einmal aus Verona aus freiem Willen zurückgefahren.

Denk, was du willst, Leser, daß dies eine rhetorische Dramatisierung ist, eine x-te Schlangenhaut, aus der ich dann humaner und edler denn je hervorgehe. Jetzt, wo alles vorbei ist, denke ich das fast selber. Vielleicht weil ich mein ganzes Leben lang versucht habe, meinen Sklavereien Bedeutung zu verleihen, finde ich diesen Zeitvertreib inzwischen langweilig. Wie soll jemand, der sich nicht selber extrem überschlagen hat, nicht mißtrauisch dagegen sein? Ich selber mißtraue ja diesem Überschlagen, und ich habe es erlebt!

Ich muß dazu sagen, daß mir jetzt, wo ich diese Worte schreibe, dieser Zweifel, der mich durchfahren hat, nicht so schwerwiegend erscheint. Es kommt vor, ja es ist ganz geläufig, unvermeidlich, daß man die Vergangenheit im Licht später angenommener Vernunft überdenkt. Wenn man ihr dann etwas mehr Bedeutung verleiht, als der Wahrheit entspricht, ist das noch keine Katastrophe. Aber vielleicht war ich damals vor fünf Wochen bei dem Leben, das ich schon seit Monaten führte, einfach leicht übergeschnappt, meine Augen waren rot und brannten, die Haare ungekämmt, ein Happen Essen zwischendurch zu den unregelmäßigsten Zeiten, den ich auch noch stehenließ – Tatsache ist jedenfalls, daß dieser Zweifel mir vorkam wie der Zusammenbruch meiner Bewußtwerdung.

Ich hatte meine Selbstfindung auf etwas Falsches gegründet, also hing auch meine Selbstfindung in der Luft. Während ich glaubte, ich stünde endlich mit beiden Beinen auf dem Boden, setzte ich sie auf imaginären Boden. Ich hatte keine Hoffnung mehr, mein subjektives Ich mit meinem objektiven Ich in Übereinstimmung zu bringen. War Paranoia etwas anderes als das? Meine soziale Wut in den Lagern war meine Art, mich für Napoleon oder Heinrich IV. zu halten.

Es erscheint unglaublich, aber wer mich aus dem Schweigen der Vernunft erlöst hat, das sich einstellte, weil ich mir schließlich sagte, wenn ich meine eigene Gestapo sein soll, verzichte ich lieber ... also, wer mich unerwartet (unverhofft) erlöst hat, war die literarische Abteilung meines Gehirns.

«Worüber jammerst du eigentlich?» hat sie mich so auf ihre Art, telepathisch, gefragt (und meinen Schmerz gelindert). «Wenn die Sache wirklich so steht, wie du befürchtest, dann kannst du dich, vom Standpunkt der Komposition aus, freuen; du brauchst keine einzige Verdrängung zu kapieren. Deine Suche platzt, und damit ist die Sache erledigt. Du hast sogar ein schönes Finale: du enthüllst dem Leser, daß die Geschichte deines Umwegs ein Traum war, in dem deine Phantasie eine der ehrgeizigsten (und vergeblichsten) Bestrebungen aller Sterblichen verwirklicht hat, nämlich den ewigen Traum der Menschheit, *die Vergangenheit zu korrigieren.*»

Ich überspringe die entrüsteten Reaktionen meines Ichs («Du bist meine wahre Schlange, jetzt habe ich dich aufgestöbert, und so weiter, deine schmutzigen Sublimierungen, und so weiter»). Dann (wozu soll ich es leugnen?) ist auch das Ich in Versuchung geraten, das sich im Grunde immer willig der theatralischen Lösung fügt.

Es war eine solche Erleichterung, nicht nur mein Kriegsdeutschland, sondern meine gesamte komplizierte Existenz wieder zudecken zu können, daß ich diese poetische Abweichung fast begangen hätte. Streichen wir das «fast»: ich beging sie.

Ich glaube, es ist mir nie so gut gegangen. Nachdem ich zwei Tage wie eine Tote geschlafen hatte, habe ich meine Fingernägel gepflegt, meine Haare frisch gefärbt, Creme gegen die Runzeln auf mein erdfahles Gesicht geschmiert, Teekompressen auf meine Augen gelegt. Ich habe mich wieder hergerichtet, habe die Wohnung in Ordnung gebracht und sogar eine Reise nach Spanien unternommen, zu der mich ein befreundetes junges Paar eingeladen hatte.

Eine Woche lang sind wir im Auto mit unseren Gastgebern zwischen Toledo und dem Escorial, zwischen Madrid und Cordoba und Granada hin und her gefahren, auch durch die Mancha, wo sich auf ausgedörrten Hügelkämmen diese Formen der alten Windmühlen vor dem Himmel abhoben. Ich werde es nicht machen wie Don Quijote (dachte ich), der am Ende seines Lebens, in dem er seinen Ritterstand verleugnet hatte, sagte: ich war verrückt, ich war verrückt, aber jetzt bin ich vernünftig. Ich weiß schon lange, wer ich bin: eine, die sich immer imaginäre Geschichten erzählt hat . . .

XIV

Wieder zu Hause (in Rom), kam mir, da ja nun die Frage der Erzählung gelöst war – was für ein Folterknecht war sie gewesen! –, unvermutet die Idee, ich könnte jetzt ja auch meine Neugier befriedigen und untersuchen, ob ich den Streik bei den I. G. Farben, die Flucht aus Verona und alles andere wirklich mit den Gedanken (also mit der sozialen Wut) erlebt hatte, in denen ich sie mir selber dargestellt hatte.

Es war keine müßiggängerische Neugier, sagte ich mir, und auch kein Schleichpfad, um wieder in die Paranoia zu verfallen, die ich schon einmal gestreift hatte: Es war eine Technik (dies ist das richtige Wort), um meine Fähigkeit, die Außenwelt wahrzunehmen, wieder zu erproben. Vielleicht konnte ich auf Grund der Veränderungen, auf die ich stoßen würde, zwischen der, als die ich mich wahrnahm, und der, die ich gewesen war, die Kurve meiner Imagination berechnen und mich dann daran gewöhnen, sie jeweils abzuziehen von meinen Urteilen über die Wirklichkeit. Gestärkt durch diesen neuen Entschluß, habe ich das Auto genommen und bin weggefahren. Klar, daß ich etwas mehr brauchte als eine Bescheinigung, ein Dokument, bloße Garantien der Fakten, die so leicht anzutasten sind. Was ich brauchte, war ein greifbares Zeichen meiner allerinnersten Kehrtwendungen, eine Spur meiner

Gedanken von 1944. Die Briefe! Ja, das war der Beweis: die Briefe, die ich aus dem I. G. Farben-Werk geschrieben hatte. Viel konnte nicht damit los sein, es hatte ja die Zensur gegeben, und ich hatte sie an meine Eltern gerichtet. Aber wenn es in ihnen nur einen Anflug jener Wut gab, die ich jetzt hineininterpretierte, halt, setz dir keine Flausen in den Kopf, finde sie zuerst einmal. Jedenfalls (so sagte ich mir heimlich weiter mit meinem Ich und der literarischen Abteilung meines Gehirns), wenn ich das Indiz fand, das ich suchte, würde ich mich nicht mehr von meiner Schlange erdrücken lassen. Jetzt kapierte ich, sie war es, sie mit ihren Klassenwindungen hatte mich fast davon überzeugt, daß wir eine Seele waren, daß ich nie wirklich mit dem Bewußtsein auf der anderen Seite gewesen war. Du kannst dich drehen und winden, soviel du willst, bedrängte sie mich, im KZ landen oder in Heimen – wo immer du hingehst, bin und bleibe ich stets der gesellschaftliche Ort deines Geistes.

Du hast dich entblößt! habe ich sie jetzt selber angezischt. Ich bebte vor Erregung: du fühlst dich in Gefahr; ich versuchte, sie nun ebenfalls zu hypnotisieren: wir stecken nicht mehr in derselben Haut, all diese Wechsel sind nicht umsonst gewesen, du bist gezwungen gewesen rauszukommen, um mich zu erdrücken, um mich zum Schweigen zu bringen, und damit hast du dich verraten. Jetzt weiß ich, was ich in meinen I. G. Farben-Briefen suchen muß, nicht nur meine soziale Wut, sondern auch deine Verkleidungen. Ich werde dich überall aufstöbern, weißt du, selbst wenn ich dabei zugeben müßte, daß ich alles erfunden habe.

Ich überspringe meine Annäherungsversuche. Jene Briefe aus Höchst schienen sich in Luft aufgelöst zu haben. Kurz, in einem Ordner meines Vaters finde ich eine schmale Mappe, die, nach Datum geordnet, jene Briefe enthält, die meine Mutter mir ins Lager Pfaffenwiese geschrieben hatte, als ich bei den I. G. Farben arbeitete.

Wie kommen die denn hierher? Ich hatte sie in der Innentasche meines Rucksacks verborgen, den ich in Verona hatte zu Boden fallen lassen. Wie hatten sie in den Besitz meines Vaters geraten können? Klar, jemand wird den Rucksack aufgenommen und die Briefe, die er darin fand, an den Absender zurückgeschickt haben, der auf der Rückseite der Umschläge stand. Eine anonyme Art, darüber zu informieren, daß ich festgenommen worden war. Vielleicht war es jemand gewesen, der die Szene meiner Verhaftung hinter einem der geschlossenen Fensterläden miterlebt hatte. Also war diese Szene richtig (wie könnten diese Briefe sonst hier sein?): wenn ich einfach nur aufgegriffen worden wäre, warum hätte ich den Rucksack mit meinen ganzen Papieren wegwerfen sollen? Sie wären mir doch nützlich gewesen, sie hätten mich befreit! Dieser Jemand wird sie zusammen mit den Briefen abgeschickt haben. Ich beginne zu blättern, finde aber nur meine letzte Werkskarte, jene, die man bei Arbeitsbeginn und Arbeitsschluß bei den I. G. Farben in die Stechuhr stecken mußte. Mein erster Fremdarbeiterpaß mit dem Stempel des Frankfurter Gefängnisses ist nicht darunter. Auch nicht die Bescheinigung meiner Entlassung aus dem Krankenhaus mit der Diagnose meiner Einlieferung: Vergiftung nach Selbstmordversuch. Mein Vater wird sie zerrissen haben. Also wußte er alles über mich, damals, 1946, bei dem Gespräch in Bologna, als ich ihn fragte, ob er mich im August 1944 hatte suchen lassen; deshalb hatte er so ausweichend reagiert, so als hätte er die Einzelheiten vergessen.

Ich sehe mir diese Briefe wieder an wie Reliquien: sie beweisen mir, daß ich mindestens einmal meiner Klassen-Schlange entwischt bin, als ich mitsamt dem Rucksack auch meine gesellschaftliche Identität weggeworfen habe, damit sie mich nicht mehr schützte.

Ich habe die Mappe mitgenommen und fuhr schnell nach Hause.

Die Briefe meiner Mutter, auf graublauem Leinenpapier geschrieben, sind alle von der Zensur gestempelt, mit ein paar Strichen hier und da. Die Schrift ist groß und deutlich, der Zeilenabstand breit. Reine und erhabene Gefühle, gehobene Ausdrucksweise:

. . . denke daran, daß Du weder öffentlich noch privat gegen Deine Würde als junges Mädchen und als Italienerin verstoßen noch zulassen darfst, daß andere dies tun, gegen Deine Würde verstoßen, meine ich natürlich (1. April 1944).

Wer weiß, ob dieser Lebensabschnitt Dir nicht vom Schicksal bestimmt ist (da Du dieses Schicksal ja gewiß gewollt hast), damit Du die Menschen und die Dinge und die Nationen kennenlernst. Ich bitte nur den Allmächtigen darum, daß er Dich aufrecht erhält und Dich zu einer gelassenen Beobachterin macht (27. April 1944).

Was die Rekonstruktion meines Aufenthaltes in Höchst betrifft, die ich in der Erzählung *Im Ch 89* vorgenommen habe, entdecke ich, daß ich zwei Dinge verdrängt habe, die ich meiner geistigen Schlange anlaste und die ich mir vorbehalte, später in Ruhe zu untersuchen.

Das eine betrifft meine Korrespondenz. Es ist nicht wahr, wie ich im *Ch 89* gesagt habe, daß ich im März endgültig aufgehört hatte, meinen Angehörigen zu schreiben. Ich hatte Anfang April wieder geschrieben, dann aber gleich wieder aufgehört. Anfang Mai hatte ich wieder geschrieben, dann folgte wieder eine Unterbrechung gegen Ende des Monats (über den Zeitraum des Streiks, des Gefängnisses und des Selbstmords). Dann, vom 20. Juni an, gab es, wie aus einem Hinweis meiner Mutter hervorgeht, wieder einen Briefwechsel aus dem Krankenhaus. Daß ich auf diese Weise immer mal schrieb und mal schwieg, entnehme ich den Anreden meiner Mutter: «Meine schweigsame Tochter», und ihren Bitten: «Laß von Dir hören, Deine Mamma bittet Dich darum.»

Die andere Verdrängung betrifft meine Absicht, mich zu den Collis Metallwerken nach Mannheim versetzen zu lassen. Aus den Briefen meiner Mutter geht hervor, daß ich sie Anfang April gebeten hatte, mir eine Empfehlung zu besorgen, damit man mir diese Versetzung bewilligte (das war in der Zeit, in der ich den anderen aus dem Weg ging, die mich als «Spionin» und «Provokateurin» beschimpft hatten).

Ich kann mich nicht erinnern, warum ich es ausgerechnet auf diese Fabrik abgesehen hatte und nicht auf eine andere. Jedenfalls hatte meine Mutter dann noch einmal einen Vorstoß unternommen, um mich zu bewegen, über den italienischen Konsul die Repatriierung zu erwirken, dann wollte sie, daß ich wenigstens verlangte, als Dolmetscherin eingestellt zu werden und nicht als Arbeiterin, wie *ich* wollte, und schließlich hatte sie mir Namen von hohen Offizieren genannt, an die ich mich wenden sollte, damit sie meine Bitte um Versetzung unterstützten. Es geht aus den Briefen hervor, daß ich an einen von ihnen geschrieben und erreicht habe, was ich wollte, die Leitung der Collis Metallwerke hatte mich gerufen, und ich hatte dann verzichtet (gewiß, als ich mich an Gruschenka und die Polen angeschlossen und mich Martine wieder angenähert hatte). Meine Mutter verstand meine Launen nicht mehr.

Sie schilderte mir höchst ausführlich ihren Tageslauf. Jetzt verstehe ich, daß sie versuchte, mich an ihrer beider Ruhe teilhaben zu lassen, auch um mich aufzuheitern und mich näher bei sich zu fühlen, aber ich verstehe auch, daß mich ihre Berichte damals frösteln machten und mir ihre Sorge um mich und «die Leiden der Menschheit» abstrakt klangen. Sie erzählte in aufgeräumtem Ton von frühnachmittäglichen Spaziergängen am Comer See. Zwischen Beschreibungen von Bootsausflügen nach Varenna, Konzerten, Nachmittagstees, einem Besuch in der Villa Monastero, deren «Wege und Terrassen und kleine Loggias und Freitreppen» sie beschrieb, von denen man einen «wunderbaren Ausblick» hatte, trat ihre Angst um mich zutage:

Du sagst, Du hast Hunger und tust eine ermüdende und schwere Arbeit. Sollte es denn möglich sein, daß es Dir nicht gelingt, etwas anderes zu tun? (5. Mai 1944).

Also, ich verstehe nicht, warum Du nicht eine intelligentere Arbeit tust, als die einer femme de peine (10. Mai 1944).

Ich muß ihr auch harte Worte gesagt haben, denn am 15. Mai schrieb sie mir:

Mamas verstehen, daß das Leben uns oft zu wütenden Worten und Taten veranlaßt, auch wegen dieser verborgenen Unduldsamkeit des Lebens selber, das allzuoft erdrückend und désespérant ist. Man würde gern jeden Widerstand überwinden und kann es nicht und lehnt sich dagegen auf, wie man kann und wann man kann. Gestern haben wir einen schönen Ausflug gemacht.

Sie sprach von der Schönheit des Panoramas und schloß mit der Hoffnung: «Wir werden nach Deiner Rückkehr noch einmal gemeinsam hinfahren.» Am nächsten Tag sorgte sie sich um meine Gesundheit:

Du hast geschrieben, daß Du ausgehungert bist und dennoch an Gewicht zunimmst. Brot macht dick. Tags darauf erklärte sie genauer:

Brot macht Pickel. Wenn Du mehr Fett und mehr Obst essen würdest, ginge es Dir besser. Am 19. Mai beunruhigte sie sich:

Du schreibst, daß Du nicht vor der Zeit zurückkehren wirst, weil Du soziale Erfahrungen sammeln willst. Findest Du nicht, daß sechs Monate dafür reichen? Am 20. Mai war sie besorgt:

Mein Püppchen, ich habe immer an Deine Hände gedacht, seit ich weiß, daß Du nicht als Dolmetscherin arbeitest, und ich habe stets voller Sorge an sie gedacht. Aber wie ist es möglich, daß sie noch immer voller Wunden sind? Hast Du denn die Salbe nicht bekommen, die ich Dir geschickt habe? Beweisen, daß nicht alle Verräter sind. Nach den eigenen Vorstellungen leben. Wie viele Illusionen und wieviel Anmaßung ist in uns armen, vom Sturm des Krieges geschüttelten Atomen.

Wiechert hat wirklich recht: Man muß wieder ein einfaches und einsames Leben führen, inmitten von Feldern und Wäldern, mit den Arbeiten des Bodens und Büchern.

Alles andere ist vergebliche Aufregung, vergebliche Erfahrung.

Jetzt schrieb sie nicht mehr nur zweimal in der Woche, wie in den ersten Monaten, sondern jeden Tag, sie konnte nicht mehr schlafen, beschwor mich, zurückzukommen: «Deine Mama bittet dich darum», schickte mir ein Paket nach dem anderen (sie trafen zu spät ein) und nährte Hoffnungen, daß mein Vater mir verzeihen würde: er hatte sie sogar schon, wenn er sie nachts weinen hörte, über mich reden lassen. Und eines Abends hatte «Papà» ihr dann schließlich erlaubt, ihm einen meiner Briefe vorzulesen, und er hatte «mit Verständnis» zugehört. Sie fuhr fort, ihn vor mir zu loben als einen Mann, der für die Familie lebte, viel arbeitete, großzügig war («was sollten wir wohl ohne ihn?»). Jetzt verstehe ich, daß sie es sich zur Aufgabe gemacht hatte, zwischen uns zu vermitteln, und daher deshalb bei mir genauso um Versöhnung mit meinem Vater warb, wie sie sich umgekehrt bei ihm für mich verwandte. Damals aber hatte ich den Eindruck, sie müsse jede kritische Urteilskraft verloren haben, wenn sie schon soweit war, dem Mann dankbar zu sein, der sogar ihre Mutterliebe zensierte. Wenigstens in dieser Beziehung war sie anders gewesen, ich hatte sie, als ich noch zu Hause war, ausrufen hören: «Dein Vater ist lieb, freundlich und sympathisch, aber manchmal zu hohl!»

Wahrscheinlich spürte ich ihre Unsicherheit und wollte ihr den Rücken stärken, denn es klingt durch, daß ich sie jedesmal meiner Zuneigung versicherte, ihr meine Bewunderung aussprach für ihre «Seelenstärke», ihre «elegante Art, sich zu kleiden», worauf sie mir antwortete, daß sie «Papà» berichtet hätte, wie ich sie schätzte. Aus den Briefen geht auch hervor, daß ich auf bedrohliche Verfolgungen anspielte, aber wohl hinzufügte, daß ich «stark» sei, denn sie schrieb mir, daß sie sich fast beunruhigt hätte, und zeigte sich befriedigt darüber, daß ich «wohlgelitten, von allen geschätzt» sei – zugleich erklärte sie mir die Bedeutung der Würde. Jetzt war ihre Schrift unausgeglichener, fahrig, die Zeilen enger; sie rief mich jetzt endgültig zur Ordnung. Nachdem sie erfahren hatte, daß ich im Gefängnis gewesen war, schrieb sie mir am 28. Juni (in ihrem letzten Brief):

Ich glaubte, alles sei geregelt, und da passiert Dir dieses furchtbare Unglück, dann kommst Du ins Krankenhaus. Wann werden Deine Prüfungen ein Ende nehmen? Erinnere Dich, meine Tochter, daß ich nichts anderes will als Dein Wohl, körperlich, moralisch, gesellschaftlich und rechtlich. Du darfst um keinen Preis gegen Gesetz und Sitte verstoßen. Rauche nicht. Du darfst keinem Trieb nachgeben. Tausche, was ich Dir geschickt habe, sofern Du es erhältst, im hellen Tageslicht gegen Lebensmittel. Gedenke der Worte Manzonis: «Sag nie ein Wort, das dem Laster huldigt und die Tugend verlacht.» Und gehorche meinen Ratschlägen, ich bitte Dich. Niemand wird Dich je so selbstlos lieben wie Deine Mama.

Ich lege die Briefe zusammen und will sie wieder in den Ordner stecken, da sehe ich aus der unteren Faltklappe einen Umschlag heraushängen, den ich vorher nicht bemerkt hatte. Ich ziehe ihn heraus, taste ihn ab, er ist bucklig. Ich öffne ihn und finde seltsame Papierausschnitte, die eng und dicht mit meiner Schrift beschrieben sind, mit Krakeln rings um die Blätter (das heißt, um die Stückchen, die davon noch übrig sind), sowie vier mit Bleistift beschriebene Postkarten, auch sie gedrängt voll mit Buchstaben, als hätte mir nie das Papier gereicht.

Diese unregelmäßigen Ausschnitte sind die Überreste meiner Briefe aus Höchst. Während ich lese, kann ich mir das Geschnipsel immer noch nicht erklären. Ich dachte (aber vielleicht irre ich mich), die Zensur damals hätte sich damit begnügt, verbotene Sätze schwarz durchzustreichen, und nicht auch noch zur Schere gegriffen und sich schon gar nicht die Mühe gemacht, die geretteten Fragmente mit Klebstreifen zusammenzukleben. Was hatte ich bloß alles geschrieben, wenn sogar die erhalten gebliebenen Sätze noch lauter Anklagen waren? Warum haben sie nicht auch Absätze wie diesen zensiert (er erscheint in den Ausschnitten, ohne Datum):

Ich habe in einer deutschen Zeitschrift Fotos von germanischen jungen Mädchen gesehen, die bei der Post oder anderswo freiwilligen Arbeitsdienst leisten. Heldinnen. Ich habe mich schlecht gefühlt. Wie eine Verbrecherin käme ich mir vor, wenn ich da mit abgebildet wäre [Schnitt]. *Und wie können sie auf diesen Blättern so unbefangen und sicher lächelnd? Was für eine Phrasendrescherei.*

[Schnitt] *zu diesem Punkt: die armen Leute geben, wenn sie können, alles aus fürs Essen. Mama, die sich wundert, und die «Triebe» verachtet, weiß nicht, was es heißt, sich von Steckrüben zu ernähren.*

[Schnitt] *auch politisch, auch die Briefe von* [durchgestrichen] *erscheinen mir falsch und geschwafelt.*

Und ich gestehe Dir: ich verheimliche auch vor den Deutschen, den SS-Leuten, daß ich Freiwillige bin, aus Patriotismus. Ich schäme mich dafür. Ich sage Dir die Wahrheit, ich schäme mich dafür. O nein, nicht dafür, daß ich es getan habe, viel mehr: ich kann mir gar nicht mehr vorstellen, daß ich so streng, so redlich in meinen Antrieben gewesen bin, auch wenn ich über alles nachgedacht habe. Aber niemand kann das glauben und verstehen. Ein bißchen wie Papa [gestrichen]. *Und so leide ich und schweige. Ich sage: Arbeitspflichtdienst für die erklärten Faschisten. Aber ich schäme mich dafür, daß ich erklärte Faschistin gewesen bin. Aufrichtig.*

In einem Ausschnitt, mit verschwommener Tinte, als wäre sie verwässert (Tränen von mir oder von meiner Mutter?), lese ich die deutliche Erklärung: «Ich möchte nicht mehr ein *individuelles* Leben und *individuelle* Gefühle haben.» Und darunter taucht zwischen Zensurstrichen das Sätzchen auf:

Die Ighé [ich meinte I.G. Farben] *sind unabhängig, und die Arbeitsfront beugt sich.*

Also hatte ich die Entdeckung, die ich erst in Dachau gemacht zu haben glaubte, nämlich daß die Nazi-Partei sich der Wirtschaftsmacht (dem Kapitalismus) unterordnete, bereits in Höchst geahnt.

Einem wegen der vielen Schnitte unverständlichen Fragment entnehme ich schließlich, daß ich da auf jenen Brief meiner Mutter antwortete, in dem sie mir schrieb, daß außer einem Leben mit Büchern und mit der Natur «alles andere nur vergebliche Aufregung, vergebliche Erfahrung» sei. Ich zitiere weiter ohne die fehlenden Stellen:

Alles andere ist vergebliche Aufregung, ja. Aber nicht vergebliche Erfahrung. Das heißt, vergeblich [durchgestrichen] *erreichen wollte und müßte, das gesetzte Ziel: ja. Aber nicht* [Schnitt] *vom Individuum, das ausprobiert. Ja, je mehr es da* [durchgestrichen] *ausprobiert, desto wahrhaftiger und aufmerksamer gegenüber den anderen wird es daraus hervorgehen* [Schnitt].

Die Postkarten sind in Frankfurt abgestempelt und nicht im Lager, wahrscheinlich hat eine Krankenschwester sie für mich aufgegeben. Auf der einen lese ich:

[durchgestrichen] *die Gesellschaft, die ich zur Zeit der glücklichen und unbeschwerten Studien anders verstanden hatte. Ich bin im Krankenhaus* [durchgestrichen]. *Im Lager also wie im Gefängnis.*

Dazwischen liegt ein anderer Ausschnitt, der offenbar nicht auf dem gewöhnlichen Lagerpapier geschrieben ist. Ich lese den Satzfetzen:

Gerüchte über eine angebliche Spionagetätigkeit meinerseits, wegen der ich ins Gefängnis gesteckt wurde.

Wahrscheinlich hatte ich intuitiv bereits erkannt, daß der Klassenkampf das allerverbotenste war, denn ich erging mich wohl in politischen Urteilen (über Faschismus und Nazismus), spielte aber mit keinem Wort auf unseren mißlungenen Streik an. Wir (die Arbeiter) wußten damals nicht, daß die Nazis einen Massenaufstand der Fremdarbeiter vorhergesehen und seit 1942 die Operation Walküre vorbereitet hatten, aber selbst ich mit meiner individualistischen Ausrichtung hatte kapiert, daß Revolten von mir allein noch hingenommen wurden, daß ich aber, wenn auch nur entfernt etwas davon durchsickerte, daß ich gemeinsam mit den Genossen einen Kampf organisiert hatte, erledigt war.

Auf einer anderen Postkarte erzähle ich von Erbrechen, Bluttransfusionen, sechswöchigen Blutungen. Ich schreibe, daß ich durch erlittene Entbehrungen Fieber habe und Blut im Urin (den Selbstmord erwähne ich nicht). Ich kündige an, daß ich «offiziell repatriiert» werden würde. Vielleicht einige Tage später (die Daten auf den Poststempeln sind unleserlich, und ich selber habe keine angegeben) berichte ich:

Vorgestern ist auch der Konsul aus Frankfurt höchstpersönlich gekommen, zusammen mit einem anderen (dem Vize), um mich zu besuchen, und er will mich repatriieren lassen. Ich bin ganz einverstanden.

Aber die eindrucksvollste Postkarte ist vielleicht die, auf der ich frage: «Macht es Euch etwas aus, wenn ich zurückkomme?» und hinzufüge:

Ihr werdet sehen, wenn ich zurückkomme, werdet Ihr sagen: «Na und? Dir geht es doch hervorragend. Wo ist denn all das, was Du behauptest, gesehen und erlitten zu haben?»

Damit enden die Ausschnitte. Der größte Teil der Informationen, die ich den Briefen meiner Mutter entnommen hatte, fehlt, wer weiß, wo sie geblieben sind, Informationen über meinen Hunger, über die Collis Metallwerke, über meine Arbeit als *femme de peine*, über die Wunden an den Händen, die ich tatsächlich viel länger hatte, als ich mich erinnerte (auch das eine Verdrängung, um mich in der Erinnerung stärker, auch körperlich stärker erscheinen zu lassen, als ich war). Aber es gibt in diesen verstümmelten Sätzen eine soziale Wut, auf die die Briefe meiner Mutter nicht eingingen. Wenn man sie liest, sieht es so aus, als redete und handelte ich «wütend» auf Grund meines rebellischen Wesens. Die einzige Revolte, die meine Mutter je begeistert hatte, war der berühmte Kreuzzug für die Waschschüsseln (auch das hatte ich ihr erzählt!), «zum gehörigen Schutz der Schamgefühle», wie sie kommentiert hatte.

XV

Also stimmten nicht nur die Tatsachen, sondern ich fand auch alles, was ich suchte. Ich habe deine geheimsten Schlupfwinkel aufgestöbert (ich spreche zu meiner Schlange), jetzt werde ich *dich* ersticken.

Es stimmte alles, sage ich mir noch einmal. Es stimmte sogar noch mehr, als mir in den Sinn gekommen war, denn in diesem Briefwechsel liegt die Nabelschnur zwischen mir und meiner Familie, die nicht plötzlich abreißt, und so stellen sich der Selbstmordversuch und die Kehrtwendung in Verona nicht mehr so sehr dar wie Kurzschlußhandlungen einer Minderjährigen, die sich zu extremen Gefühlen hat hinreißen lassen, sondern fast wie die *ultima ratio* einer Person, die eine Wirklichkeit zur Kenntnis nahm, nachdem sie vergebens versucht hatte, sie zu verändern. Da ist diese unerbittliche Gottheit, mein Vater, der die bedingungslose Kapitulation seiner Tochter erwartet, die es gewagt hat, gegen sein Gesetz zu verstoßen, da sind die unverrückbaren Prinzipien der «Sitten, Gebräuche und Gesetze»; da ist die angstvolle Einsamkeit eines Mädchens: Aus der Tiefe eines Lagers äußert sie ihre Überzeugungen, erklärt ihre neue politische Position (sogar aus diesen wenigen zerstückelten Sätzen ist zu erkennen, daß sie darauf besteht, immer wieder darauf zurückkommt) und hat gleichzeitig Mitleid mit der Mutter, will sie nicht unnötig leiden lassen und versichert ihr, daß sie «sich keine Sorgen zu machen braucht, ich bin stark!». Aber hin und her gerissen zwischen den «schönen Dingen» der Mutter und dem schmierigen Löffel des Verlausten in der Lagerkantine, war dieses Mädchen sehr viel weniger «stark» als in meiner Erinnerung. Nicht zufällig hatte ich bei meiner Rekonstruktion dieses ständige stoßweise Tropfen der Korrespondenz ausgelassen. Daß ich immer wieder anfing zu schreiben, zeigt, daß ich in jenen sechs Monaten meines ersten Freiwilligendienstes einen wirklichen Bruch mit meinem Milieu in meinem Innern nicht vollzogen hatte, wie ich glauben wollte. Hier hatte sich meine Klassenschlange eingenistet, in diesen Winkeln meiner Gefühle, die sich einem *totalen* Sprung auf die andere Seite widersetzten.

Mich interessiert nicht, daß es nicht leicht gewesen wäre, das hat schon Dostojewski gesagt, daß die Wirklichkeit alles und jedes rechtfertigt, aber damit verändert man nichts: Also unterbrich mich nicht (sage ich zu meiner Schlange). Ich liefere dir sofort die Beweise: Wenn dieses Mädchen vorzieht zu sterben, sich in ein KZ zu flüchten, als Gelähmte ins Ausland zu verschwinden, dann heißt das, sie hatte schon, als sie noch gesund war, keine Hoffnung, den sozialen Kampf fortsetzen zu können, wenn sie erst einmal zu ihren Angehörigen zurückgekehrt war. Folglich hatte sie sich in dem Moment, in dem sie auf einer Bahre nach Italien zurückkehrte, unbewußt mit dem Verzicht abgefunden. Den letzten Versuch, sich aus ihrer Schicht loszureißen, hatte sie mit Georg, dem Dichter, gemacht. Aber dieser Versuch hat sie endgültig davon überzeugt, daß es unmöglich war, private Gefühle und kollektiven Kampf miteinander zu verbinden. Sie neigte nunmehr zu der Überzeugung, die kultiviert wird von denen, die nicht kämpfen – daß nämlich der Kampf um soziale Gerechtigkeit unvereinbar sei mit persönlichem Glück. So verschrieb sie sich ganz dem Willen, ihre Erfüllung im Privaten zu suchen (mit Domenico).

Zusammen damit muß man die Auswirkung der Tatsache sehen, daß unmittelbar nach dem Krieg alle um sie herum genau wie ihr Vater – nur aus entgegengesetzten Gründen – von ihr erwarteten, daß sie ihren Freiwilligendienst im Dritten Reich bereute. Aber sie hatte auf diese Vorwürfe bereits in ihren Briefen aus Höchst geantwortet, in denen sie sich schämte, Faschistin gewesen zu sein, nicht aber dafür, dorthin aufgebrochen zu sein, ja sie konnte «sich nicht mehr vorstellen, so streng, so redlich» in ihren Antrieben gewesen zu sein, daß sie sich für die Lager hatte anwerben lassen. Deshalb war die Verdammung durch diejenigen, die in der Resistenza gewesen waren, ein Wiederaufreißen aller ihrer Wunden – der Spott in Höchst, der Streit mit dem Freund-Feind im Viehwaggon, die Prügel von den roten Winkeln in der Latrine von Dachau. Aber genau da hatte sich die Schlange hartnäckig eingenistet, in Dachau, als Lucia sich für eine Revolte im Alleingang entschloß, die dreißig Jahre gedauert hatte ... Sie war aus Verona geflohen, aber genauso auch aus Dachau; aus ihrem privilegierten Milieu, aber auch aus dem gemeinsamen Schicksal derjenigen, die auf der anderen Seite stehen, und zwar ohne Mittel, wieder herauszukommen, ohne die psychologischen Hilfen, die sie selber von ihrer Gesellschaftsschicht bekam und die es ihr gestatteten, die Wärter unbekümmert anzusprechen. Da schrumpfst du ein, wie? (zu meiner Schlange).

Dieses Mädchen, später die Frau, hat die Zwiespältigkeit ihres eigenen sozialen Gewissens als objektive Unmöglichkeit gedeutet, das, was sie verstanden hatte, mit irgend jemandem zu teilen; und auf diese Weise hat sie, welch ein Zufall, alle jene Taten vergessen, mit denen sie doch persönlich den Sprung auf die andere Seite gemacht hatte. Ein halbes Leben lang hat sie in Sicherheit auf einer Säule des Schweigens gehockt, wie ein antiker Anachoret ... .

Und mir kam nie in den Sinn (komisch, nicht?), daß *dieses Schweigen*, das ich mir hatte auferlegen lassen und das ich dem sozialen Druck anlastete, *in Wirklichkeit mich selber kennzeichnete*?

Stimmt nicht, auch jetzt lüge ich, ich wußte es genau. Der Beweis dafür ist, daß ich 1954 in *Asyl in Dachau* über meine Flucht aus dem KZ schrieb: «Ich habe es nicht geschafft», ein Urteil, das auch für nachher galt. Also wußte ich es auch während der Zeit, in der meine Erinnerung über die I.G. Farben, die Repatriierung, den neuen Aufbruch aus Verona und die Lagerzeit unter den Asozialen mit dem schwarzen Winkel schwieg. Ich wußte es, als ich im Herbst 1954 wieder nach Deutschland ging, eines der vielen Ereignisse, von denen ich hier nicht erzählt habe (ich habe nicht alles sagen können). Aber dieses kann ich nicht auslassen: Ich zog zwei Monate lang am Rhein entlang, machte Abstecher nach Bonn und Köln, ohne daß mir in den Sinn kam, nach Frankfurt-Höchst zu fahren, obwohl ich mich mehrere Tage lang in Mainz aufhielt, dreißig Kilometer von meinem ersten Lager entfernt. Ich war überzeugt, ich wäre dorthin zurückgekehrt, um Schwester Vincentia zu besuchen, wie ich ihr neun Jahre vorher, im August 1945, versprochen hatte, als ich mit den Russen nach Homburg aufgebrochen war. Ich beteuerte ihr unentwegt, daß ich recht daran getan hatte, weiterzuleben.

«Aber ja, ich glaube dir», versicherte sie mir mit der barschen Stimme, die sie immer bekam, wenn sie traurig war. «Beruhige dich, Luzi, du hast recht getan.»

Aber ich fürchte, ich war vor allem deshalb hingefahren, weil ich mir bei den verschiedenen Ärzten der Universitätsklinik, in der ich bei Kriegsende gelegen hatte, Rauschmittel beschaffen wollte, ich hoffte nämlich darauf, wegen meines früheren Aufenthalts auf Station VIII noch eine gewisse Popularität zu genießen. Ich zeigte jedem einzeln die Röntgenbilder meiner Knochen, die ich mitgebracht hatte, um ihr Mitleid zu wecken und die wertvollen Rezepte zu bekommen, die ich brauchte, um die Ampullen aus der Apotheke zu holen. Ich erzählte ihnen auch von meiner Zeit in den Lagern, um sie noch mehr zu rühren.

Manchmal kommt man, wenn man sich bis auf den Grund verlaufen hat, am Ende auf der anderen Seite wieder nach oben.

Und ich hatte angefangen, mich wieder zu sammeln. Aber was ich jetzt sagen wollte, ist, daß ich mir insgeheim bewußt war, selber nicht standgehalten zu haben. Gerade weil der Klassensprung in Dachau so unendlich gewesen war, war der Schrecken darüber so heftig, daß ich mich davor in das Vergessen flüchtete. Ihn jedoch ernsthaft anzuerkennen – nie: die Dame konnte das eigene Nichtstandhalten doch nicht zur Kenntnis nehmen, sie schob es anderen in die Schuhe. Die Dame hatte doch Verständnis für die menschlichen Schwächen, und so relativierte sie alles, um sich bloß nicht wirklich bei denjenigen einsortieren zu müssen, die unten sind und denen gegenüber sie sich so solidarisch gab. Sie fühlte sich von den Leuten ihrer eigenen bürgerlichen Schicht nur deshalb verschieden, weil sie deren *uniforme* Lebensweise kritisierte, wie auch immer sie sich definierten (rechts oder links), in Wirklichkeit aber selber – mit diesem unerheblichen Vorbehalt – weiterlebte wie sie.

Weißt du, Schlange, heute kann ich mich über meine engstirnige Armseligkeit nicht mehr aufregen. Ich weiß genau, daß das Bedürfnis der Menschen, sich einen Sinn zu geben, so groß ist, daß sie ihn gelegentlich sogar im Verbrechen suchen (das hatte ich schon in Dachau begriffen), aber das war nicht mein kläglicher Fall. Es macht mir jedoch überhaupt keine Freude, nicht einmal, wenn ich ganz akademisch erkenne, daß ich ohnehin nichts ändern kann, feststellen zu müssen, daß mir über diesem Versteckspiel mit mir selbst mein halbes Leben draufgegangen ist.

Wollt ihr das? Das könnt ihr haben! So habe ich dreißig Jahre lang reagiert. Und wir sind eins geworden, meine liebe Schlange. Sogar, als ich dich endlich erkannt habe, in der *Villa della Pace*, und in mich hineinschrie: «Ich bin eine Schlange», habe ich dich nicht dort zur Kenntnis genommen, wo du dich eingekeilt, eingerichtet, zusammengekauert hattest: in meinem Groll gegen all jene, die mich zwischen deinen Windungen mit Vorurteilen und Ablehnung bedacht hatten.

Willst du den Beweis? In *Solange der Kopf lebt*, in der Erzählung, in der ich meinen Neorassismus gegenüber meinen behinderten Brüdern ablegte, habe ich mir genau den Schuldspruch zu eigen gemacht, der mich in der ersten Nachkriegszeit überrannt hatte, indem ich schrieb: Jawohl, meine Herrschaften, ich war in die Lager gegangen, *weil* ich Faschistin war, oh, und der sowjetische Hauptmann, also einer aus einem Land, das die Revolution von unten durchgemacht hatte, hatte mich genau deshalb nicht zurückgestoßen, sondern sich *wirklich* rühren lassen und mir mit Taten geholfen und nicht mit Worten Ausflüchte gesucht. Mir hat das genügt.

Schau, arme Schlange, deshalb verzweifle ich nicht. Die Zeiten sind vorbei, in denen ich immer noch tiefer im Schlamm versank, wenn ich merkte, was für ein Wurm ich war. Ich will dir sogar meinen neuesten Gedanken verraten: ich bin nicht schlechter als die anderen. Ich bin wie sie (wie alle die, die unter deiner Herrschaft stehen, meine ich), allerdings ein bißchen strenger. Wenigstens eins ist mir bei all dem Auf und Ab erspart geblieben, und dafür küsse ich die Erde, als wäre mir eine Gnade widerfahren: ich habe mir nie ein gutes soziales Gewissen mit den paar Groschen eines ideologischen Etiketts erkauft, so wie man früher Ablaß kaufte, um billig ins Paradies zu kommen.

Aber das hat mir nicht erspart, dennoch deine Beute zu werden, sei es auch auf die verwirrendste und anstrengendste Weise, denn du hast mir allen Boden unter den Füßen weggezogen, hier wie dort. Und an welcher Stelle warst du so schleimig, eine solche Niederträchtigkeit zu begehen? In dem Augenblick, als ich am nächsten daran war, dir für immer zu entgleiten: als ich *aus eigenem Willen* in die Lager gegangen bin.

Und jetzt, meine Feindin, zerquetsche ich dir deinen Reptilkopf mit dem endgültigen Beweis (gepriesen seien die Briefe meiner Mutter, die ihn mir geliefert haben). Dieses völlige Schweigen über die Episode mit den Collis Metallwerken sagt dir nichts? Erst in diesem Augenblick taucht, deutlich sichtbar, das Bild auf, das ich zehn Monate später wirklich sah, während meiner Untergrundzeit, als ich auf meinem Weg zurück nach Höchst durch Mannheim kam und mir diese unterirdische Fabrik von außen gezeigt wurde. Also hattest du, bevor du dich enttarntest, um mich davon zu überzeugen, daß ich immer und einzig und allein auf deiner Seite gewesen war, du gespaltene Zunge, das umgekehrte Manöver versucht und mich glauben lassen, ich hätte im «Dritten Reich» vollkommen auf der Seite der Unterdrückten gestanden, ganz zu ihnen gehört, so daß ich dich genau da nicht suchte, wo du dich so geschickt und heimtückisch hingewunden und zurückgezogen hattest, genau da, in diesem geistigen Vorbehalt, mit dem ich daran gedacht hatte zu desertieren – nicht nur, aber teilweise deshalb, weil ich mich weigerte, zurück nach Italien zu gehen –, als ich nämlich den Plan hatte, mich in die Collis Metallwerke versetzen zu lassen. Wahrscheinlich hatte ich die Absicht gehabt, mich bei den neuen Kollegen in Mannheim als Deportierte auszugeben, um mich nicht mehr mit meinem Freiwilligendienst als faschistische Studentin auseinandersetzen zu müssen. Aber wie? Zum Beispiel, indem ich mir diese Versetzung mit einer Empfehlung von oben verschaffte, das heißt indem ich mir meine soziale Herkunft zunutze machte. Ich hatte den Widerspruch dann bemerkt, auch weil meine Beziehungen zu den Genossen im Lager sich gebessert hatten, aber dieses Hinundherschwanken hatte es gegeben: ich wollte die Verhältnisse einer Arbeiterin und gleichzeitig durchblicken lassen, wer ich war, mir also klammheimlich alles das sichern, was meinen bürgerlichen Verhältnissen gebührte. Um so verständlicher, daß ich später erst recht Angst hatte, dieser Versuchung wieder zu erliegen – mich durch Klassenprivilegien vor dem ungeschützten Schicksal all derer zu bewahren, die ganz unten sind –, und mich dadurch, daß ich meine Papiere wegwarf, in die Lage von einer von denen versetzen wollte, die nicht davonkommen. In diesem Licht jedoch ist die Tatsache, daß ich mich, nach Dachau und nach dem Thomasbräu, bei Siemens in München wieder mit meinem richtigen Namen einstellen ließ, nicht mehr einfach nur Draufgängerei einer Neunzehnjährigen, die sich daran berauscht, daß sie nicht zu schnappen ist: da bist du, verehrte Schlange, zum Vorschein gekommen, so als hätte ich mir unbewußt die Möglichkeit vorbehalten, auf Hilfe von hoher Stelle zurückzugreifen.

Und wieder hatte ich mir dann diesen Ausweg verbaut, diesmal jedoch etwas übereilt, fast als traute ich mir selber nicht mehr, indem ich in der Fabrik Krankenscheine stahl und fälschte, ein Vergehen, das im Schnellverfahren bestraft wurde. Und als ich dann nach drei Wochen Siemens wieder untertauchte, hatte ich mich auch wieder einmal meines Namens (und meiner Schicht) entledigt, und zwar indem ich den Arbeiterinnenausweis mit meinen echten Personalien an meine Mutter schickte.

Damals war ich gegen dich gestählt, siehst du, weil Entscheidungen tatsächlich helfen, aber ich kannte dich noch nicht so gut wie heute. Jetzt bin ich sehr viel besonnener. Ich weiß ganz genau, daß unser Nahkampf noch nicht beendet ist (denn darum handelt es sich jetzt, auch ich lege meine Windungen um dich). Aber du weißt auch, daß du mich trotz deiner Fallen nicht vollkommen besiegt hattest, als ich aus Dachau geflohen war: die Liebe zu den Gefährten hatte auch meine Schritte nach Höchst gelenkt, an den Ort, an dem ich gemeinsam mit ihnen gekämpft hatte. Du weißt ganz genau, daß später, im Laufe meines Lebens, meine Exzesse und Wirrheiten deutliche Auswirkungen deines Giftes waren, aber gleichzeitig waren sie Schreie, mit denen ich sie rief, diese verlorenen Gefährten, während ich ganz oben auf einer Säule des Schweigens saß, auf der ich sie, ohne es zu wissen, in mir hütete.

Und jetzt komme ich darauf zurück, wohin mich meine Schritte in Höchst in jener Nacht vor zweiunddreißig Jahren gebracht haben, als ich meine Gefährten von den I. G. Farben suchte, und zwar mit vollem Bewußtsein (du verstehst mich, nicht?) und in Kenntnis auch des Danach.

Es ist der 7. Februar 1945, die Amerikaner stehen vor Worms, ich muß mich beeilen, wenn ich rechtzeitig in mein altes Lager kommen will, das unbewußte Ziel meiner Kehrtwendung in Verona, die ich, wie mir jetzt scheint, vom ersten Augenblick an vorgehabt hatte.

Ich habe in Mannheim geschlafen, in einer Baracke von Internierten, die in der unterirdischen Fabrik der Collis Metallwerke arbeiten, wohin ich mich früher einmal hatte versetzen lassen wollen – von außen sieht sie aus wie ein schneebedeckter Hügel mit bunkerartigen Eingängen. Ich habe den ganzen Tag auf eine Gelegenheit gewartet, zwischen zwei Waggons auf einen Zug nach Frankfurt springen zu können. In der Dämmerung habe ich es endlich geschafft, und an einen Puffer geklammert, den schneidenden Frost im Gesicht und an den Händen, bin ich in Höchst angekommen. Bei Nacht habe ich mich auf den Weg nach Mainz gemacht, die trockene Luft kommt mir fast lau vor nach der Reise auf den Puffern. Ich erkenne trotz der totalen Verdunkelung meine Baracken: Pfaffenwiese 300, Ledigenheim.

Ich krieche auf dem Boden und hebe den untersten Draht des Zauns hoch. Ich halte mich damit auf, daß ich mit dem Zeigefinger auf die Metallstacheln drücke, durch die kein elektrischer Strom läuft. Ich werde meine I. G. Farben-Gefährten wiedersehen. Ich gleite an den Holzbaracken entlang und erreiche gerade meinen Schlafraum, als ich ein Mädchen dort herauskommen sehe:

«Carla, bist du es?»

«Lucia!»

Wir sehen uns im Dunkel jener Februarnacht wortlos an wie zwei Gespenster.

«Haben sie dich nicht repatriiert?» fragt sie mich.

«Danach bin ich nach Dachau deportiert worden, und da bin ich geflohen.»

«Du hättest nicht hierher zurückkommen sollen, es ist schlimmer geworden als früher.»

«Carla, und du?»

«Sie haben mich nach dem Streik freigelassen, und Luigi auch. Wir sind noch immer zusammen wie damals, aber wir geben keinen Mucks mehr von uns. Wir warten auf das Ende des Krieges.»

Carla ist abgemagert. Ich kann ihre Hautfarbe nicht erkennen, aber sie wirkt nicht mehr wie das kräftige Mädchen von früher mit der frischen Gesichtsfarbe. Ihre Stimme ist verzerrt.

«Du hast dich verändert», sage ich zu ihr.

«Du auch. Wie bist du reingekommen?»

Ich erzähle es ihr hastig.

«Um Gottes willen, komm bloß nicht zu uns. Der Krieg ist bald aus. Das fehlte uns gerade noch, ausgerechnet jetzt neuen Krawall zu veranstalten.»

«Aber die anderen?» sage ich.

«Die Unglücksbringer sind draußen. Von Martine und Gruschenka, wenn du was über die wissen willst, *nisba*. Hast du sie nicht in Dachau wiedergetroffen? Pina hat sich mit einem Russen zusammengetan, Jacqueline ist im Krankenrevier, hat sich Säure in die Augen gesprüht, um nicht arbeiten zu müssen, aber sie hat sich in der Dosis vertan, und jetzt wird sie blind. Aber ich will hier nicht mit dir herumstehen, sie können uns sehen. Hau ab, du willst mich doch nicht jetzt noch in Schwierigkeiten bringen.» Während sie schon in die Baracke zurückgeht, sagt sie noch: «Du kannst einem Angst einjagen, weißt du, du siehst aus wie eine Verbrecherin.» Sie schließt die Tür hinter sich.

Ich lehne mich an die Holzwand. Ich werde zu den Russen gehen, vielleicht nehmen die mich auf. Eine Verbrecherin, wiederhole ich bei mir, und mein Herz krampft sich zusammen. Meine Seele flüchtet sich plötzlich zu der Flämin und zu Lulù (helft mir von dort oben).

Zwei Tage bevor ich aus Dachau floh, hatten sie sich beim Abendappell mit zwei politischen Frauen geprügelt.

«Mörderin», sagte eine von den roten Winkeln zu Lulù, «du hast unsere Genossinnen denunziert.»

«Jawohl, meine Herrschaften», antwortete Lulù. «Aber klar, mesdames, mesdames.» Sie wiederholte «mesdames».

«Und du, du treibst es mit den Menschenschindern!» sagten die Politischen zu der Flämin. «Schämst du dich nicht?»

In jener Nacht habe ich hinter der Baracke im Lager Lärm gehört, Ich habe mein Gesicht an die Fensterscheibe gedrückt. Ich habe Lulù von hinten erkannt, sie kniete, und ihr Kopf steckte in der Hose eines SS-Manns, der vor ihr stand, Fußtritte austeilte und schrie und versuchte, ihren Kopf zurückzubiegen. Die Flämin war herausgekommen und hatte die Faust gegen den Soldaten geballt: «Hitler, Schwein», schrie sie, «Hitler, Schwein.»

Der Soldat hatte zwei Finger in den Mund gesteckt (nehme ich an), denn er hatte drei lange Pfiffe in die Dunkelheit ausgestoßen.

Lulù hatte von ihm abgelassen:

«Ich habe einen Nazischwanz gebissen», frohlockte sie aus ihrem aufgerissenen Mundspalt, dann hatte sie die Flämin, die noch immer die Faust ballte, an der Hand hinter sich hergezogen und sich in der Baracke versteckt. Sie waren gekommen. Mit bleischweren Schritten. Sie hatten alle beide gefaßt. Die Flämin sah mich verstört an und murmelte mit dünner Stimme:

«Erzähl den anderen, was sie mit mir gemacht haben.»

«Erzähl lieber, was ich gemacht habe», hat Lulù geschrien und die Hand zum Himmel erhoben.

Zwei Maschinengewehrsalven am Stacheldrahtverhau. Zwei Tage danach bin ich aus diesem Lager geflohen, und jetzt helft mir, murmele ich, während ich mich von der Wand meiner Baracke in Frankfurt-Höchst löse, von der ich so oft geträumt hatte. Gehen wir zu den Russen, die sind nicht zum Individualismus erzogen worden, die werden uns nicht zurückstoßen. Ich strecke mich auf dem Boden aus, um auf allen vieren zum Stacheldrahtzaun zu kriechen.

«Halt!» schreit eine deutsche Männerstimme. Ich verharre unbeweglich, wie ich es bei Küchenschaben gesehen habe, wenn sie sich totstellen. Küchenschaben denken. Aber die Schritte kommen näher, ein Fuß ertastet mich. Ich schiele durch die Lider, das Auge eines Gewehrlaufs sieht mich an.

«Aufstehen, los!»

Mit dem Gewehr im Rücken gehe ich, werde ich zum Büro des Lagerführers gestoßen. Telefongespräche. Ein Fußtritt wirft mich in eine Ecke.

Irgendwann kommt mein erster Lagerführer herein, er ist groß und stattlich, mit Stiefeln, voller Wut schlägt er die Tür zu. Aber kaum sieht er mich, bleibt er wie angewurzelt stehen. Sein Gesicht entspannt sich. Der Anflug eines Lächelns. Er schickt die Wachen mit einem Fingerschnippen hinaus.

«Du bist Lucia M.», bekräftigt er (aber die Stimme ist fragend).

«Nein.»

«Du bist Lucia M.», immer verdatterter. «Du bist Lucia M.», schreit er mit plötzlicher Wut. Aber er beherrschte sich: «Was machst du hier?» fragt er leise. Ich kauere in meiner Ecke am Boden und antworte nicht.

Er ruft brüllend die Wachen herein: «Durchsucht sie. Die Ausweise.»

Zwei Männer tasten mich überall ab: «Keine Ausweise.»

«Ausgezeichnet», sagt der Lagerführer lächelnd und schickt die Wachen mit einem Fingerschnippen wieder hinaus. Ich stehe jetzt an der Wand. Die Stiefel nähern sich langsam, bis die Stimme mit unvorstellbarer Wut losschreit, das violette Gesicht eine Handbreit vor meinen Augen.

«Du», spuckt er mich an, «die Tochter eines faschistischen Staatssekretärs, die mit allem Respekt gesundgepflegt und repatriiert worden ist, du besitzt die Unverschämtheit, dich hier mit dieser Hurenfresse wieder herzuwagen.» Er gibt mir eine Ohrfeige,

«Hure», noch eine Ohrfeige. «Was hast du die ganzen Monate getrieben?» Ein Tritt gegen die Schienbeine. «Antworte», noch ein Tritt. «Antworte!» Und so weiter. «Dreckige Hure», er schüttelt mich, «Verräterin», er packt mich an den Schultern und rüttelt mich. «Mit zwanzig Jahren, wie kann man mit zwanzig Jahren so eine Verräterin sein, du schamloses Drecksweib.» Ich fixiere ihn, als wollte ich ihn mit den Augen durchbohren, dabei konzentriere ich mich, um nicht meinen Halt an der Wand zu verlieren und umzufallen (ich muß geglaubt haben, ich wäre verloren, wenn ich meine Augen von seinen löste). «Du, ich bring dich um, du.» Und ich starre ihn immer weiter an. Bloß nicht ohnmächtig werden. Und aus dem Innersten kommt ohne meinen Willen das Wort «feige» auf meine Lippen. Es ist wie ein konditionierter Reflex, ich wiederhole unentwegt dieses Wort, gerade so, als könnte es mir das Leben retten.

Herr Barek, der Lagerführer (ein Sudetendeutscher), keucht. Er sitzt hinter dem Schreibtisch, und ich breche zusammen (nicht ohnmächtig werden).

«Deshalb haben wir den Krieg verloren», murmelt er, «wegen solcher Kanaillen wie dir.» Und während er das sagt, weiß er nicht, daß ich mich noch nach zweiunddreißig Jahren nicht mit Haß an ihn erinnern werde, weil wenigstens er uns bestätigt hat, daß sie unseretwegen den Krieg verloren haben (das ist die einzige Anerkennung, die ich je bekommen habe).

«Ich könnte dich zwischen den Fingern zerquetschen», fährt er fort, «wie einen Floh. Aber das wäre nur eine ziemlich schwache Genugtuung. Ich werde dich nach Dachau schicken, oder nein», seine Augen leuchten auf, «in ein Bordell für die Straßenbataillone.» Ein Schrei, und die Wachen kommen herein: «In die Zelle, und morgen früh», er kreuzt zuerst die Handgelenke – das Zeichen für Handschellen – und macht dann das Zeichen fürs Bordell: die Hand hochkant in die Armbeuge.

In der Zelle, einem etwa zwei mal drei Meter großen Raum, sehe ich eine Frau in einem Winkel hocken, ich sehe sie genauer an, es ist Lidja, ein wunderschönes russisches Mädchen, mit dem ich zur Zeit des Streiks verkehrte.

«Was machst du hier?» frage ich sie flüsternd auf russisch.

Sie erzählt mir, daß sie außerhalb des Stacheldrahts überrascht worden war, als sie von einem Freund Brot in Empfang nehmen wollte. Ich schildere ihr kurz meine Lage.

«Du Arme», seufzt sie. «Ich komme mit einer Nacht davon, das ist die Höchststrafe für ein Vergehen wie meins, aber du bist ja wirklich übel dran.»

«Ruhe», herrscht uns die Wache an, ein alter Mann mit gereizter Stimme.

Lidja betastet unterdessen meinen Mantel, das Kleid, die Schuhe, lauter erstklassige Sachen, denn es ist das Beste von dem, was ich in den ausgebombten Wohnungen gestohlen habe. Genau wie Louis wählte ich mit Verstand aus. Ich nahm immer nur so viel, wie ich am Leib tragen konnte. Am Handgelenk trage ich die kleine Uhr, die er mir gegeben hatte, und am Hals ein Goldkettchen, das ich einer Leiche abgestreift hatte, genau wie die Sonderkommandos in Auschwitz es bei den Juden machten.

Lidja hat eine Idee.

«Hör zu», haucht sie mir ins Ohr, «schenk deine Uhr dem Wachsoldaten, sag ihm, daß du sie sowieso nicht mehr brauchst, weil du in Dachau vergast wirst. Verlang von ihm dafür eine Decke für heute nacht, weil uns kalt ist.» Ich sehe sie unschlüssig an. «Tu, was ich dir sage», sagt sie abschließend.

Die Dinge verlaufen so, wie Lidja vorhergesehen hat.

Der alte Mann sieht mich voller Mitleid an, steckt die Armbanduhr ein und wirft uns eine Decke zu.

Als wir fest in die Decke gehüllt sind, gibt Lidja Anweisungen: «Du ziehst jetzt deine schönen Sachen aus, alles, auch Strümpfe und Unterhose, die ich nicht habe, und ziehst meine Lumpen an. Und ich lege mir all diese göttlichen Dinge an. Aber ganz langsam, damit der Soldat unsere Bewegungen unter der Decke nicht merkt, verstanden?»

«Warum nicht?» sage ich seufzend.

«Sehr gut», sagt Lidja entflammt. «Dann sage ich, mit meiner Stimme, zu ihm, daß ich Bauchweh habe und in die Hose mache. Mir kann er nicht verbieten, kacken zu gehen. Er weiß, daß ich nicht abhaue, morgen früh läßt er mich selber wieder frei. Statt dessen aber gehst du kacken, in meinen Lumpen. Kapiert?»

«Lidja, sie werden dir was antun!»

«Aber warum denn? Was habe ich denn schon gewußt? Und er hat ja auch die Uhr genommen, das ist doch eine Frauenuhr, das sieht man, das kann er nicht abstreiten. Wenn sie mich anklagen, denunziere ich ihn. Dann wird er sagen müssen, daß du sie ihm schenken wolltest. Und das wird auch für mich gelten. Und daß ich nicht kacken gegangen bin, war, weil ich in Ohnmacht gefallen bin. Es wird sich empfehlen, daß ich in deine feinen Unterhosen mache, wirklich schade drum, aber so liefere ich den Beweis, daß ich nicht gelogen habe. Wie hätte ich auf die Idee kommen sollen, daß du das für dich ausnützt? Diese falsche Italienerin, werde ich sagen, statt daß sie mir hilft, wieder zu mir zu kommen! Was für eine Brut von Verrätern. Ihr Nazis seid selber reingefallen, als ihr diesen Verrätern vertraut habt! Keine Angst, Lucia, mir wird schon was einfallen.»

«Das machst du für mich.»

«Beeil dich, gib mir die schönen Sachen, seit Jahren träume ich davon.»

Nach einer Stunde hatte ich mir Lidjas Arbeitsanzug und die Holzpantinen angezogen und mir ihr Kopftuch wie eine russische Bäuerin unterm Kinn geknüpft.

«Oh», fängt Lidja jetzt mit durchdringender Stimme an zu jammern, und ich winde mich, als hätte ich eine Kolik. Sie macht mit dem Mund Furzgeräusche: «Ich muß dringend, ich muß dringend!» Und ich krümme mich.

«Du wirst mir meine Zelle nicht vollpesten, du bolschewistisches Scheißweib, hau ab auf die Latrine», schimpft der Soldat ungeduldig.

Und ich renne demütig, die Hände auf den Bauch gepreßt, mit kleinen Schritten, wie um den Kot zurückzuhalten, hinaus, springe übers Tor, richte mich wieder auf, und weg. Bevor der mich sucht, Alarm schlägt und die Hunde losläßt, bin ich kilometerweit weg! Und jetzt die Beine in die Hand.

Lidja wurde als meine Komplicin verhaftet und nach Dachau geschickt. Aber kaum war sie in den Waggon verladen worden, ist sie aus dem fahrenden Zug gesprungen und hat sich mit einem gebrochenen Oberschenkelknochen in ein Gebüsch geschleppt. Sie hat sich in einem Heuschober versteckt. Sie hat drei Wochen lang, bis die Amerikaner kamen, von Kastanien, Wurzeln und Schnecken gelebt. Ich habe sie, sechs Monate später, im Durchgangslager von Homburg an der Saar wiedergetroffen, als ich dort im Rollstuhl mit meinem russischen Hauptmann ankam. Sie war wieder ganz geheilt und tanzte Krakowiak, mit ihrem schönen stolzen Gesicht, der ungestümen Stimme: «Siehst du dein Kettchen? Kriegsbeute!» Und sie lachte noch immer über den Streich, den wir der Wache gespielt hatten (sie wollte mich ablenken, weil es ihr weh tat, mich im Rollstuhl zu sehen).

Aber das wußte ich noch nicht, als ich in ihren Lumpen aus der Zelle meines alten Lagers in Höchst floh, weinend, weil beim Laufen die Wunden von den Tritten des Lagerführers noch mehr weh taten. Und gleichzeitig jubilierte ich wie Lulù: Endlich (ich lachte unter Tränen) bin ich geschlagen worden, allein, persönlich, jetzt bin ich wirklich wie sie, verprügelt, angespuckt, in allem wie sie, ich werde nicht wieder in meine Schicht zurückfallen. Und währenddessen lief und lief ich in Richtung Mainz.

Rom, November 1977

2046/2–2a

Nationalsozialismus

Alltag und Terror

1342

1536

1824

4354

1656

783

4430

4929

5239

Großformat/5031

Herausgegeben von Freimut Duve

aktuell rororo

Sachbücher zur jüngsten deutschen Vergangenheit

Ingke Brodersen Klaus Humann / Susanne v. Paczensky
1933: Wie die Deutschen Hitler zur Macht verhalfen
Ein Lesebuch für Demokraten.
rororo aktuell 5118

Ebbo Demant (Hg.)
Auschwitz – «Direkt von der Rampe weg . . .»
Kaduk – Erber – Klehr:
Drei Täter geben zu Protokoll
rororo aktuell 4438

Harald Focke / Uwe Reimer
Alltag unterm Hakenkreuz
Wie die Nazis das Leben der Deutschen veränderten
rororo aktuell 4431

Alltag der Entrechteten
Wie die Nazis mit ihren Gegnern umgingen. Alltag unterm Hakenkreuz 2
rororo aktuell 4625

Reinhard Kühnl
Formen bürgerlicher Herrschaft
Liberalismus – Faschismus
rororo aktuell 1342

Formen bürgerlicher Herrschaft II
Der bürgerliche Staat der Gegenwart
rororo aktuell 1536

Texte zur Faschismusdiskussion I
Positionen und Kontroversen
rororo aktuell 1824

Faschismustheorien
Texte zur Faschismusdiskussion 2.
Ein Leitfaden
rororo aktuell 4354

Geschichte und Ideologie
Kritische Analyse bundesdeutscher Geschichtsbücher
rororo aktuell 1656

Erwin Leiser
«Deutschland, erwache!»
Propaganda im Film des Dritten Reiches
rororo aktuell 783

Ingrid Müller-Münch
Die Frauen von Majdanek
Vom zerstörten Leben der Opfer und der Mörderinnen
rororo aktuell 4948

SINUS-Studie
5 Millionen Deutsche: «Wir sollten wieder einen Führer haben . . .»
SINUS-Studie über rechtsextremistische Einstellung bei den Deutschen
rororo aktuell 4929

Hans-Georg Stümke / Rudi Finkler
Rosa Winkel, Rosa Listen
Homosexuelle und «Gesundes Volksempfinden» von Auschwitz bis heute
rororo aktuell 4827

Walter Zadek (Hg.)
Sie flohen vor dem Hakenkreuz
Selbstzeugnisse der Emigranten.
Ein Lesebuch für Deutsche
rororo aktuell 4836

Martin Gilbert
Endlösung
Atlas im Großformat
rororo aktuell 5031

Tilman Zülch (Hg.)
In Auschwitz vergast, bis heute verfolgt
Zur Situation der Roma (Zigeuner) in Deutschland und Europa
rororo aktuell 4430

Hilde Kammer / Elisabet Bartsch
Jugendlexikon Nationalsozialismus
Begriffe aus der Zeit der Gewaltherrschaft 1933–1945
rororo handbuch 6288

Hannah Arendt
Eichmann in Jerusalem
Ein Bericht von der Banalität des Bösen
rororo 7117

Auschwitz
Geschichte und Wirklichkeit des Vernichtungslagers
rororo sachbuch 7330

Johannes Beck / Heiner Boehncke / Werner Heinz / Gerhard Vinnai (Hg.)
Terror und Hoffnung in Deutschland 1933–45
Leben im Faschismus
rororo sachbuch 7381

Dieter Galinski / Ulrich Herbert / Ulla Lachauer (Hg.)
Nazis und Nachbarn
Schüler erforschen den Alltag im Nationalsozialismus. Ergebnisse, Erfahrungen, Anregungen
rororo sachbuch 7648

George W. F. Hallgarten / Joachim Radkau
Deutsche Industrie und Politik
Von Bismarck bis in die Gegenwart
rororo sachbuch 7450

Roman Hrabar / Zofia Tokarz / Jacek E. Wilczur
Kinder im Krieg – Krieg gegen Kinder
Die Geschichte der polnischen Kinder 1939–1945
rororo sachbuch 7422

Józef Marszalek
Majdanek
Geschichte und Wirklichkeit des Vernichtungslagers
rororo sachbuch 7494

Klaus Theweleit
Männerphantasien
Frauen, Fluten, Körper, Geschichte
rororo sachbuch 7299

Männerphantasien
Band 2
Männerkörper – zur Psychoanalyse des weißen Terrors
rororo sachbuch 7300

ro ro ro

2066/1